Monika Činkaya 2017

EL HOMBRE QUE AMABA A LOS PERROS

colección andanzas

Libros de Leonardo Padura
en Tusquets Editores

SERIE MARIO CONDE
Pasado perfecto (Andanzas 690/1 y Maxi Serie Mario Conde 1)
Vientos de cuaresma (Andanzas 690/2 y Maxi Serie Mario Conde 2)
Máscaras (Andanzas 690/3 y Maxi Serie Mario Conde 3)
Paisaje de otoño (Andanzas 690/4)
Adiós, Hemingway (Andanzas 690/5)
La neblina del ayer (Andanzas 690/6 y Maxi Serie Mario Conde 6)
La cola de la serpiente (Andanzas 690/7)

*

La novela de mi vida (Andanzas 470)
El hombre que amaba a los perros (Andanzas 700 y Maxi 027/1)
Herejes (Andanzas 813 y Maxi 027/2)
Aquello estaba deseando ocurrir (Andanzas 849)

LEONARDO PADURA
EL HOMBRE QUE AMABA A LOS PERROS

Padura, Leonardo
El hombre que amaba a los perros. - 1a ed. 4a reimp. - Buenos Aires : Tusquets Editores, 2015.
576 p. ; 23x15 cm. - (Andanzas; 700)

ISBN 978-987-1544-49-3

1. Narrativa Cubana. 2. Novela. I. Título
CDD Cu863

1.ª edición española: septiembre de 2009

1.ª edición argentina: marzo de 2010
4.ª reimpresión argentina: mayo de 2015

© Leonardo Padura Fuentes, 2009

Diseño de la colección: Guillemot-Navares
Reservados todos los derechos de esta edición para
© Tusquets Editores, S.A. - Av. Independencia 1682 - (C1100ABQ) Buenos Aires
info@tusquets.com.ar - www.tusquetseditores.com
ISBN: 978-987-1544-49-3
Hecho el depósito que previene la Ley 11.723
Impreso en el mes de mayo de 2015 en Master Graf S.A.
Mariano Moreno 4794, Munro - Pcia. de Buenos Aires
Impreso en la Argentina - Printed in Argentina

Queda rigurosamente prohibida cualquier forma de reproducción, distribución, comunicación pública o transformación total o parcial de esta obra sin el permiso escrito de los titulares de los derechos de explotación.

Índice

Primera parte 15
Segunda parte 249
Tercera parte: Apocalipsis 499

Nota muy agradecida 571

Treinta años después, todavía, para Lucía

Esto sucedió cuando solo los muertos sonreían
alegres por haber hallado al fin su reposo...

Anna Ajmátova, *Réquiem*

La vida [...] es más ancha que la historia.

Gregorio Marañón, *Historia de un resentimiento*

Londres, 22 de agosto, 1940 (TASS).– La *radio londinense ha comunicado hoy:* «*En un hospital de la Ciudad de México, murió León Trotski de resultas de una fractura de cráneo producida en un atentado perpetrado el día anterior por una persona de su entorno más inmediato*».

Leandro Sánchez Salazar: ¿Él no estaba desconfiado?
Detenido: No.
L.S.S.: ¿No pensó que era un indefenso anciano y que usted estaba obrando con toda cobardía?
D.: Yo no pensaba nada.
L.S.S.: De donde él alimentaba a los conejos se fueron caminando, ¿de qué hablaban?
D.: No me acuerdo de si iba hablando o no.
L.S.S: ¿Él no vio cuando tomaste el piolet?
D.: No.
L.S.S: Inmediatamente después de que le asestaste el golpe, ¿qué hizo este señor?
D.: Saltó como si se hubiera vuelto loco, dio un grito como de loco, el sonido de su grito es una cosa que recordaré toda la vida.
L.S.S: Di cómo hizo, a ver.
D.: ¡A..........a..........a..........ah..........! Pero muy fuerte.

(Del interrogatorio al que el coronel Leandro Sánchez Salazar, jefe del servicio secreto de la policía de México D.F., sometió a Jacques Mornard Vandendreschs, o Frank Jacson, presunto victimario de León Trotski, la noche del viernes 23 y la madrugada del sábado 24 de agosto de 1940.)

Primera parte

1
La Habana, 2004

—Descansa en paz —fueron las últimas palabras del pastor.

Si alguna vez esa frase gastada, tan impúdicamente teatral en la boca de aquel personaje, había tenido algún sentido fue en ese preciso instante, mientras los sepultureros, con despreocupada habilidad, bajaban hacia la fosa abierta el ataúd de Ana. La certeza de que la vida puede ser el peor infierno, y de que con aquel descenso se esfumaban para siempre todos los lastres del miedo y el dolor, me invadió como un alivio mezquino y pensé si de algún modo no estaba envidiando el tránsito final de mi mujer hacia el silencio, pues hallarse muerto, total y verdaderamente muerto, puede ser para algunos lo más parecido a la bendición de ese Dios con el que Ana, sin demasiado éxito, había tratado de involucrarme en los últimos años de su penosa vida.

Apenas los sepultureros terminaron de correr la losa y se dedicaron a colocar sobre la lápida las coronas de flores que los amigos sostenían en sus manos, di media vuelta y me alejé, dispuesto a escaparme de nuevos apretones en el hombro y de las consabidas expresiones de condolencia que siempre nos sentimos obligados a soltar. Porque en ese momento todas las demás palabras del mundo sobraban: solo la fórmula manida del pastor tenía un sentido y yo no quería perderlo. *Descanso* y *paz:* lo que Ana al fin había obtenido y lo que yo también reclamaba.

Cuando me senté dentro del Pontiac a esperar la llegada de Daniel, supe que estaba al borde del desmayo y tuve el convencimiento de que si mi amigo no me sacaba del cementerio, yo habría sido incapaz de encontrar una salida hacia la vida. El sol de septiembre quemaba el techo del auto, pero no me sentí en condiciones de moverme hacia otro sitio. Con las pocas fuerzas que me quedaban cerré los ojos para controlar el vértigo de extravío y fatiga, mientras percibía cómo un sudor de emanaciones ácidas bajaba desde mis párpados y mis mejillas, manaba de mis axilas, mi cuello, mis brazos, encharcaba mi espalda calcinada por el asiento de vinil, hasta convertirse en una corriente cálida que fluía por el precipicio de las piernas en busca del pozo de los zapatos. Pensé si aquella sudoración fétida y el inmenso cansancio no serían el preludio de mi desintegración molecular, o por lo menos del infarto que me mataría en los próximos minutos, y me pareció que ambas podían resultar soluciones fáciles, incluso deseables, aunque francamente injustas: no tenía derecho a obligar a mis amigos a soportar dos funerales en tres días.

–¿Te sientes mal, Iván? –la pregunta de Dany, asomado a la ventanilla, me sobresaltó–. Cojones, mira eso, cómo estás sudando...

–Quiero irme de aquí... Pero no sé cómo coño...

–Ya nos vamos, mi socio, no te preocupes. Espera un minuto, déjame darles unos pesos a los sepultureros esos... –dijo, y pude recibir de las palabras de mi amigo un patente sentido de realidad y vida que me resultó extraño, decididamente remoto.

Otra vez cerré los ojos y me quedé inmóvil, sudando, hasta que el auto se puso en marcha. Solo cuando el aire que se filtraba por la ventanilla empezó a refrescarme, me atreví a alzar los párpados. Antes de salir del cementerio pude observar las últimas hileras de tumbas y mausoleos, carcomidos por el sol, la intemperie y el olvido, tan muertos como sus inquilinos, y (con o sin razón alguna para hacerlo en ese instante) volví a preguntarme por qué, entre tantas posibilidades, unos científicos distantes habían escogido precisamente mi nombre para bautizar a la que sería la novena tormenta tropical de aquella temporada.

Aunque a estas alturas de la vida he aprendido (más bien me han enseñado, y no de modos muy amables) a no creer en las casualidades, fueron demasiadas las coincidencias que empujaron a los meteorólogos a decidir, con varios meses de anticipación, que llamarían *Iván* (nombre comenzado por la novena letra del alfabeto, en castellano, masculino y nunca antes utilizado para tales fines) a aquella tormenta. El feto de lo que sería *Iván* había engendrado como una reunión de nubes agoreras en las inmediaciones de Cabo Verde, pero solo unos días después, ya bautizado y convertido en un huracán con todos sus atributos, se asomaría al Caribe para colocarnos en su devorador punto de mira... Y ya verán por qué pienso que me sobran razones para creer que únicamente un azar retorcido pudo haber determinado que aquel ciclón, uno de los más feroces de la historia, llevara mi nombre, justo cuando otro huracán se acercaba a mi existencia.

Aun cuando desde hacía bastante tiempo –quizás demasiado– Ana y yo sabíamos que su final estaba decretado, los muchos años en que arrastramos sus enfermedades nos habían acostumbrado a convivir con ellas. Pero el anuncio de que su osteoporosis (probablemente provocada por la polineuritis avitaminosa destapada en los años más duros de la crisis de los noventa) había terminado por evolucionar hacia un cáncer óseo, nos había enfrentado a la evidencia de un desenlace cercano, y a mí a la macabra constatación de que solo un designio retorcido podía encargarse de minar a mi mujer justamente con aquel padecimiento.

Desde principios de año el deterioro de Ana se había acelerado, aunque fue a mediados de julio, tres meses después del diagnóstico definitivo, cuando se desató su agonía final. Aunque Gisela, la hermana de Ana, vino con frecuencia a ayudarme, yo prácticamente tuve que dejar de trabajar para atender a mi mujer y si sobrevivimos esos meses fue gracias al apoyo de amigos como Dany, Anselmo o el médico Frank, que con frecuencia pasaban por nuestro pequeño apartamento del barrio de Lawton a dejarnos algunos refuerzos, sacados de las menguadas cosechas que, para sus propias subsistencias, ellos lograban obtener por las más sinuosas vías. Más de una vez Dany se ofreció también para venir a ayudarme con Ana, pero yo rechacé su gesto, pues entre las pocas cosas que repartidas siempre tocan a más, están el dolor y la miseria.

El cuadro que se vivió entre las paredes agrietadas de nuestro apartamento resultó todo lo deprimente que es posible imaginar, aunque lo peor, en esas circunstancias, fue la extraña fuerza con que el cuerpo roto de Ana se aferró a la vida, incluso contra la propia voluntad de su dueña.

En los primeros días de septiembre, cuando el huracán *Iván*, cargado ya de su máxima potencia, terminaba de cruzar el Atlántico y se acercaba a la isla de Granada, Ana tuvo un inesperado período de lucidez y un imprevisible alivio en sus dolores. Como por decisión suya habíamos rechazado el ingreso en el hospital, una vecina enfermera y nuestro amigo Frank se habían encargado de suministrarle los sueros y las dosis de morfina que la mantenían en un sobresaltado letargo. Al ver aquella reacción, Frank me advirtió que ése era el epílogo y me recomendó darle a la enferma solo los alimentos que ella pidiera, sin insistir con sueros y, siempre que no se quejara de dolores, suspenderle las drogas para así regalarle unos días finales de inteligencia. Entonces, como si su vida hubiese regresado a la normalidad, una Ana con varios huesos quebrados y los ojos muy abiertos volvió a interesarse por el mundo que la rodeaba. Con el televisor y la radio encendidos, fijó su atención, de manera obsesiva, en el rumbo del huracán que había iniciado su danza mortífera arrasando la isla de Granada, donde había dejado más de veinte muertos. En varias ocasiones, a lo largo de aquellos días, mi mujer me hizo una disertación sobre las características del ciclón, uno de los más fuertes que recordara la crónica meteorológica, y achacó su poder exagerado al cambio climático que estaba sufriendo el planeta, una mutación de la naturaleza que podría acabar con la especie humana si no se tomaban las medidas necesarias, me dijo, con todo su convencimiento. Comprobar que mi mujer moribunda pensaba en el futuro de los demás fue un dolor adicional a los que ya me colmaban.

Mientras la tormenta se acercaba a Jamaica, con clarísimas intenciones de penetrar después por el oriente de Cuba, Ana adquirió una especie de excitación meteorológica capaz de mantenerla en una alerta perenne, una tensión de la cual solo escapaba cuando el sueño la vencía por dos o tres horas. Todas sus expectativas estaban relacionadas con las andanzas de *Iván*, con las cifras de muertos que dejaba a su paso (uno en Trinidad, cinco en Venezuela, otro en Colombia, cinco más en Dominicana, quince en Jamaica, sumaba, auxiliándose de sus dedos deformados) y, sobre todo, con los cálculos de lo que destruiría si penetraba en Cuba por cualquiera de los puntos marcados bajo el cono de posibles trayectorias deducidas por los especialistas. Ana vivía una suerte de comunicación cósmica, en el vértice de la confluencia simbiótica de dos organismos que se sabían destinados a devorarse a sí mismos en el plazo de unos pocos días, y llegué a especular si la enfermedad y las drogas no la habían enloquecido. Y también pensé que si el huracán no pasaba pronto y Ana no se calmaba, quien terminaría por enloquecer sería yo.

La etapa más crítica, para Ana y, como resultó lógico, para cada uno de los habitantes de la isla, se abrió cuando *Iván*, con vientos sostenidos de alrededor de doscientos cincuenta kilómetros por hora, empezó a pasearse por los mares al sur de Cuba. El ciclón se movía con indolente prepotencia, como si estuviera escogiendo, con toda perversión, el punto donde daría el inevitable giro al norte y partiría en dos el país, dejando una enorme trocha de ruinas y muerte. Con una sofocación sostenida, los sentidos aferrados a la radio y al televisor en colores que nos había prestado un vecino, la Biblia al alcance de una mano y nuestro perro *Truco* bajo la otra, Ana lloró, rió, maldijo y rezó con unas fuerzas que no le correspondían. Durante más de cuarenta y ocho horas se mantuvo en aquel estado, observando el avance sigiloso de *Iván*, como si sus pensamientos y oraciones fuesen imprescindibles para mantener al huracán lo más lejos posible de la isla, estancado en aquel casi increíble rumbo oeste del que no se decidía a salir para torcer al norte y arrasar el país, como lo predecían todas las lógicas históricas, atmosféricas y planetarias.

La noche del 12 de septiembre, cuando la información de satélites y radares y la experiencia unánime de los meteorólogos del mundo daban por seguro que *Iván* movería su proa al norte y con sus ráfagas como arietes, sus olas gigantescas y sus golpes de lluvias se regocijaría en la demolición final de La Habana, Ana me pidió que descolgara de la pared del cuarto la corroída cruz de madera oscura que veintisiete años atrás el mar me había regalado (la cruz del naufragio) y la pusiera a los pies de la cama. Después me rogó que le preparara un chocolate bien caliente y unas tostadas con mantequilla. Si ocurría lo que debía ocurrir, aquélla sería su última cena, porque el techo herido de nuestro apartamento no resistiría la fuerza del huracán y ella, de más estaba decirlo, se negaba a moverse de allí. Luego de beber el chocolate y mordisquear una tostada, Ana me exigió que acostara la cruz del naufragio junto a ella y comenzó a rezar, con los ojos fijos en el techo y en los soportes de madera que garantizaban su equilibrio y, quizás, con su imaginación dedicada a construir las imágenes del Apocalipsis que acechaba a la ciudad.

La mañana del 14 de septiembre los meteorólogos anunciaron el milagro: *Iván* al fin había torcido al norte, pero lo había hecho tan al oeste de la zona prevista que apenas llegó a rozar el extremo más occidental de la isla, sin provocar mayores daños. Al parecer, el huracán se había compadecido de las muchas calamidades que ya acumulábamos, y nos había dejado a un lado, convencido de que su tránsito por el país habría sido un exceso de la providencia. Agotada de tanto rezar, con el estómago estragado por la falta de alimentos, pero satisfecha por lo que consideraba su victoria personal, Ana se quedó dormida después de escuchar la confirmación de aquel capricho cósmico, y en el rictus que se había hecho habitual en sus labios se formó algo muy parecido a una sonrisa. La respiración de Ana, tantos días acezante, volvió a ser reposada y, junto a las caricias que sus dedos hacían en la pelambre de *Truco*, aquéllas fueron, por dos días más, las únicas señales de que seguía con vida.

El 16 de septiembre, casi al caer la noche, mientras el huracán comenzaba a degradarse en territorio norteamericano y a perder la ya menguada fuerza en sus vientos, Ana había parado de acariciar a nuestro perro y, unos minutos después, dejó de respirar. Al fin descansaba, quiero creer que en paz eterna.

En su momento entenderán por qué esta historia, que no es la historia de mi vida, aunque también lo es, empieza como empieza. Y aunque todavía no saben quién soy, ni tienen idea de lo que voy a contar, quizás ya habrán entendido algo: Ana fue una persona muy importante para mí. Tanto que, en buena medida, por ella existe esta historia, en blanco y negro, quiero decir.

Ana se cruzó en mi camino en uno de esos momentos, tan frecuentes, en que yo me balanceaba en el borde de un foso. La gloriosa Unión Soviética había lanzado ya sus estertores y sobre nosotros empezaban a caer los rayos de la crisis que devastaría el país en los años noventa. Como era previsible, una de las primeras consecuencias de la debacle nacional había sido el cierre por falta de papel, tinta y electricidad de la revista de medicina veterinaria donde, desde hacía siglos, yo fungía como corrector. Al igual que decenas de trabajadores de la prensa, desde linotipistas hasta jefes de redacción, yo había ido a parar a un taller de artesanía donde se suponía que nos dedicaríamos, por un tiempo muy indefinido, a realizar tejidos de macramé y adornos de semillas barnizadas que, todo el mundo lo sabía, nadie podría ni se atrevería a comprar. A los tres días de estar en mi nuevo e inútil destino, sin ni siquiera dignarme pedir la baja, huí de aquel panal de abejas enfurecidas y frustradas y, gracias a mis amigos los médicos veterinarios cuyos textos tantas veces revisé o hasta reescribí, poco después pude empezar a trabajar como una especie de ayudante ubicuo en la también por entonces paupérrima clínica de la Escuela de Veterinaria de la Universidad de La Habana.

A veces soy tan exageradamente suspicaz que puedo llegar a pensar si todo aquel montaje de decisiones mundiales, nacionales y personales (se hablaba incluso del «fin de la historia», justo cuando nosotros comenzábamos a tener una idea de lo que había sido la historia del siglo XX) solo tuvo como objetivo que fuese yo quien recibiera, al final de una tarde lluviosa, a la joven desesperada y chorreante que, cargando entre sus brazos un poodle desgreñado, se presentó en la clínica y me suplicó que salvara a su perro, aquejado de una obstrucción intestinal. Como eran más de las cuatro y los doctores ya se habían fugado, le expliqué a la muchacha (ella y el perro temblaban de frío y, observándolos, sentí que la voz no quería salirme) que allí no se podía hacer nada. Entonces la vi deshacerse en llanto: su perro se le moría, me dijo, los dos veterinarios que lo habían visto no tenían anestesia para operarlo, y como no había guaguas en la ciudad, ella había venido caminando bajo la lluvia y con su perro en brazos desde La Habana Vieja, y yo *tenía* que hacer algo, por amor de Dios. ¿Algo? Todavía me pregunto cómo es posible que me atreviera, o si en realidad yo estaba deseando atreverme, pero después de explicarle a la muchacha que yo no era veterinario y de exigirle que escribiera su ruego en un papel y lo firmara, liberándome de toda responsabilidad, el moribundo *Tato* se convirtió en mi primer paciente quirúrgico. Si el Dios invocado por la muchacha alguna vez ha decidido proteger a un perro, tuvo que haber sido esa tarde, pues la operación, sobre la cual tanto había leído y que había visto realizar más de una vez, resultó un éxito en la práctica...

Según se mire, Ana era la mujer que yo más necesitaba o la que menos me convenía en aquel momento: quince años más joven que yo, demasiado poco exigente en lo material, horrible y derrochadora como cocinera, amante apasionada de los perros y dotada de un extraño sentido de la realidad que la hacía ir de las ideas más alucinadas a las decisiones más firmes y racionales. Desde el principio de nuestra relación ella tuvo la capacidad de hacerme sentir que hacía muchísimos años que yo la andaba buscando. Por eso no me extrañé cuando, a las pocas semanas de una sosegada y muy satisfactoria relación sexual que se había iniciado el primer día que fui a la casa donde Ana vivía con una amiga para colocarle un suero a *Tato*, la muchacha cargó sus pertenencias en dos mochilas y, con la baja de la libreta de abastecimientos, un cajón de libros y su poodle casi restablecido, se instaló en mi apartamentico húmedo y ya agrietado de Lawton.

Asediados por el hambre, los apagones, la devaluación de los salarios y la paralización del transporte –entre otros muchos males–, Ana y yo vivimos un período de éxtasis. Nuestras respectivas delgadeces, potenciadas por los largos desplazamientos que hacíamos en las bicicletas chinas que nos habían vendido en nuestros centros de trabajo, nos convirtieron en seres casi etéreos, una nueva especie de mutantes, capaces, no obstante, de dedicar nuestras últimas energías a hacer el amor, a conversar por horas y a leer como condenados –Ana poesía; yo, después de mucho tiempo sin hacerlo, otra vez novelas–. Fueron unos años como irreales, vividos en un país oscuro y lento, siempre caluroso, que se desmoronaba todos los días, aunque sin llegar a caer en las cavernas de la comunidad primitiva que nos acechaba. Pero fueron también unos años en los que ni la más asoladora escasez consiguió vencer el júbilo que nos provocaba a Ana y a mí vivir el uno al lado del otro, como náufragos que se atan entre sí para salvarse juntos o perecer en compañía.

Fuera del hambre y las carencias materiales de toda índole que nos asediaban –aunque entre nosotros las considerábamos exteriores e inevitables, y por tanto ajenas–, los únicos episodios tristemente personales que vivimos en esa época fueron la revelación de la polineuritis avitaminosa que empezó a sufrir Ana y, más adelante, la muerte de *Tato*, a los dieciséis años cumplidos. La falta del poodle afectó tanto a mi mujer que, un par de semanas después, yo traté de aliviar la situación con la recogida de un cachorro callejero, infectado de sarna, al que de inmediato Ana comenzó a llamar *Truco* por su habilidad para ocultarse y al cual se dedicó a curar y a alimentar con raciones arrancadas de nuestras exiguas dietas de sobrevivientes.

Ana y yo habíamos logrado un nivel tan sanguíneo de compenetración que, una noche de apagón, de hambre apenas adormecida, desasosiego y calor (¿cómo es posible que siempre hubiese aquel cabrón calor y que hasta la luna iluminase menos que antes?), como si solo cumpliera una necesidad natural, comencé a contarle la historia de los encuentros que, catorce años antes, había tenido con aquel personaje a quien desde el mismo día que lo conocí, siempre había llamado «el hombre que amaba a los perros». Hasta esa noche en que, casi sin prólogo y como un exabrupto, decidí contarle aquella historia a Ana, jamás le había revelado a nadie de qué habíamos hablado aquel hombre y yo y, menos aún, mis deseos, postergados, reprimidos y muchas veces olvidados durante todos esos años, de escribir la historia que él me había confiado. Para que ella tuviera una mejor idea de cómo me había afectado la cercanía con aquel personaje y con la revulsiva historia de odio, engaño y muerte que me había entregado, incluso le di a leer unos apuntes que varios años antes, desde la ignorancia que me cubría en aquel momento y casi contra mi voluntad, no había podido dejar de escribir. Apenas terminó de leerlos, Ana se quedó mirándome hasta que el peso de sus ojos negros –aquellos ojos que siempre parecerían lo más vivo de su cuerpo– comenzó a escocerme en la piel y al fin me dijo, con una convicción espantosa, que no entendía cómo era posible que yo, precisamente yo, no hubiese escrito un libro con aquella historia que Dios había puesto en mi camino. Y mirándole a los ojos –a esos mismos ojos que ahora se están comiendo los gusanos– yo le di la respuesta que tantas veces me había escamoteado, pero la única que, por tratarse de Ana, le podía entregar:

–No lo escribí por miedo.

2

La bruma helada devoró el perfil de las últimas chozas y la caravana penetró otra vez en el vértigo de aquella blancura angustiosa, sin asideros ni horizontes. Fue en ese instante cuando Liev Davídovich consiguió entender por qué los habitantes de aquel rincón áspero del mundo insisten, desde el origen de los tiempos, en adorar las piedras.

Los seis días que policías y desterrados habían invertido para viajar de Alma Atá a Frunze, a través de las estepas heladas del Kirguistán, envueltos en el blanco absoluto donde se perdían las nociones del tiempo y la distancia, le habían servido para descubrir lo fútil de todos los orgullos humanos y la dimensión exacta de su insignificancia cósmica ante la potencia esencial de lo eterno. Las oleadas de nieve que caían de un cielo de donde se habían esfumado las trazas del sol y amenazaban con devorar todo lo que se atreviera a desafiar su demoledora persistencia, se revelaban como una fuerza indomeñable, a la cual ningún hombre se podía enfrentar: suele ser entonces cuando la aparición de un árbol, el perfil de una montaña, la quebrada helada de un río, o una simple roca en medio de la estepa, se transmutan en algo tan notable como para convertirse en objeto de veneración: los nativos de aquellos desiertos remotos han glorificado las piedras, pues aseguran que en su capacidad de resistencia se expresa una fuerza, encerrada para siempre en su interior, como fruto de una voluntad eterna. Unos meses atrás, viviendo ya en su deportación, Liev Davídovich había leído que el sabio conocido como Ibn Batuta, y más al oriente por el nombre de Shams ad-Dina, había sido quien le revelara a su pueblo que el acto de besar una piedra sagrada produce un goce espiritual alentador, pues al hacerlo los labios experimentan una dulzura tan penetrante que genera el deseo de seguir besándola, hasta el fin de los tiempos. Por eso, donde existiera una piedra sagrada estaba prohibido librar batallas o ajusticiar enemigos, pues la pureza de la esperanza debía ser preservada. La sabiduría visceral que había inspirado aquella doctrina le resultó tan diáfana que Liev Davídovich se preguntó si en realidad la

Revolución tendría el derecho de trastocar un orden ancestral, perfecto a su modo e imposible de calibrar para un cerebro europeo afectado de prejuicios racionalistas y culturales. Pero ya andaban por aquellas tierras los activistas políticos enviados desde Moscú, empeñados en convertir a las tribus nómadas en trabajadores de granjas colectivas, a sus cabras montaraces en ganado estatal, y en demostrarles a turkmenos, kazajos, uzbecos y kirguises que su atávica costumbre de adorar piedras o árboles de la estepa era una deplorable actitud antimarxista a la que debían renunciar en favor del progreso de una humanidad capaz de comprender que, al fin y al cabo, una piedra es solo una piedra y que no se experimenta otra cosa que un simple contacto físico cuando el frío y el agotamiento devoran las fuerzas humanas y, en medio de un desierto helado, un hombre apenas armado con su fe encuentra un pedazo de roca y se lo lleva a los labios.

Una semana antes, Liev Davídovich había visto cómo le arrebataban las últimas piedras que aún le permitían ubicarse en el turbio mapa político de su país. Después escribiría que aquella mañana había despertado aterido y agobiado por un mal presentimiento. Convencido de que los temblores que lo recorrían no eran solo obra del frío, había tratado de controlar los espasmos y conseguido ubicar en la penumbra la desvencijada silla convertida en mesa de noche. Tanteó hasta recuperar las gafas, pero los temblores lo hicieron fallar dos veces en el intento de colocar las patillas metálicas tras las orejas. En la luz lechosa del amanecer invernal, al fin había logrado entrever en la pared del cuarto el almanaque adornado con la imagen de unos pétreos jóvenes del Komsomol Leninista que unos días atrás le habían hecho llegar desde Moscú, sin que pudiera saber quién lo enviaba, pues el sobre y la posible carta del remitente habían desaparecido, como toda su correspondencia de los últimos meses. Solo en ese momento, mientras la evidencia numerada del calendario y la pared áspera de la que pendía terminaban de devolverle a su realidad, él tuvo la certeza de que había despertado con aquel desasosiego debido a que había perdido la noción de dónde estaba y cuándo despertaba. Por eso había sentido un alivio palpable al saber que era 20 de enero de 1929 y estaba en Alma Atá, echado en un camastro chirriante, y que a su lado dormía su esposa, Natalia Sedova.

Tratando de no mover el jergón, al fin se incorporó. De inmediato sintió en sus rodillas la presión del hocico de *Maya:* su perra le daba los buenos días, y él había acariciado sus orejas, en las que encontró calor y un reconfortante sentido de realidad. Cubierto con el capote de piel cruda y una bufanda al cuello, había vaciado su vejiga en el orinal y pasó a la estancia que hacía las veces de comedor y cocina, ya iluminada por dos lámparas de gas y caldeada por la estufa sobre la que descansaba el samovar preparado por su carcelero personal. Para los amaneceres él siempre había preferido el café, pero ya se había resignado a conformarse con lo que le asignaban los misérrimos burócratas de Alma Atá y sus vigilantes de la policía secreta. Sentado a la mesa, muy cerca de la estufa, empezó a beber en un tazón chino unos sorbos de aquel té fuerte, demasiado verde para su gusto, mientras acariciaba la cabeza de *Maya*, sin imaginar aún que muy pronto iba a tener la más artera ratificación de que su vida y hasta su muerte habían dejado de pertenecerle.

Hacía exactamente un año que lo habían confinado en Alma Atá, en los confines de la Rusia asiática, más cerca de la frontera china que de la última estación de cualquier ferrocarril ruso. En realidad, desde que él, su mujer y su hijo Liova habían bajado del camión cubierto de nieve en el que habían recorrido el tramo final del camino hacia una deportación escogida con alevosía, Liev Davídovich había comenzado a esperar la muerte. Estaba convencido de que si por milagro sobrevivía al paludismo y la disentería, la orden de eliminarlo iba a llegar tarde o temprano («Si muere tan lejos, cuando la gente lo sepa ya estará bien enterrado», pensaron sin duda sus enemigos). Pero, en tanto ocurría lo que esperaban, sus adversarios habían decidido aprovechar el tiempo y se dedicaron a liquidarlo de la historia y de la memoria, que también habían pasado a ser propiedad del Partido: la edición de sus libros, justo cuando alcanzaba el tomo vigésimo primero, había sido suspendida, a la vez que se realizaba una operación de recogida de ejemplares en librerías y bibliotecas; al mismo tiempo, su nombre, calumniado primero y disminuido después, empezó a ser borrado de recuentos históricos, homenajes, artículos periodísticos, incluso de fotografías, hasta hacerlo sentir cómo se iba convirtiendo en nada absoluta, hoyo sin fondo en la memoria. Por eso Liev Davídovich pensaba que si hasta entonces algo le había salvado la vida, era el temor al sismo que esa decisión podría provocar, si es que algo todavía era capaz de alterar la conciencia de un país deformado por miedos, consignas y mentiras. Pero un año de silencio obligatorio, acumulando golpes bajos sin posibilidad de réplica, viendo cómo se desarticulaban los restos de la Oposición que había liderado, lo convencería de que su desaparición se iba convirtiendo, cada día más, en una necesidad para el macabro deslizamiento hacia la satrapía en que había derivado la Gran Revolución proletaria.

Aquel año de 1928 había sido, ni siquiera lo dudaba, el peor de su vida, aun cuando hubiera vivido otros muchos tiempos terribles, en las cárceles zaristas o vagando sin dinero y muy pocas esperanzas por media Europa. Pero en cada circunstancia descorazonadora lo había sostenido la convicción de que todos los sacrificios eran necesarios cuando se aspiraba al bien mayor de la Revolución. ¿Por qué debía luchar ahora, si ya la Revolución llevaba diez años en el poder? La respuesta se le iba haciendo cada día más clara: para sacarla del abismo pervertidor de una reacción empeñada en asesinar los mejores ideales de la civilización humana. Pero ¿cómo? Ésa seguía siendo la gran pregunta, y las respuestas posibles se le cruzaban, en un fárrago de contradicciones capaces de paralizarlo en medio de su extraña lucha de comunista marginado contra otros comunistas que se habían apropiado de la Revolución.

Con informaciones censuradas y hasta falseadas, había seguido la mezquina puesta en marcha de un proceso de desestabilización ideológica, de confusión de posiciones políticas hasta poco antes definidas, mediante el cual Stalin y sus secuaces lo despojaban de sus palabras e ideas, por el malévolo procedimiento de apropiarse de los mismos programas por los que él había sido hostigado hasta ser expulsado del Partido.

En aquel instante de sus cavilaciones escuchó cómo la puerta de la casa se abría con un alarido de maderas congeladas y vio entrar al soldado Dreitser, arrastrando una nube de aire frío. El nuevo jefe del grupo de vigilancia de la GPU solía mostrar su pedazo de poder penetrando en la casa sin dignarse tocar a una puerta a la cual habían despojado de la dignidad de los pestillos. Cubierto con gorro orejero y capote de piel, el policía había empezado a sacudirse la nieve sin atreverse a mirarlo, pues sabía que era portador de una orden que solo un hombre, en todo el territorio de la Unión Soviética, era capaz de idear y, más aún, de hacer cumplir.

Tres semanas atrás, el soldado Dreitser había llegado como una especie de heraldo negro del Kremlin, cargado de nuevas restricciones y con el ultimátum de que si Trotski no suspendía del todo su campaña oposicionista entre las colonias de deportados, sería completamente aislado de la vida política. ¿Qué campaña, si desde hacía meses no podía enviar ni recibir correspondencia?; ¿y con qué nuevo aislamiento lo amenazaban que no fuera el de la muerte? Para hacer más patente su control, el agente había decretado la prohibición de que Liev Davídovich y su hijo Liev Sedov salieran de caza, a sabiendas de que con aquellas nevadas era imposible cazar. Aun así, incautó escopetas y cartuchos para mostrar su voluntad y poder.

Cuando consiguió liberarse de la nieve acumulada sobre su abrigo, Dreitser se acercó al samovar para servirse un té. Por el ulular del viento, Liev Davídovich había deducido que afuera habría menos de treinta grados bajo cero y el imperio de la nieve interminable que, a excepción de algunas piedras salvadoras, era lo único que existía en aquella estepa maldita. Luego del primer sorbo de té, el soldado Dreitser al fin había hablado y, con su acento de oso siberiano, le dijo que tenía una carta, llegada de Moscú. No le costó imaginar que aquella carta capaz de atravesar el control postal solo podía traer las peores noticias, y se lo había confirmado el detalle de que por primera vez Dreitser se hubiera dirigido a él sin llamarle «*camarada* Trotski», el último título que había conservado en su turbulenta degradación desde la cumbre del Poder hasta la soledad del destierro al que lo había enviado el advenedizo Iósif Stalin.

Desde que en julio recibiera la noticia de la muerte de su hija Nina, vencida por la tisis, Liev Davídovich había vivido con el temor de que ocurrieran otras desgracias familiares, provocadas por la vida o, cada vez lo pensaba con más pavor, por el odio. Zina, la otra hija de su primer matrimonio, había enfermado de los nervios, y su marido, Platón Vólkov, ya andaba, como otros oposicionistas, por un campo de trabajo en el Círculo Polar Ártico. Por fortuna, su hijo Liova estaba con ellos, y el joven Seriozha, el *homo apoliticus* de la familia, permanecía ajeno a las luchas partidistas.

La voz de Natalia Sedova, que daba los buenos días a la vez que maldecía al frío, llegó en ese instante. Él esperó a que ella entrara, recibida por el júbilo de *Maya*, y había sentido cómo el corazón se le encogía: ¿sería capaz de darle a Natasha una noticia fatal sobre el destino de su amado Seriozha? Con un tazón en las manos ella había ocupado una silla y él la observó: todavía es una mujer bella, pensó, según escribiría después. Entonces le informó que tenían correspondencia de Moscú y la mujer también se puso en alerta.

Dreitser había dejado su taza junto a la estufa para hurgar en sus bolsillos hasta hallar el paquete de los insoportables cigarrillos turkestanos y, como si aprovechara el acto, había metido la mano en el compartimento interior de su capote, de donde extrajo el sobre amarillo. Pareció, por un segundo, que tuviera la intención de abrirlo, pero optó por colocar el envoltorio en la mesa. Como si no lo corroyera la ansiedad, Liev Davídovich había mirado a Natalia, después al sobre sin timbre donde venía grabado su nombre, y arrojó hacia un rincón el té frío. Le tendió el tazón a Dreitser, que se vio obligado a tomarlo y regresar al samovar para rellenarlo. Aunque siempre le había gustado ser teatral, comprendió que malgastaba sus dotes histriónicas ante aquel público reducido y, sin esperar la llegada del té, abrió el sobre. Contenía un folio, escrito a máquina, con el membrete de la GPU, sin fecha de envío. Tras reacomodarse las gafas, había invertido menos de un minuto en la lectura, pero extendió su silencio, esta vez sin afanes teatrales: la conmoción ante lo increíble lo había dejado sin voz. El ciudadano Liev Davídovich Trotski debía abandonar el país, en un plazo de veinticuatro horas. La expulsión, sin destino específico, se decidía en virtud del recién creado artículo 58/10, útil para todo, aunque en su caso, según el folio, se le acusaba «de sostener campañas contrarrevolucionarias consistentes en la organización de un partido clandestino hostil a los Sóviets...». Todavía en silencio, le pasó la nota a su mujer.

Natalia Sedova, las manos sobre la mesa de madera basta, lo miraba, petrificada por el peso de la decisión que los condenaba no ya a morir de frío en un rincón del país, sino a tomar el camino de un exilio que se presentaba como una nube oscura. Veintitrés años de vida en común, compartiendo dolores y triunfos, fracasos y glorias, le sirvieron a Liev Davídovich para leer los pensamientos de la mujer a través de sus ojos azules: ¿desterrado el líder que movió las conciencias del país en 1905, el que había hecho triunfar el levantamiento de Octubre de 1917 y había creado un ejército en medio del caos y salvado la Revolución en los años de las invasiones imperialistas y la guerra civil? ¿Expulsado por desacuerdos de estrategia política y económica?, había pensado ella. De no ser tan patética, aquella orden habría resultado risible.

Mientras se ponía de pie, con los últimos restos de su ironía le preguntó al soldado Dreitser si tenía alguna idea de cuándo y dónde sería el primer congreso de su «partido clandestino», pero el heraldo se había limitado a exigirle que acusara el recibo de la comunicación. En el borde de la orden Liev Davídovich escribió: «El decreto de la GPU, criminal en el fondo e ilegal en la forma, me ha sido notificado con fecha 20 de enero de 1929», lo firmó con un trazo rápido y calzó la hoja con un cuchillo sucio. Entonces miró a su mujer, todavía anonadada, y le pidió que despertara a Liova: apenas tendrían tiempo para recoger los papeles y los libros, y caminó hacia la habitación, seguido por *Maya*, como si lo azuzara la prisa, aunque en verdad Liev Davídovich había huido por el temor a que el policía y su mujer le hubieran visto llorar por la impotencia que le provocaban la humillación y la mentira.

Desayunaron en silencio y, como siempre, Liev Davídovich fue dando a *Maya* unas migas del pan untado con la manteca rancia que les servían. Más tarde Natalia Sedova le confesaría que en aquel instante había visto en sus ojos, por primera vez desde que se conocieran, el destello oscuro de la resignación, un estado de ánimo tan alejado de su actitud de un año antes, cuando, al pretender deportarlo de Moscú, habían tenido que sacarlo hacia la estación de trenes cargado entre cuatro hombres, sin que él dejara de vociferar y maldecir la estampa de los sepultureros de la Revolución.

Seguido por su perra, Liev Davídovich regresó a la habitación, donde ya había comenzado a preparar las cajas en las cuales colocaría aquellos papeles a los que se habían reducido sus pertenencias, pero que para él valían tanto o más que su vida: ensayos, proclamas, partes de guerra y tratados de paz que cambiaban el destino del mundo, pero sobre todo cientos, miles de cartas, firmadas por Lenin, Plejánov, Rosa Luxemburgo y tantos otros bolcheviques, mencheviques, socialistas revolucionarios entre los que había vivido y luchado desde que, siendo todavía un adolescente, fundara la romántica Unión de Obreros del Sur de Rusia, con la peregrina idea de derrocar al zar.

La certeza de la derrota le oprimía el pecho, como si lo aplastara la pata de un caballo, y lo asfixiaba. Por eso recogió las sobrebotas y las galochas de fieltro y avanzó con ellas hasta el comedor, donde Liova organizaba archivos, y comenzó a calzarse, ante el asombro del joven, que le preguntó qué se proponía. Sin responder, tomó las bufandas colgadas tras la puerta y, seguido de su perra, salió al viento, la nieve y la grisura de la mañana. La tormenta, desatada dos días antes, no parecía tener intenciones de remitir y al penetrar en ella él sintió cómo su cuerpo y su alma se hundían en el hielo y en la bruma, mientras el aire le hería la piel de la cara. Dio unos pasos hacia la calle desde la que se divisaban las últimas estribaciones de los montes Tien-Shan, y fue como si hubiese abrazado la nube blanca hasta fundirse con ella. Silbó, reclamando la presencia de *Maya*, y se sintió aliviado cuando la perra se acercó. Apoyando la mano en la cabeza del animal, había notado cómo la nieve empezaba a cubrirlo. Si permanecía allí diez, quince minutos, se convertiría en una mole helada y se le detendría el corazón, a pesar de los abrigos. Podría ser una buena solución, pensó. Pero si mis verdugos no me matan aún, se dijo, no les adelantaré el trabajo. Guiado por *Maya* desanduvo los metros que lo separaban de la casucha: Liev Davídovich sabía que todavía quedaba vida, y también balas por disparar.

Natalia Sedova, Liev Sedov y Liev Davídovich se habían sentado a beber un último té mientras esperaban la llegada del séquito policial que los conduciría al destierro. En la habitación, las cajas de papeles estaban listas, tras una criba mediante la cual se habían deshecho de decenas de libros considerados levemente prescindibles. Temprano en la mañana, uno de los policías había recogido los tomos desechados y, apenas los sacó de la cabaña, les había prendido fuego después de rociarlos con petróleo.

Dreitser llegó hacia las once. Como de costumbre, entró sin tocar y les comunicó que se posponía el viaje. Natalia Sedova, siempre preocupada por las cosas prácticas, le preguntó por qué pensaba que al día siguiente la tormenta remitiría, y el jefe de los vigilantes le explicó que acababa de recibir el reporte del tiempo pero, sobre todo, lo sabía porque podía otearlo en el aire. Fue entonces cuando Dreitser, otra vez necesitado de mostrar su poder, le dijo a Liev Davídovich que la perra *Maya* no podía viajar con ellos.

La reacción del desterrado fue tan violenta que sorprendió al policía: *Maya* formaba parte de su familia y se iba con él o no se iba nadie. Dreitser le recordó que él ya no estaba en condiciones de ordenar ni de amenazar, y Liev Davídovich le dio la razón, pero le recordó que aún podía hacer algún disparate que acabaría con la carrera del vigilante y haría que lo devolvieran a Siberia, pero no a su pueblo, sino a uno de esos campos de trabajo que dirigía su jefe en la GPU. Al observar el efecto inmediato de sus palabras, Liev Davídovich comprendió que aquel hombre estaba sometido a una gran presión y decidió ganar la partida sin emplear más cartas: ¿cómo era posible que un siberiano le pidiera a alguien que abandonara a un galgo ruso? Y lamentó que Dreitser nunca hubiera visto a *Maya* cazar zorros en la tundra helada. El policía, escabulléndose por la puerta que le abría el otro, ejecutó el acto con el cual trataba de demostrar quién tenía el poder: podían llevar al animal, pero ellos se encargaban de limpiar sus mierdas.

El olfato siberiano de Dreitser se equivocaría tanto como las predicciones de los meteorólogos, y la tormenta bajo la que dejaron Alma Atá, lejos de remitir, arreció a medida que el autobús avanzaba en las estepas. En la tarde (supo que era la tarde solo porque así lo indicaban los relojes), cuando llegaron a la aldea de Koshmanbet, comprobó que habían gastado siete horas para recorrer treinta kilómetros de camino llano bajo la helada.

Al día siguiente, cabeceando sobre el sendero helado, el autobús logró llegar al puerto de montaña de Kurdai, pero el intento de mover con un tractor la caravana de siete automóviles en los que viajarían todos desde ese punto resultó inútil y cruento: siete miembros de la escolta policial murieron de frío junto a una cantidad notable de caballos. Entonces Dreitser había optado por los trineos, sobre los cuales se deslizarían durante otros dos días, hasta avistar Pichpek, de nuevo en camino llano, donde abordaron otros automóviles.

Frunze, con sus mezquitas y el olor a manteca de carnero que escapaba de las chimeneas, les pareció a deportados y deportadores la estampa de un oasis salvador. Por primera vez desde que dejaron Alma Atá pudieron volver a bañarse y a dormir en camas, despojados de los abrigos malolientes cuyo peso casi les impedía caminar. Para corroborar que en la miseria todos los detalles son un lujo, Liev Davídovich tuvo incluso la posibilidad de paladear un oloroso café turco del que bebió hasta sentir cómo se le agitaba el corazón.

Esa noche, antes de que se fueran a la cama, el soldado Ígor Dreitser se sentó a beber café con los Trotski y les informó que su misión al frente de la escolta terminaba allí. Varias semanas de convivencia con aquel siberiano malencarado lo habían convertido, sin embargo, en una presencia habitual entre ellos y por eso, en el instante de la despedida, Liev Davídovich le deseó buena suerte y se permitió recordarle algo: no importaba quién fuese el Secretario del Partido. Daba igual si estaba Lenin, Stalin, Zinóviev o él... Los hombres como Dreitser trabajaban para el país, no para un dirigente. Luego de escucharlo, Dreitser le extendió la mano y, sorprendentemente, le dijo que, a pesar de las circunstancias, para él había sido un honor conocerlo; pero lo que verdaderamente lo intrigó fue cuando el agente, casi en un susurro, le informó que, aunque la orden especificaba que quemaran toda la papelería del deportado, él había decidido que se quemaran solo unos libros. Apenas Liev Davídovich había conseguido asimilar aquella extraña información cuando sintió en sus falanges la presión siberiana de la mano de Dreitser, quien dio media vuelta y salió a la oscuridad y la nevada.

Con el relevo del equipo policial, al frente del cual se colocó un agente nombrado Bulánov, los deportados habían tenido la esperanza de rasgar el velo y conocer cuál sería el destino que les habían asignado. Sin embargo, Bulánov tan solo les pudo informar que tomarían un tren especial en la cabeza de línea de Frunze, sin que la orden especificara hacia dónde. Tanto misterio, pensó Liev Davídovich, solo podía ser obra del miedo a improbables pero todavía temidas reacciones de sus diezmados seguidores en Moscú. También pensó si toda aquella operación no era otra pantomima orquestada para crear confusión y estados de opinión manejables, técnica predilecta de Stalin, que en varias ocasiones a lo largo de aquel año había hecho rodar rumores sobre su inminente destierro, posteriormente desmentidos con mayor o menor énfasis, pero que le sirvieron para difundir la idea y preparar la llegada de aquella condena de la que la gente solo tendría noticia cuando ya se hubiera concretado.

Solo durante los meses previos a la expulsión, sufriendo una derrota política que conseguía atarle las manos, Liev Davídovich había comenzado a valorar con seriedad y espanto la magnitud de la habilidad manipuladora de Stalin. Demasiado tarde comprendió que había menospreciado la inteligencia del ex seminarista georgiano, y no había sido capaz de valorar su genio para la intriga, su desvergüenza para mentir y armar componendas. Stalin, educado en las catacumbas de las luchas clandestinas, había aprendido todas las modalidades de demolición subterránea, y ahora las aplicaba, en beneficio personal, en busca de los mismos fines por los que antes las había practicado el partido bolchevique: para hacerse con el poder. El modo en que fue desarmando y desplazando a Liev Davídovich, mientras utilizaba la vanidad y los miedos de hombres que nunca parecieron tener miedos ni vanidades, los calculados virajes de sus fuerzas a uno y otro extremo del diapasón político, habían sido la obra maestra de una manipulación que, para coronar la victoria del georgiano, había contado con la imprevisible ceguera y el orgullo de su rival.

Más que lograr su expulsión del Partido, y ahora del país, la gran victoria de Stalin había sido convertir la voz de Trotski en la encarnación del enemigo interno de la Revolución, de la estabilidad de la nación, del legado leninista, y haberlo aplastado con el muro de la propaganda de un sistema que el propio Liev Davídovich había contribuido a crear, y contra el cual, por principios inviolables, no podía oponerse si con ello arriesgaba la permanencia de ese sistema. El combate en que debía empeñarse desde ese momento sería contra unos hombres, contra una fracción, jamás contra la Idea. Pero ¿cómo luchar contra ellos si esos hombres se han apropiado de la Idea y se presentan al país y al mundo como la encarnación misma de la revolución proletaria?, comenzó a pensar entonces y seguiría pensando después de su deportación.

Al dejar atrás Frunze, se inició la odisea ferroviaria de aquel peregrinaje. La nieve impuso una marcha lenta a la vieja locomotora inglesa tras la cual se movían cuatro vagones. En sus años al frente del Ejército Rojo, cuando tuvo que recorrer la geografía del país inmerso en la guerra civil, Liev Davídovich llegó a conocer casi todo el entramado de las vías férreas de la nación. En aquel tren especial había viajado, según cálculos, suficientes kilómetros como para dar cinco veces y media la vuelta a la Tierra. Por eso, al salir de Frunze pudo deducir que se movían atravesando el sur asiático de la Unión de los Sóviets y su destino no podía ser otro que el mar Negro, por alguno de cuyos puertos los sacarían del país. ¿Hacia dónde? Dos días después, cumplida una rápida estadía en una estación perdida en la estepa, Bulánov llegó con la noticia que daba fin a las expectativas: un telegrama remitido desde Moscú informaba de que el gobierno de Turquía aceptaba recibirlo en calidad de invitado, con una visa por problemas de salud. Al oír la noticia la ansiedad del deportado se sintió tan congelada como si viajara desnuda en el techo del tren: de todos los destinos imaginados para su destierro, la Turquía de Kemal Paschá Atatürk no había figurado entre las posibilidades realistas, a menos que quisieran ponerle sobre un cadalso y adornarle el cuello con una soga engrasada, pues desde el triunfo de la Revolución de Octubre el vecino del sur se había convertido en una de las bases de los exiliados blancos más agresivos contra el régimen de los Sóviets, y depositarle en ese país era como soltar un conejo en medio de una jauría de perros. Por eso le gritó a Bulánov que no iría a Turquía: podía aceptar que lo expulsaran del país que se habían robado, pero el resto del mundo no les pertenecía y su destino tampoco.

Cuando se detuvieron en la legendaria Samarcanda, Liev Davídovich vio a Bulánov y a dos oficiales descender del vagón de la comandancia y perderse en el edificio con aires de mezquita que funcionaba como estación: tal vez cumplían la exigencia del deportado y Moscú gestionaría otro visado. Comenzó ese día la ansiosa espera de los resultados de las consultas y, al hacerse evidente que el proceso sería dilatado, hicieron avanzar el tren durante más de una hora para detenerlo en un ramal muerto en medio del desierto helado. Fue entonces cuando Natalia Sedova le pidió a Bulánov que, mientras aguardaban respuesta de Moscú, telegrafiaran a su hijo, Serguéi Sedov, y a Ania, la esposa de Liova, para que, como les habían concedido, se reunieran por unos días con ellos antes de abandonar el país.

Liev Davídovich nunca lograría saber si los doce días en que permanecieron varados en aquel paraje en medio de la nada se debieron a las demoras de las consultas diplomáticas o solo fue por la más asoladora tormenta de nieve que jamás hubiera visto, capaz de bajar los termómetros a cuarenta grados bajo cero. Cubiertos con todos los abrigos, gorros y mantas a su alcance, recibieron la visita de Seriozha y

Ania, que viajó sin los niños, demasiado pequeños para ser expuestos a aquellas temperaturas. Bajo la mirada ocasional de alguno de los vigilantes, la familia disfrutó durante ocho días de charlas intrascendentes y amables, encarnizadas partidas de ajedrez y lecturas en voz alta, mientras él, personalmente, se encargaba de preparar el café traído por Serguéi. A pesar del escepticismo del auditorio, cada vez que los guardias los dejaban solos, el optimismo compacto de Liev Davídovich se desataba y le hacía hablar de planes para la lucha y el regreso. En las noches, cuando los demás dormían, el deportado se arrinconaba en el vagón y, escuchando las respiraciones entrecortadas a causa de la epidemia de gripe que se había desatado en el convoy, aprovechaba sus insomnios para escribir cartas de protesta dirigidas al Comité Central bolchevique, y programas de lucha oposicionista que, finalmente, decidió guardar consigo para no comprometer a Seriozha con unos papeles que bien podrían llevarlo a la cárcel.

El frío era tan intenso que, periódicamente, la locomotora tenía que encender sus motores y recorrer algunos kilómetros, para evitar que se atrofiaran sus mecanismos. Imposibilitados de bajar por la intensidad de la nieve (Liev Davídovich no quiso rebajarse a pedir permiso para conocer Samarcanda, la mítica ciudad que siglos atrás había reinado sobre toda el Asia central), esperaban los periódicos solo para comprobar que las noticias eran siempre desalentadoras, pues cada día se informaba de nuevas detenciones de contrarrevolucionarios antisoviéticos, como habían bautizado a los miembros de la Oposición. La impotencia, el tedio, los dolores en las articulaciones, las difíciles digestiones de comidas enlatadas, llevaron a Liev Davídovich al borde de la desesperación.

Al duodécimo día Bulánov le ofreció un resumen de respuestas: Alemania no estaba interesada en darle un visado, ni siquiera por motivos de salud; Austria ponía pretextos; Noruega exigía incontables documentos; Francia esgrimía una orden judicial de 1916 por la cual no podía entrar en el país. Inglaterra ni siquiera había respondido. Solo Turquía reiteraba su disposición a aceptarlo... Liev Davídovich tuvo la certeza de que, por ser quien era y por haber hecho lo que hizo, para él el mundo se había convertido en un planeta para el que no tenía visado.

En los días que invirtieron en el trayecto hasta Odesa, el ex comisario de la Guerra tuvo tiempo de hacer un nuevo recuento de los actos, convicciones, errores mayores y menores de su vida, y pensó que, aun cuando le hubieran impuesto convertirse en un paria, no se arrepentía de lo hecho y se sentía dispuesto a pagar el precio de sus acciones y sueños. Incluso se reafirmó más en esas convicciones cuando el tren atravesó Odesa y recordó aquellos años que se empeñaban en parecer tremendamente remotos, cuando había ingresado en la universidad de la ciudad y comprendido que su destino no estaba en las matemáticas, sino en la lucha contra un sistema tiránico, y había comenzado la interminable carrera de revolucionario. En Odesa había presentado a otros grupos clandestinos la recién fundada Unión de Obreros del Sur de Rusia, sin tener una idea clara de sus proyecciones políticas; allí había sufrido su primer encarcelamiento, había leído a Darwin y desterrado de su mente de joven judío ya demasiado heterodoxo la idea de la existencia de cualquier ser supremo; allí había sido juzgado y condenado por primera vez, y el castigo también había resultado el destierro: entonces los esbirros del zar lo habían enviado a Siberia por cuatro años, mientras que sus antiguos compañeros de lucha ahora lo deportaban fuera de su propio país, quizás por el resto de sus días. Y allí, en Odesa, había conocido al afable carcelero que lo proveía de papel y tinta, el hombre cuyo sonoro apelativo había escogido cuando, fugado de Siberia, unos camaradas le entregaron un pasaporte en blanco para que saliera a su primer exilio y, en el espacio reservado para el nombre, Trotski escribió el apellido del carcelero, que lo acompañaba desde entonces.

Luego de bordear la ciudad por la costa, el tren fue a detenerse en un ramal que penetraba hasta los atracaderos del puerto. El espectáculo que se desplegó ante los viajeros resultó conmovedor: a través de la ventisca que golpeaba las ventanillas, contemplaron el extraordinario panorama de la bahía helada, los buques sembrados en el hielo, las arboladuras quebradas.

Bulánov y otros chequistas abandonaron el tren y subieron a un vapor llamado *Kalinin*, mientras otros agentes se presentaron en el vagón para anunciarles que Serguéi Sedov y Ania debían retirarse, pues los deportados embarcarían en breve. La despedida, al cabo de tantos días de convivencia entre las paredes de un coche, resultó más desgarradora de lo que imaginaban. Natalia lloraba mientras acariciaba el rostro de su pequeño Seriozha, y Liova y Ania se abrazaban, como si quisieran transmitirse a través de la piel el sentimiento de abandono al que los lanzaba una separación sin límites visibles. Para protegerse, él fue conciso en sus despedidas, pero mientras miraba a Seriozha a los ojos tuvo la premonición de que estaba viendo por última vez a aquel joven, tan saludable y bello, dueño de la suficiente inteligencia para despreciar la política. Lo abrazó con fuerzas y lo besó en los labios, para llevarse consigo algo de su calor y su forma. Entonces se retiró a un rincón, seguido de *Maya*, y luchó por alejar de su mente las palabras que le dijera Piatakov, al final de aquella tétrica reunión del Comité Central en 1926, cuando Stalin, con el apoyo de Bujarin, había logrado su expulsión del Politburó y Liev Davídovich lo acusara delante de los camaradas de haberse convertido en el sepulturero de la Revolución. A la salida, el pelirrojo Piatakov le había dicho, con aquella costumbre suya de hablar al oído: «¿Por qué, por qué lo has hecho?... Él nunca te perdonará esa ofensa. Te lo hará pagar hasta la tercera o cuarta generación». ¿Sería posible que el odio político de Stalin llegase a tocar a estas criaturas que representan lo mejor no ya de la Revolución, sino de la vida?, se preguntó. ¿Alguna vez su mezquindad alcanzaría al Seriozha que había enseñado a leer y a contar a la pequeña Svetlana Stalina? Y tuvo que responderse que el odio es una enfermedad imparable, mientras acariciaba la cabeza de su perra y observaba por última vez –en su fuero interno lo presentía– la ciudad donde treinta años antes él se había desposado para siempre con la Revolución.

3

–Sí, dile que sí.

Por el resto de sus días Ramón Mercader recordaría que, apenas unos segundos antes de pronunciar las palabras destinadas a cambiarle la existencia, había descubierto la malsana densidad que acompaña al silencio en medio de la guerra. El estrépito de las bombas, los disparos y los motores, las órdenes gritadas y los alaridos de dolor entre los que había vivido durante semanas, se habían acumulado en su conciencia como los sonidos de la vida, y la súbita caída a plomo de aquel mutismo espeso, capaz de provocarle un desamparo demasiado parecido al miedo, se convirtió en una presencia inquietante, cuando comprendió que tras aquel silencio precario podía agazaparse la explosión de la muerte.

En los años de encierro, dudas y marginación a que lo conducirían aquellas cuatro palabras, muchas veces Ramón se empeñaría en el desafío de imaginar qué habría ocurrido con su vida si hubiera dicho que no. Insistiría en recrear una existencia paralela, un tránsito esencialmente novelesco en el que nunca había dejado de llamarse Ramón, de ser Ramón, de actuar como Ramón, tal vez lejos de su tierra y sus recuerdos, como tantos hombres de su generación, pero siendo siempre Ramón Mercader del Río, en cuerpo y, sobre todo, en alma.

Caridad había llegado unas horas antes, acompañada por el pequeño Luis. Habían viajado desde Barcelona, a través de Valencia, conduciendo el potente Ford, confiscado a unos aristócratas fusilados, en el que solían moverse los dirigentes comunistas catalanes. Los salvoconductos, adornados con un par de firmas capaces de abrir todos los controles militares republicanos, les habían permitido llegar hasta la ladera de aquella montaña agreste de la Sierra de Guadarrama. La temperatura, varios grados bajo cero, los había obligado a permanecer en el interior del auto, cubiertos con mantas y respirando el aire viciado por los cigarrillos de Caridad, que colocaron a Luis al borde de la náusea. Cuando por fin Ramón consiguió bajar hasta la seguridad de la ladera, molesto por lo que consideraba una de las habituales intromisiones de su madre en la vida de cuantos se relacionaban con ella, su hermano Luis dormía en el asiento trasero y Caridad, con un cigarrillo en la mano, daba paseos alrededor del auto, pateando piedras y maldiciendo el frío que la hacía bufar nubes condensadas. Apenas lo divisó, la mujer lo envolvió con su mirada verde, más fría que la noche de la sierra, y Ramón recordó que desde el día que se reencontraron, hacía más de un año, su madre no le daba uno de aquellos besos húmedos que, cuando era niño, solía depositar con precisión en la comisura de sus labios para que el sabor dulce de la saliva, con un persistente regusto de anís, bajara hasta sus papilas y le provocara la agobiante necesidad de preservarlo en la boca más tiempo del que le concedía la acción de sus propias secreciones.

Hacía varios meses que no se veían, desde que Caridad, convaleciente de las heridas recibidas en Albacete, fuera comisionada por el Partido y emprendiera un viaje a México con la tarea de recabar ayuda material y solidaridad moral para la causa republicana. En ese tiempo la mujer había cambiado. No era que el movimiento de su brazo izquierdo aún se viera limitado por las laceraciones provocadas por un obús; no debía de ser tampoco a causa de la reciente noticia de la muerte de su hijo Pablo, el adolescente a quien ella misma había obligado a marchar al frente de Madrid, donde había sido destrozado por las orugas de un tanque italiano: Ramón lo achacó a algo más visceral que descubriría esa noche en que su vida empezó a ser otra.

–Llevo seis horas esperándote. Ya casi va a amanecer y no aguanto más tiempo sin tomarme un café –fue el saludo de la mujer, dedicada a aplastar el cigarrillo con la bota militar, mientras observaba el pequeño perro lanudo que acompañaba a Ramón.

En la distancia, los cañones tronaban y los motores de los aviones de combate eran un retumbar envolvente que bajaba desde un lugar ubicuo de un cielo desprovisto de estrellas. ¿Irá a nevar?, pensó Ramón.

–No podía soltar el fusil y salir corriendo –dijo él–. ¿Cómo estás? ¿Y Luisito?

–Desesperado por verte, por eso lo he traído. Yo estoy bien. ¿Y ese perro?

Ramón sonrió y miró al animal, que olisqueaba las ruedas del Ford.

–Vive con nosotros en el batallón... Se me ha pegado como una lapa. Es bonito, ¿no? –y se acuclilló–. *¡Churro!* –susurró, y el animal se acercó moviendo la cola. Ramón le acarició las orejas mientras lo limpiaba de abrojos. Levantó la vista–. ¿Por qué has venido?

Caridad lo miró a los ojos, más tiempo del que el joven podía soportar sin desviar la mirada, y Ramón se incorporó.

–Me han enviado para que te haga una pregunta...

–No puedo creerlo... ¿Has venido hasta aquí para hacerme una pregunta? –Ramón trató de sonar sarcástico.

–Pues sí. La pregunta más importante: ¿qué estarías dispuesto a hacer para derrotar el fascismo y por el socialismo?... No me mires así, que no bromeo. Necesitamos oírlo de tus labios.

Ramón volvió a sonreír, sin alegría. ¿Por qué le hacía esa pregunta?

–Pareces un oficial de reclutamiento... ¿Tú y quién más lo necesita? ¿Esto es cosa del Partido?

–Responde y después te lo explico –Caridad se mantenía seria.

–No sé, Caridad. Pues lo que estoy haciendo, ¿no? Jugarme la vida, trabajar para el Partido... No dejar que esos hijos de puta fascistas entren en Madrid.

–No es suficiente –dijo ella.

–¿Cómo que no es suficiente? No vengas a complicarme...

–Luchar es fácil. Morir, también... Miles de personas lo hacen... Tu hermano Pablo... Pero ¿estarías dispuesto a renunciar a todo? Y cuando digo todo, es todo. A cualquier sueño personal, a cualquier escrúpulo, a ser tú mismo...

–No lo entiendo, Caridad –dijo Ramón, con toda su sinceridad y una naciente alarma instalada en el pecho–. ¿Hablas en serio? ¿No podrías ser más clara?... Yo tampoco puedo pasarme aquí toda la noche –y señaló hacia la montaña de la que había bajado.

–Creo que ya estoy hablando muy claro –dijo ella y extrajo otro cigarrillo. En el instante en que prendió la cerilla, el cielo se iluminó con el destello de una explosión y la portezuela trasera del auto se abrió. El joven Luis, cubierto con una manta, corrió hacia Ramón, resbalando sobre el suelo helado, y se estrecharon en un abrazo.

–Pero, caray, Luisito, estás hecho un hombre.

Luis se sorbió los mocos sin soltar a su hermano.

–Y tú estás flaquísimo, tío. Te toco los huesos.

–Es la puta guerra.

–¿Y ése es tu perro? ¿Cómo se llama?

–Es *Churro*... No es mío, pero como si lo fuera. Apareció un día... –Luis silbó y el animal vino hasta sus pies–. Aprende rápido, y es más bueno... ¿Quieres llevártelo? –Ramón acarició los cabellos revueltos de su hermano menor y con los pulgares le limpió los ojos.

Luis miró a su madre, indeciso.

–Ahora no podemos tener perros –afirmó ella y fumó con avidez–. A veces no tenemos ni para comer nosotros.

—*Churro* come cualquier cosa, casi nada —dijo Ramón e instintivamente levantó los hombros para protegerse cuando un cañón retumbó en la distancia—. Con lo que te gastas en tabaco, come una familia.

—Mis cigarrillos no son tu problema... Anda, Luis, vete con el perro, necesito hablar con Ramón —exigió Caridad, y caminó hacia una encina cuyas hojas habían logrado resistir el agresivo invierno en la sierra.

Ya bajo el árbol, Ramón volvió a sonreír al observar el retozo de Luis y el pequeño *Churro*.

—¿Me vas a decir a qué has venido? ¿Quién te ha enviado?

—Kotov. Quiere proponerte algo muy importante —dijo ella y volvió a colocarlo bajo el cristal verde de su mirada.

—¿Kotov está en Barcelona?

—De momento. Quiere saber si estás dispuesto a trabajar con él.

—¿En el ejército?

—No, en cosas más importantes.

—¿Más que la guerra?

—Mucho más. Esta guerra se puede ganar o se puede perder, pero...

—¡Qué coño dices! No podemos perder, Caridad. Con lo que están enviando los soviéticos y con las gentes de las Brigadas Internacionales, vamos a joder uno por uno a todos esos fachas...

—Eso estaría bien, pero dime... ¿Tú crees que se puede ganar la guerra con los trotskos haciéndoles señas a los fascistas en la trinchera de al lado y con los anarquistas llevando a votación las órdenes de combate?... Kotov quiere que trabajes en cosas importantes de verdad.

—¿Importantes como qué?

La explosión sacudió la montaña, demasiado cerca de donde estaban los tres. El instinto impulsó a Ramón a proteger a Caridad con su propio cuerpo y rodaron por el suelo congelado.

—Voy a volverme loco. ¿Esos maricones no duermen? —dijo, de rodillas, mientras sacudía una manga del capote de Caridad.

Ella le detuvo la mano y se inclinó a recoger el cigarrillo humeante. Ramón la ayudó a ponerse de pie.

—Kotov piensa que eres un buen comunista y puedes ser útil en la retaguardia.

—Cada vez hay más comunistas en España. Desde que llegaron los soviéticos y las armas, la gente piensa distinto de nosotros.

—No lo creas, Ramón. La gente nos tiene miedo, a muchos no les gustamos. Éste es un país de imbéciles, beatos hipócritas y fascistas de nacimiento.

Ramón observó cómo su madre exhalaba el humo del cigarrillo, casi con furia.

—¿Y para qué me quiere Kotov?

—Ya te lo he dicho: algo más importante que disparar un fusil en una trinchera llena de agua y de mierda.

—No me imagino qué puede querer de mí... Los fascistas están avanzando, y si toman Madrid... —Ramón negó con la cabeza cuando descubrió una leve presión en el pecho—. Coño, Caridad, si no te conociera diría que has hablado con Kotov para que me aleje del frente. Después de lo que le pasó a Pablo...

—Pero me conoces... —lo cortó ella—. Las guerras se ganan de muchas maneras, deberías saberlo... Ramón, quiero estar lejos de aquí antes de que amanezca. Necesito una respuesta.

¿La conocía? Ramón la miró y se preguntó qué había quedado de la mujer refinada y mundana con la que él, sus hermanos y su padre solían caminar las tardes de domingo por la plaza de Cataluña en busca de los restaurantes de moda o de la elegante heladería italiana recién abierta en el paseo de Gracia: de aquella mujer no quedaba nada, pensó. Ahora Caridad era un ser andrógino que hedía a nicotina y sudores enquistados, hablaba como un comisario político y solo pensaba en las misiones del Partido, en la política del Partido, en las luchas del Partido.

Sumido en sus cavilaciones el joven no había percibido que, tras la explosión del obús que los lanzara al suelo, sobre la sierra se había instalado un compacto silencio: como si el mundo, vencido por el agotamiento y el dolor, se hubiera dormido. Ramón, tanto tiempo sumergido en los ruidos de la guerra, parecía haber extraviado la capacidad de escuchar el silencio, y en su mente, ya alterada por la posibilidad de un regreso, en ese momento flotaba el recuerdo de la Barcelona efervescente de la que había salido unos meses antes y la imagen tentadora de la joven que le había dado un sentido profundo a su vida.

—¿Has visto a África? ¿Sabes si sigue trabajando con los soviéticos? —preguntó, apenado por la persistencia de una debilidad hormonal de la que no había logrado deshacerse.

—¡Eres pura fachada, Ramón! Saliste blando como tu padre —dijo Caridad, buscando sus partes sensibles. Ramón sintió que podía odiar a su madre, pero tuvo que darle la razón: África era una adicción que lo perseguía.

—Te he preguntado si ella sigue en Barcelona.

—Sí, sí..., anda con los asesores. Hace unos días la vi en La Pedrera.

Ramón observó que los cigarrillos de Caridad eran franceses, muy perfumados, tan distintos de los canutos malolientes que se pasaban sus compañeros de batallón.

—Dame un pitillo.

—Quédatelos... —ella le entregó el paquete—. Ramón, ¿serías capaz de renunciar a esa mujer?

Él presentía que una pregunta así podía llegar y sería la más difícil de responder.

—¿Qué es lo que quiere Kotov? —insistió, evadiendo la respuesta.

—Ya te lo he dicho, que renuncies a todo lo que durante siglos nos dijeron que era importante, solo para esclavizarnos.

A Ramón le pareció estar escuchando a África. Era como si las palabras de Caridad brotaran de la misma torre del Kremlin, de las mismas páginas de *El capital* de donde salían las de África. Y en ese instante tuvo noción del silencio que los envolvía desde hacía varios minutos. Caridad era África, África era Caridad, y la renuncia a todo lo que había sido se le exigía ahora como un deber, mientras aquel mutismo doloroso y frágil se posaba sobre su conciencia, cargando el temor de que en el próximo minuto su cuerpo pudiera ser quebrado por el obús, la bala, la granada todavía agazapada pero ya destinada a destrozarle la existencia. Ramón comprendió que temía más al silencio que a los rugidos perversos de la guerra, y deseó estar lejos de aquel lugar. Fue entonces cuando dijo, sin saber que colgaba su vida de aquellas pocas palabras:

—Sí, dile que sí.

Caridad sonrió. Tomó el rostro de su hijo y, con su precisión alevosa, le estampó un beso demorado en la comisura de los labios. Ramón percibió que la saliva de la mujer se filtraba hacia la suya, pero no pudo encontrar ahora el sabor del anís, ni siquiera el de la ginebra que le entregara la última vez que lo había besado: solo recibió el dulzor asqueante del tabaco y la acidez fermentada de una mala digestión.

—En unos días te reclamarán desde Barcelona. Estaremos esperándote. Tu vida va a cambiar, Ramón, mucho —dijo y se sacudió la tierra—. Ahora me voy. Está amaneciendo.

Como si fuera algo casual, Ramón escupió, girando la cabeza, y encendió un cigarrillo. Avanzó tras Caridad hacia el auto, del que Luis bajó con *Churro* entre sus brazos.

—Suelta el perro y despídete de Ramón.

Luis la obedeció y volvió a abrazar a su hermano.

—Nos veremos pronto en Barcelona. Te llevaré a que te inscribas en las Juventudes. Ya has cumplido los catorce, ¿no?

Luis sonrió.

—¿Y me alistarás en el ejército? Todos los comunistas se han pasado al Ejército Popular...

—No te apures, Luisillo —Ramón sonrió y lo apretó contra sí. Sobre la cabeza del muchacho descubrió la mirada, otra vez perdida, de Caridad. Esquivó la incertidumbre que le provocaban los ojos de su madre y entrevió, con las primeras luces del día, la silueta pétrea y hostil de El Escorial—. Mira, Luisito, El Escorial. Yo estoy al otro lado, por esa ladera.
　　—¿Y siempre hace este frío?
　　—Un frío que pela.
　　—Nos vamos. Sube, Luis —Caridad interrumpió a sus hijos, y Luis, luego de despedirse de Ramón con el saludo de los milicianos, rodeó el auto para ocupar el asiento del copiloto.
　　—Si ves a África, dile que iré pronto —casi susurró Ramón.
　　Caridad abrió la portezuela del auto, pero se detuvo y volvió a cerrarla.
　　—Ramón, de más está decirte que esta conversación es secreta. Desde este momento métete en la cabeza que estar dispuesto a renunciar a todo no es una consigna: es una forma de vida —y el joven vio cómo su madre se abría el capote militar y extraía una Browning reluciente. Caridad dio unos pasos y sin mirar a su hijo preguntó—: ¿Estás seguro de que puedes?
　　—Sí —dijo Ramón en el instante en que el estallido de una bomba iluminó una ladera remota de la montaña, mientras Caridad, con el arma en la mano, colocaba a *Churro* en el punto de mira y, sin dar tiempo a que su hijo reaccionara, le disparaba en la frente. El animal rodó, empujado por la fuerza del plomo, y su cadáver comenzó a congelarse en la alborada fría de la Sierra de Guadarrama.

　　Los inviernos en Sant Feliu de Guíxols siempre han sido brumosos, propensos a las tormentas que bajan desde los Pirineos. Los veranos, en cambio, se ofrecen como un lujo de la naturaleza. La roca de la costa, que emerge hasta formar la montaña, se abre allí en una caleta de arena gruesa, y el agua suele ser más transparente que en toda la costa del Empordà. En la década de 1920, en Sant Feliu solo vivían pescadores y algunos anacoretas sin fe, los primeros fugados del bullicio de la urbe y la modernidad. Con el verano, en cambio, aparecían las familias pudientes de Barcelona, dueñas de chalets de playa o casas en la montaña. Y el clan de los Mercader era uno de los afortunados, gracias a que durante la Gran Guerra los negocios textiles habían tomado un segundo aire.

La familia del padre, emparentada incluso con la nobleza local, había acumulado riquezas a lo largo de varias generaciones; como buenos catalanes, se habían dedicado al comercio y a la industria; la de Caridad, dueños de un castillo en San Miguel de Aras, cerca de Santander, eran indianos regresados de Cuba antes del desastre de 1898; habían vuelto con su fortuna mellada, pues parte de ella la habían perdido con los negros que tuvieron que liberar al decretarse el fin de la esclavitud en la isla. Aunque Pau, el padre de Ramón, era varios años mayor que Caridad, a los ojos del niño formaban una pareja envidiable, que compartía la pasión por la hípica, como buenos aristócratas, y solo de verlos poner al trote sus caballos se sabía que eran excelentes jinetes, mucho más hábil ella que él.

Aquel verano de 1922 fue el primero y el único en que la familia gozó de todo un mes de sol, playa y libertad en aquella caleta que la memoria haría prodigiosa y congelaría como la estampa de la felicidad. Solo dos años después, cuando la vida empezó a torcer sus rumbos, Ramón supo que la decisión del padre, siempre tan ahorrativo, de trocar la visita veraniega al pétreo castillo de San Miguel por la privacidad del chalet rentado en la costa del Empordà, no tenía como origen el disfrute posible de sus hijos, sino la intención de procurar la reparación de lo que ya comenzaba a ser insalvable: la relación con su mujer.

Fue en Sant Feliu de Guíxols, durante ese verano, cuando sus padres se arroparon en los últimos rescoldos de su vida marital, y debió de ser allí donde engendraron a Luis, nacido en la primavera del año siguiente. Mucho tiempo después Ramón sabría que aquel acto de amor había sido como el reflujo de una ola que se deshace en la orilla para de inmediato retirarse hacia profundidades inalcanzables. Porque algo imparable, antes de que engendrara a su hermano menor, ya había comenzado a crecer dentro de Caridad: el odio, un odio destructivo que la perseguiría para siempre y que no solo daría sentido a su propia vida, sino que alteraría hasta la devastación la de cada uno de sus hijos.

Unos meses antes, con el temor latente que ya le provocaba cualquier cercanía con su madre, Ramón se había atrevido a preguntarle por el origen de los puntos encarnados que destacaban en la piel blanquísima de sus brazos y ella apenas le respondió que estaba enferma. Pero muy pronto, cuando se desató la tormenta y la casa burguesa de Sant Gervasi se llenó de gritos y peleas, sabría que las marcas habían sido producidas por las agujas con que se inyectaba la heroína a la que se había hecho adicta en una vida paralela que ella llevaba en las noches, más allá de las apacibles paredes de la casa familiar.

Muchos años después, una noche mexicana de agosto de 1940, Ramón escucharía de labios de Caridad que precisamente su respetable, emprendedor y católico marido había sido quien la alentó a dar el primer paso hacia una vertiginosa degradación de donde la rescataría, sufridas ya muchas humillaciones y recibidos infinitos golpes, el ideal supremo de la revolución socialista. Pau Mercader, pensando que la ayudaría a vencer el rechazo al sexo que desde el matrimonio ella sufría, la había conminado a acompañarlo a ciertos burdeles exclusivos de Barcelona donde era posible disfrutar, a través de cristales especiales, de las más atrevidas acrobacias sexuales, en las que podían intervenir un hombre y una mujer, o dos y dos, o un hombre con dos mujeres y hasta con tres, o dos mujeres solas, todos expertos y expertas en posturas y fantasías eróticas, dotados ellos con vergas exageradas, y capacitadas ellas para recibir dimensiones descomunales, naturales o artificiales, por cualesquiera de sus orificios. El saldo del experimento resultó poco satisfactorio para las expectativas del padre, pues provocó que Caridad rechazara con más fuerzas sus exigencias sexuales, aunque se aficionó a ciertas bebidas espirituosas que servían en aquellos antros de cortinas malvas y luces amortiguadas, unos licores que la desinhibían y, al final de la noche, le permitían abrir las piernas casi como un acto reflejo. Poco después, en busca de esos elixires, ella había comenzado a frecuentar los bares más selectos de la ciudad, muchas veces sin su marido, cada vez más exigido por sus absorbentes negocios. Pero pronto Caridad sentiría que en aquellos lugares sobraba lo que no buscaba (hombres dispuestos a embriagarla para lanzarla en una cama) y faltaba algo, todavía indefinible para ella misma, algo capaz de motivarla y reconciliarla con su propia alma.

Entonces aquella dama, rodeada desde la cuna de lujos y comodidades, educada por las monjas, experta en la monta de caballos de estirpe arábiga y casada con un dueño de fábricas ajeno por naturaleza a los sentimientos de los hombres que trabajaban para su riqueza, se despojó de joyas y ropas atractivas y descendió en busca de los rincones menos luminosos de la ciudad. Con sus manos palpó otra geografía, otro mundo, cuando se dio a transitar las calles del Barrio Chino, las plazas más oscuras del Raval, las estrechas y fétidas travesías cercanas al puerto. Allí, mientras probaba otros alcoholes menos sofisticados y más efectivos, descubrió una humanidad turbia, cargada de frustración y odio, que solía hablar, con un lenguaje para ella nuevo, de cosas tan tremendas como la necesidad de acabar con todas las religiones o de voltear patas arriba el orden burgués y explotador, enemigo de la dignidad del hombre, ese mundo del que ella misma provenía. La furia anarquista, de la cual hasta ese momento apenas había tenido idea, fue para ella como un golpe que removió cada célula de su cuerpo.

Con sus amigos libertarios y los lumpen del puerto y de los barrios de putas, Caridad había probado la heroína, que ella pagaba de su generoso bolsillo, y encontró en su iconoclastia una satisfacción recóndita, que le daba sabores más atractivos a la vida. Redescubrió el sexo, en otro nivel y con otros ingredientes, y lo practicó como una lucha a muerte, de un modo primitivo cuya existencia nunca había imaginado en su triste vida matrimonial: lo disfrutó con estibadores, marineros, obreros textiles, conductores de tranvías y agitadores profesionales a los que, con los dineros de su marido, también pagaba tragos y pinchazos. Le satisfacía comprobar que entre aquellos sediciosos no importaba su origen ni su educación: entre ellos era bienvenida, pues se trataba de una compañera dispuesta a romper reglas y ataduras clasistas y a librarse de los lastres de la sociedad burguesa.

A pesar de que en su casa ya dormían cuatro niños engendrados en su vientre, fue en medio de aquel vértigo de sensaciones nuevas y prédicas libertarias recién aprendidas cuando Caridad tuvo conciencia del odio que la minaba y cuando al fin se convirtió en una mujer adulta. Ella nunca supo con certeza hasta qué punto compartió por convicción o por rebeldía las ideas de los anarquistas, pero al mezclarse con ellos percibía que trabajaba por su liberación física y espiritual. En ocasiones pensaba incluso que se regodeaba en su degradación por el desprecio que sentía hacia sí misma y hacia lo que había sido y podría seguir siendo su vida. Pero, ya fuese por convicción o por odio, Caridad se había lanzado por aquel camino del modo en que, desde entonces, lo haría siempre: con una fuerza fanática e incontenible. Para demostrarlo, o tal vez para demostrárselo a sí misma, se dispuso a atravesar sus últimas fronteras y planeó, con los nuevos camaradas, su alucinado suicidio clasista: primero trabajó con ellos para promover huelgas en los talleres de Pau, en quien había fijado la encarnación misma del enemigo burgués; más tarde, en su espiral de odio, comenzó a preparar algo más irreversible, y con un grupo de sus compañeros planificó la voladura de una de las fábricas que la familia tenía en Badalona.

A sus nueve, diez años, Ramón no tenía noción de lo que ocurría en los subterráneos de la familia. Matriculado en uno de los colegios más caros de la ciudad, vivía despreocupadamente, empeñando su tiempo libre en las actividades físicas, con mucho preferidas a las intelectuales que desde la cuna se practicaban en una casa donde, a horarios establecidos, se hablaba en cuatro idiomas: francés, inglés, castellano y catalán. Quizás desde entonces ya existía algo profundamente reconcentrado en su carácter, pues sus mejores amigos no fueron sus compañeros de estudio o sus rivales deportivos, sino sus dos perros, regalo del abuelo materno ante la evidencia de que el niño sentía una debilidad especial por aquellos animales. *Santiago* y *Cuba*, bautizados por el abuelo indiano con los nombres de la nostalgia, habían llegado desde Cantabria siendo apenas unos cachorros, y la relación que Ramón estableció con ellos fue entrañable. Los domingos, después de misa, y las tardes en que regresaba temprano del colegio, el niño solía ir más allá de los límites de la ciudad, acompañado por sus dos labradores, con los que compartía galletas, carreras y su predilección por el silencio. A sus padres apenas los veía, pues cada vez con más frecuencia ella dormía todo el día y al caer la tarde salía a hacer vida social, como llamaba a los paseos nocturnos de los que regresaba con nuevas picadas rojas en los brazos; y el padre, o bien permanecía hasta muy tarde en sus oficinas, tratando de salvar los negocios de la quiebra a que los empujaba la desidia de su hermano mayor, el accionista principal, o se encerraba en sus habitaciones, sin intenciones de ver ni hablar con nadie. De cualquier forma, la vida hogareña seguía siendo apacible, y los perros la hacían incluso satisfactoria.

Cuando la policía se presentó en la casa de Sant Gervasi, llevaban en las manos dos opciones para el destino de Caridad: o la cárcel, acusada de planear atentados contra la propiedad privada, o el manicomio, como enferma de drogadicción. Sus compañeros de lucha y juerga ya estaban en ese momento tras las rejas, pero la posición social de Pau y los apellidos de ambos habían mediado en la decisión policial. Además, uno de los hermanos de Caridad, juez municipal de la ciudad, había intercedido por ella, presentándola como una enferma sin voluntad, manipulada por los diabólicos anarquistas y sindicalistas enemigos del orden. En un esfuerzo por salvar su propio prestigio y lo que podía quedar de su matrimonio burgués y cristiano, Pau consiguió una solución menos drástica y prometió que su esposa no frecuentaría más los círculos anarquistas ni se relacionaría con la droga, y dio su palabra (y seguramente algunas buenas pesetas) como garantía.

Dos meses más tarde, finalizado el tratamiento de desintoxicación al que Caridad había aceptado someterse, la familia salía para aquellas vacaciones en Sant Feliu de Guíxols, donde vivieron unos días cercanos a la felicidad y la armonía perfecta, y así los conservaría Ramón en el recuerdo, convertidos en el mayor tesoro de su memoria.

Mientras el vientre de Caridad crecía, la familia transitaba una dócil cotidianidad. Los negocios de Pau, sin embargo, apenas conseguían recomponerse en medio de la crisis a que los abocaron la ruptura con su disoluto hermano mayor y las demandas cada vez más exaltadas de los trabajadores. Luis, el que sería el último de los hermanos, nació en 1923, poco antes de que se iniciara la dictadura de Primo de Rivera y en medio de la tregua que Caridad quebraría un año después: porque el odio es una de las enfermedades más difíciles de curar, y ella se había hecho más adicta a la venganza que a la propia heroína.

Caridad regresaría a su mundo anárquico de un modo peculiar. Su hermano José, el juez, le había comentado que atravesaba serios problemas económicos, debido a deudas de juego que, de ventilarse, podrían acabar con su carrera. Caridad prometió ayudarlo monetariamente a cambio de información: él debía decirle quiénes serían los jueces y cuáles los juzgados donde encausarían a sus amigos anarquistas detenidos. Con esos datos, otros compañeros comenzaron una campaña de intimidación a los letrados, que recibieron cartas en las que los amenazaban con las más diversas represalias si se atrevían a imponer condenas a cualquier libertario. Pau Mercader descubrió muy pronto la fuga de capitales y comprendió por qué vía drenaban. Con la debilidad que lo caracterizó siempre en su relación con Caridad, el hombre solo tomó medidas para evitar que ella pudiera manejar sumas importantes y volvió a concentrarse en los negocios que trataba de mantener a flote desde su nueva oficina de la calle Ample.

Al ver cómo su aporte a la causa se veía obstruido, Caridad se rebeló ante tal mezquindad burguesa: volvió a los lupanares, donde bebía y se drogaba, y a los mítines, en los que pedía a gritos el fin de la dictadura, la monarquía, el orden burgués, la desintegración del Estado y sus retrógradas instituciones. Su hermano José, ya a salvo de sus apuros, planeó entonces con Pau la salida más honorable y consiguieron que un médico amigo ingresara a Caridad en un manicomio.

Quince años después, Caridad describiría a Ramón los dos meses en que vivió en aquel infierno de duchas frías, enclaustramientos, inyecciones, lavativas y otras terapias devastadoras. Que hubieran tratado de enloquecerla era algo que todavía la enervaba hasta la agresión; y si no lo consiguieron fue porque Caridad tuvo la fortuna de que sus compañeros anarquistas acudieran a salvarla de aquella reclusión amenazando con barrer los negocios de Pau y hasta el mismo manicomio si no la liberaban. La coacción surtió efecto y Pau se vio obligado a traer de regreso a su mujer, quien solo volvió a entrar en la casa de Sant Gervasi para recoger a sus cinco hijos y unas maletas con lo imprescindible: se iba, a cualquier sitio, no sabía dónde, pero ya no volvería a vivir cerca de su marido ni de sus familias, de los cuales, lo juraba, se vengaría hasta hacerlos desaparecer de la faz de la Tierra.

Ante la evidencia de que ya nada podría detenerla, Pau le rogó que no se llevara a los niños. ¿Qué iba a hacer con cinco chicos?, ¿cómo los iba a mantener?, y, sobre todo, ¿desde cuándo los quería tanto que no pudiera vivir sin ellos? Tal vez como otra forma de venganza hacia el padre, que les profesaba un cariño distante y silencioso, pues no sabía ser de otro modo; tal vez procurándose algún soporte espiritual; quizás porque ya soñaba hacer de cada uno de ellos lo que cada uno de ellos sería en el futuro, el hecho es que, decidida a llevarse a sus hijos, ningún ruego la hizo cambiar de opinión.

Algo de novedad y aventura tuvo para los chicos mayores lo que sucedería a partir de ese momento. Ramón, acostumbrado ya a los arrebatos de Caridad, asumió el trance como una explosión pasajera y solo lamentó tener que separarse de *Cuba* y *Santiago*, pero se tranquilizó cuando la cocinera de la casa le aseguró que los cuidaría hasta que él regresara.

En la primavera de 1925, con sus hijos a rastras, Caridad cruzó la frontera francesa. Aunque su propósito era llegar a París, la mujer decidió hacer un alto en la apacible ciudad de Dax, tal vez porque en aquel momento se sintió turbada, como si necesitara rediseñar los mapas de su vida, o porque se convenció de que destruir el sistema y a la vez criar a cinco niños puede ser más complicado de lo que aparenta, sobre todo cuando (paradojas de la vida) no se tiene suficiente dinero.

Poco después de llegar a Dax, Ramón y sus hermanos, con excepción del bebé, Luis, ingresaron en una escuela pública, y Caridad comenzó a buscar compañía política, que muy pronto halló, pues anarquistas y sindicalistas había en todas partes. Para mantenerse a flote, ella empezó a vender sus joyas, pero el ritmo de gastos impuesto por las noches de tabernas, cigarrillos, algún que otro pinchazo de heroína y comilonas (solo un comunista puede tener más hambre y menos dinero que un anarquista, aseguraba Caridad) resultó insostenible.

Para Ramón se inició en esa época un aprendizaje que comenzaría a redefinirlo. Acababa de cumplir los doce años, hasta entonces había sido un niño matriculado en escuelas exclusivas, criado en la abundancia, y de pronto, solo con dar un paso, había caído si no en la pobreza, al menos en un mundo mucho más cercano a la realidad, donde se contaban las monedas para las meriendas y las camas se quedaban sin hacer hasta tanto uno mismo las tendía. La pequeña Montse, con diez años, había recibido la carga de cuidar y alimentar a Luis, mientras Pablo había asumido el incordio de la limpieza. Jorge y él, por ser los mayores, se responsabilizaron de hacer las compras y, muy poco después, de preparar las comidas que los salvaron de morir de hambre cuando Caridad no regresaba a tiempo o volvía drogada de los compromisos de su vida política. Cada cual se bañaba cuando quería y cualquier pretexto para no ir a la escuela era aceptado. Sus amigos en Dax fueron hijos de aldeanos pobres y de emigrantes españoles, con los que disfrutaba saliendo a los bosques cercanos a recolectar trufas, guiados por los cerdos. En aquella época Ramón también aprendió a sentir sobre su piel el ardor de la mirada gélida, cargada de desprecio, de los jóvenes burgueses de la pequeña ciudad.

Después de pedir informes a Barcelona, la policía de Dax decidió que no quería a Caridad en sus predios y, sin mayores contemplaciones, le exigieron que tomara otro rumbo. Por eso tuvieron que hacer de nuevo las maletas y salir hacia Toulouse, una ciudad mucho más grande, donde ella pensaba que podía pasar inadvertida. Allí, para evitar la presión de la policía y convencida de que las joyas no darían para mucho más, Caridad comenzó a trabajar como maestresala de un restaurante, pues tenía maneras y educación para la faena. Gracias a los dueños del lugar, que pronto les tomaron afecto a los muchachos, Jorge y Ramón pudieron ingresar en la École Hôtelière de Toulouse, el primero para estudiar *chef de cuisine*, Ramón para *maître d'hôtel*, y la estabilidad recuperada los hizo abrazar la ilusión de que volvían a ser una familia normal.

Definitivamente, Caridad no había nacido para sentar burgueses a una mesa y sonreírles mientras les sugería platos. Preñada con la furia de la revolución total y el odio al sistema, su vida le parecía miserable, el desperdicio de unas fuerzas que exigían a gritos un cauce liberador. Aunque nunca pudo aclararse el incidente, Ramón pensaría toda su vida que el envenenamiento masivo de clientes del restaurante que se produjo una noche solo pudo ser obra de su madre. Por fortuna nadie murió, y la duda sobre la intencionalidad y, por tanto, la autoría del atentado, no llegó a ser aclarada. Pero los dueños del negocio decidieron prescindir de ella, y el comisario encargado del caso, con sobradas razones para sospechar de Caridad, se presentó en la casa varios días después y le exigió que se esfumara o la metería en la cárcel.

Antes incluso del envenenamiento de los comensales, Caridad vivía en un sopor, y se movía como un péndulo de las explosiones de entusiasmo o de ira a unos silencios depresivos en los que caía por días. Era evidente que su vida, carente de un sostén ideológico firme, había extraviado sus sentidos y, al verse privada de la posibilidad de lucha y demolición, frente a ella solo se abría un círculo vicioso de depresión, furia, frustración, de donde no conseguía salir. Perdió entonces el control y trató de matarse ingiriendo un puñado de píldoras tranquilizantes.

Jorge y Ramón la descubrieron solo porque esa noche decidieron entrar en su cuarto para llevarle un poco de comida. Los recuerdos que Ramón conservaría de ese momento siempre fueron borrosos y apenas podría pensar que habían actuado por reflejo, sin detenerse a razonar. Un Ramón desesperado la sacó a rastras de la cama, anegada de excrementos y orines. Ayudado por Jorge, que usaba una prótesis metálica a causa de la poliomielitis que le había dejado secuelas en una de las piernas, consiguió arrastrarla a la calle. Sin fijarse en que le desgarraban los pies contra los adoquines, sin reparar en el frío ni en la lluvia, lograron llevarla hasta la avenida y tomar un coche hacia el hospital.

Nunca volvió a hablar Caridad de aquel episodio y ni siquiera pronunció jamás una palabra de gratitud por lo que sus hijos habían hecho por ella. Ramón pensaría, durante muchos años, que su silencio se debió a la vergüenza provocada por la patente flaqueza en que había caído, ella, la mujer que quería cambiar el mundo. Además, al salir del hospital Caridad había tenido que aceptar, para mayor humillación, que su marido, avisado por los muchachos, se responsabilizara ante los médicos con su custodia: la única ocasión en que Ramón vio llorar a su madre fue el día en que se despidió de Jorge y de él, para marchar con Pau y sus hijos pequeños hacia Barcelona.

En medio de la tormenta de amor y de odio en que vivieron por tantos años, Caridad nunca sabría, pues Ramón tampoco le regaló jamás el placer de confesárselo, que en aquel momento, viéndola partir rescatada por la encarnación misma de lo que ella más despreciaba, él dejó de ser un niño, pues se convenció de que su madre tenía razón: si uno quería saberse realmente libre, tenía que hacer algo para cambiar aquel mundo de mierda que laceraba la dignidad de las personas. Muy pronto Ramón también aprendería que ese cambio solo se produciría si muchos abrazaban la misma bandera y, codo con codo, luchaban por él: había que hacer la revolución.

4

«La mierda petrificada del presente»... Liev Davídovich lanzó el periódico contra la pared y abandonó el estudio de trabajo. Mientras bajaba las escaleras, de la cocina le llegó el olor del cabrito estofado que Natalia preparaba para la cena, y le pareció obsceno aquel aroma goloso. Tras su mesa de trabajo contempló a la hermosa Sara Weber, que tecleaba con aquella velocidad que en ese instante se le antojó automática, definitivamente inhumana. Cruzó la puerta de acceso al jardín yermo y los policías turcos le sonrieron, disponiéndose a seguirlo, y él los detuvo con un gesto. Los hombres hicieron como que acataban su deseo, pero no lo perderían de vista, pues la orden recibida era demasiado precisa: sus vidas dependían de que el exiliado no perdiera la suya.

La belleza del mes de abril en Prínkipo apenas lo rozó mientras, seguido por *Maya*, descendía la duna que moría en la costa. ¿Qué angustias podían atenazar al cerebro de un hombre sensible y expansivo como Maiakovski para que hubiera renunciado voluntariamente al perfume de un estofado, a la magia de un atardecer, a la visión del encanto femenino y se encerrara en el mutismo irreversible de la muerte?, se preguntó y avanzó por la orilla para observar la elegante carrera de su perra, un regalo de la naturaleza que también le pareció ofensivamente armónico.

Tres años atrás, cuando estaban a punto de expulsarlo de Moscú y su buen amigo Yoffe se había pegado un tiro, buscando que su acto provocara una conmoción capaz de mover las conciencias del Partido e impidiera la catastrófica defenestración de Liev Davídovich y sus camaradas, él había pensado que el dramatismo del hecho tenía un sentido en la lucha política, aun cuando no compartiera semejante salida. Pero la noticia recién leída lo había sacudido por la magnitud de la castración mental que encerraba su mensaje. ¿Qué alturas habían alcanzado la mediocridad y la perversión para que el poeta Vladimir Maiakovski, precisamente Maiakovski, decidiera evadirse de sus tentáculos quitándose la vida? La mierda petrificada del presente de la que se espantaba el poeta en sus últimos versos, ¿se había desbordado hasta empujarlo al suicidio? La nota oficial pergeñada en Moscú no podía ser más ofensiva con la memoria del artista que con más entusiasmo había luchado por un arte nuevo y revolucionario, el que con más fervor entregara al espíritu de una sociedad inédita su poesía cargada de gritos, caos, armonías rotas y consignas triunfales, el que más se empeñó en resistir, en soportar las sospechas y presiones con que la burocracia asediara a la inteligencia soviética. La nota hablaba de una «decadente sensación de fracaso personal», y como en la retórica implantada en el país la palabra decadencia se aplicaba al arte, la sociedad, la vida burguesas, al hacer «personal» el fracaso, estaban reafirmando con calculada mezquindad aquella condición individual que solo podía existir en el artista burgués que, solían decir, todo creador siempre arrastraba, como el pecado original, por más revolucionario que se proclamase. La muerte del escritor, aclaraban, nada tenía que ver con «sus actividades sociales y literarias», como si fuera posible desligar a Maiakovski de acciones que eran, ni más ni menos, su respiración.

Algo demasiado maligno y repelente tenía que haberse desatado en la sociedad soviética si sus más fervientes cantores comenzaban a dispararse balazos en el corazón, asqueados ante la náusea que les provocaba la mierda petrificada de su presente. Aquel suicidio era, bien lo sabía Liev Davídovich, una dramática confirmación de que habían comenzado tiempos más turbulentos, de que los últimos rescoldos del matrimonio de conveniencia entre la Revolución y el arte se habían apagado, con el previsible sacrificio del arte: tiempos en los que un hombre como Maiakovski, disciplinado hasta la autoaniquilación, podía sentir en su nuca el desprecio de los amos del poder, para quienes poetas y poesía eran aberraciones de las cuales, si acaso, se podían valer para reafirmar su preeminencia, y de las que se prescindía cuando no se las necesitaba.

Liev Davídovich recordó que varios años atrás había escrito que a Tolstói la historia lo había vencido, pero sin quebrarlo. Hasta sus últimos días aquel genio había sabido guardar el don precioso de la indignación moral y por eso lanzaba contra la autocracia su grito de «¡No puedo callarme!». Pero Maiakovski, obligándose a ser un creyente, se había callado y por eso terminó quebrado. Le faltó valor para irse al exilio cuando otros los hicieron; para dejar de escribir cuando otros partieron sus plumas. Se empeñó en ofrecer su poesía a la participación política y sacrificó su Arte y su propio espíritu con ese gesto: se esforzó tanto por ser un militante ejemplar que tuvo que suicidarse para volver a ser poeta... El silencio de Maiakovski presagiaba otros silencios tanto o más dolorosos que, con toda seguridad, se sucederían en el futuro: la intolerancia política que invadía a la sociedad no descansaría hasta asfixiarla. Como sofocaron al poeta, como tratan de ahogarme a mí, escribiría el exiliado, varado junto al opresivo Mar de Mármara que lo rodeaba hacía ya un año.

Hasta el fin de sus días Liev Davídovich recordaría sus primeras semanas de exilio turco como un tránsito ciego a lo largo del cual tuvo que desplazarse tanteando paredes en movimiento constante. Lo primero que lo asombró fue que los agentes de la GPU encargados de vigilar su deportación, además de entregarle mil quinientos dólares que decían adeudarle por su trabajo, mantuvieran un trato amable hacia él a pesar de que, cruzadas las aguas turcas, él había enviado un mensaje al presidente Kemal Paschá Atatürk advirtiéndole que se asentaba en Turquía únicamente porque lo obligaban. Después fueron los diplomáticos de la legación soviética en Estambul quienes le dispensaron cobijo y una cordialidad que solo hubieran prodigado a un huésped de primera categoría enviado por su gobierno. Por ello, ante tanta amabilidad fingida, no se extrañó cuando los diarios europeos, alentados por los rumores propalados por los ubicuos hombres de Moscú, especularon con la idea de que tal vez Trotski había sido enviado a Turquía por Stalin para fomentar la revolución en Oriente Próximo.

Convencido de que el silencio y la pasividad podían ser sus peores enemigos, decidió ponerse en movimiento y, mientras insistía en la solicitud de visados en varios países (el presidente del Reichstag alemán había hablado de la disposición de su país de ofrecerle un «asilo de libertad»), redactó un texto, publicado por algunos diarios occidentales, donde clarificaba las condiciones de su destierro, denunciaba la persecución y el encarcelamiento de sus seguidores en la Unión Soviética, y calificaba a Stalin, por primera vez públicamente, de Sepulturero de la Revolución.

El cambio de actitud de diplomáticos y policías fue inmediato y curiosamente coincidente con la llegada de nuevas negativas de Noruega y Austria a acogerlo, y con la noticia de lo que ocurría en Berlín, donde Ernst Thälmann y los comunistas fieles a Moscú habían comenzado a gritar contra la posible acogida del renegado. Expulsados sin miramientos del consulado soviético y despojados de toda protección, los Trotski tuvieron que alojarse en un pequeño hotel de Estambul, donde sus vidas quedaban expuestas a las previsibles agresiones de sus enemigos, rojos y blancos. Aun así, apenas instalados, Liev Davídovich envió a Berlín el telegrama con el cual quemaba la última nave a la que había confiado su suerte: «Interpreto silencio como una forma poco leal de negativa». Pero, no bien lo despachó, le pareció insuficiente y reforzó su postura con un último mensaje al Reichstag: «Lamento mucho que se me deniegue la posibilidad de estudiar prácticamente las ventajas del derecho democrático de asilo».

La eclosión de la primavera los había sorprendido en aquel tétrico albergue de paredes agrietadas y sucias donde se habían alojado. Aunque no tuviera la menor idea de cuáles podrían ser sus siguientes pasos, Liev Davídovich decidió aprovechar la estación y gastar su tiempo muerto en conocer el exultante Estambul. Pero ni siquiera el descubrimiento de un mundo de sutilezas que remitían a los orígenes mismos de la civilización conseguiría despertarlo del letargo pesimista en que había caído y que le hacía sentirse extraño de sí mismo: Liev Davídovich Trotski necesitaba una espada y un campo de batalla.

Unas semanas después había aceptado, sin demasiado entusiasmo, la propuesta de su mujer y su hijo de dar un paseo por el Mar de Mármara hasta las Islas Prínkipo. El pequeño archipiélago volcánico, a hora y media de la capital, había sido el refugio de príncipes otomanos destronados y el lugar donde se pensó celebrar, en 1919, una conferencia de paz para poner fin a la guerra civil rusa. Liev Davídovich aprovecharía aquel paseo para distraerse, tomar el sol y degustar las delicadas empanadas turcas conocidas como *pochas* y *pides*, a las que Natalia se había aficionado. Con ellos viajaron dos jóvenes simpatizantes trotskistas que, unos días antes, su viejo amigo Alfred Rosmer había enviado desde Francia para garantizar mínimamente su seguridad.

El pequeño vapor zarpó a las nueve de la mañana. Tocados con sombrero, ocuparon la proa de la embarcación y disfrutaron del paisaje que ofrecían las dos mitades de Estambul. La mirada de Liev Davídovich, sin embargo, trataría de ver más allá de los edificios, las iglesias puntiagudas, las mezquitas abombadas: había procurado verse a sí mismo en aquella ciudad en la que no tenía un solo amigo, un seguidor confiable. Y no se encontró. Sintió que, en ese instante preciso, comenzaba su exilio: verdadero, total, sin asideros. Fuera de la familia y unos pocos amigos que le habían reiterado su solidaridad, era un hombre abrumadoramente solo. Sus únicos aliados útiles para una lucha como la que debía iniciar (¿cómo?, ¿por dónde?) seguían recluidos en campos de trabajo, o ya habían claudicado, pero todos permanecían dentro de las fronteras de la Unión Soviética, y la relación con ellos se apagaba con la distancia, la represión y el miedo.

Siempre que evocaba aquella mañana de aspecto tan apacible, Liev Davídovich recordaría que había experimentado la urgencia de oprimir la mano de Natalia Sedova para sentir un calor humano cerca de sí, para no asfixiarse de desasosiego ante la acosadora sensación de extravío. Pero también recodaría que en ese momento se había ratificado en su decisión de que, aun solo, su deber era luchar. Si la Revolución por la que había combatido se prostituía en la dictadura de un zar vestido de bolchevique, entonces habría que arrancarla de raíz y sembrarla de nuevo, porque el mundo necesita revoluciones verdaderas. Aquella decisión, bien lo sabía, lo acercaría más a la muerte que lo acechaba desde las atalayas del Kremlin. La muerte, no obstante, solo podía considerarse como una contingencia inevitable: Liev Davídovich siempre había pensado que las vidas de uno, diez, cien, de mil hombres, pueden y hasta deben ser devoradas si el torbellino social así lo reclama para alcanzar sus fines transformadores, pues el sacrificio individual es muchas veces la leña que se quema en la pira de la revolución. Por eso le provocaba risa que ciertos periódicos insistiesen en mencionar su «tragedia personal». ¿De qué tragedia hablaban?, escribiría: en el suprahumano proceso de la revolución no cabía pensar en tragedias personales. Su tragedia, si acaso, era saber que para lanzarse a la lucha no tenía a mano correligionarios forjados en los hornos de la revolución, ni medios económicos, ni mucho menos un partido. Pero le quedaba la que siempre había sido su mejor arma: la Pluma, la misma que difundió sus ideas en las colaboraciones entregadas al *Iskra* y que, ya en su primer destierro, lo había conducido al corazón de la lucha desde aquella noche de 1901 en que recibió el mensaje capaz de ubicar su vida de luchador en el vórtice de la historia: la Pluma había sido reclamada en la sede del *Iskra*, en Londres, donde lo esperaba Vladimir Ílich Uliánov, ya conocido como Lenin.

Indicándolo con la mano, Liova comentó que el pueblo de pescadores que se veía en la costa se llamaba Büyük Ada, y las palabras del joven lo devolvieron a la realidad de un islote cubierto de pinos y punteado por algunas construcciones blancas. Fue entonces cuando, tentando al destino, preguntó si podían bajar para almorzar allí: casi sin pensar agregó que le gustaba aquel lugar, pues sin duda había tranquilidad para escribir y buena pesca para probar los músculos. Natalia Sedova, que lo conocía como nadie, lo observó y sonrió: «¿Qué estás pensando, Liovnochek?»...

La mujer lo sabría solo una semana después y se sintió feliz: se iban a vivir a Büyük Ada, el más grande de los islotes del archipiélago de los príncipes desterrados.

No les había resultado difícil encontrar la casa apropiada para sus necesidades y bolsillos. Erigida sobre un pequeño promontorio, a unos doscientos metros del embarcadero, sus dos niveles parecían alcanzar más altura y poner el histórico Propontis a disposición de sus moradores. También habían valorado el hecho de que la edificación estuviese rodeada por un tupido seto que facilitaba la vigilancia, encargada a dos policías enviados por el gobierno y a unos jóvenes franceses, correligionarios de su seguidor Raymond Molinier. En realidad la villa, propiedad de un anciano bajá turco, estaba tan arruinada como su dueño, y Natalia Sedova se vio obligada a subirse las mangas para hacerla habitable. Entre todos –incluidos policías, vigilantes y hasta periodistas de paso– limpiaron, pintaron y acondicionaron los espacios con los muebles necesarios para comer, dormir y trabajar. La provisionalidad con que se acomodaron en aquel refugio se advertía en la ausencia de objetos destinados a embellecerlo; ni siquiera había un simple rosal en el jardín: «Plantar una sola semilla en la tierra sería como reconocer una derrota», había advertido Liev Davídovich a su mujer, pues aún tenía la mente puesta en los centros de la lucha a los cuales, más pronto que tarde, pensaba que lograría acceder.

A lo largo de aquel primer año de exilio, la tarea más engorrosa a la que se enfrentarían los custodios encargados de la seguridad del revolucionario había sido la de lidiar con los periodistas empeñados en arrancarle primicias, la de recibir a editores venidos de medio mundo (quienes le contrataron varios libros y abonaron generosos adelantos capaces de aliviar las tensiones económicas de la familia) y la de verificar que los seguidores y amigos que comenzaron a llegar fuesen quienes decían ser. Al margen de esas intromisiones, la vida en una isla perdida en la historia, habitada la mayor parte del año solo por pescadores y pastores, resultaba tan primitiva y lenta que cualquier presencia foránea se detectaba de inmediato. Y, aunque prisionero, Liev Davídovich se había sentido casi feliz por haber hallado aquel lugar donde jamás había circulado un auto y los traslados se hacían como veinticinco siglos atrás, a lomo de burro.

Apenas instalados, el exiliado había empezado a preparar su contraofensiva y decidió que la primera necesidad era cohesionar la oposición fuera de la Unión Soviética, aunque pronto comprobaría hasta qué punto Stalin se le había anticipado, encargándole a sus peones de la Internacional comunista la tarea de convertir a su persona y sus ideas en el espectro del mayor enemigo de la revolución. Como cabía esperar, fueron pocos los comunistas europeos que se atrevieron a asumir la herejía «trotskista», más cuando no parecía reportar ventajas prácticas y, con toda seguridad, conducir a la inmediata excomunión del Partido y hasta de las filas de los luchadores revolucionarios. No obstante, Liev Davídovich insistió, y descargó sobre los hombros de su hijo Liova la organización de un movimiento oposicionista, mientras él se dedicaba a trabajar personalmente con los seguidores más notables. El resto del tiempo lo dedicaría a la redacción de una autobiografía comenzada en Alma Atá y a reunir información para una planeada *Historia de la revolución*.

Entre los visitantes que recibió en aquellos primeros meses se contaban sus antiguos camaradas Alfred y Marguerite Rosmer, los siempre políticamente enrevesados Pierre Naville y Souvarine, y el impulsivo Raymond Molinier, que, con el mismo entusiasmo con que podría haber emprendido una excursión veraniega, había traído a rastras a su esposa Jeanne y a su hermano Henri. Pero los primeros en llegar, como cabía esperar, habían sido sus buenos amigos Maurice y Magdeleine Paz, a quienes no habían vuelto a ver desde que los Trotski fueran expulsados de Francia, en plena guerra mundial. El arribo del matrimonio, cargado de quesos franceses, trajo un soplo de alegría, envuelta en la certeza de una libertad que les permitía el lujo de recibir a viejos camaradas. Durante el año de la deportación en Alma Atá, los Paz habían sido sus representantes en París y habían viajado a Prínkipo para poner al día cuentas y deberes, y para reafirmarle su solidaridad a prueba de adversidades.

Una de las conversaciones sostenidas con los Paz cobraría una dimensión extraña unos pocos meses después, cuando Stalin rompió la barrera sagrada de la sangre. Había tenido lugar una tarde de principios de mayo, cuando Natalia, Liova, Maurice, Magdeleine y Liev Davídovich, antecedidos por la perra *Maya*, habían bajado hacia la costa para disfrutar de la brisa de la tarde en compañía de una garrafa de un tinto griego, mientras los policías turcos preparaban una cena a base de pescado y marisco, a la manera otomana, aderezada con especias. A causa de los excesos cometidos en el acondicionamiento de la villa, Liev Davídovich sufría un ataque de lumbalgia que apenas le permitía avanzar en los diversos escritos en que andaba empeñado. Bebidos los primeros vasos de vino, los Paz habían dado rienda suelta a su entusiasmo por la posibilidad de poder luchar junto al mítico Liev Trotski, congratulándose por el hecho de que el exiliado que en 1929 miraba una puesta de sol en Prínkipo, no era igual que aquel de quien se habían despedido en el París de 1916, cuando se movía como una voz exaltada pero sin filiación precisa entre las tendencias de un movimiento clandestino por cuyo éxito muy pocos apostaban. Ahora era el Desterrado, conocido en el mundo como el compañero de Lenin, el líder de la insurrección de Octubre, el victorioso comisario de la Guerra y creador del Ejército Rojo, el animador de la III Internacional, que fundara con Vladimir Ílich, dijeron. Incluso Maurice, quizás convencido de que su anfitrión necesitaba levantar el ánimo, le recordó que su persona había estado a unas alturas de las que no era posible descender, desde las cuales no le estaba permitido retirarse, y se dedicó a exaltar su responsabilidad histórica, pues ningún marxista, tal vez a excepción de Lenin, había tenido jamás tanta autoridad moral, como teórico y como luchador. Y había concluido: «Su rival es la Historia, no ese advenedizo de Stalin que en cualquier momento va a caer por el peso de sus ambiciones...».

El desterrado trató de matizar aquella grandeza histórica, recordándole a su partidario que, además del dolor de espalda, no tenía nada tras de sí. La hostilidad que lo rodeaba era infinita y poderosa, y su principal conflicto era con una revolución que había llevado a triunfar y con un Estado que había ayudado a fundar: aquella realidad le ataba una de las dos manos.

A pesar de exaltaciones como ésa y de las pruebas de afecto que cada día le llegaban con la correspondencia, Liev Davídovich sabía que aquellos seguidores no tenían las cicatrices que solo pueden dejar los combates reales. Por ello, en silencio, seguía confiando el futuro de su lucha a las deportaciones de oposicionistas que sin duda ordenaría Stalin; el temple de esos hombres curtidos por la represión, la tortura, los confinamientos, con sus convicciones intactas, fortalecerían el movimiento.

La llegada del verano quebraría el ensalmo de paz insular con el arribo ruidoso y vulgar de comerciantes y funcionarios de Estambul con medios económicos para retirarse a Prínkipo, pero insuficientes para viajar hasta París y Londres. Confinado en la casa, Liev Davídovich había conseguido dar el empujón final a la obra en que revisaba su vida, a pesar de que no había podido escapar a la decepción mientras iba recibiendo noticias de la orgía de capitulaciones a las que eran arrastrados los grupos de la Oposición por sus más importantes líderes. Desde el recién fundado *Bulletin Oppozitssi*, que empezaron a editar en

París, y a través de mensajes filtrados hacia el interior de la Unión Soviética por las más rocambolescas vías, se dedicó a advertir a sus camaradas que Stalin intentaría que renunciasen a sus posiciones, con promesas políticas que nunca cumpliría (Lenin solía decir que su especialidad era incumplir compromisos) y anuncios de rectificación que no ejecutaría, pues implicaban la aceptación de manipulaciones que el montañés jamás reconocería. A los que capitulen, Stalin solo los admitirá en Moscú cuando se presenten de rodillas, dispuestos a reconocer que Stalin, y nunca ellos, siempre había tenido la razón, escribió.

Aquel flujo de capitulaciones llegó a convencer a Liev Davídovich de que, al menos dentro de la Unión Soviética, su guerra parecía perdida. El súbito viraje concretado por Stalin, quien luego de apropiarse del programa económico de la Oposición obligaba a sus antiguos rivales a declararse partidarios de la estrategia ahora presentada como estalinista, sellaba una derrota política que escribía su capítulo más lamentable con las claudicaciones de unos hombres que, atados de pies y manos, habían empezado a preguntarse para qué seguir sufriendo deportaciones y sometiendo a sus familiares a las presiones más crueles por defender unos ideales que, al fin y al cabo, ya se habían impuesto. La prueba más dolorosa de la caída en picada de la Oposición había sido el anuncio de que hombres tan brillantes como Rádek, Smilgá y Preobrazhensky habían mostrado su voluntad de reconciliarse con la línea de Stalin, proclamando que no había nada censurable en ello, una vez logrados los grandes objetivos por los que habían luchado. Especialmente rastrera le había resultado la actitud de Rádek, quien había declarado que se consideraba enemigo de Trotski desde que éste publicara artículos en la prensa imperialista. Lo más triste era saber que, con la capitulación, aquellos revolucionarios caían en la categoría de los semiperdonados, presidida por Zinóviev: esos hombres que vivirían con miedo a decir una sola palabra en voz alta, a tener una opinión, y se verían obligados a reptar, volteando la cabeza para vigilar su sombra.

Las más vívidas noticias sobre el estado de la Oposición llegarían a Büyük Ada por un conducto inesperado. Había ocurrido a principios de agosto y su portador fue aquel fantasma del pasado llamado Yakov Blumkin.

Blumkin le había enviado un mensaje desde Estambul, rogándole un encuentro. Según la nota, el joven venía de regreso de la India, donde había cumplido una misión de contrainteligencia, y deseaba verlo para reiterarle sus respetos y adhesión. Natalia Sedova, al enterarse de las pretensiones de Blumkin, le había pedido a su esposo que no lo recibiera: un encuentro con el ex terrorista, devenido alto oficial de la GPU, solo podía traer una desgracia. Liova también había expresado sus dudas sobre la utilidad de la reunión, aunque se había ofrecido a servir de mediador, para mantener a Blumkin lejos de la isla. Entonces Liev Davídovich había instruido a su hijo, pues pensó que, al menos, deberían oír qué deseaba aquel hombre al cual lo había ligado en el pasado la más dramática de las potestades: la de dejarlo vivir o enviarlo a la muerte.

Doce años atrás, cuando el recién estrenado comisario de la Guerra Liev Trotski lo había hecho traer a su despacho, Blumkin era un muchacho imberbe, con aires de personaje dostoievskiano, que enfrentaba cargos que el tribunal militar sancionaría con la pena de muerte. El joven había sido uno de los dos militantes del partido social-revolucionario que habían atentado contra el embajador alemán en Moscú, con la intención de boicotear la polémica paz con Alemania que los bolcheviques habían firmado en Brest-Litovsk, a principios de 1918. La víspera del juicio, después de leer unos poemas escritos por el joven, Liev Davídovich había pedido reunirse con él. Aquella noche hablaron durante horas sobre poesía rusa y francesa (coincidieron en su admiración por Baudelaire) y sobre la irracionalidad de los métodos terroristas (si con una bomba se resuelve todo, ¿para qué sirven los partidos, para qué la lucha de clases?), al cabo de las cuales Blumkin había escrito una carta en donde se arrepentía de su acción y prometía, si era perdonado, servir a la revolución en el frente que se le designara. La influencia del poderoso comisario resultó decisiva para que se le perdonara la vida, mientras por vía oficial se informaba al gobierno alemán que el terrorista había sido ejecutado. Ese día, alumbrada por Liev Trotski, había comenzado la segunda vida de Yakov Blumkin.

Durante la guerra civil, Blumkin había destacado como agente de contrainteligencia, lo cual le valió condecoraciones, ascensos e, incluso, la militancia en el partido bolchevique. Considerado un traidor por sus antiguos camaradas, dos veces escapó, de modo milagroso, a atentados contra su vida. Los meses finales de la guerra, mientras se recuperaba de las heridas del segundo atentado, formó parte del cuerpo de asesores de Liev Davídovich, quien, al ver sus aptitudes, lo premió con una recomendación especial para la academia militar. Sin embargo, su capacidad para las misiones de espionaje lo decantaría por el mundo de la inteligencia, y desde hacía varios años fulguraba como una de las estrellas de los servicios secretos, para los que todavía trabajaba a pesar de que todos sabían, incluido el jefe máximo de la GPU, que, por su devoción hacia Trotski, sus simpatías políticas estaban con la Oposición.

Cuando Liova le contó los pormenores de su encuentro con Blumkin (el antiguo terrorista había ido a la India, y ahora a Turquía, para vender unos antiquísimos manuscritos hasídicos a fin de obtener fondos para el gobierno), Liev Davídovich se convenció de que el agente secreto seguía sintiendo por él el afecto de siempre. Y, a pesar de todas las prevenciones de Natalia Sedova, aceptó recibirlo.

Cuando Liev Davídovich vio de nuevo el rostro inconfundiblemente judío y aquellos ojos enormes y refulgentes de inteligencia del pequeño Yakov, como antes solía llamarle, sintió una profunda alegría, cargada con oleadas de nostalgia. Se fundieron en un abrazo y Blumkin besó varias veces el rostro y los labios de su anfitrión, para llorar después, como la noche en que había escrito una carta salvadora en el despacho del poderoso comisario de la Guerra.

Las tres visitas que durante la segunda semana de agosto hizo Blumkin a Büyük Ada fueron como un soplo vivificador para el desaliento que iba dominando a Liev Davídovich. Entre evocaciones del pasado y noticias del presente, rieron, lloraron y discutieron (incluso a propósito de Maiakovski y del estado lamentable de la poesía soviética), y Blumkin, además de ponerle al día sobre la desesperada situación de los opositores dentro del país, insistió en servirle de correo en su inminente regreso a Moscú, pues pensaba que su trabajo en la inteligencia tenía como misión neutralizar a los enemigos externos de la URSS, pero no era incompatible con sus ideas políticas oposicionistas.

De boca del agente, Liev Davídovich escuchó también los argumentos de Rádek para escenificar una capitulación que, según el joven, solo podía ser una maniobra dilatoria. Blumkin, mostrando una capacidad invencible para las fidelidades, defendió la postura de su amigo Rádek, pues él también pensaba que si se podía luchar dentro del Partido era mejor que hacerlo fuera. Liev Davídovich le confesó que ya no confiaba en la capacidad de un partido al frente del cual estuviese un hombre como Stalin y donde militase Rádek. Pero Blumkin se asombró de su pesimismo y le recordó que precisamente él, Liev Trotski, no podía flaquear.

La partida del joven había dejado en el exiliado una sensación de vacío que, semanas más tarde, sería sustituida por el avieso sentimiento de indignación que provocan las infidelidades. El cambio de estado de ánimo lo había catalizado una carta de los Paz en la cual, tras unos saludos más secos de lo habitual, los remitentes entraban en materia sin miramientos: «No se haga demasiadas ilusiones sobre el peso de su nombre», comenzaba aquel párrafo con sabor a epitafio, que de un modo alarmante enfrentaba al revolucionario a la evidencia de su ruina política. «Durante cinco años la prensa comunista lo ha calumniado hasta el punto de que entre las grandes masas solo queda un vago recuerdo de usted como el jefe del Ejército Rojo, como conductor de los trabajadores durante Octubre. Cada vez su nombre significa menos y la maquinaria que se ha desatado terminará por devorarlo, después de que haya devorado su nombre.» Al cabo de la tercera lectura, había necesitado limpiar las gafas, frotándolas con el borde del blusón ruso, como si los cristales fueran los verdaderos responsables de la percepción turbia de unas palabras que le sonaban dolorosas pero cada vez más ciertas. Cuando se apartó de la ventana desde donde había observado el jardín invadido por la maleza y, más allá, el brillo aceitoso del antiguo Propontis, había sentido que ni siquiera su optimismo impermeable ni su fe en la causa podían sustraerlo de la invasiva sensación de soledad que lo embargaba. ¿Cuántas adversidades se habían sucedido en unos pocos meses para que Maurice y Magdeleine Paz le hubieran escrito aquella carta envenenada de verdades? ¿De qué modo la realidad se había empeñado en trocar un discurso dedicado al orgullo de un coloso por aquellas reflexiones dirigidas a la humillación de un olvidado?... Lo más insultante de la carta era el hecho de que, apenas un mes antes, durante su segunda visita a Prínkipo, los Paz no se atrevieran a confesarle sus aprehensiones y se hubiesen marchado prometiendo trabajar por la unidad de los trotskistas franceses, entre quienes, habían vuelto a afirmar, el prestigio y las ideas del exiliado se mantenían incólumes.

Durante semanas aquella carta rodó por la mesa de trabajo de Liev Davídovich, como un testimonio del que no quería desentenderse pero del cual tampoco deseaba ocuparse. Impulsado por la calma que traía la cercanía del invierno, se había centrado en el trabajo serio y andaba embebido en la escritura de su *Historia de la revolución*. Alguna vez, incluso, Natalia Sedova le había dicho que terminara de responder aquella carta, y él le había dado cualquier pretexto.

Las temperaturas invernales de Prínkipo nada tenían que ver con las sufridas un año antes, en Alma Atá. Cubierto apenas con un viejo saco, Liev Davídovich se había acostumbrado a disfrutar de la llegada de la mañana en su estudio de trabajo, mientras bebía café y contemplaba cómo la luz del amanecer se filtraba a través de un velo plateado, casi corpóreo, que hacía destellar al mar. Aquel día se disponía a trabajar en su *Historia de la revolución*, cuando Liova había entrado para sacarlo de sus cavilaciones: habían llegado noticias de Moscú. Como siempre, el presentimiento de que podía haber ocurrido algo grave a algún ser querido resultó lacerante para el exiliado. Liova, como si no se decidiera a hablar, fue a sentarse del otro lado de la mesa, para quedar frente a Liev Davídovich, que se había mantenido en silencio, ya convencido de que iba a escuchar algo terrible. Pero las palabras de su hijo consiguieron desbordarlo: habían fusilado a Blumkin.

Liova tuvo que referirle todos los detalles: la falta de noticias del agente se debía a que durante dos meses había estado recluido en los fosos de la Lubyanka, sometido a interrogatorio por sus camaradas de la policía secreta. Según el informante soviético, la detención se había producido tras una denuncia de Rádek, a quien el propio Blumkin había puesto al corriente de sus encuentros con Trotski. Rádek, sin embargo, negaba que él lo hubiera delatado, y aseguraba que la GPU se había enterado de que Blumkin había visitado a Trotski y regresado a la Unión Soviética con correspondencia para los oposicionistas. Nadie sabía la fecha exacta en que lo habían fusilado, dijo Liova.

Liev Davídovich advirtió cómo el sentimiento de culpa lo embargaba. Natalia Sedova había tenido razón: nunca debió haber recibido al joven, pues ahora le parecía evidente que Stalin lo había hecho pasar por Turquía porque sabía que intentaría verle y se proponía, de aquel modo, dar un rotundo escarmiento a los oposicionistas. Pero esa vez Stalin había ido demasiado lejos: matar a los rivales por disputas políticas era cometer el mismo error que los jacobinos y abrir las puertas de la revolución a la venganza y la violencia fratricida. Una de las condiciones que siempre exigió Lenin (que no era muy piadoso cuando la política lo exigía, le dijo a Liova) fue que no corriera la sangre entre ellos. La muerte del pequeño Yakov tenía que servir para remover la conciencia de todos los comunistas que obedecían a Stalin. Blumkin puede ser el Sacco y Vanzetti de nuestra lucha, le dijo a Liova, que lo miraba fijamente. Si por un instante el joven había sentido compasión por su padre, en aquel momento ya debía de estar recriminándose.

Cuando Liova se marchó, Liev Davídovich, la vista fija en el mar, pensó que lamentaría por el resto de su vida la debilidad afectiva que le había impedido valorar la presencia de Blumkin en Turquía como el inicio de una sibilina partida de ajedrez organizada por Stalin. Y con ese ánimo tomó una hoja en blanco y se dispuso a cumplir una obligación pospuesta:

«M. y Mme. Paz:
»Hoy he recibido una noticia que pone de relieve la mezquindad de personas como ustedes, que apenas pasan de ser bolcheviques de salón y para los cuales la revolución es un pasatiempo. Ustedes, que

no han sufrido en carne propia la represión, la tortura, el invierno en los campos de trabajo, tienen la posibilidad de renunciar a la lucha cuando ésta no cumple sus expectativas de éxito y protagonismo. Pero el revolucionario verdadero empieza a serlo cuando subordina su ambición personal a una idea. Los revolucionarios pueden ser cultos o ignorantes, inteligentes o torpes, pero no pueden existir sin voluntad, sin devoción, sin espíritu de sacrificio. Y como para ustedes esas cualidades no existen, les agradezco que tan diligentemente se hayan apartado del camino.

»L.D. Trotski».

Durante aquel primer año de exilio Liev Davídovich solo había podido contar derrotas y defecciones: en el interior de la Unión Soviética la Oposición había sido prácticamente desintegrada, sin que se produjeran las esperadas deportaciones. Fuera del país, sus seguidores se peleaban por un pedazo de poder, por estar más o menos a la izquierda de una idea, o simplemente lo abandonaban, como los Paz, por no resistir la presión de los estalinistas o por la falta de una perspectiva clara de éxito... Tal vez por esa razón la sacudida que le provocara la noticia del suicidio de Maiakovski lo acompañaría por semanas, durante las cuales había llegado a sentirse culpable por haber polemizado varias veces con el poeta, entregando quizás argumentos a los detractores que habían brotado en todo el país.

El arribo de los primeros ejemplares de su autobiografía, esperados con ansiedad, apenas le procuró algo de satisfacción en medio de tantas pérdidas. Al releer la obra, concluida un año antes, lamentó haber dedicado demasiadas páginas a una autodefensa que comenzaba a parecerle fútil en medio del vendaval de adversidades que se cebaba con la vida y la dignidad de sus compañeros; le resultaba oportunista ese empeño por contextualizar sus desacuerdos con Lenin a lo largo de veinte años de combates, y, sobre todo, se recriminó por no haber tenido el valor de reconocer, con la perspectiva benéfica o quizás maléfica de los años, los excesos que él mismo había cometido por defender la revolución y su permanencia. Aunque jamás lo confesaría en público, desde hacía varios años Liev Davídovich había comenzado a lamentar los momentos en que, desde el poder, había dejado que la posesión de la fuerza lo dominara, con independencia de los fines perseguidos. Su salvadora militarización de los sindicatos ferroviarios, cuando la suerte de la guerra civil dependía de las locomotoras detenidas en cualquier vía del país, ahora le parecía excesiva, aun cuando sobre el éxito de aquella medida se hubiese depositado el destino de la Revolución. Ya sabía que nunca podría perdonarse el intento de aplicar esas mismas medidas coercitivas para la reconstrucción de la posguerra, cuando se hizo evidente que la nación se hallaba al borde de la desintegración y no era posible inducir a unos obreros desencantados sin aplicar sobre ellos medidas de fuerza. Sobre su espalda cargaba la responsabilidad de haber destituido a líderes sindicales, de haber borrado la democracia de las organizaciones obreras, y contribuido a convertirlas en las entidades amorfas que ahora utilizaban a placer los burócratas estalinistas para cimentar su hegemonía. Él, como parte del aparato del poder, también había contribuido a asesinar la democracia que, desde la oposición, ahora reclamaba.

No menos vergonzoso le parecía su protagonismo en el aplastamiento de la insurrección de los marinos de la base de Kronstadt, en el infausto mes de marzo de 1921. Aquel destacamento, que habían garantizado con su apoyo el éxito del golpe bolchevique en octubre de 1917, cuatro años después reclamaba derechos tan elementales como una mayor libertad para los trabajadores, un trato menos despótico para con los campesinos obligados a entregar el grueso de sus cosechas y, sobre todo, el sagrado derecho a elecciones libres a las asambleas de los Sóviets. El argumento de que los nuevos marinos de la flota del Báltico estaban siendo manipulados por anarquistas y oficiales contrarrevolucionarios nunca debió justificar la medida que él, como comisario de la Guerra, se encargó de aplicar: el aplastamiento de la revuelta y la liberación de una violencia que llegó hasta el fusilamiento de rehenes. Para él y para Lenin había resultado evidente que el escarmiento constituía una necesidad política, pues aun cuando sabían que la protesta no tenía posibilidades de convertirse en la Tercera Revolución anunciada, temían que agravara hasta límites insostenibles el caos existente en un país asolado por el hambre y la parálisis económica.

Sabía que si en marzo de 1921 los bolcheviques hubieran permitido unas elecciones libres, probablemente hubiesen perdido el poder. La teoría marxista, que Lenin y él utilizaban para validar todas sus decisiones, nunca había considerado la coyuntura de que los comunistas, una vez en el poder, pudieran perder el apoyo de los trabajadores. Por primera vez, desde el triunfo de Octubre, debieron haberse preguntado (¿alguna vez nos lo preguntamos?, le confesaría a Natalia Sedova) si era justo establecer el socialismo en contra o al margen de la voluntad mayoritaria. La dictadura proletaria debía eliminar a las clases explotadoras, pero ¿también reprimir a los trabajadores? La disyuntiva había resultado dramática y maniquea: no era posible permitir la expresión de la voluntad popular, pues ésta podría revertir el proceso mismo. Pero la abolición de esa voluntad privaba al gobierno bolchevique de su legitimidad esencial: llegado el momento en que las masas dejaban de creer, se impuso la necesidad de hacerlas creer por la fuerza. Y aplicaron la fuerza. En Kronstadt –Liev Davídovich bien lo sabía– la revolución había comenzado a devorar a sus propios hijos y a él le había correspondido el triste honor de haber dado la orden que inauguró el banquete.

La inflexibilidad con que había actuado (generalmente apoyado por Lenin) quizás se justificaba en aquellos años. Pero ahora, al revisar sus actitudes, no podía dejar de preguntarse si, de haber tenido la desvergüenza y la astucia necesarias para abalanzarse sobre el poder tras la muerte de Lenin, no habría terminado convirtiéndose, él también, en un zar pseudocomunista. ¿No habría enarbolado las justificaciones de la supervivencia de la Revolución para aplastar rivales, como en 1918 las utilizó Lenin para ilegalizar los partidos que junto a los bolcheviques habían luchado por la revolución? ¿Habría sido capaz de sostener la pertinencia democrática de una oposición, de facciones dentro del Partido, de una prensa sin censura?

Liev Davídovich comprobaría hasta qué punto los avatares de la política absorbían sus energías cuando su mujer lo sorprendió con la noticia de que Liova deseaba irse de Prínkipo. El temblor oculto que desde hacía unos meses sacudía los cimientos de la villa de Büyük Ada solo se le reveló en ese momento, cuando ya había cobrado proporciones de terremoto. Recordó entonces que alguna vez Natalia Sedova le había comentado que no era bueno que Jeanne Molinier permaneciera por temporadas con ellos, mientras Raymond regresaba a París. Habían sostenido aquella conversación una tarde en que habían ido de paseo hasta la impresionante estructura del antiguo hotel Prínkipo Palace, la mayor construcción de madera en toda Europa, y, al oírla, él le había preguntado con sorna qué sucedía. Ella había sonreído mientras le explicaba las cosas con su pragmatismo de siempre: sucedía que las esposas debían estar con los esposos y que su Liovnochek se estaba volviendo viejo y los años le empañaban la vista incluso a un hombre como él.

Hasta ese instante las idas y venidas de Raymond Molinier habían funcionado como una peripecia más en la rutina de Büyük Ada. Dotado de esa *énergie Molinièresque* que tanto atraía a Liev Davídovich, aquel seguidor se había convertido en el principal sostén de la oposición en París. Entusiasmado por la posibilidad de convertir el trotskismo en una fuerza política dentro de la izquierda francesa, Molinier había puesto su devoción, su fortuna y su familia al servicio del proyecto, y mientras él luchaba en París por buscar nuevos adeptos, su esposa, Jeanne, se había convertido en la corresponsal entre el secretariado atendido por Liova y los simpatizantes trotskistas en Europa. La energía de Molinier había tocado fibras sensibles del experimentado revolucionario, y por eso había decidido poner en sus manos el destino de la oposición francesa, pasando por encima de las opiniones de otros camaradas, como Alfred y Marguerite Rosmer, que discretamente decidieron retirarse de la lidia.

Pero solo ahora se enteraba de que, desde la primera ocasión en que Raymond dejó a su mujer en Büyük Ada, Natalia había olfateado lo que se avecinaba: Jeanne era una joven dotada de una languidez que contrastaba con el atropellamiento de su marido, y los veintitrés años de Liova palpitaban en cada célula de su cuerpo, aun cuando se hubiera entregado en cuerpo y alma a la causa. Por ello, mientras su mujer le comunicaba que Jeanne viajaría a París con la intención de terminar su relación con Raymond, y que Liova planeaba irse con ella a otro lugar, el revolucionario comprendió cuán poco se había preocupado por las necesidades de su hijo, aunque de inmediato pensó que el trabajo de tantos meses, el pírrico y doloroso beneficio extraído de los disgustos y defecciones, podían irse por el caño, arrastrados por el impulso egoísta de un hombre y una mujer. Y esa misma noche, sin poder contenerse, le reprochó a Liova su devaneo sentimental, imperdonable en un luchador.

Por fortuna la reacción de Raymond fue profundamente francesa, según Natalia, y dejó partir a Jeanne para que viviera con Liova, que ya planeaba trasladarse a Alemania. Liev Davídovich comprendió entonces que no tenía otra alternativa que aceptar aquella decisión: aunque el espíritu de sacrificio del muchacho fuese inconmensurable, no podía exigirle que invirtiese su juventud en una isla perdida. Lo que más le dolería, escribió, sería perder al único hombre en quien podía descargar el peso de sus frustraciones, el único del que podía escuchar críticas sinceras y del que jamás cabría esperar fuese el encargado de clavarle el puñal, servirle el café envenenado, dispararle el tiro en la nuca que, tarde o temprano, le arrancarían la vida.

Pero la preocupación por la partida de Liova fue momentáneamente empañada por un acontecimiento que, apenas conocido, se transformó en un mal presentimiento para Liev Davídovich: las elecciones alemanas, celebradas el 14 de septiembre de 1930, habían convertido al Partido Nacional Socialista de Hitler en el segundo más votado del país. El salto había sido de los ochocientos mil votos de 1928 a los más de seis millones que ahora lo respaldaban. Perplejo ante una extraña irresponsabilidad política de los comunistas alemanes, Liev Davídovich leyó que éstos festejaban su propio ascenso de tres a cuatro millones y medio de votos, y proclamaban que el repunte hitleriano era el canto de cisne de un partido pequeñoburgués condenado al fracaso. Varios meses atrás, en una de las cartas con que solía bombardear al Comité Central del Partido soviético, ya él había advertido sobre el peligroso enraizamiento del nacionalsocialismo en Alemania, al cual veía como portador de una ideología capaz de cohesionar a todo aquel «polvo humano» de una pequeña burguesía triturada por la crisis y deseosa de revancha. Desde entonces había comenzado a insistir en la necesidad de una alianza estratégica entre comunistas y socialistas para frenar un proceso que podría llevar a los hitlerianos al poder. Pero la respuesta a su premonitorio llamado de alarma había resultado ser la orden de Moscú, canalizada por el Komintern, de que el partido alemán se abstuviera de cualquier alianza con los socialistas y los demócratas.

Nunca, como en ese momento, Liev Davídovich había sentido el peso de su condena. Recluido en una isla perdida en el tiempo, su capacidad de acción se reducía a la escritura de artículos y a la organización de seguidores dispersos, cuando en realidad debería estar en el vórtice de unos acontecimientos que, podía sentirlo en la piel, implicaban el destino de la clase obrera alemana, el de la revolución europea y tal vez el de la misma Unión Soviética. Sabía que se imponía movilizar la conciencia de la izquierda alemana, pues todavía resultaba factible evitar el desastre que se dibujaba en el cielo de Berlín. ¿Nadie advierte que si no se le cierra el camino, Hitler se hará con el poder y los comunistas serán sus primeras víctimas? ¿Qué pasa en Moscú?, se preguntó. Intuía que algo oscuro se gestaba tras los muros rojos del Kremlin. Lo que todavía no podía imaginar era que muy pronto oiría bajar, desde las torres más altas de la fortaleza moscovita, los primeros aullidos de una criatura macabra, capaz de horrorizarlo.

5

El aire tenía una densidad que acariciaba la piel, y el mar, refulgente, apenas producía un murmullo adormecedor. Allí se podía sentir cómo el mundo, en días y momentos mágicos, nos ofrece la engañosa impresión de ser un lugar afable, hecho a la medida de los sueños y los más extraños anhelos humanos. La memoria, imbuida por aquella atmósfera reposada, conseguía extraviarse y que se olvidaran los rencores y las penas.

Sentado en la arena, con la espalda apoyada en el tronco de una casuarina, encendí un cigarro y cerré los ojos. Faltaba una hora para que cayera el sol, pero, como ya iba siendo habitual en mi vida, yo no tenía prisas ni expectativas. Más bien casi no tenía nada: y casi sin el casi. Lo único que me interesaba en ese momento era disfrutar del regalo de la llegada del crepúsculo, el instante fabuloso en que el sol se acerca al mar plateado del golfo y le dibuja una estela de fuego sobre la superficie. En el mes de marzo, con la playa prácticamente desierta, la promesa de aquella visión me provocaba cierto sosiego, un estado de cercanía al equilibrio que me reconfortaba y todavía me permitía pensar en la existencia palpable de una pequeña felicidad, hecha a la medida de mis también disminuidas ambiciones.

Dispuesto a esperar la caída del sol en Santa María del Mar, había extraído de mi mochila el libro que estaba leyendo. Era un volumen de relatos de Raymond Chandler, uno de los escritores por los cuales, en esa época –y todavía hoy–, profesaba una sólida devoción. Sacándolos de los sitios más inimaginables, yo había logrado formar con ediciones cubanas, españolas y argentinas una colección de las obras casi completas de Chandler y, además de cinco de sus siete novelas, tenía varios libros de cuentos, entre ellos el que leía esa tarde, titulado *Asesino en la lluvia*. La edición era de Bruguera, impresa en 1975, y, junto al relato que le servía de título, recogía otros cuatro, incluido uno llamado «El hombre que amaba a los perros». Dos horas antes, mientras realizaba el trayecto en la guagua hacia la playa, había comenzado el libro justo por ese cuento, atraído por un título sugestivo y capaz de tocar directamente mi debilidad por los perros. ¿Por qué, entre tantos posibles, yo había decidido llevar *ese* día *aquel* libro y no otro? (Tenía en mi casa, entre varios recién conseguidos y pendientes de lectura, *El largo adiós*, la que sería mi preferida entre las novelas del propio Chandler; *Corre, Conejo*, de Updike; y *Conversación en la Catedral*, del ya excomulgado Vargas Llosa, esa novela que unas semanas después me pondría a convulsionar de pura envidia.) Creo que había escogido *Asesino en la lluvia* con total inconsciencia de lo que podía significar y simplemente porque incluía aquel relato donde se narra la historia de un matón profesional que siente una extraña predilección por los perros. ¿Todo estaba organizado como una partida de ajedrez (otra más) en la cual tantas personas –aquel individuo al que bautizaría precisamente como «el hombre que amaba a los perros» y yo, entre otros– solo éramos piezas al albur de la casualidad, de los caprichos de la vida o de las conjunciones inevitables del destino? ¿Teleología, como le dicen ahora? No crean que exagero, que trato de rizar el rizo ni que veo confabulaciones cósmicas en cada cosa que me ha pasado en la puta vida: pero si el frente frío anunciado para ese día no se hubiera disuelto con un fugaz cernido de lluvia, sin alterar apenas los termómetros, posiblemente yo no habría estado aquella tarde de marzo de 1977 en Santa María del Mar, leyendo un libro que, así por casualidad, contenía un cuento titulado «El hombre que amaba a los perros», y sin nada mejor que hacer que esperar la caída del sol sobre el golfo. Si una sola de esas coyunturas se hubiera alterado, probablemente jamás habría tenido la ocasión de fijarme en aquel hombre que se detuvo a unos metros de donde yo estaba para llamar a unos perros reales que, solo de verlos, me deslumbraron.

–¡Ix! ¡Dax! –gritó el hombre.

Cuando levanté la mirada, vi a los perros. Sin pensarlo cerré el libro para dedicarme a contemplar a aquellos extraordinarios animales, los primeros galgos rusos, los cotizados borzois, que veía fuera de las láminas de un libro o de la revista de veterinaria para la que ya trabajaba. En la luz difusa de la tarde de primavera los galgos parecían perfectos, sin duda bellísimos, enormes, mientras corrían por la orilla del mar, provocando explosiones de agua con sus patas largas y pesadas. Me admiré con el brillo de las pelambres blancas, moteadas de un lila oscuro en el lomo y los cuartos traseros, y con el filo de los hocicos, dotados de unas mandíbulas –según la literatura canina– capaces de quebrar el fémur de un lobo.

A unos veinte metros estaba la silueta quemada por el sol del hombre que había llamado a los perros. Cuando empezó a caminar hacia donde estábamos los animales y yo, lo primero que me pregunté fue quién podría ser aquel tipo que tenía, en la Cuba de los años setenta, dos galgos rusos, al parecer de pura sangre. Pero la carrera y el juego de los animales volvieron a llevarse mi atención y, sin otro motivo que la curiosidad, me puse de pie y avancé unos pasos hacia la orilla, para ver mejor a los borzois, ahora que el sol me quedaba a la espalda. En esa posición escuché nuevamente la voz del hombre y por primera vez me decidí a fijarme en él.

El hombre debía de andar por los setenta años (después sabría que tenía casi diez menos), llevaba el pelo entrecano cortado al cepillo y usaba unos espejuelos de armadura de carey. Era alto, cetrino, más bien grueso pero algo desgarbado. Traía en las manos dos correas de cuero, y llevaba la derecha cubierta con una banda de tela blanca, como si protegiera una herida reciente. Me llamó la atención que usara unos pantalones de algodón de color caqui, sandalias de cuero y una camisa ancha, colorida: un atuendo que revelaba de inmediato su condición de extranjero en el país de las camisas «tos-tenemos» (de rayas o de cuadritos), zapatos «va-que-te-tumbo» o «peste-a-pata» (botas rusas o mocasines plásticos) y pantalones de loneta o de poliéster, capaces de sofocarte los huevos en el calor del verano.

Llegamos a estar tan cerca el uno del otro que el cruce de miradas resultó inevitable: yo le sonreí, y el hombre, con orgullo de dueño de dos galgos rusos, también. Luego de llamar otra vez a los perros, él encendió un cigarro y yo decidí imitarlo, para avanzar otros cuatro, cinco pasos, hacia donde el presunto extranjero se había detenido.

–Son preciosos sus perros.

–Gracias –respondió el hombre–. *¡Ix! ¡Dax!* –repitió, y todavía fui incapaz de ubicarle por el acento.

–Primera vez que veo unos borzois –preferí mirar hacia los animales, que ahora correteaban cerca de su dueño.

–Son los únicos que hay en Cuba –dijo él y yo pensé: es español. Pero en la entonación había unas inflexiones raras, que me hicieron dudar.

–Necesitan mucho ejercicio, aunque debe tener cuidado con el calor.

–Sí, el calor es un problema. Por eso los traigo hasta aquí...

–He leído que estos animales son muy fuertes, pero a la vez muy delicados. Eran los perros de los zares rusos... –dudé si no sería un atrevimiento, pero como no tenía nada que perder, me lancé–: ¿Los trajo de la Unión Soviética?

El hombre miró hacia el mar y dejó caer el cigarro en la arena.

–Sí, me los regalaron en Moscú.

–Perdone, pero usted no es ruso, ¿verdad?

El hombre me miró a los ojos y chasqueó las correas contra la pata del pantalón. Deduje que tal vez no le había gustado que lo confundieran con un ruso, pero me convencí de que mi pregunta no daba a entender esa posibilidad. ¿O sí era ruso –no, si acaso georgiano o armenio, por el color del pelo y de la piel– y por eso tenía aquellas entonaciones extrañas y cierto engolamiento al pronunciar las palabras?

En ese instante, en un claro entre las casuarinas, vi a un negro alto y delgado que, con una toalla enrollada sobre un hombro, nos observaba sin el menor recato, como si nos vigilara. Pero volví la vista cuando escuché que mientras les colocaba las correas a los perros, el hombre de los espejuelos de carey les susurraba algo en un idioma que tampoco logré ubicar. Cuando el hombre se incorporó, observé que daba un paso en falso, como si se hubiera mareado, y lo escuché respirar con alguna dificultad. Pero de inmediato me preguntó:

–¿Cómo es que sabes tanto de perros?

–Es que trabajo en una revista de veterinaria y da la casualidad de que acabo de revisar un artículo sobre genética que escribió un científico soviético, y hablaba mucho de los borzois y otras dos razas europeas. Además, me encantan los perros –respondí de un tirón.

Por primera vez el hombre sonrió. La falta de respuesta ante su origen, su aspecto inusual y el hecho de que hubiera vivido en Moscú, sumado a la presencia del negro alto y flaco que nos observaba, me decantó por la posibilidad de que el hombre de los perros fuese un diplomático.

–Me gustaría leer ese artículo.

–Yo creo que se puede conseguir una copia –dije, sin pensar que para hacer realidad aquella promesa (hasta tanto saliera la revista, para lo cual faltaban un par de meses) lo más probable era que yo tuviese que mecanografiar aquel texto lleno de extraños códigos genéticos.

–Yo amo a los perros –admitió el extranjero, utilizando justamente el verbo amar de aquel modo en que ya casi nadie lo empleaba, y en su sonrisa me pareció entrever una nostalgia recóndita, que no guardaba relación con sus siguientes palabras–. Buenas tardes.

Yo musité un demorado buenas tardes, y no estoy seguro de si el hombre, que ya se alejaba hacia donde estaba el negro alto y flaco, me llegó a escuchar. Los perros, al descubrir su intención, dieron una carrera hacia el negro, que se acuclilló para recibirlos y dedicarse a frotarles las panzas con la toalla hasta entonces colgada sobre sus hombros. El extranjero se aproximó a ellos, torciendo el rumbo, como si diera un pequeño rodeo o le fuera imposible caminar en línea recta, y después de decirle algo al negro, se perdió entre las casuarinas, seguido por los dos galgos, que ahora avanzaban al paso de su amo. El negro, que se había volteado un instante para observarme, otra vez se colocó la toalla sobre un hombro y los siguió, hasta que él también desapareció entre los árboles.

Cuando volví a mirar hacia la costa, ya el sol tocaba el mar en el horizonte y dibujaba una estela sanguínea que venía a morir, con las olas, a unos pocos metros de mis pies. Empezaba la noche del 19 de marzo de 1977.

Cuando conocí al hombre que amaba a los perros, hacía poco más de un año que yo había empezado a trabajar como corrector en la revista de veterinaria. Ese destino era el resultado de mi tercera caída, una de las más drásticas de mi vida.

En 1973, cuando terminé la universidad con excelentes notas y el prestigio añadido de tener un libro publicado, fui seleccionado para trabajar como redactor jefe de la emisora de radio local de Baracoa, el pueblo perdido y remoto (no hay otros adjetivos para calificarlo) que se enorgullecía, con el apoyo de la historia y mucho esfuerzo de la imaginación, de haber tenido el privilegio de ser la primera villa fundada y, además, la primera capital de la isla recién descubierta por los conquistadores españoles. La promoción a tan importante responsabilidad –me dijo el *compañero* que me atendió en la oficina de ubicación laboral, departamento de recién graduados universitarios– se debía, más que a mis méritos estudiantiles, al hecho de que, como joven de mi época, debía estar dispuesto a partir hacia donde se me ordenara y cuando se me ordenara, por el tiempo que fuese necesario y en las condiciones que hubiere, aunque decidió omitir que legalmente yo estaba obligado a trabajar donde ellos me enviaran por las estipulaciones de la ley del llamado servicio social que, como retribución por la carrera estudiada gratuitamente, nos correspondía realizar a todos los recién graduados. Y lo que tampoco me dijo el compañero, a pesar de que había sido la verdadera razón por la cual Alguien decidió *seleccionarme* y *promoverme* a Baracoa, fue que habían considerado que yo necesitaba un «correctivo» para bajarme los humos y ubicarme en tiempo y espacio, como solía decirse.

El mayor aliciente con el que subí a la guagua que veintiséis horas después me depositaría en Baracoa era pensar en la ventaja que me reportaría aquella especie de destierro a una Siberia tropical: si algo debía de sobrar en aquel sitio, y más con el trabajo que me habían asignado, podría ser tiempo para escribir. Aquella ilusión palpitaba dentro de mí como un feto en su placenta, como una necesidad biológica. Ya para esa época yo tenía una conciencia bastante lúcida de que los cuentos de mi libro publicado eran de una calidad calamitosa y si habían recibido una codiciada primera mención en un concurso de escritores noveles, que incluyó la edición del volumen, se debía más a los asuntos que trataba y el modo de abordarlos que al valor literario de mis textos. Yo había escrito aquellos cuentos imbuido, más aún, aturdido por el ambiente agreste y cerrado que se vivía entre las cuatro paredes de la literatura y la ideología de la isla, asolada por las cascadas de defenestraciones, marginaciones, expulsiones y «parametraciones» de incómodos de toda especie ejecutadas en los últimos años y por el previsible levantamiento de los muros de la intolerancia y la censura hasta alturas celestiales. No fui el único, ni mucho menos, que se había comportado como el simio diligente del que hablara Chandler y, arropado en las convicciones románticas que casi todos teníamos en aquellos tiempos, había comenzado a escribir lo que, sin demasiado margen a las especulaciones, se *debía* escribir en aquel instante histórico (de la nación y la humanidad toda): relatos sobre esforzados cortadores de caña, valientes milicianos defensores de la patria, abnegados obreros cuyos conflictos estaban relacionados con las rémoras del pasado burgués que todavía afectaban a sus conciencias –el machismo, por ejemplo; la duda sobre la aplicación de un método de trabajo, por otro ejemplo–, herencias que, esforzados, valientes y abnegados como eran, sin duda se hallaban en trance de superar en su ascenso hacia la condición moral de Hombres Nuevos... Pero un tiempo después, cuando había mirado dentro de mí mismo y hecho un tímido intento literario de apartarme de aquel esquema para colorearlo con algunos matices, me habían golpeado con una regla para que retirara las manos.

Ahora me resulta extraño, casi incomprensible, poderme explicar cómo a pesar de que la realidad trataba cada día de agredirnos, aquél fue, para muchos de nosotros, un período vivido en una especie de pompa de jabón, en la cual nos conservábamos (en realidad nos conservaron) prácticamente ajenos a ciertos ardores que se vivían a nuestro alrededor, incluso en el ámbito más cercano. Creo que una de las razones que alimentaron mi credulidad (debería decir *nuestra* credulidad) fue que a finales de la década de los sesenta y a principios de los setenta, cuando hice el preuniversitario y la carrera, yo era un romántico convencido que cortó caña hasta el desfallecimiento en la interminable zafra de 1970, se partió la cintura sembrando café Caturra, recibió demoledores entrenamientos militares para defender mejor a la patria y asistió jubiloso a desfiles y concentraciones políticas, siempre convencido, siempre armado con aquel compacto entusiasmo militante y aquella fe invencible, que nos imbuía a casi todos, en la realización de casi todos los actos de nuestras vidas y, muy especialmente, en la paciente aunque segura espera del luminoso futuro mejor en el que la isla florecería, material y espiritualmente, como un vergel.

Creo que en esos años nosotros debimos de haber sido, en todo el mundo occidental civilizado y estudiantil, los únicos miembros de nuestra generación que, por ejemplo, jamás se pusieron entre los labios un cigarro de marihuana y los que, a pesar del calor que nos corría por las venas, más tardíamente nos liberamos de atavismos sexuales, encabezados por el jodido tabú de la virginidad (nada más cercano a la moral comunista que los preceptos católicos); en el Caribe hispano fuimos los únicos que vivimos sin saber que estaba naciendo la música salsa o de que los Beatles (Rollings y Mamas *too*) eran símbolo de la rebeldía y no de la cultura imperialista, como tantas veces nos dijeron; y, además, como cabía esperar, entre otras manquedades y desinformaciones, habíamos sido, en su momento, los menos enterados de las proporciones de la herida física y filosófica que habían producido en Praga unos tanques algo más que amenazadores, de la matanza de estudiantes en una plaza mexicana llamada Tlatelolco, de la devastación humana e histórica provocada por la Revolución Cultural del amado camarada Mao y del nacimiento, para gentes de nuestra edad, de otro tipo de sueño, alumbrado en las calles de París y en los conciertos de rock en California.

De lo que sí estábamos enterados y muy seguros era que de nosotros se esperaba solo fidelidad y más sacrificio, obediencia y más disciplina. Aunque tras el doloroso fracaso de la Zafra de 1970 sabíamos que el luminoso futuro cercano se había alejado un poco (jamás voy a olvidar los cuatro meses que pasé en un campo de caña, cortando, cortando, cortando, con toda mi fuerza y mi fe puesta en cada golpe del machete, convencido de que aquella heroica empresa sería decisiva para nuestra salida del subdesarrollo, como tantas veces nos habían dicho), en realidad apenas tuvimos noción de cómo aquel desastre político-económico, si me permiten llamarlo así, había cambiado la vida del país. Las carencias que desde entonces se agudizaron no nos sorprendieron, pues ya veníamos acostumbrándonos a ellas, y tampoco nos alarmó que, como respuesta al fracaso económico, las exigencias ideológicas se hicieran más patentes, pues ya formaban parte de nuestras vidas de jóvenes revolucionarios aspirantes a la condición de comunistas, y las entendíamos o queríamos entenderlas como necesarias. Que en medio de todas aquellas efervescencias nos enteráramos de que dos de los maestros de la universidad habían sido suspendidos de su trabajo docente por haber confesado que profesaban creencias religiosas nos conmovió, pero escuchamos en silencio y aceptamos como lógicas las imputaciones destinadas a fundamentar una decisión refrendada con el apoyo partidista y ministerial. Más tarde, que otras dos profesoras resultaran definitivamente expulsadas por su preferencia sexual «invertida», no nos alarmó demasiado y si acaso nos provocó una sacudida hormonal, pues quién iba a decir que aquellas dos maestras eran un par de tortilleras, sobre todo la trigueña, con lo buena que estaba en la plenitud jamona de sus cuarenta años.

Debió de haber sido en algún momento de 1971, el año en que más cálido llegó a ponerse el ambiente con la orden expresa de dar caza a cualquier tipo de bruja que apareciera en lontananza, cuando cometí un grave pecado de sinceridad e inocencia en la vía pública. Todo empezó cuando me atreví a comentar, en el círculo de amigos, que había otros profesores a quienes, gracias al carné rojo que llevaban en su bolsillo, se les permitía seguir dando clases cuando todo el mundo sabía de sobra que eran más incapaces docentemente que los trasladados por ser religiosos, y que había otros, también sobrevivientes y portadores de carné, con más pinta de maricones y tortilleras que las dos profesoras fumigadas. No recuerdo si incluso añadí que, a mi juicio, ni las creencias de unos ni las inclinaciones sexuales de otras debían considerarse un problema mientras no trataran de influir con ellas en sus alumnos... Unos meses después sabría que aquel comentario inoportuno se convertiría en la causa de mi primera caída, cuando en el crecimiento de la militancia de la Juventud se me negó el ingreso en la élite juvenil por no haber sido capaz de superar ciertos problemas ideológicos y faltarme madurez y capacidad de entendimiento de las decisiones tomadas por compañeros responsables. Y acepté la crítica y prometí enmendarme.

Aunque no lo sabía, aquellas rachas de aire turbio eran parte de un huracán que recorría silenciosa pero devastadoramente la isla, por fin encarrilada en una concepción de la sociedad y la cultura adoptada de los modelos soviéticos. La inclusión de dos turnos de clases semanales destinados a leer discursos y materiales políticos, la renovada exigencia con respecto al largo del pelo o al ancho de los pantalones, y la crítica a los estudiantes con preferencias por las manifestaciones de la cultura occidental y norteamericana, se habían integrado casi simbióticamente al universo donde vivíamos, y cargamos con todos aquellos fundamentalismos (al menos yo los cargué), sin grandes conflictos ni preocupaciones, sin idea de las oscuridades cuasi medievales y pretensiones de lobotomía que las impulsaban. Casi sin cuestionarnos nada.

Con toda mi ingenuidad política y literaria a cuestas (y algo de talento, pienso), fui escribiendo aquellos cuentos con los que por fin armé un volumen de unas cien cuartillas que envié al concurso para escritores inéditos. Dos meses después, con sorpresa y alegría, recibí la noticia de que había obtenido una primera mención, la cual, además, implicaba la publicación del manuscrito. Aquel éxito me limpió el espíritu de posibles dudas y, por primera y única vez en mi vida –quizás porque estaba completamente equivocado–, me sentí seguro de mí mismo, de mis posibilidades e ideas: había demostrado que era un escritor de mi tiempo, y ahora solo debía trabajar para cimentar el ascenso hacia la gloria artística y la utilidad social, como entonces pensábamos de la literatura (que más bien parecía una cabrona escalera y no el oficio para masoquistas infelices que en realidad es).

Entre las exigencias de la carrera y las infinitas actividades político-ideológicas extradocentes (tan, y a veces hasta más, controladas y valoradas como las lectivas), sumado a una parálisis por la borrachera del éxito que me dio una popularidad y preeminencia inesperadas (fui electo secretario para las actividades culturales de la Federación de Estudiantes de la facultad, y vanguardia en varias emulaciones), pero sobre todo gracias a la verdadera literatura que fui leyendo en ese tiempo, durante casi dos años no conseguí volver a escribir un cuento que me pareciera mínimamente cercano a mis posibilidades y ambiciones. Pero a la altura del cuarto y último año de la carrera, ya publicado mi libro –*La sangre y el fuego*–, tuve que hacer tres semanas de reposo a causa de un esguince de tobillo. Entonces escribí un relato, más largo de los que solía redactar, en el cual encontré un asunto y, tras él, un tono y una manera de mirar la realidad que me complacían y me demostraban, sin que fuera una genialidad, cuánto era capaz de superarme. Sin duda, el reflujo de la marea triunfalista, pero sobre todo esas lecturas en las que me había empeñado con más ahínco, tratando de encontrar las razones éticas y las cualidades técnicas de los grandes –Kafka, Hemingway, García Márquez, Cortázar, Faulkner, Rulfo, Carpentier, ¡carajo, qué lejos estaba de ellos!–, dieron un timidísimo fruto en aquel relato donde narraba la historia de un luchador revolucionario que siente miedo y, antes de convertirse en un delator, decide suicidarse... Por supuesto, yo no podía ni pensar que me estaba anticipando y extrayendo de mis propios pánicos futuros la reflexión profunda sobre las causas del miedo y sobre algo peor: sus devastadores efectos.

A finales de enero de 1973, apenas terminados los exámenes del primer semestre, hice la última versión del cuento y llevé las cuartillas mecanografiadas a la misma revista universitaria donde año y medio antes habían publicado uno de mis relatos, avalado por una introducción editorial donde se hablaba de mí como de una promesa literaria nacional, casi internacional, por mis soluciones realistas y mi visión socialista del arte. Con entusiasmo recibieron la nueva obra y me dijeron que seguramente podrían publicarlo en el número de marzo o, a más tardar, en el de abril. Pero no tuve que esperar tanto para saber cómo era recibido y leído mi mejor cuento: una semana después el director de la revista me citó en su oficina y allí sufrí la segunda y creo que más dolorosa caída de mi vida. Nada más entrar, el hombre, hecho una furia, me espetó la pregunta: ¿cómo te atreves a entregarnos esto? *Esto* eran las cuartillas de mi relato, que el basilisco, yo diría que asqueado, sostenía en la mano, allá, tras su buró...

Todavía hoy el esfuerzo antinatural de recordar lo que me dijo aquel hombre investido de poder, seguro de su capacidad para infundir miedo, resulta demasiado lacerante. Comoquiera que mi historia se repitió tantas veces, con otros muchos escritores, la voy a sintetizar: aquel cuento era inoportuno, impublicable, completamente inconcebible, casi contrarrevolucionario –y oír aquella palabra, como se imaginarán, me provocó un temblor frío, claro que de pavor–. Pero a pesar de la gravedad del asunto, él, como director de la revista, y *los compañeros* (todos sabíamos quiénes eran y qué hacían *los compañeros*), habían decidido no tomar conmigo otras medidas, teniendo en cuenta mi anterior trabajo, mi juventud, mi evidente confusión ideológica, y todos iban a hacer como si aquel cuento nunca hubiera existido, jamás hubiese salido de mi cabeza. Pero *ellos* y él esperaban que algo así no volviera a suceder y que yo pensaría un poco más a la hora de escribir, pues el arte es un arma de la revolución, concluyó, mientras doblaba las cuartillas, las metía en una gaveta de su buró y, con modales ostensibles, le pasaba una llave que guardó en su bolsillo con la misma contundencia con que pudo habérsela tragado.

Recuerdo que salí de aquella oficina cargado con una mezcla imprecisa y pastosa de sentimientos (confusión, desasosiego y mucho miedo) pero sobre todo agradecido. Sí, muy agradecido, de que no se hubieran tomado otras medidas conmigo, y yo sabía cuáles podían ser, cuando apenas me faltaban cuatro meses para terminar mi carrera. Aquel día, además, supe con exactitud lo que era sentir Miedo, así, un miedo con mayúsculas, real, invasivo, omnipotente y ubicuo, mucho más devastador que el temor al dolor físico o a lo desconocido que todos hemos sufrido alguna vez. Porque ese día lo que en realidad sucedió fue que me jodieron para el resto de mi vida, pues además de agradecido y preñado de miedo, me marché de allí profundamente convencido de que mi cuento nunca debió haber sido escrito, que es lo peor que pueden hacerle pensar a un escritor.

Resulta obvio que aquel episodio, sumado a mi bien conservado comentario sobre las expulsiones de profesores y mi reciente afición a la literatura de escritores como Camus y Sartre (Sartre, hasta unos años antes tan amado en la isla y ahora tan execrado por haberse atrevido a ciertas críticas que delataban su podredumbre ideológica pequeñoburguesa), estuvieron sobre otro buró el día en que se decidía mi destino laboral de recién graduado. La idea genial que se les ocurrió fue enviarme, para una necesaria purificación que parecía un premio, a la remota Baracoa, adonde llegué en el mes de septiembre, bajo el imperio de un calor húmedo y agobiante como jamás había sentido, aunque con la inocente sensación de que allí lograría reparar mis esperanzas literarias. Lo que yo aún no podía concebir era lo abismal que había sido aquella segunda caída, la inoculación irreversible que había sufrido, y por eso todavía estaba convencido de que, a pesar del resbalón del cuento «inoportuno», yo estaba en condiciones de escribir con calidad las obras que exigían mi tiempo y mis circunstancias. Y con ellas demostraría, de paso, cuán receptivo y confiable yo podía llegar a ser.

El jefe de redacción de la emisora solo esperaba mi llegada para largarse de Baracoa y apenas dedicó una semana a instruirme sobre los pormenores técnicos de mi trabajo. A primera vista mi responsabilidad parecía simple: ordenar los boletines escritos por los dos redactores y comprobar que nunca faltaran en ellos las noticias nacionales publicadas en los periódicos del Partido y la Juventud, ni las crónicas de los divulgadores oficiales y los corresponsales voluntarios sobre las innumerables actividades que generaban las instituciones de la provincia y, muy especialmente, las promovidas por el Partido, la Juventud, los sindicatos y el resto de las organizaciones del «regional», como entonces se calificaban los antiguos y después recuperados municipios. Nunca olvidaré la sonrisa de mi colega cuando me tomó la mano y me entregó la llave de su buró, el día que de manera oficial me transmitía el mando. Y menos podré olvidar las palabras que susurró:

—Prepárate, socio: aquí te vas a hacer un cínico o te van a hacer mierda... Bienvenido a la realidad real.

Sus propios habitantes dicen que sobre Baracoa pesa la maldición del Pelú, un profeta loco que la condenó a ser el pueblo de las iniciativas nunca cumplidas. Y lo primero que te cuentan al llegar allí es que su fama está asentada sobre tres mentiras: tener un río llamado Miel pero que no endulza, pues por él solo corre agua; ser dueña de un Yunque, que es una montaña sobre la cual nadie puede forjar nada; y poseer una Farola –nombre de la carretera que une la «ciudad» con el resto del país– que no alumbra.

Yo sabía que Baracoa debía su nombre al cacicazgo indígena que allí existía cuando llegaron los conquistadores. Pero muy pronto descubriría que, cuatro siglos y medio después, aquello seguía siendo un cacicazgo, regido ahora por los jerarcas de las organizaciones locales. También aprendería a toda velocidad que nunca resultó más justa que allí la máxima de pueblo chico, infierno grande. Y, para completar mi educación en la vida real, en Baracoa sufriría las consecuencias de mi incapacidad humana e intelectual para lidiar cada día con caciques y diablos.

La emisora Radio Ciudad Primada de Cuba Libre era, precisamente, el medio encargado de concretar una realidad virtual más embustera aún que la de ríos, montañas y carreteras de nombres caprichosos, porque estaba construida sobre planes, compromisos, metas y cifras mágicas que nadie se ocupaba de comprobar, sobre constantes llamados al sacrificio, la vigilancia y la disciplina con los que cada uno de los jefes locales trataba de construir el escalón de su propio ascenso –coronado con el premio de salir de aquel sitio perdido. Mi trabajo consistía en recibir llamadas y recados de aquellos personajes para que velara por sus intereses, a los cuales ellos siempre llamaban, por supuesto, los intereses del país y del pueblo. Y mi única alternativa fue aceptar aquellas condiciones y, cínica y obedientemente, ordenar a los dos autómatas subnormales y alcohólicos que trabajaban como redactores que escribieran de planes sobrecumplidos, compromisos aceptados con entusiasmo revolucionario, metas superadas con combatividad patriótica, cifras increíbles y sacrificios heroicamente asumidos, para darle forma retórica a una realidad inexistente, hecha casi siempre de palabras y consignas, y muy pocas veces de plátanos, boniatos y calabazas concretas. La otra alternativa era negarme o, más aún, renunciar y largarme, y a pesar de que lo pensé varias veces, el miedo a las consecuencias (la invalidación del título universitario, para empezar) me paralizó, como a tantos otros. Aquélla era la realidad real a la que me había dado la bienvenida mi antecesor.

Pero en lugar de hacer aquel trabajo impúdica y pragmáticamente, como tanta gente, y ocupar el tiempo libre en lecturas y proyectos literarios, por mi propio miedo o por mi incapacidad para rebelarme me vi arrastrado a un torbellino de actividades, mítines, concentraciones, asambleas siempre epilogadas con una invitación al «compañero periodista» a la comelata y la bebedera (¿quién habla de escaseces?) organizadas por el jefe de turno del sector de turno. Con cierto asombro descubrí que en aquel ambiente mi habitual timidez sexual desaparecía con las puertas que derribaban el alcohol, la sensación de escapar del confinamiento de aquel sitio apartado, y la urgencia (mía y de mis amantes ocasionales) de liberar algo propio. Nunca comí, bebí y mucho menos templé tanto ni con tantas mujeres ni en lugares tan inconcebibles como en aquellos dos años, al cabo de los cuales terminé reaccionando como un cínico capaz de mentir sin escrúpulos, portando una gonorrea que repartí generosamente y (como uno más de los tantísimos habitantes de la zona) convertido en un alcohólico de los que desayunan con un trago de aguardiente y una cerveza fría para despejar los efectos de la resaca de la noche anterior.

Baracoa, ha llegado la hora de decirlo, es uno de los lugares más bellos y mágicos que existen en la isla, y sus moradores son gentes de una bondad y una inocencia abrumadoras. Aunque nunca he vuelto a visitarla –me da horror pánico la idea de regresar allí y de que por alguna razón no pueda volver a salir–, recuerdo, como en medio de una bruma, la belleza de su mar, sus decadentes fortalezas coloniales, sus montañas de vegetación tupidísima, sus muchísimos arroyos y ríos que podían llegar a ser furiosos, como el Toa. Recuerdo la amabilidad de su gente, siempre dispuesta a cobijar a los forasteros y parias deseosos de un sitio donde perderse en vida; la pobreza que asediaba a la ciudad desde hacía casi medio milenio y que era su verdadera maldición, una pobreza todavía palpitante sobre la cual siempre se habló en pasado, como algo definitivamente superado, durante mis dos años al frente de los «espacios informativos» de la radio local.

Ahora me parece evidente que solo borracho, revolcándome con la primera mujer que se me apareciera por delante (también borracha si era, como yo, de los enviados a trabajar allí por dos o tres años) y envuelto en cinismo era posible resistir aquel tránsito por la realidad real... Mi tercera caída tuvo lugar cuando, ya en La Habana, ingresé por mis propios pies en el pabellón de tratamiento para adictos del Hospital General Calixto García, luego de haber disfrutado de una estancia de tres semanas en la sala contigua, donde ingresaban a los politraumatizados. Había llegado allí en camilla, con las fracturas y heridas recibidas como resultado de la pelea tumultuaria que, quizás para liberar algo del miedo que se me había empozado dentro, desaté en el primer bar que visité al regresar a La Habana.

6

Sus padres la llamaron África, como la santa patrona de Ceuta, donde había nacido, y pocas veces un nombre le vino mejor a una persona: porque ella era recia, insondable y salvaje, como el continente al que le debía el apelativo. Desde el día que la conoció, en una asamblea de las Juventudes Comunistas de Cataluña, Ramón se sintió absorbido por la belleza de la joven, pero sobre todo lo atraparon sus ideas de mármol y su empuje telúrico: África de las Heras parecía un volcán en erupción que rugía su permanente clamor por la revolución. África solía citar de memoria pasajes de Marx, Engels y Lenin, hablaba del querido camarada Stalin como la encarnación del futuro en la Tierra y lo llamaba con veneración Guía del Proletariado Mundial, mientras abogaba por la más estricta disciplina partidista. Además, consideraba el baile y el vino venenos burgueses para el espíritu, parecía haberse cosido un libro de marxismo bajo el brazo y poseía una conciencia militante que apabullaba al entusiasmo romántico de Ramón y lo ponía a prueba, constantemente.

Ramón había regresado de Francia un año antes, cuando estaba a punto de cumplir los veinte. Apenas llegado a Barcelona, gracias a su título de *maître d'hôtel* había logrado colocarse en el Ritz como ayudante de cocina, y nunca supo bien si por las ideas que le había transmitido Caridad o por su propio espíritu de rebeldía, muy pronto se acercó a los comunistas locales y dio el primer paso hacia su enrolamiento. La España que Ramón había encontrado hervía a fuego lento, esperando que alguien pusiera leña seca para que las llamas subieran al cielo: era un país adolorido que pugnaba por sacudirse los lastres del pasado y las frustraciones del presente. El dictador Primo de Rivera acababa de dimitir, y los monárquicos y los republicanos habían desenvainado sus espadas. Los sindicatos, dominados por socialistas y anarquistas, habían multiplicado su fuerza, pero, en comparación con Francia, los comunistas todavía eran pocos y, como cabía esperar en un país casi feudal y horriblemente católico, mal vistos, frecuentemente perseguidos.

La juventud de Ramón disfrutaba de aquel ambiente tirante, donde todo el mundo vivía a la expectativa de algo que muy pronto debía ocurrir y al fin ocurrió cuando los republicanos-socialistas, con el apoyo de los sindicalistas, ganaron las elecciones municipales de 1931, provocaron la caída de la monarquía y proclamaron la Segunda República. Hasta el final de su vida Ramón pensaría que había vuelto a su país en el momento preciso, con la edad justa y la mente en efervescencia: fue como si su vida y la historia hubieran estado acechándose, preparando cada una sus argumentos para colocarlo en el camino que lo conduciría, unos años después, hasta la Sierra de Guadarrama y de allí, al compromiso con la más alta responsabilidad.

La orientación partidista del momento era consolidar primero una república para más adelante radicalizarla, y por eso los jóvenes comunistas apoyaron en aquel trance las timoratas medidas del gobierno contra el latifundio y el poder de la Iglesia, por la igualdad de mujeres y hombres, por los derechos de los trabajadores y, sobre todo, de la gran masa campesina española, atrasada y misérrima. Años más tarde Ramón sonreiría al recordar unas consignas más llenas de palabras que de soluciones, pero todos esos años, incluso durante la guerra, aquél había sido el país de las consignas, y cada partido, cada tendencia, cada grupo desplegaba las suyas donde podía, en mítines y periódicos, en paredes, escaparates, tranvías y hasta en los carretones de carbón que recorrían las ciudades.

Ramón atravesó con irresponsabilidad y plenitud la marea de aquellos años. Más que un conocimiento real de los principios comunistas, fue su capacidad de entrega y obediencia la que le permitió detentar una prominencia en la directiva de las Juventudes y ese protagonismo lo empujó a vivir con intensidad. Ramón añoraría siempre aquellos tiempos en los que, como nunca en la historia de España, se había amado tanto, con tanta ansiedad, como si se viviera una orgía de pasiones físicas e intelectuales.

Fue entonces cuando conoció a África de las Heras, la segunda mujer que tendría una importancia crucial y también traumática en su existencia. Ella era tres años mayor que él, morena, inteligente y guapísima, jamás se ponía afeites en el rostro y vivía cada segundo y cada acto como una verdadera militante comunista. A pesar del ya interiorizado rechazo de Ramón a todo lo establecido por los códigos de la moral burguesa, no pudo evitar enamorarse de ella. Como cualquier joven con las hormonas cargadas de dinamita, se impuso merecer la atención de la muchacha, y se lanzó tras ella a la más trepidante vorágine política. Escuchando sus razonamientos, asumió sin una crítica las teorías profesadas por aquella belleza roja y comprendió (o dijo comprender en algunos casos) los riesgos que acechaban a la lucha política en una república de señoritos y burgueses; se reafirmó en las ideas de que los trotskistas eran los más sibilinos enemigos de los comunistas y de que anarquistas y sindicalistas solo podían ser vistos como unos desechables compañeros de viaje en el ascenso hacia los altos propósitos, que serían divergentes cuando ellos, los comunistas, estuvieran en condiciones de promover la verdadera Revolución conducida por una necesaria dictadura proletaria. Por primera vez Ramón oiría hablar insistentemente del oportunista Trotski, por ese tiempo desterrado en Turquía, como del más solapado de los enemigos, y de sus seguidores españoles como peligrosos infiltrados dentro de la clase obrera. Pero la verdadera pasión de África salía a flote cuando disertaba sobre el pensamiento y la práctica políticas de José Stalin, el hombre que conducía a la revolución bolchevique hacia su radiante consolidación. La devoción de África fue capaz de contagiarle aquel odio cerval por León Trotski y la veneración por Stalin, sin que Ramón fuese capaz de imaginar hasta dónde lo llevarían aquellas pasiones.

Cuando Ramón consiguió que África atendiera sus reclamos, el joven entró en una fase superior de dependencia. El modo total de hacer el amor con que África lo arrolló, aquella sabiduría elemental y sin inhibiciones capaz de enloquecerlo, lo pusieron a merced de la mujer y le proporcionaron dosis semejantes de placer y dolor, pues en su todavía palpable debilidad pequeñoburguesa, soñaba que África era suya, y cuando la poseía se ufanaba de ser el hombre más dichoso de la Tierra. Pero cuando veía cómo ella se le escapaba de las manos, sufría rabiosos ataques de celos, aunque trataba de fortalecerse acusándose de estar desprovisto de la convicción ideológica necesaria para romper las barreras de los sentimientos y de faltarle el empuje para llegar a la altura revolucionaria donde brillaban los principios de aquella mujer, comprometida solo con la causa, desposada solo con la idea.

África de las Heras le enseñaría a Ramón que el amor y la familia eran sentimientos y circunstancias que podían lastrar al revolucionario: ella, por ejemplo, había roto con su marido por una patente incompatibilidad ideológica, pues él profesaba el credo anarcosindicalista. Ramón, que ya intuía la necesidad de librarse de la rémora familiar, por esa época apenas sostenía relaciones con sus parientes y desde entonces decidió fortalecerse y no alentarlas. De Caridad solo tenía noticias de que había estado por París y ahora vivía en Burdeos, mientras con su padre había cortado toda relación desde que, al volver a Barcelona, supo por la antigua cocinera de la casa que don Pau, antes de vender la mansión familiar para mudarse a los altos de los almacenes de la calle Ample, había regalado los perros de Ramón a un campesino con el que se había encontrado en el mercado de Sant Gervasi. De sus hermanos sabía que Montse y el pequeño Luis habían sido recogidos por su padre, que a Jorge también lo había captado el Partido, y que el joven Pablo, el único al que veía con cierta frecuencia, militaba en una organización catalanista, como su padre.

Pero aquel desgajamiento de sus viejos afectos no le resultó difícil porque Ramón, en realidad, solo tenía ojos para ver lo que África le iluminaba, mientras la seguía por Barcelona como un descerebrado, rogándole que entre mitin y reunión le regalara un par de horas de pasión, para las que su organismo en flor siempre estaba dispuesto.

Fue justo en la primavera de 1933 cuando Ramón comprendió que, por más que corriera, nunca lograría alcanzar a África, a menos que diera un salto mortal y prodigioso hacia el futuro. Mientras Ramón, África, Jaume Graells y el núcleo directivo de las Juventudes en Barcelona trabajaban por conseguir un crecimiento de la militancia que les permitiera pasar a ser una fuerza influyente en el descentrado panorama político español, Ramón había sido llamado a cumplir su servicio militar y enviado por cuatro semanas a una base de entrenamiento cercana a Lérida. De regreso a Barcelona con su primer permiso, se propuso cumplir el plan que había elucubrado durante ese mes, siempre con la imaginación puesta en la mirada que África le regalaría: ¿de felicidad o de burla?, se atormentaba. Se había citado con ella en un café cercano a la catedral y, para conseguir un golpe de efecto, Ramón esperó la llegada de África utilizando como espejo el escaparate de una tienda de objetos religiosos. Cuando la vio llegar contuvo sus ansias y dejó pasar unos minutos más. Entonces caminó hacia el café, listo para asumir la reacción de la joven ante su cambio externo: Ramón vestía el uniforme de gala del ejército por su condición de cabo de gastadores, para la cual había sido designado gracias a su estatura (medía un metro ochenta, más de lo habitual en un español de la época) y complexión física (era capaz de doblar una moneda de cobre colocándosela entre los dedos), propicia para abrir marchas en desfiles y paradas. Ramón sabía que el uniforme de gala, con gorra de plato incluida, le sentaba de maravillas, pero sobre todo lo hacía sentirse diferente y le reportaba el placer de saberse observado. El brillo de aquellos entorchados lo habían hecho pensar que tal vez podía hacer carrera en el ejército, donde, le explicaría a África (dueña de todas las respuestas y soluciones), realizaría una labor efectiva ganando adeptos para el Partido y la futura revolución.

Cuando Ramón entró en el café, no la encontró. Pensó que habría bajado a los servicios y fue a acodarse en la barra, donde contuvo los deseos de pedir una copa y optó por una manzanilla. El dueño del café lo contempló con la admiración que Ramón sabía que despertaba y le sirvió la infusión. Cuando ella regresó de los lavabos, él se puso de pie, en toda su deslumbrante estatura. África lo miró, con su ojo crítico, y lo desarmó de un porrazo:

–¿Por qué has venido disfrazado? ¿Te gusta que te miren?

Ramón sintió cómo el mundo se desmoronaba y, a duras penas, logró exponerle su idea de trabajar para la causa desde la madriguera reaccionaria del ejército. La muchacha solo le comentó que debían consultarlo a instancias superiores, pues aquélla no era una decisión personal: un militante responde a su comité y la disciplina y los... Él lo entendía, y por eso se lo consultaba.

–Podría ser una buena idea –dijo ella, tal vez como consolación, pero sin disculparse le informó a Ramón que debía salir hacia una reunión.

El joven pidió un coñac y, mientras lo bebía, sintió deseos de llorar. Como África no regresaría, pensó que se lo podía permitir. Eres demasiado blando, Ramón, se dijo, terminó el trago y salió a la calle, donde la mirada intensa de una joven apuntaló su devastada autoestima.

Unos meses después, justo en el momento de pasar de la obligatoriedad del servicio a la pretendida profesionalidad del ejército, Ramón sentiría cómo sus sueños de saberse importante y de prestar un gran servicio a la revolución se esfumaban cuando su filiación política fue considerada un impedimento y el ejército decidió prescindir de él. Entonces se juró que los militares le pagarían aquella afrenta.

El reformismo conduce a la restauración: solo el poder comunista, despiadadamente proletario, puede llevar a cabo las transformaciones profundas que exige un país como éste, enfermo de odio y de desigualdades, solía repetir África, siempre tribunicia. Y Ramón comprendería hasta qué punto la joven había tenido razón cuando, a finales de ese mismo año, los conservadores se alzaron con el triunfo electoral y comenzaron un artero desmontaje de los cambios políticos republicanos con la derogación de decretos de beneficio social y el inicio de una contrarreforma agraria que devolvía las tierras a los señoritos feudales y el país a su interminable Edad Media.

Fueron los mineros asturianos y los nacionalistas catalanes quienes en el mes de octubre de 1934 reaccionaron contra las leyes promovidas por la tétrica Confederación Española de Derechas Autónomas, la CEDA, y primero proclamaron la huelga general y al final se levantaron: los mineros clamando por la revolución y los nacionalistas por un estatuto de autonomía. A los jóvenes comunistas les habían ordenado estar preparados para intervenir, incluso de manera violenta, si las condiciones evolucionaban favorablemente en Barcelona. Pero el proyecto catalán fue demolido de un golpe y sin que se iniciara la revuelta popular que, agazapados, ellos esperaban. En cambio, la huelga de los mineros asturianos se afianzó y las Juventudes, como parte del bloque comunista, apoyaron a los rebeldes. África y Ramón, decepcionados por la tibieza de los líderes catalanes, pidieron ser enviados a Asturias, donde las calderas estaban a todo vapor, luego de la drástica abolición de la moneda y la propiedad privada y la creación de un ejército proletario. Como ya había comenzado a tenderse un cerco reaccionario contra los mineros, el Partido ordenó a los jóvenes comunistas permanecer en Barcelona, donde trabajarían procurándoles las armas que tanto necesitaban los rebeldes. Ramón, con deseos de pasar a la acción, osó criticar en una reunión aquella táctica dilatoria y fue la propia África quien lo sacudió, alarmada por su incapacidad de entender las decisiones estratégicas del Partido en un momento de turbias coyunturas históricas. El Partido siempre tiene la razón, dijo, y si no entiendes, no importa, tienes que obedecer, y zanjó la discusión.

La represión de los mineros fue brutal y aquella Revolución de Octubre resultó triturada con esmero. Su saldo de casi mil cuatrocientos muertos y más de treinta mil detenidos convenció a Ramón de que la piedad no existe ni puede existir en la lucha de clases. Y confió en que alguna vez a ellos les llegaría su turno: al menos el dogma así lo estipulaba.

Con la derrota asturiana, los comunistas fueron colocados en la lista negra de los enemigos perseguidos con más saña. Muchos estuvieron entre los encarcelados por su participación en los sucesos de Asturias o simplemente por su militancia y, tal como había ocurrido en la Rusia prerrevolucionaria, recordaba África, tan histórica, tan dialéctica, los demás debieron sumergirse en las catacumbas, para desde allí trabajar y esperar el momento (llamado «situación revolucionaria») de golpear al sistema.

Fue en esa coyuntura cuando los dirigentes de las Juventudes recibieron la misión de crear células clandestinas en barrios y fábricas de la ciudad. África fue a trabajar a Gracia y Ramón se metió en El Raval y la Barceloneta, donde incluso organizó aulas de alfabetización. A fin de hacer más eficiente el trabajo político y preparar a los miembros para futuras contiendas, Ramón organizó con Jaume Graells, Joan Brufau y otros camaradas una célula que se presentaba como Peña Artística y Recreativa, y la bautizaron con el nombre menos sospechoso que encontraron: «Miguel de Cervantes». El bar Joaquín Costa, al final de la calle Guifré, se convirtió en el sitio de reuniones. Iban dos y tres noches a la semana, muchas veces con África, quien desarrollaba allí sus dotes de agitadora, con una vehemencia que dejaba a Ramón cada vez más arrobado por la pasión y la fe de la joven en el destino de una humanidad sin explotadores ni explotados. Durante varios meses todo funcionó según lo previsto, hasta que cometieron el error de confiarse y los sorprendió la irrupción de la policía, que cargó con diecisiete de ellos (África logró escapar saltando una tapia difícil de escalar aun para un hombre), acusados de conspirar contra la república para subvertir el orden e instaurar una dictadura atea y comunista.

Si a Ramón todavía le hubieran faltado razones para convencerse de que toda aquella pantomima de república democrática era solo un engaño, y que aquel sistema necesitaba ser arrancado de raíz, los ocho meses de cárcel que vivió en Valencia terminaron de arraigarle sus convicciones. No fue que las acusaciones lanzadas sobre ellos resultaran falsas: era cierto, ellos conspiraban para subvertir el orden, pero también a esa opción se suponía que tenían derecho en una república como la que, según pregonaban, existía en un país supuestamente democrático desde 1931.

Las prisiones de España se desbordaron de presos, aviesamente mezclados los comunes y los políticos, aunque sumaban tantos los comunistas detenidos que las galerías se convirtieron en foros donde se discutían las proyecciones del Partido, el peligroso ascenso del fascismo en Alemania e Italia, los éxitos económicos de la URSS y los principios de la lucha de clases. Hasta la cárcel llegó también la inesperada directriz, emanada de Moscú, de que se estableciera una alianza de los comunistas con los partidos de la izquierda (exceptuados los trotskooportunistas) para lanzarse juntos a la lucha por el poder, y Ramón asumió la orden sin atreverse a cuestionar aquel radical cambio estratégico. Para él el verdadero castigo de su estancia carcelaria fue que en todos aquellos meses África no fuera a verlo y ni siquiera le enviara una carta, un soplo de aliento.

Las elecciones de febrero de 1936, ganadas por el nuevo frente político de socialistas, comunistas y anarquistas devolvieron el poder a la izquierda y, de inmediato, la libertad a los detenidos por su militancia o su participación en las revueltas de 1934. Después de ocho meses de prisión, cuando Ramón puso un pie en la calle, ya había dejado de ser un joven romántico lleno de impulsos y se había convertido en un hombre de fe, un enemigo cerval de todo lo que se interpusiera en el camino hacia la libertad y la dictadura proletaria. A ese fin dedicaría cada respiración de su vida, pensaba: aunque tuviera que pagar por ello el más elevado de los precios.

Como muchos de sus compañeros de condena, Ramón fue de Valencia directamente a Madrid, donde los partidos del Frente Popular habían organizado una gran manifestación para celebrar la victoria y la formación del nuevo gobierno. En la capital encontraron aquel ambiente festivo y nervioso que imperó en España hasta el inicio de la guerra. Las botas de vino saltaban de las aceras a los camiones de los recién liberados, las muchachas les lanzaban flores, se cruzaban vivas a la libertad y mueras a la monarquía, a la burguesía, a los terratenientes y a la Iglesia. La revolución se olía en el aire.

En el mitin, Ramón oyó el discurso de José Díaz, el secretario general, y vio por primera vez a una mujer exaltada y dramática, que parecía ella misma una manifestación: Dolores Ibárruri, a la que el mundo conocería como Pasionaria. Para su mayor alegría, en medio de la combativa multitud, sintió cómo se aferraban a su cuello unos brazos ansiados, de los que brotaba un perfume de violetas con el que no había dejado de soñar durante su encierro. Ramón disfrutó en cada célula de su cuerpo con el sonido de una voz de mujer por la cual, como por la revolución mundial, se sentía dispuesto a darlo todo, pero al verla pensó que si los milagros existían, África era una confirmación: en aquellos meses había embellecido, estaba más rotunda y firme, como si por su cuerpo y su rostro hubiera pasado un manto benéfico capaz de operar la transformación. Unos minutos después, cuando escapaban del gentío enardecido de canciones y vino, sabría que en verdad algo conmovedor había alarmado el cuerpo de la mujer, algo a lo cual él había vivido ajeno hasta ese momento: mes y medio antes África había dado a luz a una niña. Una hija de Ramón.

Ramón Mercader pensaría, casi hasta gastar la idea, que en su vida, tan llena de convulsiones tremendas, una de las mayores y más aleccionadoras sacudidas fue la recibida con aquella noticia. África le contó que no había ido a verlo a la cárcel ni le había puesto al tanto de su embarazo para no hacerle flaquear con unos sentimientos innecesarios para un revolucionario. Además, ella había preferido afrontar sola su gravidez pues, desde que la descubrió y fue desaconsejada de abortar por lo avanzado de la gestación, había decidido que aquella criatura no interferiría en el propósito mayor de sus vidas: la lucha revolucionaria. Por eso, cercanas las fechas del alumbramiento, se había ido a Málaga, donde vivían sus padres, y allí había tenido a la niña, a la que había nombrado Lenina de las Heras, para entregarla de inmediato a los abuelos y regresar a Barcelona a luchar por la victoria electoral del Frente Popular, como le ordenara el comité del Partido. Su decisión de mantener a la niña lejos era irrevocable y nada la haría cambiar: solo cumplía con un deber de honestidad al informarle de lo ocurrido.

Un cúmulo de sensaciones ardientes había caído sobre la cabeza de Ramón. A la sorpresa de saber que era padre, se sumaba la determinación de África, consecuente con sus ideales. Aunque todo aquello le resultaba demasiado abrumador como para poder deglutirlo de un golpe, lo sorprendió sentir una nítida gratitud hacia la mujer a la que tanto amaba, y que le demostraba su estatura política con una acción drástica y liberadora. No obstante, en lo más recóndito de su conciencia palpitó una luz de curiosidad por saber cómo era la niña que él había engendrado, cómo sería tenerla cerca y educarla. ¿África no sentiría lo mismo? Ramón sabía que las urgencias de la lucha pronto ocultarían aquel parpadeo, y pensó con más convicción: África tiene razón, la familia puede ser un lastre para un revolucionario, mientras atravesaban la plaza de Callao, creía él que sin un rumbo preciso.

África abrió la puerta de un café de la Gran Vía y, al penetrar, la claridad de la calle le impidió a Ramón ver el interior del local, uno de aquellos viejos bares de Madrid con las paredes revestidas de madera oscura. África, como guiada por una luz interior, avanzó hacia el fondo, sorteando mesas y sillas, con esa seguridad tan suya. Él trató de seguirla, apoyándose en los respaldos de las sillas, cuando entrevió al fondo una silueta de mujer, según lo advertía el cabello, una mujer alta y fornida, concluyó al acercarse. La sombra avanzó hacia él y, sin que Ramón la hubiera identificado aún, sintió cómo lo recorría un temblor cuando la mujer lo besó, tan cerca de la comisura de los labios como para dejarle en la boca un inconfundible sabor de anís, capaz de imponerse al regusto seco de la ginebra que dominaba su aliento.

7

Kharálambos movió apenas el timón y, bajo el sol de la tarde, el bote se adentró en el río de oro sobre un mar por el que el joven pescador había aprendido a navegar con su padre, su padre con su abuelo, su abuelo con su bisabuelo, en una acumulación de sabidurías que se remontaba, tal vez, hasta los días en que los ejércitos de Alejandro pasearon por sobre aquellas aguas la furia y la gloria del gran rey de los macedonios. Más de una vez, observando la destreza marinera de Kharálambos, Liev Davídovich se había preguntado si no habría llegado el momento de perpetrar un acto de suprema sabiduría y despojarse de todas las armaduras para darse la oportunidad de respirar, por primera vez en su vida adulta, un aire simple como el que alimentaba la sangre del pescador, lejos de los torbellinos de su época.

Cuatro años de exilio, cinco de marginación, decenas de muertes y decepciones, revoluciones traicionadas y represiones feroces, sumó Liev Davídovich y tuvo que admitir que quedaban pocas razones para la esperanza. El hombre cosmopolita, el luchador protagonista, el líder de multitudes había comenzado a envejecer a los cincuenta y dos años: jamás había imaginado que ese rincón del mundo en que vivía le provocaría algún día la sensación de tener quizás eso que llaman un hogar. Y menos aún que, por un momento, deseara renunciar a todo y lanzar sus armas al mar.

Hacía un año que había visto partir a Liova por aquella estela que ahora navegaba Kharálambos. Con una mezcla de inquietud y alivio había aceptado la decisión del muchacho de vivir su propia vida, lejos de la sombra paterna. La obtención de una beca para continuar estudios de matemáticas y física en la Technische Hochschule de Berlín había facilitado los trámites, y Liev Davídovich había decidido aprovechar la coyuntura de que el joven se trasladaba a un sitio privilegiado, donde sería sus ojos y su voz, mientras él seguía inmovilizado en Turquía.

A medida que se aproximaba la fecha de la despedida, Liev Davídovich había evocado con demasiada frecuencia el recuerdo de aquellas mañanas frías, en el atormentado París de 1915, cuando Liova se había iniciado en el trabajo político con apenas ocho años. Entonces vivían en la callecita Oudry, cerca de la plaza D'Italie, y él dedicaba las noches a escribir sus artículos antibelicistas para el *Nashe Slovo*. En la mañana, camino de la escuela, con el pequeño Seriozha de la mano, Liova era el encargado de entregar en la imprenta las cuartillas recién escritas. Solo con la certeza de la separación, Liev Davídovich comprendió el vasto espacio que Liova ocupaba en su corazón y lamentó los exabruptos de ira durante los que, tan injustamente, había llegado a acusarlo de indolencia y de inmadurez política. Como le ocurriera dos años antes al separarse de Seriozha, tras la partida lo había invadido el malsano presentimiento de que quizás nunca volvería a ver a su aguerrido Liova, pero consiguió espantar aquel pensamiento por la más realista inversión de ecuaciones: si no volvían a verse no sería porque Liova faltara a la próxima cita. El ausente seguramente sería él, que cada día se sentía más viejo y acosado por unos rivales que deseaban su silencio total.

Pero la salida del joven no había sido la mayor preocupación de Liev Davídovich en aquellas semanas. Con su mejor voluntad aunque lleno de temores por su incapacidad para lidiar con los problemas domésticos, también había debido prepararse para el anunciado arribo de Zina, su hija mayor, que al fin había obtenido el permiso soviético para viajar al extranjero con el propósito de someter a tratamiento su agravada tuberculosis.

En las cartas que le fue enviando desde Leningrado, Alexandra Sokolóvskaya, la madre de Zina, lo había mantenido al tanto del deterioro físico y mental sufrido por la joven en los últimos años, sobre todo mientras se dedicó a cuidar a su hermana Nina, al tiempo que, por su militancia en la Oposición, sufría represiones políticas que habían culminado con la deportación de su esposo Platón Vólkov y con su propia expulsión del Partido y de su trabajo como economista. El toque personal de mezquindad, sin embargo, le llegaría a Zina con un permiso de salida del territorio soviético del que había sido excluida su hijita Olga, convertida en rehén político. Con la condena de una niña inocente, Liev Davídovich volvería a comprobar, de un modo patente, lo que Piatakov le había asegurado años atrás: Stalin se vengaría de él, con alevosía, hasta la tercera o cuarta generación.

Zina había llegado una soleada mañana de finales de enero de 1931, trayendo de su mano al pequeño Sieva. Natalia, Liova, Jeanne, las secretarias, los guardaespaldas, los policías turcos y hasta *Maya* bajaron tras Liev Davídovich hacia el embarcadero a darles la bienvenida. El ánimo de cada uno de ellos era todo lo festivo que permitían las circunstancias y fue recompensado por la sonrisa de una mujer delgada, exultante y expansiva, y por la mirada escrutadora de un niño, intensamente rubio, que había despreciado mimos de abuelos y tíos para fijar su predilección en la perra *Maya*.

A pesar de su calamitoso estado de salud, de inmediato Zina demostró que era hija de Liev Davídovich y de aquella incansable Alexandra Sokolóvskaya que en las reuniones clandestinas en Nikolaiev había puesto en las manos del imberbe luchador los primeros folletos marxistas que leería en su vida. Con la respiración entrecortada y asediada por fiebres nocturnas, la joven llegó exigiendo un espacio en el trabajo político, dispuesta a mostrar su capacidad y su pasión. Consciente de que necesitaba atención médica más que responsabilidades, su padre le había encomendado la tarea menos pesada, aunque de por sí abrumadora, de clasificar la correspondencia, mientras encargaba a Natalia que la acompañara a Estambul, donde los doctores comenzaron a trabajar con ella.

Con las cartas que Liova empezó a remitirle desde Berlín, el viejo luchador logró hacerse una idea más precisa del desastre que se acercaba, inexorable, a la puerta de los comunistas alemanes. Una y otra vez se había preguntado cómo Moscú mostraba tamaña torpeza política. No se requería ser un genio para advertir lo que significaba el auge de un nazismo que, sin detentar el poder, ya había comenzado su ofensiva de violencia, encargada a unas fuerzas de asalto que en apenas dos meses habían crecido de cien mil a cuatrocientos mil miembros. Los hechos delataban que no podía tratarse de ceguera política: la estrategia suicida de los comunistas alemanes debía de tener alguna otra razón, más allá de las directivas explícitas dictadas por los amos de Moscú, pensó y escribió.

Unas palabras pronunciadas en el corazón de la Unión Soviética vinieron a abrirle un resquicio para llegar a una respuesta que lo alarmaría. En un Moscú hambreado, donde resultaban un lujo los zapatos y el pan, en el que cada noche eran detenidos sin órdenes fiscales decenas de hombres y mujeres para ser enviados a los *lagers* siberianos, Stalin proclamó que el país había llegado al socialismo. ¿Al socialismo? Solo entonces Liev Davídovich había logrado ver un punto en la oscuridad: allí tenía que estar el origen de la sospechosa desidia, el absurdo triunfalismo que ataba las manos de los comunistas alemanes impidiéndoles cualquier alianza con las fuerzas de izquierda y centro en el país. Se había horrorizado cuando comprendió que la razón verdadera detrás de todas aquellas asombrosas actitudes era que a Stalin, para alcanzar la concentración del poder, ya no le bastaban los fantasmas de las posibles agresiones del imperialismo francés o el militarismo japonés, sino que requería de un enemigo como Hitler para cimentar, con la amenaza del nazismo, su propio ascenso. Aunque Liev Davídovich siempre se había opuesto a la posibilidad de fundar otro partido, por respeto a las ideas de Lenin y por el temor concreto a lo que una escisión pudiera provocar, la evidencia de una traición como la que estaba ejecutando Stalin, cuyas consecuencias serían desoladoras para Alemania y peligrosas para la propia Unión Soviética, había comenzado a revolver la duda en su cabeza.

Para su fortuna, la presencia del pequeño Sieva mitigaba sus vacíos y temores. Liev Davídovich había establecido con el niño una relación de cercanía muy diferente a la que, tan absorto en la lucha, había tenido con sus propios hijos. El nieto había conseguido apropiarse de las pocas horas libres que el abuelo podía regalarse y entre ellos se había creado el hábito de bajar cada tarde hasta la playa, por donde Sieva solía correr con *Maya*, y, siempre que el afable Kharálambos se lo permitía, abordar el bote del pescador y navegar hasta los acantilados. El afecto que profesaba al niño atenuaba sus preocupaciones políticas, y en varias ocasiones lo había sorprendido una gran tranquilidad, que le permitía sentirse como un abuelo que comenzaba a envejecer y lograba liberarse, por primera vez en treinta años, de los apremios de la lucha. Las carreras de Sieva y *Maya*, las conversaciones con Kharálambos sobre el arte de la pesca, los paseos por el Mar de Mármara, pronto se convertirían en imágenes amables a las que se aferraría en los tiempos aún más difíciles que los aguardaban.

Una madrugada del primer verano que pasaban con Sieva, Liev Davídovich salvaría su vida y la de su familia gracias a uno de aquellos insomnios de los que siempre había sido víctima. Tendido en la cama dejaba transcurrir una de esas noches desgastantes, mientras escuchaba los sonidos nocturnos y pensaba en su hijo Serguéi. Aquella misma mañana habían recibido una carta donde Seriozha les aseguraba que su vida en Moscú seguía los cauces normales, les hablaba de su reciente matrimonio y de los progresos en sus estudios científicos. Aunque el muchacho mantenía su aversión por la política, el olfato de su padre le decía que esa lejanía no podría durar mucho tiempo y que cualquier día la política se presentaría a su puerta. Por eso, luego de hablarlo con Natalia, había decidido no dilatar más la propuesta de que Seriozha iniciara las gestiones que le permitieran viajar a Berlín para reunirse con su hermano. Vagando en aquellas cavilaciones, había tardado en percibir la inquietud de *Maya*, que se había acercado varias veces a la cama, y a la que, incluso, había sentido lloriquear. De pronto una señal de alarma lo había hecho recuperar la lucidez: el olor a madera ardiendo resultaba inconfundible y, sin pensarlo, había despertado a Natalia y corrido hacia la habitación donde Sieva dormía con las jóvenes secretarias desde que su madre se había trasladado a Estambul para ser operada.

El fuego se había iniciado en la pared exterior del local dedicado a la secretaría, y de inmediato Liev Davídovich comprendió las intenciones del saboteador: sus papeles. Mientras los policías turcos, sacados de su sueño, lanzaban baldes de agua sobre el incendio que se extendía hacia la sala de estar, él había dejado a Sieva y a *Maya* al cuidado de Natalia y, auxiliado por las secretarias, los guardaespaldas y el recién llegado Rudolf Klement, se había puesto a cargar la papelería que representaba su memoria y casi su vida. Entre el humo, recibiendo parte del agua lanzada, habían logrado sacar las carpetas de los manuscritos, los archivos y muchos de los libros antes de que el techo de aquel sector de la villa emitiera el crujido previo a la caída.

En medio de la madrugada, entre cajas de papeles y libros tirados en el suelo, Natalia y Liev Davídovich habían observado el trabajo del fuego, mientras él le acariciaba las orejas a la temblorosa *Maya*. Aunque el empeño de los improvisados bomberos impidió la destrucción total de la villa, al amanecer constataron que había quedado en un estado tal que se imponía una reconstrucción capital para que volviera a ser habitable. Cuando los demás sacaron los objetos y ropas que se habían salvado, él se había dedicado a recoger decenas de libros, anegados pero quizás recuperables, y a lamentar la pérdida de otros y de documentos (¡las fotos de la Revolución!, se lamentaría para siempre) consumidos por el fuego.

Rudolf Klement, el joven alemán que había viajado para sustituir a Liova en los trabajos de la secretaría, encontró una casa que ofrecía cierta seguridad, en el suburbio residencial anglonorteamericano de Kadiköy, en las afueras de Estambul. La vivienda, en realidad, resultó demasiado pequeña para la familia, las secretarias, los guardaespaldas y los policías (cuatro desde el incendio), pero sobre todo para convivir con Zina, que, recuperada tras una cirugía que pronto se revelaría como un rotundo fracaso, había comenzado a exigirle, con vehemencia enfermiza, una mayor responsabilidad en el trabajo político.

Varios acontecimientos extraños marcarían los meses vividos entre las cuatro paredes opresivas de la casita de Kadiköy. El primero había sido la posibilidad, muy pronto abortada por el trabajo conjunto de fascistas y comunistas, de que viajase a Berlín a dictar unas conferencias. Aquel fracaso previsible le había provocado una dolorosa decepción: había vuelto a sentir sobre la espalda el precio que debía pagar por sus acciones pasadas y la densidad infranqueable de un confinamiento que le hizo pensar incluso en el que sufriera Napoleón: ¿tanto me temen?, había escrito, desesperado por la invulnerabilidad del cerco que lo confinaba a Turquía y lo sustraía de cualquier posibilidad de participación directa.

Luego se había producido un conato de incendio que, por fortuna, solo había devorado la caseta del patio y que los investigadores achacaron a un accidente, al hallar junto a las calderas del calentador los restos de una caja de fósforos con la que había jugado Sieva.

El tercer suceso, más intrigante y a su vez revelador, se había producido cuando recibió la visita de un alto oficial de la seguridad interior turca, comisionado de informarle que la policía del país había detenido a un grupo de emigrados rusos que preparaban un atentado contra su vida. El jefe del complot había resultado ser el ex general Turkul, uno de los líderes de las guardias blancas que el Ejército Rojo derrotara durante la guerra civil. Según el oficial, la conspiración había sido desbaratada, y él podía estar tranquilo, acogido a la hospitalidad del honorable Kemal Paschá Atatürk.

Tan pronto despidieron al oficial, Liev Davídovich le había comentado a Natalia que algo chirriaba en la armazón de aquella historia. El peligro de que los emigrados rusos acantonados en Turquía cometiesen actos violentos contra su persona siempre había estado latente. Pero nada había ocurrido en más de dos años, lo que evidenciaba que los rusos blancos no lo tenían entre sus prioridades o habían entendido que lanzarse contra el que se consideraba un huésped personal del implacable Kemal Atatürk representaba un desafío que solo habría podido perjudicarlos.

La peor experiencia de aquella temporada, sin embargo, fueron las tensiones provocadas por el desequilibrio de Zina, cada vez más exigente en lo relativo a su participación en los trabajos partidistas pero cuyo comportamiento oscilaba entre el entusiasmo y la depresión. Aunque él insistía, de los modos más amables, ella se había negado a someterse a un tratamiento psicoanalítico, pues, repetía, no se sentía dispuesta a sacar la mugre que acumulaba dentro. Su perturbación había llegado a un punto crítico cuando se descubrió el fracaso de su operación, pues los cirujanos turcos le habían intervenido el pulmón que le quedaba sano. Temiendo por la vida de Zina o por un enfrentamiento frontal con ella, Liev Davídovich había ordenado a Liova que hiciera los arreglos necesarios para que la mujer viajase a Berlín y fuera atendida allí por especialistas capaces de remendar su cuerpo y su espíritu.

Vencidas las reticencias de Zina, la mujer había salido hacia Berlín al despuntar el otoño, dejándole a su padre una sensación de alivio mezclada con un incisivo sentimiento de culpa. Liev Davídovich le había prometido que, apenas se recuperase un poco, ella comenzaría a trabajar con Liova y le enviarían a Sieva. Mientras, por su propia estabilidad, el muchacho permanecería en Turquía, aunque el abuelo sabía que en la decisión de retener al niño parpadeaba una dosis de egoísmo: Sieva se había convertido en su mejor bálsamo contra el cansancio y el pesimismo.

Zinushka había partido acompañada por Abraham Sobolevicius, el gigante Senin, uno de los colaboradores de Liev Davídovich afincado en Berlín, quien, casualmente, había pasado unos días en la casa de Kadiköy. Desde hacía dos años, Senin y su hermano menor se habían convertido en sus más ejecutivos corresponsales en Alemania, pero desde que Liova se pusiera al frente de los correligionarios alemanes, las relaciones con los Sobolevicius habían atravesado un período de tensiones, que él había atribuido a la preeminencia que le diera a su hijo en un terreno donde los hermanos habían imperado. Lo más extraño en el cambio de actitud de esos camaradas había sido el rechazo más o menos frontal de ciertas directivas encaminadas a desenmascarar las irresponsables políticas estalinistas respecto a la situación alemana. La discrepancia de los Sobolevicius, precisamente por venir de hombres tan experimentados, preocupaba a Liev Davídovich.

Apenas unos días después de la partida de Zina, una información, filtrada desde Moscú, vino a iluminar como una centella la oscuridad en que el exiliado había permanecido por dos años. El origen del dato era el más confiable: provenía del camarada V.V., cuya existencia únicamente conocían Liova y él, pues su función dentro de la GPU lo hacía especialmente vulnerable y útil. V.V. advertía en su informe que solo se hacía eco de un comentario escuchado sobre la labor de espionaje para la GPU que realizaban los Sobolevicius dentro del círculo más cercano a Trotski. Pero aquel comentario, colocado en el sitio preciso, dio forma al rompecabezas de la extraña actitud de los hermanos.

El descubrimiento del verdadero carácter de los agentes –quienes se evaporaron en cuanto Liev Davídovich hizo pública su filiación real– lo había sumido en una profunda inquietud. El hecho de que hubiese confiado en aquellos hombres hasta el punto de haberles entregado a su hija, de dejarlos dormir en su casa, jugar con Sieva, conversar a solas con Natasha o con él, le advertía de la fragilidad de todo posible sistema de protección y ponía en evidencia las potestades que Stalin tenía sobre su vida: por ahora el Sepulturero se conformaba con saber qué hacía y qué pensaba, ¿y mañana? Se convenció entonces de que los incendios y la presunta conspiración del ex general Turkul solo habían sido maniobras de distracción en un acoso que apenas había comenzado y cuyo desenlace no necesitaría de acciones espectaculares ni conspiraciones de viejos enemigos blancos. El disparo final provendría de una mano, preparada por el propio Stalin y capaz de atravesar todos los filtros de la suspicacia, hasta convertirse en lo más parecido a una mano amiga. La actuación de los Sobolevicius demostraba, no obstante, que su vida todavía parecía ser necesaria para el ascenso del Secretario General hacia el más absoluto de los poderes. Horrorizado ante aquella evidencia que le clarificaba las razones por las cuales lo habían dejado partir al exilio en lugar de asesinarlo en las estepas de Alma Atá, había comprendido que, mientras viviera, sería la encarnación de la contrarrevolución, su imagen mancharía toda exigencia de cambio político interno, su voz sonaría como la pervertidora de cualquier voz que reclamara un mínimo de verdad y justicia. Liev Trotski sería la medida capaz de justificar todas las represiones, de fundamentar las expulsiones de críticos e incómodos, una cara de la moneda enemiga de los comunistas del mundo: la pieza que, para ser perfecta, pronto tendría en el reverso la imagen de Adolf Hitler.

Cuando las obras de reconstrucción de la villa de Büyük Ada concluyeron, Liev Davídovich exigió el regreso. Durante los nueve meses vividos en Estambul, el vértigo de la transitoriedad y la sensación de hallarse al borde de un precipicio nunca abandonaron su ánimo y ni siquiera había conseguido avanzar como esperaba en la escritura de la *Historia de la revolución*. Por eso confiaba en que el retorno a la que ahora consideraba su casa le permitiera concentrarse en lo que era realmente importante.

Kharálambos y otros aldeanos los esperaron en el muelle. Los Trotski les agradecieron una bienvenida que incluyó una cesta de pescados, ostras y mariscos frescos, bolsas de frutos secos, atados de quesos de cabra y platos del dulce que ellos llamaban albaricoques y, como atención especial, una olla de barro en la que reposaba un surtido de *pochas* y *pides*, listas para ser introducidas en aceite de oliva hirviente y entregar al paladar el gozo de una voluptuosidad mediterránea tan diferente de los rudos sabores de las recetas rusas y ucranianas.

Muy pronto el exiliado retomó su ritmo de trabajo y dedicó diez y hasta doce horas a la redacción de la *Historia* y a la preparación de los artículos dedicados al *Boletín*. Al final de las tardes, con ese cansancio en los ojos que solía provocarle un molesto lagrimeo, llamaba a Sieva y, antecedidos por *Maya*, bajaban hasta la costa a ver la puesta del sol. Allí le contaba a su nieto historias de los judíos de Yanovska, le hablaba de mamá Zinushka, que se recuperaba en Berlín, y le enseñaba a comunicarse con los perros y a interpretar su lenguaje de actitudes, apoyado en la inteligencia de la paciente *Maya*.

Apenas tres semanas después, Liev Davídovich recibiría la estocada que le lanzaban desde Moscú como la más clara advertencia de que la guerra contra él no se detendría y de que jamás le concederían un atisbo de paz. Un Liova perplejo fue quien le hizo llegar la noticia: a partir del 20 de febrero de 1932 Liev Trotski y los miembros de su familia que se encontraban fuera del territorio de la Unión de los Sóviets dejaban de ser ciudadanos del país y perdían todos los derechos constitucionales y la protección del Estado. El delito cometido por el antiguo miembro del Partido (ya no se le mencionaba como dirigente) había sido la participación en acciones contrarrevolucionarias, en virtud de las cuales se le consideraba un Enemigo del Pueblo, indigno de detentar la nacionalidad del primer Estado proletario del mundo. El decreto del Ejecutivo del Presidium del Comité Central, publicado en el *Pravda*, el órgano del Partido Comunista, incluía en la recién instaurada condena de la privación de la ciudadanía a otros treinta exiliados, también Enemigos del Pueblo, que en su momento habían sido figuras destacadas del menchevismo.

Mientras leía aquel insidioso comunicado, donde con calculada malevolencia se le mezclaba con viejos exiliados a los que Lenin y él mismo habían invitado a emigrar en 1921, fue aquilatando las proporciones y buscando los objetivos ocultos en una medida que él inauguraba en la historia soviética. Sin duda la primera intención de Stalin era la de convertirle en un proscrito, sin un Estado a sus espaldas, totalmente a merced de sus enemigos, entre los que ahora se alzaba el propio pueblo soviético. Pero detrás estaba la consecuencia lógica que convertía a sus partidarios dentro del país no ya en opositores políticos, sino en colaboradores de un agente «extranjero» y, por tanto, acusables del delito de traición, el más temido en días de fervor patriótico y nacionalista.

Ante el precipicio al que se asomaban él y su familia, Liev Davídovich lamentó como nunca la falta de realismo y el exceso de confianza que lo habían cegado durante años, hasta el punto de permitir que engendrara y creciera, ante sus propios ojos, aquel tumor maligno adherido a las murallas del Kremlin llamado Iósif Stalin. Un hombre como él, que siempre se había preciado de conocer el alma humana, las debilidades y necesidades de los hombres, y se había enorgullecido de poseer la habilidad de mover conciencias y multitudes: ¿cómo no había percibido el vaho fatídico que brotaba de aquel ser oscuro? Durante años Stalin le había resultado tan insignificante que, por más que hurgara en su mente, nunca había conseguido visualizarlo en el que debió de ser su primer encuentro, en Londres, en 1907. Entonces él era el Trotski que tenía a sus espaldas la dramática participación en la revolución de 1905, cuando llegó a ser el presidente del Sóviet de Petrogrado; el orador y periodista capaz de convencer a Lenin o de enfrentársele y llamarlo dictador en ciernes, Robespierre ruso. Era un revolucionario mundano, mimado y odiado, que debió de mirar sin mayor interés al georgiano recién llegado a la emigración, inculto y sin historia, con la piel del rostro marcada por la viruela. Podía recordarlo, en cambio, en aquella fugaz coincidencia en Viena, durante el año 1913, cuando alguien los presentó formalmente, sin estimar necesario decirle al montañés quién era Trotski, pues ningún revolucionario ruso podía dejar de conocerlo. Liev Davídovich aún recordaba que en esa ocasión Stalin apenas le había extendido la mano, para volver a su taza de té, como un animalito mal alimentado, que únicamente se lograría fijar en su memoria por aquella mirada arrinconada y amarilla, salida de unos ojos pequeños que, como los de un lagarto acechante –¡ése fue el detalle!–, no pestañeaban. ¿Cómo no había advertido que un hombre con aquella mirada de reptil era un ser altamente peligroso?

Durante el vértigo de 1917, en unas pocas ocasiones Stalin había pasado frente a él, como una sombra furtiva, y Liev Davídovich nunca le dedicó un pensamiento. Tiempo después, cuando al fin se detuvo a pensar en él, descubrió que el georgiano siempre le había repelido por aquellas cualidades que habrían de ser su fuerza: su mezquindad esencial, su tosquedad psicológica y aquel cinismo del pequeñoburgués a quien el marxismo ha liberado de muchos prejuicios, pero sin alcanzar a sustituirlos por un sistema ideológico bien digerido. Ante cada una de las tentativas de acercamiento que ejecutó Stalin, instintivamente él había dado un paso atrás y, sin saberlo, había abonado la distancia para el resentimiento: pero hasta varios años después no había comprendido su error de cálculo. «La principal cualidad que distingue a Stalin», le había dicho un día Bujarin, «es la pereza; la segunda, la envidia sin límites contra todos los que saben o pueden saber más que él. Hasta contra Lenin ha hecho labor de zapa.»

Liev Davídovich llegaría a tener la convicción de que su mayor error había sido no dar la batalla en el momento en que ya era evidente que se había iniciado una lucha por el poder y él tenía en sus manos el triunfo aplastante que representaban las cartas de Lenin reprendiendo a Stalin a propósito de su manejo brutal de la cuestión de las nacionalidades y el «testamento» donde Vladimir Ílich pedía que se apartara al georgiano de la secretaría del Partido. Pero entonces él había pensado que Stalin no era un rival de consideración y que lanzar una campaña contra el montañés iba a ser presentado (así lo hubieran manipulado los fieles a Stalin, ya infiltrados en el aparato partidista) como una batalla personal encaminada a conquistar el puesto de Lenin, y Liev Davídovich no era capaz de pensar en esa posibilidad sin sentir vergüenza. Después llegaría a comprender que incluso con el apoyo de la voluntad y las opiniones de Lenin, hacía mucho tiempo que él había perdido aquella batalla: bajo sus pies habían organizado una conspiración en toda la regla y Stalin, con la complicidad de Zinóviev y Kámenev y el cobarde apoyo de Bujarin, lo había desarmado sin que él lo advirtiera y su caída ya era una realidad que solo necesitaba concretarse. Lo peor, sin embargo, era saber que su derrota no significaba solo *su* derrota, sino la de todo un proyecto: y no porque él se viera impedido de acceder al poder, sino porque él también había facilitado el ascenso de Stalin y, con él, la aniquilación del sueño social que estaba realizando el indetenible georgiano.

Liev Davídovich necesitó varios días para comenzar a meditar la respuesta que exigía aquel decreto. Sabiendo que iba a ser agredido por unos recursos de propaganda ingentes e inmorales, capaces de mentir ante los ojos del mundo sin la menor vergüenza, se debatía entre la redacción de una comunicación mesurada, centrada en la ilegalidad de la condena, y en el ataque frontal, dirigido contra el dictador. Pero lo que con más vehemencia ocupó su mente fue la duda de si no habría llegado el momento de renunciar a una lucha cada vez más inviable por una reforma del Partido y el Estado soviéticos: si no había sonado la hora de lanzarse al vacío y proclamar la necesidad de un nuevo partido capaz de recuperar la verdad de la Revolución. Los ecos del decreto pronto comenzaron a penetrar en el ámbito de su vida privada. Zina, también afectada por el castigo, le envió desde Berlín un mensaje desesperado: ¿cómo se reuniría ahora con su hija, retenida en Leningrado?, y le reclamaba la presencia de Sieva, pues quería vivir al menos con uno de sus muchachos... Nunca como en este momento Liev Davídovich había sentido el peso de arrastrar una familia.

Una misiva, sacada de Moscú por manos amigas, llegó a Prínkipo para ratificarle a Liev Davídovich la magnitud del desastre que se fraguaba en su antiguo país. La remitía Iván Smirnov, el viejo bolchevique al que lo había unido una entrañable amistad y que había sido uno de los oposicionistas doblegados en el verano de 1929. Smirnov había entendido muy pronto que, aun cuando le hubieran asignado un puesto oficial, su destino había quedado marcado por haberse enfrentado a Stalin bajo la bandera del renegado Trotski. Presintiendo la contraofensiva a la que su antiguo camarada se lanzaría, Smirnov había decidido correr el riesgo y le enviaba un informe sobre las proporciones de la devastación económica y política que asolaba a la URSS y que, no obstante, tan pocas esperanzas ofrecía para una victoria de cualquier oposición, al menos a corto plazo.

Para justificar su claudicación, Smirnov le comentaba que en 1929 el viraje económico desencadenado por Stalin parecía un proceso lógico y hasta moderado, que seguía casi paso por paso las ideas sobre la industrialización y la colectivización de la tierra que hasta entonces habían sido el programa y a la vez el estigma de una Oposición acusada de ser enemiga de los campesinos y fanática del desarrollismo industrial. Sin embargo, el aplastamiento de la tendencia liderada por Bujarin y las capitulaciones de los últimos opositores trotskistas habían dejado a Stalin sin adversarios y le permitieron convertir la guerra contra los campesinos enriquecidos en un torbellino de violencia colectivizadora que había logrado paralizar la agricultura soviética: los grandes propietarios primero, y los medianos y pequeños después, al ver amenazadas sus riquezas con una intervención que incluía hasta las gallinas y los perros guardianes, habían optado por el sabotaje sordo y se había producido una orgía de sacrificios de animales que llenó los campos de huesos malolientes, de vapor de aceite hirviendo, y que acabó con más de la mitad del ganado de la nación. Como cabía esperar, también comenzaron a devorar el trigo y el resto de los granos, sin detenerse ante las semillas que debían garantizar la venidera cosecha, que solo fue sembrada y atendida cuando los campesinos fueron colocados bajo la mira de los fusiles. La desidia se había agravado con el traslado de aldeas y pueblos enteros de Ucrania y del Cáucaso hacia los bosques y minas de Siberia, de donde el gobierno pensaba extraer las riquezas dejadas de producir por la tierra. El resultado previsible había sido la hambruna que desde 1930 asolaba el país y cuyo fin no era visible. En Ucrania ya se hablaba de millones de personas muertas de hambre, incluso se aseguraba que se habían producido actos de canibalismo. En las ciudades la gente rapiñaba unas patatas en el mercado negro, pagando por ellas una cantidad exorbitante de unos rublos tan depreciados que muchos únicamente comerciaban ejecutando trueques. Cuántas vidas había costado aquel «asalto» al socialismo era algo que nunca podría saberse, y Smirnov opinaba que la agricultura de la nación no se recuperaría en los próximos cincuenta años.

No menos asolador, decía Smirnov, resultaba el proceso que había emprendido Stalin en el empeño de borrar los elementos de la memoria que no se avinieran a su propósito de reescribir la historia soviética, puesta ya en función de su preeminencia. Unos meses atrás, Riazánov, el director del Instituto Marx-Engels, y Yaroslavsky, el autor de la más difundida *Historia de la revolución bolchevique*, habían sido defenestrados bajo el cargo de no rescatar suficientemente el legado leninista. La razón verdadera era que Riazánov no podía demostrar que Stalin hubiese hecho ningún aporte a la teoría marxista, y que la *Historia*, de Yaroslavsky, ya bastante manipulada, no podía glorificar totalmente a Stalin, pues los hechos de la Revolución estaban demasiado cercanos y muchos protagonistas vivos.

La furia personalista de Stalin, le comentaba el viejo camarada, había tomado caminos incluso más dolorosos, por lo irreversible y catastrófico de sus resultados. Con el Gran Cambio había surgido la idea de convertir Moscú en la nueva ciudad socialista y el mismo Stalin se había colocado al frente de un proyecto que había empezado con la transformación del Kremlin, dentro de cuyas murallas habían sido demolidos los monasterios de los Milagros y el de la Ascensión, construidos en 1358 y 1389, y el magnífico Palacio de Nicolás, obra de la época de Catalina II. Fuera del recinto del poder la más lamentable destrucción había sido la del Templo del Cristo Salvador, la más grande edificación sacra de la ciudad, con sus noventa metros de altura, sus paredes cubiertas con granito finés y placas de mármol de Altái y Podole, su cúpula iluminada con láminas de bronce, su cruz principal de diez metros de alto y sus cuatro torres, cargadas con catorce campanas entre las que sobresalía aquella gigantesca de veinticuatro toneladas de peso, que retaba las leyes de la física y enfermaba de envidia a los fieles de toda Europa. Aquel templo, bendecido en 1883 ante veinte mil personas acomodadas en su interior, había perecido a los cuarenta y ocho años de su consagración, pues Stalin había decidido que el lugar ocupado por la iglesia era el sitio ideal, por su cercanía al Kremlin y la plaza Roja, para levantar un Palacio de los Sóviets. Aquella decisión le parecía a Smirnov la muestra más exultante del poder alcanzado por Stalin para decidir no ya la suerte de la política del país, sino también de la agricultura, la ganadería, la minería, la historia, la lingüística (recién habían descubierto esa capacidad suya) y hasta la arquitectura, pues, ya demolido el Cristo Salvador, había comentado que la plaza Roja podría contemplarse mejor sin el incordio de la catedral de San Basilio... Todo aquello, concluía Smirnov, tenía lugar bajo una política de terror que había cerrado por igual la boca al obrero y al científico eminente, un terror convertido no ya en temerosa obediencia, sino en la desidia del mismo pueblo que protagonizó la más espectacular transformación social de la historia humana.

Aunque la cotización de su nombre estuviera a la baja, Liev Davídovich sabía que su aislamiento turco debía terminar. Desde un sitio más cercano a los acontecimientos tal vez su presencia pudiera ayudar a impedir males aún mayores y por eso inició una nueva campaña para obtener un visado hacia cualquier sitio y en cualesquiera condiciones, y centró el fuego en Francia y Noruega, pues Alemania, donde su presencia hubiera sido más útil, quedaba descartada por la hostilidad que derramaban sobre su persona comunistas y fascistas. Sus antiguos correligionarios eran incluso los más agresivos y, ante cada advertencia del exiliado sobre el peligro nacionalsocialista, volvía a recibir la andanada de improperios de Ernst Thälmann, quien declaraba que la idea de Trotski de una alianza comunista con el centro y la izquierda era la más peligrosa teoría de un contrarrevolucionario en bancarrota.

Hacia el otoño de 1932 una luz difusa vino a quebrar la oscuridad cuando se abrió la posibilidad de que Liev Davídovich viajara por unos días a Dinamarca, invitado por los estudiantes socialdemócratas para que participase en unas conferencias dedicadas a los quince años de la

Revolución de Octubre. Con un júbilo que él mismo sabía desesperado, de inmediato se puso en movimiento, pues abrigaba la esperanza de que en el paso por Francia, en Noruega, incluso en Dinamarca, quizás pudiera conseguir al menos un asilo transitorio que le permitiera recuperar espacios para la labor política.

Las semanas previas al viaje estuvieron cargadas de tensión. Entre visas de tránsito que no llegaban, las crecientes restricciones que los daneses imponían a su estancia y las convocatorias a manifestaciones antitrotskistas en Francia, Bélgica y Alemania, otro hombre menos empecinado hubiese renunciado a una aventura que comenzaba con tan desalentadores presagios.

El 14 de noviembre, con una visa danesa que los amparaba por apenas ocho días, los Trotski embarcaron en Estambul, todavía conmovidos por la noticia del reciente y oscuro suicidio de Nadia Alliluyeva, la joven esposa de Stalin. Durante los nueve días que les tomó pasar por Grecia, Italia, Francia y Bélgica, sus enemigos le hicieron sentir al exiliado que si hubiese realizado aquel periplo como el presidente de una nación beligerante o como el líder de una conspiración en marcha, su presencia en cada uno de esos países no habría provocado igual conmoción que la creada cuando solo lo acompañaban su pasado y su condición de proscrito. Pensar que su presencia aún podía generar pavor entre gobernantes y enemigos fue, más que una prueba de adversidad, una reconfortante comprobación de que todavía era considerado alguien capaz de engendrar revoluciones.

Pero tres semanas después, de regreso al encierro de Büyük Ada, Liev Davídovich debió admitir que solo había sido recibido con cierta afabilidad en la Italia de Mussolini, donde se le permitió, a la ida, visitar Pompeya y, al regreso, gastar un día en Venecia. El resto del periplo había sido una sucesión de cordones policiales que no estaba claro si protegían su vida o si la controlaban, mientras que los días pasados en Copenhague habían transcurrido bajo la tensión de las protestas diplomáticas de Moscú y la petición del príncipe danés Aage de que fuera procesado como uno de los asesinos de la familia del último zar, hijo de una princesa danesa.

No podía negar, sin embargo, que había gozado profundamente con la ocasión de hablar de la Revolución rusa ante un auditorio abarrotado por más de dos mil personas, quienes le hicieron sentir el reconfortante sabor de la agitación ante la masa, a la cual siempre había sido tan adicto. Además, el reencuentro con un clima extremo, en una ciudad de luces atenuadas y noches pálidas, como las de San Petersburgo, lo habían llenado de nostalgia. Por eso, aun sabiendo las respuestas que recibiría, insistió en presentar informes médicos para atestiguar su estado de salud y la necesidad de tratamiento especializado. Cuando le comunicaron que su solicitud ni siquiera había sido considerada por las autoridades danesas, Liev Davídovich concluiría que si muchas veces había tenido dudas respecto a la fidelidad de sus amigos, de lo que podía estar seguro era de la constancia de sus enemigos, fueran del bando que fuesen.

La vuelta a su isla-prisión, donde le aguardaban sus papeles y libros, su nieto Sieva y su consentida *Maya*, no tuvo esa vez los efluvios amables de un regreso a casa, sino el tufo de una marginación que parecía no tener fin. En el muelle no los esperaban multitudes entusiastas o maldicientes, ni cordones policiales o funcionarios temblorosos, como en cada sitio por donde hubieran pasado en los últimos días, sino unos pescadores amigos y aquellos policías turcos que las más de las veces compartían su mesa. En Prínkipo su presencia no provocaba sobresaltos, y esa evidencia lo haría comprender que si su nombre aún generaba algarabías en Europa no se debía a lo que él pudiera gestar, sino a lo que sus enemigos exigían se le entregase como pago por sus actuaciones: hostilidad, represión, rechazo. El odio de Stalin, convertido en razón de Estado, había puesto en marcha la más potente maquinaria de marginación jamás dirigida contra un individuo solitario. Más aún: se había entronizado como estrategia universal del comunismo controlado desde Moscú y hasta como política editorial de decenas de diarios. Por eso, tragándose los restos de su orgullo, debió admitir que mientras en el Kremlin determinaban el instante en que su vida dejaría de serles útil, lo mantendrían atrapado en un ostracismo inquebrantable que se sostendría justo hasta que se decretara la caída del telón y el fin de la mascarada. Y por primera vez se atrevió a pensar en su vida en términos de tragedia: clásica, a la griega, sin resquicios para las apelaciones.

El año 1933 llegó con una abrumadora invasión de desaliento. La decisión de Zina de que le enviaran a Sieva a Berlín no había admitido más dilaciones y, apenas regresados de Copenhague, Liev Davídovich y Natalia habían despedido al muchacho. Durante el efímero encuentro que tuvieron a su paso por Francia, Liova les había hablado del lamentable estado de Zinushka y la sugerencia médica de que la presencia de un hijo al que atender tal vez reportaría algún beneficio a su quebrado espíritu. Aunque muchas veces Liev Davídovich y Natalia opinaban del mismo modo, habían decidido anteponer la salud mental del niño a la ya enferma de la madre, pero su potestad sobre Sieva era limitada y ante la insistencia de Zinushka, tuvieron que transigir. La mañana que lo vieron partir, lloroso por tener que alejarse de su gran amiga *Maya* y de los hijos de Kharálambos, Natalia y él, entrenados en despedidas y pérdidas, no pudieron dejar de sentir que se les iba un pedazo del corazón.

El único modo que Liev Davídovich encontró para combatir el vacío fue sumirse en los retoques, siempre obsesivos, a que sometía su *Historia de la revolución*, y en la revisión de materiales con vistas a emprender alguno de sus proyectos: la historia de la guerra civil, una semblanza conjunta de Marx y Engels, una biografía de Lenin. Sin embargo, una inquietud ubicua lo mantenía alarmado y disperso, como a la espera de algo que nunca imaginó que le llegaría de manera tan cruel.

El primer cable enviado por Liova era escueto y demoledor: Zinushka se había suicidado en su departamento de Berlín y se desconocía el paradero de Sieva. Con el papel en la mano, Liev Davídovich se encerró en su habitación. La imposibilidad de estar cerca de los hechos resultaba tan lacerante como lo ocurrido, y no soportaba ver ni oír a nadie. Aunque ya esperaba un desenlace como aquél y sus malos presentimientos de los últimos días habían tenido a la joven en el centro, lo más hiriente fue el sentimiento de culpa que lo agredió. Sabía perfectamente que la terrible vida de Zinushka, y ahora su muerte, con apenas treinta años, eran fruto de su pasión política, de su empeño en protagonizar la salvación de las grandes masas mientras echaba al fuego el destino de sus más cercanas criaturas, sacrificadas en el altar de la venganza de una revolución pervertida. Pero lo que más le dolía era pensar que a Sieva hubiese podido ocurrirle algo: la sensación de agonía que le provocaba la suerte del niño se revelaba como una reacción nueva en él, y lo achacó a la vejez y al cansancio.

Al final de la tarde uno de los secretarios llegó de la capital trayendo un segundo cable de Liova que encendía una pequeña luz de esperanza. Pasó la vista por el texto, obviando los detalles del suicidio, hasta encontrar el resquicio de alivio que buscaba: en una carta dejada por Zinushka, ésta advertía que le había llevado a Sieva a una tal Frau K., de la que no daba más referencias, pero a la cual Liova y sus camaradas ya buscaban por todo Berlín. Atado a aquella esperanza, pasó la noche en vela, tratando de no mirar el reloj. Había decidido que en la mañana abordaría el primer vapor rumbo a Estambul, para intentar comunicarse por teléfono con Liova. A su pesar, evocó demasiadas veces la desgraciada vida de sus dos hijas, y no consiguió alejar de su mente la idea de que semejante destino también podía marcar las vidas de Liova, del joven Seriozha, de Sieva. Entonces pensó si no habría llegado el momento de ejecutar la única medida radical capaz de detener aquella cadena de sacrificios: porque quizás su propia muerte podría calmar el ansia de venganza que se cernía sobre los suyos, rehenes de un enfrentamiento que los desbordaba. Varias veces miró el revólver de cachas de nácar que Blumkin le había traído desde Delhi. ¿Tenía derecho un revolucionario a abandonar el combate? ¿Pesaba más la vida de sus hijos que el destino de toda una clase, más que una idea redentora? ¿Le haría aquel regalo a Stalin? Aunque sabía las respuestas, la idea de usar el revólver se fijó en su mente con una fuerza hasta ese día desconocida.

En el muelle, temblando por la brisa fría procedente del mar, vio llegar el primer vapor de la mañana. Entre los pocos pasajeros que viajaban a esa hora y en aquella temporada, descubrió la figura de su colaborador Rudolf Klement, en cuyo rostro encontró la sonrisa más alentadora y en su voz la noticia más esperada: habían encontrado a Sieva. Por un instante Liev Davídovich estuvo a punto de dar gracias a cualquier dios, y se reconoció egoísta por la alegría que le producía la noticia. Pero esa misma tarde, vencido por la tensión, sintió cómo se agotaban las reservas de energías que lo mantuvieron en pie y cayó en cama abrazado por un reflujo de paludismo.

Unos días después Liev Davídovich recibió una carta que Alexandra Sokolóvskaya le escribía desde Leningrado, donde vivía en el borde de su capacidad de resistencia. Como cabía esperar, era una carta preñada de dolor y resentimiento, en la que lo acusaba de haber marginado a Zinushka de la lucha política y haberla empujado con ello a la muerte. Sin fuerzas físicas ni morales para replicarle a una madre herida, optó por asumir las culpas que le correspondían y por repartir las que no eran suyas. Con la escasa frialdad mental de que era capaz, preparó una carta abierta para el Comité Central del partido bolchevique donde acusaba a Stalin de la muerte de Zina, proscrita por la única culpa de ser parte de su familia, separada de su hija, su madre y su esposo por igual razón, expulsada del Partido y apartada de su trabajo solo por la más perversa revancha. La venganza, cuando involucra a personas inocentes, resulta más mezquina, más criminal y pérfida, decía. Pero, para su dolor, Liev Davídovich debía reconocer que tan culpable de la muerte de Zinushka era Iósif Stalin como los supuestos comunistas que, en el Congreso partidista recién clausurado, lo proclamaban, en un desbordamiento de desvergüenza, «Genio de la Revolución» y «Padre de los Pueblos Progresistas del Mundo», mientras millones de campesinos morían de hambre en todo el país, cientos de miles de hombres y mujeres languidecían en los campos de trabajos forzados y en las colonias de deportados, millones de personas vagaban sin zapatos, y la política soviética ofrecía el destino de los obreros alemanes y europeos a la voracidad nazi.

Las secretarias prepararon las copias que al día siguiente salieron hacia Moscú y para los periódicos, partidos y agrupaciones políticas de Europa. Liev Davídovich confiaba en que la muerte de Zina tuviera la resonancia que no logró el asesinato de Blumkin, la capacidad de conmoción que no había generado su propio destierro... Pero, otra vez, la Historia vino a gritarle en los oídos, y el eco de acontecimientos más atronadores sepultó sus esperanzas, pues al tiempo que sus cartas salían de Prínkipo, una ola de justificado temor recorría Europa y el mundo: Hitler se había proclamado canciller de Alemania y las banderas fascistas inundaban el país entre vítores de millones de alemanes. Berlín era la ciudad de un Hitler vencedor, no la de una joven comunista proscrita y suicida.

8

Nada más llegar, Ramón tuvo la sensación de que Barcelona había envejecido.

La orden del Estado Mayor del Ejército Popular que lo reclamaba en la ciudad había arribado al campamento una semana después de la visita que le hizo Caridad en la Sierra de Guadarrama. Lleno de dudas y cargando una buena dosis de vergüenza, Ramón se había despedido de sus compañeros y, con su ropa cubierta de lodo, subió en el transporte militar que evacuaba a los heridos del frente. ¡No pasarán!, había gritado hacia sus compañeros de trinchera, quienes les respondieron con las mismas palabras: ¡No pasarán! Ramón Mercader no imaginaba que era la última vez que utilizaría aquella consigna.

Seis meses atrás, cuando regresó a Barcelona con los restos de su regimiento miliciano destrozado por la primera ofensiva franquista sobre Madrid, Ramón había hallado una ciudad en tal estado de efervescencia política que, en pocos días, ya había conseguido organizar un nuevo batallón, dispuesto a adscribirse al recién creado Ejército Popular. Tras él se afiliaron la mayoría de sus compañeros sobrevivientes del diezmado regimiento y decenas de jóvenes de la Columna de Hierro de las Juventudes Socialistas, jubilosos ante la posibilidad de partir hacia el frente madrileño, donde parecía decidirse todo. La fe en la victoria era el oxígeno que se respiraba en la ciudad.

Para Ramón las Ramblas sintetizaban, por aquellos días del inicio del conflicto, el espíritu de una Barcelona exultante, borracha de sueños anarquistas, comunistas y sindicalistas. Aun cuando el viento maligno de la guerra y la muerte se dejaran sentir como una presencia viscosa, centenares de personas circulaban por el paseo, vestidos con los monos azules de los obreros, portando el distintivo de las diversas milicias recién creadas, envueltos todos en las estridentes marchas revolucionarias que clamaban desde los altavoces colocados prácticamente en cada edificio, de los que colgaban consignas y estandartes de los partidos fieles al gobierno. Ser trabajador, militante, miliciano o soldado de la República se había convertido en un signo de distinción y se podía pensar que las clases adineradas que, como su propia familia, habían adornado durante décadas la geografía del lugar, hubieran desaparecido de la faz de aquella tierra en ebullición donde la gente se saludaba con el puño en alto, cruzaba consignas y se preparaba para el sacrificio, convencida de que había que luchar por una dignidad humana que muchos recién habían descubierto.

Ramón había bebido de aquel ambiente enloquecido en el que nadie parecía tener verdadera noción de la tragedia que los acechaba y se había sentido exaltado, más dispuesto a empujar hacia delante la rueda de la historia. Unas semanas después, cuando se vivía el momento más crítico de la guerra y había llegado la salvadora decisión soviética de brindar ayuda militar a la República, la noticia, jubilosamente recibida, había dado un espaldarazo al Partido y a sus militantes, arrinconados durante las primeras semanas ante una marea anarquista en pleno disfrute del mejor verano de su historia.

Apoyado por África, Joan Brufau y sus colegas de la dirección de las Juventudes Unificadas, Ramón había explotado el multiplicado entusiasmo revolucionario y juntos hicieron una rápida y abultada cacería de mancebos. El batallón «Jaume Graells» (el pobre Jaume, el primer mártir del grupo, caído en la defensa de Madrid) se aprestó a partir hacia el nuevo destino militar que les habían asignado, a unos pocos kilómetros del Madrid asediado por los nacionales. Ramón, que ya se consideraba un veterano y mostraba con orgullo la herida de bala que le había rasgado el dorso de la mano derecha en los primeros días de la guerra, sería su comandante hasta tanto el grupo se sumara al V Regimiento, y durante varios días se había paseado por Barcelona exhibiendo unos grados que lo llenaban de fervor militante.

Aquellas dos semanas de octubre de 1936 que Ramón había permanecido en Barcelona antes de volver al frente, África las utilizó para ponerlo al día de los oscuros acontecimientos políticos que ya comenzaban a correr por debajo del ambiente entusiasta y combativo. El mayor peligro que enfrentaban las fuerzas republicanas, según la joven, era el fraccionalismo, exacerbado desde el inicio de la guerra. Nacionalistas catalanes, sindicalistas de tendencia anarquista o de filiación socialista, y renegados trotskistas como los del Partido Obrero de Unificación Marxista –al frente del cual estaba ahora la espina atravesada del empecinado Andreu Nin (miembro incluso del gobierno de la Generalitat)–, se oponían ya a la estrategia comunista y habían puesto sobre el tapete la cuestión más trascendental del momento: la guerra *con* revolución, o la guerra *con* victoria pero *sin* revolución. Aun antes de que llegaran a España los asesores soviéticos y los dirigentes del Komintern, el Partido Comunista había digerido las siempre acertadas políticas de Moscú y mostrado con claridad su posición: la prioridad de las fuerzas de izquierda era la unidad para conseguir la victoria militar e impedir la entronización de un fascismo que se lanzaba al apoyo de los militares rebeldes, brindándoles una ayuda masiva e inmediata. Solo después de esa victoria republicana se podría hablar de sentar las bases de una revolución social cuyo simple anuncio, en aquellos momentos, ponía los pelos de punta a las veleidosas democracias, a las cuales no tenían que asustar, pues debían ser los aliados naturales de los republicanos contra los fascistas. Los militantes del POUM, con su filosofía trotskista de la revolución europea, y los anarquistas, con sus prédicas libertarias (movidos por ellas ya habían cometido excesos criminales tan deleznables como los de los militares rebeldes), se habían opuesto desde el inicio a aquella estrategia, según ellos errada, mientras abogaban por hacer la guerra y, junto a ella, también la revolución contra el sistema burgués. Aquella diferencia de principios anunciaba combates arduos, y la labor de los comunistas, decía África, era tan importante en el frente como en la retaguardia, donde debían luchar por la validación de una política exigida por los asesores soviéticos, quienes ya habían condicionado su apoyo al trabajo por la victoria militar sin provocar las fracturas idealistas que libertarios y trotskistas se empeñaban en generar.

—A esos revisionistas les encanta jugar a la revolución —le había dicho África—, y si les dejamos, lo único que conseguirán es que nos quedemos solos y se pierda la guerra. Tienen el signo de Trotski en la frente y vamos a tener que arrancárselo con fuego. Sin la ayuda soviética no podemos ni soñar con la victoria, y así ya me dirás cómo coño se va a hacer una revolución... Parece que ya se les ha olvidado 1934.

En el lujoso Hispano-Suiza en que se desplazaba, África lo había llevado a recorrer los arrabales y los pueblos cercanos a Barcelona para que Ramón viera el caos al que trotskistas y anarquistas estaban llevando el país. Fuera de las Ramblas y los centros neurálgicos de la ciudad, se había instalado una lamentable desolación, con calles interrumpidas por absurdas barricadas, fábricas paralizadas, edificios saqueados hasta los cimientos, iglesias y conventos convertidos en ruinas carbonizadas. África le contaba de los fusilamientos ejecutados por los anarquistas y de cómo crecía entre los obreros el temor a expresar sus opiniones. La clase media y muchos propietarios de industrias habían sido despojados de sus bienes, y el proyecto de crear una industria militar navegaba por un mar de voluntarismos sindicalistas. La escasez de productos se había adueñado de tiendas y mercados. La gente tenía entusiasmo, era cierto, pero también hambre, y en muchos lugares el pan solo podía ser adquirido tras largas colas y únicamente si se tenían los cupones distribuidos por anarquistas y sindicalistas, convertidos en dueños de una ciudad en la que el gobierno central y el local apenas eran referencias lejanas. Aunque los anarquistas aseguraban que haber entrado en una era de igualdad bastaba para mantener el apoyo de unas masas esclavizadas por siglos, África se preguntaba hasta cuándo duraría el entusiasmo, la fe en la victoria.

–Esta República es un burdel y hay que meterla en cintura.

Ahora, en un lapso de pocos meses, cuando volvía el olor a sangre y de los rugidos de un frente donde caían diariamente jóvenes como su hermano Pablo o su amigo Jaume, Ramón se encontraba una ciudad cansada, más aún, desencantada, asediada por las escaseces y ansiosa de regresar a una normalidad quebrada por la guerra y los sueños revolucionarios. Era como si la gente solo aspirara a llevar una vida común y corriente, a veces incluso al precio infame de la rendición. Pocos días antes, el devastador ataque de los franquistas sobre Málaga, donde la infantería y la marina rebeldes, con el apoyo de la aviación y las tropas italianas, habían masacrado a los que escapaban de la ciudad, había hecho mella en la fe de la gente. Si bien los carteles seguían colgando de los edificios, de las iglesias confiscadas y de los pocos transportes que recorrían Barcelona, ahora, en lugar de clamar por la unidad y la victoria, gritaban con furia por la eliminación de enemigos que poco antes eran considerados aliados, incluso hermanos. Mientras, la burguesía, hasta unas semanas atrás arrinconada, volvía a salir de sus cuevas: en los cafés de las Ramblas, todavía mal guarnecidos, otra vez se veían abrigos de piel entre los monos proletarios. En los bares supervivientes, en cambio, eran los milicianos anarquistas quienes, con toda su indolencia, bebían lo que encontraban, jugaban al dominó, fumaban unos canutos malolientes y retozaban con las prostitutas a las que, unas semanas antes, habían alentado a la reconversión proletaria. La efervescencia de los meses anteriores iba perdiendo su fulgor, como el de las letras desvaídas de los carteles que, en aquellos mismos bares, rotuladas por aquellos mismos hombres, todavía recordaban los Grandes Propósitos: «EL BAILE ES LA ANTESALA DEL PROSTÍBULO; LA TABERNA DEBILITA EL CARÁCTER; EL BAR DEGENERA EL ESPÍRITU: ¡CERRÉMOSLOS!».

Camino del confiscado palacio de su pariente el marqués de Villota, Ramón, consciente de que olía a monte y pólvora, sintió el orgullo de saberse fiel a sus propósitos y también la ansiedad por conocer cuál sería su nuevo destino. Las razones últimas del cambio atmosférico de Barcelona aún se le escapaban, pero desde ese instante tuvo la noción de que se imponían acciones concretas, draconianas si era preciso, para devolver la fe resquebrajada e implantar la disciplina que nunca había existido y exigía a gritos la agobiada República.

Mientras el tranvía ascendía hacia las alturas de la Bonanova, Ramón recordó las visitas que hiciera con sus padres a la casa del acaudalado y noble pariente, dueño de una admirable jauría de perros con los que Ramón pasaba las horas de los convites. La evocación le pareció remota, casi ajena, como si entre aquellos días leves del pasado y las horas cargadas del presente, hubieran navegado por su cuerpo muchos años, quizás varias vidas, y del niño Ramón apenas quedara un nombre, retazos de nostalgia y poco más. En la alta verja de la propiedad colgaba ahora el cartón que advertía de la ubicación de la sede de la Agrupación de Mujeres Antifascistas, presidida por Caridad. Aunque el edificio no podía esconder su esplendor, el jardín se había llenado de hierbajos, de autos destripados y de unos perros famélicos que Ramón prefirió no mirar. Sin que nadie lo detuviera, el joven atravesó el jardín y el recibidor del palacio, con el piso de mármol italiano manchado de fango y grasa y una gran foto de un Stalin iluminado y recio colgada del sitio privilegiado donde, lo recordaba perfectamente, los marqueses exhibían un oscuro bodegón de Zurbarán. Cuando le informaron que la camarada Caridad estaba en el patio trasero, Ramón, conocedor de los caminos de la casa, buscó la salida de la biblioteca y vio bajo un ciprés la pequeña mesa alrededor de la cual conversaban, sonrientes, Caridad y el sólido y rojizo Kotov.

Ramón había conocido al soviético a través de su madre, apenas éste había llegado a Barcelona con los primeros asesores de inteligencia y los enviados del Komintern. Antes de que Ramón partiera hacia Madrid y Caridad a Albacete, habían tenido varios encuentros con Kotov, y a Ramón lo había admirado la portentosa capacidad de análisis de aquel especialista en trabajos secretos, dueño de unos ojos transparentes y filosos, y de una leve cojera en el pie izquierdo, que a veces conseguía disimular. Más tarde, cuando la caída de Madrid parecía inminente, hasta el joven habían llegado los comentarios de los actos casi suicidas de aquel enviado de Moscú, quien, tras la senda de los primeros tanquistas soviéticos, varias veces se había colocado a la cabeza de milicianos e internacionalistas, violando la orden moscovita que prohibía a los asesores participar directamente en acciones de guerra. Sabía, además, que su madre sentía devoción por aquel hombre, capaz, según ella, de leer en una noche un libro de quinientas páginas, de recitar de memoria casi toda la poesía de Pushkin y de expresarse en ocho lenguas diferentes, incluido el cantonés.

Como si lo hubiera visto esa mañana, Caridad le ofreció un asiento. Mientras, el efusivo Kotov le daba la bienvenida con un abrazo de oso y le ofrecía un trago de vodka que Ramón rechazó. El aire frío de marzo no parecía hacer mella en el soviético, apenas vestido con una camisa de lana cruda y un pañuelo de colorines atado al cuello; Caridad, en cambio, se cubría con unas mantas y tenía el rostro ajado.

—¿Cómo dejaste las cosas en Madrid? —quiso saber Kotov, y él trató de explicarle lo que, desde una trinchera a treinta kilómetros de la ciudad, se podía saber o especular sobre la situación de la interminable batalla por la capital, aunque le expresó su convencimiento de que la ofensiva iniciada en Guadalajara terminaría como la del Jarama: sería una nueva victoria sobre los fascistas.

—Eso lo damos por descontado —afirmó Kotov, como si pudiera predecir el futuro, incluso el de aquella guerra impredecible, y tomó de la mesa uno de los cigarrillos de Caridad. Comenzó a fumar sin absorber el humo—. Pero ahora tenemos una batalla más compleja acá en Barcelona —agregó y, sin preámbulos, le trazó a Ramón un cuadro de las tensiones políticas en la capital catalana, donde el gobierno de la Generalitat al fin pretendía llegar a ser algo más que una asamblea de consejeros a la que nadie obedecía. Allí, en Barcelona, más que en Madrid, se podía decidir el rumbo de la guerra, aseguró.

Escuchando a Kotov, Ramón recordó la pregunta que Caridad le hiciera unos días antes y su insistencia en la idea de que podía haber otros frentes más importantes en aquella guerra. Según el asesor, el presidente Companys parecía dispuesto a disciplinar su territorio y había ordenado requisar las armas y desmantelar las patrullas de vigilancia anarquistas y sindicalistas que tenían el control efectivo de Barcelona. Para el Partido, la necesidad de neutralizar a las distintas facciones republicanas, o falsamente republicanas, había pasado a ser una tarea de primer orden y por ello debían apoyar el empeño de Companys. El problema radicaba en que la política de los comunistas se veía constantemente limitada por la hostilidad del gobierno conciliador del socialista Largo Caballero, quien seguía demostrando su desagrado por ellos y, lo que era peor, su incapacidad para dirigir la guerra. El panorama comenzó a aclararse para Ramón cuando Kotov le explicó que un grupo de militantes de plena confianza iba a trabajar por lo que se presentaba como una urgencia política: deshacerse de los lastres que afectaban a la disciplina y a la voluntad militar y catalizar los esfuerzos republicanos dedicados a la unificación de las fuerzas. Para alcanzar ese objetivo iban a utilizar todos los medios, desde la propaganda más agresiva hasta la posibilidad de generar una crisis tal que condujera a un cambio en el gobierno y permitiera sustituir a Largo Caballero por un dirigente capaz de conseguir la unidad de las fuerzas.

Ramón empezaba a entrever las dimensiones de la misión para la cual había sido convocado y escuchó las reflexiones de Kotov sobre la urgencia de iniciar la ofensiva con una limpieza en el ejército, donde debían deshacerse de algunos jefes incondicionales a Largo Caballero. El camarada Stalin en persona había sugerido que se hicieran purgas en los mandos y se designaran dirigentes más capaces: en el desastre de Málaga se habían portado como imbéciles, peor, como traidores y saboteadores. Por tanto, se imponía quitar del camino a oponentes recalcitrantes y, al mismo tiempo, conseguir una preeminencia de los comunistas dentro del bando republicano, tanto en el ejército como en las instituciones. Solo así se podría lograr la cohesión necesaria y empezar a soñar con la victoria.

–Muchacho, en esta guerra se deciden muchas cosas para el futuro del proletariado, para el mundo entero, y no podemos andarnos con paños tibios. Sabemos que Largo y sus putos socialistas están organizando una campaña mezquina contra los soviéticos, los comunistas y nuestros comisarios políticos. ¿O te parece casual que hablen cada vez con más frecuencia de que México ofrece una ayuda desinteresada a la República? Algunos hasta nos acusan de haber sacado hacia Moscú las reservas de oro español como pago por las armas, cuando todo el mundo sabe que, además de venderles a los españoles unas armas que nadie les vendería, les estamos protegiendo ese tesoro que podía haber caído en manos de los fascistas, lo que hubiera sido el fin de la República... Está muy claro: en el fondo hay una alianza entre socialistas y trotskistas para desacreditar a los soviéticos. Sospechamos incluso que el gobierno está tramando un pacto con los ingleses para sacarnos de en medio. Nosotros nos iríamos por donde mismo vinimos, lamentando la derrota de la República, pero ¿y vosotros? Vosotros seríais las cabezas de turco y lo pagaríais con sangre. Franco va a por todo, con Hitler y Mussolini empujándolo hasta el final...

Ramón, encolerizado por lo que iba escuchando, observó a Caridad, que encendió un cigarrillo, fumó un par de veces y lo lanzó lejos de ella.

–Estoy fatal. Tengo angina de pecho –comentó la mujer y se inclinó sobre la mesa–. Y el maldito tabaco... Creo que Kotov ha sido claro.

Ramón sentía que las ideas formaban un fárrago oscuro en su mente. La lista de complots, traiciones y mezquindades enumerados por

Kotov le resultaba abrumadora y el proyecto de un frente amplio antifascista, en el cual había creído y por el que había luchado, parecía deshacerse bajo el peso de aquellos argumentos. Pero aún no conseguía ver su sitio en una guerra descentrada, en la cual los enemigos saltaban en cualquier esquina y no solo en el campo de batalla. El asesor se puso de pie y lo miró a los ojos, obligándolo a mantener la cabeza en alto.

–Para que me entiendas mejor: seguramente te enteraste de que hace un mes retiraron a varios asesores del primer grupo que llegó... Lo que seguramente no sabes es que ahora mismo están en Moscú, los han juzgado y a varios de ellos los van a fusilar... ¿Quieres que te diga quién es el próximo en la lista? –el asesor bajó la voz e hizo una pausa llena de dramatismo–. Acaba de llegar la orden de que mandemos de regreso a Antónov-Ovseienko, nuestro cónsul aquí en Barcelona... Antónov –la voz de Kotov cambió al repetir el nombre–, todo un símbolo, el bolchevique que en 1917 aseguró la toma del Palacio de Invierno... ¿Sabes lo que significa que lo saquen del juego a él y a otros viejos militantes? ¿Has leído las noticias de los procesos que acaban de celebrarse en Moscú? Pues todo eso significa que no podemos tener piedad con nadie, Ramón, ni siquiera con nosotros mismos si cometemos el menor fallo. La España republicana necesita un gobierno capaz de garantizar el éxito militar... Por eso tenemos que movernos con cautela y rapidez.

–¿Qué se supone que tenemos que hacer? –Ramón temía no haber entendido con exactitud lo que se iba perfilando en su mente y se descubría asustado por las revelaciones escuchadas.

–El Partido tiene que hacerse con el poder real, incluso por la fuerza si es preciso –dijo Kotov–. Pero antes hay que limpiar la casa...

Ramón se atrevió a buscar la mirada verde vidriosa de Caridad, que periódicamente daba sorbos al líquido amarillento servido en una copa adornada con las armas del marqués de Villota.

–No mires más: es zumo de limón, para la angina... –dijo ella y agregó–: África está trabajando con nosotros, por si no lo sabías –y Ramón sintió un latigazo. Volvió a levantar la mirada hacia Kotov. Y dio un paso hacia África.

–¿Qué debo hacer yo?

–Ya te enterarás en su momento... –Kotov sonrió y luego de dar un breve paseo, regresó a la silla–. Lo que debes saber ahora es que si trabajas con nosotros no volverás a ser el Ramón Mercader que fuiste. Y debo decirte también que si cometes una indiscreción, si flaqueas en cualquier misión, seremos muy despiadados. Y no tienes ni idea de cuán despiadados podemos ser... Si estás aquí y has oído todo esto es porque Caridad nos ha asegurado que eres un hombre capaz de guardar silencio.

–Podéis confiar en mí. Soy un comunista y un revolucionario y estoy dispuesto a hacer cualquier sacrificio por la causa.

–Me alegro –Kotov volvió a sonreír–. Pero debo recordarte algo más... No te estamos invitando a participar de un club social. Si decides entrar, nunca podrás salir. Y nunca significa nunca. ¿Está claro?, ¿de verdad estarías dispuesto a cumplir cualquier misión, hacer cualquier sacrificio, como dices, incluso cosas que otros hombres sin nuestras convicciones pueden considerar amorales y hasta criminales?

Ramón sintió que se hundía en un lodo absorbente. Era como si la sangre se le fugara del cuerpo y lo dejara sin calor. Pensó que a África le habrían hecho la misma interrogación y no le fue difícil adivinar cuál había sido la respuesta. Las ideas de la revolución, el socialismo, la gran utopía humana, por las cuales había luchado, le parecieron de pronto otras de esas consignas románticas clavadas en los carretones de carbón tirados por mulos: palabras. La verdad, toda la verdad, estaba encerrada en la pregunta hecha por aquel enviado de la única revolución victoriosa que, para sostener sus ideales, practicaba una necesaria falta de piedad, incluso con sus más queridos hijos, y exigía un eventual rechazo a cualquier atavismo. Su ascenso a aquel nivel estratosférico significaría convertirse en mucho más que un simple aficionado a la revolución y la retórica de sus lemas.

–Estoy dispuesto –dijo y, de inmediato, se sintió superior.

Mientras observaba el puerto, donde había anclados unos pocos barcos, Ramón sintió cómo los días del comienzo de la guerra se le hacían tan distantes que le parecieron flashazos de otra encarnación, vivida incluso con otro cuerpo, pero sobre todo, con otra mente.

Aquella tarde, después de ducharse, Ramón había conversado un rato con el pequeño Luis y con una joven de ojos tristes llamada Lena Imbert, con la que alguna vez se había ido a la cama y que ahora se había convertido en la asistente de Caridad. En lugar de tomar el Ford que le ofreció su madre, prefirió hacer la caminata hasta el paseo de Gracia. Necesitaba reubicar su mente en la nueva condición de su vida, pero, sobre todo, le urgía hablar con África y obtener de la mujer una reafirmación del panorama electrizante dibujado por Kotov. Frente al edificio de La Pedrera varios milicianos del Partido montaban guardia y las credenciales militares y políticas de Ramón no fueron suficientes para que le franquearan la entrada. Desde el mes de septiembre aquel engendro del delirio de Gaudí se había convertido en el cuartel general de la inteligencia soviética y de los dirigentes del Partido en Cataluña y era el edificio más protegido de la ciudad. Ramón consiguió que uno de los milicianos aceptara entregarle una nota a la camarada África y se sentó a esperar en uno de los bancos del paseo.

Un rato después, sintió la agresión del hambre y fue en busca de uno de los mesones del puerto que aún sobrevivía. Más tarde fue hasta la iglesia de la Merced y ubicó el edificio modestísimo donde vivía su padre, quien, según sabía, ahora se dedicaba al trabajo de contable, luego de la ruina de sus negocios. Cumplida la curiosidad, descubrió que no sentía deseos de ver al hombre, pues ni siquiera imaginaba de qué podía hablar con aquel señor burgués aferrado a su retrógrado catalanismo y demasiado blando para sus gustos. Dejó la calle Ample y buscó el nacimiento de las Ramblas, donde había fijado uno de los puntos de encuentro con África.

La noche se enfriaba, la ansiedad por ver a la muchacha lo atormentaba y Ramón se arropó en sus pensamientos. Lo que hasta unos meses antes había estado claro para él, se había convertido en una nebulosa oscura y llena de vericuetos. Del entusiasmo con que había ido a la cárcel, con el que se metió en la Barceloneta para alfabetizar a los hijos de los obreros, y de la furia con que se entregara después a la organización de unas abortadas Olimpiadas Populares, había pasado de inmediato a la lucha por defender a la República de la asonada militar. Entonces anarquistas, poumistas, socialistas y comunistas lucharon revueltos y juntos por impedir el triunfo del golpe. Su incorporación a las milicias y casi de inmediato a las filas del nuevo ejército republicano resultaron consecuencias hacia las que se deslizó de manera natural, con todo su entusiasmo y su fe, convencido de que su vida solo tenía sentido si era capaz de defender con un fusil las ideas en las que creía. Pero al cabo de medio año de guerra, y ante la evidencia de la mezquindad política de británicos, norteamericanos y sobre todo de los socialistas franceses, resultaba evidente que solo los soviéticos los sostendrían y que la República dependía de aquel apoyo.

La llegada de África lo sorprendió en aquellas cavilaciones. Como ya no esperaba verla, sintió una alegría multiplicada al escuchar la voz y respirar el perfume inalterablemente femenino de la joven. Ramón la besó con furia y la obligó a separarse de él para observarla mejor: no supo si cuatro meses de campaña militar, entre hedores, gritos, sangre y muerte influyeron en su percepción, pero ante sí vio un ángel en traje de combate, con el cabello cortado con un aire definitivamente militar.

África traía las llaves de un pequeño departamento de la Barceloneta y caminaron deprisa, buscando las travesías que acortaran el camino hacia la consumación del deseo. Subieron unas escaleras oscuras, donde el vaho de la humedad se había impregnado, pero al abrir la puerta Ramón encontró un pequeño cuarto, dominado por la cama matrimonial sobre la cual relucía una sábana olorosa a jabón. Con las ansias acumuladas y una agobiante sensación de necesidad, Ramón le hizo el amor con una plenitud y una furia incontenibles. Solo cuando se sintió saciado, mientras se reponía para un nuevo asalto, se atrevió a trabar la conversación que deseaba tanto como el cuerpo de la mujer a la que más amaría en su vida.

África le contó que su hija estaba bien, aunque desde hacía un par de semanas no tenía noticias de ella. Sabía que tras la cruenta toma de Málaga por los fascistas, sus padres habían conseguido irse a un pequeño pueblo de Las Alpujarras donde vivían unos parientes. Además, África había tenido tanto trabajo en la oficina de Pedro, el jefe local de los asesores del Komintern, que apenas le restaba tiempo para pensar en ella misma y ninguno para preocuparse por Lenina, a la que sus padres sabrían cuidar.

—Estoy trabajando con el grupo de propaganda —le comentó y le detalló la labor subterránea de opinión destinada a vencer la resistencia de los que aún se oponían a la presencia soviética en el país, empezando por Largo Caballero, que con toda zalamería aceptaba las armas pero a regañadientes escuchaba los consejos de los asesores. Cada vez más los socialistas, ante la evidencia del crecimiento geométrico del Partido y su ascendente prestigio en el frente, los tildaban de ser marionetas de los designios de Moscú y de querer hacerse con el control de la República. Peores eran los ataques de los trotskos del POUM, a los que se imponía desenmascarar en su verdadera esencia reaccionaria.

—A mí también me han pedido que trabaje para quitar de en medio a toda esa gente —le comentó Ramón, ya totalmente convencido de la necesidad de su nueva misión, y le contó de su entrevista con Kotov.

—¿Sabes qué, Ramón? —dijo ella—. Lo que me has dicho te puede costar la vida.

—Tú también les dijiste que sí. Sé que puedo confiar en ti.

—Te equivocas. No puedes confiar en nadie...

—No te pongas paranoica, por favor.

África sonrió y negó con la cabeza.

—Camarada, la única forma de que todo lo que hacemos funcione es si lo hacemos en silencio. Métete eso en la cabeza, porque, si no, lo que te van a meter es un plomo. Y óyeme bien ahora, porque me la juego con lo que te voy a decir... Los soviéticos quieren ayudarnos a ganar la guerra, pero los que tenemos que ganarla somos nosotros, y si las cosas no cambian, no ganaremos nunca. Tú vas a formar parte de ese cambio. Por lo tanto, olvídate de que tienes alma, de que quieres a alguien y hasta de que yo existo.

—Eso último es imposible –dijo él y trató de sonreír.

—Pues es lo mejor que podrías hacer... Ramón, quizás está noche sea la última vez que nos veamos en mucho tiempo. En un par de días he de salir de Barcelona... –dijo mientras comenzaba a vestirse, y él la observó, sintiendo cómo sus deseos se congelaban–. Y no me preguntes, pues yo tampoco te he preguntado por qué ni hacia dónde. Yo soy un soldado y voy a donde me manden.

9

A lo largo de la primavera de 1977 viajé varias veces hasta la playa, y en cada ocasión, movido por la más inocente curiosidad, me senté un rato bajo los pinos procurando un nuevo encuentro, seguramente improbable, con el dueño de los galgos rusos a quien, el mismo día en que lo conocí, había bautizado como «el hombre que amaba a los perros».

Desde mi salida de Baracoa, dos años antes, y finalizada la cura alcohólica que me mantuvo radicalmente alejado de la bebida durante quince años –cuando empezó la crisis y sentí que podía volver a tomar un trago de ron o una cerveza y no despeñarme por la escalera de Jacob, pues allá abajo estábamos–, yo le había dado un giro importante a mi vida. Sin saber todavía a derechas lo que me proponía, y para sorpresa de mis amigos, no había aceptado la ubicación que me otorgaban en el equipo de los servicios informativos de una emisora nacional, premio al trabajo que se suponía había realizado en Baracoa, evaluado como excelente. Entonces había comenzado a rastrear en el submundo de la esfera periodística y cultural, todavía atestado de ángeles caídos que antes habían sido celebrados y polémicos escritores, periodistas, promotores, todos defenestrados, quizás de por vida, y por las razones o sinrazones más disímiles. Aquella búsqueda terminó por conducirme hasta la modestísima plaza de corrector en la revista *Veterinaria Cubana*, pues su ocupante había muerto unas semanas antes, al parecer por propia mano. Aquel trabajo parecía lo suficientemente oscuro, anónimo, alejado de las pasiones y ambiciones posibles, y me garantizaba las dos cosas que yo necesitaba en aquel momento: un salario para vivir, paz y rutina para tratar de recomponer mi espíritu. En su momento, pensaba, ya intentaría un regreso a la escritura que, en aquel momento, todavía creía posible.

En realidad, no tenía demasiado claro el modo en que cumpliría la pretensión de volver a escribir, pues estábamos en pleno año 1975 y nada en el horizonte indicaba que algo pudiera cambiar en las concepciones de una política y una literatura que, bajo el peso muerto de las más rígidas ortodoxias, sólo producía y promovía obras como la que yo había escrito cuatro años antes: sinflictivas –así se las calificó después– y complacientes, sin el asomo de una tensión social o humana que no estuviese permeada por los influjos de la propaganda oficial. Y si de algo estaba seguro era de que esa escritura ya no tenía nada que ver con la persona que yo podría llegar a ser. El problema radicaba en que no tenía la más puta idea de cuál podía ser la literatura que debía y, sobre todo, que tal vez podía escribir, y mucho, mucho menos, cuál y cómo la persona que yo quería ser.

Por la época en que hacía aquellos viajes a la playa, con los que –después lo sabría– estaba tentando mi destino, ya había empezado mi relación con Raquelita, la estomatóloga recién graduada que, ese mismo año, se convertiría en mi mujer. Nos habíamos conocido precisamente en la playa, durante el verano anterior, y por esa razón desde el principio estuvo al tanto de mi afición a participar en los partidos de squash que se jugaban en las canchas de Santa María, El Mégano y Guanabo, en especial los que se podían pactar entre noviembre y abril, cuando los baños en el mar dejan de ser atractivos para los cubanos, y solo los más fanáticos solíamos hacer la travesía desde La Habana hasta las playas para disfrutar de unos juegos tranquilos y de buen nivel.

De ese modo, cada tarde que debía ir a la imprenta a entregar originales o galeradas, en lugar de regresar a la redacción de la revista pasaba por la casa de mi madrina, donde solía guardar mi raqueta, y abordaba La Estrella, la mítica ruta de bamboleantes autobuses Leyland, que viajaba entre la ciudad y las playas, hasta rendir viaje en el balneario de Guanabo.

Fue dos semanas después de nuestro primer encuentro y al cabo de tres o cuatro excursiones a la playa cuando, ya en abril, volví a toparme con el extranjero de los galgos. La puesta en escena resultó muy similar a la del primer contacto: los perros corrían por la arena y, a la distancia, su dueño los seguía, con las correas en la mano y aquel andar definitivamente torpe, quizás ebrio, pensé esa vez. Aquel día el hombre vestía un pantalón blanco, de tela ligera, y una camisa a cuadros, como de *cowboy*. Yo, al contrario de la primera vez, me mantuve sentado, con la novela que leía en las manos –había empezado *Corre, Conejo*, ese libro que Updike nunca superó–. Luego de silbarles a los perros, que apenas se fijaron en mí, sonreí al hombre y lo saludé con un gesto de cabeza, a lo que él correspondió levantando la mano derecha, todavía cubierta con una banda de tela. Unos minutos después, para completar el reparto, hizo su aparición el negro alto y flaco, otra vez apostado entre las casuarinas.

Cuando el hombre se detuvo, yo me puse de pie y me acerqué unos pasos, como si se tratara de un cruce totalmente casual.

–¿Cómo está usted? –le pregunté, indeciso de qué rumbo tomar en la posible conversación.

–He tenido tiempos mejores –dijo el hombre y sonrió con cierta amargura.

Como no le sentí aliento etílico, estuve a punto de preguntarle si estaba enfermo, pues su forma de caminar develaba algún problema con el equilibrio. Me fijé en ese momento en que el color cetrino de su piel se había acentuado, y pensé que quizás se debiera a algún padecimiento, tal vez hepático, circulatorio o respiratorio, pero me abstuve de preguntar y me fui por un rumbo seguro.

–¿Y qué edad tienen los perros?

–Acaban de cumplir diez años. Se están haciendo viejos, los galgos no viven mucho.

–¿Y cómo resisten el verano aquí en Cuba?

–En la casa tenemos aire acondicionado... –comenzó, pero se detuvo, pues sin duda sabía que en Cuba casi nadie podía acceder a ese lujo–. Pero se han acostumbrado bien. Sobre todo *Ix*, la hembra. A *Dax* últimamente le ha cambiado un poco el carácter.

–¿Se ha puesto agresivo? A veces a los borzois les pasa eso...

–Sí, a veces... –dijo el hombre y yo tuve la certeza de que me había excedido: solo un especialista, o alguien por alguna razón interesado en esa raza, podía conocer aquellos detalles del comportamiento de los galgos rusos. Opté entonces por revelar una parte de la verdad.

–Desde que los vi el otro día –señalé hacia los animales–, me impresionaron tanto que busqué literatura sobre ellos. Es que me encantan sus perros.

El hombre sonrió, menos tenso, obviamente orgulloso.

–Hace unos meses me los pidieron para una película. Cuenta la historia de una familia rica que no quiso irse de Cuba después de la revolución, y al director le pareció que *Ix* y *Dax* eran ideales para esas gentes... Yo tuve que llevarlos cada vez que aparecían, y la verdad es que fue muy divertido asistir al rodaje, viendo cómo se monta una mentira que después puede parecerse a la verdad. Tengo muchos deseos de ver cómo quedó todo...

La conversación se extendió un buen rato, siempre con el negro alto y flaco observándonos desde las casuarinas: hablamos de cine y de libros, de la temperatura amable de la primavera en la isla, de mi trabajo y del linaje aristocrático de los borzois, de los que, según el hombre, ya había noticias en una crónica francesa del siglo XI, donde se dice que cuando Anna Yaroslavna, hija del Gran Duque de Kiev, llegó a París para casarse con Enrique I, venía acompañada por tres borzois.

–Los rusos cuentan con mucho orgullo que los borzois son los perros de los zares y los poetas, porque Iván el Terrible, Pedro el Grande, Nicolás II, Pushkin y Turguéniev tuvieron de estos galgos. Pero el mayor criador de borzois fue el Gran Duque Nicolás, llegó a tener varias perreras... Después de la Revolución, los borzois casi desaparecieron, y ahora son los perros de la nomenclatura, como dicen ellos –hizo un gesto señalando hacia las alturas–. Un soviético común y corriente no puede alimentar a estos animales, aunque, la verdad, comen muy poco para su tamaño. El verdadero problema es que necesitan mucho espacio... Si no hacen ejercicio se sienten fatal.

Aquella tarde por fin el hombre satisfizo una de las interrogantes que me perseguían: me contó que era español, pero que había vivido muchos años en Moscú, desde que terminó la guerra civil, española, por supuesto, en la cual había peleado en el bando republicano, también por supuesto. Hacía tres años que vivía en Cuba, sobre todo porque su esposa, mexicana, no se había acostumbrado nunca a la Unión Soviética: el frío y el carácter de los rusos la volvían loca (más loca de lo que está, dijo textualmente).

Cuando nos despedimos, yo sabía también que el hombre se llamaba Jaime López y que se alegraba de haberme visto otra vez. Como en la ocasión anterior, lo vi alejarse, acompañado por el negro alto y flaco. Entonces, empujado por la curiosidad, esperé un par de minutos y salí hacia la carretera. A lo lejos observé al hombre, el negro y los perros, mientras atravesaban la explanada desierta del parqueo y se acercaban a un carro Volga, blanco, tipo *pick-up*, por cuya puerta trasera subieron *Ix* y *Dax*. El auto, conducido por el negro, salió a la carretera y se alejó en dirección a La Habana.

A lo largo del mes de abril y durante las primeras semanas de mayo, López –como pedía el hombre que lo llamara– y yo tuvimos varios encuentros en la playa, casi siempre breves. Por más que lo pienso, en verdad todavía no me explico mi persistente interés en aquel personaje, que casi no hablaba de sí mismo y tampoco parecía demasiado interesado en mí ni en el ambiente del país donde ahora vivía, a pesar de que, según me contó, su madre había nacido en La Habana, cuando todavía la isla era colonia española. No obstante, cuando el asunto de los perros y su remota relación familiar con Cuba se agotaban –y en cada encuentro se agotaban con mayor rapidez–, las conversaciones podían rozar temas que me proporcionaban alguna información sobre el reservado «hombre que amaba a los perros».

Uno de los primeros datos que me reveló López fue que en su trabajo le habían asignado un chofer (el sigiloso negro alto y flaco que aparecía y se esfumaba entre las casuarinas) no porque fuera tan importante como para necesitarlo, sino porque padecía unos frecuentes mareos con los que había provocado dos accidentes de tránsito, por suerte menores. Desde hacía unos meses, me dijo, le estaban haciendo unos análisis médicos, siempre más complicados; si bien habían determinado que no padecía ninguna afección neurológica ni auditiva que pudiera ocasionar aquellos vértigos, lo cierto era que cada vez lo asediaban con mayor insistencia e intensidad. También llegué a saber que tenía dos hijos: un varón, más o menos de mi edad, que soñaba estudiar para capitán de barcos mercantes, y una hembra, siete años más joven, y que era la luz de sus ojos, dijo, con su propensión a las frases hechas. Por temporadas también vivía con ellos otro casi hijo, sobrino de su esposa, que había quedado huérfano cuando era muy niño.

En una ocasión en que le pregunté qué trabajo hacía en Cuba para tener carro nuevo y la posibilidad de un chofer, Jaime López apenas me dijo que era asesor de un Ministerio y cambió de inmediato de tema. Y cuando quise saber dónde vivía, eludió la respuesta diciendo «del otro lado del río», una dirección imprecisa que no hubiera dado ningún habanero, pues el infecto río Almendares hacía años que no era referencia de nada ni para nadie.

Al despuntar mayo y subir las temperaturas, la playa empezó a recibir más visitantes y resultó evidente que los paseos de López y sus perros tenían que buscar otro escenario. Para entonces yo había perdido casi todo mi interés por aquel español impenetrable, hijo de una madre cubana de la que no me contaba nada («No me gusta hablar de ella», dijo, diría que textualmente), que había peleado en una guerra de la cual no hablaba («Me duele acordarme de ella», ídem), vivido en un Moscú del que no tenía opinión, y trabajaba y residía en Cuba, en lugares imprecisos marcados por un río en otro tiempo célebre y en la actualidad preterido. Por eso, cuando el hombre que amaba a los perros desapareció, no lo extrañé, y si no hubiera sido por los dos borzois de los que me acordaba con cierta frecuencia, la imagen de Jaime López tal vez se hubiera desvanecido para siempre de mi memoria, como el río Almendares y tantos otros personajes y sitios entrañables que fueron desapareciendo de la enflaquecida memoria de los habaneros.

Aquel verano de 1977 fue el de mi intempestiva boda con Raquelita y, semanas después, el de la lamentable revelación de la homosexualidad de mi hermano William.

Mi decisión de casarme con Raquelita sorprendió a mis amigos, sobre todo cuando supieron que no había un embarazo por medio. Simplemente me arrolló una necesidad visceral de compañía, un deseo de fortificar más mi refugio personal, y ella aceptó la propuesta porque –lo sabría unos años más tarde, cuando decidió dejarme y además humillarme– estar casada facilitaba mucho la gestión de un pariente suyo, muy bien ubicado (la nomenclatura), que con ciertos artilugios se encargaría de eximirla del –para los demás graduados tan inapelable e ideológicamente fortificante– servicio social. La boda se celebró de una manera muy poco convencional, pues trajimos al notario a la casa de los padres de Raquelita, en Altahabana, y a pesar de que había sido mi amigo Dany quien me presentara a mi inminente esposa, por razones de antigüedad escogí como testigo al negro Frank, recién llegado (él sí) de su servicio social como médico en Moa, la ciudad minera, la otra Siberia cubana. La fiesta que siguió se organizó en la nueva onda pobre-proletaria que se había establecido, con las cervezas que por una cuota fija vendían a los recién casados y los aportes comestibles y bebestibles de los amigos de ambos. Disfrutada de la consabida luna de miel en un hotel de La Habana, nos fuimos a vivir en mi casa, en Víbora Park. Aunque compartíamos el espacio con mis padres y mi hermano William, mi mujer y yo gozábamos de la privacidad de una habitación con baño propio a la que, para evitar seguros roces con mi madre, agregaría poco después una pequeña cocina, tomando una parte de la terraza techada.

El mundo sosegado que yo trataba de construir sufrió una sacudida brutal apenas unas semanas después de la boda. La verdad es que la homosexualidad de William, siete años menor que yo, siempre había sido, para mí y para mis padres, una realidad que lo mismo combatíamos que nos negábamos a ver y, por supuesto, algo de lo que nunca se hablaba en la casa. Desde niño William arrastraba un afeminamiento retraído que pareció sumergirse, tal vez desaparecer, cuando entró en la escuela secundaria. Mis padres lo habían llevado a un psicólogo y se consolaron pensando que, tras dos años de consultas, éste había logrado el milagro de «curar» al muchacho con una tanda de hormonas inyectadas que habían provocado el efecto colateral de hacerle crecer el rabo hasta unas dimensiones caballunas. Aunque en los últimos años mi relación con William se había hecho lejana, a veces hasta ríspida, todo el tiempo sospeché que su homosexualidad estaba solo latente, y algún día bostezaría. Pero nunca imaginé que el despertar se convertiría en una verdadera pesadilla que terminaría por envolvernos a todos.

Por lo mucho que su carácter y su destino tienen que ver con esta historia, se impone que haga un pequeño comentario sobre mis padres. En realidad fueron dos personas tan normales que daba pena: eran trabajadores, se llevaban bien, solo aspiraban a que William y yo tuviésemos una buena vida y estudios universitarios a los que ellos no habían conseguido acceder. Él era masón y ella, católica, y nunca ocultaron aquellas filiaciones en una época en la que casi todo el mundo prefería disimular y hasta renunciar a esas y otras veleidades pequeñoburguesas, propias de un pasado en vías de superación socialista. Desde que tengo uso de razón, recuerdo que, tanto a mí como a William, mis padres trataron de inculcarnos las convicciones de que la verdad siempre se debe enfrentar, de que solo el trabajo hace crecer al hombre y de que, por encima de todas las coyunturas, el comportamiento decente de un individuo siempre tenía las mismas características (no matarás, no robarás, no traicionarás, etc.), y, más aún, que contra esos tres valores (verdad, trabajo y decencia) ninguna fuerza del mundo podía imponerse. Como se ve, mis padres eran unos crédulos redomados. Por supuesto, en aquellos tiempos yo no formulaba ni entendía de este modo preciso aquel compendio de ética elemental masónico-cristiana ni pensaba así de mis padres. De lo que estoy seguro es de que aquella postura ante la vida inoculó sus influjos en mi conciencia y en la de mi hermano, y que haber sido educados bajo aquellos preceptos no resultó demasiado saludable en una época donde tal vez lo mejor habría sido aprender desde la cuna la práctica de las artes de los dobleces y los ocultamientos como forma de ascenso o, al menos, como estrategia de supervivencia.

William era un tipo brillante. Ese verano había terminado su primer año en la Escuela de Medicina con unas notas tan elevadas como inusuales para ese período, el más arduo de la carrera. Pero recién comenzado el segundo curso, en septiembre, mi hermano y su profesor de anatomía, con el que mantenía relaciones íntimas desde el año anterior, fueron acusados de ser homosexuales por otro profesor, en una reunión del núcleo del Partido en el cual militaban ambos maestros. Como era la usanza, se formó una comisión disciplinaria compuesta con «todos los factores»: Partido, Juventud Comunista, Sindicato, Federación de Estudiantes y, a pesar de la falta de pruebas o siquiera de sospechas de que hubieran practicado en la Escuela sus aberraciones, como fueron calificadas, se les sometió a entrevistas en las que el profesor negó enfáticamente cualquier desliz homosexual. Pero William, después de rechazar durante semanas y con toda su vehemencia aquella acusación, echó mano a un coraje que yo le desconocía y se rebeló contra un ocultamiento agotador y represivo, y dijo que sí, él era homosexual, desde los trece años ejercía como tal, activa y pasivamente, aunque se negó a confesar con quiénes había realizado tales actividades pues ése era un asunto privado y a nadie más que a él le incumbía. Aunque no fue posible relacionar las inclinaciones sexuales de los encausados con su actitud como profesor y como estudiante, a pesar de que los resultados laborales y docentes de cada uno resultaran notables, la sentencia estaba dictada de antemano y la comisión de factores aplicó sus medidas: el profesor sería expulsado indefinidamente del Partido y del sistema nacional de enseñanza, mientras William era separado dos años de la universidad, pero definitivamente de los estudios de medicina.

Más que el dictamen universitario, fue la vergüenza que agredía de manera frontal los preceptos morales de Antonio y Sara, mis padres, lo que los impulsó a completar la condena sobre el muchacho y a cometer el que se convertiría en el más lamentado error de sus vidas: botaron de la casa a William, a pesar de mis protestas (siempre había sentido lástima por mi hermano), insuficientes para hacerlos entrar en razón. La familia hasta entonces unida comenzó a desintegrarse y la desgracia final del clan empezó a gestarse en el horizonte.

Sé que la historia de la caída de William –como muchos de mis propios tropezones– puede parecer hoy hasta exagerada, pero lo cierto es que durante muchos años fue común a muchísima gente. En ese momento, movido por un sentimiento de compasión y empujado por una Raquelita horrorizada ante aquellas manifestaciones de homofobia y crueldad familiar, yo salí a buscar a William por toda La Habana hasta que logré encontrarlo... en la casa del ex profesor. Lentamente, con toda mi cautela y paciencia, traté de construir una relación diferente con mi hermano y poco después llegaría a sustituir mi primitivo sentimiento de lástima por una justificada admiración, debida al modo en que él estaba enfrentando su condena: luchando. (Todo lo contrario a lo que yo hubiera hecho, a lo que yo había hecho.) William había admitido la expulsión por dos años de la Escuela de Medicina, pero reclamaba su derecho a seguir sus estudios universitarios, pues ningún reglamento ni ley se lo impedía. Mientras, mis relaciones con mis padres se deterioraron, y aunque seguí viviendo con ellos, dejé que un muro de tensión y resentimiento se levantara en medio de la casa de Víbora Park.

Fue a finales de octubre, en medio de aquella crisis familiar, al tiempo que las playas volvían a despoblarse ante la cercanía del siempre tímido otoño-invierno del Caribe, cuando me reencontré con el hombre que amaba a los perros. Ocurrió en el mismo sitio de siempre, a la hora en que comenzaba a caer la tarde, y con la sucesión habitual de presencias, incluida la del negro alto y flaco. Aquel día yo había ido a jugar a squash, iba acompañado por Raquelita y no pensaba siquiera en la posibilidad de verlo, aunque reconozco que me alegró descubrir su presencia –más aún la de sus galgos– en la playa casi desierta. Lo primero que me sorprendió al verlos fue la evidencia de que el hombre había perdido varios kilos de peso, mientras su respiración se había vuelto sonora y el color de su piel, definitivamente enfermizo. Pero comprendí que algo andaba mal en aquel hombre cuando me di cuenta de que, siete meses después de nuestro primer contacto, su mano derecha seguía vendada, como si cubriera una úlcera incurable.

Luego de presentarle a mi mujer –dije «compañera», sonaba más moderno y adecuado– y de preguntarle por los perros –*Dax* estaba sufriendo unas crisis de ira, cada vez más frecuentes, y un veterinario le había aconsejado a López pensar incluso en el sacrificio, algo que él había descartado de inmediato–, le conté detalles de nuestra boda y le hablé de un libro que me habían dado para revisar sobre los peligros de degeneración genética en cinco razas de perros de muy diferentes orígenes y, casualmente, una de las razas estudiadas era el borzoi. Finalmente me atreví a preguntarle por sus mareos. López me miró unos segundos y, por primera vez desde que nos conocíamos, sugirió que nos sentáramos en la arena.

–Los médicos siguen sin saber, pero cada vez estoy más jodido. Ya casi ni puedo pasear a mis perros por la playa, que es una de las cosas que más me gustan en la vida. Entro y salgo de una clínica, me sacan sangre de todas partes, me registran por dentro y por fuera y nunca encuentran ni hostias.

–Entonces es que no tiene nada. Nada grave, por lo menos –dijo Raquelita con su lógica científica.

Él la miró y tuve la impresión de que lo hacía como si descubriera a un diminuto insecto parlante. Casi sonrió cuando le dijo:

–Sé que me estoy muriendo. No sé de qué, pero algo me está matando.

–No hable así –le dije.

–Hay que coger el toro por los cuernos –dijo López y sonrió, mirando hacia el mar. Con gestos mecánicos buscó un cigarro en el bolsillo de la camisa, que ahora parecía quedarle grande. Con gentileza alargó la cajetilla hacia Raquelita, pero ella la rechazó, con un gesto un poco brusco.

–Pues, para empezar, no debería fumar –intervino Raquelita.

–¿A estas alturas? ¿Sabéis qué es lo único que me alivia los mareos? El café. Bebo litros de café... y fumo.

Mientras la tarde breve de octubre daba paso a la oscuridad, anticipada en aquella etapa del año, el hombre que amaba a los perros, con una locuacidad inusual, nos confesó que le gustaba tanto el mar porque había nacido en Barcelona, frente al Mediterráneo: el mar, su olor, su color, habían llegado a convertirse en sus obsesiones. Si no estuviera tan jodido y si tuviese el dinero necesario, terminó, haría lo imposible por volver a España, a Barcelona, porque desde que había muerto el hijo de puta de Franco, casi todos los exiliados habían podido regresar. Aunque no entendí con exactitud si López podía o no podía volver a España, si el problema era de salud, de dinero o de otra índole, me apenó su desolación y su sensación de que se acercaba su muerte, lejos de su lugar de origen.

El hombre encendió otro cigarro y, observando a Raquelita con una mezcla de sorna e ironía, dijo:

–Pasado mañana salgo para París... Allá van a hacerme unas pruebas de los pulmones.

La reacción de Raquelita fue inmediata, más aún, incontenible.

–¿A París? –le preguntó a él y me miró a mí.

En aquella época –y todavía en ésta, para la mayoría de nosotros– París quedaba en otro mundo: era un universo al que se podía viajar a través de los libros, de las películas de Truffaut, Godard y Resnais, y últimamente, sobre todo, gracias a Cortázar y *Rayuela*. Pero que alguien de carne y hueso hablara ante nosotros de irse a París –al París de verdad– sonaba tan extraño y misterioso como el salto de Alicia a través del espejo.

–¿Va a estar mucho tiempo? –quiso saber mi mujer, todavía impresionada.

–Depende. No más de dos semanas. En esta época París es horrible: eso de la belleza del otoño en París es puro cuento. Además, no me gusta París.

–¿Que no le gusta? –esta vez fui yo el que preguntó.

–No, no me gusta París ni me gustan los franceses –dijo, y aplastó el cigarro en la arena, hundiéndolo casi con fuerza–. Vaya, ya es de noche –exclamó entonces el hombre, como si solo en ese instante recuperara la noción del tiempo y del lugar en que estaba–. ¿Me ayudas? –y extendió su brazo hacia arriba.

Me levanté y tendí mi mano derecha. López se aferró con la suya, todavía vendada, y me di cuenta de que por primera vez tenía contacto físico con aquel individuo. López se levantó, pero al soltarse de mi mano sus pies trastabillaron, como si el suelo se le hubiese movido, y yo me abalancé para sujetarlo por los brazos. En ese instante escuché los gruñidos amenazadores de los galgos y me mantuve inmóvil, pero sin soltar a López. Él comprendió lo que ocurría y les habló a los perros en catalán.

–*Quiets, quiets!*

Como salido de las sombras, sin que yo lo advirtiera, el negro alto y flaco se hizo presente junto a nosotros.

–Yo lo ayudo –dijo el negro y lentamente solté al hombre.

–Gracias, muchacho –susurró López y agregó, mirando a Raquelita–: Adiós, joven, y felicidades –y casi sonrió. Apoyándose en su chofer se alejó trabajosamente por la arena en busca del sendero asfaltado que corría entre las casuarinas de la playa.

–Qué hombre más extraño, Iván –me dijo entonces Raquelita.

–¿Qué tiene de extraño? ¿Que es extranjero y está enfermo? ¿Que dice que París es una mierda?

–No. Es que tiene algo oscuro que me da miedo –comentó ella y yo no pude evitar una sonrisa. ¿Algo oscuro?

10

Sabía que tramaban alguna cosa, y por eso decidió hacerse el dormido: desde la cama rígida donde trataba de mitigar los dolores del ataque de lumbalgia y entre la niebla de su miopía, distinguió a Seriozha que, con pasos sigilosos, entraba en las estancias del Kremlin convertidas en el apartamento de la familia desde que el gobierno se trasladara a Moscú. El muchacho cargaba en sus brazos lo que parecía ser una caja de sardinas, con las tablillas blanqueadas con agua de cal. Una tira de tela roja –Seriozha le confesaría que había cortado una bandera, uno de los pocos artículos asequibles en aquellos tiempos– pretendía armar un lazo para darle al envoltorio el aspecto de regalo. Desde la cama también pudo entrever, asomados a la puerta, los rostros cómplices de Natalia, Liova, Nina y Zina, mientras el pequeño Seriozha avanzaba hacia él.

Aquel día, Liev Davídovich cumplía los cuarenta y cinco años y la Revolución de Octubre el séptimo aniversario. Su mujer y sus hijos habían decidido hacerle el mejor regalo que tenían a su alcance, el obsequio que, bien lo sabían, más podría satisfacerlo. Por eso, cuando el homenajeado al fin se incorporó, rodeado por la familia, pudo adivinar lo que contenía aquella inquieta caja de sardinas: cuando consiguió soltar el lazo, levantó la tapa y exageró su asombro al ver la pelota de pelo blanco y rojizo que alzó la cabeza hacia él.

Desde ese día de 1924, *Maya* se había ganado su corazón hasta convertirse en su perra favorita. Y cuando en la primavera negra de 1933 colocó su cuerpo en la fosa abierta junto al muro del cementerio de Büyük Ada, no pudo dejar de recordar los momentos de alegría que le había regalado aquel animal que se había convertido en parte de su familia y que ahora perdía, como ya había ocurrido con parte de aquella familia.

Durante diez días habían luchado para salvarle la vida. De la capital hicieron venir a dos veterinarios, que coincidieron en sus diagnósticos: el animal había contraído una infección incurable debida a una bacteria pulmonar. A pesar de todo, Liev Davídovich trató de combatir la enfermedad con los remedios que los viejos judíos de Yanovska aplicaban a sus perros y los que los pastores de Büyük Ada solían recetar a los suyos. Pero *Maya* se apagó, y con ello añadió otro motivo de dolor a la malsana tristeza en que vivía el desterrado. Por eso, aunque esos días él sufría otro de sus ataques de lumbalgia, insistió en llevar en brazos el cuerpo de su querida borzoi hasta donde sería enterrada. Con temor a que, una vez fuera de Büyük Ada, los nuevos moradores de la villa profanaran su tumba, había conseguido el beneplácito de los aldeanos para enterrarla junto al muro del cementerio. Kharálambos se encargó de abrir el hoyo, y el nuevo secretario, Jean van Heijenoort, preparó una pequeña lápida de madera. Al depositarla en la fosa, Liev Davídovich sintió que se desprendía de una parte buena de su vida. Cumpliendo con su estilo para las despedidas, lanzó un puñado de tierra sobre el manto persa que le servía de sudario al cadáver y dio media vuelta, para refugiarse en la soledad ahora más patente y opresiva de la casa de Büyük Ada.

Desde que recibiera las noticias de la muerte de Zina y del triunfo de Hitler, Liev Davídovich había sentido cómo el suelo se resquebrajaba bajo sus pies y había tratado de concentrar sus expectativas en el resultado de las negociaciones retomadas por sus amigos franceses, encabezados por su traductor Maurice Parijanine y por el clan Molinier, quienes volvían a mover los hilos con la esperanza de que el nuevo gobierno radical de Édouard Daladier le concediera asilo.

Aunque Liev Davídovich ya esperaba el ascenso nacionalsocialista en Alemania y sabía de las presiones que amordazaban a los comunistas locales, había insistido en advertirles que todavía quedaba una última opción, y no podían desaprovecharla. La coalición que había llevado a Hitler al poder era demasiado heterogénea, y la izquierda y el centro tendrían que explotar esa debilidad antes de que el líder fascista consolidara sus posiciones. Pero los días habían pasado sin que los comunistas lanzaran siquiera un quejido, como si su destino no estuviese en juego. Nunca olvidaría que la noticia de que el Reichstag alemán había ardido, la noche del 27 de febrero, le había llegado mientras escribía una de aquellas misivas a los obreros alemanes. Las informaciones, incompletas y contradictorias, rezumaban al menos una certeza alarmante: Hitler había anunciado el estado de excepción y el cumplimiento de su promesa de extirpar de raíz el bolchevismo, en Alemania y en el mundo...

Los mensajes de Liova, cargados de incertidumbre ante el rumbo de los acontecimientos, pronto trajeron noticias que afectaban directamente al exiliado de Büyük Ada. La prohibición del *Boletín* y, casi de inmediato, la incautación de sus obras de bibliotecas y librerías, y la quema pública de cajas completas de la recién editada *Historia de la Revolución rusa*, era una clara señal de que la inquisición fascista los ponía a él y a su grupo entre sus prioridades. Decidió entonces que no era momento de correr riesgos y había ordenado a Liova que abandonara Berlín sin dilación.

La indignación de Liev Davídovich explotó cuando supo que el ejecutivo de la Internacional comunista había emitido una desvergonzada declaración de apoyo al Partido alemán, cuya estrategia política calificaba de impecable, mientras repetía que la victoria de los nazis era solo una coyuntura transitoria, de la cual las fuerzas progresistas saldrían victoriosas. Lo más preocupante era que no solo los domesticados alemanes, sino también el resto de los partidos afiliados al Komintern habían acatado en silencio aquel documento revelador de un suicidio político de consecuencias predecibles. ¿Cómo podían someterse los comunistas a tan burda manipulación? ¿No quedaba en esos partidos una gota de responsabilidad que los pusiera en guardia ante una tragedia que amenazaba su supervivencia y la paz en Europa? Si no aceptaban, cuando menos, la inminencia del peligro, escribió, al borde de la ira, había que admitir que el estalinismo había degradado de modo tan irremediable al movimiento comunista que tratar de reformarlo era una misión imposible. Una de las más lacerantes dudas políticas de Liev Davídovich había caído en ese instante: se imponía lanzarlo todo al fuego. Con el dolor que produce renunciar a un hijo que se ha ido descarriando hasta convertirse en un ser irreconocible, decidió que había llegado el momento de romper con aquella Internacional y, quizás, el de crear una nueva que se opusiera al fascismo con hechos concretos y no solo con consignas manipuladoras que ocultaban segundas y macabras intenciones.

Solo una semana después de la muerte de *Maya* vino a sacarlo del pantano de la depresión la esperada noticia de que el gobierno de Daladier le concedía el asilo. Aunque de inmediato supo cuán limitada era la hospitalidad que le ofrecían, no dudó en aceptar: según el visado expedido, se le autorizaba a residir en uno de los departamentos del sur, con la condición de no visitar siquiera París, y de someterse al control del Ministerio del Interior. Más que un refugiado, volvería a ser un prisionero, solo que ahora estaría en uno de los pasillos centrales y no en una celda de confinamiento. Y desde allí pensaba actuar.

La mañana en que la comitiva de secretarias, guardaespaldas, pescadores y policías bajaba hacia el muelle donde ya esperaban los equipajes, Natalia y Liev Davídovich permanecieron unos minutos frente a la que había sido su casa. Querían decirle adiós a Prínkipo, donde él había terminado su autobiografía y escrito la *Historia de la revolución*; donde había dejado de ser soviético y llorado la muerte de una hija; y donde, en medio del mayor desamparo, había decidido que su lucha no había terminado y que otros empeños lo necesitaban vivo, para hostigar al más despiadado poder que concibiera enfrentar un hombre solo, sin recursos, cada vez más cargado de años. El bueno de Kharálambos, que los observaba en silencio desde el sendero, debió de preguntarse si sería cierto que aquel hombre solitario alguna vez había sido un líder explosivo, capaz de conducir multitudes hacia una revolución. Nadie lo diría, seguramente concluyó, mientras lo veía cerrar la verja del jardín e inclinarse a recoger unas flores silvestres en el terreno donde cuatro años atrás había prohibido sembrar un rosal. Cuando se acercaron a él, Kharálambos les sonrió, con una abultada humedad en los ojos, y aceptó las flores que le tendió el deportado. Sin decir palabra, Liev Davídovich alzó la vista hacia los pinos tras los que se ocultaban los muros blancos del camposanto de las islas de los príncipes desterrados.

Nueve días después, sin que el júbilo esperado lo hubiese recompensado, Liev Davídovich, Natalia y Liova llegaban a «Les Embruns», la villa que Raymond Molinier les había alquilado en las afueras de Saint-Palais, en el Midi francés. La entrada en la casa del ex comisario de la Guerra no había sido precisamente digna: temblaba por la fiebre, creía que los latidos en las sienes le destrozarían el cráneo, y sentía cómo su cintura se quebraba por la mordida de un dolor empeñado en buscar las últimas escalas del suplicio. Por eso, al trasponer el umbral, se había dejado caer en un diván y aceptado de inmediato los calmantes y somníferos que le entregó Natalia Sedova.

Apenas habían zarpado de Estambul, la lumbalgia había hecho crisis, acompañada por el reflujo del paludismo. Durante toda la travesía Liev Davídovich había permanecido en el camarote, y se negó incluso a conversar con los periodistas que lo esperaban en El Pireo, atraídos por los rumores de su inminente regreso a la Unión Soviética, luego de que se reuniera en Francia con el nuevo comisario de Exteriores de Stalin. Cuando avistaron Marsella, donde también le esperaban decenas de periodistas, policías y manifestantes opuestos a su presencia en Francia, su mujer lo había sorprendido con la noticia de que Liova y Molinier habían acudido desde el puerto en un transbordador para evitar un multitudinario encuentro que podía molestar a las autoridades. Ver de nuevo a su hijo tras una tensa separación, y oírle decir que en un par de días Jeanne viajaría desde París para traerle a Sieva, le habían procurado una alegría capaz de mitigar sus dolores. Supo entonces que Molinier lo había preparado todo para que desembarcaran por Cassis, desde donde viajaron en automóviles hasta Saint-Palais. Pero aquel trayecto de casi dos horas por carreteras estrechas había terminado de vencer las resistencias físicas del recién llegado.

Las píldoras comenzaban a hacer su efecto cuando Liev Davídovich escuchó unas voces que lo arrancaban de aquel letargo amable. Le confesaría a Natalia Sedova que al principio creyó que soñaba: en el sueño alguien gritaba ¡Fuego!, ¡fuego!, pero tuvo la suficiente lucidez para calificar de despreciable la pesadilla empeñada en devolverlo a las noches de incendios de Büyük Ada y Kadiköy. Solo al sentir que tiraban de su brazo consiguió abrir los ojos y ver la expresión de terror en el rostro de Liova. Entonces supo que la realidad superaba los desvaríos de la fiebre y, apoyándose en su hijo, consiguió salir al jardín, sobre el que flotaba el humo, y tuvo la sensación de llevar el infierno consigo. ¡Mierda!, pensó, y se dejó caer en el césped, donde al fin pudo saber que el fuego (al parecer provocado por la chispa de un tren, caída sobre el pasto reseco) solo había afectado al seto y al quiosco de madera del patio.

Liova y Molinier tenían prisa por hablar con Liev Davídovich, pues en apenas un mes debía celebrarse en París la asamblea fundativa de la IV Internacional comunista planeada por el exiliado. Sin embargo, detenidos por Natalia Sedova, los hombres tuvieron que frenar su impaciencia y darle unos días de paz al enfermo. Tampoco el tan ansiado arribo de Sieva pudo ser celebrado como debía a causa de las fiebres que lo asediaban; aun así, le pidió a Natalia que le dejara conversar con el niño, pues quería ver cómo andaba su ánimo y explicarle por qué su querida *Maya* no estaba con ellos.

Cuando la fiebre cedió un poco y, sobre todo, comenzaron a aplacarse los dolores de la lumbalgia, Liev Davídovich desoyó las prohibiciones de su mujer y sostuvo una reunión con Liev Sedov, Raymond Molinier y su correligionario Max Shachtman, que lo había acompañado desde Prínkipo. El exiliado sabía que el tiempo corría en su contra y las cuatro semanas que los separaban de la reunión constitutiva de París los obligaban a ser sumamente eficientes, pues presentía que estaba jugando la carta más importante de su exilio. Su principal preocupación era la capacidad de convocatoria de Liova y Molinier, quienes no solo se encargarían de la organización del encuentro, sino que serían su voz, imposibilitado como estaba de viajar a París por las condiciones del asilo. Sopesando cada juicio de sus colaboradores, el viejo revolucionario escuchó sus opiniones y de inmediato tuvo la certeza del precipicio al que se abocaba la IV Internacional, afectada por sus propias contradicciones y gestada en un tiempo adverso, quizás con demasiada prisa. Mientras Liova ofrecía un panorama tétrico (temor y dudas en Alemania, dispersión y rivalidades en Francia y Bélgica, aventurerismo en Estados Unidos), Molinier confiaba en la autoridad del desterrado para superar las dudas de muchos seguidores y en la posibilidad de aprovechar el auge del fascismo para llamar a la unidad.

Antes de regresar a París, Liova le confesaría a su madre que, por segunda vez en su vida, había sentido compasión por Liev Davídovich y hasta se preguntó si valía la pena que siguieran luchando. Aunque su padre no se daba por vencido, la verdad era que únicamente su orgullo, su optimismo histórico y su responsabilidad le hacían empeñarse en sus ideas: al cabo de treinta años de lucha revolucionaria era evidente que aquel hombre se había quedado solo, viendo cómo a su alrededor el mundo se quebraba bajo el peso de la reacción, los totalitarismos, la mentira y la amenaza de una guerra devastadora.

Precisamente aquel optimismo en el futuro y en las leyes de la historia fue el puntal que sostuvo a Liev Davídovich durante las semanas en que, desde el diván, dedicó hasta quince horas diarias a la redacción de las tesis que se discutirían en París. Su percepción política, alterada por los acontecimientos de los últimos años, le permitía clarificar algunos de sus propósitos al lanzar la convocatoria para fundar una nueva Internacional, hacia la cual esperaba atraer a los dispersos grupos trotskistas y a los descontentos con la política aplicada en Alemania por los estalinistas, y también a algunos sectores radicales, siempre difíciles de disciplinar. Pero su gran contradicción seguía siendo la política que debía asumir la reunión de partidos respecto a la Unión Soviética: la situación allí era diferente y, por el momento, se imponía la cautela, pues la lucha no tenía por qué atacar la esencia del sistema si se conseguía desenmascarar y, llegada la ocasión, destronar la excrecencia burocrática.

La labor, en todo caso, no resultaría fácil. Ya Stalin había ordenado a los «amigos de la URSS» iniciar una campaña destinada a hacerse con el monopolio del antifascismo, al menos en un plano verbal, pues, en lo que se refería a los actos, no parecían demasiado interesados en oponerse al enemigo necesario que al fin había brotado de las cenizas alemanas. La nueva campaña propagaba el mito de que el sistema soviético era la única elección posible contra Hitler y la barbarie. Mientras acusaban a las democracias de simpatizantes e incluso de causantes del fascismo, reducían las opciones éticas y políticas a dos: de un lado el horror, encarnado por el fascismo, y del otro la esperanza y el bien, representados por los comunistas encabezados por Stalin. La trampa estaba tendida y Liev Davídovich comenzó a predecir la caída en el foso de casi toda la fuerza progresista de Occidente.

Durante las cuatro semanas en que trabajó preparando la conferencia, los dolores y la fiebre no lo abandonaron. Varias veces Natalia había intentado apartarlo del trabajo, pero él se negó, prometiendo que, pasada la reunión, se sometería al régimen que ella decidiera. Al borde del colapso terminó la redacción de los documentos y despidió a Van Heijenoort encareciéndole que se olvidara de las órdenes de su mujer y lo mantuviera al día.

La ansiedad pronto cedió lugar al desencanto ante un fiasco previsible. Los partidos y grupos representados en París eran un reflejo de la dispersión que vivían la izquierda europea y norteamericana, desalentadas por los fracasos y atemorizadas por las presiones de Moscú. Más que una corriente, sus seguidores formaban pequeñas capillas, en su mayoría de disidentes de los partidos comunistas, y retrocedieron asustados ante una nueva filiación que les exigía una postura antiestalinista definida y una práctica filosófica esencialmente marxista, guiada por la doctrina de la revolución permanente como principio ideológico. Liev Davídovich pensó que quizás la energía desbocada de Molinier y la inexperiencia de Liova habían incidido en la imposibilidad de lograr acuerdos estratégicos importantes y por ello, al conocer que solo tres de los partidos convocados aceptaban sumarse a una nueva coalición, aconsejó a Liova que, para salvar la honra, desistiera de la fundación de la Internacional y anunciara que el encuentro solo había sido una conferencia preliminar para la futura organización.

Vencido por el cansancio y la decepción, puso su cuerpo en manos de Natalia, que empezó por confinarlo en una habitación sin escritorio, a la cual vedó la entrada a cualquier visita, incluido Liova. Sin embargo, su mente siguió revolviéndose y por varios días meditó en las razones del fracaso de París. Aquel fiasco mostraba cuánto había disminuido su peso político en cinco años de marginación casi total, aunque debía reconocer que lo decisivo era la coyuntura política en la que ahora tenía que actuar, tan distinta a la de 1917: las posiciones revolucionarias estaban en retirada y resultaba utópico esperar una situación capaz de desatar una ola de rebeldía que avanzara por Europa y llegara hasta las puertas de Moscú. A todas luces, el reclamo de las revoluciones permanentes y la imagen de un líder subvertidor tanto del orden moscovita como del capitalista empezaban a resultar anacrónicas.

Unas semanas después, cuando las autoridades francesas levantaron algunas restricciones al acta de asilo (ahora solo le impedían radicarse en París y en el departamento del Sena), Liev Davídovich decidió dejar Saint-Palais y cortar la relación de dependencia con Raymond Molinier. Adecuándose a sus finanzas, optó por establecerse en las afueras de Barbizon, el pequeño pueblo que Millet, Rousseau y otros paisajistas habían hecho célebre. Ubicado en la linde del bosque de Fontainebleau y a menos de dos horas de París, Barbizon le reportaba la ventaja de estar más cerca de sus seguidores, aunque les obligó a utilizar de nuevo el cuerpo de guardaespaldas.

La casa era una construcción de dos plantas, de principios de siglo, que sus dueños bautizaron «Ker Monique», y apenas estaba separada del bosque por un sendero de tierra por el que casi no cabía un auto. Desde que se trasladaron a aquel lugar, siempre perfumado por los olores del bosque, sintió cómo recuperaba su capacidad de trabajo y volvió a escribir y a recibir a sus seguidores, con los que hacía un proselitismo político casi individualizado. De aquel modo trataba de evitar que se generasen nuevas disensiones, como la que se acababa de producir en España, donde el grupo impulsado por su viejo amigo Andreu Nin había decidido fundar un partido independiente de cualquier Internacional, o la que en Francia protagonizaron luchadores como Simone Weil y Pierre Naville. Lo más lamentable fue descubrir cuánto habían perjudicado a la proyectada Internacional las ambiciones políticas de Molinier, capaces de sembrar el caos entre la oposición francesa al punto de que, escribió, se necesitarían años de trabajo para cohesionar al escaso centenar de militantes que aún lo seguían.

Con Natalia dedicó muchas tardes de aquel invierno a caminar por la domesticada foresta de robles y castaños que fuera coto de caza de los monarcas de Francia, e incluso lo atravesaron para visitar el palacio real. Algunas noches, dispuestos a regalarse un lujo, iban a comer carne de venado al cercano Auberge du Grand Veneur, pero él casi siempre consagraba aquellas horas a ponerse al día en las novedades de la literatura francesa y, con placer, leyó un par de novelas de Georges Simenon, aquel joven belga que lo había entrevistado en Prínkipo, descubrió al avasallador Céline de *Voyage au bout de la nuit*, capaz de estremecer el vocabulario de la literatura francesa, y disfrutó al Malraux épico de *La condition humaine*, la novela que el escritor le regaló durante su visita a Saint-Palais.

Sin embargo, el libro que verdaderamente lo removió en aquella temporada le había llegado desde Moscú y le sirvió para volver a revelarle por qué Maiakovski había optado por dispararse en el corazón y a la vez para constatar hasta qué extremos un sistema totalitario puede pervertir el talento de un artista. *Belomorsko-Baltíyskiy Kanal ímeni Stálina (El canal bautizado en honor de Stalin)* había sido coordinado y prologado por Máximo Gorki y reunía textos de treinta y cinco escritores empeñados en justificar lo injustificable. Desde el verano, cuando se inauguró el canal que unía el mar Blanco con el mar Báltico, los «amigos de la URSS» y la prensa comunista europea habían comenzado a cantar loas a la gran obra de la ingeniería socialista y a calificar de enemigos de la clase obrera a quienes sólo se preguntaran por la utilidad de la empresa. Pero la recopilación de textos de Gorki desbordaba los límites de la abyección. Ya en su vomitivo libro anterior el novelista se dedicaba a exaltar el empeño humanista emprendido en el *lager* de Solovski, donde, según proclamaban en Moscú y alegremente repetía Gorki, el sistema penal soviético luchaba a treinta grados bajo cero por transformar a lumpens y enemigos de la revolución en hombres socialmente útiles. Y ahora *Kanal ímeni Stálina* se proponía santificar el horror, documentando la prodigiosa transformación de los prisioneros obligados a trabajar en el canal en resplandecientes modelos del Hombre Nuevo Soviético. La inmoralidad del libro era tal que logró sorprender a Liev Davídovich cuando ya se creía inmune a ese tipo de sobresaltos. Si los gacetilleros franceses podían salvar su alma diciendo desconocer la verdad sobre lo ocurrido en la construcción de ese canal y arguyendo que apenas repitieron lo que les dictaban desde Moscú, aquellos escritores soviéticos no podían dejar de conocer el horror en que habían vivido los doscientos mil prisioneros (campesinos inconformes, burócratas degradados, opositores políticos, religiosos, alcohólicos y hasta algunos escritores) obligados por años a construir las esclusas, presas y diques de un canal que incluía veinticinco millas de recorrido cortadas sobre roca viva, solo para que Stalin demostrase la supremacía de la ingeniería socialista que, por cierto, él también dirigía. Las cifras de los muertos durante la ejecución de la obra nunca podrían ser calculadas, pero cualquier soviético sabía que más de veinticinco mil prisioneros habían perecido en accidentes o devorados por el frío y el agotamiento. Todos sabían, además, que el suministrador de mano de obra para el canal había sido el comisario del pueblo para Asuntos Internos, el maniático Guénrij Yagoda, y que por ese empeño Stalin le había conferido la Orden Lenin en el acto de inauguración de la obra.

Liev Davídovich se sintió conmovido hasta el asco, lamentando la degradación moral de un hombre como Máximo Gorki, el mismo Gorki que prefiriera irse al exilio en 1921, todavía muy convencido de que «Todo lo que dije sobre el salvajismo de los bolcheviques, sobre su falta de cultura, sobre su crueldad rayana en el sadismo, sobre su ignorancia de la psicología del pueblo ruso, sobre el hecho de que realizan un experimento asqueroso con el pueblo y destruyen a la clase trabajadora, todo eso y mucho más que dije sobre el bolchevismo, guarda toda su fuerza»... ¿Qué argumentos había utilizado Stalin para lograr que un hombre con esas ideas regresara desde su cómodo exilio italiano? ¿Cuáles para someterlo a la humillación de firmar esos libros y convertirse en cómplice de unos espantosos crímenes contra la humanidad, la dignidad y la inteligencia?

Con 1934 llegó a Barbizon un rayo de esperanza que tendría en vilo a Liev Davídovich durante semanas. Por los escasos canales de información que conservaba, recibió desde Moscú la nueva de que los rivales políticos de Stalin se habían confabulado, dispuestos a utilizar el XVII Congreso del partido bolchevique para dar la batalla decisiva por su supervivencia. Muchos de los militantes que, sin mencionar el nombre de Trotski, seguían apoyándolo y considerando su regreso como una necesidad, sumados a los que alguna vez se habían opuesto a Stalin, y a los que durante años habían sido sus colaboradores y luego fueron defenestrados por el líder, pensaban utilizar el congreso para expulsar del poder al georgiano mediante una votación en la cual apostaron sus futuros políticos. Al frente del grupo (heterogéneo, unido solo por su odio o temor a Stalin) había viejos bolcheviques de diversas tendencias, entre ellos los más antiguos camaradas de Lenin –Zinóviev, Kámenev, Piatakov, el impredecible Bujarin–, y oposicionistas trotskistas readmitidos luego de capitular. El rumor aseguraba que habían depositado su fe en que saldría elegido en la votación Serguéi Kírov, el joven secretario del Partido en Leningrado, un hombre cuya historia no estaba manchada con las luchas intestinas de la década de 1920. Los informes aseguraban que Kírov, aun cuando se había negado a llegar a ningún acuerdo con los opositores y se decía fiel al Secretario General, había criticado los excesos colectivizadores, industrializadores y represores de Stalin y, como comunista, estaba dispuesto a aceptar la voluntad del congreso.

Con la experiencia de su defenestración a cuestas, Liev Davídovich no podía dejar de imaginar las artimañas con que Stalin desarticularía la rebelión en ciernes, de la que no podía dejar de estar al tanto. Su habilidad para dividir, utilizar a las personas, chantajear a los más débiles, atemorizar con posibles venganzas a sus secuaces más comprometidos y a los conversos, sin duda resplandecería esos días. Por eso, cuando en la sesión de apertura del congreso, iniciado el 26 de febrero, se escucharon las primeras loas al Plan Quinquenal, se proclamaron los ambiciosos planes económicos para el futuro y se decidió llamar «Congreso de los Vencedores» al cónclave, él había apostado a que los rivales del Secretario General tenían perdido el combate.

La derrota fue confirmada por las reseñas del discurso de Bujarin, quien centró su arenga en la condena a la postura política que él mismo había encabezado, para luego reconocer que «el camarada Stalin tiene la razón cuando, al aplicar brillantemente la dialéctica marxista-leninista, destruyó toda una serie de proposiciones teóricas de esa derecha torcida, de las cuales yo, por encima de todo, cargo con mi parte de responsabilidad». Ante aquella tácita aceptación del fracaso, Liev Davídovich no pudo dejar de admirarse por la valentía con que unos pocos militantes todavía se atrevieron a proponer lo oportuno de que Stalin fuera relevado de su cargo y la necesidad de ventilar el ambiente político del país. La votación contra Stalin, a la que se sumaron muchos delegados, finalmente no pudo imponerse a la mayoría atemorizada por el fantasma del cambio, la pérdida de privilegios y las posibles revanchas... Como Piatakov a él, ahora Liev Davídovich podía profetizarle al propio Piatakov, a Zinóviev, Kámenev, Bujarin y hasta a Kírov, que Stalin los haría pagar con sangre la osadía y el reto que le habían lanzado.

La temporada apacible de Barbizon llegó a su fin con la primavera. La extraña detención de Rudolf Klement (había violado los límites de velocidad en su pequeña moto) por una policía que, nunca informada por la Sûreté, solo ahora «descubría» la presencia de Trotski en la localidad, fue capaz de generar una virulenta campaña contra el gobierno, liderada por comunistas y fascistas, que consiguieron incluso hacer efectiva una orden de deportación en su contra.

Temeroso de las represalias anunciadas por los estalinistas y los *cagoulards* fascistas, Liev Davídovich y Natalia salieron de Barbizon por la noche y, para dificultar su identificación, Liev Davídovich se rasuró el bigote y la barba, cambió sus gafas de montura redonda y se escabulleron hacia París, donde discutirían con Liova qué hacer.

El hoyo escogido para desaparecer en vida fue Chamonix, el pueblo alpino, cerca de las fronteras suiza e italiana, de donde partían las expediciones de escaladores hacia el Mont Blanc. Pocas semanas después, misteriosamente descubiertos por un periodista, los Trotski fueron obligados por el prefecto de la región a ponerse de nuevo en camino. Buscando un lugar perdido en el mapa, Liev Davídovich puso proa hacia Domène, un caserío en las inmediaciones de Grenoble, donde incluso decidió prescindir de guardaespaldas y secretarios. Allí sería nadie.

Hasta el final de su vida Liev Davídovich recordaría que, la mañana del 2 de diciembre de 1934, había salido al patio de la casa de Domène, donde Natalia tendía la ropa de cama recién lavada. La mujer, el olor del jabón y el perfume de la mañana dibujaban un ambiente de paz que le había parecido definitivamente irreal ante el peso de la noticia recién escuchada en la radio: Serguéi Kírov había sido asesinado en su despacho del palacio Smolny de Leningrado. En la mente del desterrado se sucedían las escenas de la conmoción que sin duda reinaba en la Unión Soviética y las suposiciones de lo que ocurriría a partir de aquel instante que, bien lo sabía, marcaba un punto sin retorno.

Los reportes escuchados hablaban de detenciones masivas y de investigaciones preliminares que señalaban como autor intelectual del asesinato a la oposición trotskista (en la que, decían, había militado el tal Leonid Nikoláiev, el ejecutor), en un complot contra el gobierno en el que participaba hasta el cónsul letón en la ciudad, según ellos «agente» de Trotski. Por eso, cuando le contó a Natalia lo ocurrido, la mujer le formuló la pregunta que perseguiría al hombre hasta el fin de sus días: «¿Y Seriozha?».

Una semana entera de angustias terminó cuando llegó la carta de Seriozha, traída por Liova desde París. A diferencia de sus misivas anteriores, apacibles y personales, siempre dirigidas a su madre, ésta venía cargada con un grito de alarma. La situación en Moscú se había vuelto caótica, las detenciones no cesaban, todo el mundo vivía con miedo a ser interrogado, y el científico apolítico consideraba su situación «más grave de lo que podría pensarse». Al terminar de leer, Natalia soltó un sollozo. ¿Qué ocurriría con su muchacho? ¿A qué se debía la gravedad de su situación? ¿Sólo a lo que podía esperarle por ser un Trotski? La ansiedad por obtener nuevas noticias de Serguéi se multiplicó desde entonces y dejó en suspenso la vida de sus padres, a la espera de cualquier confirmación de su destino.

El rumbo que tomarían los acontecimientos comenzó a clarificarse con la noticia de que el mismo día 2 de diciembre la GPU había fusilado a unas cien personas, todas detenidas antes del asesinato de Kírov, mientras numerosos miembros del Partido habían sido encarcelados. Mucha más luz arrojó, sin embargo, la serie de artículos que Bujarin escribió para el *Izvestia*, donde hablaba de la ilegalidad de cualquier clase de disidencia dentro del país, al tiempo que repetía la consigna de Stalin de que la oposición solo conduce a la contrarrevolución, y ejemplificaba aquella degradación con los casos de Zinóviev y Kámenev, calificándolos de «fascistas degenerados». Por eso, cuando el 23 de diciembre escuchó que Zinóviev y Kámenev habían sido arrestados acusados de cómplices «morales» del atentado, ya no tuvo dudas de que se había desatado un vendaval de una potencia demoledora. Dos veces Stalin había defenestrado a aquellos viejos bolcheviques, compañeros de Lenin; dos veces los había readmitido en el Partido, devorando en cada ocasión pedazos de su estatura humana y política, hasta convertirlos en sombras balbucientes sin más peso que el recuerdo de su nombre. Ahora, sin embargo, parecía haber llegado el momento de la verdad para dos fantasmas del pasado a quienes aplastaría con saña, pues precisamente a ellos debía Stalin su ascenso al poder: si a la muerte de Lenin ellos no se hubieran aliado con el (así lo creyeron) limitado y torpe Stalin, empeñados todos en cerrarle el acceso al poder a Liev Davídovich, la historia soviética tal vez hubiera sido diferente.

Liev Davídovich recordó la mirada turbia de Zinóviev y la escurridiza de Kámenev (jamás entendió cómo su pequeña hermana Olga había podido casarse con él) cuando lo acusaron de querer hacerse con el poder. Jubilosos por el éxito que esperaban obtener, asumieron el liderazgo visible de la ofensiva contra Liev Davídovich y sus ideas, tildándolo de ser un hombre ansioso de protagonismo, capaz de lanzarse a propalar la revolución por media Europa mientras ponía en riesgo el sagrado destino de la Unión Soviética. Aquel dúo trágico nunca lamentaría bastante la hora infausta en que aceptaron la mano viscosa del montañés que, en la otra, llevaba oculto el puñal.

El silencio de Seriozha acompañó a los Trotski en el tránsito hacia un año 1935 que llegaba con los peores augurios. En la tarde del 31 de diciembre, a pesar del frío que descendía de las montañas, el matrimonio salió a dar un paseo por los campos cercanos, con la intención de separarse del aparato de radio que desde Moscú transmitía marchas patrióticas, versiones de discursos triunfalistas del Líder y noticias como la de que el asesino Nikoláiev, su esposa, su suegra y otros trece miembros del Partido habían sido ejecutados, luego de que hubieran admitido su cercanía con la oposición trotskista y la participación directa o indirecta en la muerte de Kírov. En un momento de la caminata, Natalia le pidió detenerse y se sentó sobre las hojas, sorprendida por la fatiga. Él la observó y comprobó cómo los sufrimientos la hacían envejecer con una prisa traidora. Sin embargo, ella nunca se quejaba de su suerte y, cuando oía a su marido lamentarse, lo empujaba para que reanudase el camino. Liev Davídovich le preguntó si se sentía mal y ella le respondió que era un poco de cansancio, y regresó al mutismo, como si se hubiera impuesto un voto de silencio que le impidiera hablar de sus angustias: desesperarse por la falta de noticias de Seriozha era de algún modo admitir que también aquel hijo podía haber sido devorado por la arrolladora violencia desatada por una revolución cuyo primer principio fue la paz.

La ansiedad se fue embotando con los días, pero durante semanas Liev Davídovich vagó como un fantasma por la casa de Domène. Su aturdimiento apenas se alteró cuando desde Moscú llegó la noticia de que Zinóviev, Kámenev y los otros «responsables morales» de la muerte de Kírov recibían condenas de entre diez y cinco años de cárcel. Casi de inmediato se enteraron de que Vólkov y Nevelson, los esposos de las difuntas Zina y Nina, deportados desde 1928, también recibían nuevas condenas y que su ex mujer, Alexandra Sokolóvskaya, a pesar de su edad, sería expulsada de Leningrado hacia la colonia de Tobolsk, al igual que Olga Kameneva, la esposa de Kámenev. Todas aquellas sanciones tenían un lado positivo al que se aferraron los Trotski: si los oposicionistas reconocidos y los otros miembros de la familia solo eran encarcelados y deportados, Serguéi debía de estar vivo, aun cuando hubiera sido detenido. Pero ¿por qué no escribía?, ¿por qué nadie lo mencionaba?

Imponiéndose al escepticismo de su marido, Natalia redactó una carta abierta, dirigida a la opinión internacional, donde afirmaba su convicción de que Seriozha, científico del Instituto Tecnológico de Moscú, no tenía filiación política, y pedía que se investigasen sus actividades y se revelase su destino. Reclamaba su intercesión a personalidades como Romain Rolland, André Gide, Bernard Shaw y a varios líderes obreros, pues estimaba que la burocracia soviética no podía alzar su impunidad por encima de la opinión pública, la intelectualidad de izquierda y la clase obrera mundial.

Mientras, las voces que se alzaban en su contra se habían vuelto tan agresivas que cada día Liev Davídovich podía esperar ser víctima de un acto violento, irracional o premeditado. Por ello, tras hacer venir a sus guardaespaldas desde París, volvió a cifrar sus esperanzas de asilo en la esquiva Noruega, donde el Partido Laborista acababa de triunfar en las elecciones generales. En su requerimiento argumentaba problemas de salud pero, sobre todo, de seguridad personal y, como antes había hecho con Francia, reiteraba el compromiso de no participar en la política del país.

Cuando sintió que el cerco de las presiones estalinistas y fascistas estaba a punto de atraparle (se hablaba de enviarlo a alguna colonia, quizás la Guyana), la puerta del fondo volvió a abrirse con la llegada de la visa noruega. A diferencia de lo que le ocurrió dos años antes, cuando dejó Büyük Ada, ningún rezago de nostalgia lo acompañó en la apresurada partida de Domène, donde había vivido por casi un año sin haber ganado un recuerdo feliz.

Acompañados por Liova, viajaron a París, donde aún tuvieron que luchar para que les entregaran una visa que no llegaba, mientras los franceses le exigían que abandonara el país en cuarenta y ocho horas, pues había violado la restricción de viajar a la capital. Ya en el momento de partir, Liev Davídovich entregó a Liova una carta para que la publicase en el *Boletín*. En ella acusaba a los políticos de la Francia democrática no solo de haber jugado sucio con él, sino de estar haciéndolo con el destino de la república, prestándose a componendas con Moscú mientras el fascismo se extendía por el país. «Salgo de Francia con un profundo amor por su pueblo y con una fe inextinguible en el futuro de la clase obrera. Tarde o temprano ella me brindará la hospitalidad que la burguesía me niega», decía al final de la carta, desplegando su optimismo de siempre. Pero, mientras atravesaban París, se sintió hastiado: pensó si no sería una ilusión el posible regreso a una Francia proletaria. Sin duda lo es: el socialismo ha cavado su propia tumba y presiento que allí se va a podrir por mucho tiempo, escribió.

La cálida disposición con que el periodista noruego Konrad Knudsen lo había acogido en su casa resultó como un premio de consolación tras los meses de soledad, tensión y confinamiento vividos en Francia. El silencio y la paz que había encontrado en el pueblito de Vexhall eran tan compactos que se podían apartar con las manos, como una cortina de terciopelo. En verano los atardeceres solían deslizarse perezosos, como si el día no quisiera marcharse, mientras los amaneceres parecían nacer de entre las ramas de los árboles, ya hechos, preparados para una larga andadura. Desde que llegara a Vexhall había adquirido la costumbre de deleitarse viendo aquellas alboradas mientras bebía su café en el patio de los Knudsen y respiraba los aromas del bosque.

Cuando lo recibieron en Noruega, Liev Davídovich había abrigado la fantasía de que tal vez allí pudiera escapar de las tensiones que lo habían perseguido a lo largo de casi siete años de deportación y exilio. Recién llegado al país, se había visto sometido a los insultos que, con igual énfasis y muy similares palabras, lanzaron sobre él la prensa comunista y la fascista, tratando de convertirlo en un problema político para el gobierno de Oslo. Pero sus huéspedes laboristas habían abortado la campaña con declaraciones cortantes, afirmando que el derecho de asilo no podía ser letra muerta en una nación democrática y que el pueblo noruego, y en particular sus obreros, se sentían honrados por su presencia en el país y nunca podrían admitir cualquier presión de Moscú contra la hospitalidad brindada a un revolucionario cuyo nombre estaba ligado al de Lenin. Además, para rebajar la tensión, varios ministros le habían ofrecido la seguridad de que podía considerar los seis meses de visado como una formalidad. Las exigencias seguían siendo que no participase en los asuntos internos y estableciese su residencia fuera de Oslo. Por ello, ante la dificultad transitoria de hallar el sitio adecuado, ellos mismos habían pedido al político y periodista socialdemócrata Konrad Knudsen que lo hospedara en Vexhall, un caserío cercano a Hønefoss, a cincuenta kilómetros de la capital.

Liev Davídovich siempre recordaría sus primeros días en Vexhall como extraños y confusos. Alojados en una amplia habitación, donde habían ubicado un espléndido escritorio de caoba, Natalia y él debieron asumir los ritmos de una casa habitada por una familia numerosa que en la temporada veraniega disfrutaba de libertad para violar horarios y de la capacidad de crecer o disminuir sin previo aviso. La ausencia de guardaespaldas, innecesarios a juicio de Knudsen y los laboristas, lo hacían mirar con aprehensión la reja abierta del jardín y pensar que la confianza de los noruegos jugaba con límites que Stalin y los matones de su policía secreta solían desconocer. Pero la más importante de las adecuaciones a la vida en Vexhall había sido el establecimiento, entre Knudsen y su huésped, de lo que bautizaron como «pacto de no agresión», mediante el cual se permitían hablar de la política, pero siempre sin cuestionar sus respectivas posiciones de comunista y de socialdemócrata.

Si al exiliado le quedaban restos de dudas respecto a la hospitalidad noruega, éstos desaparecieron cuando el ministro de Justicia, Trygve Lie, había ido a visitarle, de la mano del mismísimo Martin Tranmael, líder y fundador del Partido Laborista. La charla, informal en un inicio, había derivado hacia una entrevista que Lie publicaría en el *Arbeiderbladet*, el principal periódico laborista, y en la que entrevistador y entrevistado se dieron la mano por encima de diferencias políticas.

Unas semanas más tarde, aunque la mente de Liev Davídovich sintió el descenso de la tensión, su cuerpo había respondido con un malestar ubicuo que lo acompañaría durante meses. No obstante, cada día se encerraba en su habitación, decidido a imponerse a las cefaleas y los dolores en las articulaciones, para reanudar la biografía de Lenin que, con entusiasmo decreciente, le reclamaba su editor norteamericano, solitario en la exigencia luego de la retirada del editor alemán y el desinterés por su obra de los franceses. Pero una noticia llegada de Moscú, a principios de aquel agosto de 1935, lo llevó a dudar de si sus esfuerzos debían centrarse en la biografía del líder o si el cinismo imperante en la Unión Soviética le exigía una reflexión sobre el horror del presente y la necesidad de revertirlo. La edición del *Pravda* que había logrado alarmarlo recogía la crónica de otra de aquellas fiestas en el Kremlin en las que Stalin, después de repartir condecoraciones a manos llenas, había lanzado un infaltable discurso. Esta vez su intervención se redujo a un simple grito de victoria: «¡La vida ha mejorado, camaradas, la vida es más alegre! ¡Brindemos por la vida y el socialismo!». La experiencia que le había permitido aprender a evaluar los movimientos de aquel hombre le advirtió que aquélla no podía ser una frase casual, sino el rugido de un león dispuesto a una devastadora cacería.

Durante meses Liev Davídovich había ido evaluando cada acto, colocando cada dato en su lugar, tratando de entender los fines de la política de distensión generada por el Kremlin tras el juicio celebrado a principios de 1935 contra Zinóviev, Kámenev y compañía, con el que se habían cerrado las pesquisas sobre el asesinato de Kírov. Desde entonces las detenciones habían disminuido y una ola de optimismo oficial, constantemente reforzado por la propaganda, había comenzado a recorrer el país mientras en Moscú se agasajaba a trabajadores destacados y a representantes de las diversas repúblicas, se ofrecían ágapes a científicos, deportistas y funcionarios destacados, se reconocía a dirigentes del partido de todos los niveles. Luego de la hambruna y la represión de los últimos años, Stalin trataba de crear un clima de seguridad y difundir la idea de que los tiempos difíciles eran cosa del pasado, pues ya vivían los de la prosperidad socialista. Pero una vez construido aquel espejismo, Liev Davídovich sabía que llegaría el momento de dar el nuevo golpe que sacudiría al país y consolidaría un sistema en el que Stalin pudiese imperar, por fin, sin asomo de rivalidades.

Salvo la noticia de que Seriozha estaba vivo, recluido en un apartamento de Moscú, nada bueno sucedería durante las semanas finales de noviembre y las primeras de diciembre, cuando su organismo se declaró agotado, al punto de que temió que el fin se acercara de aquella manera vulgar: ¡muerto de agotamiento, qué horror!, escribiría... Sin embargo, tal vez la misma conciencia de que podía morir dejando pendientes tantos proyectos había obrado el milagro de sacarlo de la cama, casi de un día para otro, con sus fuerzas prácticamente restituidas. A pesar de sentir los músculos entumecidos, lo abrazó una arrolladora sensación de renacimiento y por eso se había atrevido a aceptar la invitación de Knudsen a participar en una excursión a los campos del norte de Hønefoss, ideales para el esquí en aquella temporada. En su memoria iba a quedar como el suceso más notable de la expedición el día en que, sobre los esquíes, se había hundido en la nieve hasta los muslos y requirió una operación de rescate dirigida por Knudsen y llevada a cabo por Jean van Heijenoort y su nuevo ayudante, el recién llegado Erwin Wolf.

Poco después, en las primeras semanas de 1936, Liev Davídovich recibió una carta capaz de revelarle, mejor que toda la literatura del psicoanálisis, la noción más dramática y exacta de lo que podía ser el miedo y los imprevisibles mecanismos humanos que puede movilizar. Se la había escrito su viejo contendiente Fiódor Dan, exiliado en París desde poco después del triunfo bolchevique. Conocía a Dan desde que, en 1903, había sido uno de los socialdemócratas revolucionarios que, en el Congreso de Bruselas, votó contra Lenin y, con el resto de los inconformes, dio origen al menchevismo dentro del partido. Aunque Dan había sido uno de los mencheviques que más trabajó por aproximar a las facciones envueltas en la lucha revolucionaria, su fidelidad hacia su grupo lo había colocado en 1917 en una corriente contraria a la revolución proletaria, pues defendía el establecimiento de un sistema parlamentario en Rusia, a lo cual Liev Davídovich se había opuesto durante los meses previos al golpe de Octubre. Definitivamente concretada la victoria bolchevique, Dan trató de pactar un acercamiento y más tarde tuvo la decencia de reconocer la derrota y retirarse en silencio.

Después de saludarlo y desearle buena salud, Dan le explicaba que se había atrevido a escribirle, tras tantos años de lejanía física y política, porque un amigo común, el doctor Le Savoureux, le había insistido para que le contara algo que, en muchos sentidos, tenía que ver con el pasado y el predecible futuro de Liev Davídovich.

Dan le explicaba que Bujarin, a pesar de la marginación a la que lo había ido reduciendo Stalin después de varias castraciones, había sido enviado a Europa con la misión de comprar unos importantes documentos de Marx y Engels que Stalin deseaba depositar en los fondos del antiguo Instituto Marx-Engels-Lenin, recientemente crecido con la inclusión de su propio nombre. Bujarin, con abundante dinero para la compra de los archivos y para su sostenimiento, había estado en Viena, Copenhague, Ámsterdam y Berlín, antes de llegar a París, adonde los socialdemócratas alemanes que poseían los documentos habían llevado el grueso de los archivos luego del ascenso de Hitler al poder. Bujarin debía negociar en París con un antiguo conocido de los viejos luchadores rusos, el menchevique Boris Nikoláievski, también amigo del doctor Le Savoureux. Durante las conversaciones, Bujarin siempre se había mostrado reservado, nervioso, indeciso, como un hombre sometido a una gran tensión, y aunque Nikoláievski lo aguijoneaba, fue imposible arrancarle un juicio sobre lo que ocurría en la URSS, sobre el asesinato de Kírov o sobre el encarcelamiento de Zinóviev y Kámenev, a los que el propio Bujarin había colocado en la picota con su acusación pública de que eran unos fascistas. «Al principio nos parecía un hombre con un gran recelo», aseguraba Dan, que, en dos o tres ocasiones, acompañado por su esposa, había llegado a verlo y a charlar con él sobre los únicos temas que Bujarin se permitía: los quesos franceses y la literatura gala, su amistad con Lenin y los documentos que debía comprar. Solo en una ocasión Dan consiguió que comentara la política de Stalin y, quizás en un momento de sinceridad, Bujarin había confesado el enorme dolor que le producía el modo en que el Secretario General estaba demoliendo el espíritu de la revolución. A cualquier conocedor de la política soviética, decía Dan, le habría resultado cuando menos curioso que Stalin hubiera elegido a Bujarin para aquella operación, más comercial que filosófica o histórica, pues el rumbo de las limpiezas políticas en el país advertía que tarde o temprano el histérico Bujarin, que en un momento osó desafiar a Stalin, sería una víctima propicia. Pero la mayor sorpresa en la decisión de Stalin estaba por llegar: sin que Bujarin se hubiera atrevido siquiera a insinuárselo, el sátrapa había enviado a París a Anna Lárina, la joven esposa de Bujarin, embarazada de varios meses. ¿Qué jugada extraña era aquélla? ¿Por qué Stalin le abría la puerta a su rehén y le permitía desertar sin dejar atrás a su mujer? ¿Prefería a Bujarin fuera de la Unión Soviética y no dentro del país, donde siempre podría destrozarlo con la misma impunidad con que había defenestrado a Zinóviev y Kámenev, o mandarlo matar, como a Kírov? ¿Se trataba de una jugada destinada a convertir a Bujarin en desertor antes que en mártir?, se preguntaba Dan, obligando a Liev Davídovich a meditar mientras leía.

Unas semanas después, proseguía Dan, le llegó a Bujarin un comunicado de Stalin: debía olvidarse de las negociaciones, ya no le interesaban los papeles de Marx y Engels, y le exigía que se presentase de inmediato en Moscú. El doctor Le Savoureux estaba presente cuando Bujarin recibió la orden y fue testigo de la lividez que invadió el rostro de quien fuera el niño prodigio del bolchevismo, el teórico más prometedor de la revolución. Le Savoureux le había sugerido no regresar: aquella llamada imprevista solo podía tener el fin de retenerlo y convertirlo en víctima de alguna represión. Nikoláievski opinó igual, y le recordó a Bujarin que si se quedaba en Europa podía convertirse en un segundo Trotski y liderar juntos una oposición con mayores oportunidades de desbancar a Stalin. Pero Bujarin había comenzado a preparar su regreso: lo hacía en silencio, automáticamente, como un hombre que a voluntad y conciencia se dirige al cadalso. Le Savoureux, en un ataque de ira, le preguntó cómo era posible que un hombre que por años había peleado contra el zarismo y acompañado a Lenin en los días más oscuros de la lucha aceptara regresar, como un cordero, para someterse a un seguro castigo. Entonces Bujarin le había dado la más demoledora de las respuestas: «vuelvo por miedo». Le Savoureux pensó que no lo había entendido bien, quizás el francés de Bujarin se había enturbiado por el nerviosismo, pero cuando lo pensó dos veces tuvo la certeza de que había escuchado perfectamente: *vuelvo por miedo*. Le Savoureux le dijo que precisamente por eso no debía regresar, en el exilio era más útil a su país y a la revolución, y entonces Bujarin le había ofrecido al fin la totalidad de su razonamiento: él no estaba hecho de la misma madera que Liev Davídovich y eso Stalin lo sabía y, sobre todo, lo sabía él mismo. Él no podría resistir las presiones que durante años había sufrido Trotski, y no estaba dispuesto a vivir como un paria, esperando a que cualquier día le clavasen un puñal en la espalda. «Sé que tarde o temprano Stalin va a acabar conmigo; quizás me mate, quizás no. Pero voy a regresar para aferrarme a la posibilidad de que no crea necesario matarme. Prefiero vivir con esa esperanza que con el miedo constante de saber que estoy condenado.»

Bujarin regresó a Moscú. Llevó con él a Anna Lárina, ya con siete meses de embarazo. Le Savoureux lo despidió en la Gare du Nord y luego fue a encontrarse con Nikoláievski y Dan en un restaurante ruso del Barrio Latino donde solían cenar. La conversación, por supuesto, giró en torno a Bujarin. «Entonces nos dimos cuenta», seguía Dan, «de que Stalin había jugado todo el tiempo con él, como el gato que se hace el dormido. Pero Stalin había apostado a que no necesitaría correr detrás de su presa. Estaba seguro de que el pobre ratón, vencido por el miedo, regresaría a besar las garras que, cuando el apetito del gato lo requiriese, lo desgarrarían para devorarlo después. Es imposible concebir una actitud más sádica y enfermiza. Lo terrible es saber que el hombre capaz de practicarla es el que dirige hoy nuestro país, la revolución que de formas diferentes, pero con la misma pasión, soñamos tú y yo, y soñó Lenin y tantos hombres que Stalin está aniquilando y aniquilará en el futuro. Y estoy seguro de que entre los sacrificados en el matadero estalinista estará Bujarin, que tuvo tanto miedo que prefirió la certeza de la muerte al riesgo de tener que mostrar valor para vivir cada día.»

Durante semanas Liev Davídovich luchó consigo mismo para arrancar de sus preocupaciones la tétrica historia que le había relatado Fiódor Dan. Pero la imagen de un Bujarin lívido, tan diferente del exultante y romántico joven que lo había recibido en Nueva York cuando Francia lo expulsara en 1916, retornaba a su mente con demasiada frecuencia, y unos meses después, mientras devoraba los periódicos y perseguía los noticieros radiales en que se informaba sobre el proceso iniciado en Moscú contra un grupo de viejos camaradas, recordaba una y otra vez la frase de Bujarin: «Vuelvo por miedo». Liev Davídovich tuvo entonces la dimensión exacta de hasta qué punto el país que había ayudado a fundar se había convertido en un territorio dominado por el miedo. Y cuando escuchó las conclusiones de ese juicio, que más parecía una farsa, tuvo la dolorosa certeza de que, con la decisión de fusilar a varios de los hombres que habían trabajado por el triunfo del bolchevismo, Stalin había envenenado el último rescoldo del alma de la revolución y ya solo habría que sentarse a ver llegar su agonía, mañana, dentro de diez, veinte años. Pero la inoculación era irreversible y fatal.

Desde que había llegado a Noruega, un año atrás, Liev Davídovich solía comentarle a Knudsen que, cuando la salud se lo permitiera, le gustaría participar en una pesquería y le había contado de las relajantes salidas al Mar de Mármara con su amigo Kharálambos. Muchas cosas le habían impedido cumplir ese deseo, hasta que, el 4 de agosto de 1936, subió al auto de su anfitrión y pusieron rumbo a uno de los fiordos del sur, donde había una pequeña isla desolada, decían que ideal para la pesca. Mientras salían de Vexhall, Knudsen había tenido la impresión de que un auto los seguía; entonces tomó un camino vecinal y logró dejar atrás a los perseguidores, a quienes había identificado como hombres del partido fascista del llamado comandante Quisling.

Al llegar al fiordo, una lancha de motor los condujo hacia el islote, donde se alzaban varias cabañas de madera. El paisaje, agreste y sosegado, le pareció a Liev Davídovich una estampa de la tierra en los primeros días de la creación y de inmediato se había sentido en armonía con su desolada grandeza.

A la mañana siguiente Liev Davídovich se había alzado temprano; a pesar del fresco, abandonó la cabaña y con un jarro de café en la mano se fue al espigón para ver el espectáculo de la salida del sol justo en una quebrada entre las montañas. Embebido en la contemplación, se sobresaltó cuando Knudsen le tocó el hombro para decirle que le habían enviado un mensaje de Vexhall: un grupo de hombres vestidos de policías, pero que evidentemente eran miembros del partido del comandante Quisling, habían entrado en la casa para registrar la habitación de Liev Davídovich. Los hijos y yernos de Knudsen, al comprender que se trataba de impostores, habían dado la voz de alarma y logrado echarlos, pero no pudieron evitar que se llevaran algunos papeles. Según Knudsen, ésa debía de ser la razón por la que los habían seguido en el auto: querían estar seguros de que se iban de Vexhall.

Cuando supo que no le había ocurrido nada a ninguno de los familiares de Knudsen, Liev Davídovich restó importancia al episodio: si buscaban sus papeles cuando estaba fuera, quería decir que él mismo no les interesaba demasiado, al menos de momento.

Tres días después, Knudsen, Natalia y Liev Davídovich vieron aterrizar en la isla una pequeña avioneta y comprendieron que algo inusual sucedía. El jefe de la policía judicial de Hønefoss acudía, enviado por el ministro de Justicia, Trygve Lie, para interrogar al exiliado sobre los papeles sustraídos. Quería saber si en aquellos documentos se hacía alguna referencia a la política noruega, y cuando él le garantizó que en los catorce meses que llevaba residiendo en el país no se había inmiscuido en sus asuntos internos, el policía les dio las buenas tardes y volvió a la avioneta. Pero no pudieron evitar que la visita les dejase inquietos. A pesar del convencimiento de que nadie podría culparle de haber violado sus compromisos, Liev Davídovich pensó que la preocupación del ministro debía de tener algún trasfondo que en aquel momento se le escapaba.

Al día siguiente, mientras desayunaban, Knudsen había encendido una pequeña radio para escuchar los noticieros de Oslo. Como Liev Davídovich apenas empezaba a comprender el noruego, se desentendió de la transmisión y salió al patio. Minutos después, con una seriedad pétrea en el rostro, Knudsen se acercó para decirle que algo grave ocurría en Moscú: acababan de anunciar que llevarían a juicio a Zinóviev, a Kámenev y a catorce hombres más, acusados de conspirar contra el poder soviético, de cometer el asesinato de Kírov y de organizar complots con la Gestapo para matar a Stalin. La fiscalía pedía penas de muerte.

Liev Davídovich miró a su amigo y la indignación le provocó deseos de abofetearlo. Regresaron a la cabaña y el exiliado comenzó a buscar en la radio alguna emisora que le demostrara que aquella información solo era un macabro malentendido. Una hora después, en un noticiero alemán, la agencia soviética ratificaba lo oído por Knudsen y agregaba que en las actas de la fiscalía también se acusaba a Liev Trotski de cabecilla e instigador de la conspiración, organizada por un centro trotskista-zinovievista a favor de una potencia extranjera, y denunciaba que utilizara a Noruega como base para enviar terroristas y asesinos a la URSS. De inmediato Liev Davídovich supo que la más sanguinaria y devastadora ola de terror se había desatado en Moscú y que sus efectos llegarían hasta la remota Vexhall, donde había pasado sus más apacibles días de exilio.

Mientras se celebraba el proceso contra los dieciséis reos, en cada ocasión que escuchaba la voz iracunda del fiscal Vishinsky, que, en su papel de indignada conciencia del pueblo soviético, pedía al tribunal el fusilamiento de los perros rabiosos llevados a juicio, Liev Davídovich recordaba aquellos tiempos heroicos en que Lenin y él habían entregado a Felix Dzerzhinski las riendas de una maquinaria de represión revolucionaria para que aplicara sin ley y sin cuartel un Terror Rojo capaz de salvar, a sangre y fuego, una balbuciente revolución que apenas se sostenía en pie. El terror de la Cheka de Dzerzhinski fue el brazo oscuro de la Revolución, impío como debía, como tenía que ser, se diría, y aniquiló por centenares y miles a los enemigos del pueblo, a los perdedores de la lucha de clases que se negaban a ver la desaparición de su forma de vida y su cultura de la injusticia. Ellos, los vencedores, habían administrado sin piedad la derrota de sus adversarios, y el Partido tuvo que funcionar como el instrumento de la Historia y de su inevitable venganza masiva, aunque impersonal. Había sido una violencia despiadada, seguramente excesiva, pero necesaria: la de la clase vencedora sobre la vencida, la disyuntiva del «nosotros o ellos»... Pero los hombres a los que Stalin había decidido matar en aquel tétrico mes de agosto de 1936 eran comunistas, compañeros de lucha, y ante aquella filiación siempre se había detenido, respetuosa del último límite, la maquinaria de la violencia conducida por Lenin y por Liev Davídovich. El terror estalinista, perfeccionado en sus persecuciones previas (campesinos, religiosos, la *intelligentzia* del país) parecía ahora a punto de traspasar un coto inviolable.

Liev Davídovich quiso confiar en que la farsa se detendría al borde del precipicio: Stalin, con un resto de cordura histórica, impediría la catástrofe y mostraría al mundo su benevolencia. Porque ya no se trataba del desconocido Blumkin, ni se velaban los castigos tras las oscuras circunstancias en que había muerto Kírov. Varios de los acusados habían sido compañeros de Lenin y, durante décadas, habían resistido las represiones y deportaciones zaristas; siendo quienes eran, incluso habían complacido a Stalin y representado un nada creíble papel en el espeluznante guión: se habían autoinculpado de los más descabellados crímenes contra el Estado soviético y, sobre todo, habían admitido que desde Turquía, Francia, Noruega, las manos tenebrosas de Trotski y su lugarteniente Liev Sedov habían conducido la conspiración urdida por un «centro trotskista-zinovievista», empeñado en asesinar al camarada Stalin y reinstaurar el capitalismo en el heroico suelo soviético. Una insultante falta de respeto por la inteligencia emanaba de aquel esperpento legal: la desvergüenza de la representación que tenía lugar en Moscú exigiría a los adoradores del dueño de la revolución una nueva clase de fe ideológica y un nuevo tipo de sometimiento capaz de superar la obediencia política para convertirse en complicidad criminal.

Como todos los dictadores, Stalin había seguido la gastada tradición de acusar a sus enemigos de colaborar con una potencia extranjera y, en el caso de Liev Davídovich, repetía casi los mismos argumentos que el gobierno provisional de 1917 había lanzado contra Lenin para convertirlo, con pruebas fabricadas por los servicios secretos, en agente a las órdenes del Imperio alemán con la misión de entregarle Rusia al Káiser. La misión de Trotski, contextualizada, era servirle la Unión Soviética al Führer... El exiliado se preguntaría después cómo había podido ser tan iluso de, por momentos, haberse sentido casi tranquilo, incluso de haberse convencido de que a los fiscales les sería imposible presentar pruebas que sustentaran aquellas acusaciones. Es más, el hecho de que en las primeras actas se hablara de cincuenta detenidos y que al juicio solo fueran llevados dieciséis hombres indicaba claramente que éstos eran los que habían pactado un acuerdo y, a cambio de las autoacusaciones, Stalin les perdonaría la vida, cuando el montaje de la campaña antitrotskista y de aniquilación de la oposición hubiese logrado sus propósitos propagandísticos.

Pero enarbolando aquellas acusaciones inverosímiles, sin que se presentara una sola prueba, el tribunal confirmó las penas de muerte para Zinóviev, Kámenev, Smirnov, Evdokimov, Mrachkovsky, Bakáiev y otros siete acusados, entre ellos el soldado Dreitser, el que acompañara a Liev Davídovich en su salida de Alma Atá y le permitiera (¿había sido ése su delito?) llevarse sus papeles al exilio. En las conclusiones del juicio, Liev Davídovich también escuchó la previsible condena que le esperaba: Liova y él eran culpables de preparar y dirigir *personalmente* —como agentes pagados por el capitalismo, primero, y el fascismo, después— actos terroristas en la Unión Soviética y quedaban sujetos, en caso de ser descubiertos en territorio soviético, a inmediato arresto y enjuiciamiento por el Colegio Militar de la Suprema Corte.

Cuando oyó dictar aquellas sentencias, Liev Davídovich sintió cómo lo envolvía una gran tristeza por el destino de la revolución, pues sabía que en el Salón de las Columnas de la Casa de los Sindicatos de Moscú, y bajo una bandera que advertía «El tribunal del proletariado es el protector de la Revolución», se había cruzado la última frontera. Dentro y fuera de la URSS quizás muchos ingenuos y fanáticos creyeron algo de lo que se había dicho durante el proceso. Pero las personas con un mínimo de inteligencia tendrían que admitir que prácticamente cada palabra pronunciada allí era falsa y se había utilizado esa mentira para asesinar a trece revolucionarios. El juicio y la ejecución de aquellos comunistas se convertiría, por los siglos, en un ejemplo único en la historia de la injusticia organizada y una novedad en la historia de la credibilidad. Significaría el asesinato de la fe verdadera: el estertor de la utopía. Y, bien lo sabía el exiliado, también en la preparación de la carga destinada a eliminar al mayor Enemigo del Pueblo, al traidor y terrorista Liev Davídovich Trotski.

11

Aquellas semanas porfiadamente primaverales y tan vertiginosas de marzo y abril de 1937 pasarían a la memoria de Ramón Mercader como un período oscuro, en el que se confundieron todas sus perspectivas, pero del que saldría abruptamente para topar con la claridad más resplandeciente: la de su sólida convicción de que la impiedad era necesaria para alcanzar la victoria.

A la desaparición de África había seguido la de Kotov (¿o habían sido coincidentes?), quien antes de irse le había dejado a Ramón unas órdenes que lo confinaban en el palacio del marqués de Villota, donde en algún momento sería reclamado por un colega del asesor que se le presentaría como Máximus. Su estricto sentido de la responsabilidad lo conminó a permanecer a la espera y gastó sus ratos de ocio en compañía del joven Luis, con el que solía jugar al fútbol, y, siempre que le resultaba factible, entregando un poco de placer a aquella Lena Imbert de ojos tristes, con la que se encerraba en la caballeriza del palacio, donde él había colocado una estufa y una cama. Aunque en los primeros días agradeció aquel paréntesis que le permitía recuperarse de las tensiones, hambres y noches de insomnio de los cuatro meses que había pasado en el frente, pronto se sintió atrapado por la inactividad y empezó a pensar si Caridad, luego de la muerte del joven Pablo, no había movido sus influencias para sustraerlo de los peligros de la guerra y llevarlo a aquella Barcelona donde, a pesar de las profecías de Kotov, todo parecía reducirse a ofensas gritadas y consignas compulsivas, a complots subterráneos, reuniones secretas y algún que otro fusilamiento, cuanto más sumario mejor, a los que parecían adictos tanto los extremistas republicanos como los fascistas.

En su aislamiento, Ramón no conseguía tener una comprensión clara de los acontecimientos que se sucedían. Los periódicos de las distintas facciones republicanas llegaban a sus manos troceados por una censura elemental, que se contentaba con levantar los textos y dejar en blanco los espacios que habían ocupado los trabajos condenados. Solo los diarios comunistas, libres de la censura que el Partido se encargaba de ejercer sobre los demás periódicos, escapaban a aquella orgía de mutilaciones y, con independencia de su triunfalismo primitivo, Ramón podía medir en sus editoriales las altas temperaturas que alcanzaban las acusaciones cada vez más furibundas lanzadas contra los trotskofascistas del POUM, los incontrolables sindicalistas de la CNT y los indisciplinados anarquistas de la FAI, capaces de llegar al extremo de retirar batallones del frente por cualquier desacuerdo. Pero lo más significativo para él fue la creciente insistencia en criticar la tibieza militar y organizativa del jefe de gobierno y ministro de la Guerra, Largo Caballero, y a sus hombres de confianza. Aquella dura campaña en la que se mezclaban verdades y mentiras le confirmaba las palabras de Kotov de que avanzaban hacia una batalla frontal contra las hordas de conciliadores y extremistas.

Caridad, a la que prácticamente no había visto durante dos semanas, sufrió una recaída en la crisis de su angina de pecho que la mantuvo en cama durante dos días, con el brazo izquierdo acalambrado y atormentada por aquel angustioso dolor en el tórax. Cuando la mujer pudo bajar al devastado jardín de la mansión, Ramón buscó el modo de alejar a la persistente Lena y quedarse a solas con ella. Llevaba demasiados días de inactividad, se sentía engañado por su madre y por Kotov, y se atrevió a lanzar un ultimátum.

–En tres días vuelvo al frente –le dijo, pero Caridad apenas movió la cabeza–. Toda esa historia del silencio y la responsabilidad es para tenerme aquí, para controlarme.

Caridad sacó del bolsillo de su abrigo el paquete de cigarrillos y la lucha que libró consigo misma debió de ser agónica.

–Eso va a matarte –le advirtió él cuando la vio extraer uno de los pitillos.

–Cuando me siento así, lo que quiero es morirme –dijo ella y comenzó a deshacer el cigarrillo con los dedos y se llevó la picadura a la nariz para respirar su aroma. Finalmente lanzó a la tierra el pitillo trucidado y colocó otro en sus labios, sin darle fuego–. No me mires con esa cara, no te atrevas a sentir compasión, porque no lo resisto. Odio mi cuerpo cuando no me responde. Y no me vengas más con esa tontería de que te vas al frente... Aquí están pasando cosas que tú ni te imaginas y, más pronto de lo que crees, llegará tu momento. Pero todo a su tiempo, Ramón, todo a su tiempo.

–Ya me sé de memoria ese cuento del tiempo, Caridad.

Ella sonrió, pero el dolor en el brazo le congeló la alegría. Esperó unos segundos mientras el calambre ardiente remitía.

–¿Cuento? Vamos a ver... ¿Te creíste el cuento de que a Buenaventura Durruti lo mató una bala perdida?

Ramón miró a su madre y sintió que no podía pronunciar palabra.

–¿Tú crees que podemos ganar la guerra con un comandante anarquista que tiene más prestigio que todos los jefes comunistas?

–Durruti luchaba por la República –trató de razonar Ramón.

–Durruti era un anarquista, lo habría sido toda su vida. ¿Y has oído el cuento del traductor que desapareció, el tal Robles?

–Era un espía, ¿no?

–Un infeliz lameculos. Fue un cabeza de turco de una bronca interna entre los asesores militares y los de seguridad. Pero no lo escogieron al azar: ese Robles sabía demasiadas cosas y podía ser peligroso. No era un traidor: lo convirtieron en traidor.

–¿Quieres decir que lo mataron sin que fuera un traidor?

–Sí, ¿y qué? ¿Sabes a cuántos han ejecutado de un lado y otro en estos meses de guerra? –Caridad esperó la respuesta de Ramón.

–A muchos, creo.

–A casi cien mil, Ramón. Mientras avanzan, los fachas fusilan a todos los que consideran simpatizantes del Frente Popular, y de este lado los anarquistas matan a cualquiera que, según ellos, sea un enemigo burgués. ¿Y sabes por qué?

–Es la guerra –fue lo que se le ocurrió decir–. Los fascistas sentaron esas reglas de juego...

–Es la necesidad. La de los fascistas, para no tener enemigos en la retaguardia, y la de los anarquistas, para seguir siendo anarquistas. Y nosotros no podemos permitir que la guerra se nos vaya de las manos. También nosotros hemos matado gente y vamos a tener que matar a muchos más, y tú...

Ramón levantó la mano para interrumpirla.

–¿Me habéis traído aquí para matar gente?

–¿Y qué coño hacías en el frente, Ramón?

–Es distinto, es la guerra.

–Y dale con la puta guerra... ¿Conseguir que el Partido imponga su política y los soviéticos sigan apoyándonos no es lo más importante para ganar esta guerra? ¿Limpiar la retaguardia de enemigos y espías no es la guerra? ¿Eliminar a los quintacolumnistas en Madrid no formaba parte de la guerra?

–En Paracuellos fusilaron a personas que no tenían nada que ver con la quinta columna, y yo sé que algunos del Partido estaban metidos en eso.

–¿Quién asegura que los muertos no eran saboteadores, tú o los de la Falange?

Ramón bajó la cabeza y contuvo su indignación. En la Sierra de Guadarrama, con un fusil en la mano y un puñado de compañeros, muriéndose de frío y trinando de hambre, con los enemigos al otro lado de la montaña, todo era más sencillo.

–Esta guerra en la que te vas a meter es más importante, porque si no la ganamos, no ganaremos la otra, y los camaradas que están en las trincheras van a caer como moscas cuando dejen de llegar aviones, cañones, fusiles y granadas desde Moscú. Ramón, el destino de España estará en manos de personas como tú... Para que te hagas una idea de lo que está pasando, esta noche irás conmigo a La Pedrera. Hay una reunión importante... De más está decirte que todo lo que allí se va a hablar es secreto. Allí no puedes hablar ni decir cómo te llamas, ¿está claro?

–¿Irá también África?

–¿Por qué no te olvidas un poco de esa mujer, Ramón?

Bajo la sombra de Caridad, esa noche Ramón franqueó la entrada de La Pedrera sin que los guardias lo detuvieran. En uno de los salones de la última planta, envueltos en una nube de humo, varios hombres discutían y apenas se inmutaron por la llegada de Caridad y su joven acompañante. Ramón se sintió decepcionado al no ver a África, y de los presentes solo pudo reconocer a una persona: a Dolores Ibárruri, quizás la única que no fumaba en ese instante. Había también un hombre con aspecto eslavo, que luego identificaría como el camarada Pedro, el húngaro que comandaba a los enviados del Komintern. Su atención, sin embargo, se centró en un personaje vociferante, velludo y corpulento, con una cabeza grande, ojos globulosos y labios gruesos que hacían ruido al despegarse cuando hablaba. Por su forma de dirigirse a los demás se adivinaba que era un tipo irascible, y por lo que iba diciendo, parecía de los que suponen traidores a todos los demás y consideran las negligencias e ineptitudes perversos complots y sabotajes enemigos. Al oído, Caridad le dijo que el hombre era André Marty, y Ramón entendió de inmediato que estaba en presencia de algo importante: si en aquel momento de la guerra Marty se mantenía alejado de su puesto en la comandancia de las Brigadas Internacionales, solo podía ser por causas del mayor peso. Gracias a su hermana Montse, que durante unas semanas había trabajado como secretaria de aquel dirigente del Komintern, Ramón sabía que tenía fama de ser un hombre despiadado y déspota, y esa noche se lo corroboraría la andanada que soltaba, adornada de insultos. Marty acusaba a los dirigentes del Partido de débiles e ineptos, pues, según él, el comité central prácticamente no existía y el trabajo del buró político era terriblemente primitivo y conciliador: los españoles, decía, y apuntaba hacia la Ibárruri, tenían que crecer de una vez y dejar de permitir que Codovilla, solo por ser un enviado del Komintern, actuara como si el Partido fuera su coto personal. Debía darles vergüenza que Codovilla los utilizara como marionetas –y miraba otra vez a Pasionaria, que bajaba la vista como un perro apaleado– y llegara al extremo de escribir los discursos del secretario general Pepe Díaz y de la camarada Dolores Ibárruri solo para crear la ilusión de que existía una dirección de los comunistas españoles, cuando en realidad ni existía ni decidía nada. La situación ya no permitía titubeos: o se lanzaban a por todo o que se olvidaran de la más mínima posibilidad de éxito.

Indignado, Ramón apenas escuchó la conclusión del encuentro: según Pedro, el Partido debía incrementar su campaña contra el modo en que el gobierno manejaba la cuestión militar y la política interior, exigir más purgas en el mando militar y, sobre todo, estar listo para lanzar una ofensiva contra los saboteadores. Los comunistas tenían que asegurar el éxito de una operación capaz de garantizarles el control de una retaguardia limpia de trotskistas y anarquistas. La dirección soviética esperaba que esta vez los españoles supieran desempeñar su papel.

–Es ahora o nunca –afirmaba Pedro, cuando Ramón, sin esperar a Caridad, escapó del local en busca del aire puro de la calle, desierta a esas horas de la noche.

Dos días después, Máximus se presentó en la Bonanova. Cada una de las horas transcurridas entre aquella reveladora reunión y la llegada del enviado de Kotov que al fin pondría a Ramón en movimiento habían servido para reafirmar al joven en una idea: los asesores tenían razón en sus exigencias y se imponía remover los cimientos del bando republicano. Al menos él se entregaría a aquella misión en cuerpo y alma, y demostraría además que un militante español es capaz no solo de obedecer, sino también de pensar y de actuar, pues para su orgullo de comunista resultaba demasiado humillante haber tenido que escuchar en silencio, en su propia tierra, en su propia guerra, cómo los llamaba revolucionarios sin iniciativa un vociferante con cara de paranoico que les gritaba las verdades en la cara. Se imponía actuar.

Máximus –de quien Ramón, luego de varias semanas de trabajo, llegaría a sospechar que era húngaro– resultó ser un especialista en la lucha clandestina y la desestabilización. Por órdenes suyas Ramón se integró a una célula de acción de seis hombres (uno de los llamados «grupos específicos»), todos españoles, de los que solo Máximus parecía conocer la verdadera identidad y a quienes, por su presumible admiración por el mundo romano, distinguió con apelativos de personajes latinos –Graco, César, Mario– mientras los calificaba de pretorianos. Desde aquel día Ramón comenzaría a llamarse Adriano. Fue el primero de los muchos nombres que usó, y se sintió orgulloso cuando lo rebautizaron, sin que aún tuviera el menor atisbo de los años que viviría no ya con otros nombres, sino con otras pieles.

Adriano se lamentaría de que le encargaran una misión tan inocua como acercarse a los locales del POUM y establecer las rutinas de sus dirigentes, especialmente los de Andreu Nin. Aunque Máximus los había sometido a una delicada compartimentación informativa y él ignoraba los detalles de las tareas asignadas a los otros pretorianos, consiguió saber, gracias a la locuacidad de sus compatriotas, que algunos de ellos participaban en acciones violentas y peligrosas, según lo corroboraban las misteriosas desapariciones, algunas sospechosamente definitivas, de ciertos rivales políticos no demasiado notables pero sin duda molestos, a los que se imponía sacar del juego antes de que éste entrara en la etapa crítica anunciada por Pedro. Por eso, verse limitado a caminar por las Ramblas, entrar en los hoteles donde se alojaban algunos de los poumistas y sus simpatizantes, y conocer los pormenores de las actividades cotidianas de las cabezas del partido trotskista, le pareció algo que ofendía sus capacidades, sin sospechar que su labor cobraría importancia en las acciones que se avecinaban y que su eficiencia y habilidad camaleónica, advertidas por Máximus, serían el aval que lo colocaría en el sendero de su extraordinario destino.

Muy pronto Adriano tuvo la certeza de que, por el bien de la causa, Andreu Nin era un hombre que debía morir. Desde antes de que comenzara la guerra y se agitaran tan violentamente las rivalidades políticas entre los republicanos, el renegado Nin era un enemigo declarado de los comunistas y había sido de los primeros en calificar (haciéndose eco de los alaridos de Trotski) de crímenes los juicios moscovitas de 1936 y de principios de aquel año, y en tachar de cómplices culpables a los «amigos de la URSS» que defendieron su legalidad y pertinencia. También había sido de los que sostuvieron con mayor pasión la necesidad de la revolución junto a la guerra, la tesis de la lucha total contra la república burguesa (que, a pesar de ser antiproletaria, se sostenía con el apoyo de los que Nin calificaba como conciliadores comunistas) y su desacuerdo con la ayuda soviética, como si para el gobierno hubiese sido posible resistir sin ella. Pero lo que había marcado del modo más rotundo su filiación fue su exigencia, desde el puesto de *conseller* en el gobierno de la Generalitat y desde su liderazgo en el POUM, de que la República ofreciera asilo al traidor Trotski, después de que su felonía quedara corroborada en los juicios celebrados en Moscú. Aunque Companys, el presidente catalán, se había visto obligado a apartar a Nin de su gabinete, la prepotencia del trotskista llegó al extremo de hacerlo clamar en público que únicamente matando a todos los poumistas lograrían apartarlos de la lucha política. Adriano pensaría que sin duda lo mejor sería complacerlo, por lo menos a él, de una sola y buena vez.

Adriano había escogido el hotel Continental como una de sus paradas habituales. A pesar de la escasez que asolaba la ciudad, allí todavía se podía beber un buen café y adquirir algún paquete de cigarrillos franceses. Varios de los miembros del POUM se alojaban en él y en el cercano hotel Falcón, y el infiltrado comprobó que, con la debida cautela, su presencia en aquellos sitios podía convertirse en habitual y nada sospechosa. Al fin y al cabo, los varios agentes secretos que pululaban por el edificio resultaban tan visibles que él sentía que podía resultar transparente o, a lo sumo, ser tomado por un buscavidas más.

Periódicamente Adriano rendía informes a Máximus, y ambos llegaron a la conclusión de que los poumistas estaban atemorizados por la escalada de la prensa comunista, pero sus líderes no tenían posibilidad de retroceso ni conciencia cabal del abismo al que estaban abocados. Entre los huéspedes y visitantes del hotel con los que logró establecer conversaciones ocasionales, solo un periodista inglés, miliciano del POUM, le comentó que en los próximos días algo grave iba a ocurrir en Barcelona: se podía respirar en la tensión que flotaba en el ambiente. El miliciano-periodista, evacuado del frente de Huesca después de que lo hirieran, era un tipo alto, muy delgado, con cara de caballo, y exhibía el color malsano de una enfermedad que seguramente lo corroía. Siempre iba acompañado de su diminuta mujer y miraba hacia todos lados, como si algo lo acechara sin cesar tras una columna. Adriano se le había presentado con su nuevo nombre de guerra y el inglés le dijo llamarse George Orwell y le confesó que sentía más temor en un hotel de Barcelona que en una trinchera helada de Huesca.

–¿Ves a aquel gordo que arrincona a los extranjeros y les explica que todo lo que pasa aquí es un complot trotsko-anarquista? –le preguntó Orwell, y con disimulo Adriano observó al personaje–. Es un agente ruso... Es la primera vez que veo a alguien dedicado profesional y públicamente a contar mentiras, exceptuando a los periodistas y los políticos, claro.

Muchos años tuvieron que pasar para que Ramón supiera quién era aquel hombre. En 1937 prácticamente nadie conocía a Orwell. Pero cuando leyó algunos libros sobre lo que había pasado en Barcelona y encontró una foto de John Dos Passos, Ramón hubiera jurado que, unos días antes de que explotara todo, había visto a Orwell conversando con Dos Passos en la cafetería del hotel. Durante aquellos encuentros, sin embargo, Ramón y Orwell casi nunca hablaron de política: solían hablar de perros. El inglés y su mujer, Eileen, amaban a los perros y en Inglaterra tenían un borzoi. Por Orwell supo Ramón de esa raza, según el periodista, el galgo más elegante y bello de la Tierra.

Lo que más le gustó a Ramón de aquella misión fue sentirse tan camuflado bajo su propia piel que, sin pensarlo demasiado, era capaz de reaccionar como el despreocupado y simplón Adriano. Descubrió que usar otro nombre, vestir de un modo diferente al que hubiera considerado cercano a sus preferencias, e inventarse una vida anterior en la cual predominaba el desengaño por la política y el rechazo a los políticos, eran sensaciones de las que comenzaba a disfrutar recónditamente. Así, cada día que pasaba se sentía más Adriano, era más Adriano, y hasta podía ver a Ramón con cierta distancia. Con alegría descubrió que, sin África a su alcance, podía prescindir de su familia. Además, a pesar de su espíritu gregario y partidista, no tenía un solo amigo al que se sintiera unido. El único norte al que se aferraba era su responsabilidad y trataba de cumplirla con esmero, y por eso, el día en que le entregó a Máximus el resumen de los movimientos, los lugares que frecuentaban y los gustos personales de las cabezas del POUM, especialmente exhaustivo en el caso de Andreu Nin, pensó que la felicitación recibida era un premio para Adriano y, muy remotamente, para el Ramón Mercader que le había prestado su cuerpo.

Kotov parecía una estatua abandonada sobre un banco de la plaza de Cataluña. La primavera estaba en su apogeo y un sol tibio bañaba la ciudad. El asesor, con el rostro ligeramente levantado, recibía el calor como un lagarto goloso de las radiaciones que lo vivificaban. Se había despojado incluso de la chaqueta y del pañuelo estampado que solía llevar al cuello, y se mantuvo inmóvil todavía unos segundos cuando Ramón se sentó a su lado.

–¡Qué maravilla de país! –dijo al fin y sonrió–. Yo viviría aquí toda la vida.

–¿A pesar de los españoles?

–Precisamente por vosotros. De donde yo vengo las gentes son como piedras. Vosotros sois flores. Mi país huele a arenque seco y lúpulo, éste a aceite de oliva y vino...

–Tus colegas dicen que somos primitivos y casi tontos.

–No hagas demasiado caso de esos lunáticos. Confunden la ideología con el misticismo y no son más que máquinas andantes, peor aún, son fanáticos. Aquí se hacen los duros, pero tendrías que verlos cuando los llaman desde Moscú... *Najui*. Se cagan. No los mires como a un ejemplo, no quieras ser como ellos. Tú puedes ser mucho más.

–¿Qué te dijo Máximus de mí?

–Está satisfecho y tú lo sabes. Pero hoy dejas de ser Adriano y vuelves a ser Ramón, y como Ramón vas a trabajar conmigo estos días. Hasta que se decida otra cosa, Adriano ya no existe, Máximus nunca existió, ¿está claro?

Ramón asintió y se despojó de la bufanda. El calor le subía desde el pecho.

–¡Aprovecha, muchacho, respira esta paz! Sácale jugo a cada momento apacible. La lucha es dura y no nos regala muchas ocasiones como ésta... ¿Ves la tranquilidad? ¿La sientes?

Ramón había pensado que se trataba de una pregunta retórica, pero la insistencia de Kotov lo obligó a mirar a su alrededor y responder.

–Sí, claro, la siento.

–¿Y ves ese edificio de ahí enfrente?

–¿La Telefónica? ¿Cómo podría dejar de...?

La risa de Kotov lo interrumpió. El asesor bajó el rostro y por primera vez miró directamente a Ramón. Tenía los carrillos brillantes, los ojos transparentes entornados para protegerlos de la intensa luz.

–Es una cueva de quintacolumnistas que están preparando un golpe de Estado contra el gobierno central –dijo Kotov y Ramón hubo de despabilar sus neuronas para recuperar el hilo del razonamiento del asesor–. Antes de que lo hagan tenemos que fumigarlos, como a cucarachas, como a los enemigos que son... Estamos perdiendo la guerra, Ramón. Lo que hicieron los fascistas en Guernica no es un crimen: es una advertencia. No habrá piedad, y parece que no lo entendéis... Esos anarquistas se creen que la Telefónica les pertenece porque, cuando se rebelaron los militares, ellos entraron allí y dijeron: es nuestra. Y el gobierno es tan blando que no ha podido expulsarlos... Cuando el bombardeo de Guernica, llegaron al extremo de negarle una línea al presidente de la República –Kotov volvió a sonreír como si aquella historia le hiciera gracia–. Dentro de unos días, de esta paz no va a quedar nada.

–¿Qué vamos a hacer?

Kotov guardó un silencio demasiado prolongado para la curiosidad de Ramón.

–Los fascistas siguen ganando territorio y el enano de Franco tiene ahora el apoyo de todos los partidos de la derecha. Mientras, los republicanos se entretienen en sacarse los ojos unos a otros y cada cual quiere ser el dueño de su finca... No, no puede haber más contemplaciones. Si estos quintacolumnistas dan un golpe de Estado, podéis olvidaros de España... Tenemos que hacer algo definitivo, muchacho. Te espero hoy a las ocho en la plaza de la Universidad.

Kotov se anudó el pañuelo al cuello y recogió la chaqueta. Ramón supo que no debía preguntar y lo vio alejarse, con una cojera más visible que en otras ocasiones. Desde el banco contempló, unos metros más abajo, el inicio de las Ramblas, varios sacos de arena que alguna vez fueron una barricada y las gentes despreocupadas o presurosas que paseaban, vestidas de civil o con los uniformes con que cada facción trataba de distinguir sus efectivos. Ramón se sintió superior: era de los enterados en medio de una masa de marionetas.

Quince minutos antes de las ocho, Ramón ocupó un banco en la plaza de la Universidad. Vio desfilar por la Gran Vía, rumbo a la estación de Sants, varios camiones cargados de reclutas de las milicias anarquistas de la CNT, con sus estandartes batidos por el viento. Supuso que esa misma noche saldrían hacia el frente y comenzó a entender la estrategia de Kotov y el alto mando de los asesores. Media hora después, cuando la ansiedad comenzaba a atenazarlo, sintió que el estómago se le enfriaba. Del otro lado de la avenida la vio venir: entre los millones de seres que poblaban la Tierra, aquella figura era la única a la que jamás confundiría.

África se acercó y Ramón sintió cómo perdía el control que imaginaba poseer. Avanzó hacia el borde de la calle y la abrazó, casi con furia.

–Pero ¿dónde coño...?

–Andando, nos esperan.

La frialdad de África cortó de cuajo la ansiedad de Ramón, quien de inmediato presintió que algo había cambiado. Mientras avanzaban hacia el mercado, África le comentó que había estado en Valencia, donde ahora radicaba la sede del gobierno, y había vuelto convocada por Pedro y por Orlov, el mismísimo jefe de los asesores de inteligencia, que había trasladado su puesto de mando a Barcelona. De Lenina no tenía noticias recientes. La suponía con sus padres, todavía en las montañas de Las Alpujarras, dijo y cerró el tema. Cerca del mercado entraron en un edificio y subieron por las escaleras hasta la tercera planta. La puerta se abrió sin que ellos llamaran y, en la habitación que debía de hacer las veces de salón, Ramón vio a Kotov y a otros cinco hombres de los cuales solo reconoció a Graco. Dos permanecían de pie, mientras Kotov y los demás estaban sentados sobre unas cajas. Ninguno saludó.

Kotov fue preciso: tenían la misión de capturar a un hombre, ni él mismo sabía cómo se llamaba, solo que se trataba de un anarquista a quien se imponía sacar de circulación. El hombre saldría sobre las diez de un bar situado a dos cuadras de allí y lo distinguirían porque llevaría una bufanda roja y negra. «Tú y tú», señaló a Ramón y a un hombre moreno, de treinta y tantos, con pinta de andaluz, «vestidos de *mossos d'esquadra*, lo van a detener y lo van a llevar hasta un auto que ella», señaló a África, «les va a indicar.» Los otros tres servirían de apoyo, por si se presentaba alguna eventualidad. Kotov insistió en que todo debía hacerse como una detención rutinaria, no podía haber disparos ni escándalos. Los del auto se encargarían de conducir al hombre a su destino. Después todos se dispersarían y esperarían hasta que los convocara él o algún enviado suyo.

El ambiente de misterio y clandestinidad colmó a Ramón de regocijo. Miró a África y le sonrió, pues mientras se enfundaba el uniforme de la policía catalana, pudo sentir cómo su utilidad para la causa iba en ascenso. Aquella misión podía ser el principio de su integración definitiva en el mundo de los verdaderamente iniciados, pero trabajar con África resultaba un premio inesperado. Él nunca recordaría si se había sentido nervioso: solo conservaría en su memoria la sensación de responsabilidad que lo acometió y la actitud distante de África.

La facilidad con que se desarrolló la detención, el traslado del hombre al auto (cuando lo oyó protestar, Ramón supo que era italiano) y la partida de aquél terminaron de llenarlo de entusiasmo. ¿Podía ser todo tan fácil? Luego de alejarse unas manzanas, Ramón se quitó la chaqueta de *mosso d'esquadra* y la arrojó a un tacho de basura. Se sentía eufórico, deseoso de hacer algo más, y lamentó que la orden de Kotov fuera la dispersión inmediata una vez realizada la operación. Tener a África tan cerca y perderla de inmediato... Buscó una de las callejuelas oscuras que conducían al Raval, con la brújula atenta al hallazgo de una aventura más cálida que la desabrida Lena Imbert. Cuando se detuvo para encender un cigarrillo, sintió cómo se helaba: el frío metálico de un cañón de revólver se le prendió de la nuca. Por unos instantes su mente quedó en blanco, hasta que su olfato vino en su ayuda.

—Estás desobedeciendo las órdenes —dijo él, sin volverse—. Eres el único militante con olor a violetas. ¿Cogemos el tranvía para la Bonanova o todavía tienes aquel cuartito en la Barceloneta?

África guardó el revólver y emprendió la marcha, obligando a Ramón a seguirla.

—Quería verte porque siento que debo ser sincera contigo, Ramón —dijo ella, y él descubrió en su voz un tono que lo alarmó.

—¿Qué pasa?

África se acomodó el cabello y dijo:

—Que ya no pasa nada, Ramón. Olvídate de mí.

—¿De qué estás hablando? —Ramón sintió que temblaba. ¿Había oído bien?

—No volveré a verte...

—Pero...

Ramón se detuvo y la asió por el brazo, casi con violencia. Ella lo dejó hacer, pero le clavó una mirada que lo heló. Ramón la soltó.

—Nunca te prometí nada. Nunca debiste enamorarte. El amor es un lastre y un lujo que nosotros no podemos darnos. Suerte, Ramón —dijo ella y, sin volverse, avanzó por la calle hasta perderse en un recodo y en la oscuridad.

Ramón, como petrificado, percibió la conmoción que afectaba a sus músculos y su cerebro. ¿Qué coño estaba pasando? ¿Por qué hacía eso África? ¿Obedecía órdenes del Partido o era una decisión personal?

El hombre se dirigió a la parte alta de la ciudad, sin que el desasosiego lo abandonara. Se sentía disminuido, humillado, y en su mente comenzaron a cruzarse señales, evidencias hasta entonces desestimadas, actitudes que bajo la nueva luz cobraban una dimensión reveladora. Y en aquel ascenso de lobo herido hacia su guarida, Ramón se prometió a sí mismo que alguna vez África sabría quién era él y de qué era capaz...

La explosión que esperaba el periodista inglés con cara de caballo, y que Kotov le había anunciado con conocimiento de causa, al fin se produjo. La leña seca del odio y el miedo, que tanto abundaba en España, solo necesitó de un fósforo, colocado con precisión, para que ardiera la pira en la cual, como muchas veces diría Caridad, se había purificado la República.

Gracias a las informaciones que manejaba, la dramaturgia de los acontecimientos no sorprendió a Ramón, aunque sus imprevisibles consecuencias llegaron a alarmarlo. El día 3 de mayo, la irrupción en el edificio de la Telefónica de un contingente de la policía, dirigido por el comisario de orden público Rodríguez Salas, portador de la orden dictada por el *conseller* de Seguridad Interior de desalojar el local y ponerlo en manos del gobierno, provocó la previsible negativa de los anarquistas y su atrincheramiento en los pisos altos del inmueble. Como también era de esperar, enseguida se iniciaron los enfrentamientos entre los cuerpos policiales de la República y el gobierno catalán con los anarquistas y los sindicalistas de la CNT, a cuyo lado se colocaron los trotskistas del POUM. La tensión acumulada y los odios enquistados estallaron y Barcelona se convirtió en un campo de batalla.

Unos días antes, varios contingentes de milicianos anarquistas, negándose a obedecer las órdenes del Estado Mayor, habían abandonado el frente y, con sus armas, se habían acantonado en la ciudad. Las autoridades, en previsión de posibles enfrentamientos, decidieron incluso suspender los actos del 1.º de Mayo, pero el día 2 unos integrantes del partido catalanista abrieron fuego contra un grupo de anarquistas y la tensión aumentó. La pretensión de los policías de desalojar la Telefónica fue la gota que colmó el vaso y provocó un derrame tal de violencia que Ramón llegaría a preguntarse si el gobierno, con el apoyo de los socialistas y los comunistas, sería capaz de controlarlo y salir victorioso.

Justo aquella mañana del 3 de mayo, y en contra de lo que esperaba, Ramón había recibido la orden de permanecer en la Bonanova, ocurriese lo que ocurriese, hasta que un hombre de Kotov fuese a buscarlo. A primera hora de la mañana, Caridad había salido con Luis, en su invencible Ford, para poner al muchacho en manos seguras que lo conducirían hasta el otro lado de los Pirineos. Ramón se despidió de Luis con un mal presentimiento. Antes de que montara en el auto, lo abrazó y le pidió que siempre recordara que él era su hermano, y todo lo que había hecho y haría en el futuro sería para que jóvenes como él pudieran entrar en el paraíso de un mundo sin explotadores ni explotados, de justicia y prosperidad: un mundo sin odio y sin miedo.

Cuando a media tarde se supo del incidente iniciado en la Telefónica y la explosión de violencia fratricida que le siguió, Ramón comprendió que Caridad tomaba aquellas precauciones porque ni siquiera los del Partido estaban seguros de poder controlar la situación. Los anarquistas y poumistas, reacios a entregar las armas, acusaban al comunista Rodríguez Salas de haberles provocado para suscitar un enfrentamiento. Los comunistas, por su parte, acusaban a sus rivales políticos de rebelarse contra las instituciones oficiales, de entorpecer el trabajo del gobierno central, de generar el caos y la indisciplina y, de modos indirectos y hasta directos, de planear un golpe de Estado que hubiera sido el final de la República. El grueso del fuego verbal se centró en los dirigentes del POUM, catalogados como traidores-instigadores, promotores incluso del planificado golpe trotsko-fascista en contubernio con los falangistas. Ante los hechos y las palabras, Ramón comprendió que había tenido el privilegio de asistir a la puesta en marcha de un juego político en el que se había derrochado una capacidad de previsión y una maestría tal para la explotación de las circunstancias que no dejaba de sorprenderlo. Pero también pensó que, como nunca antes, el destino de la República pendía de un hilo y resultaba difícil predecir el ganador de la partida.

Varias veces estuvo tentado de bajar hacia La Pedrera en busca del esquivo Kotov para pedirle que le revocara la orden de permanecer alejado. Las horas del día se le hicieron interminables y cuando, en la noche, Caridad regresó al palacio de la Bonanova con un fusil terciado al hombro, lo tranquilizó diciéndole que si bien la Telefónica no había sido tomada, su caída era cuestión de horas y que la operación había sido un éxito, pues el levantamiento había demostrado la felonía de libertarios y trotskistas. Además, confiaba en que las escaramuzas que aún se producían pronto serían controladas, pues varios dirigentes de la CNT estaban mediando para calmar los ánimos y se había anunciado que contingentes del ejército se acercaban desde Valencia.

—Lo que no entiendo es por qué me tienen aquí —se lamentó Ramón, mientras Caridad encendía uno de sus cigarrillos y, entre calada y calada, deglutía unos pedazos de butifarra, que iba lubricando con vino.

—Gente para matar quintacolumnistas y traidores es lo que sobra. Kotov sabrá para qué te quiere.

—¿Qué se supone que va a pasar ahora?

—Pues no lo sé. Pero cuando acabemos con los anarquistas y los trotskistas, quedará claro quién manda en la España republicana. No podíamos seguir lidiando con indisciplinados y traidores ni esperar a que Largo Caballero se fuera tranquilamente. Ahora mismo lo estamos echando.

—¿Y qué va a decir la gente?

Caridad aplastó el cigarrillo y sacó otro del paquete. Bebió un largo trago de vino para limpiarse la boca de los restos de la butifarra.

–Toda España sabe ya que los trotskistas del POUM, la juventud libertaria y la Federación Anarquista se han pasado de rosca. Se han rebelado contra el gobierno, y en una guerra eso se llama traición. Hasta hay documentos que prueban las conexiones de los trotskistas con Franco, pero Caballero no quiere aceptarlos. Esos hijos de puta les pasaban a los fascistas mapas y hasta las claves de comunicación del ejército.

–Eh, eh... Tú sabes que la mitad de lo que dices es mentira.

–¿Estás seguro? Aun así, si fuera mentira, de todas maneras lo convertiremos en verdad. Y eso es lo que importa: lo que la gente cree.

Ramón asintió. Aunque le costaba aceptar la mezquindad de aquel montaje, reconocía que lo importante era ganar la guerra y, para hacerlo, se imponían limpiezas como aquélla. Caridad sonrió y encendió el cigarrillo.

–Tienes mucho que aprender, Ramón. Vamos a enfrentar a los socialistas radicales de Negrín e Indalecio Prieto con los conciliadores de Largo. Más bien, les vamos a servir en bandeja la cabeza de Largo para que se destrocen entre ellos.

–Pero ni Prieto ni Negrín nos quieren demasiado...

–No les quedará más remedio que querernos. Y en cuanto sustituyan a Largo y nombren a Negrín o a Prieto, acabaremos de una vez por todas con el POUM. Si los socialistas quieren gobernar, tendrán que ayudarnos: o gobiernan con nosotros o no gobiernan. Les vamos a quitar de en medio a los anarquistas y a los sindicalistas, y ellos tendrán que agradecernos el gesto.

Ramón asintió y se atrevió al fin a formularle la pregunta que lo desesperaba:

–¿Y África anda metida en todo esto?

Caridad bebió dos sorbos de vino.

–No se despega de Pedro. Así que debe de estar muy cerca de todo...

Ramón asintió. ¿Celos o envidia? Tal vez las dos cosas, más unas gotas de despecho...

–¿Y qué pinto yo en todo eso, Caridad?

–A su tiempo Kotov te lo dirá... Mira, Ramón, entre lo mucho que tienes que aprender, está tener paciencia y saber que a los enemigos no se les golpea cuando están de pie, sino cuando se han arrodillado. ¡Y se les golpea sin piedad, carajo!

A la mañana siguiente, después de ver salir a Caridad en el Ford, Ramón se arriesgó a desobedecer sus órdenes. Sentía que se asfixiaba en la Bonanova, donde apenas llegaba el retumbar de algún fuego de artillería, y bajó hacia la ciudad, casi sin confesarse a sí mismo que entre sus esperanzas estaba la de encontrarse con África. En el camino hacia el centro, fue eludiendo las calles donde se habían montado barricadas desde las que se producían disparos esporádicos. Tranvías y autobuses detenidos cortaban el tráfico y por todas partes se desplegaban banderas que advertían de la filiación política de los defensores de cada esquina: comunistas, socialistas, anarquistas, poumistas, catalanistas, sindicalistas cenetistas, tropas regulares, milicias y policías, en un calidoscopio centrífugo que convenció al joven de la necesidad de aquella batida: ninguna guerra podía ganarse con una retaguardia tan caótica y dividida. La ciudad entera seguía en pie de guerra y la explanada de la plaza de Cataluña parecía el patio de un cuartel. El edificio de la Telefónica, donde permanecían atrincherados los anarquistas de la CNT, estaba completamente rodeado y en la mira de varias piezas de artillería. Los sitiadores, sin embargo, parecían tan confiados que descansaban aprovechando la cálida mañana de mayo. Evitando la explanada, buscó las Ramblas y, a la altura del Palacio de la Virreina y el hotel Continental y, más abajo, por el Falcón, el paseo estaba completamente vacío; solo ocasionalmente se arriesgaba a pasar algún transeúnte presuroso agitando un pañuelo blanco. Desde las inmediaciones del mercado observó que, a cada lado de la calle, había hombres atrincherados en las azoteas y supuso que los del Continental eran milicianos y directivos del POUM. De una y otra vereda, con desgano, efectuaban disparos, y Ramón pensó que la suerte de los sublevados estaba echada: aquella guerra de retaguardia más parecía una escenificación que un enfrentamiento verdadero. Sintió la tentación de hacer regresar la piel de Adriano y entrar con ella en los locales del POUM, pero comprendió que aquella indisciplina podía resultar peligrosa. La impiedad con la que se había juramentado podía revertirse contra él si alguien lo identificaba y denunciaba su presencia en los predios de los trotskistas sin haber sido enviado por un superior.

Muy pocos días después Ramón sabría hasta qué punto Kotov confiaba en Caridad, pues las predicciones de la mujer comenzaron a cumplirse. Los enfrentamientos esporádicos, violentos por momentos, continuaron por un par de días, acumulando cifras de muertos y heridos, pero fueron perdiendo intensidad, como gastándose. Varios líderes sindicalistas y anarquistas pidieron a sus camaradas la deposición de las armas y, cuando al fin llegó el grueso de las tropas enviadas por el gobierno, los rebeldes habían reconocido su derrota, la ciudad estaba prácticamente pacificada, y la mayoría de los puestos clave, en manos de los hombres escogidos por los asesores y el Partido. La batalla se libraba ahora en el terreno verbal, con un cruce continuo de acusaciones en el que los medios de propaganda comunistas, libres de la censura, llevaban la mejor parte y difundían la opinión de que los sindicalistas de la CNT, los anarquistas y, en especial, los poumistas habían provocado ese levantamiento que tanto olía a golpe de Estado. Ramón pensó que la esquiva Cataluña caía al fin bajo el dominio de los asesores soviéticos y de los hombres del Komintern, mientras, como colofón del éxito, el gobierno se abocaba a una crisis y Largo Caballero comenzaba a patalear, con la soga al cuello.

Los acontecimientos cobraron una velocidad vertiginosa cuando la prensa comunista aseguró que poseía pruebas de la colaboración de los trotskistas del POUM con los fascistas. Se hablaba de telegramas e, incluso, de mapas con movimientos de tropas filtrados hacia el bando enemigo. Largo Caballero, asediado por todos los flancos, o quizás asumiendo al fin su incapacidad para resolver los problemas de la guerra y de la República, presentó la renuncia. Entonces, con el apoyo de los comunistas y de los asesores, Negrín subió a la jefatura del gobierno y, casi como primera medida, anunció la ilegalización del POUM y la intención de juzgar a sus cabecillas.

Ramón, que se sentía molesto por no haber estado más cerca de la acción, se sorprendió cuando el resucitado Máximus se presentó a buscarlo. Lo acompañaban otros dos hombres desconocidos para él, obviamente españoles, pero Máximus prescindió de cualquier tipo de presentación. En silencio bajaron hacia la ciudad, verdadero campo después de la batalla, con tropas en las plazas, edificios incendiados, restos de barricadas en las esquinas. La gente volvía a salir a la calle en busca de comida y no la encontraba, pero ahora se retiraba silenciosa, bajo la mirada de guardias de asalto, *mossos d'esquadra* y militares desplegados por todas partes. Ramón tuvo la convicción de que la España republicana debía aprovechar aquella sacudida, explotar y dirigir el odio y el miedo ancestrales, y aceptar de una vez que la única salvación podía venir de la más férrea disciplina y de la intervención soviética frontal. Pensó que tal vez André Marty tenía razón cuando los había calificado de primitivos e incapaces, y cuando Kotov, a su modo casi poético, los llamó románticos e indolentes. El joven sintió que lo apresaba la angustia por el destino del país y por el sueño por el que él llevaba cuatro años luchando: pero se había dado un paso importante para salvarlo.

Máximus, acompañado por Ramón y los otros dos camaradas, detuvo el auto en la carretera del Prat, ya en las afueras de la ciudad, y esperó la llegada de otro vehículo, también ocupado por cuatro hombres, dos de ellos de aspecto extranjero y uno con un brillante uniforme militar, aunque desprovisto de grados. Máximus dio las órdenes, que parecían dirigidas a Ramón más que a sus otros dos acompañantes: la policía se disponía a sacar de Barcelona a un prisionero, un espía al servicio de los nacionales, y a ellos les encomendaba la misión de llevar al hombre sano y salvo hasta Valencia, donde sería interrogado. La información que poseía aquel hombre era capital para desarticular las redes de colaboración con el enemigo y para revelar hasta qué niveles había llegado la traición de los trotskistas. Pero todo el operativo debía hacerse con la mayor discreción, por lo que solo participaban en él hombres de la más absoluta confianza.

Unas horas después, cuando ya anochecía, la patrulla policial apareció en la carretera e hizo señas con las luces. Máximus ordenó a los del segundo coche que se colocaran en la retaguardia y él, con Ramón y los otros dos hombres, se ubicó al frente de la caravana y enfiló hacia Valencia. En un par de ocasiones, uno de los que viajaba en el auto trató de entablar conversación, pero Máximus exigió silencio.

En plena madrugada llegaron a las inmediaciones de Valencia, donde otra patrulla los esperaba. Los que venían de Barcelona se detuvieron y Máximus ordenó que no bajaran del auto y se mantuvieran vigilantes y, sobre todo, callados. Ramón observó cómo Máximus se dirigía hacia la patrulla, acompañado por el hombre vestido de militar que había viajado en el auto encargado de cerrar la fila. En la oscuridad trató de entrever lo que ocurría en la carretera y creyó escuchar que Máximus y los que lo esperaban hablaban en ruso. Uno de aquellos hombres le resultó familiar, y aunque después pensó que podía ser Alexander Orlov, jefe de los asesores soviéticos de inteligencia, la oscuridad le impidió tener la certeza. Con una linterna, el militar que acompañaba a Máximus hizo una señal hacia la caravana y minutos después Ramón vio pasar junto a su coche a un hombre esposado, conducido por dos policías. A pesar de la escasa luz, tuvo un sobresalto cuando pudo identificarlo: era Andreu Nin.

En aquel momento Ramón comprendió que Máximus lo había seleccionado para aquella misión como un premio por su trabajo en el entorno del POUM. Entonces le vino a la mente el periodista inglés con cara de caballo enfermo y las palabras que en una de las charlas en el hotel Continental le dijera a Adriano, unas semanas antes:

–Nin es el español más español que conozco. Si no fuera tan catalán, habría sido torero o cantaor... Vive con una sola idea en la cabeza: la revolución. Es de los que se dejaría matar por ella. A mí me espantan los fanáticos, pero a ese hombre lo respeto.

Sin volverse a mirar a sus compañeros de misión, Ramón dijo:
—A ese hombre tendrán que matarlo.
Uno de sus acompañantes, el de más edad, se atrevió a comentar:
—Acuérdate de lo que dijo el jefe. Van a hacerle cantar todo lo que sabe de los planes de los quintacolumnistas.
—No hablará —Ramón sintió aquella convicción de un modo tan incisivo que lo atormentó el deseo de bajar del auto y decírselo a Máximus y hasta al mismísimo Orlov, si era Orlov quien ahora se apartaba para que introdujeran a Nin en una pequeña camioneta cubierta. Todo aquello era un absurdo y Ramón supo que iba a terminar del peor modo.
—Ellos hacen hablar al que sea —dijo el hombre bajando la voz—. Y todos estos trotskistas están hechos de mantequilla.
—Éste no. Y no hablará.
—¿Y por qué estás tan seguro, camarada?
—Porque es un fanático y sabe que, si habla, de todas maneras lo matarán, y de paso mataría a sus compañeros. ¿Sabéis una cosa? Yo en su lugar tampoco hablaría.

12

A lo largo de todos estos años, muchos detalles de mi relación con el hombre que amaba a los perros se fueron diluyendo en mi memoria, aunque no creo que haya olvidado nada esencial. Lo que están leyendo, en cualquier caso, es la reconstrucción, según mis recuerdos y desde la perspectiva maléfica del tiempo, de unas conversaciones y unos pensamientos que solo comenzaría a anotar, a modo de apuntes, cinco años después de aquellos encuentros en la playa durante el año 1977. En ese lapso, yo me había convertido en un Iván muy diferente del que había sido cuando me encontré con Jaime López, y lo era, entre otras causas y como comprenderán fácilmente, porque de la historia que me contaría aquel hombre oscuro –Raquelita tenía razón, como casi siempre– nadie podía escapar siendo la misma persona que había sido antes de escucharlo.

A mediados de noviembre, justo el primer día en que regresé a la playa después de nuestro último encuentro, volví a toparme con López y creo que por primera vez tuve la sospecha de que quizás aquel hombre me estaba esperando. Pero ¿por qué?, ¿para qué?, me dije, y también creo que de inmediato olvidé esas preguntas. En esa ocasión –para acabar de completar los factores de la ecuación necesaria, como después sabría– yo había ido sin Raquelita, que solía tener trabajo por las tardes y en el fondo no era demasiado adicta a aquellos viajes invernales a la playa.

Después de los saludos, caímos en el tema del viaje a París y de la salud de López, pero él resolvió el trámite diciéndome que los médicos franceses tampoco le habían encontrado nada y que el clima en París había sido todo lo aborrecible que era de esperar de aquella ciudad. No sé por qué aquella abrupta interrupción de una posible charla sobre algo que me motivaba –París, el sueño de los viajes– me impulsó a preguntarle la razón por la cual siempre llevaba vendada la mano derecha. Aun cuando sabía que con aquella pregunta rozaba los límites de lo permisible en una relación superficial, de conversaciones intrascendentes, en ese momento sentía una incisiva necesidad de saber algo definitivo sobre su persona, quizás movido por la impresión que el hombre le había producido a Raquelita y por la constatación de que su salud no parecía ser un problema grave.

–Es una quemadura muy fea –respondió López, sin pensarlo demasiado–. Me la hice hace unos años, pero es desagradable verla.

Percibí en su voz un tono de lamento que no le conocía. No debía de ser, pensé, que le molestara hablar de la mano quemada: quizás le disgustaba habérsela quemado, como si todavía le ardiera. Lamenté en ese instante mi indiscreción y nunca he sabido bien si, a modo de compensación o porque necesitaba vomitar mi rabia enquistada, hice algo inhabitual en mí y le conté los avatares sufridos por mi familia en los últimos dos meses, desde que emergió conflictivamente la homosexualidad de mi hermano menor. Solté todo el resentimiento que sentía hacia mis padres por haber castigado de un modo tan cruel al muchacho y, mientras hablaba, me di cuenta de que había sido tan obtuso que hasta ese preciso momento, cuando le confiaba a aquella persona apenas conocida detalles y sentimientos que no le había revelado ni siquiera a mi mujer, había concentrado mi resquemor en la actitud de mis padres porque en realidad me había estado escamoteando el verdadero origen de lo ocurrido: la persistencia de una homofobia institucionalizada, de un fundamentalismo ideológico extendido, que rechazaba y reprimía lo diferente y se cebaba en los más vulnerables, en quienes no se ajustasen a los cánones de la ortodoxia. Entonces comprendí que tanto mis padres como yo habíamos sido juguetes de prejuicios ancestrales, de presiones ambientales del momento y, sobre todo, víctimas del miedo, tanto o más (sin duda más) que William. En mí, además, había influido cierto rencor hacia mi hermano, por ser precisamente *mi* hermano el que se había declarado maricón: yo podía entender y hasta aceptar que dos profesoras fuesen invertidas, pero no era lo mismo saber –y que los demás lo supieran– que el invertido es tu propio hermano. De todas formas, me callé aquellas elucubraciones que, en manos de López (¿quién coño era López, para quién trabajaba en Cuba, a santo de qué podía ir a verse con unos médicos en París?) o de cualquiera que decidiera utilizarlas, podían volverse en mi contra, como se encargó de recordármelo mi propio pasado.

López me había escuchado en silencio, como apenado. *Ix* y *Dax*, cansados de corretear, se habían echado a unos metros de su amo, y el negro alto y flaco, en su sitio entre las casuarinas, también se había sentado sobre unas raíces. En mi memoria, ese instante ha quedado grabado como una fotografía, como si el mundo se hubiera detenido por unos segundos, minutos incluso, hasta que López dijo:

—Siempre joden a alguien... Lo siento por tu hermano —y me pidió que lo ayudara a ponerse de pie.

Esta vez se mareó menos y me confirmó que en los últimos días se sentía mucho mejor. Cuando ya comenzaba a alejarse, López se detuvo y me pidió que me acercara. Apenas estuve a su lado, el hombre que amaba a los perros comenzó a desenrollarse la venda de la mano derecha y me mostró la piel plana y brillosa que desde el nacimiento del pulgar subía hacia el centro de la mano.

—Es bien fea, ¿verdad?

—Como todas las quemadas —le dije, sorprendido de que solo fuera una cicatriz antigua.

—Hay días en que todavía me duele... —y permaneció en silencio hasta que me miró a los ojos y me dijo—: No estuve en París. Fui a Moscú.

Aquella confesión me sorprendió: ¿por qué me había mentido y ahora me confiaba la verdad? ¿Por qué yo debía saber que había estado en Moscú? ¿No iban todos los días a Moscú decenas, cientos de cubanos, por cualquier motivo? Permanecí en silencio, sin poder responderme a mí mismo, haciendo lo único que podía hacer: esperar. Entonces López empezó a vendarse la mano de cualquier manera y me preguntó:

—¿Te parece que podríamos vernos pasado mañana?

Despegué la mirada de la mano otra vez cubierta y descubrí en los ojos del hombre una humedad brillante. Hasta ese día —al menos que yo supiera— nuestros encuentros habían sido cruces más o menos casuales, más o menos propiciados por la costumbre y los caprichos del clima, pero nunca establecidos con antelación. ¿Por qué López me pedía otro encuentro después de mostrarme aquella quemadura hasta entonces oculta y de confesarme que había estado en Moscú y no en París?

—Sí, creo que sí.

—Pues nos vemos en dos días... Mejor si tu mujer no está —advirtió él y se golpeó las perneras del pantalón para que *Ix* y *Dax* caminaran a su lado hacia donde el negro alto y flaco los esperaba.

La costa se había llenado de algas grises y marronas, cadáveres hinchados de medusas violáceas, maderas gastadas y piedras vomitadas por el mar la noche anterior, durante la entrada de un frente frío. En toda la franja de arena que abarcaba la mirada no se veía una sola persona. El sol entibiaba el ambiente y aunque en la playa el aire del norte batía fresco, sostenido, se podía resistir con el jácket ligero que yo llevaba ese día. Como me había adelantado a la hora fijada para la cita, caminé un rato por la orilla. Medio ocultos por unas algas felpudas, vi entonces aquellos pedazos de madera renegrida que parecían formar una cruz y que, de hecho, eran los brazos de una cruz. La madera, corroída, advertía que tal vez aquella cruz –de unos cuarenta por veinte centímetros– llevaba mucho tiempo a merced del mar y la arena, pero a la vez resultaba evidente que recién había arribado a la costa, empujada por el oleaje del último frente frío. Nada la hacía particular: eran solo dos piezas de madera oscura, muy densa, erosionadas, devastadas seguramente con una gubia, cruzadas y fijadas entre sí por dos tornillos oxidados. Sin embargo, aquella cruz rústica, quizás por su desgastada madera, quizás por estar donde estaba (¿de dónde había venido, a quién había pertenecido?), me atrajo tanto que, a pesar de mi ateísmo, decidí cargar con ella luego de lavarla en el mar. La cruz del naufragio, la llamé, aun cuando no tenía idea de su origen y sin sospechar por cuánto tiempo me acompañaría.

Como si fuera inmune a la temperatura, López apareció vestido solo con una camisa gris, de mangas cortas, adornada con unos bolsillos enormes. Los borzois, hechos para temperaturas siberianas, parecían más que felices. El negro, siempre entre las casuarinas, se arropaba en un capote militar y en algún momento pareció quedarse dormido.

Desde el instante en que el hombre me había convocado para aquella conversación, apenas había podido pensar en otra cosa. Había hecho un resumen mental de lo poco que conocía de él y no encontré un resquicio para filtrar alguna especulación sobre el origen de aquella necesidad de verme y, era de esperar, hablarme de algo presumiblemente importante (que él prefería, o exigía, que Raquelita no oyera). Hasta el momento en que nos encontramos estuve barajando muchas posibilidades: que el hijo de López también fuera maricón; que López tuviera alguna buena influencia para ayudar a William en su reclamación; y, por supuesto, casi de oficio pensé que tal vez López ocultaba la intención de comentar mis opiniones en algún sitio y se preparara para regresar con alguna persona capaz de complicarme la vida, justo cuando yo había eliminado todos mis sueños y ambiciones (creo que incluso mis cada vez más moribundas pretensiones literarias) y nada más deseaba un poco de paz, como el pájaro adoctrinado que acepta gustoso la rutina segura de su jaula... Fuera por la razón que fuese, lo que iba a ocurrir debía ocurrir, había concluido, y poco antes de las cuatro de la tarde había llegado a Santa María del Mar, sin mi raqueta de tenis y hasta sin un libro para leer.

López sonrió al verme con la cruz de madera en la mano. Le expliqué cómo la había hallado y él me pidió verla.

–Parece muy vieja –dijo, mientras la estudiaba–. Este tipo de tornillos ya no se fabrica.

–Es de un naufragio –comenté, por decir algo.

–¿De los que se van de Cuba en palanganas? –su pregunta destilaba una burlona ironía.

–No sé. Sí, puede ser...

–La cruz estaba ahí, esperando a que tú la encontraras –dijo, ahora con toda seriedad, mientras me la devolvía, y la idea me gustó. Si hasta ese momento había tenido alguna duda de qué hacer con la cruz, la posibilidad de que el hallazgo fuese algo más que una casualidad me convenció de que tenía que cargar con ella, pues solo en ese instante tuve la certeza de que debía de haber sido muy importante para alguien a quien nunca conocería. ¿Se me ocurrían cosas así porque todavía, a pesar de los pesares, yo podía reaccionar como un escritor? ¿Cuándo perdí esa capacidad y tantas, tantas otras?

En lugar de sentarnos en la arena, aprovechamos unos bloques de hormigón situados muy cerca del mar. Esa tarde López había traído una bolsa con un termo lleno de café y dos pequeños vasos plásticos, en los que sirvió varias veces de la infusión. En cada ocasión que bebía café, extraía de un bolsillo de su camisa una cajetilla de cigarros y su pesada fosforera de bencina, capaz de imponerse a los soplos de la brisa.

Además del café, el hombre que amaba a los perros traía también una mala noticia.

–Tenemos que sacrificar a *Dax* –me dijo cuando nos acomodamos y miró hacia donde los borzois corrían, chapoteando en el agua.

Sorprendido por aquellas palabras, volteé la cabeza para ver a los animales.

–¿Qué pasó? –pregunté.

–Hace dos días lo vio el veterinario...

–¿Cómo un veterinario puede decirle que sacrifique a un perro como ése? ¿Mordió a alguien? ¿No ve cómo corre, que está normal?

López se tomó su tiempo para responder.

–Tiene un tumor en la cabeza. Morirá en cuatro o cinco meses, y en cualquier momento va a empezar a sufrir y puede volverse incontrolable.

Entonces fui yo quien permaneció en silencio.

—Lo que lo ponía agresivo era eso, no el calor... —agregó López.
—¿Le hicieron placas? —volví a mirar hacia los animales.
—Y otros análisis. No hay posibilidades de que estén equivocados... Esto me tiene destrozado. Nadie se puede imaginar lo que quiero a esos perros.
—Me lo imagino —musité, recordando la muerte de *Curry*, un ratonero mocho que vivió conmigo toda mi niñez y parte de mi juventud.
—En Moscú y aquí en La Habana ellos han sido como dos amigos. Me gusta hablar con ellos. Les cuento mis cosas, mis recuerdos, y siempre les hablo en catalán. Y te juro que me entienden... Cuando *Dax* empiece a empeorar y yo me haya hecho a la idea... ¿tú serías capaz de ayudarme en esto?
En un primer momento no entendí la pregunta. Después comprendí que López me pedía que lo ayudara a sacrificar a *Dax* y reaccioné.
—No, yo no soy veterinario... Y aunque lo fuera, no, no podría hacerlo.
El hombre se mantuvo en silencio. Se sirvió más café y buscó uno de sus cigarros.
—Claro, no sé por qué te he pedido eso... Es que no sé cómo coño voy a...
En ese instante creí percibir que algo más terrible que la suerte de un perro enfermo rondaba al hombre, y casi de inmediato obtuve la confirmación.
—Si a mí me dijeran que estoy enfermo como *Dax*, me gustaría que alguien me ayudara a salir rápido del trance. Los médicos a veces son increíblemente crueles. Cuando llega lo inevitable deberían ser más humanos y tener una mejor idea de lo que es el sufrimiento.
—Los médicos sí lo saben, pero no pueden hacerlo. Los veterinarios también lo saben y tienen esa licencia para matar. Busque a uno que...
Sentí que me introducía en un terreno pantanoso y perdía movilidad, posibilidades de escape. Pero aún estaba muy lejos de imaginar hasta qué niveles me hundiría en una fosa que resultó estar rebosante de odio y sangre y frustración.
—Yo también voy a morirme —me dijo al fin el hombre.
—Todos vamos a morirnos —traté de salir del trance con una obviedad.
—Los médicos no me encuentran nada, pero yo sé que me estoy muriendo. Ahora mismo me estoy muriendo —insistió.
—¿Por los mareos? —yo seguí aferrado a mi lógica y a mi papel de bobo—. La cervical... Hasta hay parásitos tropicales que provocan vértigos.

–No jodas, muchacho. No te hagas el tonto y escucha lo que te estoy diciendo: ¡que me estoy muriendo, coño!

Me pregunté qué carajo estaba pasando: ¿por qué, si apenas nos conocíamos, aquel hombre me escogía para confiarme que se estaba muriendo y que deseaba tener una persona capaz de abreviarle los sufrimientos? ¿Para eso me había citado? Entonces sentí miedo.

–No sé por qué usted...

López sonrió. Movió el talón del zapato en la arena hasta hacer un surco. En ese momento yo temía aún más las palabras que aquel hombre podría decirme.

–El pretexto para ir a Moscú fue que me invitaban a la celebración del sesenta aniversario de Octubre. Pero necesitaba ir para ver a dos personas. Pude verlas y tuve con ellas unas conversaciones que están acabando conmigo.

–¿Con quién habló?

El hombre detuvo el movimiento del pie y miró su mano vendada.

–Iván, yo he visto la muerte tan de cerca como tú no eres capaz de concebirlo. Creo que lo sé todo sobre la muerte.

Lo recuerdo como si me hubiera ocurrido ayer: en ese preciso momento fue cuando verdaderamente sentí miedo, miedo real, además del lógico asombro ante aquellas impensables palabras. Porque nunca en mi vida pudo habérseme ocurrido que alguien confesara su capacidad de saberlo todo sobre la muerte. ¿Qué se hace en una situación así? Yo miré al hombre y dije:

–Cuando estuvo en la guerra, ¿no?

Él asintió en silencio, como si mi precisión no fuera importante, y luego dijo:

–Pero soy incapaz de matar a un perro. Te lo juro.

–La guerra es otra cosa...

–La guerra es una mierda –soltó el hombre, casi con furia–. En la guerra o matas o te matan. Pero yo he visto lo peor de los seres humanos, sobre todo fuera de la guerra. Tú no puedes imaginarte de lo que es capaz un hombre, de lo que pueden hacer el odio y el rencor cuando los han alimentado bien...

Más o menos a esas alturas pensé: está bueno ya de rodeos y tonterías. Lo mejor que podía hacer era ponerme de pie y terminar aquella conversación que no podía conducir a nada agradable. Pero no me moví de mi piedra, como si en realidad hubiera deseado saber adónde iría a parar aquella disquisición del hombre que amaba a los perros. ¿Me interesaba?: hasta aquel instante lo que me había movido era pura inercia. Pero entonces el hombre encendió los motores:

—Hace unos años un amigo me contó una historia —de pronto la voz de López me pareció la de otra persona—. Es una historia que conocieron a fondo muy pocas personas, y casi todas están muertas. Por supuesto, me pidió que no la contara, pero hay algo que me preocupa.

Yo había decidido no volver a hablar, pero López me conminaba.

—¿Qué cosa?

—Mi amigo murió... Y cuando yo muera, y cuando muera la otra única persona que, según sé, conoce casi todos los detalles, esa historia se perderá. La verdad de la historia, quiero decir.

—¿Y por qué no la escribe?

—Si ni siquiera debo contársela a mis hijos, ¿cómo voy a escribirla?

Asentí, y me alegré de que el hombre buscara otro cigarro: la acción me liberaba del compromiso de hacer alguna pregunta.

—Te he pedido que vinieras hoy porque quiero contarte esa historia, Iván —me dijo el hombre que amaba a los perros—. Lo he pensado mucho y estoy decidido. ¿Quieres oírla?

—No sé —dije, casi sin pensarlo, y era totalmente sincero. Después me preguntaría si aquélla había sido la respuesta más inteligente a una de las preguntas más insólitas que me habían hecho en la vida: ¿uno puede querer o no querer que le cuenten una historia que no conoce, de la cual no tiene ni la más puta idea? Pero en ese momento era la única respuesta a mi alcance.

—Es una historia tremenda, ya verás como no exagero. Pero antes de contártela voy a pedirte dos cosas.

Esta vez conseguí mantener la boca cerrada.

—Primero, que no me trates más de usted. Así será más fácil explicártelo todo. Y después, que no se la cuentes a nadie, ni siquiera a tu mujer, por eso te pedí que vinieras solo. Pero, sobre todo, no quiero que la escribas.

Miré fijamente al hombre. El miedo no me abandonaba y mi cerebro era un fárrago de ideas, pero había una que sacaba la cabeza.

—Si no debe hablar de eso..., ¿por qué quiere contármela a mí?, ¿qué va a resolver con eso?

El hombre apagó el cigarro hundiéndolo en la arena.

—Necesito contarla aunque sea una vez en mi vida. No puedo morirme sin contársela a alguien. Ya verás por qué... Ah, y no me trates más de usted, ¿vale?

Asentí, pero mi mente iba desbocada por un solo sendero.

—Sí, está todo muy bien, pero ¿por qué me la quieres contar a mí? Tú sabes que yo escribí un libro —agregué, como si levantara un escudo de papel bajo el filo de una espada de acero.

—Porque no tengo otra persona mejor a quien contársela, aunque a veces me parece que te he conocido para poder contártela. Además, creo que a ti te enseñará algo.

—¿De la muerte?

—Sí. Y de la vida. De las verdades y las mentiras. A mí me enseñó mucho, aunque un poco tarde...

—¿De verdad no tienes a nadie a quien contarle esa historia? Un amigo, no sé... ¿Y tu hijo?

—No, a él no... —la reacción fue demasiado ríspida, como defensiva, pero de inmediato su tono cambió—. Él sabe algo, pero... A uno de mis hermanos le conté una parte, no todo... Y hace mucho tiempo que no tengo amigos, lo que se entiende por amigos... Pero a ti casi ni te conozco, y así es mejor. Yo sé lo que me digo... Hace un rato, cuando llegué, todavía no estaba convencido, pero después me di cuenta de que tú eras la mejor persona posible... Entonces, ¿me prometes que no vas a escribirla ni a contársela a nadie?

De más está decir que, sin tener una idea clara de por qué lo hacía ni a lo que me exponía, le dije que sí y me comprometí con él. Si yo hubiera dicho que no quería oír ningún cuento o que no podía prometer que no saldría a contarlo ese mismo día, quizás toda esta historia, en sus detalles más profundos y sórdidos, se hubiera perdido con la muerte de Jaime López y del otro individuo que, según él, era el único que la conocía y tampoco iba a contarla. Pero repasando la suma imprevisible de coincidencias y los juegos del azar que me llevaron a estar sentado frente al mar, aquella tarde de noviembre, junto a un individuo que me había exigido una respuesta que me sobrepasaba, solo podría llegar a una conclusión: el hombre que amaba a los perros, su historia y yo, andábamos persiguiéndonos por el mundo, como astros cuyas órbitas están destinadas a cruzarse y provocar una explosión.

Después de escuchar mi respuesta afirmativa, el hombre bebió otro trago de café y encendió el cigarro que tenía en la mano.

—¿Alguna vez has oído hablar de Ramón Mercader?

—No —admití, casi sin pensarlo.

—Es normal —musitó el otro, con un convencimiento profundo y una pequeña sonrisa, más bien triste, en los labios—. Casi nadie lo conoce. Y otros hubieran preferido no conocerlo. ¿Y qué sabes de León Trotski?

Yo recordé mi contacto fugaz con el nombre y algunos momentos de la vida de aquel personaje turbio, medio desaparecido de la historia, impronunciable en Cuba.

—Poco. Que traicionó a la Unión Soviética. Que lo mataron en México —rebusqué un poco más en mi memoria—. Claro, que participó en la revolución de Octubre. En las clases de marxismo nos hablaron de Lenin, un poco de Stalin, y nos dijeron que Trotski era un renegado y que el trotskismo es revisionista y contrarrevolucionario, un ataque a la Unión Soviética...

—Veo que aquí os enseñan bien —admitió López.

—¿Y quién es Ramón Mercader? ¿Por qué debo conocerlo?

—Pues deberías saber quién fue Ramón Mercader —dijo y abrió una larga pausa, hasta que se decidió a continuar—. Ramón fue mi amigo, mucho más que mi amigo... Nos conocimos en Barcelona y después estuvimos juntos en la guerra... Hace unos años volvimos a encontrarnos en Moscú. Los tanques soviéticos ya habían entrado en Praga y todo el mundo volvía a hablar en voz baja —el hombre miraba al mar, como si tras las olas estuvieran las claves de su memoria—. La ciudad de los susurros. La última acción contra el deshielo de Jruschov, contra un socialismo que soñó que todavía podía ser diferente. Con rostro humano, decían... —recordó y se frotó el dorso de la mano cubierto por la banda de tela—. Volvimos a vernos, el día de la primera nevada del año 1968... Ramón tenía cincuenta y cinco años, más o menos, pero parecía tener diez, quince más. Estaba gordo, había envejecido. Desde la guerra no nos veíamos... —Enmudeció, como si meditara en todo aquel tiempo transcurrido.

—¿Cuál guerra?

—La nuestra. La guerra civil española.

—¿Y se encontraron así, por casualidad? —ya me había picado la curiosidad.

—Fue como si de alguna manera estuviéramos esperándonos y de pronto los dos saliéramos a buscarnos, precisamente ese día en que cayó la primera nevada del año en Moscú... —ahora sonrió al evocarlo, pero solo muchos años después entendería por qué en ese momento volvió a mirarse la mano vendada—. Nos encontramos en el malecón Frunze, donde él vivía, frente al parque Gorki. Ramón había engordado, ya te lo he dicho, pero además estaba muy blanco, y a otro que no fuera yo le hubiera sido muy difícil reconocer en aquel hombre el mozo del que me había despedido en una trinchera de la Sierra de Guadarrama, con el puño en alto, confiados los dos en la victoria —hizo una pausa y encendió otro cigarro—. Después, cuando Ramón y yo empezamos a hablar, descubrí que de aquella época tan hermosa, lo único que le quedaba, sin ninguna fisura, era la imagen de la felicidad. Una imagen que siempre había utilizado como un remedio capaz de ayudarlo a sobrevivir. Y por eso, cuando decidió contármelo todo, me confió el sueño de su vida: más que nada en el mundo, deseaba volver a aquella playa catalana, al menos una vez antes de morir. Y creo que él ya sabía que se iba a morir...

Entonces el hombre que amaba a los perros, con la vista otra vez fija en el mar, empezó a contarme las razones de por qué su amigo Ramón Mercader recordaría, por el resto de sus días, que apenas unos segundos antes de pronunciar unas palabras que cambiarían su existencia había descubierto la malsana densidad que acompaña al silencio en medio de la guerra. El estrépito de las bombas, los disparos y los motores, las órdenes gritadas y los alaridos de dolor entre los que había vivido durante semanas se habían acumulado en su conciencia como los sonidos de la vida, y la súbita caída a plomo de aquel mutismo espeso, capaz de provocarle un desamparo demasiado parecido al miedo, se convirtió en una presencia inquietante cuando comprendió que tras aquel silencio precario podía agazaparse la explosión de la muerte.

13

Los acontecimientos que se habían sucedido a partir del 26 de agosto de 1936 le revelaron diáfanamente las muchas veces inextricables razones de por qué Stalin aún no le había roto el cuello. Enfrascado desde ese día en un combate ciego, Liev Davídovich había comprendido que el juego macabro del Gran Líder todavía exigía su presencia, pues su espalda tenía que servirle como catapulta en su carrera hacia las cumbres más inaccesibles del poder imperial. Y al mismo tiempo había comprendido que, agotada aquella utilidad de enemigo perfecto, realizadas todas las mutilaciones requeridas, Stalin fijaría el momento de una muerte que entonces llegaría con la misma inexorabilidad con que cae la nieve en el invierno siberiano.

Unos meses antes, previendo algún incidente que complicara las delicadas condiciones de su asilo, Liev Davídovich había comenzado a eliminar cualquier argumento que las autoridades noruegas pudieran esgrimir contra él. Más que la agresividad del partido pronazi del comandante Quisling, lo alarmaba la creciente virulencia de los estalinistas locales, quienes habían sumado a sus ataques un rumor inquietante: con machacona insistencia advertían que «el contrarrevolucionario Trotski» utilizaba a Noruega como «base para las actividades terroristas dirigidas contra la Unión Soviética y sus líderes». Su olfato entrenado le había advertido que la acusación no era fruto de una cosecha local, sino que venía de más lejos y escondía fines más tenebrosos. Por ello le había pedido a Liova y a sus seguidores que borrasen su nombre del ejecutivo de la IV Internacional, al tiempo que decidía dejar de conceder entrevistas y hasta abstenerse de participar, como simple espectador, en ningún acto político de la campaña parlamentaria de su anfitrión Konrad Knudsen. Su relación con el mundo exterior se redujo a las salidas que, una vez a la semana, Natalia y él hacían con los Knudsen a Hønefoss, donde solían cenar en restaurantes baratos para luego gastar el resto de la noche en un cine, disfrutando de alguna de esas comedias de los hermanos Marx que tanto le gustaban a Natalia Sedova.

Por eso le extrañó que los dos oficiales de la policía noruega que aquella tarde se presentaron en Vexhall no mostraran la amable cordialidad con que siempre lo habían tratado las autoridades del país. Secamente imbuidos de su función, le habían informado que cumplían órdenes del ministro Trygve Lie y solo habían venido para entregarle un documento y regresar a Oslo con él firmado. El más joven, después de hurgar en su carpeta, le había alargado un sobre sellado. Knudsen y Natalia habían observado, expectantes, cómo él lo abría, desplegaba el folio y, tras ajustarse las gafas, lo leía. Mientras avanzaba, la hoja había comenzado a vibrar con un leve temblor. Entonces Liev Davídovich volvió a meterla en el sobre, para extendérselo al oficial que se lo había entregado y rogarle que le dijera al ministro que él no podía firmar ese documento y que el hecho de pedírselo le parecía un gesto indigno de Trygve Lie.

El oficial más joven había mirado a su compañero sin atreverse a tomar el sobre. La incertidumbre se había apoderado de los policías, inmóviles ante una actitud para la cual seguramente no estaban preparados. En ese instante él dejó caer el sobre, que fue a posarse junto a las botas del mayor de los oficiales, que al fin reaccionó: si no firmaba el documento podía ser detenido y puesto en manos de la justicia hasta que fuese deportado del país, pues tenían evidencias de que había violado las condiciones de su permiso de residencia al inmiscuirse en cuestiones políticas de otros estados.

Entonces se produjo la explosión: moviendo el índice en clara señal de advertencia, Liev Davídovich les gritó a los oficiales que le recordaran al ministro que él se había comprometido a no intervenir en los asuntos noruegos, pero que por nada del mundo habría renunciado a un derecho que era su razón de ser como exiliado político: decir lo que creyese conveniente sobre lo que ocurría en su país. Por lo tanto no firmaría aquel documento y, si el ministro quería hacerlo callar, tendría que coserle la boca o hacer algo que seguramente molestaría muchísimo a Stalin: matarlo.

Unos días después el exiliado tendría que reconocer que Stalin, fiel a su oportunismo político, había escogido con alevosía el momento más propicio para organizar la farsa de Moscú y tratar de convertirlo en culpable de todas las perversidades concebibles. La reciente entrada de Hitler en Renania había gritado al rostro de Europa que las intenciones expansionistas del fascismo alemán no eran solo un discurso histérico. Mientras, el levantamiento de una parte del ejército español contra la República, y el inicio de una guerra por cuyos campos de batalla se paseaban tropas italianas, aviones y buques alemanes, habían colocado a los gobiernos de las democracias (atemorizados por la posibilidad de quedarse solos ante el enemigo fascista) en una situación de dependencia casi absoluta de las decisiones de Moscú. En aquella coyuntura, cuando se decidían los destinos de tantos países, nadie se iba a atrever a defender a unos lamentables procesados en Moscú y a un exiliado que había sido acusado, precisamente, de ser agente fascista a las órdenes de Rudolf Hess. Entonces le había resultado evidente que la presión sobre el gobierno noruego debía de ser intensa y le advirtió a Natalia que debían prepararse para agresiones mayores.

Pero el exiliado había decidido que, mientras le fuera posible, explotaría su única ventaja: el gobierno de Oslo no podía deportarlo, pues nadie lo aceptaba, y ni siquiera tenían la opción de entregarlo a la justicia soviética, que no lo reclamaba, a pesar de su propia petición de someterse a juicio. Stalin no estaba interesado en juzgarlo, menos aún teniendo en cuenta que la repatriación habría tenido que ventilarse ante un tribunal noruego donde él podría tener la oportunidad de refutar las acusaciones lanzadas contra su persona y contra los ya condenados y ejecutados en Moscú.

Liev Davídovich tuvo la certeza de que se había desatado la crisis cuando el juzgado de Oslo lo requirió con el pretexto de que debía prestar declaración sobre el allanamiento de la casa de Knudsen: todo había comenzado a clarificarse cuando el juez que lo había citado expuso las reglas de juego, advirtiéndole de que como se trataba de una declaración y no de un interrogatorio, no se admitía la presencia de Puntervold, su abogado noruego, ni de Natalia, ni siquiera de Knudsen, como dueño de la casa allanada. Solo, frente al juez y los secretarios del tribunal, había tenido que responder a preguntas sobre el carácter de los documentos sustraídos, en los cuales, aseguró, no se inmiscuía en los asuntos internos de Noruega ni de ningún otro país que no fuera el suyo. Entonces el juez había levantado unos folios y él había comprendido la trampa que le habían tendido: aquel escrito, según el letrado, demostraba lo contrario, pues a propósito del Frente Popular, él había hecho un llamado a la revolución en Francia.

En el artículo, escrito tras la victoria de la alianza de las izquierdas francesas, Liev Davídovich había comentado que Léon Blum, a la cabeza del nuevo gobierno, resultaba una garantía mínima de que la influencia estalinista encontraría escollos para establecerse en el país, y advertía que si Francia conseguía radicalizar su política, bien podría convertirse en el epicentro de la revolución europea que él había esperado desde 1905, la revolución capaz de frenar al fascismo y arrinconar al estalinismo. Sin embargo, según el juez, aquel documento era una prueba de su conducta desleal hacia el gobierno que tan generosamente lo había acogido, y una violación de las condiciones del asilo. Indignado, Liev Davídovich preguntó si investigaban sus opiniones políticas o un allanamiento de la casa donde se alojaba, practicado por un grupo profascista. Como si no lo hubiera escuchado, el juez se había vuelto hacia el secretario de actas y había confirmado que el señor Trotski admitía ser el autor del documento que demostraba su intromisión en la política de terceros países.

Cuando se dirigía a la puerta, los policías que lo custodiaban le informaron que debían llevarlo al vecino Ministerio de Justicia. Ya en el edificio contiguo, lo recibieron dos funcionarios tan imbuidos de su carácter que le parecieron recién salidos de un cuento de Chéjov. Luego de informarle que el ministro Lie se disculpaba por no estar presente, le tendieron una declaración que el ministro le rogaba que firmase como requisito para prolongar su permiso de permanencia en el país. Mientras avanzaba en la lectura de la declaración, Liev Davídovich había creído que las sienes le explotarían si no daba rienda suelta a su ira.

«Yo, Liev Trotski», había leído, «declaro que mi esposa, mis secretarios y yo no realizaremos, mientras nos hallemos en Noruega, ninguna actividad política dirigida contra ningún Estado amigo de Noruega. Declaro que residiré en el lugar que el gobierno escoja o apruebe, y que no nos inmiscuiremos de ninguna manera en asuntos políticos, que mis actividades como escritor estarán circunscritas a obras históricas, biográficas y memorias, y que mis escritos de índole teórica no estarán dirigidos contra ningún gobierno de ningún Estado extranjero. Convengo en que toda la correspondencia, telegramas o llamadas telefónicas enviados o recibidos por mí sean sometidos a la censura...»

El exiliado se había puesto de pie mientras arrugaba la declaración, al tiempo que preguntaba por dónde se llegaba más rápido a la cárcel donde lo encerrarían para mantenerle callado.

Liev Davídovich comprobaría que los atemorizados noruegos no necesitaban encarcelarlo para someterlo a un silencio que, a todas luces, exigía Stalin, empeñado en tapiar unos argumentos que pudieran poner de manifiesto las mentiras y contradicciones de la farsa judicial recién celebrada en Moscú. De regreso a Vexhall, de donde se habían llevado a sus secretarios con órdenes de deportación, los confinaron a Natalia y a él en la habitación cedida por Knudsen, frente a la cual colocaron una pareja de guardias para impedirle incluso la comunicación con el dueño de la casa. Como si se tratara de un juego de niños, sólo que dramático y macabro, Liev Davídovich había pasado por debajo de la puerta una protesta formal en la que acusaba al ministro de violar la Constitución con un confinamiento que no había ordenado ningún tribunal. A la mañana siguiente, un policía le entregó una comunicación de Trygve Lie donde le informaba que el rey Haakon había firmado una orden que le permitía atribuciones extraconstitucionales en el caso de los exiliados Liev Davídovich Trotski y Natalia Ivánovna Sedova. Sin duda, Lie parecía dispuesto a conseguir que, con el silencio, cayera cuando menos un manto de duda sobre la inocencia del deportado.

Convencido de que se acercaban tiempos aún más turbulentos, Liev Davídovich había encargado a su secretario Erwin Wolf que hiciera llegar a Liova la última versión de *La revolución traicionada*. Aunque había dado por terminado el libro a principios del verano, los acontecimientos de Moscú lo llevaron a retrasar su envío a los editores, pues esperaba poder añadir una reflexión sobre el juicio contra Zinóviev, Kámenev y sus compañeros de suerte. Sin embargo, ante la incertidumbre de lo que podría ocurrir con su vida, había decidido añadir sólo un pequeño prefacio: el libro sería una especie de manifiesto en el que Liev Davídovich adecuaba su pensamiento a la necesidad de una revolución política en la Unión Soviética, un cambio social enérgico que permitiera derrocar el sistema impuesto por el estalinismo. No dejaba de advertir la extraña ironía que encerraba una propuesta política jamás concebida por las más febriles mentes marxistas, para las cuales hubiera sido imposible imaginar que, logrado el sueño socialista, fuera necesario llamar al proletariado a rebelarse contra su propio Estado. La gran enseñanza que proponía el libro era que, del mismo modo que la burguesía había creado diversas formas de gobierno, el Estado obrero parecía crear las suyas y el estalinismo se revelaba como la forma reaccionaria y dictatorial del modelo socialista.

Con la esperanza de que aún fuese posible salvar la revolución, él había tratado de desligar el marxismo de la deformación estalinista, a la que calificaba como el gobierno de una minoría burocrática que, por la fuerza, la coacción, el miedo y la supresión de cualquier atisbo de democracia, protegía sus intereses contra el descontento mayoritario dentro del país y contra los brotes revolucionarios de la lucha de clases en el mundo. Y terminaba preguntándose: si ya se habían pervertido, hasta sus entrañas, el sueño social y la utopía económica que lo sustentaba, ¿qué quedaba del experimento más generoso jamás soñado por el hombre? Y se respondía: nada. O quedaría, para el futuro, la huella de un egoísmo que había utilizado y engañado a la clase trabajadora mundial; permanecería el recuerdo de la dictadura más férrea y despectiva que pudiera concebir el delirio humano. La Unión Soviética legaría al futuro su fracaso y el miedo de muchas generaciones a la búsqueda de un sueño de igualdad que, en la vida real, se había convertido en la pesadilla de la mayoría.

La premonición que lo había impulsado a ordenar a Wolf el envío de *La revolución traicionada* cobró forma el 2 de septiembre. Ese día Natalia y él tuvieron la impresión de abrir las páginas del capítulo más oscuro del torbellino en que se habían convertido sus vidas y también la certeza de que la maquinaria estalinista no se detendría hasta asfixiarlos. La orden de traslado informaba escuetamente que su destino sería un lugar escogido por el ministro de Justicia y solo los habían dejado tomar sus objetos personales. Los policías, en cambio, habían tenido la deferencia de permitir que se despidieran de los numerosos miembros de la familia Knudsen. La atmósfera en la casa había adquirido la densidad malsana de un funeral, y los jóvenes hijos de Konrad habían llorado al verlos salir como parias, tras haber compartido con ellos un año de sus vidas durante el cual habían incorporado un nuevo miembro a la familia (Erwin Wolf y Jorkis, una de las hijas de Knudsen, se habían casado), la predilección por el café y, como lo demostraba aquel instante, la noción de que la verdad no siempre triunfa en el mundo.

El destino que les habían escogido era una aldea llamada Sundby, en un fiordo casi deshabitado de Hurum, treinta kilómetros al sur de Oslo. El Ministerio había alquilado una casa de dos plantas que los confinados compartirían con una veintena de policías dedicados a fumar y jugar a las cartas y donde las restricciones resultaron ser peores que las de un régimen penal: no se les autorizaba a salir y la única visita permitida era la del abogado Puntervold, cuyos papeles eran revisados al llegar y al partir. Además, recibían los periódicos y la correspondencia solo después de ser groseramente censurados con tijera y tinta oscura por un funcionario que, al igual que Jonas Die, el jefe de la guardia que los custodiaba, proclamaba orgulloso su militancia en el partido nacionalsocialista de Quisling.

Los confinados solo habían vuelto a tener una idea de lo que pasaba fuera de aquel fiordo remoto cuando Knudsen consiguió que les fuera devuelta la radio, confiscada cuando pasaron por Oslo. Así pudo tener Liev Davídovich una medida del éxito conseguido por Stalin con la colaboración noruega cuando escuchó las declaraciones del fiscal Vishinsky, quien comentaba que si Trotski no había contestado a las acusaciones de su Ministerio era porque no tenía modo de impugnarlas, y que el silencio de sus amigos en los gobiernos socialistas de Noruega, Francia, España, Bélgica, corroboraba la imposibilidad de rebatir lo irrebatible. Liev Davídovich había comprendido que debía hacerse oír o estaría perdido para siempre: la más burda de las mentiras, dicha una y otra vez sin que nadie la refute, termina por convertirse en una verdad. Y había pensado: quieren acallarme, pero no van a conseguirlo.

Utilizando la tinta simpática que Knudsen había logrado pasarle en un frasco de jarabe para la tos, preparó una carta para Liova donde le ordenaba lanzarse al contraataque y la acompañó de una declaración, dirigida a la prensa, donde refutaba las imputaciones hechas en su contra y acusaba a Stalin de haber montado el proceso de agosto con el fin de reprimir el descontento que se vivía en la URSS y para eliminar todo tipo de oposición, en una ofensiva criminal comenzada con el asesinato de Kírov. Insistía, además, en la inexistencia de canales de comunicación con cualquier persona en territorio soviético, incluido su hijo menor, Serguéi, de quien no habían tenido noticias en más de nueve meses. Por último, ofrecía al gobierno noruego su disposición a que se analizaran las acusaciones en su contra y pedía la creación de una comisión internacional de las organizaciones obreras para que se investigaran los cargos y se le juzgara públicamente... El 15 de septiembre, como salida del más allá, su voz se dejó escuchar con aquel alarido: era la advertencia de que Liev Davídovich Trotski no se rendía.

Aun cuando el exiliado había evitado mencionar en la declaración su controversia con las autoridades noruegas y los denigrantes sucesos de los últimos días y la había fechado en el 27 de agosto (la víspera de su comparecencia en el juzgado de Oslo), el Ministerio de Justicia le prohibió en adelante toda relación epistolar.

Por eso, aunque hacía muchos meses que Liev Davídovich tenía la certeza de que el tiempo que le quedaba de vida no le alcanzaría para revertir la corriente política que lo había convertido en un paria y a la revolución en un baño de sangre fratricida, decidió lanzarse contra el muro e intentar que su declaración obtuviera más resonancia. Para empezar, ordenó a Puntervold poner una demanda contra los redactores de los periódicos noruegos *Vrit Volk*, nazi, y *Arbejderen*, estalinista, con la esperanza de romper por esa vía la reclusión y usar el juzgado como tribuna. El abogado presentó la demanda el 6 de octubre y le informó que se habían iniciado los trámites para resolverla antes de fin de mes. Pero octubre se esfumaría sin que se iniciara el proceso, hasta que el día 30 llegó la explicación: Lie había detenido los trámites del juicio, amparado en un nuevo Decreto Real Provisional según el cual «un extranjero recluido bajo los términos del decreto de 31 de agosto de 1936 no puede comparecer como demandante ante un tribunal noruego sin la concurrencia del Ministerio de Justicia».

El 7 de noviembre, Puntervold viajó a Sundby para entregarle, en nombre de Konrad Knudsen, una hermosa torta para que festejara su cincuenta y siete cumpleaños y el decimonoveno de la Revolución de Octubre. Jonas Die, el fascista jefe de la guardia policial, acompañó al letrado mientras éste les entregaba el dulce y hasta felicitó a su prisionero, deseándole (era tan prepotente que lo hizo sin ironía) muchos años de felicidad. Le rogaron entonces a Die un poco de privacidad para celebrar el inesperado regalo. Apenas quedaron solos, Natalia troceó la torta y extrajeron el pequeño rollo de papel. Liev Davídovich se encerró en el baño a leer: Knudsen sabía que, en los últimos dos meses, aquélla era la historia que más lo había intrigado, pero solo muy recientemente había logrado conocer los detalles que ahora le revelaba al exiliado con letra diminuta, prescindiendo de adjetivos, con muchas abreviaturas.

Según Knudsen, el 29 de agosto, tres días después de que lo confinaran en Vexhall, el gobierno soviético había pedido a Lie, quien sustituía al ministro de Exteriores, de viaje en el extranjero por esos días, la expulsión del proscrito, pues utilizaba a Noruega, insistían, como base para sabotajes contra la Unión Soviética. La prolongación del asilo, decían amenazadores, deterioraría las relaciones entre los países. Lie aseguraba que cuando recluyó a Trotski, el 26 de agosto, aquella declaración aún no le había sido entregada, por lo cual nadie podía acusarlo de haberlo confinado por verse sometido a la presión soviética. Sin embargo, Yakubovich, el embajador ruso, se había encargado de comentar que varios días antes, cuando Liev Davídovich había concedido una entrevista para el *Arbeiderbladet*, él le había expresado verbalmente aquel mismo mensaje a Trygve Lie. En esa ocasión el embajador había amenazado con una crisis política y hasta la ruptura de relaciones comerciales. Los navegantes y pescadores noruegos, convenientemente enterados del diferendo, temieron una represalia que los perjudicaría y Oslo había cedido a la presión y le asignó a Lie el papel de represor. Fue entonces cuando el ministro le había propuesto firmar la declaración de sumisión con la que pensaba contentar a los soviéticos pero, al no conseguirlo, debió ordenar la reclusión en Sundby.

Armado con la tinta simpática, Liev Davídovich empezó a preparar una carta a Liova y a su abogado francés, Gérard Rosenthal. Sintiéndose libre de cualquier compromiso con los políticos noruegos, contó los detalles y causas de su reclusión y pidió a su hijo que agilizara la campaña de respuesta a Stalin: ahora más que nunca sabía que su única posibilidad era no rendirse, que el silencio solo podía darles la victoria a esa marioneta que era Lie y a quien manejaba los hilos, Stalin.

A través de la radio y de los pocos periódicos que, trucidados, le permitían recibir, el confinado trataba de mantenerse al tanto de lo que ocurría más allá del fiordo. Con unas gotas de mezquina satisfacción supo que, tal y como había predicho, en Moscú y en el resto del país continuaban los arrestos de oposicionistas verdaderos o inventados. Entre los que habían ido cayendo contó al infame Karl Rádek, justo después de que hubiera reclamado en la prensa la muerte del «superbandido Trotski»; también se enteró del arresto del infeliz Piatakov, quien había creído salvarse si declaraba que a los trotskistas había que aniquilarlos como a carroña. En la línea de lo predecible, a finales de septiembre se había producido la destitución de Yagoda como jefe de la GPU, y su puesto había sido asignado a un oscuro personaje llamado Nikolái Yézhov, en cuyas manos Stalin ponía la batuta para dirigir un nuevo capítulo del terror: Liev Davídovich sabía que en Moscú necesitaban organizar otra farsa para tratar de arreglar las chapucerías del proceso de agosto y para eliminar a cómplices demasiado enterados, como el mismo Yagoda o el infame Rádek.

Otro de sus focos de interés era la evolución de la guerra española, la cual podía dar un giro tras el reciente anuncio de Stalin de brindar apoyo logístico a la República. Pero no le extrañó saber que junto a las armas, incluso antes que ellas, habían viajado a Madrid los agentes soviéticos, estableciendo reglas y minando el terreno para que fructificaran los intereses de Moscú. A pesar de aquel movimiento sinuoso, Liev Davídovich había pensado cuánto le habría gustado estar en aquella España efervescente y caótica. Unos meses atrás, cuando se había perfilado el carácter de la República con el triunfo electoral del Frente Popular, él había escrito a Companys, el presidente catalán, solicitándole un visado que, unos días más tarde, el gobierno central le había negado rotundamente... A su manera, Liev Davídovich rogó para que los republicanos lograran resistir el avance de las tropas rebeldes que pretendían tomar Madrid, aunque ya presentía que para los revolucionarios españoles resultaría más fácil vencer a los fascistas que a los persistentes y reptantes estalinistas a los que les habían abierto la puerta del fondo.

La buena noticia de que Knudsen había ganado las elecciones parlamentarias en su distrito llegó al fiordo reforzada con la entrada, asombrosamente permitida, del *Livre rouge sur le procès de Moscou*, publicado por Liova en París. Liev Davídovich comprobó que el folleto conseguía demostrar, de manera irrebatible, las incongruencias y falsedades de la fiscalía moscovita, mientras advertía al mundo que un juicio donde no se presentaban pruebas, fundado en confesiones autoincriminatorias de reos detenidos por más de un año, no podía tener valor probatorio alguno.

La mejor noticia para el deportado había sido comprobar que Liova, llegado el momento de tomar decisiones, también era capaz de hacerlo.

En las cartas que su hijo le había enviado, antes y después de la publicación del *Libro rojo* (cartas que Puntervold trataba de repetirle de memoria), se filtraba la tensión en que vivía el joven, sobre todo desde el proceso de agosto. Si bien el juicio de Moscú había tenido el efecto benéfico de acercar a viejos camaradas como Alfred y Marguerite Rosmer, dispuestos a salir en defensa de Liev Davídovich, también había desatado en Liova una sensación de acorralamiento que no lo abandonaba y que lo llevaba a temer incluso que pudiera ser secuestrado o asesinado. Su situación, además, se había complicado con el agotamiento de los fondos para pagar la impresión del *Boletín* y con las tensiones familiares, pues desde la ruptura política con Molinier, Jeanne decía sentirse más cerca de las posiciones del ex marido que de las de Liova y su padre. Sin embargo, su mayor inquietud, insistía el muchacho, no era él mismo ni su matrimonio, sino algo mucho más valioso: los archivos personales e históricos de Liev Davídovich, guardados en París. Liova había conseguido que una parte de los papeles ya estuvieran en poder del Instituto Holandés de Historia Social y, a principios de noviembre, entregó otra parte a la sucursal francesa del Instituto. El resto, que contenía algunos de los legajos más confidenciales, los había puesto bajo la custodia de su amigo Mark Zborowski, el eficiente y culto polaco ucraniano al que todos llamaban Étienne.

Muy pronto aquel asunto de los archivos demostraría ser algo más que una obsesión de Liova cuando, apenas entregada la nueva partida al Instituto, ocurrió lo que él tanto temía: la noche del 6 de noviembre, un grupo de hombres había entrado en el edificio y sustraído algunos de los legajos. Para la policía estaba claro que se trataba de una operación profesional y política, pues no faltaban otros objetos de valor que había en el local. Lo extraño era que los ladrones supieran de la existencia de un depósito del que solo tenían conocimiento personas de la más absoluta confianza de Liova. Más aún, si los ladrones conocían los secretos de la papelería, ¿por qué habían entrado en el

Instituto y no en el departamento de Étienne, donde estaban los documentos más valiosos? Liova acusaba del robo a la GPU, pero, al igual que en los incendios de las casas de Prínkipo y Kadiköy, su padre percibió que una historia turbia se escondía tras el suceso.

El 21 de noviembre, Puntervold llevó a los Trotski el cadáver de la que fuera una débil esperanza: el presidente norteamericano Roosevelt había vuelto a rechazar la petición de asilo que Liev Davídovich le dirigiera. Las últimas alternativas para salir del fiordo eran ahora la improbable gestión que, como miembro del gobierno catalán, hacía Andreu Nin para que se les acogiera en España y la que Liova había iniciado a través de Ana Brenner, amiga cercana de Diego Rivera, para que el pintor intercediera ante el presidente mexicano Lázaro Cárdenas a fin de que éste le concediera asilo. Para Liev Davídovich la posibilidad de ir a México, quizás la más realista en ese momento, lo desasosegaba: sabía que en ese país su vida peligraría tanto como si se acostara a dormir desnudo en la costa del fiordo helado de Hurum.

En el momento más estricto del confinamiento, Liev Davídovich recibió la visita de Trygve Lie, a quien no había vuelto a ver desde que se destapara la crisis. Lie traía unas provisiones enviadas por Knudsen, entre ellas una bolsa del café que Natalia abrió y comenzó a preparar de inmediato. Después de beber la infusión, el ministro le comentó al confinado que había venido para decirle que el juicio contra los hombres de Quisling se celebraría el 11 de diciembre. Liev Davídovich no pudo evitar una sonrisa: ¿le dejaría hablar en público? Trygve Lie desvió la mirada hacia los tomos colocados sobre la mesa y le comentó que el juicio sería a puerta cerrada. Aunque Liev Davídovich sintió cómo la ira lo desbordaba, consiguió calmarse y le preguntó al ministro si en las mañanas, cuando se afeitaba ante el espejo, no le daba vergüenza mirarse a la cara. Un vapor rojizo cubrió el rostro de Lie, que esperó unos segundos antes de reprocharle su ingratitud al acogido: como político que era, debía de saber las exigencias que muchas veces imponía la política. Pero la aclaración del otro fue inmediata: Lie era un político; él, un revolucionario... ¿Acaso por su fe política Lie estaría dispuesto a someterse a lo que estaba sometido él?, preguntó, y Trygve Lie se puso de pie, convencido de que nunca debía darle una tribuna a aquel hombre. Sin embargo, persiguiendo alguna distensión, el ministro extendió la mano sobre los libros apilados en la mesa y levantó un volumen de las obras de Ibsen: *Un enemigo del pueblo*. Liev Davídovich vio la oportunidad pintada en el aire y comentó lo apropiada que resultaba aquella obra en su actual situación: el político Stockmann que traiciona a su hermano se parecía extraordinariamente a

Lie y a sus amigos, y citó de memoria un fragmento: «Todavía queda por ver si la maldad y la cobardía son lo bastante poderosas para sellar los labios de un hombre libre y honrado». Seguidamente le dio las buenas tardes al ministro y extendió la mano para que le devolviera el libro.

Sin mirar al confinado, Trygve Lie le replicó que había muchos modos de sellar los labios y hasta la vida de un hombre «honrado»: en unos días lo trasladarían a una casa más pequeña, lejos de Oslo, pues el Ministerio no podía afrontar el gasto de alquileres y sostenimiento del exiliado y de los guardias en aquel lugar. Luego tiró el libro sobre la mesa y salió a la nieve.

Liev Davídovich asistió al juicio contra los hombres de Quisling aun cuando sabía que el proceso era una cortina de humo detrás de la cual los laboristas y los nacionalsocialistas noruegos se daban la mano, alegres de haber cooperado en su marginación. No obstante, en sus declaraciones aprovechó la ocasión para denunciar que aquel juicio se celebraba a puerta cerrada cumpliendo órdenes enviadas por Stalin al ministro fascista Trygve Lie.

Por eso, una semana después, cuando le anunciaron una nueva visita de Lie, el exiliado se preparó para lo peor. El ministro permaneció de pie, sin quitarse el abrigo y sin mirar a Liev Davídovich, y le dijo que, para el bien de todos, el presidente Cárdenas le había concedido asilo en México y saldrían de inmediato.

Aunque la perspectiva de marchar a México seguía pareciéndole peligrosa, el exiliado trató de convencerse de que era preferible morir a manos de cualquier asesino que vivir en ese cautiverio que amenazaba endurecerse hasta aplastarlo. La prisa que se daban los noruegos por echarlo del país –ni siquiera le permitirían gestionar un tránsito por Francia para ver a Liova– delataba las tensiones entre las que, por su culpa, debían de haber vivido Lie y los demás ministros en los últimos cuatro meses. No obstante, Liev Davídovich pensó que no debía perder su última oportunidad y le recordó a Lie que todo lo que él y su gobierno habían hecho contra su persona era un acto de capitulación y, como toda capitulación, les costaría un precio, pues él sabía que cada día estaba más cercano el momento en que los fascistas llegarían a Noruega y los convertirían a todos ellos en exiliados. Lo único que deseaba Liev Davídovich era que entonces el ministro y sus amigos se encontrasen algún día con un gobierno que los tratase como ellos le habían tratado a él. Trygve Lie, inmóvil en el centro de la pieza, escuchó aquella profecía con una ligera sonrisa en los labios, incapaz de sospechar el modo abrumador y dramático en que se cumpliría.

Natalia preparó los equipajes mientras Liev Davídovich, todavía temeroso de que la prisa y el sigilo de la partida pudieran conducirlos a alguna trampa, se dispuso a lanzar bengalas de advertencia. A toda máquina redactó un artículo contra el abogado inglés del Consultorio Real, y el francés, miembro de la Ligue des Droits de l'Homme, quienes habían certificado la legalidad del proceso de Moscú, y escribió a Liova una carta, a la que daba valor de testamento: le advertía que si algo les ocurría a él y a su madre durante la travesía hacia México o en otro lugar, declaraba que Liova y Seriozha eran sus herederos. También le encomendaba que jamás se olvidara de su hermano y le pedía que, si alguna vez volvía a encontrarse con él, le dijera que sus padres tampoco lo habían olvidado nunca.

El 19 de diciembre de 1936, envueltos en la luz opaca del invierno, subieron al auto que los sacó del fiordo de Hurum. Liev Davídovich contempló el paisaje noruego y, como escribiría poco después, mientras se alejaban del fiordo hizo en silencio balance de su exilio, para ratificarse que las pérdidas y las frustraciones superaban con mucho las dudosas ganancias. Nueve años de marginación y ataques habían conseguido convertirlo en un paria, un nuevo judío errante condenado al escarnio y a la espera de una muerte infame que le llegaría cuando la humillación hubiese agotado su utilidad y su cuota de sadismo. Dejaba Europa, quizás para siempre, y en ella los cadáveres de tantos compañeros, las tumbas de sus dos hijas. Con él se llevaba apenas la esperanza de que Liova y Serguéi pudieran resistir y, al menos, salir con vida de aquel torbellino; se iban las ilusiones, el pasado, la gloria y los fantasmas, incluido el de la revolución por la que había luchado tantos años. Pero conmigo se va también la vida, escribiría: y por más derrotado que me crean, mientras respire, no estaré vencido.

14

Román Pávlovich sonrió, como si volviera a la vida, cuando Grigoriev le descifró los caracteres cirílicos y leyó el nombre estampado en el pasaporte: R-O-M-Á-N P-Á-V-L-O-V-I-C-H L-O-P-O-V. El soviético había ido moviendo el índice sobre las letras y el recién bautizado Román, hijo de Pablo, después de sonreír, se mantuvo observando con detenimiento los signos rígidos y distantes, mientras luchaba por grabarlos en su mente. En la foto del pasaporte, tomada en un sótano del edificio que ocupaba la Embajada soviética en Valencia, parecía mayor, como si se hubiera transformado desde la última vez que se vio en un espejo: pero le gustó la cara de Román Pávlovich, más recia, como hecha por la vida agreste del Cáucaso donde, según el documento, había nacido. Entonces Grigoriev extendió la mano, con una tensión exigente, y él le devolvió el pasaporte con la sensación de que se desprendía de un pedazo de su alma.

Desde que aterrizaron en el aeropuerto militar, Román Pávlovich había sentido cómo caía en un mundo impenetrable. El idioma ruso lo había rodeado con la misma densidad que el hedor áspero y oleaginoso exhalado por los oficiales que los habían llevado a una habitación demasiado cerrada, donde Grigoriev sostuvo una breve entrevista con dos de ellos. Ahora, acomodado en el asiento posterior del auto que compartía con Grigoriev, sentía cómo su olfato se limpiaba con el aire tibio que penetraba por la ventanilla y, con la caricia de su idioma, volvía a recuperar cierto equilibrio.

–¿Estamos muy lejos de Moscú? –preguntó, observando el tupido bosque de pinos que atravesaba la carretera.

–Más cerca que ayer –dijo Grigoriev.

–¿Y cuándo me llevarás?

–No viniste a hacer turismo –afirmó Grigoriev y él tuvo la certeza de que el tono del hombre se había endurecido, por alguna razón.

Ramón decidió permanecer en silencio. No iba a permitir que nadie le dañara la alegría que lo acompañaba desde que, al regresar a Barcelona, Kotov le anunció que había sido seleccionado para viajar a la patria del socialismo, con la misión de prepararse para luchar por el triunfo de la revolución mundial. Sin ofrecerle más detalles, el asesor le había advertido que serían semanas intensas, durante las cuales se les exigiría el máximo a su cuerpo y su mente.

El bosque de pinos se había hecho más impenetrable cuando, en una curva de la carretera, la monotonía conífera quedó rota por una muralla de hormigón junto a la que rodaron por varios centenares de metros hasta llegar a un portón metálico que se abrió con un chirrido carcelario. Ramón Mercader alertó sus sentidos, dispuesto a captar el más mínimo detalle. Tras el portón, que volvió a cerrarse apenas el auto lo traspuso, corría un sendero estrecho y circular que empezaron a recorrer en sentido opuesto a las manecillas del reloj. A la izquierda, en lo que debía de ser el centro de una gigantesca rotonda, se alzaban más pinos, separados a cada tanto por senderos que, como radios, se perdían hacia el corazón denso del bosque. A la izquierda, delimitadas por cercas metálicas flanqueadas de setos compactos y podados, había unas cabañas de ladrillo, en cuya puerta principal se veían números que seguían un orden recóndito o arbitrario: del 11 se pasaba al 3, luego al 8, al 2, al 7, como si los números hubieran sido voceados por un anunciante de loterías.

El auto se detuvo ante la cabaña 13, y cuando Grigoriev musitó un llegamos, Ramón tuvo la convicción de que aquellos guarismos tenían un significado propicio: aquél era el año de su nacimiento. Apenas pusieron pie en tierra, el auto se perdió en la curva de la rotonda y Grigoriev avanzó hacia la cabaña y abrió la puerta, descorriendo el cerrojo exterior. Ramón, que solo llevaba un bolso de tela donde le habían permitido echar alguna ropa interior, se apresuró y cruzó el umbral, para que su guía material y espiritual cerrara la puerta tras él.

La sala de la cabaña estaba dispuesta como un aula para un solo alumno, en la que destacaban un pupitre, una mesa con una silla, un pizarrón y un mapamundi desplegado en la pared. Hacia un costado había una mesa baja y, a su alrededor, cuatro butacas forradas en piel. Frente a ellas estaban de pie dos hombres uniformados: uno llevaba un traje de reglamento, con grados en los hombros, y el otro un mono de campaña negro, sin distintivos. El oficial se acercó a Grigoriev y, sonriente, lo abrazó, para luego besarlo en las mejillas y los labios, mientras ambos musitaban palabras en ruso. El del traje de campaña hizo un saludo marcial a Grigoriev y éste, luego de responderle, le estrechó la mano y le habló algo en aquel idioma pedregoso. Solo entonces el oficial se volvió hacia Ramón y se dirigió a él en francés.

—Bienvenido a nuestra base, camarada Román Pávlovich. Soy el mariscal Koniev, jefe de la instalación, y él —señaló al hombre de negro— es el teniente Karmín, su oficial entrenador. Siéntese, por favor. ¿Un té?

Román Pávlovich sonrió, y ocupó su asiento mientras los otros tres se acomodaban en los restantes.

—¿Podría ser café, mariscal? —pidió, también en francés.

—¡Por supuesto!... Teniente, por favor... —Mientras Karmín se retiraba hacia la cocina, el mariscal encendió un cigarrillo y miró a Román Pávlovich—. Esta noche, antes de que le traigan la cena, el teniente Karmín le explicará el reglamento interno, de absoluto y estricto cumplimiento. Le adelanto que no podrá salir de esta cabaña si no es acompañado por su oficial entrenador, por mí o por su oficial operativo, el camarada Grigoriev. Y desde ahora le adelanto que para las faltas de disciplina solo hay una medida: la expulsión.

El mariscal hizo un silencio y, como si estuviera previsto, Karmín regresó con una bandeja de madera sobre la que humeaba una tetera que imponía sus emanaciones al aroma del café. En cuanto lo probó, Román Pávlovich lamentó haber pedido aquel brebaje excesivamente endulzado y claro y pensó si el reglamento le permitiría prepararse él mismo su infusión.

Sin pedirle permiso, Grigoriev y el mariscal comenzaron a hablar en ruso, y Román Pávlovich supuso que ajustaban los detalles de su estancia. El teniente Karmín bebía su té con los ojos clavados en la taza, como si esperara encontrar una serpiente en el fondo. El diálogo se extendió por varios minutos, con Koniev como principal expositor, y terminó cuando Grigoriev le entregó el pasaporte de Román Pávlovich al mariscal, que miró al nuevo alumno.

—Hasta que se decida su nueva identidad, usted será el Soldado 13 —informó lacónico y, con un gesto casi teatral, rasgó el pasaporte, para sobresalto de Ramón, que sintió nítidamente cómo se convertía en un fantasma sin nombre, sin brújula, sin retroceso, como se lo confirmaron las últimas palabras del mariscal—. O no será nadie.

Grigoriev y el Soldado 13 desayunaron en la cocina de la cabaña y éste tuvo la satisfacción de poder prepararse el café. Era un polvo rojizo y sin perfume, del que difícilmente se podría obtener una infusión satisfactoria, aunque colado por él era cuando menos bebible. Grigoriev lo invitó a dar una caminata y abandonaron la cabaña por la puerta trasera. Más allá de unos metros de tierra barrida, se volvía a ver la agobiante presencia del bosque de pinos a través del cual se extendían, hasta unos cien metros de la casa, unas cercas metálicas cubiertas con planchas galvanizadas que separaban los terrenos de las cabañas. Mientras penetraban en el bosque, el Soldado 13 notó que su guía apenas cojeaba.

La noche anterior el teniente Karmín le había explicado el reglamento de la base, que, esencialmente, se reducía a la obediencia más absoluta. Le confirmó que no tendría contacto con nadie que no estuviera autorizado por él y por el mariscal, y le explicó la razón: en un futuro, su vida podría depender de que ninguno de los estudiantes de la escuela hubiese visto jamás su cara y de que él no hubiese visto la de ninguno de ellos. Todos los que entraban en aquel recinto eran hombres de índices de inteligencia excepcionales, y se les exigiría según esa capacidad. El resto de las condiciones de su estancia, por tratarse de un soldado escogido para misiones especiales, se las explicaría el camarada Grigoriev, le dijo, y él no pudo dejar de sentir un flujo de orgullo al saber que era parte de una vendimia seleccionada.

Pero ese día del verano de 1937 el Soldado 13 tendría la verdadera noción de hasta qué punto había cambiado su vida cuando supo cuál iba a ser la importante misión que podría abrirle las puertas del cielo proletario. Grigoriev comenzó esbozándole la situación que se vivía en la URSS y de qué modo los implicaba. Como Ramón sabía, el Partido y el gobierno habían iniciado el año anterior una lucha a muerte contra los trotskistas y oposicionistas que quedaban en el país. Había sido especialmente doloroso descubrir, escasos meses después, cómo un grupo de los más prestigiosos oficiales del Ejército Rojo, entre ellos el mariscal Tujachevsky, se habían aliado con la inteligencia alemana con la intención de dar un golpe de Estado, deponer al camarada Stalin y pactar con los fascistas. Las pruebas halladas eran irrebatibles, y los militares habían sido juzgados y fusilados unas semanas atrás, mientras proseguía la purga de elementos peligrosos del ejército y se completaba la depuración en el Partido. Aquel operativo, continuó, lo había dirigido el camarada Yézhov, comisario de Asuntos Internos, bajo la supervisión directa del camarada Stalin. Ahora bien, dijo Grigoriev, y a pesar de que estaban rodeados solo por coníferas, bajó la voz hasta convertirla en un susurro: desde la caída de Yagoda, el anterior comisario del Interior, acusado de traición y trotskismo, Yézhov había comenzado una cacería dentro de las propias fuerzas secretas, tanto en la contrainteligencia de la NKVD como la inteligencia militar y, por exceso de celo o por su deseo de borrar del mapa a los antiguos oficiales para sustituirlos por sus hombres de confianza, estaba poniendo en riesgo la misma existencia de esos organismos.

—El camarada Stalin lo ha dejado actuar porque piensa que es necesario eliminar a los hombres de Yagoda que pudieran estar ligados a sus actos traidores —Grigoriev detuvo la marcha—. Y nadie mejor que Yézhov para ese trabajo. Pero a la vez le ha quitado de las manos varias direcciones, entre ellas la inteligencia en el exterior, y las ha confiado al camarada Laurenti Beria. Esta base y los planes que en ella se preparan, por ejemplo. Todo irá bien para nosotros mientras se mantenga esa división de funciones, pero si la depuración de Yézhov provoca un enfrentamiento con Beria, que al fin y al cabo es su subordinado, y se lanza hacia nosotros, la vamos a pasar muy, pero muy mal. Aunque lo peor no es eso: lo más grave es que se podrían perder las líneas de trabajo que parten de aquí, entre ellas la nuestra.

—¿Y por qué el camarada Stalin se arriesga a que ocurra algo así?

—Tiene sus razones, siempre las tiene —dijo Grigoriev y escupió hacia un pino. Mantuvo el silencio durante unos segundos—. Mi situación es especialmente complicada por dos razones: primero porque Yézhov me considera un hombre de la época de Yagoda, aunque entré en la inteligencia mucho antes; segundo, porque soy judío, y es evidente que a él no les gustamos los judíos, como a mucha gente... Por eso es más seguro para mí seguir en España y tratar de hacerme indispensable allá.

Tal vez abrumado por la información que recibía, por las palabras pronunciadas en español o por el efecto benéfico de volver a encontrar debajo del seco Grigoriev al Kotov que conocía o creía conocer, Ramón sintió que volvía a ser él mismo y que el vértigo de novedades y sonidos incomprensibles en medio del cual había vivido durante los últimos días comenzaba a ceder, a pesar de tener la impresión de que estaban colocándolo en el borde de un precipicio donde lo abandonarían sin que se vislumbrara el menor asidero a su alcance.

—¿Y cuál es la misión para la que nos necesita el camarada Stalin?

—La más importante —hizo una pausa larga, como si pensara—. Por eso estoy obligado a decírtela desde ahora, porque de tu disposición depende que sigamos adelante o no.

—¿Cuál es? —Ramón no quiso jugar a las adivinanzas. Lo mejor, pensó, era tomar el toro por los cuernos.

—El camarada Stalin piensa que ha llegado el momento... Vamos a preparar la salida de Trotski del mundo.

Ramón no pudo evitar la sacudida. Quiso pensar que había oído mal, pero sabía que había entendido perfectamente y que en ese mismo instante, solo por haber escuchado aquellas palabras de Kotov, su vida había caído en una dimensión extraordinaria.

—¿Qué quieres decir con preparar? —logró preguntar.

–Empezar a trabajar para ello. Montar un golpe maestro. Por eso tú y otros comunistas españoles estáis aquí.
–¿Nos vais a preparar para matarlo?
–Los vamos a preparar para muchas cosas.
–¿Y por qué coño tenemos que ser españoles?
Kotov sonrió y movió con el pie un piñón gigantesco. Le comentó que, en su opinión, los españoles nunca serían buenos agentes secretos. Aunque tenían a su favor una mezcla de temeridad y de crueldad innata que los hacía capaces de matar o morir (ése es un gran mérito) y también eran fanáticos (para este trabajo se necesita una buena dosis de fanatismo), arrastraban el defecto de ser demasiado espontáneos, a veces hasta cordiales y dramáticos, y en el fondo todos eran un poco fanfarrones, y la fanfarronería los hacía ser habladores, y ése resultaba un defecto difícil de erradicar...
–No es muy alentador lo que dices. No entiendo entonces...
–Esta misión es para hombres que hablen el castellano como primera lengua. Ésa es la primera razón. La segunda, que sean capaces de superar cualquier escrúpulo.
Ramón pensó hasta qué punto aquellos defectos y virtudes eran también suyos y concluyó que Kotov tenía una buena dosis de razón, excepto en la fanfarronería.
–Pero la verdadera causa por la que estás aquí es porque creo que tú puedes hacerlo –terminó Kotov.
Ramón miró hacia el bosque. La llama del orgullo se había prendido en su mente, desplazando cualquier otro temor. ¿Qué habría pensado África si hubiese oído aquella conversación? ¿De verdad ella había creído que él era demasiado blando? ¿Qué había visto Kotov en él?
–Dime, Ramón, si fuera necesario, ¿serías capaz de matar a un enemigo de la revolución?
El joven miró a Kotov y éste le sostuvo la mirada.
–Si fuera necesario, claro, lo haría.
El asesor sonrió y su mirada recuperó el brillo que había extraviado en los últimos días. Con un dedo apuntó al pecho de Ramón.
–¿Te imaginas el honor que representaría ser el escogido para sacar del mundo a esa escoria traidora de Trotski? ¿Sabes que por años y años ese renegado ha estado trabajando para destruir la revolución y que es una rata inmunda que se ha vendido a los alemanes y a los japoneses? ¿Que ha llegado a planificar envenenamientos masivos de obreros soviéticos para sembrar el terror en el país? ¿Que su filosofía aventurerista puede poner en peligro el futuro del proletariado aquí, allá en España, en el mundo entero?

Ramón miró otra vez hacia el bosque. Su mente estaba en blanco, como si todos los conductos de su inteligencia se hubiesen quebrado, pero dijo:

–Lo que no entiendo es por qué se ha esperado hasta ahora para acabar con ese traidor.

–Tú no tienes que entender nada. Ya te lo dije: Stalin tiene sus razones, y nosotros, el deber de la obediencia... Por cierto, ¿cuántas veces has oído en estos dos días la palabra obediencia?

–No sé, varias.

–Y la volverás a oír mil veces, porque es la más importante. Después le siguen fidelidad y discreción. Ésa es la sagrada trinidad y debes grabártela en la frente, porque luego de haber oído lo que te he dicho, como te habrás dado cuenta, para ti solo hay dos caminos: uno va hacia la gloria y el otro hacia un campo de trabajo, donde no tienes la menor idea de lo poco que vale la vida de un pobre tipo que ni siquiera tiene nombre y es considerado un traidor... Arriba, ya deben de estar esperándonos.

Cuando entraron en la cabaña, el mariscal Koniev y Karmín se pusieron de pie y esbozaron saludos militares. Mientras el Soldado 13 se acomodaba en el pupitre, Grigoriev les dijo algo a los dos militares. Entonces Grigoriev y el mariscal ocuparon las butacas del fondo. Karmín, con su traje negro, fue a colocarse frente al pizarrón y pareció fundirse en él. Ramón notó que tenía las manos húmedas y escuchó en su cerebro las últimas palabras de Kotov.

–Soldado 13 –dijo Karmín, en un francés limpio y sureño que le evocó sus días en Dax y Toulouse–, tu mentor nos ha dicho que estás preparado para comenzar el entrenamiento. Pero antes de empezar a trabajar, serás sometido a diversas pruebas físicas y psicológicas para tener un diagnóstico exacto de tu persona. Si los resultados son satisfactorios, como esperamos, comenzarás a recibir clases de historia del partido bolchevique, de política internacional, de marxismo-leninismo y psicología. También te enseñaremos técnicas de supervivencia, de interrogatorio, de lucha cuerpo a cuerpo, y habrá prácticas con diversas armas de fuego y paracaidismo. La parte más importante del entrenamiento, sin embargo, estará en el trabajo con la personalidad. Vas a aprender, ante todo, que ya nunca volverás a ser la persona que fuiste antes de llegar a esta base. Te vamos a limpiar por dentro. Es un trabajo lento y difícil, pero si eres capaz de vencerlo, estarás en condiciones de recibir cualquiera de las personalidades que se decida escoger para la misión. Esa personalidad todavía no está determinada, pero, sea cual fuere, nunca volverás a ser español, ni deberás hablar en español, y mucho menos en catalán. Por lo pronto hablarás en francés y pensarás en francés. Trataremos de que sueñes incluso en francés. Nuestros especialistas te ayudarán en ese empeño pero, repito, tu voluntad es esencial para conseguir el éxito.

El Soldado 13 pensó que las expectativas eran tal vez demasiado elevadas, pero asintió en silencio, pues ya presentía que todo aquel conocimiento podría serle útil para la misión de que le hablara Kotov.

–Bien. Para comenzar, necesitamos que superes una prueba muy sencilla, pero definitiva, pues te va a enseñar muchas cosas. ¡Acompáñame!

Karmín avanzó hacia la salida de atrás y el Soldado 13 lo siguió. Tras ellos fueron Grigoriev y Koniev. La mañana era ahora más cálida y del bosque de pinos llegaba un efluvio perfumado. Sobre una pequeña mesa de madera el Soldado 13 vio tres modelos de puñales de campaña y pensó que lo enseñarían a utilizarlos. De entre los pinos surgieron en ese momento la figura de un militar, vestido como Karmín, que casi arrastraba a un hombre sucio, con el pelo grasiento y vestido con harapos, cuya fetidez se impuso al aroma del bosque.

–Mira bien a ese hombre –dijo Karmín–. Es una escoria, un enemigo del pueblo.

El Soldado 13 apenas miró al indigente cuando, sin que mediaran otras palabras, Karmín gritó:

–¡Mátalo!

El Soldado 13, sorprendido por el alarido, sintió una doble confusión: ¿la orden era real? ¿Y a quién se la daban, al Soldado 13, a Ramón Mercader o al efímero Román Pávlovich? Pero no tuvo tiempo de pensar más pues Karmín extrajo de su funda la Nagan de reglamento y la amartilló.

–*Iób tvoiv mat'*! ¿¡Lo liquidas tú o tengo que hacerlo yo!?

El Soldado 13 miró los puñales y tomó uno de hoja corta y ancha que, sin saber por qué, le pareció el más apropiado. ¿Apropiado? ¿Para matar a un enemigo de la revolución?, pensó y sintió que las piernas le temblaban cuando dio el primer paso. Trató de convencerse de que aquello solo podía ser una prueba: llegado el momento, le ordenarían detenerse y sacarían de allí al pordiosero. Avanzó hacia el hombre fétido, en cuyos ojos descubrió un miedo creciente. El hombre dijo algo en ruso que él no pudo entender, aunque percibió como una súplica donde se repetía la palabra *továrich*, mientras daba uno, dos pasos hacia atrás, con el cuerpo sacudido por un temblor. El Soldado 13 siguió avanzando, con el puñal a la altura de la cadera, esperando oír la orden de detenerse, el mandato que no llegaba, mientras el pordiosero maloliente estaba cada vez más cerca de él.

El Soldado 13 vio el ruego dramático en los ojos del hombre, apenas a un metro y medio de él, y pudo escuchar el silencio. Nada más. En su mente se formó una palabra: obediencia, y una pregunta: ¿blando? La imagen de África pasó como una centella por su cerebro. Entonces dio otro paso, movió el puñal hacia atrás, para impulsarse, y comprendió que el otro era ya incapaz de huir, incluso de retroceder. El terror lo había paralizado y lo había puesto a sudar. ¿Debía matar a un hombre así, a sangre fría, para demostrar su fidelidad a una causa grandiosa? ¿Con esa impiedad había que tratar a los enemigos del pueblo en la tierra de la justicia? ¿Qué tenía que ver aquello con las traiciones de Trotski, con los desmanes de los fascistas españoles? No, se dijo, la orden llegaría, lo detendrían, todos se reirían, y movió unos centímetros más el puñal hasta colocarlo en la posición de ataque. Y ya no lo pensó: lanzó el brazo armado en busca del vientre del pordiosero y descubrió, en ese instante, que era el Soldado 13, que Ramón Mercader se había esfumado, que él estaba cumpliendo con el primer principio sagrado: la obediencia. El puñal siguió su viaje en persecución de la vida del hombre indefenso, paralizado por el terror, y cuando estaba a punto de hundirse en el vientre, sobre el que se habían cruzado las manos del hombre en un intento de protegerse, aquellas mismas manos se movieron a una velocidad inconcebible, desviaron el curso del acero y el Soldado 13 recibió una fortísima patada en el mentón, que lo lanzó de espaldas, inconsciente.

En unas pocas semanas, el Soldado 13 comenzó a percibir una mutación en los colores de su conciencia. Mientras las clases teóricas iban llenando su cerebro de razones filosóficas, históricas y políticas para hacer inquebrantable su fe, las sesiones con los psicólogos iban drenando su mente de los lastres de experiencias, recuerdos, temores e ilusiones forjadas a lo largo de una vida y de un pasado de los cuales se desprendía como si lo fueran desollando. Le asombraba comprobar cómo su historia personal comenzaba a ser una nube borrosa, y que incluso acontecimientos recientes, como las últimas recomendaciones que le hiciera Kotov antes de partir de regreso a España, parecían tan difuminadas que a veces se preguntaba si no las habría vivido en otra existencia, remota y turbia.

En esos meses fue cuando realmente Ramón empezó a dejar de ser Ramón, y solo volvería a serlo cuando el hombre en que lo convertirían se asfixiaba y, para salvarlo, debía salir a flote el viejo Ramón Mercader. O siempre que le ordenaban sacarlo a tomar sol. Pero ya nunca volvió a ser el mismo Ramón Mercader del Río...

El hombre que en su pasado nebuloso había adoptado con su romanticismo juvenil y con las arengas de África los ideales comunistas empezó ahora a asumir una fe científicamente sustentada, cuya materialización era la nueva sociedad soviética, donde al fin el hombre había alcanzado el grado máximo de su dignidad. La lucha revolucionaria, intuitiva y desordenada que había desplegado contra la oligarquía, la burguesía, el fascismo y los traidores, se concretó con nueva coherencia y fundamentos en la necesidad histórica de la lucha del proletariado por materializar la utopía de la igualdad y en la misión del Partido de dirigir esa gran contienda. Aprendió que si aquella lucha por momentos podía parecer despiadada, siempre era justa. En las raíces de cada una de estas ideas asomaban las teorías y prácticas estalinistas, la sabiduría y la mirada estratégica del camarada Stalin, el Secretario General que se alzaba sobre la historia, al frente de los proletarios del mundo, como genial heredero de Marx, Engels y Lenin. La convicción de que el futuro de la humanidad pertenecía al socialismo se convirtió en su credo; y aprendió que, para que la Unión Soviética alcanzase ese futuro, cualquier sacrificio, cualquier acto estaba históricamente justificado y no era admisible la más mínima disidencia. En ese punto añadieron a sus estudios las lecciones de odio clasista y, visualizando a esos enemigos de clase, sus convicciones se volvieron más sólidas.

Llegó octubre y las temperaturas empezaron a bajar. Karmín le anunció que, sin dejar las sesiones teóricas y los encuentros con los psicólogos, iniciarían los entrenamientos físicos. El Soldado 13 tuvo la esperanza de que al fin saldría de los límites de la base y tal vez podría ver con sus ojos parte de la realidad luminosa del país de los Sóviets. Sin embargo, salvo las dos semanas en que se trasladaron a los montes Urales para someterlo a pruebas de resistencia en condiciones extremas (de las cuales regresó con seis kilos menos pero con el orgullo de haber sido felicitado por Karmín), el resto del adiestramiento se realizó en los bosques de Malájovka. Allí incorporó las técnicas del tiro con fusil, pistola y ametralladora, las habilidades de lucha con puñal, con espada y con hacha, los recursos de la defensa personal utilizando solo manos y pies, y le enseñaron cómo ser preciso en el lanzamiento de granadas, el arte del escalamiento de paredes y de los procesos de demolición. Vencido el primer ciclo, se empeñaron en el aprendizaje de las maneras de eliminar a uno o más enemigos con las diversas armas que dominaba, identificando primero los puntos débiles en la defensa de los contrarios y luego los rincones de su anatomía donde se conseguían los efectos deseados con la mayor eficiencia. Los enemigos con los que se entrenaba, especialistas en los diversos modos de agresión, siempre fueron calificados de perros trotskistas, renegados trotskistas, traidores trotskistas, hasta conseguir que la mención del adjetivo provocara un derrame hormonal.

El Soldado 13 recordaría como el momento más álgido de su reconversión y entrenamiento cuando lo enseñaron a resistir los métodos psicológicos de tortura e interrogatorio, en los que incluyeron, para buscar el realismo necesario, agresiones físicas destinadas a demostrarle la increíble inventiva humana para infligir modos de sufrimiento en sus semejantes. La esencia de aquel aprendizaje, sin embargo, no era solo la adquisición de la capacidad de callar, sino y, sobre todo, de no dejarse manipular por los interrogadores, de cortar cualquier puente de entendimiento que pudiera abrir un canal hacia sus debilidades y, más aún, conseguir que los interrogadores creyeran historias que pudieran confundirlos y alejarlos de la verdad. Le demostraron que era mucho más difícil guardar un secreto que sonsacárselo a alguien, y lo adiestraron en juegos psicológicos rebuscados, como la evocación de sueños o el reflejo de supuestas obsesiones enfermizas.

Cuando a finales de noviembre Grigoriev reapareció en la base, el Soldado 13 ya era, hasta donde los entrenadores podían garantizarlo, un hombre de mármol, convencido de la necesidad de cumplir cualquier misión que se le ordenase, forjado para resistir en silencio diversos asedios, dotado de un odio visceral contra los enemigos trotskistas y apto para ser convertido en la persona que le asignaran. La satisfacción de sus instructores era ostensible, pues el diamante en bruto encontrado por Grigoriev parecía ser una piedra maravillosa, brillante por todas sus aristas: la política, la filosófica, la lingüística, la física, la psicológica, y había sido blindada con la mejor de las corazas, porque era un hombre capaz de guardar silencio, de explotar su odio, de no sentir compasión y de morir por la causa. Una máquina obediente y despiadada.

Aquella tarde, el Soldado 13 vestía un uniforme negro similar al de su entrenador personal, pero diseñado para las temperaturas invernales. Grigoriev, acompañado por el mariscal Koniev, entró en la cabaña, lo saludó con un gesto marcial y, sin quitarse ninguna de las piezas con que se protegía del frío, atravesó la estancia en busca de la salida posterior. A una orden de Karmín, el Soldado 13 lo siguió y, al acceder al patio nevado, estuvo a punto de sonreír al ver sobre una pequeña mesa tres puñales similares a los que le ofrecieran el día de su iniciación. El Soldado 13 comprendió de inmediato lo que se esperaba de él y, cuando vio que el instructor empujaba desde el bosque al hombre vestido con harapos, sacudido por el frío y el miedo, se dispuso a darle la lección que ahora, estaba seguro, era capaz de regalarle.

—¡Soldado 13! —dijo Karmín—, ya lo sabes... Frente a ti hay un perro trotskista enemigo del pueblo. ¡Mátalo!

El Soldado 13 escogió el puñal de campaña del ejército inglés. Apenas lo aferró, sintió cómo su piel se calentaba hasta no percibir el frío, mientras sus músculos se convertían en una prolongación de la hoja de acero y sus pies en serpientes que reptaban hacia la víctima. El hombre rogaba y Karmín, unos metros detrás de él, tuvo la gentileza de traducirle: jura que es inocente, que no ha conspirado, dice que odia a Trotski, a Zinóviev, a Kámenev y a todos los traidores a la clase obrera, insiste en que su padrecito es el camarada Stalin, y pide por favor que se haga justicia proletaria con él. ¿Crees algo de todo eso? El Soldado 13 negó con la cabeza y siguió avanzando hacia el hombre cuyos temblores parecían tan auténticos como la súplica de piedad prendida de su mirada. En ese instante creyó descubrir una estrategia diferente en el perro suplicante que clamaba con los brazos abiertos, sin retroceder, como si se hubiera fundido en la nieve. Cuando movió el puñal para buscar impulso, realizó un rápido juego de manos y cambió el agarre. No dirigiría su ataque al abdomen, sino al cuello, para que el supuesto pordiosero pudiera desviar el movimiento de la hoja de acero pero no impedir que él lo golpeara entonces con toda sus fuerzas en las entrepiernas, primero, y, una vez de rodillas, clavarle el talón en la barbilla, con un medio giro de sus piernas.

El Soldado 13 contuvo la respiración, dispuesto al ataque. Dejó su mirada en los ojos de la presunta víctima y, con un arco cerrado, proyectó el brazo desde su costado derecho, buscando la yugular del hombre cuyos ojos no perdieron la expresión de terror hasta que el puñal se le clavó en el cuello y, un segundo después, lanzó un estertor de sangre que escapó por su boca y fue a dar en el pecho del uniforme negro y acolchado de su verdugo. El Soldado 13 sintió en el hombro el peso muerto del hombre, sostenido por el puñal, hasta que vio cómo se derrumbaba y dejaba libre el acero dentado, del que cayeron unas gotas más de sangre sobre la nieve ya enrojecida. El Soldado 13 nunca recordaría si en algún momento había sentido frío.

Mientras el auto avanzaba y la densidad del bosque decrecía, Grigoriev evocaba los tiempos de su llegada a Moscú, en los días caóticos y violentos previos al triunfo de Octubre. Sin dejar de escuchar, el Soldado 13 pensó que, apenas cuatro meses antes, al joven Ramón que lo había habitado le habría encantado visitar el Moscú rojo de la revolución, el sitio de peregrinación de todos los comunistas del mundo. Pero él había extraviado la curiosidad y ahora cumplía el trámite con la misma disciplina y falta de pasión con que hubiera acatado una orden, aun cuando sus sentidos estaban alertas y, a la vez que procesaban las palabras de su mentor, grababan en su mente los detalles del recorrido con la meticulosidad del profesional.

Grigoriev y el mariscal Koniev le habían comentado que se haría una pausa en sus entrenamientos. Por sus excelentes resultados, se le había concedido aquel permiso para que disfrutara de un fin de semana en la capital. Muy pronto el Soldado 13 comprendería que le permitían salir de la base con otras intenciones.

La nieve persistente de los últimos días cubría plazas y edificios, cúpulas y parques, y el río Moscova era un espejo sinuoso. Tan pronto empezaron el recorrido, Ramón sintió que penetraba en una ciudad con aires de villa feudal y espacios suprahumanos, que le provocaba una sensación de incongruencia entre su realidad y sus pretensiones, una imposibilidad de definición que solo le revelaría su origen muchos años después, cuando comprendió que, a pesar de su grandeza y prepotencia, la capital soviética seguía siendo un territorio en conflicto, el cruce de dos mundos que allí perdían sus contornos: Occidente y Oriente, cristianismo y ortodoxia, lo europeo y lo bizantino, que se desnaturalizaban y daban lugar a algo diferente, definitiva y esencialmente moscovita. La plaza Roja fue, como esperaba, la primera parada, y, al atravesarla, su dimensión se le antojó más inabarcable de lo que las fotos de los desfiles habían fraguado en su imaginación. Aunque las cúpulas acebolladas y coloridas de San Basilio lo sorprendieron por sus formas y colores, en realidad le resultaron exóticas e indescifrables, como si le hablaran en ruso o en algún otro idioma oriental; las rojas murallas y torres del Kremlin, en cambio, le parecieron más cercanas, adecuadas a la ancestral grandeza del país. Con un pase especial pudieron ahorrarse la fila que, con aquella temperatura de menos doce grados y entre ofrendas florales petrificadas por la congelación, hombres, mujeres y niños, llegados de todas partes de la URSS y del mundo, hacían en respetuoso silencio para pasar unos escasos minutos ante el cadáver momificado del creador del Estado soviético. La emoción que esperaba sentir al penetrar en aquel mausoleo entre faraónico y helénico se le extravió, pues le costó asimilar, a través de un cristal cuyos reflejos descomponían el rostro de la momia en planos mal montados, las emanaciones de la grandeza del hombre que había conseguido materializar el sueño más preciado y esquivo de la humanidad: la sociedad de los iguales.

Con otra autorización, minuciosamente revisada por los custodios, avanzaron hacia la Puerta de la Trinidad, por la que atravesaron las murallas del Kremlin, contra las que habían paleado la nieve. Mientras lo conducía por las calles interiores hacia la plaza de la Catedral, Grigoriev le mostró los sitios donde habían hecho modificaciones tras demoler unas viejas capillas de los tiempos de los primeros zares y casi detuvo la marcha para señalarle, a la menor distancia posible, los ventanales de las oficinas administrativas desde las cuales se dirigía el país más grande de la Tierra.

–¿Ahí trabaja el camarada Stalin?

–Una parte del día –le respondió Grigoriev–. Y hasta hace unos años tuvo su departamento allí –e indicó el viejo edificio del Senado, levantado en tiempos de Catalina la Grande–. Desde que se suicidó su esposa, dejó esas habitaciones y siempre duerme en su dacha de Kúntsevo. Allí le gusta resolver los asuntos más importantes, pues casi siempre trabaja toda la madrugada. Duerme muy poco y trabaja mucho, pero es fuerte como un toro.

Cuando abandonaron el recinto amurallado, bordearon los gigantescos almacenes Gum a los que acudían gentes de toda la ciudad con la esperanza, muchas veces defraudada, de darle una sorpresa a sus estómagos. Frente al Museo de Historia tomaron la vieja calle Nikolskaya, rebautizada 25 de Octubre, para ascender la cuesta hacia la plazoleta donde imperaba la estatua de Felix Dzerzhinski, tras la cual se levantaba el edificio más temido de la nación.

–*Voilà* la Lubyanka –le señaló Grigoriev.

El Soldado 13 sabía la historia de aquella edificación y se dedicó a contemplarla en silencio. La antigua casa de seguros, ocre y adusta, había recibido hacía veinte años a los hombres que, convertidos en apocalípticos azotes proletarios en la tierra, habían asumido la responsabilidad de defender con cualesquiera métodos la revolución asediada por sus enemigos internos y externos. Solo de mirar el edificio, tan denso que parecía encajado en la tierra y por cuya acera no transitaba nadie, se sentía la fuerza emanante de la impiedad más real: la que, como voluntad de un dios inapelable, decide sobre la vida y la muerte, sin necesidad de protocolos, por encima de toda ley social. El Soldado 13 sabía que detrás de aquellas paredes se manejaba su propio destino y que, de algún modo, él se había convertido en un ladrillo más en aquel magnífico edificio que, desde la oscuridad, tanto había hecho por la supervivencia de la revolución. El poder avasallante de la

Lubyanka sería muy pronto su poder, pensó, cuando descubrió que se equivocaba: aquél *ya* era su poder, y lo había sentido en la mano que días antes sostuviera un puñal inglés.

–Como ves, la gente evita pasar por aquí –dijo Grigoriev e hizo una pausa–. Ésta es la plaza del miedo. Es un miedo que hemos cultivado con esmero, un miedo necesario. Se cuentan muchas historias de la Lubyanka, casi todas terribles. ¿Y sabes qué? La mayoría son ciertas. Los burgueses utilizan muy bien el miedo, y nosotros tuvimos que aprenderlo y ejercitarlo: sin miedo no se puede gobernar ni empujar a un país hacia el futuro.

–El proletariado tiene derecho a defenderse, de la forma que sea –dijo el Soldado 13 y Grigoriev sonrió.

–Veo que te han atiborrado de consignas. Ahórratelas conmigo.

Sin cojear apenas, Grigoriev lo condujo hacia el bulevar de los teatros y entraron en la calle Petrovka, donde el Soldado 13 encontró una vida palpitante que contrastaba con la soledad sideral de la Lubyanka. Su mentor le había dicho que buscarían un sitio adecuado para comer algo y conversar, a salvo de indiscretos. Ante un edificio de aire modernista, que al Soldado 13 le resultó lejanamente familiar y barcelonés, un hombre, al pie de una escalera que descendía desde la acera hacia un sótano, combatía el frío marchando sin moverse del sitio. El Soldado 13 tuvo la certeza de que el hombre los esperaba, pues los observó con insistencia mientras marchaba: un brazo se movía al compás, y la mano del otro brazo, cruzado sobre el pecho en una extraña posición, movía dos dedos inquietos, a la altura de la solapa. Al pasar a su lado, Grigoriev farfulló un *niet*, y bajaron al semisótano, cuyas claraboyas quedaban a la altura de la acera, y penetraron en lo que, con dificultad, el Soldado 13 hubiera calificado como una cervecería. Acodados a unas mesas altas, sin sillas a su alrededor, varios racimos de hombres y mujeres hablaban a gritos mientras bebían grandes sorbos de un líquido con olor a lúpulo al que añadían chorros generosos de los botellines de vodka que llevaban en cualquiera de los muchos bolsillos de sus abrigos. Sin dejar de hablar ni de beber, todos comían con avidez pequeñas lonchas de arenque ahumado sobre una rodaja de pan negro y unas tiras de carne oscura de alguna especie de pescado seco al que golpeaban varias veces contra la mesa para facilitar la extracción de los filetes, que deglutían casi sin masticar. El tufo del pescado, el hedor de la cerveza curada, el humo de aquel insufrible tabaco ruso llamado *majorka* y la fetidez de los sudores bajo los abrigos que hedían a piel de carnero húmeda resultó una atmósfera demasiado agresiva y el Soldado 13, preparado para resistir las agresiones más diversas, le rogó que buscaran algún otro lugar. Grigoriev sonrió, comprensivo.

—Sí, esto requiere un entrenamiento especial. La verdad es que al pueblo escogido por la providencia de la historia le hace falta más agua y jabón, ¿no?

Cuando salieron, el hombre de los dos dedos sobre la solapa continuaba su ejercicio, pero esta vez ni siquiera los miró. Mientras volvían al bulevar de los teatros, Grigoriev al fin le develó el misterio del solitario marchante: era un bebedor que buscaba otros dos compañeros con los que compartir unos vasos de *yorsh*, la mezcla de vodka y cerveza que todos bebían en el sótano.

—Los rusos son grandes bebedores, pero son bebedores competitivos. Hay dos cosas que no les gustan: la cerveza que no esté cargada con vodka, pues les parece que es un gasto de tiempo y dinero, y no tener puntos de referencia en la cantidad de bebida que tragan: por eso beben acompañados y compiten entre ellos. Y ese camarada, ya viste sus dos dedos, está buscando un par de compañeros para la faena...

Luego de andar unas cuadras, otra vez en dirección al Kremlin, entraron en la plaza del Manezh, y Grigoriev, deteniéndolo por un brazo, le pidió que observara el edificio monumental erigido frente a ellos. Sobre la entrada principal, el Soldado 13 encontró una identificación en cirílico que logró leer: Hotel Moscú. Contempló el bloque de mampostería, de varias plantas (diez, doce, pues su estructura hacía difícil saberlo), con una columnata soportando un techo adosado que se proyectaba hacia el frente, y de inmediato percibió una extraña falta de equilibrio.

—¿Lo ves? —dijo Grigoriev y agregó—: Es el primer gran hotel construido por el poder soviético. Un triunfo de la arquitectura socialista.

El Soldado 13 asintió y permaneció en silencio, como le habían enseñado. El edificio le parecía monstruoso, un adefesio caído del cielo y encajado a la fuerza en una plaza con cuyo espíritu contrastaba dolorosamente. Lo más insólito era que las dos mitades de la construcción, que se abrían a partir del cuerpo central precedido por la fachada, eran asimétricas. Una tenía columnas adosadas y otra no; los pisos superiores de la torre izquierda tenían ventanas arqueadas, mientras que las de la torre derecha lucían estrictas y cuadradas; las cornisas de uno y otro bloque corrían a alturas diferentes, en una incompatible contraposición de proporciones y estilos que producían un efecto desconcertante, capaz de reafirmar la primera sensación de fealdad agresiva.

—Es horrible —susurró.

—Ahora te explico qué pasó —lo conminó su guía y traspusieron las puertas del hotel donde, gracias a una identificación esgrimida ante el portero, pudieron penetrar. Después de la cuidadosa prospección de Grigoriev, se acomodaron en una mesa de un bar desolado, que olía a bar y solo remotamente a pescado seco, y donde el Soldado 13 descubrió que, tras mostrar otra credencial (Grigoriev parecía tener todas las que se pedían en Moscú), era posible incluso beber vino francés y comer lonchas de salmón noruego y ternera estofada.

–¿Por qué construyeron así el edificio? –quiso saber el Soldado 13.

–Calma, muchacho, eso te lo cuento después –dijo Grigoriev y bebió de un golpe su trago de vodka y volvió a rellenar el vaso con la pequeña botella de boca ancha que el camarada mesero había dejado al alcance de su mano–. Hace tres días estuve en una reunión muy, muy secreta, en la dacha de Kúntsevo. Como te concierne directamente, voy a decirte parte de lo que se habló allí. Tú sabes que si lo que te conté en Barcelona valía tu vida, y lo que has visto y aprendido en Malájovka vale, además de la tuya, las vidas de África, de Caridad y de tus hermanos, lo que te voy a decir ahora no tiene precio. Y te recuerdo que si antes no tenías retroceso, ahora tu única opción es avanzar y callarte la boca, con todo el mundo y para siempre.

El Soldado 13 escuchó las palabras de Grigoriev y percibió cómo lo recorría un reflujo de satisfacción. No tenía miedo ni le importaba que para él no hubiera vías de escape que no fueran hacia delante, pues ni el miedo ni el escape en otro sentido cabían ya en su mente.

–Puedes hablar –dijo y apartó la copa de vino tras beber un sorbo.

Grigoriev prefirió beber otro trago de vodka antes de entrar en materia: el camarada Stalin en persona le había conferido el honor de responsabilizarlo del operativo contra el renegado Trotski y le había dado la orden de ponerlo en marcha. En la reunión de Kúntsevo solo habían participado el camarada Stalin y el vicecomisario Beria y él. Habían comenzado por discutir la situación interna del Comisariado de Interiores y Beria le había dado la seguridad de que Yézhov no intervendría en esa operación. Es más, había agregado, los días de ese enano enloquecido estaban contados y ahora era él, Beria, quien estaba al frente de todas las operaciones especiales que Yézhov, con su manía persecutoria, hubiera frenado o incluso desmontado. Pero la operación Trotski nacía en ese instante, limpia y sin pasado, y Grigoriev la construiría por un camino paralelo al de todas las estructuras establecidas, con la discreción necesaria no solo para llevarla a cabo con éxito, sino también con el efecto propagandístico que necesitaban.

Al oír las últimas palabras de Beria, el camarada Stalin pareció despertar de un letargo y levantó una mano para pedir silencio, contaba

Grigoriev. Durante la conversación había ido probando algunos sorbos de su copa de vino georgiano mezclado con *lodidzy*, un tipo de limonada también traída de Georgia: según le explicó a Grigoriev, bebía aquel compuesto con la autorización de los médicos, pues se había demostrado que la mezcla de esas dos bebidas ancestrales estimulaba la circulación y relajaba los músculos. Como bien decía el camarada Beria, comenzó el Jefe, la cacería del traidor degenerado y fascista había empezado. Él, personalmente, había decidido que Grigoriev fuese el director *in situ* de la operación, pero el camarada Beria debía recibir de Grigoriev partes semanales y, si era preciso, partes diarios, de los que él sería puesto al corriente siempre que fuera necesario y, de manera obligatoria, una vez cada quince días. Grigoriev, como oficial operativo a cargo de la misión, tendría un superior directo dentro del Comisariado, un agente que solo respondería ante Beria, y con el cual Grigoriev debía discutir todas las cuestiones de logística, aunque ya le adelantaba que tendría a su disposición los medios económicos y humanos necesarios, pues acabar con ese gran traidor se consideraba una prioridad del Estado soviético, más aún, una necesidad para el futuro del comunismo internacional. El plan, que debía prepararse con sumo cuidado, tendría que cumplir algunas condiciones importantes: la primera, que no fuese posible encontrar una pista capaz de ligar a cualquier organismo soviético con la operación; la segunda, que la acción final solo se ejecutase cuando él, personalmente, *él,* recalcó, diera la orden; y luego venían otras, como que el mejor lugar para concretar el plan era México y que, de ser posible, los ejecutores fueran mexicanos y españoles o, en su defecto, hombres de los servicios secretos del Komintern, aunque Beria, Grigoriev y el oficial operativo (aún no hemos decidido quién, había susurrado Beria) tenían que organizar varias alternativas que, también *él*, personalmente, aprobaría. Grigoriev trabajaría sin preocuparse por efectos colaterales tales como una posible crisis con el gobierno del imbécil de Cárdenas, pues llegado el caso lo harían tragarse la prepotencia con que se comportó cuando él había protestado por el asilo concedido al renegado. Países más consolidados, como Francia, Noruega o Dinamarca, habían caído de rodillas cuando se atrevieron a desafiarlo y él se había visto obligado a apretar ciertos tornillos.

–Entonces me explicó por qué había llegado el momento de idear el plan pero no de ejecutarlo. La esencia de todo es la guerra, el comienzo de la guerra y los caminos que siga –dijo Grigoriev y volvió a servirse vodka, aunque no lo bebió–. La guerra va a empezar en cualquier momento...

–¿Y por qué debo saber yo todo esto? –preguntó el Soldado 13, estupefacto por el peso que ejercía sobre sus hombros lo que había escuchado.

Grigoriev parecía ahora más distendido y bebió vodka.

—En una semana tenemos que decidir quién serás. Nos sobran mexicanos y españoles y necesitamos más franceses, norteamericanos. Vamos a crear varios grupos operativos independientes, y puedes estar seguro de que de tu existencia solamente sabremos cuatro personas en la Tierra: Stalin, Beria, el oficial operativo y yo.

—¿Estás pensado que sea yo quien cumpla la misión?

—Vas a estar en la línea del frente, aunque todavía no sé en qué lugar... Pero como vas a trabajar conmigo, prefiero que desde ahora sepas lo que se espera de ti, llegado el caso... La experiencia me dice que alguien que sabe bien lo que hace y por qué lo hace, trabaja mejor.

El Soldado 13 guardó silencio mientras Grigoriev probaba el salmón. Fuera, la tarde se había convertido en noche y se veía un pedazo de la calle Ojotni Riad, mal iluminada y casi desierta.

—Stalin me dijo algo más... —comenzó Grigoriev y levantó la mano para pedir otra *chekushka* de vodka. Cuando el mesero se retiró, miró a su discípulo—. Esta misión no admite el fracaso. Si fallo, lo pago con mis pelotas.

—¿Te lo dijo así?

—El camarada Stalin suele ser un hombre muy directo. Y le puede molestar muchísimo que no cumplan bien sus órdenes... Para que me entiendas: lo que viste fuera de este hotel es un monumento a la obediencia que él exige y espera... Oye bien esto, te puede enseñar mucho: cuando él decidió que se le debía dar una imagen nueva a Moscú, escogió este lugar para que se construyera un hotel donde se alojarían sus visitantes más distinguidos. A partir de sus sugerencias, pidió que le presentaran dos proyectos diferentes. Como él piensa que Moscú debe comenzar a convertirse en la capital de la arquitectura proletaria, tiene sus ideas al respecto. Se las comentó al proyectista Schúsev y a los arquitectos Saveliev y Stapran y les encargó los planos con la seguridad de que ellos sabrían interpretar lo que él tenía en mente. Los arquitectos temblaron al oír lo que Stalin les pedía y proyectaron, cada uno por su lado, lo que creyeron que podían ser las ideas del Jefe. Pero cuando Schúsev le presentó los dos proyectos, él no pudo verlos de inmediato, tenía otros problemas, y no se sabe por qué, a la semana siguiente los planos volvieron a manos del proyectista Schúsev... autorizados los dos por el camarada Stalin. ¿Cómo era posible?, se preguntaron. ¿Quería dos hoteles, o quería los dos proyectos, o había firmado los dos por error? La única solución era preguntarle al camarada Stalin si se había equivocado, pero... ¿quién se atrevía a molestarlo en sus vacaciones en Sochi? Además, el Secretario General nunca se confunde. Entonces Schúsev se iluminó, como el genio que es: realizarían los dos proyectos en un solo edificio, una mitad según el de Saveliev y la otra siguiendo el de Stapran... Así nació este engendro, y Schúsev, Saveliev y Stapran lograron salir airosos. El edificio es absurdo, un horror estético, pero existe y cumple con las ideas y la decisión del camarada Stalin. Yo aprendí la lección, y espero que tú también seas capaz de entenderla. ¡Salud, Soldado 13! –dijo y bebió hasta el fondo su vaso de vodka.

Kotov debía morir, anunció Grigoriev. Lamentaba dejar al Soldado 13 en aquel momento preciso, quizás el más bello en su proceso de renacimiento, pero debía volver a España para comenzar a preparar los funerales de su otro yo. Uno nace, otro se va, es la dialéctica de la vida, y le explicó que, antes de dedicarse en cuerpo y alma a la nueva misión, debía transferir sus responsabilidades en España a otros camaradas; el traspaso solo podía hacerse sobre el terreno y en un tiempo quizás dilatado por la situación de la guerra: aunque los nacionales habían ganado territorio, la zona industrial y más poblada del país seguía en manos republicanas, y mientras la conservaran podían aspirar a la victoria. Al oír ese comentario, el Soldado 13 sintió la artera mordida de la nostalgia, pero logró contener los deseos de Ramón y se abstuvo de hacer una sola pregunta. Lo que no pudo evitar fue que la mención de la guerra y la inminente partida de Kotov afectaran a su todavía doloroso apego a lo que hasta poco antes habían sido su guerra, su patria y sus amores. Solo la conciencia de que ya nada de aquello le pertenecía ni volvería a pertenecerle, al menos de la misma manera, y el orgullo de saber que ahora formaba parte de un grupo selecto, situado en el corazón de la lucha por el futuro del socialismo, lo salvaron de aquel titubeo. Él vivía para la fe, la obediencia y el odio: si no se lo ordenaban, el resto no existía. África incluida. África sobre todo.

Karmín y el grupo de psicólogos continuó trabajando con él, y el Soldado 13 supo dominar su ansiedad por la demora de la anunciada concreción de una nueva personalidad. Sabía que estaba en manos de los especialistas más capaces y, confiado en la experiencia de aquellos maestros de la supervivencia y la transformación, se empeñó con más ahínco en su adiestramiento.

Ya en la segunda semana de diciembre, luego de un día monótono en el que solo recibió en la cabaña la visita de la mujer hierática encargada de la limpieza y de traerle la comida, se presentaron ante él dos hombres con aspectos y modales diferentes a todos con los que había tratado desde su llegada a la base. Uno dijo llamarse Cicerón y el otro Josefino. La primera impresión que daban era la de ser un dúo cómico de vodevil: ambos vestían del mismo modo desmañado, tenían en sus miradas una dureza profunda y ensayada, y hablaban un francés perfecto pero con un dejo que el Soldado 13 no logró ubicar. Casi a dos voces le dijeron que su misión era convertirlo en un belga llamado Jacques Mornard. ¿Qué le parecía el nombre? El Soldado 13 sintió cómo se llenaba de orgullo y satisfacción. Finalmente dejaba de ser un alumno para convertirse en un agente. Jacques Mornard, repitió en su mente, mientras Cicerón extraía del maletín que lo acompañaba una carpeta y varios libros, que colocó sobre la mesa rodeada de butacones.

–Vas a aprenderte de memoria la vida de Jacques Mornard –dijo, y movió la carpeta hacia el Soldado 13–. Después léete los libros, tienen información sobre Bélgica que también tienes que incorporar.

El llamado Josefino, que había permanecido de pie, tomó la palabra.

–Escribe los detalles que te gustaría incorporarle a Mornard, los que creas que deben formar parte de su personalidad o de su historia. Lo que te entregamos es como el esqueleto que usarás a partir de ahora. Los músculos y la sangre se los incorporamos después.

–¿Por qué belga y no francés? –se atrevió a preguntar el todavía Soldado 13–. Yo viví en Francia varios años...

–Lo sabemos –dijo Josefino–, pero tu pasado ya no existe y nunca más existirá. Debes ser un hombre totalmente nuevo.

–El Hombre Nuevo –dijo Cicerón, y el Soldado 13 creyó advertir una pizca de ironía–. Desde ahora debes pensar en ti mismo como Jacques Mornard. De la solidez de tu convencimiento de ser Jacques Mornard depende el éxito de tu conversión y, más aún, depende tu vida. Pero tómalo con calma... –dijo, mientras se ponía de pie. Los dos hombres se alejaron con una sonrisa, sin que mediara despedida alguna.

Durante aquella semana de lecturas y reflexiones, Jacques Mornard disfrutó de la sensación descrita por Josefino: era como si su cuerpo, hasta ahora vacío, fuera cobrando forma y completando su estructura. Volver a tener unos padres, un hermano, una ciudad natal, una escuela donde había estudiado y practicado deportes, crearon el sostén sobre el cual se insertaron sus gustos básicos, sus viejas preferencias de joven burgués, y hasta sus más remotos recuerdos. Como cualquier persona, había asistido con su padre y su hermano a muchos partidos de fútbol y se había hecho seguidor de un club, tenía su cafetería preferida en Bruselas, sus ideas sobre valones y flamencos, había tenido novias y un hobby que se convirtió en profesión: la fotografía. No militaba en ningún partido ni tenía opiniones políticas definidas, pero rechazaba el fascismo, pues le resultaba, cuando menos, antiestético. Sabía de la actuación y el destino histórico de Liev Trotski lo que cualquier persona culta, pero toda aquella disputa eran asuntos de comunistas y a él no le incumbían. Hablaba el francés y el inglés, pero no dominaba el flamenco ni el valón, pues había crecido fuera de Bélgica, y tampoco conocía el ruso, aunque sí entendía el español por los varios viajes que había hecho a España antes de la guerra. De su familia de diplomáticos, dueños de cierta fortuna, recibiría con frecuencia sumas que le permitirían vivir con desahogo y, si fuese necesario, con tendencia al derroche. Sería un burguesito común y corriente, un poco fanfarrón, siempre dispuesto a divertirse y, en general, despreocupado de la vida.

Jacques Mornard comprendió lo importante que había resultado el trabajo que los psicólogos habían realizado con él. A su viejo conocido Ramón no le hubiera gustado ser como Jacques; ni siquiera le habría interesado tener amistad con él. Entre la levedad intelectual que ahora asumía y la pasión política del catalán y su rechazo militante a los modos de vida burgueses se abría un abismo que le hubiera resultado imposible salvar sin la radical limpieza de su conciencia ni el duro adiestramiento al que lo habían sometido.

Cuando Josefino y Cicerón regresaron, Jacques Mornard sentía que se había llenado hasta la mitad de su capacidad. El trabajo que a partir de ese momento emprendieron aquellos instructores fue el de demiurgos platónicos: unos verdaderos creadores. Hablaban de Jacques como si lo hubiesen conocido de toda la vida y le implantaban recuerdos, ideas, modos de reaccionar ante determinadas situaciones, respuestas a las preguntas más simples y más complejas. Resultó un proceso lento, de repeticiones sucesivas, interrumpido a veces para dejar que las informaciones se empozaran en el subconsciente de Jacques, quien recibía entonces al profesor de fotografía empeñado en iniciarlo en el misterio de las cámaras (Jacques se enamoró de la Leica, pero además aprendió a usar la pesada Speed Graphic, la preferida de los fotógrafos de prensa), de las lentes, la evaluación de la luz y los secretos del trabajo en el laboratorio con los químicos y equipos de impresión; y después al logopeda, que lo dotaba de modismos, entonaciones y suaves erres belgas; al optometrista, quien lo proveyó de las gafas que usaría desde entonces; a Karmín, que, cuando Jacques llegaba al borde de la fatiga intelectual, lo sacaba a la nieve y a doce, quince grados bajo cero, le trabajaba cada músculo del cuerpo con una intensidad y una sabiduría capaces de devolverlo a la cabaña físicamente agotado pero con la mente despejada, lista para la sesión del día siguiente.

Cuando Grigoriev regresó a Malájovka, hacia finales de enero, Jacques Mornard era un hombre casi completo. El asesor le contó que no había logrado concluir sus trabajos en España y, sin que Jacques se lo preguntara, le explicó que la situación de la guerra era todo lo complicada y desesperada que cabía esperar, aunque nada hacía presumir un desenlace cercano. El gobierno republicano confiaba en poder resistir hasta que el conflicto quedara fundido a la inminente guerra europea y se convirtieran en parte activa del gran bloque antifascista; así, su situación sería similar a la de las orgullosas democracias que le habían vuelto la espalda con el pretexto de la no intervención. Pero lo más importante, le dijo Grigoriev, era que también había tenido tiempo para tender los primeros cables de la nueva operación. Por eso, dispuesto a ajustar los conductos, saldría en breve hacia Nueva York y México, donde debía sostener algunos encuentros importantes. Antes, sin embargo, quería trabajar personalmente con su nueva criatura.

La presencia de su mentor alentó a Jacques Mornard. El momento de salir del útero de la base de entrenamiento se acercaba y, orientado por el asesor, se comenzaron a dar los retoques finales al belga. Un peluquero trabajó con su nuevo corte de pelo, un sastre preparó un ropero indispensable que se completaría cuando viajara a Occidente, y añadieron a su perfil la afición por los coches deportivos, cuyas marcas y características tuvo que estudiar, así como la historia del automovilismo europeo. Su conocimiento previo de la gastronomía francesa y de los modales en la mesa adquiridos en la École Hôtelière de Toulouse les ahorraron aquellas disciplinas, aunque le inculcaron la afición por ciertos platos belgas. A propuesta del propio Jacques, se le añadió a su carácter la debilidad por los perros. Aquella pasión remota de Ramón Mercader, ubicada en un lugar de su conciencia ajeno a los razonamientos, era compatible con el carácter y la educación de Jacques, y sus maestros se la permitieron. Los labradores de la infancia cambiaron sus nombres de *Santiago* y *Cuba* por *Adán* y *Eva*, y poder sentir amor por los perros hizo que Mornard se encontrase más a gusto consigo mismo.

Antes de marchar a América, Grigoriev decidió llevarlo de nuevo a Moscú, donde se comportaría públicamente como un curioso periodista belga de visita en la meca del comunismo. El asesor se encargaría de comprobar por sí mismo la solidez de la nueva personalidad, y durante los días en que compartieron los ratos libres de Grigoriev, Jacques estuvo todo el tiempo a prueba, respondiendo a las preguntas más diversas y mostrando las reacciones más acordes con su nueva personalidad.

Disfrutando de su libertad (sabía que a lo lejos un ojo lo calibraba) Jacques fue más allá del anillo de los bulevares que encerraba a la ciudad prerrevolucionaria y se adentró en los barrios proletarios, donde su presencia casi provocaba estampidas de los alarmados vecinos y donde encontró una grisura homogénea y férrea capaz de removerlo. Sabía que aquellos hombres, casi todos emigrados de los campos durante los tiempos difíciles de la colectivización de la tierra, vivían alojados en espacios mínimos y mal calentados (las llamadas *komunalkas*), a veces sin agua corriente. Enfundados en abrigos del mismo corte y color, ya gastados por los inviernos, apenas comían de las monótonas y escasas ofertas de los desabastecidos mercados y combatían el tedio y el agotamiento con dosis fulminantes de vodka. Pero aquellos hombres también eran, como él, soldados de la lucha por el futuro, cuyo sacrificio presente constituía la única garantía de que la humanidad del porvenir gozaría de la verdadera libertad. La vida de aquellos habitantes de Moscú (despreciados por los verdaderos moscovitas) y la suya (sí, él que vestía ropas de telas calurosas llegadas de Occidente y se alimentaba con manjares esfumados hasta de los sueños de aquellos proletarios) estaban en el mismo camino, en el mismo frente de batalla. Solo que mientras la responsabilidad de éstos resultaba cotidiana y humilde, la suya debía ser oscura y, llegado el momento, cruel, pero igualmente necesaria. Aquél era el precio que el presente les cobraba a los hombres de hoy por la luz del mañana.

Una de aquellas tardes, sentados en un banco del recién inaugurado parque Gorki, frente al helado río Moscova, Grigoriev y Mornard contemplaban a los muchachos que, en improvisados trineos, se deslizaban sobre la capa de hielo, felices y ajenos a los grandes dolores de la vida.

—Luchamos por ellos, Jacques —dijo Grigoriev y el belga sintió una profundidad sincera en la voz de su mentor—. Y es una lucha dura.

—Lo sé, y por eso estoy aquí. Pero me gustaría que supieran que soy como ellos, y no un capitalista de mierda.

Grigoriev asintió y, tras un silencio, habló con la vista fija en el río.

—Imagínate una carrera de caballos —dijo, rascándose el mentón—. Así vamos a trabajar... Todos saldrán a la vez, pero unos se acercarán a la meta antes que otros. Las condiciones del terreno, las oportunidades, las capacidades de cada uno van a influir, pero la orden que reciba el jinete decidirá quién va primero hacia el objetivo. Si ése lo alcanza, se termina el trabajo. Si falla, le corresponde avanzar a otro.

—¿Qué número es el mío?

—Tú serás mi as en la manga, muchacho. Vas a trabajar siempre conmigo, directamente conmigo. De momento estarás al final de la fila, pero eso no quiere decir que seas el último. Quiere decir que serás la carta más segura, y no te arriesgaré hasta que no quede más remedio.

—¿Y por qué no salgo primero y listo?

—Por muchas razones que no puedo explicarte ahora, o quizás nunca. Solo entiende que es así.

Jacques Mornard asintió y encendió uno de los cigarrillos franceses que ahora fumaba y que, días atrás, le provocaban carrasperas y toses.

—Tú vas a ser mi obra maestra —siguió Grigoriev—. Voy a construir para ti una verdadera partida de ajedrez. Vamos a empezar a jugar pensando desde el principio en la movida veinte, en la treinta, en el jaque mate. Será un reto intelectual, algo realmente hermoso —el hombre parecía soñar cuando se movió y se colocó de frente a Jacques—. Hay una sola cosa que me preocupa...

—¿Mi obediencia, mi silencio?

Grigoriev sonrió, negando.

—Me preocupa saber si, llegado el momento del jaque mate, Jacques Mornard no va a flaquear. Sé que Ramón y el Soldado 13 no flaquearían. Pero Jacques... Es una misión que puede llegar a ser muy difícil, tal vez haya que pensar no solo en matar, sino también en morir...

Jacques lanzó el cigarrillo y meditó unos instantes.

—Es extraño —comenzó—. Jacques Mornard me ocupa casi por completo, pero hay espacios adonde no puede llegar. Mi odio y mi furia están intactos, mi fe es la misma. Y esas cosas no van a derretirse. Sé lo que estoy haciendo y me siento orgulloso. También sé que nunca podré expresar ese orgullo, pero eso mismo me hace más fuerte. Si me llega el momento, seré la razón del proletariado, el odio de los oprimidos. Y lo haré por ellos —y señaló hacia los niños que jugaban—. Puedes estar tranquilo. Jacques es un infeliz. Pero Ramón siempre estará dispuesto a todo. También a morir...

Jacques Mornard poseía una capacidad peculiar para enfrentarse al tiempo. Había interiorizado que cada acción debe ejecutarse en el momento preciso y que la ansiedad por precipitar los acontecimientos era algo ajeno a su carácter y su misión: su tiempo tenía dimensiones históricas, corría por encima de los plazos humanos y sus medidas brotaban de la necesidad filosófica. Varios años después se preguntaría si aquella capacidad que vino a salvarlo de estancamientos, abstenciones y tedios cotidianos no le habría sido inculcada con toda alevosía, previendo lo necesaria que le sería para resistir en silencio y con cordura los largos años de su confinamiento.

Desde que Grigoriev partiera y él regresara al régimen de la base de Malájovka, sin una idea precisa de las semanas o meses que tendría que esperar para ponerse en movimiento, se enfrascó en la tarea de pulir las aristas visibles y hasta ocultas de su nueva identidad. En compañía de Josefino y Cicerón, solía dar largas caminatas por el bosque, repitiendo las historias de su familia y de su propia vida, mientras con la Leica iba buscando composiciones sugerentes, luces expresivas, enfoques atrevidos. Dedicó muchas horas a la lectura de periódicos y al estudio de planos de ciudades y guías turísticas belgas, hasta sentirse capaz de caminar sin extraviarse por Bruselas o Lieja. Se puso al día sobre la enrevesada situación política en Francia y estudió la historia reciente de México. Aquel tiempo, que en otra época lo habría exasperado, ahora le fluía apacible, sin traumas.

En los periódicos franceses que habían comenzado a entregarle, había leído cómo la fiscalía soviética preparaba la instrucción del caso contra veintiún antiguos miembros del Partido y ex funcionarios del Estado, acusados de graves delitos que iban de la traición a la patria al comportamiento antibolchevique, pasando por el asesinato. Los nombres más mencionados eran los de Nikolái Bujarin y Alexéi Ríkov, antiguos líderes de la llamada Oposición de Derechas dentro del Partido; el de Guénrij Yagoda, destituido comisario de Interiores a cuyo cargo había estado la investigación para los anteriores procesos de 1936 y 1937; y el de Christian Rakovsky, el más tozudo de los opositores trotskistas. En el banquillo también estarían embajadores y hasta médicos, como el doctor Levin, médico personal de Lenin y Stalin desde la revolución, acusado de haber envenenado, entre otros, a Gorki y a su hijo Max, cumpliendo órdenes de Yagoda. Todo el país sabía que los acusados llevaban largos meses detenidos y su juicio era inminente. Sin embargo, Jacques Mornard no pudo dejar de alarmarse ante la certeza de hasta qué punto los delitos de aquellos hombres, como los de los traidores juzgados en 1936 y 1937, habían puesto en peligro la existencia misma del país en el cual habían ocupado los más altos cargos y contra el cual habían trabajado, según lo leído, desde los mismos inicios del proceso revolucionario. Todos ellos, coaligados con el oportunista Trotski, eran la esencia misma de la más solapada traición, de la felonía mayúscula.

Una noticia leída en aquellos periódicos lo sorprendió aún más que el anuncio del proceso. Se hablaba de la muerte en París de Liev Sedov, el hijo y colaborador más cercano de Trotski, y se comentaban las extrañas circunstancias del suceso, que estaba siendo investigado por la policía local. Jacques Mornard tuvo la convicción de que aquella muerte, justo cuando se echaban a andar los mecanismos para acabar con el viejo traidor, no podía ser obra de la casualidad o de la naturaleza, y cuando al fin Grigoriev regresó a Malájovka, se atrevió a buscar la confirmación de sus sospechas.

—¿Crees que pudimos haber sido nosotros? —Grigoriev suspiró de cansancio mientras se acomodaba en un butacón de la cabaña.

—Sería muy extraño que no, digo yo.

—Sí, sería extraño. Pero las casualidades existen, mi querido Jacques, las complicaciones postoperatorias son frecuentes... ¿Por qué íbamos a arriesgarnos a matar a ese infeliz que ya estaba medio muerto y vivía como un indigente en París, tratando de encontrar unos seguidores que no aparecían? ¿Para alarmar al viejo y ponernos las cosas más difíciles?...

Jacques pensó unos instantes, y se atrevió preguntar algo que los demiurgos no habían logrado borrarle de la mente.

—¿Y por qué mataron a Andreu Nin?

—Porque era un traidor, y eso tú lo sabes —dijo Grigoriev, de corrido.

—¿No lo mataron porque no habló?

El otro sonrió, ahora desganadamente. Se le veía agotado.

—Olvídate de eso. Vamos, recoge tus cosas. Nos mudamos a Moscú.

El piso franco donde se alojaron estaba en las inmediaciones de la plaza de las Tres Estaciones, sobre la calle Groholsky, muy cerca del Jardín Botánico. Era una vieja casona de tres niveles que había pertenecido a un exportador de té, cuya familia, diezmada por la diáspora y los rigores de la nueva vida, había sido hacinada en la planta baja. Grigoriev y Jacques ocuparon un departamento con baño propio en el segundo piso, y solo entonces el mentor le comunicó que partirían hacia París en unos días.

El 2 de marzo Jacques siguió por la radio las informaciones sobre la apertura de la primera sesión del Consejo Militar del Tribunal Supremo de la Unión Soviética. Según los reportes, había alrededor de quinientas personas en la sala, y su centro de atención era el envejecido y balbuciente Bujarin. El fiscal Vishinsky presentó los cargos, ya conocidos por todos: los acusados, coaligados con el ausente Liev Davídovich Trotski y su difunto hijo y lugarteniente, Liev Sedov, no solo eran asesinos, terroristas y espías, sino que habían sido agentes contrarrevolucionarios desde el comienzo de la revolución y aun antes. Ya en 1918, Trotski y sus cómplices habían conspirado para asesinar a Lenin, así como a Stalin y al primer presidente soviético, Sverdlov. En poder de la fiscalía obraban declaraciones probatorias de cómo Trotski se había convertido en agente alemán en 1921 y de la Inteligencia Británica en 1926, al igual que algunos de sus compañeros de conspiración allí presentes. En su degradación traidora, la última escala había sido vender información a los servicios secretos polacos y conspirar, con algunos de los acusados, para provocar envenenamientos masivos de ciudadanos soviéticos, afortunadamente impedidos por la actuación de los insomnes guardianes de la NKVD.

Como Grigoriev entraba y salía del departamento, sin dar explicaciones a Jacques, éste decidió aprovechar el tiempo dando largas caminatas por Moscú, y por doquier el belga encontró una ciudad conmovida e indignada. Durante aquellos días de terribles revelaciones, la gente hasta parecía menos preocupada por la pésima calidad del pan o la falta de zapatos y se les veía felices de saber que sus dirigentes habían conseguido desarmar otra conspiración restauradora y prometían más castigos. La indignación del pueblo crecía a medida que los acusados iban admitiendo delitos cada vez más espeluznantes. Pero el asombro llegó a su clímax cuando Bujarin admitió la monstruosidad de sus crímenes y se reconoció responsable, política y legalmente, de promover el derrotismo y de planear actos de sabotaje (aun cuando personalmente, aclaró, él no intervino en la preparación de ninguna acción concreta y negaba su participación en los actos de terrorismo y sabotaje más siniestros). Lo evidente era que Bujarin había finalizado su alegato del modo en que solo podía hacerlo un traidor: «Arrodillado frente al Partido y el país», dijo, «espero vuestro veredicto». Jacques advirtió que la intervención de Bujarin ofrecía una gran concentración de maldades presentes y pasadas, casi inconcebibles en un hombre que, hasta dos años antes, se movía en las altas esferas del Partido. Mas esa noche en las cervecerías, las calles, los vagones del metro, en las colas y entre los borrachos que pululaban en el triángulo sórdido de las tres estaciones (Leningrado, Kazán y Jaroslav), Jacques escuchó una y otra vez las mismas palabras: «Bujarin ha confesado», y la misma conclusión: «Ahora sí lo van a fusilar».

Cuando a la mañana siguiente Grigoriev le anunció que le tenía un regalo, Jacques pensó que había llegado el momento de la partida.

–Hoy vamos a ver el juicio –le dijo, para la mayor sorpresa del otro, y agregó–: Yagoda sube al estrado.

Eran poco más de las ocho cuando salieron a la superficie en la estación de Ojotni Riad y se dirigieron a la Casa de los Sindicatos. En el bulevar de los teatros, en la plaza donde se alzaba el teatro Bolshói y frente al hotel Metropol ya se había organizado una manifestación y la gente pedía con gritos y cartelones la muerte de los traidores antibolcheviques y trotskistas. La indignación era vehemente pero no caótica, y Jacques comprobó que los grupos estaban organizados por sindicatos, fábricas, escuelas, y que las consignas procedían de los editoriales del *Pravda*.

A través del cordón de milicianos colocado en la boca de la calle Pushkinskaya, lograron abrirse paso hasta el edificio donde, antes de la victoria de Octubre, se había solazado la indolente aristocracia rusa. Subieron la escalinata, derroche de mármoles, bronces y vidrios, en busca del histórico Salón de las Columnas donde habían desgranado sus partituras los genios de la música rusa y bailado los grandes personajes del siglo anterior. Gracias a la revolución el recinto había cambiado su destino, como todo el país: en él los bolcheviques habían lanzado muchos de sus discursos revolucionarios, e incluso entre los veintiocho magníficos soportes de madera forrados de mármol, a los que el salón debía su nombre, se había velado el cadáver de Lenin antes de ser trasladado al primer mausoleo donde reposó; también allí se habían celebrado los juicios de agosto de 1936 y febrero de 1937 que habían comenzado y continuado la dolorosa pero necesaria purga de un partido, un Estado, un gobierno dispuestos a no detenerse ni siquiera ante la historia para poder gestar la nueva Historia.

En conmovido silencio, Jacques ocupó la silla que le indicó Grigoriev. Funcionarios del Partido, líderes del Komsomol, dirigentes del Komintern, diplomáticos extranjeros y periodistas acreditados llenaban el salón cuando, a las nueve en punto, hicieron su entrada los jueces, los fiscales y, finalmente, los acusados y sus abogados. La tensión del ambiente era malsana, oscura, cuando Jacques Mornard se inclinó hacia su mentor para preguntarle al oído:

–¿Hoy viene el camarada Stalin?

–Él tiene cosas muy importantes que hacer para perder el tiempo oyendo confesar a estos perros traidores.

Cuando Vishinsky llamó a declarar a Guénrij Yagoda, un murmullo recorrió el salón. Jacques Mornard vio ponerse de pie a un hombre más bien pequeño, casi calvo, con un bigote hitleriano que le daba aspecto de hurón. Resultaba difícil reconocer en aquel individuo, incapaz de mantener el control de sus manos, al hombre que por varios años había tenido el poder de decidir sobre la vida y la muerte de tantos ciudadanos y que desde hacía muchos años había escondido a un traidor.

–¿Estás dispuesto a confesar los delitos de que se te acusa, Guénrij Yagoda? –inquirió Vishinsky, ostensiblemente vuelto hacia el auditorio.

–Sí –dijo de inmediato el reo e hizo una pausa antes de continuar–. Confieso porque he comprendido la perversidad de lo que yo y los demás acusados hemos hecho y porque creo que no debemos dejar el mundo con tan terribles crímenes en la conciencia. Con mi confesión espero prestar un servicio a la hermandad soviética e informar al mundo que el Partido siempre ha tenido la razón y que nosotros, criminales fuera de la ley, hemos estado equivocados.

Vishinsky, satisfecho, comenzó el interrogatorio con preguntas calzadas por la sorna, y cada respuesta de Yagoda provocaba un rumor y hasta algún grito de indignación en la sala. Jacques Mornard, todavía capaz de sorprenderse ante ciertas actitudes rusas, percibió la teatralidad que emanaba de aquellos personajes, de sus palabras, atuendos, gestos y hasta de la escenografía: sus actuaciones le recordaron ciertos retablos de títeres y marionetas de los que había disfrutado en las ciudades del sur de Francia, aquellas puestas en escena en las que, con necesario engolamiento, se contaba la inagotable historia de Roberto el Diablo, de Roldán y de los caballeros de la Tabla Redonda.

Yagoda reconocía haber conspirado para dar un golpe de Estado, en connivencia con los servicios secretos alemanes, ingleses y japoneses; admitía su participación en el complot trotskista para atentar contra la vida de Stalin, en algunos envenenamientos y en el asesinato de Máximo Gorki; aceptaba haber planeado una restauración burguesa en Rusia y, cumpliendo un plan de Trotski, cometido excesos represivos encaminados a crear malestar en el país. Pero cuando Vishinsky, más que contento por la vendimia lograda, le preguntó sobre su papel en el asesinato de Max, el hijo de Gorki, Yagoda no contestó. Vishinsky le exigió una respuesta, pero el reo se mantuvo en silencio. La tensión se hizo densa y la voz del fiscal resonó entre las columnas cuando le gritó al reo que confesara su papel en el asesinato de Max. Desde su silla, en tensión, Jacques advirtió que las manos de Yagoda temblaban de un modo incontrolado cuando, mirando al tribunal, con voz apenas audible, negó haber participado en el asesinato del hijo de Gorki y agregó, con tono de súplica:

–Quiero confesar que he mentido durante la instrucción. No he cometido ninguno de los delitos que se me imputan y que he reconocido. Le pido, camarada fiscal, que no me interrogue sobre los motivos de la mentira. Siempre fui fiel a la Unión Soviética, al Partido y al camarada Stalin, y como comunista no puedo culparme de delitos que no cometí.

Jacques Mornard comprendió que algo demasiado extraño estaba ocurriendo. El rostro de Vishinsky, los de los jueces, las expresiones de los miembros del tribunal y hasta las de los acusados revelaban un desconcierto que, desde el área dedicada al público, se había convertido en un avispero de voces de incredulidad, sorpresa, indignación, cuando por encima de la algarabía se alzó la voz del juez principal que decretaba un receso hasta la tarde.

–¡Pero qué interesante! –le comentó Grigoriev, excitado–. Vamos a comer, te prometo que esta tarde vas a ver algo que nunca debes olvidar.

Cuando regresaron, Jacques Mornard vio penetrar en el Salón de las Columnas a un Yagoda que parecía haber envejecido diez años en apenas cinco horas. Cuando el juez se lo exigió, el acusado se levantó con dificultad. Su mirada era la de un cadáver.

–¿Mantiene el acusado su declaración de esta mañana? –quiso saber el juez y Yagoda movió la cabeza negativamente.

–Me reconozco culpable de cuanto se me acusa –dijo y abrió una larga pausa hasta que los aplausos, silbidos y gritos de muerte al perro traidor de numerosos asistentes fueron acallados por el mazo del juez–. No creo necesario repetir la lista de mis delitos y no pretendo atenuar la gravedad de mis crímenes. Pero como sé que las leyes soviéticas no conocen la venganza, pido perdón. Yo me dirijo a ustedes, mis jueces; a ustedes, chequistas, a ti, camarada Stalin, para decir: ¡perdónenme!

–¡No, no habrá perdón para ti! –gritó en ese instante Vishinsky, sin poder ocultar su satisfacción y su odio–. ¡Vas a morir como un perro! ¡Todos merecen morir como perros!

Grigoriev tocó con el codo a un Jacques demudado y le hizo una seña con la cabeza, poniéndose de pie.

–Ya no hay nada más que ver –le dijo mientras abandonaban el salón.

Jacques Mornard no pudo evitar sentirse confundido. Costaba encontrarles una lógica a las dispares reacciones de Yagoda. Ya en la calle, Grigoriev le pidió al chofer que los trasladaba por la ciudad que los llevara directamente al piso franco. Cuando bajaron, despidió al conductor con la orden de que pasara a recogerlo en un par de horas. En lugar de subir la escalera, Grigoriev le hizo señas a Jacques y salieron al patio del edificio, a través del cual accedieron a una calle por donde, siempre en silencio, avanzaron hacia la congestionada plaza de las Tres Estaciones. Sin detenerse, Grigoriev puso rumbo al estricto edificio de la estación de Leningrado. Casi a codazos entraron en el único local donde servían bebidas alcohólicas y el asesor pidió dos pintas de cerveza.

–¿Qué te pareció lo que viste?

Jacques Mornard supo de inmediato que la pregunta poseía demasiados trasfondos y su respuesta podía tener algún valor para su futuro.

–¿Quieres la verdad?

—Espero la verdad —dijo el otro y se sirvió un segundo vaso, que cargó con un chorro del vodka que llevaba en un bolsillo.

—Yagoda no confesó por voluntad propia. Todo sonaba a teatro.

Grigoriev lo miró, pensativo, bebió un gran sorbo del *yorsh* y, sin apartar la mirada de los ojos de Jacques Mornard, vertió más de la mitad de la *chekushka* de vodka en su jarra y se lo bebió.

—Yagoda conoce todos los métodos que existen para hacer confesar a alguien. Muchos los inventó él y puedo asegurarte que tenía una gran creatividad. Por supuesto, a él ya le habían aplicado algunos antes del juicio. ¿No te fijaste cómo se le movían los dientes? Quién sabe a qué persona perteneció esa dentadura... Pero el infeliz, en su desvarío, creyó que podía resistir... Hace tres días Krestensky pensó lo mismo y terminó confesándolo todo... A Yézhov no le hicieron falta ni tres horas para convencer a Yagoda de que no es posible resistir si uno es culpable de algo. Solo la inocencia absoluta te puede salvar y, aun así, muchos inocentes son capaces de confesar que crucificaron a Cristo con tal de que los dejen tranquilos y los maten cuanto antes.

—¿Me estás diciendo que Yagoda es culpable de todo lo que dice el fiscal?

—No sé si de todo, o de casi todo, o nada más de una parte, pero es culpable. Y eso lo hizo débil. Y con esa debilidad no se puede soportar los empeños de mis colegas. Hoy ha sido un buen día para ti, Jacques. Yo quería mostrarte cómo se arrastra un hombre, pero has tenido el privilegio de ver cómo se derrumba y se hunde. Espero que hayas aprendido la lección: nadie resiste. Ni siquiera Yagoda. Tampoco va a resistir Yézhov cuando le toque su turno.

Jacques Mornard se decidió y bebió de un golpe casi toda su pinta de cerveza. Sintió cómo sus pulmones se congestionaban, amenazando asfixiarlo, hasta que sus fosas nasales bufaron como una locomotora que se pone en marcha; todavía tuvo que esperar unos segundos para recuperar el aliento. Aquel aprendizaje podría resultar mucho más arduo, pero había comprobado que el vapor etílico tenía la ventaja de expulsar de su olfato la pestilencia del ambiente.

—¿Me vas a decir ahora qué pasó con Andreu Nin? —preguntó cuando al fin pudo hablar.

Grigoriev sonrió, mientras negaba con la cabeza.

—Qué tozudo... ¿Qué quieres que te diga? Ese catalán estaba tan loco que no confesó. Le llenó los cojones a todo el mundo y...

—Yo ya sabía que no iba a confesar —dijo y acercó a Grigoriev la jarra de cerveza. Su mentor le dejó caer un chorro de vodka—. Ni aunque lo inundaran de vodka...

15

A lo largo de la última semana de noviembre y el mes de diciembre de 1977 tuve seis encuentros, todos pactados de antemano, con el hombre que amaba a los perros. El invierno, indeciso, se iría disolviendo hasta el fin de año en dos o tres frentes fríos que se agotaron en su tránsito sobre el Golfo de México y solo trajeron a la isla alguna llovizna incapaz de alterar los termómetros y unas olas turbias que quebraron la placidez del mar ante el cual sostuvimos nuestras conversaciones. Arrastrado por las palabras del hombre, yo corría de mi trabajo a la playa y apenas si pensaba en otra cosa que en el nuevo encuentro acordado. Oír y tratar de deglutir aquella historia donde casi todas las peripecias constituían revelaciones de una realidad sepultada, de una verdad ni siquiera imaginada por mí y por las personas que yo conocía, se había convertido en una obsesión. Lo que iba descubriendo mientras lo escuchaba, sumado a lo que había comenzado a leer, me turbaba profundamente, mientras la llama de un miedo visceral me laceraba, sin que fuera capaz, a pesar de todo, de quemar mis deseos de saber.

Desde que el hombre empezó a dibujar el tránsito de su amigo Ramón Mercader partiendo de su niñez y juventud en Barcelona, empezaron a abrírseme las puertas de un universo de cuya existencia hasta ese momento había tenido nociones vagas y ortodoxas, con tajantes divisiones entre buenos y malos, pero cuyas entretelas desconocía: profesiones de una fe sincera y devoradora mezcladas con intrigas, juegos sucios, mentiras siempre creídas verdades y verdades nunca sospechadas, que alumbraban mi inocencia y mi ignorancia con unos flashazos deslumbrantes. A medida que López avanzaba en la historia, en varias ocasiones estuve a punto de rebatirle, de gritarle que aquello no podía ser, pero siempre me contuve y me limité a hacer alguna pregunta cuando mi credibilidad o mi entendimiento se sentían superados, y seguí escuchando una narración que derretía muchas creencias y recolocaba otras de las nociones que me habían inculcado.

Después de la segunda conversación, yo arrastraba la insidiosa certeza de que algo muy importante no acababa de funcionar en el relato del hombre que amaba a los perros. Aunque todavía no había desarrollado por completo la desconfianza cósmica que adquiriría, precisamente, como consecuencia de aquellos encuentros (esa vocación por la sospecha que tanto molestaría a Raquelita y a mis amigos, pues me llevaba a reaccionar de modo casi mecánico y a calificar de imposible, de pura mentira, cualquier historia capaz de desafiar mínimamente la verosimilitud), en lo que iba oyendo había una inquietante pero ubicua falta de lógica que, para empezar, me haría pensar si algunos episodios de la historia de Ramón no estaban siendo manipulados por su amigo y relator Jaime López. Pero solo al final de la tercera conversación, ya en pleno diciembre, vislumbré con cierta claridad dónde estaba la grieta por la que se fugaba la lógica: ¿cómo era posible que López tuviera una información tan precisa de la vida y sentimientos de su amigo? Por más explícito y detallista que hubiese sido Ramón durante las conversaciones sostenidas en Moscú unos diez años antes, cuando se reencontraron luego de tanto tiempo sin verse, y el decepcionado Ramón Mercader le abriera a su viejo camarada Jaime López todos los conductos hacia los más increíbles recovecos de su existencia, el conocimiento exhibido por el narrador resultaba sin duda exagerado y solo podía deberse a dos razones. La primera ya se calentaba en mi cabeza desde el diálogo inicial: López era un fabulador redomado y podía estar coloreando el relato con brochazos de su cosecha; la segunda me sorprendió como un flechazo, mientras viajaba en la guagua hacia La Habana después del tercer encuentro, y casi me enloqueció: ¿Jaime López no sería el mismísimo Ramón Mercader? ¿Todavía podría existir aquel ser fantasmagórico encajado en una esquina procelosa y perdida de la historia, protagonista sin rostro de un pasado plagado de horrores? Aunque las únicas respuestas posibles para aquellas preguntas eran dos negaciones rotundas, la semilla de la duda había caído en tierra húmeda y allí se mantendría, pues una persistente sospecha me impedía cultivarla: si el hombre que amaba a los perros era Ramón Mercader, ¿qué coño hacía en Cuba?, ¿por qué carajo estaba contándome *a mí* su historia?, ¿qué cojones era todo aquello de Jaime López y su misterio?

Una de las razones que habían dado aliento a mis dudas sobre el lugar que ocupaba Jaime López en aquel relato provenía del hecho de que, en el momento en que yo lo escuchaba, tenía algunas claves con las que no contaba cuando lo conocí. Había sido después de la segunda conversación cuando, sabiendo ya hacia dónde apuntaba aquella historia, decidí ir a ver a mi amigo Dany a las oficinas de la editorial donde él había empezado a trabajar como «especialista C en promoción y divulgación». Aunque aquél no era el trabajo con el que Daniel soñaba, lo había aceptado con la esperanza de que, una vez vencidos los dos años de servicio social, se liberara una codiciada plaza de editor, a la que tendría más opciones de acceder si se hallaba en la plantilla administrativa de la editorial.

Como Daniel Fonseca ya se ha asomado y va a aparecer en otras etapas de esta historia, debo decir algo sobre este amigo que había sido, en cierta forma, mi único pupilo literario, si es que puedo llamarle así. Dany había matriculado Letras en la universidad justo cuando yo cursaba mi último año de periodismo. Recomendado por un primo mío que era su vecino, un día se apareció en mi casa de Víbora Park con la siempre peligrosa intención de que yo le prestara algunos libros que necesitaba para sus clases. Contra toda lógica, se los presté y, para disponer que en el futuro todo fuese como sería, él forzó más aún la lógica y me los devolvió al terminar los exámenes. Así habían empezado sus visitas, por lo general los sábados en la tarde, y de los libros de texto pasamos a las novelas que le fui sugiriendo y con las cuales comenzó a llenar su enciclopédica incultura. Por aquella época Dany me escuchaba y me miraba como si yo fuera un cabrón gurú, solo porque él era un ignorante absoluto, aunque inteligente, y yo un tipo cinco años mayor, con varios kilómetros de lecturas delante de él y, sobre todo, con un libro de cuentos ya publicado. Ni Dany ni yo hubiéramos podido soñar por aquellos tiempos que alguna vez aquel animalito voraz, que antes de matricular la carrera de Letras había dedicado cada hora de su vida a jugar pelota y ahora leía como un verdadero condenado, llegaría a ser escritor, más aún, un escritor sagaz y notable –lo cual equivale a algo más que aceptable y varios escalones menos que brillante– que por momentos parecía dotado de una mayor capacidad literaria de la que alcanzaría en sus libros publicados.

A pesar de que, por la época de mis conversaciones con López, Dany y yo apenas nos veíamos, él no se extrañó al verme aparecer en la casona del Vedado donde radicaba la editorial. Pero sí lo removió de pies a cabeza la causa que me había llevado hasta allí: necesitaba conseguir una biografía de Trotski y, entre la gente que yo conocía, él era quien la podía tener más cerca de sus manos. Antes de que Dany consiguiera salir del asombro por la insólita petición, le expliqué que en la Biblioteca Nacional y en la Central, la de la universidad, únicamente había unos libros sobre Trotski publicados por la editorial Progreso, de Moscú, en los que sus autores se dedicaban a devaluar cada acto, cada pensamiento, incluso cada gesto que aquel hombre había hecho en su vida y hasta en su muerte –el falso profeta, el renegado, el enemigo del pueblo, lo llamaban, y siempre eran varios autores, como si uno solo no pudiera con la carga de tantas acusaciones–, y a mí me interesaba conseguir algo que no fuese aquella propaganda frontal, tan burda que obligaba a sospechar de su justeza. Y si alguien podía tener el material que yo necesitaba leer, ése era el tío de Elisa, la mujer de Dany, un viejo periodista y militante comunista, muy activo en el país desde los años cuarenta, que en los tiempos convulsos de la década de los sesenta incluso había estado varias semanas preso, con un grupo de simpatizantes trotskistas con los que sostenía relaciones personales y dijeron que hasta filosóficas.

Ahora se impone volver a recordar que estábamos en 1977, en el apogeo de la grandeza imperial soviética y en la cúspide de su inmovilismo filosófico y propagandístico, y que vivíamos en un país que había aceptado su modelo económico y su muy ortodoxa ortodoxia política: con esas importantes precisiones, tendrán el contexto más exacto de la espantosa sequía bibliográfica, de información y hasta de pensamiento que sufríamos en temas como ése, especialmente sensibles para los queridos hermanos soviéticos, y se imaginarán el pavor que provocaba la sola mención de algún asunto álgido –y Trotski era la algidez política personificada, la maldad ideológica elevada a la enésima potencia–. Por todo eso creo que entenderán la respuesta de Daniel:

–Pero ¿qué coño tú dices? –saltó al conocer mi intención y de inmediato agregó, en voz más baja y con mirada de preocupación clínica–: ¿Tú te volviste loco, mi socio? ¿Te estás emborrachando otra vez o qué carajo te pasa?

En esos años casi nadie en la isla, al menos que yo conociera, tenía el menor interés confeso por Trotski ni por el trotskismo, entre otras razones porque aquel interés –si es que le surgía o le re-surgía a alguien tan enloquecido como para además revelarlo– no podía acarrearle a nadie más que complicaciones de todo tipo. Y muchas. Si escuchar cierta música occidental, creer en cualquier dios, practicar yoga, leer determinadas novelas consideradas ideológicamente dañinas o escribir un cuento de mierda sobre un pobre tipo que siente miedo podía significar un estigma y hasta implicar una condena, meterse con el trotskismo hubiera sido como colgarse una soga al cuello, sobre todo para los que se movían en el mundo de la cultura, la enseñanza y las ciencias sociales. (Después sabría que solo algunos refugiados uruguayos y chilenos de los que por esos años vivían en la isla se atrevían a hablar del tema con cierto conocimiento de causa, aunque hasta ellos mismos, sometidos a la presión atmosférica, lo hacían en voz baja.) De ahí la reacción casi violenta de mi amigo.

—No comas mierda, Dany —le contesté cuando empezó a calmarse—. No voy a meterme a trotskista ni un carajo. Lo que necesito es saber..., s-a-b-e-r, ¿me entiendes? ¿O es que también está prohibido *saber*?

—¡Pero es que ya tú *sabes* que Trotski es candela!

—Ése es mi problema. Consígueme algún libro de los que debe de tener el pariente de Elisa y no me jodas. No le voy a decir a nadie de dónde lo saqué...

A pesar de sus protestas, yo había tocado una fibra de la curiosidad inteligente de Dany, pues más rápido de lo que esperaba (teniendo en cuenta la no muy cercana relación que sostenía con el viejo ex trotskista) me puso en contacto con un autor y una biografía de los cuales yo jamás había oído hablar: Isaac Deutscher, y su trilogía sobre «el profeta»: desarmado, armado y desterrado, en ediciones publicadas en México a finales de la década de los sesenta. La mañana en que me entregó los tres tomos, después de obligarme a hacerle todas las promesas concebibles de que le devolvería los libros lo antes posible, pasé por mi trabajo y pedí el resto del mes de vacaciones. Fuera de los viajes a la playa, lo que mejor recuerdo de esos días fue la intensidad devoradora con que leí aquella voluminosa biografía del revolucionario llamado León Bronstein, y la consecuente comprobación de mi monumental desconocimiento de las verdades (¿verdades?) históricas de los momentos y los hechos en medio de los cuales había vivido aquel hombre, hechos y momentos tan rusos y lejanos, comenzando por la Revolución de Octubre (nunca he entendido bien qué pasó en Petrogrado aquel 7 de noviembre que en realidad era el 25 de octubre y cómo se tomó un Palacio de Invierno que al final casi nadie quería defender y que automáticamente marcó el triunfo de la Revolución y dio el poder a los bolcheviques) y siguiendo, entre otros, por unas también extrañas luchas dinásticas entre revolucionarios en las que solo Stalin parecía dispuesto a tomar el poder y por unos casi silenciados procesos de Moscú (que para nosotros parecían no haber existido nunca) en los que los reos eran sus peores fiscales. Al final de todo aquel desfile de manifestaciones del «alma rusa» (si no entendemos algo de los rusos siempre parece ser por culpa de su alma), estaba la corroboración del asesinato del viejo líder, algo que se había difuminado en los libros soviéticos dedicados a él, pues Trotski (quizás porque era ucraniano y no ruso) más bien parecía haber muerto de un catarro o, mejor aún, devorado un día cualquiera por una tembladera, como si fuera un personaje de las novelas de Emilio Salgari.

Gracias a esa biografía, la persona que viajó hasta la playa a partir del tercer encuentro ya empezaba a ser alguien mínimamente capaz de asimilar distintos elementos de aquella historia desde un prisma diferente. Ahora mis oídos se empeñaban en interpretar una información que, con un somero conocimiento de los hechos y de sus actores, intentaba colocar en un tablero de cuyas coordenadas empezaba a tener una primera noción.

Unos días después de que se me inoculara la peregrina pero lógica sospecha de que López no fuese López y de que Mercader no estuviera muerto, llegué a la playa dispuesto a tratar de forzar al hombre para que me confesara la verdad sobre su identidad –si es que esa verdad existía, algo de lo que yo no estaba seguro–. Cautelosamente aceché el resquicio apropiado para colar mi duda y hallé la ocasión cuando López me hablaba de la conmoción que provocó en su amigo Ramón y en su madre, Caridad del Río, el polémico pacto Molotov-Ribbentrop.

–¿Sabes? –le pregunté, sin mirarlo–, en todo lo que me has contado hay algo que no me creo.

López dio fuego a uno de sus cigarros con la valiente fosforera de bencina. Ante su silencio, seguí:

–Nadie puede saber tanto de la vida de otra persona. Por más que le hayan contado. Es imposible.

López fumaba sin prisa, y me dio la impresión de que no había escuchado mis palabras. Después entendería que un tipo como yo apenas hubiera podido mover aquella roca: el hombre era un especialista en responder solo lo que deseaba, y su estrategia fue quitarme la sartén, aferrarse al mango y darme un golpe en la cabeza con la plancha.

–¿Qué estás pensando? ¿Que es mentira lo que te he contado? –se quitó unos momentos los espejuelos, los miró a trasluz y los mojó con la lengua, para limpiarlos del salitre que se les había adherido.

–No sé –dije, y dudé. Su voz había adquirido un tono capaz de enfriar mis impulsos y por eso elegí muy cuidadosamente mis palabras–: ¿Cómo es posible que sepas tanto de Ramón? ¿No es mucha casualidad que Caridad y tu madre, las dos, hayan nacido en Cuba? Estoy pensando que...

–¿Que soy el hermano de Ramón? ¿O que fui su jefe?

Sopesé rápidamente aquellas posibilidades, sin darme cuenta de que con ellas el hombre no hacía más que aflojarme en mi convencimiento. Pero no me dejó mucho tiempo para pensar, pues de inmediato fue al grano.

–¿O acaso crees que yo soy Ramón? –preguntó.

Lo miré en silencio. En las últimas semanas, el hombre que amaba a los perros perdía peso a ojos vistas, su piel se había vuelto más opaca, definitivamente verdosa, y con frecuencia sufría de dolor de garganta y lo asaltaban ataques de tos que calmaba con buches de agua endulzada con miel de la botella que ahora también lo acompañaba siempre. Pero en aquel instante en sus ojos había una intensidad que quemaba y, debo admitirlo, que me daba miedo.

–Ramón está muerto y enterrado, muchacho. Y lo peor es que se ha convertido en un fantasma. Si buscas en todos los cementerios de la Unión Soviética no encontrarás su tumba. Ni yo mismo sé con qué nombre lo enterraron... Ya te lo dije: entre las cosas que Ramón entregó a la causa, estaban su nombre y su libertad de tomar cualquier decisión... Además, si te estoy contando todo esto, ¿para qué iba a engañarte en lo demás? ¿Qué importa quién sea yo? Es más: ¿qué cambiaría si yo fuera Ramón?

Las respuestas acudieron a mi mente: importa porque lo que me estás contando es la Historia del Engaño, y todo habría cambiado si tú fueses Ramón, pues nadie (al menos eso pensaba yo) hubiera querido ser Ramón Mercader. Porque Ramón provocaba asco y producía miedo... Pero de más está aclarar que no me atreví a decírselas.

–Sé lo que estás pensando, y no me asombra –me dijo el hombre, y yo sentí un nuevo corrientazo de temor–. Ésta es una historia repulsiva, que devalúa ella sola millones de discursos que se han hecho durante sesenta años... Y también es verdad que Ramón terminó repugnando a mucha gente –hizo una pausa, aunque permaneció inmóvil–. Pero intenta entenderlo, coño, aunque no lo justifiques. Ramón es un hombre de otra época, de un tiempo muy jodido, cuando no estaba permitida ni siquiera la duda. Cuando él me contó su historia, la situé en su mundo y en su tiempo, y entonces la entendí. Aunque, eso sí, nunca le tengas compasión, porque Ramón odiaba ese sentimiento.

–Si jamás viste su tumba ni fuiste a su entierro, ¿cómo estás tan seguro de que Ramón está muerto? –pregunté, echando mano a mi última posibilidad de perseverancia, a pesar de que ya me sabía derrotado por las razones de López.

–Sé que está muerto porque lo vi unas semanas antes de que muriera, cuando ya lo habían desahuciado... –dijo y sonrió, con visible tristeza–. Mira, para que estés tranquilo, te voy a dar una razón que no vas a poder rebatirme: ¿crees que Ramón, después de prometer que guardaría silencio para el resto de su vida, y de haber sostenido su compromiso contra viento y marea, le contaría su historia al primer..., al primero que se encontrara? Si yo fuera Ramón, ¿crees que me hubiese arriesgado a hacerlo? Y, además, ¿para qué?

En un segundo conté diez adjetivos con los que López pudo haberme calificado (desde los comemierda o sapingo cubanos hasta el gilipollas que alguna vez él mismo había usado), y pensé en otras tantas razones para rebatirle a López sus últimas preguntas (un hombre que, según él mismo, se está muriendo, ¿a qué puede temerle?: la única respuesta afirmativa implicaría que el miedo también se transmite, como una herencia, e incluya el destino de esos mismos hijos a los que, quizás para protegerlos, López, o Mercader –si en realidad aquel hombre era Ramón Mercader–, había decidido no contarles aquella historia). Pero me di cuenta de que si deseaba seguir escuchando, mi única opción era creerle; de hecho, en ese instante yo le creía. Me impuse olvidar o por lo menos posponer mis dudas, hasta que de algún modo tuviera la certeza absoluta de que López era López y Mercader un fantasma sin tumba. O lo contrario. Pero ¿cómo coño iba a llegar a cualquiera de aquellas certezas si unos días antes ni siquiera sabía que había existido un hombre llamado Ramón Mercader del Río?

La interrupción del relato cortó el impulso del hombre que amaba a los perros, y aquella tarde se despidió mucho antes de la caída del sol. Aunque acordamos volver a vernos el lunes, yo permanecí otro rato en la arena, temiendo que la relación se hubiese deteriorado por mi suspicacia. Y si era así, me quedaría sin saber el modo en que se desarrollaron las acciones destinadas a sellar la entrega sin límites de Ramón Mercader.

De todas formas, ese fin de semana me dediqué a la maratoniana lectura del último tomo de la biografía de Deutscher, *El profeta exiliado*, para tratar de colocar mi conocimiento en la época en la cual transcurría el relato de López. Recuerdo que cuando apareció en las páginas finales del libro la figura tétrica de Jacques Mornard sentí un salto en el pecho, como si el asesino hubiese entrado en mi habitación. Mi cerebro comenzó entonces a jugarme una mala pasada: la imagen de Mornard que me venía a la mente era la de López, con sus pesados espejuelos de carey. Yo sabía que aquello no tenía sentido, pues entre el Mornard joven y apuesto y el López cetrino y, según él, moribundo, la distancia debía de ser enorme. Pero mi imaginación insistía en encajar el retrato vivo y real del dueño de los borzois en el cuerpo esquivo del supuesto belga aparecido en la fortaleza de Coyoacán con la misión de matar al hombre que, junto a Lenin, había conseguido lo impensable: que los bolcheviques se hicieran con el poder en 1917, y más aún, que lo conservaran después, imponiéndose a ejércitos imperiales y enemigos internos.

Entre las páginas del tomo final de la biografía había encontrado tres recortes de prensa que delataban el interés del dueño del libro por la relación entre Trotski y su asesino. Uno era del diario cubano *Información*, donde, bajo un gran titular, el mismo dueño de los libros daba la noticia del atentado sufrido por Trotski el 20 de agosto de 1940 y el estado de máxima gravedad en que se encontraba al momento del cierre del periódico (a un comunista de 1940 aquél le habría parecido un comentario protrotskista, solo porque el redactor no se pronunciaba sobre lo sucedido); el segundo debía pertenecer a una revista y contenía un comentario sobre las parodias del asesinato de Trotski, supuestamente contadas por varios escritores cubanos, que Guillermo Cabrera Infante había incluido en su libro *Tres tristes tigres* (nunca publicado en Cuba y, por tanto, casi inencontrable para nosotros); y el último, apenas una larga columna sin fecha ni referencia, me resultó el más revelador, pues hablaba de la presencia de Ramón Mercader en Moscú después de salir de la cárcel mexicana donde cumplió su sentencia. El autor de la columna relataba que una persona muy cercana a Mercader –¿habría sido López, responsable de otra infidencia?– le había contado que, desde el día del atentado, el asesino llevaba en sus oídos el grito de dolor de su víctima.

Fue el lunes siguiente, 22 de diciembre, cuando tuve la que, sin saberlo aún, sería mi última conversación con el hombre que amaba a los perros. Recuerdo perfectamente que esa tarde, como nunca antes desde que López comenzara a contarme la historia de Ramón, me sentí sometido a una presión que hasta entonces había logrado escamotear: por mi propio bien, me pregunté mil veces, ¿no debería comentar en oídos propicios lo que me estaba ocurriendo con aquel Jaime López empeñado en contarme *a mí* una historia tremebunda y políticamente tan comprometedora? El miedo que ya me envolvía, reforzado por lo leído sobre el final de Trotski, era un sentimiento más sórdido, mucho más mezquino de lo que yo mismo me confesaba en aquel momento, pues en realidad no tenía tanto que ver con el relato de horror y traición que estaba escuchando como con el hecho más que probable de que llegara a saberse que yo había hablado durante varios días con aquel hombre extraño, sin decidirme a «consultarlo», como se solía decir y como, se suponía, era mi deber. Pero la sola idea de buscar al «compañero que atendía» al centro de información que editaba la revista de veterinaria –*todos* le llamaban así, «el compañero que atendía» y *todos* sabían quién era, pues parecía importante que *todos* supiéramos de su existencia difusa pero omnipresente– y contarle una conversación que, fuese quien fuese López, yo había prometido no comentar, me parecía tan degradante hacia mi persona que me rebelé

245

ante la posibilidad. Decidí en ese momento asumir las consecuencias (¿había un trabajo menos importante y ambicionado que el mío?; sí, claro, podrían devolverme, por ejemplo, a Baracoa...) y durante años tapié aquella historia con un muro de silencio, y ni siquiera Raquelita supo nunca –ella no lo sabe todavía hoy y además no le importaría un carajo saberlo– lo que me había contado Jaime López.

Aquella tarde de mis temores desbocados, apenas llegó a la playa, López me confesó que se sentía terriblemente triste: *Dax* había empezado a tener problemas de locomoción –se marea, como yo, dijo–, y la opción del sacrificio comenzaba a ser inminente.

–Ya sé que no eres veterinario y yo no debería pedírtelo –me dijo, sin mirarme–, pero si tú me ayudas creo que va a ser más fácil...

–Quisiera ayudarte, pero de verdad no sé hacerlo ni puedo –le dije, observando a los dos perros que corrían por la arena. *Dax*, era evidente, había perdido la elegancia de su trote y tropezaba a los pocos pasos.

–No sé cómo voy a resolver esto... –el hombre hablaba consigo mismo, más que conmigo; su voz estaba a punto de quebrarse–. Quiero asegurarme de que no sufra...

La evidencia de una muerte cercana y la revelación de aquellos sentimientos aplacaron mis dudas sobre la identidad de López y, especialmente, me decidieron a afrontar, con el silencio, las consecuencias que podían derivarse de mi actitud, sin duda alguna ideológicamente cuestionable. Y es que la muerte tiene esa capacidad: resulta tan definitiva e irreversible que apenas deja márgenes para otros temores. Incluso un hombre como el que esa tarde tenía frente a mí (conocedor de todo sobre la muerte, según me había dicho) se detenía ante ella, se removía ante su presencia, aun cuando se tratara de la muerte de un perro.

Después de beber café, fumarse un cigarro y sufrir un acceso de tos, al fin López se lanzó sobre la historia de Ramón Mercader, y me relató el modo en que su amigo había entrado definitivamente en la historia. Yo lo escuchaba, con mi capacidad de juicio extraviada, con todo mi asombro desbordado y hasta con cierto júbilo cuando el relato se cruzaba con las informaciones obtenidas de mis lecturas recientes. En algún momento descubrí también que se iba adueñando de mí una molesta y sibilina mezcla de desprecio y compasión (sí, *compasión*, y nunca he tenido dudas respecto a la palabra ni a lo que denota) por aquel Mornard-Jacson-Mercader dispuesto a cumplir lo que había asumido como su deber y, sobre todo, como una necesidad histórica reclamada por el futuro de la humanidad.

López parecía al borde del agotamiento cuando llegó al clímax del relato. Hacía rato que había oscurecido y yo apenas podía verle el rostro, pero me aferraba a sus palabras, excitado por lo que estaba escuchando.

—Lo que falta de la historia es el regalo de Año Nuevo —dijo en ese momento, y me pareció un hombre conmovido que siente un gran alivio. Todavía hoy cierro los ojos y puedo verlo en los últimos minutos del relato: López había hablado con un silbido en la voz y la mano izquierda sobre la venda que siempre le cubría la derecha—. Mi mujer es la comunista más rara que conozco. Hasta en Moscú se empeñaba en celebrar la Nochebuena y las navidades. Para ella son sagradas, y nunca mejor dicho... Y no querrá soltarme en todos estos días, así que me va a ser difícil venir hasta después de Año Nuevo. Tengo que complacerla.

—¿Cómo hacemos entonces? —yo me sentía ansioso y frustrado. Una acumulación de evidencias terribles y de preguntas enquistadas casi me asfixiaba, pero sabía que lo mejor era no tocarlas para evitar que se pudiese enturbiar la relación con el hombre, pues me faltaba por atravesar una etapa decisiva en la vida de Ramón Mercader y, por todo lo escuchado, ansiaba conocerla—. ¿Quieres que te llame por teléfono?

Me respondió de inmediato:

—No. Nos vemos el 8 de enero. ¿Puedes?

—Creo que sí.

—Yo vengo el 8, y si no te veo, vuelvo el 9.

—Anjá —acepté ante la falta de alternativas—. ¿Y *Dax*?

—No puedo hacerlo ahora —me dijo López y extendió la mano para que yo lo ayudara a ponerse de pie—. Con cuidado, me duelen mucho los brazos... *Dax* es fuerte, resistirá. Voy a esperar todo lo que se pueda, hasta principios de año. Si tuviera un amigo que me ayudara...

—Pobre *Dax* —dije, al ver el rumbo que tomaba la conversación y al comprobar que los borzois se acercaban, ya deseosos de irse, pues había pasado su hora de comer.

López me extendió su mano vendada. Sin pensarlo yo le sonreí y se la estreché. Luego me agaché para recoger la bolsa del termo y entregársela. Y me atreví a soltar una de las preguntas que me atormentaba:

—Leí en un periódico que Ramón oyó toda su vida el grito de Trotski. ¿Él le habló de ese grito?

López tosió y se pasó la mano vendada por el rostro. Yo hubiera querido que hubiese más luz para verle los ojos.

–Todavía lo oía cuando me contó la historia, hace unos diez años –me dijo, y empezó a alejarse–. Creo que lo oyó hasta el final... Que tengas una feliz Navidad.

–Lo propio –alcancé a decir en medio de mi conmoción, y de inmediato me di cuenta de que hacía mucho tiempo que no pronunciaba ni oía aquellas dos palabras que en Cuba únicamente se utilizaban como fórmula para devolver felicitaciones navideñas, aquellas fiestas desde hacía varios años desterradas de la isla científicamente atea y demasiado necesitada de cada jornada de trabajo como para darse el lujo de desaprovechar algunas de esas valiosas jornadas.

López avanzó por la arena, compacta por la lluvia del día anterior. Junto a él marchaban *Ix* y *Dax*, a paso lento. La oscuridad no me permitía ver al negro alto y flaco, pero yo sabía que seguía allí, entre las casuarinas, desgranando su paciencia. López se acercó a los árboles y su figura se fue fundiendo con la noche hasta que desapareció. Como si nunca hubiera existido, pensé.

Segunda parte

16

¿Qué sensaciones lo acompañaron cuando vio levantarse sobre la línea del horizonte la silueta de la interrogación más absoluta? Observó aquel mar de una transparencia refulgente, capaz de herir las pupilas, y seguramente pensó que, a diferencia de Hernán Cortés, lanzado sobre aquella tierra ignota en busca de gloria y poder, él, si acaso, podía aspirar a encontrar allí un punto de apoyo para los días finales de su existencia y la grotesca posibilidad de reivindicar un pasado donde ya había alcanzado y agotado su cuota de gloria y poder, de furia y esperanzas.

Veinte días había durado la navegación de pesadilla. Desde que abordaron el *Ruth* y sus sirenas lanzaron el quejido de despedida hacia la agreste costa noruega, aquel carguero que desde sus cisternas regurgitaba el vaho malsano del petróleo se había convertido en una prolongación aún más encarnizada del encierro sufrido en el fiordo desolado. A pesar de que Liev Davídovich, Natalia y la escolta policial eran los únicos pasajeros de la embarcación, el inevitable Jonas Die y sus hombres se encargaron de mantener aislados a los deportados, impidiéndoles la comunicación por radio y vigilándolos incluso cuando se sentaban a la mesa del capitán Hagbert Wagge, tan orgulloso de llevar a bordo aquel pedazo de historia. Confinados en la cabina del comandante, Liev Davídovich y Natalia pasaron los días leyendo los pocos libros sobre México que habían conseguido gracias a Konrad Knudsen, tratando de vislumbrar lo que les aguardaba en aquel Nuevo Mundo, siempre violento y exaltado, donde el precio de la vida podía ser una simple mirada mal recibida y donde, según sabían, nadie los esperaba.

Cuando la costa cobró toda su nitidez, sus temores salieron a flote, y Liev Davídovich lanzó a Die una postrera exigencia: solo abandonaría el petrolero si venía en su busca alguna persona que le inspirara confianza. ¿Quién?, pensaba, cuando Jonas Die le dio la sorprendente respuesta de que iban a complacerlo, y él también se concentró en la observación de la costa.

Mientras el barco se acercaba al puerto de Tampico, se hizo visible la multitud intranquila que se congregaba en sus alrededores, punteada por los uniformes azules de la policía mexicana. Aunque hacía mucho que Liev Davídovich había superado el temor a la muerte, los gentíos exaltados siempre le obligaban a recordar el que había rodeado a Lenin en septiembre de 1918 y del cual había salido la mano armada de Fanny Kaplan. Pero un manto de alivio cayó sobre sus aprensiones cuando descubrió, en un extremo del espigón, las facciones de Max Shachtman, la estampa maciza de George Novack y la levedad irradiante de una mujer que no podía ser otra que la pintora Frida Kahlo, la compañera sentimental de Diego Rivera.

Apenas atracaron, los Trotski cayeron en un torbellino de júbilo. Varios amigos de Frida y Rivera, sumados a los correligionarios norteamericanos venidos con Shachtman y Novack, los envolvieron en una ola de abrazos y congratulaciones que obraron el milagro de hacer correr las lágrimas de Natalia Sedova. Conducidos a un hotel de la ciudad donde les habían organizado una comida de bienvenida, los recién llegados fueron oyendo el tropel de informaciones retenidas por Jonas Die, sin duda molesto por el carácter de las noticias: el general Lázaro Cárdenas no solo había concedido a Liev Davídovich asilo indefinido, sino que lo consideraba su huésped personal y, con el mensaje de bienvenida, le enviaba el tren presidencial para que los trasladara a la capital. A su vez, Rivera, que se disculpaba por no haber podido desplazarse hasta Tampico, les ofrecía, también indefinidamente, una habitación en la Casa Azul, la edificación que ocupaba con Frida en el barrio capitalino de Coyoacán.

Los vinos franceses y el rudo tequila mexicano ayudaron a Liev Davídovich y a Natalia en el empeño de saltar del mole poblano a las puntas de filete a la tampiqueña, del pescado a la veracruzana a la consistencia rugosa de las tortillas, coloreadas y enriquecidas con pollo, guacamole, ajíes, jitomates, frijoles refritos, cebollas y cerdo asado al carbón, todo salpicado con el fogoso chile que clamaba por otra copa de vino o un trago de tequila capaces de aplacar el incendio y limpiar el camino hacia la degustación de aquellas frutas (mangos, piñas, zapotes, guanábanas y guayabas) pulposas y dulces, insuperables para coronar el festín de unos gustos europeos deslumbrados por texturas, olores, consistencias y sabores que se revelaban exóticos para ellos. Abrumados por aquel banquete de los sentidos, Liev Davídovich descubrió cómo sus prevenciones se esfumaban y la tensión dejaba paso a una invasiva voluptuosidad tropical capaz de arroparlo en una molicie benéfica que su organismo y su cerebro agotados recibieron golosamente, según escribió.

Después de la siesta de rigor, se dispusieron a dar un paseo en auto con Frida, Shachtman, Novack y Octavio Fernández, el camarada que más había trabajado para que se les concediera el asilo. Sin embargo, los acogidos pronto volvieron a la realidad cuando vieron que el vehículo se colocaba en una caravana encabezada por el jeep descapotado donde viajaban, fusiles en mano, los miembros de la guardia presidencial. Liev Davídovich pensó que ni siquiera en el paraíso volverían a ser totalmente libres.

En el tren, Frida lo puso al día de las reacciones que estaba provocando su llegada. Tal y como era de esperar, la decisión del general Cárdenas había sido un acto de desafiante independencia, pues la había tomado en un momento de grandes tensiones políticas, en pleno proceso de reforma agraria y con la nacionalización del petróleo en su agenda. El decreto de acogida (cuya única y comprensible condición era que el exiliado se abstuviera de participar en los asuntos políticos locales) había sido un acto de soberanía mediante el cual el presidente expresaba la fidelidad a sus propias ideas políticas más que una simpatía por las del asilado. Pero aquella decisión había convertido a Cárdenas en objeto de las más disímiles acusaciones, que iban de los gritos de traidor a la Revolución mexicana y de aliado de los fascistas (proferidos por los comunistas y los líderes de la Confederación de Trabajadores, soporte tradicional del presidente), hasta la de anarquista rojo a las órdenes de Trotski (esgrimidos por una burguesía para la cual Trotski y Stalin significaban lo mismo y la llegada del primero confirmaba la ascendencia de «los rusos» sobre el presidente).

Un exultante Diego Rivera los esperaba en una pequeña estación cercana a México D.F. y desde allí, acompañados por otros policías y muchos amigos armados de botellas de coñac y whisky, emprendieron el camino hacia aquel extraño domicilio pintado de azul telúrico.

El primer conocimiento que Liev Davídovich había tenido de la obra de Rivera se había producido en París, durante los años de la Gran Guerra, cuando los ecos de la Revolución mexicana llegaron a Europa y, con ellos, las obras de sus pintores revolucionarios. Luego, había seguido con atención el fenómeno cultural del muralismo, del que incluso tuvo noticias en los días de su destierro en Alma Atá, cuando Andreu Nin le había enviado un hermoso libro sobre la pintura de Rivera que había perecido en el incendio de Prínkipo. En cambio, apenas tenía una noción superficial de la obra atormentada y simbolista de Frida, pero desde que se encontraron rodeados de sus pinturas, de un surrealismo muy personal, descubrió que su sensibilidad se comunicaba mucho mejor con el arte adolorido de la mujer que con la monumentalidad explosiva de Rivera.

Los anfitriones habían dispuesto para él la antigua habitación de Cristina Kahlo, la hermana de Frida. Cuando Rivera se había resuelto a cobijarlos, le compró a la joven una residencia cerca de la Casa Azul, por lo que advirtió a los Trotski que podían disponer a sus anchas de aquel espacio. La amabilidad de los pintores y el estado crítico de sus finanzas obligaron a Liev Davídovich a aceptar lo que, pensaba, solo sería un hospedaje temporal.

La Casa Azul ya había cobrado el aspecto de una fortaleza sitiada. Varias ventanas habían sido tapiadas y algunas paredes reforzadas y, tan pronto arribaron los exiliados, se dispusieron turnos de guardia. A los jóvenes trotskistas norteamericanos se les encargó el interior de la morada, mientras el exterior era custodiado por la policía local. No obstante, apenas instalados, Liev Davídovich empezó a sentir cómo lo envolvía un optimismo que ya creía extraviado, aunque se impuso, más por la agotada Natalia que por él mismo, tomar un respiro antes de lanzarse otra vez a la lucha que lo reclamaba.

Como tantas veces en su vida, la política se encargó de sacudirlo y recordarle que ni la posibilidad del más breve reposo le había sido conferida a Prometeo y a los que se atreviesen a estar cerca de su roca. Aquél era el sino que lo perseguiría hasta el último día de su vida.

Las radios y los periódicos comenzaron a anunciar que la sala penal montada en la Casa de los Sindicatos de Moscú volvía a abrir sus puertas para escenificar un nuevo episodio del grotesco estalinista. Al principio no se sabía el número de enjuiciados ni sus nombres, hasta que se especificó que eran trece, encabezados por el mismo Rádek que, con su retumbante capitulación, se había creído a salvo de las iras de Stalin. En la causa también aparecían encartados el pelirrojo Piatakov, Murálov, Sokólnikov y Serebriakov, aunque volvían a ser Liev Sedov y Liev Davídovich los principales reos en ausencia.

Desde que se inició el nuevo proceso, el 23 de enero de 1937, Liev Davídovich se encerró con la radio para tratar de desentrañar la lógica de aquel absurdo donde los procesados parecían competir con confesiones cada vez más humillantes y desquiciadas, que ahora añadían a las conspiraciones para derrocar al sistema o asesinar a Stalin la existencia de planes de sabotaje industrial, de envenenamientos masivos de obreros y campesinos, e incluso la firma de un pacto secreto entre Hitler, Hirohito y Trotski para desmembrar a la URSS. Los saboteadores fueron cargando sobre sus espaldas todos los fracasos económicos, el hambre y hasta los accidentes ferroviarios e industriales con los que habían agredido al país y a sus heroicos trabajadores y traicionado la confianza del Líder. Una de las acusaciones del proceso ubicaba a uno de los reos en París, recibiendo órdenes de Trotski justo cuando él se hallaba en Barbizon sin permiso para visitar la capital. Pero la piedra angular de la conspiración abortada descansaba sobre la confesión de Piatakov, quien aseguraba haber viajado de Berlín a Oslo en 1935 para celebrar en esa ciudad una cumbre contrarrevolucionaria con el renegado Trotski.

Obligado a salvar su responsabilidad en este asunto, el pusilánime gobierno noruego emitió un desmentido con pruebas de que el presunto avión de Piatakov, procedente de Alemania, nunca había aterrizado en Noruega en los sitios y las fechas declaradas por el fiscal y aceptadas por el acusado. Pero ya se sabía que las rabiosas imprecaciones del ex menchevique Andréi Vishinsky contra los perros rabiosos degenerados y malolientes para los que pedía la muerte iban a superar cualquier obstáculo o evidencia de la empecinada realidad... Liev Davídovich sabía, sin embargo, que aquel proceso insostenible escondía algún objetivo que iba más allá de la necesidad de reparar las contradicciones del anterior y eliminar a otro grupo de viejos bolcheviques: y algo de ese fin se le fue haciendo evidente a medida que se repetían en el juicio los nombres de Bujarin y sus compañeros de la difuminada Oposición de derechas. Más oscuro y difícil de entender se le antojó, en cambio, la mención de ciertos oficiales del Ejército Rojo, supuestamente vinculados, también ellos, a la conspiración trotskista, a la traición y el sabotaje.

Con aquel terremoto originado en Moscú se esfumó la tranquilidad de la Casa Azul. El exiliado organizó una rueda de prensa y, adelantándose a las previsibles sentencias, declaró su propósito de rebatir las acusaciones con pruebas incontestables. Esa declaración, por supuesto, no detuvo al tribunal y, antes de que Liev Davídovich lograra recabar un testimonio u obtener un solo documento probatorio, los jueces en Moscú dictaron las sentencias que contemplaban la pena de muerte para casi todos los reos y la sorpresiva condena a diez años para el incombustible Rádek, que volvía a salvar el pellejo, sabían solo Stalin y él a qué precio, y únicamente Stalin hasta cuándo.

Abrumado por la noticia de que tantos viejos compañeros de lucha iban a ser ejecutados, Liev Davídovich esgrimió la única arma que tenía a su alcance y volvió a pedir a Stalin que lo extraditara y llevara a juicio. Pero, como también esperaba, Moscú guardó silencio y ejecutó a los condenados con la rapidez y eficiencia habituales. Entonces él lanzó la siguiente piedra y pidió que se creara un comité internacional de investigación y repitió su disposición de comparecer ante una Comisión de Terrorismo de la Sociedad de Naciones y a entregarse a las autoridades soviéticas si alguno de esos organismos demostraba una sola de las acusaciones. Pero otra vez el mundo, atemorizado y chantajeado, calló. Convencido de que se jugaba la última carta, el exiliado decidió organizar él mismo un contraproceso donde denunciaría la falsedad de los cargos que se le imputaban y, a la vez, se convertiría en acusador de los verdugos de Moscú.

En su fuero interno, Liev Davídovich sabía que el contraproceso, si acaso, lograría marcar un rasguño en una piedra, pero se precipitó hacia él con la fe y la desesperación de un náufrago. Durante varias noches maduró la idea en largas charlas con Rivera, Shachtman, Novack, Natalia y el recién llegado Jean van Heijenoort, mientras Frida Kahlo entraba y salía de aquellas discusiones como una sombra inquieta. Cubiertos con ponchos, viendo cómo la pantagruélica voracidad de Rivera evaporaba botellas de whisky y devoraba platos de carnes ardientes por el chile, solían acomodarse en torno al naranjo que reinaba en el patio de la Casa Azul y debatían todas las posibilidades, aunque el principal desafío radicaba en hallar a las personas con suficiente autoridad moral e independencia política como para legitimar si no legal, al menos éticamente, un contraproceso que tal vez aún pudiera remover algunas conciencias del mundo.

Fueron los norteamericanos quienes propusieron convocar al casi octogenario profesor John Dewey para que presidiera el tribunal. A pesar de su prestigio como filósofo y pedagogo, a Liev Davídovich le pareció, sin embargo, un hombre demasiado ajeno a las interioridades de la política soviética. Mientras, Liova había comenzado a trabajar en París, tratando de obtener todas las pruebas posibles para rebatir las acusaciones: en unos pocos días la papelería enviada, más la que Natalia, Van Heijenoort y Liev Davídovich habían extraído de los archivos que habían viajado a México, implicaron una desproporcionada labor de análisis.

Liev Davídovich trabajaba abrasado por la fiebre de la desesperación y les exigió a sus colaboradores, y sobre todo a Liova, un esfuerzo sobrehumano. Dominado por la ansiedad, cualquier descuido lo enfadaba y llegó a calificar de negligencias ciertos fracasos y demoras de su hijo, sin importarle los llamados a la cordura de Natalia, encargada de recordarle las precarias condiciones en que vivía Liova en París, donde incluso se había visto obligado a publicar una declaración en la cual advertía de la vigilancia de que era objeto por parte de la policía secreta soviética. En realidad, lo que más había molestado a Liev Davídovich había sido recibir una carta donde su hijo le comentaba que toda aquella labor ingente le parecía inútil: aunque lograra que las figuras de más prestigio en el mundo certificaran su inocencia, el resultado no significaría nada para los que le creían culpable, y poco aportaría a quienes le sabían inocente. Liova pensaba, en cambio, que la difusión del folleto *Los crímenes de Stalin*, que su padre había comenzado a escribir, podría ser más efectiva que un juicio pedido por el propio acusado. En un arranque de ira, el ex comisario de la Guerra había calificado al joven de derrotista y hasta lo amenazó con relevarlo al frente de la sección rusa de la oposición. Liova le respondió con una nota donde le pedía disculpas por no poder estar siempre a la altura que él reclamaba.

La inquietud de Liev Davídovich recibió en ese momento un soplo de esperanza al que Natalia y él se aferraron con uñas y dientes. Gracias a un desertor de la antigua GPU que se había visto amenazado por las purgas iniciadas también en el interior del aparato represivo, Liova había logrado saber que su hermano Serguéi había sido detenido en Moscú durante la cacería que antecedió al último proceso. Aseguraba el informante que lo habían enviado a un campo de trabajos forzados en Siberia, acusado de planear el envenenamiento de obreros. En medio de la prolongada falta de noticias que el matrimonio había atribuido al peor desenlace, la noticia de que el muchacho (sin duda después de ser torturado) era lanzado al infierno en la tierra de un campo de trabajo cayó en la Casa Azul como una bendición. ¡Seriozha estaba vivo! En la privacidad de su habitación, jugaron la dolorosa partida de darse ánimos, y hablaron varias noches de las estrategias de supervivencia que aplicaría la mente lógica del joven y de la entereza que debía de haber mostrado a fin de no aceptar las confesiones que con toda seguridad habían tratado de hacerle firmar para llevarlo a juicio. Evitaron, sin embargo, las imágenes punzantes de Serguéi martirizado con los sistemas más crueles y no se atrevieron con las preguntas más lacerantes: ¿cómo habría resistido sin derrumbarse? (¿qué cosa es derrumbarse: confesar lo que no se ha hecho, enloquecer, dejarse morir?), ¿adónde habría llevado Serguéi los límites de su resistencia? (¿se derrumba primero el cerebro o el cuerpo?), ¿cuáles de aquellas torturas imaginadas le habrían aplicado o cuáles de las inimaginables, extraídas del infame catálogo de aquella policía criminal? (¿era Seriozha de los pocos que resistían y preferían morir antes de envilecerse?).

Liev Davídovich tampoco se atrevió a revelarle a Natalia, y menos aún a Liova, que el pesimismo comenzaba a vencerlo cuando comprendió el limitado alcance que tendría el contraproceso por el cual tanto habían trabajado. Ni las organizaciones sindicales ni la intelectualidad progresista, dominadas por la propaganda y los dineros de Moscú, habían aceptado participar y, con escepticismo, comprobó que sólo comités nacionales integrados por anticomunistas y antiestalinistas declarados se atrevían a brindarle su apoyo, mientras hombres como Romain Rolland proclamaban la integridad de Stalin, certificaban los métodos humanitarios de la GPU al obtener las confesiones y hasta desmentían que hubiera represión intelectual en la URSS.

Pero él sabía que, aun en esas condiciones, debía presentar aquel combate. Durante el reciente pleno del Comité Central, calientes todavía los cadáveres de los últimos fusilados, el oscuro Nikolái Yézhov, convertido en la estrella rutilante de la represión, había acusado a Bujarin y a Ríkov de preparar a grupos terroristas destinados a asesinar al Gran Conductor, por quien sentían «un odio perverso». En la estela abierta por Yézhov se había lanzado Atanás Mikoyán, otro de los perros de caza del zar rojo, pronunciado un discurso lleno de comentarios mezquinos sobre los dos viejos bolcheviques, en el cual llegó a asegurar que la tan cacareada relación de cercanía entre Bujarin y Lenin jamás había existido. Al final de la sesión (que, comentaban, Stalin había seguido en silencio y con rostro consternado por aquellas «revelaciones»), mientras Bujarin y Ríkov eran detenidos y conducidos a las cámaras del horror de la Lubyanka, se decidió crear una comisión de treinta y seis militantes, entre quienes estarían todos los miembros del buró político, con la misión de dictar un veredicto partidista contra los acusados. Entre los integrantes de la comisión, Liev Davídovich descubrió con dolor los nombres de Nadezhda Krúpskaya y María Uliánova, la viuda y la hermana de Lenin. Las dos mujeres, a las que Stalin había comenzado a agredir y marginar aún en vida del líder, infinitas veces habían visto a Vladimir Ílich hablar y discutir con Bujarin y ahora aceptaban en silencio las mentiras de Mikoyán, elaboradas por Stalin. Aquella sórdida jugada le permitió a Liev Davídovich ver algo que se le había escapado durante los juicios anteriores: Stalin también se había propuesto convertir a las pocas figuras del pasado que aún lo acompañaban no ya en sumisos comparsas de sus mentiras, sino en cómplices directos de su furia criminal: quien no fuese víctima, sería cómplice y, más aún, sería verdugo. El terror y la represión se establecían como política de un gobierno que adoptaba la persecución y la mentira como recursos de Estado y como un estilo de vida para el conjunto de la sociedad. ¿Así se construía la sociedad «mejor»?, se preguntaría, aunque ya conocía la respuesta.

Cuando John Dewey llegó a México, tras imponerse a infinidad de presiones políticas, pidió la información que le faltaba por leer y se negó a entrevistarse con Trotski. Recordó a la prensa que, ideológicamente, no compartía las teorías del procesado, y, como presidente de la Comisión, solo se atendría a ofrecer unas conclusiones a partir de las pruebas y testimonios presentados y que el único valor de aquel resultado sería de carácter moral.

El 10 de marzo, la Casa Azul tenía el aspecto de un campamento militar. Dentro de la edificación se había esfumado la armonía de objetos y colores al ser retirados los tiestos de plantas, los muebles de madera veteada y las obras de arte, para ceder espacio a miembros del jurado, periodistas y guardaespaldas. Fuera de la mansión se habían levantado barricadas y desplegado decenas de policías. La mañana de la apertura, ya a la espera de Dewey y los miembros del jurado, Diego Rivera observó el patio y, sonriente, le habló a su huésped de los sacrificios que debían hacerse por la revolución permanente.

Dewey mostró una energía que desafiaba sus setenta y ocho años. Nada más entrar en la casa, tras saludar a Diego y a Liev Davídovich, pidió comenzar: su función y la de los miembros del jurado, dijo, consistiría en oír cualquier testimonio que el señor Trotski tuviera a bien presentarles, interrogarlo y ofrecer después unas conclusiones. La pertinencia de aquellas sesiones, en su opinión, se basaba en el hecho de que el señor Trotski hubiera sido condenado sin la oportunidad de hacerse escuchar, lo cual constituía un motivo de grave preocupación para la Comisión y para la conciencia del mundo entero.

En ese instante se iniciaba, quizás, la semana más intensa y absurda de la vida de Liev Davídovich... No podía recordar que alguna vez se hubiera visto sometido al esfuerzo físico e intelectual de lidiar por horas y horas contra una lógica enfermiza como la que emanaba de las acusaciones pergeñadas en Moscú. Como todo el contraproceso se desarrolló en inglés, constantemente él temía no ser lo preciso o explícito que necesitaba y deseaba. En las noches apenas dormía dos o tres horas, cuando el cuerpo vencía a la mente; su estómago, afectado por la tensión y los litros de café bebidos, se le había convertido en una piedra de fuego clavada en el abdomen, mientras la presión arterial, ya intranquilizada por la altura, le había instalado un zumbido en los oídos y una dolorosa molestia en la base del cráneo. Al final del sexto día lo envolvió la impresión de hallarse en un lugar extraño, entre desconocidos que hablaban de asuntos incomprensibles, y creyó que desfallecería, pero sabía que hablar ante aquellas personas era su única alternativa, quizás la última ocasión de luchar en público por su nombre y por su historia, por sus ideas y por los restos mortales de una revolución traicionada.

Cuando llegó el momento de su alegato, el 17 de abril, los miembros de la Comisión vieron ante sí a un hombre extenuado que tuvo que pedir permiso a Dewey para permanecer sentado. Sin embargo, cuando se encarriló en el discurso, su vehemencia de los viejos tiempos retornó y los reunidos en la Casa Azul percibieron algunos de los destellos del Trotski que había conmovido a las masas en 1905 y 1917, de la pasión que le habían valido la devoción de tantos hombres y el odio eterno de otros, desde Plejánov hasta Stalin. Su primera conclusión fue que, de acuerdo con el actual gobierno soviético, todos los miembros del buró político que hizo triunfar la revolución y acompañó a Lenin en los días más difíciles de la guerra y la hambruna y habían puesto en marcha al país, hombres que habían sufrido cárcel, destierro, represiones incontables, en realidad desde siempre habían sido traidores a sus ideales y, más aún, agentes al servicio de potencias extranjeras deseosas de destruir lo que ellos mismos habían construido. ¿No era una paradoja que los líderes de Octubre, todos, hubieran resultado unos traidores? ¿O tal vez el traidor era uno solo y se llamaba Stalin? No se detendría a demostrar la falsedad, más aún, el absurdo de los hechos que le imputaban, dijo, pero debía recordar que los gobiernos de Turquía, Francia y Noruega habían corroborado que él no había desarrollado en sus territorios labor antisoviética alguna, pues había permanecido apartado e incluso confinado bajo vigilancia policial. Olvidado de sus debilidades físicas, se puso de pie: la combustión de las ideas debió de actuar como un resorte que lo proyectaba y daba fuerzas para llegar a la salida: la experiencia de su vida, recordó, en la cual no habían escaseado los triunfos ni los fracasos, no había destruido su fe en el futuro de la humanidad sino que, por el contrario, le había dado una convicción indestructible. Esa fe en la razón, en la verdad, en la solidaridad humana, que a la edad de dieciocho años llevó consigo a las barriadas de la ciudad provinciana de Nikoláiev, la había conservado plenamente, se había hecho más madura, pero no menos ardiente, y nada ni nadie, nunca, podría matarla.

Con la respiración agitada y la cabeza adolorida, volvió a ocupar su asiento. Sus ojos se habían posado en los del anciano profesor norteamericano y, por unos segundos densos, se sostuvieron la mirada. El silencio resultó dramático. Antes del alegato de Liev Davídovich, Dewey había prometido pronunciar unas conclusiones provisionales, pero ahora se mantenía como petrificado. Un sollozo de Natalia Sedova rompió el ensalmo. Por fin Dewey bajó la mirada y observó sus apuntes para susurrar que la vista quedaba cerrada hasta que elaboraran las conclusiones finales... Y agregó: todo lo que él pudiera decir hubiera sido un imperdonable anticlímax.

Apenas cerradas las sesiones, Liev Davídovich se vio obligado a acatar la orden de Natalia y salió hacia una casa de campo, en la hermosa ciudad de Taxco. Aunque había pedido a los secretarios que llevaran las escopetas de caza, era tal su fatiga que solo pudo dar unos paseos por la ciudad y, casi al final de la estadía, realizar una excursión a las pirámides del Sol y de la Luna de Teotihuacán. Por fortuna, los dolores de cabeza, la tensión sanguínea y los insomnios comenzaron a ceder, pero la vigilancia estricta de Natalia lo mantuvo en una reclusión que incluía el bloqueo de la correspondencia.

Cuando regresaron a Coyoacán, a Liev Davídovich lo sorprendió una sensación que no experimentaba desde los días de Prínkipo: volvía a un sitio deseado. Para un hombre que había vivido toda su existencia en constante movimiento, la noción tradicional del hogar había sido sustituida por la necesidad de un sitio propicio para trabajar, y la Casa Azul, con sus encantos y su atmósfera exótica, ejercía un magnetismo benéfico al que se añadía (Liev Davídovich nunca lo admitiría en sus escritos) el atractivo revoloteo de las hermanas Kahlo, cuyas atenciones habían despertado instintos que los años de lucha y aislamiento habían adormecido. Disfrutar de la belleza de Cristina y del halo misterioso de Frida, del olor a juventud que emanaba de ambas y de los diálogos en los que solía deslizar galanterías a veces torpes y elementales, se fue convirtiendo en una especie de juego adolescente capaz de volatilizar la noción de encierro y de convertir la cocina, los corredores, el patio de la casa, en lugares de encuentros sonrientes, mientras sentía que aquel retozo hacía retroceder la acechante vejez.

A la espera de las conclusiones de Dewey, Liev Davídovich siguió comprobando informaciones capaces de desarmar su presunta participación en la conspiración antisoviética. Se lamentó de que muchos de aquellos documentos no hubieran llegado a sus manos semanas antes, y la idea de que Liova había actuado con cierta indolencia lo colocó al borde de la ira. Decidido a castigar la imperdonable ineficiencia, delegó en sus secretarios la correspondencia con Liova, sabiendo que el joven captaría de inmediato la señal que transmitía su silencio.

Una noche de finales de marzo, terminada la cena, Natalia, Jean van Heijenoort y Liev Davídovich, junto a los moradores de la Casa Azul, prolongaron una de las amables veladas en las que, con frecuencia, se le exigía al exiliado que narrara los más disímiles recuerdos de su existencia. Como se sentía animado, se lanzó a relatar la historia de su relación con el mariscal Tujachevsky, el joven y elegante oficial que en los días de la guerra civil, gracias a su capacidad como estratega, había sido bautizado como «el Bonaparte ruso». Natalia, que conocía aquellos episodios y entendía poco y mal el inglés que utilizaban como lengua franca, fue la primera en retirarse, y de inmediato la siguió Rivera, quien ya almacenaba en su sangre una cantidad impresionante de whisky. Frida, vencida por el sueño, fue la siguiente, y entonces Van Heijenoort se esfumó, discretamente.

La sonrisa de Cristina, el vino ingerido y las ansias acumuladas por varias semanas de cercanía provocaron la previsible explosión. Más de una vez, en cenas y paseos, Liev Davídovich había deslizado una mano hacia las piernas o los brazos de Cristina, solo como un juego cariñoso, y ella, coqueta y delicadamente, siempre con una sonrisa, había impedido cualquier avance, aunque sin disuadirle del todo, sugiriendo quizás que escarceos y sonrisas eran parte de un rito de acercamiento al que por fin el hombre se lanzó esa noche. Entonces, para su sorpresa, ella lo detuvo y le pidió que no confundiera admiración y afecto con otros sentimientos. Sin entender la reacción de una mujer que hasta ese momento parecía aceptar sus insinuaciones, Liev Davídovich se quedó mudo, con los deseos congelados.

Molesto por el fracaso, avergonzado por haber cedido a un impulso que ponía en peligro su relación con los dueños de la casa y, peor aún, la solidez de su matrimonio, el hombre se llamó a la cordura para desterrar el alarido hormonal que lo había superado. Se impuso pensar si sus intenciones con la joven no habían sido más que una embriaguez pasajera provocada por el magnetismo de una piel tersa: una manifestación absurda de la fiebre de la cincuentena, se dijo.

Cuando Frida se enteró de lo ocurrido, ella misma asumió el papel de confidente y le ofreció el magro consuelo de ponerlo al día de los desmanes sexuales de su hermana, tan aficionada a aquellos juegos de calentamiento de varones e, incluso, al más sórdido engaño: Cristina había sobrepasado todos los límites cuando se metió en la cama con el mismísimo Diego, algo que Frida se había tragado aunque nunca les perdonaría ni a su marido ni a su hermana. La ternura y la comprensión de la pintora, salpicadas de coquetería, llevaron a Liev Davídovich a preguntarse si no habría calibrado mal sus posibilidades, y empezó a redirigir sus intenciones, que pronto adquirieron una vehemencia avasalladora, capaz de alterar sus horas de vigilia y de sueño con la imagen de la mujer que le había confiado tan íntimas revelaciones.

Envuelto en la tupida tela de araña del deseo, Liev Davídovich debió acudir a toda su disciplina para concentrarse en el trabajo. La presencia de Frida y la atmósfera misma de la Casa Azul lo inducían a la molicie y las divagaciones, cuando tantos compromisos políticos y problemas económicos lo reclamaban. Quizás el hecho de haber pospuesto la redacción de la biografía de Lenin por empeñarse en la de Stalin, de la cual había cobrado unos adelantos, también afectó a su ritmo de trabajo. Investigar en los archivos y hurgar en su memoria todo lo relacionado con aquel ser oscuro le resultaba una tarea ingrata, y, aunque pretendía convertir el libro en una granada contra el Sepulturero, en el fondo sentía que se rebajaba al dedicarle su inteligencia y su tiempo.

Un extraño y confuso suceso ocurrido en Barcelona el 3 de mayo consiguió centrar su atención en lo que ocurría en España. Desde hacía varios meses, el escenario de la guerra civil se había convertido en un terreno de confrontación política entre los grupos que combatían a favor de la República, y Liev Davídovich había advertido la mano de Moscú detrás de acusaciones y debates entre las facciones. No podía ser casual, escribiría, que poco después de iniciadas las purgas en Moscú y anunciado el apoyo militar a la República, dependiente de las armas y asesores soviéticos, se hubiese desatado una campaña contra los reales y supuestos trotskistas españoles, a quienes se les asediaba con la misma saña y las mismas acusaciones, casi con las mismas palabras con que habían sido juzgados los bolcheviques en la URSS. Su viejo amigo Andreu Nin, de quien se había distanciado por diferencias tácticas, había sido uno de los primeros expulsados del aparato gubernamental, mientras su partido, el POUM, se convertía en blanco de ataques propagandísticos más acerbos que los proferidos contra los militares fascistoides.

En el tumulto de informaciones censuradas y contradictorias llegadas desde Barcelona, el olfato del viejo revolucionario pudo advertir que lo ocurrido en torno al control militar del edificio desde el que se regían las comunicaciones de la República solo había sido un pase de castigo que escondía y a la vez aceleraba el objetivo de la corrida: matar al toro de la oposición y doblegar al gobierno a la voluntad soviética, lo que le permitiría a Stalin convertirse en protagonista imprescindible del juego político europeo. Por ello no se extrañó cuando supo que los primeros en ser colocados en la picota habían sido los militantes del POUM: era evidente que la agresividad con que los comunistas españoles se lanzaron a su liquidación se debía, más que a viejas pugnas o a la necesidad de lograr un gobierno unido, a la obsesión del amo del Kremlin por el control (más deseado incluso que la derrota militar de Franco y de sus fascistas de segunda).

En los últimos días de aquel mayo turbulento llegaron a Coyoacán varios ejemplares de la recién salida edición de *La revolución traicionada*. Los Rivera, para celebrarlo, invitaron a los Trotski y a otros amigos a cenar en un restaurante del centro. Como sus ánimos andaban muy restablecidos, Liev Davídovich había comenzado a hacer uso de la libertad de movimientos que le concedían las autoridades mexicanas. Con cierta frecuencia viajaba a la abigarrada ciudad, acompañado por dos o tres guardaespaldas, camuflado en el asiento trasero de un automóvil y cubierto por un sombrero y un pañuelo que le ocultaba hasta la barbilla. Aun así, había disfrutado de esas excursiones y, algunas noches, incluso, se había dedicado a recorrer las calles del centro para diseccionar el pesado barroco de la catedral, el ambiente de las cantinas y su música de mariachis, y la elegancia de los viejos palacios virreinales, siempre perseguido por el olor de las tortillas puestas al fuego en cada esquina de la ciudad. La animación de México le parecía la de un mundo pujante, sostenido sobre un profundo mestizaje cultural que, sin embargo, no sería capaz, en siglos, de derribar las barreras que separaban a las razas convivientes.

La noche de la celebración, luego de la cena, los convocados caminaron por los callejones del centro, leyendo las proclamas políticas que cubrían las paredes, donde igual acusaban a Cárdenas de traidor y comunista, que le daban su apoyo y lo instaban a seguir hasta el final. El nombre de Trotski, como era de esperar, aparecía en varias de esas pintadas, que iban, también, de los vivas a los muera, de las bienvenidas a los fuera de México. Pero esa noche Liev Davídovich no estaba interesado en los carteles ni en los descubrimientos de la ciudad: lo que en realidad buscaba era la cercanía de Frida. El vértigo sensorial en que había caído reclamaba un desahogo que comenzó a perseguir con vehemencia. Aunque el físico de la pintora imponía la barrera de una deformidad que debía valerse de corsés ortopédicos y de un bastón para auxiliar la más afectada de sus piernas, quizás precisamente por aquellas limitaciones la mujer asumía el sexo y la sensualidad de un modo agresivo, desbordado, y cuando Liev Davídovich supo que su moralidad abierta incluso le había permitido volcar sus ansias en relaciones homosexuales, el duende pervertido de la virilidad se había desatado en elucubraciones descarnadas y en unas ansias más urgentes que todas las sentidas en su juventud o en sus días de poderoso comisario, cuando tantas compañeras de lucha le habían brindado un solidario desahogo de las tensiones y fervores acumulados.

De los poemas y cartas de amor, ocultos entre las páginas de los libros que solía recomendarle a Frida, los reclamos de Liev Davídovich ya exigían un ascenso hacia lo concreto. El fuego que lo impulsaba ardía con tal fuerza que había logrado incluso superar el temor de que Natalia sospechara de sus devaneos. Y aquella noche de jolgorio, mientras Diego, Natalia, los amigos sumados al paseo y los secretarios entraron al edificio donde se hallaba uno de los murales de Rivera, él se hizo el demoradizo y, sin que mediaran palabras, detuvo a Frida contra la fachada y la besó en los labios mientras, entre respiro y respiro, le repetía cuánto la deseaba. Con total conciencia, en ese momento Liev Davídovich se estaba lanzando al pozo de la locura y poniendo en peligro todo lo trascendente de su vida: pero lo hizo feliz, orgulloso, temerario y sin el menor sentimiento de culpa, se diría después, convencido de que, al fin y al cabo, había valido la pena haber gastado en aquella orgía de los sentidos los mejores cartuchos de las últimas reservas de su virilidad.

17

Ramón Mercader estaba convencido de que París era la ciudad más fatua del mundo y que los franceses y su gobierno socialista estaban traicionando a España, negándole el apoyo salvador que la República pedía a gritos. Pero se sintió satisfecho cuando Tom le abrió la puerta del departamento del último piso de la calle Léopold Robert y descubrió cómo desde las ventanas del ala norte podía ver el bulevar Montparnasse mientras desde el balcón, mirando al sur, se entreveía el bulevar Raspail, a la altura del Café des Arts.

—Está muy bien, ¿no? —comentó Tom, mientras le entregaba las llaves—. Céntrico y discreto, muy burgués pero un poco bohemio, como te corresponde.

—A Jacques Mornard le gusta —admitió, y observó las mesas y estantes de madera, desangelados por la falta de adornos, las paredes vacías donde debía colgar algunas fotos—. Él tiene que empezar a hacerlo suyo.

—Tienes tiempo para aclimatarte. Dos o tres meses, creo.

Jacques encendió un cigarrillo y recorrió la habitación, el cubículo del retrete, el cuarto de baño y la pequeña cocina donde una puerta acristalada dejaba ver el balcón de servicio que daba al patio interior del edificio. Regresó a la sala con un platillo de café que haría las veces de cenicero hasta tanto adquiriese los enseres necesarios, más afines a su personalidad. En ese instante lo invadió una sensación desconocida, pues desde que Caridad comenzara sus fugas, más de diez años atrás, él nunca había vuelto a tener nada parecido a lo que los burgueses se empeñan en llamar un hogar.

—Me voy a mi hotel —dijo Tom, lanzando un bostezo—. ¿Vas a descansar?

—Necesito comprar algo de comer. Leche, café...

—Muy bien. Nos vemos esta noche. A las ocho, delante de la *fontaine* Saint Michel. Te tengo una sorpresa —y, con más dificultad que otras veces, se puso de pie.

–¿Cuándo me vas a contar lo que te pasó en esa pierna?

Tom sonrió y abandonó el piso.

Jacques abrió su única maleta. Sacó las camisas y el traje de cachemir inglés y los tendió sobre una butaca, para que se airearan y recobraran su forma. Bajó a la calle y cruzó el bulevar Montparnasse para entrar en la Closerie des Lilas, casi vacío a media mañana. Pidió un vaso de leche caliente, un *croissant* y una taza de café. Empleó su mejor acento belga y recordó que no era necesario exagerar. En cualquier caso, tendría tiempo para limar aquellos defectos menores, se dijo, mientras dejaba caer en el bolsillo de su chaqueta el cenicero de la mesa vecina, grabado con el nombre del café.

Antes de deshacerse de Grigoriev, su mentor le había explicado que durante su viaje a Nueva York había puesto en marcha el sinuoso pero casi seguro camino de Jacques Mornard hacia el renegado Liev Trotski: a Ramón le pareció tan rebuscado e improbable que llegó a pensar si todo aquello no era una ficción. Grigoriev le había contado cómo bajo la identidad de míster Andrew Roberts había entrado en contacto con Louis Budenz, el director del *Daily Worker*. En otras ocasiones Budenz había colaborado con los servicios secretos soviéticos, y ahora Roberts necesitaba de él algo tan simple y tan difícil como que le enviara a París a una joven llamada Sylvia Ageloff, miembro activa de los círculos trotskistas norteamericanos, hermana de otras dos fanáticas, que, incluso, habían trabajado muy cerca del exiliado. Por supuesto, no le comentó para qué requería a Sylvia en Francia, y aunque Budenz solo conocería de la necesidad de mover a la trotskista, Roberts le recalcó que todo debía hacerse con la mayor discreción y creyó suficiente advertencia recordarle que, de aquella petición, nadie salvo ellos dos sabía una palabra. Louis Budenz se había comprometido a darle respuesta cuanto antes.

Esa noche, cuando abandonó el autobús y pasó ante el Odéon rumbo a la *fontaine* Saint Michel, Jacques Mornard sintió cómo penetraba en el corazón de una ciudad en efervescencia. Para los parisinos la guerra que se vivía del otro lado de los Pirineos y la que se anunciaba en el horizonte europeo estaban tan lejanas como el planeta Marte. La *nuit parisienne* mantenía su animación y, mientras esperaba junto a la fuente, Jacques se sintió rodeado de vida.

Tal vez el instinto o una llamada telúrica de la sangre lo hizo volverse: de inmediato la descubrió entre la gente, mientras se acercaba del brazo de Tom. Notó cómo su nueva identidad se removía con la sola presencia de aquel alarido que respondía al nombre de Caridad del Río. Cuando la mujer estuvo frente a él, sonriente y orgullosa, vestida con una elegancia que ahora le resultaba incongruente (aquellos zapatos de taco alto y piel de cocodrilo, por Dios), y susurró en catalán un «*Mare meva, quin home més ben plantat!*», él adivinó lo que venía: ella lo tomó por el cuello y lo besó en la mejilla, con la precisión malévola capaz de ubicarle el calor de su saliva en la comisura de los labios. Aunque Jacques Mornard trató de mantenerse a flote, Caridad había soltado las amarras de un Ramón que seguía emergiendo de sus profundidades arrastrado por aquel invencible sabor de anís.

A sugerencia de Tom, que esa noche no cojeaba en absoluto, buscaron la *brasserie* Le Balzar, en la calle Des Écoles, donde alguien los estaría esperando. Caridad avanzaba entre los dos hombres, satisfecha, y Ramón decidió no volver a flaquear, al menos de manera evidente y delante de Tom. Quería preguntar por el pequeño Luis, a quien suponía todavía en París, y por Montse, que en algún momento le había comentado su intención de viajar a Francia. ¿Sabría Caridad algo de África, de la pequeña Lenina?

Al entrar en la *brasserie* un hombre con el cráneo rapado y brillante se puso de pie y los recién llegados, precedidos por Tom, avanzaron hacia la mesa que ocupaba. Después de estrecharle la mano al hombre, Tom los presentó, hablando en francés:

–Nuestra camarada Caridad. Éste es George Mink –y volviéndose hacia su pupilo–: Jacques, George será tu contacto en París.

–Bienvenido, monsieur Mornard. Le deseo una agradable estancia en la ciudad.

Mientras bebían los aperitivos, a instancias de Tom, Caridad comentó cómo estaban las cosas en España, unos pocos días antes. Según ella, el Ejército Popular seguía mostrando debilidades, achacables a una causa concreta: el sabotaje enemigo. Mink, como si no entendiera, comentó que ya aplastados los trotskistas y los anarquistas, no se explicaba a qué enemigos se refería, y ella saltó: a los incapaces que todavía nos gobiernan.

–El ejército está ahora armado por los soviéticos y dirigido en un ochenta por ciento por oficiales comunistas –subrayó Caridad, mirando directamente a Tom–, pero aun así seguimos perdiendo batallas y los fascistas han llegado al Mediterráneo; han partido en dos la península. La única explicación es que al corazón de la República le falta la pureza ideológica necesaria para ganar la guerra. En España hacen falta más purgas.

–Pobre España –dijo Tom y de momento Jacques no supo a qué se refería–. Ya hay asesores soviéticos hasta en los baños públicos, y los comunistas españoles son los que halan la cadena. Si prácticamente controlamos el ejército, la inteligencia, la policía, la propaganda, ¿a quiénes van a purgar ahora?

–A los traidores. Ya nos quitamos de arriba a Indalecio Prieto. Todo el tiempo estuvo haciéndonos la guerra. Se pasaba el día diciendo que los comunistas somos como autómatas que obedecemos las órdenes del comité del Partido. Era peor que cualquier quintacolumnista...

–A veces Prieto me parecía un iluminado –dijo Tom, con un suspiro–. Nunca había visto un ministro de la Guerra más convencido de que no iba a ganar la guerra... Pero el verdadero problema es que ustedes, los comunistas españoles, no saben ganar. ¿Te has oído cómo hablas, Caridad? Pareces un puñetero editorial de periódico. Ahora todos hablan así... ¿Y quién va a pagar el desastre de España? Pues nosotros: Pedro, Orlov, yo y los demás jefes de los asesores. Pero la verdad es que nos estamos cansando de oírlos hablar y hablar y tener que empujarlos todos los días.

Jacques Mornard había sentido el latigazo en la espalda de Ramón. Con razón o sin ella, los golpes siempre iban a caer sobre las cabezas españolas, pensó, pero se mantuvo en silencio.

–No sé qué clase de comunistas son ustedes –siguió Tom, como si drenara un viejo resentimiento–. Dejan que otros les digan qué deben hacer y que los traten como a niños. Los lobos del Komintern siguen cortando el pastel. ¿Y por qué lo hacen? Porque ustedes no se deciden a mandarlos a la mierda y a hacer las cosas como deben.

–Y si los mandamos a la mierda –comenzó Ramón, sin lograr contenerse en aquel instante– a ellos y a vosotros, ¿con qué nos enfrentamos a las unidades italianas y a la aviación alemana? Sabes que dependemos de vosotros, que no tenemos alternativa...

Tom miró directamente a los ojos de su pupilo. Era una mirada penetrante y fácil de decodificar.

–¿Qué te pasa, Jacques? Te veo alterado..., un hombre como tú...

Jacques Mornard percibió la intención punzante de aquel tono de voz y sintió que lo embargaba la impotencia, pero hizo un último esfuerzo por salvar su dignidad.

–Es que siempre somos los culpables...

–Nadie ha dicho eso –el tono de Tom había cambiado–. Casi desde la nada han avanzado hasta donde están, hoy son el partido más influyente en el bando republicano, y siempre van a contar con nuestro apoyo. Pero tienen que madurar de una vez.

–¿Cuándo vuelves a España? –preguntó Mink aprovechando el momento de distensión, y Tom suspiró.

–En dos días. Preparo las cosas aquí y me vuelvo a ir. Yézhov insiste en que siga trabajando con Orlov. Pero me cuesta tener la mente en dos asuntos... Tengo una sola cabeza y me la estoy jugando en dos partes.

Caridad lo miró y, con una cautela impropia en ella, comentó:

–Entre la gente se rumorea que los asesores nos están dejando a nuestra suerte. Hasta se habla de la mala voluntad de algunos...

–Los que dicen eso son unos ingratos... Yo quiero irme porque tengo otra misión. He sudado sangre en España y he puesto mi pellejo delante de los tanques italianos en Madrid cuando nadie daba una peseta por la ciudad... –Tom bebió una copa del vino que habían servido y miró el mantel, de un blanco refulgente, como si buscara la mácula inexistente–. Nadie puede decir que quiera abandonarlos...

El silencio se estancó sobre la mesa y Mink se lanzó sobre él, mientras rellenaba su copa vacía.

–Yo sé que lo de España duele, pero nosotros tenemos otros problemitas, como el de escoger los platos, ¿no? Les recomiendo la *choucroute* alsaciana, las salchichas que trae son de primera. Aunque yo me decanto por el *cassoulet*, me encanta el pato...

Antes de que Tom volviera a ponerse la piel de Kotov y regresara a España, Jacques recibió un consejo que en realidad era una orden: debía borrar España y su guerra de la cabeza. Para Jacques Mornard lo que ocurría al sur de los Pirineos solo serían noticias leídas en los periódicos. Ramón no podía permitir que aquella pasión aflorara y resquebrajara su identidad, ni siquiera en los círculos más íntimos, y, como medida preventiva, Tom le prohibió ver o hablar con Caridad hasta que él lo autorizase. La sutil maquinaria que había echado a andar hacía inadmisible la existencia de esa clase de deslices sentimentales y patrióticos: Ramón Mercader había demostrado ser capaz de colocarse por encima de esas debilidades y sus pasiones no debían salir de la oscuridad hasta que no fueran convocadas por una causa mayor, quizás la misma causa mayor.

George Mink, con su fachada de hijo de ucranianos emigrados a Francia en los días de la guerra civil rusa, se encargó desde entonces de ubicar a Jacques en el mundo parisino que le correspondía. Frecuentaron durante semanas los locales de la bohemia de la Rive Gauche, el hipódromo donde Jacques practicó sus conocimientos teóricos sobre las apuestas, recorrió las calles históricas y ahora degradadas de

Le Marais, intimó con las coristas del Moulin Rouge invitándolas a champán y recorrió al timón las calles de París aprendidas de los planos estudiados en Malájovka. Como si visitase un santuario, George lo llevó al Gemy's Club, donde Louis Leplée presentaba su gran descubrimiento, la *Môme* Piaf, una mujercita volátil y un tanto desgreñada que, con una voz enorme, entonaba canciones llenas de frases comunes y de metáforas atrevidas que, sin embargo, dejaron impávido y aburrido al belga. Con Jacques al volante visitaron Bruselas y Lieja, los fabulosos castillos de la cuenca del Loira y entrenaron el paladar del joven con los chocolates belgas, los vinos y quesos franceses, los rotundos platos normandos y los sutiles aromas de la cocina provenzal. El departamento de la calle Léopold Robert tomó un aspecto aburguesado e informal y Jacques se vistió con el arte de unos sastres judíos alemanes recién instalados en Le Marais, y llegó a tener en su guardarropa doce sombreros. Todo el tiempo se mantuvieron alejados de los círculos políticos franceses, del mundo de los emigrados rusos y de los cenáculos de los republicanos españoles, donde pululaban los espías de todos los servicios secretos del planeta, como si hubiesen sido convocados a una convención general del mundo de las tinieblas.

Cuando Tom regresó, a principios de junio, observó con satisfacción cómo su criatura rozaba la perfección y se sintió satisfecho de haber sabido descubrir en un primitivo comunista catalán aquel diamante que pulía como la joya más exquisita. Cumplida su estancia en España, Tom había vuelto a Nueva York, para saber que la línea de Sylvia Ageloff había sido activada y comenzaría a correr durante el mes de julio, cuando la muchacha, profesora de *high school*, tomara sus vacaciones de verano y, gracias al entusiasmo y la generosidad económica de su vieja amiga Ruby Weil, emprendiera el viaje de sus sueños a París. Sin decirle quién era la persona fotografiada, Tom le entregó a Jacques un retrato de Ruby Weil y vio que los ojos del joven se iluminaban.

–No está nada mal –admitió.

Tom sonrió y, sin hacer comentarios, le entregó una segunda foto donde se veía a una mujer cercana a los treinta, con gafas de aro redondo y cristales gruesos, el rostro delgado cubierto de pecas y el pelo lacio, caído sin gracia, por el que asomaban las puntas de las orejas.

–No todos los vinos son de Burdeos, Jacques... –dijo Tom, sin dejar de sonreír–. Ésta es Sylvia Ageloff, tu liebre. Bien cocinada, va y hasta sabe bien.

Para suavizar la conmoción, Tom le contó que también había estado en México, donde otras líneas de la operación ya se habían puesto en marcha. Mientras los hombres del Komintern le habían asignado al Partido Comunista la misión de exaltar los ánimos populares en contra de la presencia del renegado en el país, cuatro agentes, todos españoles, habían sido sembrados en la capital para llevar a cabo la operación si se daba la orden y si sus posibilidades de éxito se consideraban reales.

–Quizás estés viviendo las mejores vacaciones de tu vida, en París, lejos de la guerra, con dinero para gastar a manos llenas. Si tienes que roer este hueso –golpeó con la uña el rostro fotografiado de Sylvia Ageloff, y sonrió–, y si al final no te toca encargarte del trabajo, te haremos un buen descuento en tus deudas.

Jacques pensó que había sacrificios peores, y con ese consuelo se dispuso a esperar la llegada de la mujer que, si la suerte le correspondía, sería su conducto hacia el remoto Coyoacán y, tal vez, hacia la historia.

Desde comienzos de julio, Tom y Mink se habían esfumado y aquellos días de espera del momento cero, apaciblemente veraniegos, fueron para Jacques Mornard unas jornadas lentas, ensombrecidas por la crisis galopante que vivía la coalición del gobierno del Frente Popular en Francia, pero, sobre todo, por las cada vez peores noticias que iban llegando desde España, donde había comenzado la evacuación de voluntarios de las Brigadas Internacionales sin que el Ejército Popular, a pesar de la intrépida campaña del Ebro, lograra hacer retroceder a las tropas franquistas y consiguiera expulsarlas de la franja que habían abierto hasta el Mediterráneo. Los residuos del Ramón aún palpitantes en Jacques no podían dejar de enervarse ante aquellos fracasos, pero su disciplina había logrado mantenerlo alejado de los sitios donde se reunían los voluntarios evacuados, antes de partir de regreso a sus respectivos países. A Ramón le habría gustado escuchar sus historias, respirar su ambiente.

El día 15 de julio, sin que Jacques lo esperara, un Tom pálido y alterado había ido a verlo al departamento de la calle Léopold Robert. Sin saludarlo siquiera, le dijo que se había presentado una grave contingencia: todo parecía indicar que Orlov, el jefe de los asesores de la inteligencia soviética en España, había desertado. En aquel instante, por primera vez Jacques vería un resquicio de debilidad en aquel hombre al que tanto admiraba por su aplomo ante cualquier circunstancia. Pero muy pronto entendió las dimensiones del desastre que lo atormentaba.

—Estamos detrás de él, pero el cabrón conoce todos los métodos y cómo hacer las cosas. Sabemos que está en Francia, quizás aquí mismo, en París, y la verdad es que creo que se nos va a escapar.

—¿Estáis seguros de que ha desertado?

—No tenía otra alternativa.

—¿Y no era un hombre de confianza?

—Tanto, que conoce toda la red de espionaje soviético en Europa.

Jacques sintió una sacudida.

—¿También sabe de mí?

—No —lo tranquilizó Tom—. Tú estás fuera de su alcance. Pero los camaradas que están en México no. No te imaginas lo que sabe Orlov. Como dicen en España, el puñetero nos dejó con el culo al aire... Es un desastre.

—Te juro que no lo entiendo: ¿Orlov era un traidor?

Tom encendió un cigarrillo, como si necesitara aquella pausa.

—No, no lo creo, y eso es lo peor. Lo obligaron a desertar. Lo que pasó ahora fue que el loco de Yézhov le mandó un telegrama a Orlov diciéndole que debía venir a París, tomar un auto de la embajada y presentarse en Amberes para abordar un barco donde celebraría una reunión muy importante con un enviado suyo. Orlov ni siquiera tenía que ser demasiado inteligente para olerse que si se presentaba iba a terminar fusilado, como Antónov-Ovseienko y los otros asesores que Yézhov mandó a buscar. El día 11 salió de España y se esfumó.

Jacques Mornard sintió que la cabeza le daba vueltas. Algo demasiado enfermizo y descabellado estaba sucediendo y, por lo que le decía Tom, las consecuencias podían ser imprevisibles.

—Si Beria y el camarada Stalin no paran a Yézhov, todo se va a ir a la mierda.

—¿Y por qué no lo paran de una vez, coño? —se exaltó Jacques.

—¡Porque Stalin no quiere, carajo! —gritó Tom, tirando al suelo el cigarrillo—. ¡Porque él no quiere!

Tom se puso de pie. La furia que lo dominaba era desconocida para Jacques, que permaneció en silencio hasta que el otro, recuperado el control, volvió a hablar.

—Tu plan sigue en pie. Orlov ni siquiera sabe que existes y ésa es nuestra garantía. Ahora es más importante que nunca que lo hagas todo bien. Mientras no sepamos dónde está Orlov y qué información va a soltar, estamos en el aire. Por lo pronto hemos puesto en cuarentena a tres de los camaradas que están en México y hemos sacado definitivamente al otro... Orlov conocía personalmente a ese agente. Él mismo lo recomendó para algún trabajo de máxima responsabilidad.

Jacques siguió callado. Sabía que Tom necesitaba descargar todas esas tensiones, y lo hacía frente a él porque confiaba en su discreción y requería más que nunca de su inteligencia.

–Voy a decirte algo de lo que te ibas a enterar en algún momento, y ya no tiene sentido que no sepas. Ese agente que sacamos de México es una mujer y trabajaba con el nombre de Patria. Llegado el momento, de haber sido necesario, ella y tú habrían trabajado juntos...

Ramón se sobresaltó. ¿Sería posible que un disparate de Yézhov lo hubiera privado de algo tan hermoso con lo que ni siquiera habría podido soñar?

–¿Estás hablando de...?

–África de las Heras. Cuando tú llegaste a Malájovka, ella estaba en la cabaña 9. Salió de allí dos meses antes que tú. Orlov no sabe dónde está, pero él la conoce y no podemos arriesgarla. Es demasiado valiosa.

Ramón Mercader se puso de pie y fue hasta el ventanal desde donde se veía el bulevar Montparnasse. Estaba cayendo la tarde y los cafés, con sus mesas al sol, se habrían llenado de parroquianos, despreocupados y apacibles, que hablarían de grandes y pequeñas cosas de sus vidas, tal vez anodinas pero propias. Saber que durante semanas había tenido a África a treinta metros de él sin que les permitieran verse no resultaba una noticia reconfortante. Era una mutilación, otra más, de las muchas que había tenido que sufrir para llegar al punto oscuro de su vida en que se hallaba: sin pasado, sin presente, con un futuro en el que dependería de las decisiones de otros, de los rumbos intangibles de la historia. Ramón se volvió y miró a Tom, que, con la cabeza baja, volvía a fumar.

–Vete tranquilo. Yo me encargo de que mis cosas sigan su rumbo. No te voy a fallar... ¿Y ella está bien?

Tras el mostrador del bar estaba el espejo más largo, impoluto y preciso que Ramón Mercader recordaría en su vida. Fue su espejo de referencia, con el que compararía todos los demás espejos del mundo, el espejo donde tantas veces hubiera querido verse, especialmente la gélida mañana moscovita de 1968 en que, sintiendo el dolor abrasivo en su mano derecha y observando su reflejo en los nuevos cristales del mausoleo del dios de los proletarios del mundo, vislumbró el vacío que acechaba a su vida de tinieblas: entonces pensó que si hubiera estado frente al espejo mágico del Ritz, seguramente se habría visto, como en aquellas tardes de 1938, cuando era Jacques Mornard y andaba con su fe y su salud intactas, luciendo un traje de muselina o un dril crujiente por el almidón, henchido de orgullo al saberse en el centro del combate por el gran futuro de los hombres.

Antes de partir, Tom le había explicado, con su habitual meticulosidad para programar el futuro, cómo transcurriría aquel primer encuentro con Sylvia Ageloff y Ruby Weil: la tarde del 19 de julio, Jacques se toparía con las mujeres en el bar del hotel Ritz, donde Ruby y Sylvia entrarían acompañadas por la librera Gertrude Allison, para que él, aprovechando su relación de cliente de Allison, fuera presentado a las turistas y las invitara a una copa. En ese instante Sylvia caería en la mira del fusil del belga; a partir de ese momento, el modo en que la presa sería abatida solo dependería de las habilidades y del pulso sin nervios de Jacques Mornard.

Pero aquella tarde, acodado frente a un gintonic apenas bautizado con ginebra, otra vez pensaba que tal vez el brusco cambio de actitud de África, cuando se separaron en Barcelona, no tuviera nada que ver con otros hombres y solo se hubiera debido a órdenes de cortar con sus antiguas relaciones antes de enrolarse en su nueva misión. Aliviado por aquella idea, contempló a través del espejo la entrada bulliciosa y sonriente de cuatro mujeres. Reconoció a Allison, a la rubia Ruby Weil, y se dijo que la joven alta debía de ser Marie Crapeau, una francesa amiga de la librera. Enfocó entonces a la pecosa con gafas, de piel lechosa, que escondía su delgadez extrema bajo una saya ancha de pliegues y una blusa de vuelos, y sintió cómo rebotaba en el vidrio perfecto la abrumadora fealdad de Sylvia Ageloff. Las vio sentarse a una mesa y decidió que debía voltearse para observar, como los otros parroquianos, a las mujeres que llegaban con tal alboroto. Comprendió que en ese instante Jacques Mornard iba a alcanzar su mayoría de edad.

Gertrude Allison dio un grito de auténtica sorpresa:

—¡Pero miren quién está ahí!... ¡Hola, Jacques!

Sonriente, con su copa en la mano, se acercó a las mujeres dejando que su encanto personal, su elegancia y su perfume se desplegaran y comenzaran su trabajo. Gertrude hizo las presentaciones y cuando él estrechó la mano de Sylvia tuvo la sensación de tocar un pájaro diminuto y endeble. Gertrude Allison le explicó quiénes eran sus dos amigas norteamericanas, de visita en París, y lo conminó a sentarse. Él no quería interrumpir la fiesta, pero a tanta insistencia... con la condición de que le aceptaran la invitación a un trago.

—Jacques es fotógrafo —explicó Gertrude—. ¿Sigues trabajando para *Ce Soir*?

—Siempre que me piden algo —dijo, sin darse importancia.
Gertrude se volvió hacia las mujeres y explicó:
—Es de los afortunados que no necesitan trabajar para vivir.
—No tanto —matizó él, modesto.
—Pero déjame decirte que acá las amigas —señaló a Sylvia y Ruby— prefieren a los machos obreros, bien sudados y peludos... Ellas son marxistas, leninistas y varios «istas» más...
—Trotskista —Sylvia apenas sonrió, pero no pudo contenerse—. Yo soy trotskista —repitió y Jacques recibió en sus oídos la voz cálida pero cortante de la mujer.
—En la ducha canta «La Internacional» —concluyó Gertrude Allison y todos, incluida Sylvia, sonrieron distendidos.
—Las felicito —dijo, haciendo evidente su desinterés—. Me encantan las personas que creen en algo. Pero a mí la política... —y apoyó la frase con un encogimiento de hombros—. Me interesan más las canciones en la ducha...

El mantel estaba puesto y Jacques se encargó de ordenar los platos y repartir los cubiertos. Media hora después, cuando Gertrude y Marie se marcharon, él decidió acompañar un rato más a las turistas y, al despedirse, quedaron citados para ir al hipódromo, donde él tenía que hacer fotos de las carreras al día siguiente. Y si ellas no tenían otros compromisos, se brindaba a mostrarles París *la nuit* una vez terminado el trabajo.

El encanto de Jacques Mornard, su manera espléndida de gastar el dinero, su auto, su conocimiento de la noche parisina y aquel departamento con aire bohemio a un costado del bulevar Montparnasse, donde cerraron la noche bebiendo una copa de oporto, resultó irresistible, sobre todo para alguien como Sylvia Ageloff, que además no entendía por qué a la hora de repartir coqueteos aquel joven (que obviamente no llegaba a los veintiocho años que confesaba) pareciera preferirla a ella, y no a Ruby Weil.

A la mañana siguiente, una llamada de Tom sacó a Jacques de la cama y quedaron para comer en La Coupole. Mientras bebían un aperitivo, Jacques le contó que todo marchaba según lo previsto y lo único que le restaba hacer era pedirle a Sylvia Ageloff que se bajara las bragas. Para que todo funcionara de manera más eficiente, lo mejor sería alejar a Ruby de París, y Tom le dijo que George se encargaría.

—Ahora vamos a comer algo, no sé cuándo pueda volver a sentarme a una mesa —Tom colocó los cigarrillos junto al cenicero—. Orlov apareció.

Jacques esperó. Sabía que Tom le diría solo lo que pudiese.

—Está en Montreal, pidiendo una visa para entrar en Estados Unidos. Cuando pasó por París descubrió que teníamos vigilancia en la Embajada estadounidense y se fue a la canadiense. Tenía encima más pasaportes que una oficina consular y todos eran muy buenos..., yo mismo se los había conseguido.
　　—¿Y cómo supieron que estaba en Canadá?
　　El camarero llegó y ordenaron los platos.
　　—Orlov es el hijo de puta más hijo de puta que se ha inventado en el mundo —la voz de Tom era una mezcla de rabia y admiración—. Nada más llegar le mandó una comunicación al camarada Stalin con copia a Yézhov. Propone un trato: si no se toman represalias contra su madre y su suegra, que viven en la URSS, él entregará a los servicios secretos americanos un poco de carnaza y se guardará lo gordo. Y lo que él sabe es muy, muy gordo. Nos puede destrozar el trabajo de años. Pero si le pasa algo a una de esas mujeres, a su esposa, a sus hijos o a él, un abogado se va a encargar de hacer pública una declaración con todo lo que sabe y que ya está en la bóveda de un banco de Nueva York.
　　—¿Y qué dicen en Moscú? ¿Creen que él cumplirá el trato?
　　—No sé qué dicen allá, pero yo pienso que sí. Él sabe que podemos hacerles muy difícil la vida a su madre y a su suegra, y a él podemos encontrarlo donde se meta. ¿Sabes qué? Por culpa de Yézhov hemos perdido al demonio más inteligente y cínico que teníamos. Creo que Beria está por pactar con él.
　　—¿Y las operaciones en México?
　　—Toda la operación se mantiene en cuarentena, hasta ver cómo se asientan las cosas. El camarada Stalin me pidió que, mientras tanto, me instalara en España y tratara de arreglar el desastre que dejó Orlov.
　　—¿Qué hago entonces?
　　—Tú sigues siendo la gran esperanza blanca. Ya empezó la partida de ajedrez y las aperturas suelen ser decisivas... e irrepetibles. Tienes toda mi confianza, Jacques. Ocúpate de Sylvia. Nosotros nos encargamos de lo demás.

　　Sylvia Ageloff cataba la desnudez de Jacques Mornard y pensaba que estaba viviendo en medio de un cuento de hadas. Sabía que pensar de ese modo resultaba terriblemente cursi, pero le era imposible asumirlo de otro modo. Si aquel joven, hijo de diplomáticos, refinado, culto, bello y mundano no era el mismísimo príncipe azul, ¿qué otra cosa podía ser? La pasión con que Jacques le despertó los resortes oxidados de su libido la habían lanzado más allá de todos los éxtasis imaginables, al punto de aceptar la condición de abstenerse de hablar de política, el monotema de su vida de militante sin amor.

Los días de paseos por París, Chartres y las riberas del Loira; el fin de semana en Bruselas, donde Jacques le mostró los lugares de su niñez, aunque se negó (para pasajera molestia de Sylvia) a llevarla a la casa paterna; la comprensión infinita del amante, que aceptó conducirla a Barbizon para que ella viera, al borde mismo del bosque de Fontainebleau, la casa llamada «Ker Monique» que tres años atrás habitara su idolatrado Liev Davídovich, todo eso se complementó con noches en los restaurantes más lujosos y los cafés más concurridos, donde se reunía la bohemia intelectual parisina (en el Café de Flore, Jacques le mostró a una arrobada Sylvia la mesa alrededor de la cual bebían y discutían Jean-Paul Sartre, Albert Camus, Simone de Beauvoir y otros de los jóvenes que se hacían llamar existencialistas; en el Gemy's Club la hizo escuchar a Édith Piaf a dos mesas de Maurice Chevalier), y, sobre todo, con las madrugadas en que la virilidad de Jacques Mornard se le clavaba en el centro de la vida, y que la convirtieron, a las pocas semanas, en una marioneta cuyos movimientos nacían y morían en los dedos del hombre.

Una sola preocupación había acompañado a Sylvia durante aquellos días de gloria. Apenas llegada a París, a mediados de julio, se había producido una conmoción en los círculos trotskistas por la desaparición de Rudolf Klement, uno de los más cercanos ayudantes de Trotski y secretario ejecutivo de la planeada IV Internacional comunista. Desde México el exiliado había enviado una protesta a la policía francesa, pues la carta en la que Klement decía renunciar a la Internacional y al trotskismo era, según él, una burda patraña de los servicios de inteligencia soviéticos. Por eso, cuando el 26 de agosto el cadáver descuartizado de Klement fue hallado en una orilla del Sena, Sylvia Ageloff cayó en un estado de depresión del que solo saldría para asistir, como traductora, a la reunión fundacional de la Internacional trotskista en Périgny, en las afueras de París.

En una de sus fugaces apariciones, Tom le aconsejó a Jacques que apoyara sentimental y políticamente a Sylvia, para terminar de fraguar su dominio sobre ella.

–Hay un problema –dijo Jacques, mirando las aguas del Sena que habían bañado el cadáver de Klement–. Sylvia tiene que volver a su *high school* en octubre. ¿Qué es mejor, dejarla ir o retenerla?

–Orlov ya está en Estados Unidos y parece que va a cumplir con su parte del trato. Pero Beria tiene detenidas las operaciones especiales hasta que saquen del camino a Yézhov. Creo que lo mejor es que la retengas aquí y afiances tu posición. ¿Es difícil? –Jacques sonrió y negó con la cabeza mientras lanzaba su colilla al río–. Para que Sylvia esté tranquila, le vamos a conseguir algún trabajo. Es mejor si se mantiene ocupada y gana unos francos.

–No te preocupes, Sylvia no nos causará problemas.

Tom observó a Jacques Mornard y sonrió.

–Tú eres mi campeón... Y te mereces una historia que te debo hace tiempo. ¿Nos tomamos un vodka?

Atravesaron la plaza del Châtelet en busca de la calle Rivoli, donde unos judíos polacos habían montado un restaurante especializado en platos *kosher*, ucranianos y bielorrusos, servidos con una abundancia capaz de espantar a sus competidores franceses. Escanciado el vodka, Tom sugirió a Jacques que le dejara pedir por él, y el joven aceptó. Luego de beber dos tragos devastadores, Tom encendió uno de sus cigarrillos.

–¿Me vas a decir cómo te quedaste cojo?

–Y dos o tres cosas más... A ver, la cojera se la debo a un cosaco del ejército blanco de Denikin. Me dio un sablazo en la pantorrilla y me cercenó los tendones. Eso fue en 1920, cuando yo era el jefe de la Cheka en Bashkina. Los médicos pensaban que no iba a caminar más, pero a los seis meses apenas me quedaba esta cojera intermitente que me ves... Hacía un año que yo había dejado el Partido Socialista Revolucionario y me había hecho miembro del Bolchevique, aunque desde que comenzó la guerra civil estaba enrolado en el Ejército Rojo, siempre con la idea de que me pasaran a la Cheka. ¿Sabes por qué? Pues porque un amigo que había entrado en la Cheka me deslumbró con lo que me contó: eran el azote de dios, no tenían ley, y les daban dos pares de botas al año, cigarrillos, una bolsa de embutidos. Hasta tenían automóviles para trabajar. Cuando pude entrar vi que era verdad: ¡a los chequistas nos daban patente de corso y zapatos buenos! Pero no creas que fue fácil ascender, y tampoco pienses que te voy a contar las cosas que hice para lograr mis primeros grados y estar al año de jefe en una ciudad... Cuando terminó la guerra me llevaron a Moscú, para que pasara la escuela militar, y cuando salí me llamaron del Departamento de Extranjeros. El caso es que en 1926 estaba trabajando en China, con Chiang Kai-Shek. Cuando se produjo el golpe contra los comunistas en Shangai, los asesores soviéticos caímos en desgracia y empezaron a matarnos como a perros rabiosos. Metieron en una cárcel a mi jefe, Mijaíl Borodin, y a otros compañeros, acusados de ser «enemigos del pueblo chino», y los estaban torturando para más tarde matarlos. Yo logré rescatarlos y sacarlos del país, pero tuve que volver a Shangai para evitar que esos hijos de puta arrasaran con todo el consulado soviético... Aquello me costó caro. Los hombres de Chiang Kai-Shek me dieron tantos golpes que me dejaron por muerto. *Bliat'!...* Tuve la suerte de que un amigo chino me recogiera: viajé veintidós días en un carretón, cubierto con paja, hasta que más muerto que vivo me dejaron en la frontera... Por rescatar a Borodin y a los otros me dieron la Orden de la Bandera Roja... que, por cierto, ahora debería devolver, porque acaban de fusilar a Borodin tras acusarlo de ser «enemigo del pueblo soviético» –Tom sonrió con tristeza y apuró el vodka–. Apenas me repuse, me mandaron aquí, para que empezara a penetrar en lo que debía ser mi destino: Occidente. Entonces pasó algo que quizás ya sospechas...

–Conociste a Caridad –dijo Ramón, que en algún momento del diálogo había extraviado a Jacques Mornard.

–Ella era una mujer distinta. Tenía siete años más que yo, pero aunque lo negara, se rebelara, se revolcara por el suelo, se veía que tenía clase. Me gustó y empezamos una relación.

–Que todavía sigue.

–Ajá. En esa época ella estaba como perdida, aunque ya simpatizaba con los comunistas de Maurice Thorez. Y yo estaba trabajando con ellos...

–¿Por ti se afilió al Partido?

–Se hubiera afiliado de cualquier modo. Caridad necesitaba cambiar su vida, pedía a gritos una ideología que la centrara.

–¿Caridad es una colaboradora o trabaja con vosotros?

–Desde 1930 colaboraba con nosotros, pero entró en plantilla en 1934, y su primer trabajo lo hizo en Asturias, cuando la sublevación de los mineros... Eso te aclarará muchas cosas sobre ella que a lo mejor antes no entendías.

El joven asintió, tratando de reubicar ciertos recuerdos de las actuaciones de Caridad.

–Por eso regresó a España cuando ganó el Frente Popular. Y por eso está aquí, en París... ¿O porque es tu amante?

–En España trabajaba para nosotros y ahora está aquí porque va a sernos muy útil en esta operación y porque las cosas allá van a ir de mal en peor... La República se está cayendo a pedazos. En unos días Negrín va a proponer la salida de los brigadistas internacionales para dar un golpe de efecto. Él todavía cree que Gran Bretaña y Francia los pueden apoyar, y que con esa ayuda hasta pueden ganar la guerra. Pero

Gran Bretaña y Francia se cagan de miedo y le están haciendo la corte a Hitler y no van a apostar un céntimo por ustedes. Disculpa que toque el tema, pero debo decírtelo para que no te hagas ilusiones: esa guerra está perdida. Nunca van a lograr resistir hasta que empiece una guerra europea, como quiere Negrín.

–¿Y vosotros ya no vais a darle más ayuda?

–Ya no es un problema de armas, aunque no tenemos para andar desperdiciándolas. Toda Europa les va a negar la sal y el agua. Y dentro de la República se ha jodido la moral. Cuando Franco se decida a ir sobre Barcelona, todo se termina...

Ramón percibió sinceridad en las palabras de Tom. Pero se negó a darle el gusto de que pudiera reprenderlo por discutir sobre el destino de su país. Sentía cómo la furia de siempre lo atenazaba y prefirió tocarlo por otro flanco.

–Tú tienes una mujer en Moscú, ¿verdad?

Tom sonrió.

–Una no, dos...

–¿Y a mí me escogiste porque soy hijo de Caridad?

El asesor guardó silencio unos segundos.

–¿Me vas a creer si te digo que no?... Desde la primera vez que te vi supe que eras alguien especial. Hace años que te observo... Y siempre tuve una corazonada contigo. Por eso, cuando Orlov recibió la orden de que debíamos buscar españoles con condiciones para trabajar en acciones secretas, enseguida pensé que tú eras la mejor pieza que yo podía entregar. Pero algo me advirtió que no debía hablarle ni a Orlov ni a los demás de ti. Ahora sé por qué: tú vales demasiado para entregarte en manos de cualquiera...

Ramón no supo si sentirse halagado u ofendido por haber sido escogido como un semental. Además, a pesar de lo que decía el hombre, la sombra de Caridad seguía oscureciendo el fondo de aquella historia. Pero la posibilidad de estar por méritos propios más cerca del epicentro de un gran acontecimiento le provocaba una ardiente satisfacción.

–Si puedes, dime algo más, solo para saber...

–Mientras menos sepas, mejor.

–Es que... ¿alguna vez me vas a decir tu verdadero nombre?

Tom sonrió, y terminó de tragar una de las empanadas que les sirvieron como entrantes y bebió más vodka, mirando fijamente al joven.

–¿Qué es un nombre, Jacques? ¿O ahora eres Ramón?... Esos perros que a ti te gustan tanto tienen nombre, ¿y qué? Siguen siendo perros. Ayer fui Grigoriev, antes era Kotov, ahora soy Tom aquí y

Roberts en Nueva York. ¿Sabes cómo me dicen en la Lubyanka?... Leonid Alexándrovich. Me puse ese nombre para que no supieran el mío, porque se iban a dar cuenta de que soy judío, y los judíos no gustamos a mucha gente en Rusia... Soy el mismo y soy diferente en cada momento. Soy todos y soy ninguno, porque soy uno más, pequeñísimo, en la lucha por un sueño. Una persona y un nombre no son nada... Mira, hay algo muy importante que me enseñaron nada más entrar en la Cheka: el hombre es relegable, sustituible. El individuo no es una unidad irrepetible, sino un concepto que se suma y forma la masa, que sí es real. Pero el hombre en cuanto individuo no es sagrado y, por tanto, es prescindible. Por eso hemos arremetido contra todas las religiones, especialmente el cristianismo, que dice esa tontería de que el hombre está hecho a semejanza de Dios. Eso nos permite ser impíos, deshacernos de la compasión que engendra toda piedad: el pecado no existe. ¿Sabes lo que eso significa?... Es mejor que ni tú ni yo tengamos un nombre verdadero y que nos olvidemos de que alguna vez tuvimos uno. ¿Iván, Fiódor, Leonid? Es la misma mierda, es nada. *Nomina odiosa sunt.* Importa el sueño, no el hombre, y menos aún el nombre. Nadie es importante, todos somos prescindibles... Y si tú llegas a tocar la gloria revolucionaria, lo harás sin tener un nombre real. Quizás nunca más lo tengas. Pero serás una parte formidable del sueño más grande que ha tenido la humanidad –y levantando su vaso de vodka, brindó–: ¡Salud para los innombrables!

Apenas abrió la puerta, tuvo el presentimiento de que se había producido alguna desgracia. Pensó en el joven Luis; incluso, en una orden que cancelaba la operación y hasta la vida de Jacques Mornard. Hacía seis meses que no la veía y había disfrutado de aquella distancia. Solo sintió un alivio cuando Caridad le sonrió, como si hubiesen compartido la mesa la noche anterior. Ella se colocó el cigarrillo en la comisura, mientras le observaba el torso desnudo y recién duchado.

–*Malaguanyada bellesa!* –dijo en catalán, al tiempo que acariciaba la tetilla de su hijo, cubierto solo con una toalla, y pasaba al interior del departamento.

Ramón no pudo evitar que se le erizara la piel y, con toda la delicadeza que le permitieron su rabia y su debilidad, alejó la mano caliente de Caridad.

–¿Qué haces aquí? ¿No habíamos quedado en que no...? –sin pensarlo él también había hablado en catalán.

–Él me mandó. Yo sé mejor que tú lo que se puede y no se puede hacer.

Caridad había cambiado en los meses transcurridos desde su único encuentro en París. Era como si hubiese dado una voltereta hacia el pasado y sepultado la imagen de combatiente republicana, andrógina y con cartuchera, que se había paseado por Barcelona y que todavía arrastraba al llegar a París, a pesar de la ropa ajustada y los zapatos de piel de cocodrilo. Ahora vestía con la informalidad elegante de una burguesa bohemia, su pelo se había aclarado y las ondas tenían formas precisas; llevaba maquillaje en el rostro, las uñas crecidas, y olía a esencias caras. Volvía a dominar a su antojo los zapatos de taco alto y hasta fumaba con otros movimientos. A Jacques le fue posible ver en Caridad los últimos destellos de la Caridad que Ramón había conocido muchos años atrás, antes de la caída que la llevó a la depresión y el intento de suicidio.

–¿Cómo te va con tu lagartija trotskista? –siguió hablando en catalán, mientras se quitaba el *foulard* de seda que le cubría el cuello y los hombros. Con movimientos medidos se acomodó en uno de los butacones de piel, frente a la ventana por cuyos cristales se veían las copas de los árboles ya ocres del bulevar Raspail.

–Como me debe ir –dijo y entró al cuarto en busca de una bata de satín.

–Haz café, por favor.

Sin responder fue a la cocina y dispuso la infusión que él mismo se debía.

–¿Qué quiere Tom? –preguntó desde la cocina.

–Tom tiene que quedarse en España y me mandó...

–¿Y qué pasa con George?

–Está en Moscú.

–¿Yézhov lo mandó buscar? –Ramón se asomó hacia el salón y vio a Caridad con un cigarrillo en una mano y el mechero en la otra, la mirada fija en la ventana, como si se dirigiera a los vidrios.

–Yézhov ya no va a mandar buscar a nadie. Lo han apartado del juego. Ahora Beria es quien manda.

–¿Cuándo fue eso? –Ramón dio un paso hacia el salón, la atención dividida entre la ebullición del café y lo que le informaba Caridad.

–Hace una semana. Tom me pidió que viniera a decírtelo, porque las cosas se pueden poner en marcha en cualquier momento. En cuanto Beria limpie la mierda de Yézhov y el camarada Stalin dé la orden, nos pondremos en movimiento. Cuando Mink regrese sabremos más...

Ramón sintió cómo sus músculos se tonificaban. Era la mejor noticia que podía recibir.

–¿Te han dicho algo de Orlov?

–Está en Washington, cantando como una cupletista. Todavía representa un peligro para muchas cosas, pero no para la nuestra. Al final no fue por él que sacamos de México a los otros camaradas que ya estaban allá.

–¿Los españoles?

Caridad dio fuego al cigarrillo antes de responder.

–Sí. Con Yézhov cayeron casi todos los que llevaban la red de Nueva York y México. Un desastre...

Ramón Mercader trató de ubicarse en el nuevo rompecabezas de traiciones, deserciones, pugnas y peligros reales o ficticios, y, como solía ocurrirle, se sintió extraviado. Las razones últimas de las decisiones de Moscú eran demasiado intrincadas, y quizás ni el propio Tom podría saber todos los intersticios de aquellas cacerías. Solo se reafirmaba en la necesidad, tan repetida por Tom, de la discreción como mejor vacuna para ponerse a salvo de las traiciones. Pero en el fárrago de tensiones en juego, percibió con mayor nitidez lo que su mentor había calificado como el ascenso del valor de sus acciones. Fue una sensación contradictoria, de temor a la responsabilidad y júbilo por saberse más cerca de la gran misión. Retiró el café del fuego y se dispuso a servirlo.

–¿Y Tom? ¿Va a seguir en España? –preguntó en francés.

–Por ahora sí –siguió ella en catalán–. Allí ya no hay mucho que hacer, pero él tiene que quedarse hasta el final. Negrín se pelea con él, pero no puede vivir sin él... El ejército republicano sigue reculando. España está perdida, Ramón.

–¡No me digas eso, coño! –gritó, otra vez en francés, y el café se le derramó sobre uno de los platillos–. ¡Y no hables más en catalán!

Caridad no rechistó y él esperó a calmarse. No sabía si eran las noticias de España y la incertidumbre que añadían al destino de Luis, que varias semanas atrás había cruzado la frontera para unirse al ejército republicano, o simplemente la malévola insistencia de su madre en revolverle el pasado y provocar la difuminación de Jacques Mornard. Terminó de servir el café y entró en el salón llevando las tazas sobre una bandeja. Se sentó frente a ella, cuidando que no se le abriera bata.

–¿Qué piensa Tom que va a ocurrir?

–Los franquistas van a por Cataluña –respondió ella, ahora en castellano–, y él cree que no van a poder detenerlos. Desde que estos franceses maricones y esos ingleses de mierda firmaron ese pacto con Hitler y Mussolini, no solo se jodió Checoslovaquia, también nosotros nos jodimos: ya nadie puede ayudarnos... *Estem ben fotuts, noi. T'asseguro que estem ben fotuts...*

–¿Y qué van a hacer los soviéticos?

–No pueden hacer nada. Si se meten en España, empezará una guerra que ahora mismo sería el fin de la Unión Soviética...

Ramón escuchó el razonamiento de Caridad. De alguna manera coincidía con ella, pero le resultaba doloroso comprobar que los soviéticos se replegaban mientras Hitler se tragaba a Checoslovaquia y daba cada vez más apoyo a Franco. Tal vez la táctica soviética de consentir el sacrificio de la República era la única posible, pero no dejaba de ser cruel. El Partido, al menos, la había aceptado, y la misma Pasionaria había dicho que si la República tenía que perderse, se perdería: lo que no podía comprometerse era el destino de la URSS, la gran patria de los comunistas... Pero ¿qué iba a pasar con aquellos hombres, comunistas o simples republicanos, que habían luchado, obedecido y creído durante dos años y medio para nada? ¿Los dejarían a merced de los franquistas? ¿Qué pasaría con los catalanes cuando Franco tomara Barcelona? ¿Dónde estaría combatiendo ahora el joven Luis? Ramón prefirió no preguntar en voz alta. Observó cómo Caridad terminaba su café y devolvía la taza a la bandeja. Entonces él se inclinó y probó el suyo. Se había enfriado.

–Tom no quiere que hable de España. A Jacques no le interesa España –trató de recomponerse.

–Jacques lee los periódicos, ¿no? ¿Y qué va a decirle a su novia trotskista cuando ella le suelte que Stalin va a pactar con Hitler, igual que los franceses y los ingleses? Porque eso es lo que esa sabandija renegada está escribiendo en su boletín de los cojones.

–Jacques le dirá lo mismo: que cambie de tema, ése no es su problema.

Caridad lo miró con aquella intensidad verde y punzante que él siempre había temido tanto.

–Ten cuidado. Esa mujer es una fanática, y Trotski es su dios.

Jacques sonrió. Tenía una carta para vencer a Caridad.

–Te equivocas. Yo soy su dios, y Trotski, si acaso, es su profeta.

–Te has vuelto irónico y sutil, muchacho –dijo ella, sonriente.

Caridad se puso de pie y comenzó a colocarse el *foulard* sobre los hombros. Ramón sintió tantos deseos de que se quedara como de que se fuera. Volver a hablar en catalán había sido como visitar una región de sí mismo clausurada, a la que no hubiera querido entrar aunque, una vez dentro, le provocaba una sensación de cómoda pertenencia.

Además, sabía que ella estaba en contacto con Montse y sobre todo con el pequeño Luis, y quizás hasta supiera algo de África. Pero ahora menos que nunca podía inclinarse ante ella y mostrar sus debilidades: era la primera vez que se había sentido realmente superior a ella y no quería malgastar esa sensación.

La visita de Caridad le dejó lleno de expectativas con respecto a las órdenes que podían llegar de Moscú, pero también el sabor amargo ante el destino decretado del sueño republicano que, por más que se esforzara, Jacques Mornard no conseguía apartar de la mente de Ramón Mercader. Por eso, aquella tarde de principios de diciembre tuvo que recurrir a toda su disciplina para hundir en el fondo de sí mismo las pasiones de Ramón cuando Sylvia le pidió que la acompañara a ver a unos camaradas norteamericanos que habían peleado en España, formando parte de las tropas internacionales evacuadas por el gobierno de la República, y que ahora estaban en París.

–¿Y qué tengo yo que ver con esa gente? –dijo, evidenciando su molestia por la proposición.

Sylvia, extrañada y quizás hasta ofendida, intentó convencerlo.

–Esa gente estaba luchando contra el fascismo, Jacques. Aunque hay muchas cosas de las que yo no pienso igual que algunos de ellos, los respeto y los admiro. La mayoría de ellos no sabía ni marchar cuando se fueron a España, pero han sido capaces de pelear por todos nosotros.

–Yo no les he pedido que lucharan por mí –logró decir él.

–Ni ellos te lo preguntaron. Pero ellos saben que en España se deciden muchas cosas, que el auge del fascismo es un problema de todos: también tuyo.

El invierno se había adelantado y el aire era cortante. Jacques la tomó del brazo y la hizo entrar en un café. Ocuparon una mesa apartada y, antes de que el camarero se acercara, Jacques gritó:

–¡Dos cafés! –y enfocó a Sylvia–. ¿En qué habíamos quedado?

La muchacha se quitó las gafas, empañadas por el cambio de temperatura, y frotó los cristales con el borde de la saya. En ese instante Jacques descubrió que sentía miedo de sí mismo: ¿cómo podía ser tan fea, tan tonta, tan imbécil para decirle a él por quién peleaba cada cual? ¿Cuánto podría resistir al lado de un ser que en aquel instante le repugnaba?

–Perdóname, mi amor. No quise...

–No lo parece.

–Es que de verdad es importante. En España se decide mucho y otra vez Stalin deja que Hitler y los fascistas se salgan con la suya. Stalin nunca quiso ni permitió que los españoles hicieran la revolución que los habría salvado y...

—¿De qué estás hablando? —Jacques preguntó y de inmediato comprendió que había cometido un error.

Sencillamente a Jacques no podía importarle de qué estaba hablando Sylvia y se impuso recuperar su control. Ni aquellas acusaciones infames ni la fealdad de Sylvia Ageloff iban a poder con él. Les sirvieron los cafés y la pausa lo ayudó a terminar de recomponerse.

—Sylvia, si quieres vete a ver a esos salvadores de la humanidad y a hablar con ellos de Stalin y de tu querido Trotski. Estás en tu derecho. Pero a mí no me involucres. Es que no me interesa. ¿Puedes entenderlo de una puta vez?

La mujer se encogió sobre sí misma y se sumió en un largo silencio; al fin él bebió un sorbo de café. Dos meses antes, la incontrolable insistencia de Sylvia en hablar de política había provocado la primera discusión seria de la pareja. Aquella tarde Jacques la había acompañado a la villa del trotskista Alfred Rosmer, en Périgny, para que la muchacha participara como secretaria en la reunión que, según ella misma, había sido el aborto más que el nacimiento de la Internacional trotskista. Mientras regresaban a París, luego de doblegarla y hacerle prometer que no volvería a hablarle de aquellos temas, Jacques había aprovechado la coyuntura para intentar que renunciara a regresar a Nueva York en el inicio del nuevo curso escolar y para dejarle caer —fue como si colocara una soga al cuello de Sylvia— la posibilidad de comprometerse formalmente. Pero la pasión política ahora había vuelto a traicionar a Sylvia que, temerosa por la reacción de su amante, murmuró:

—Sí, mi amor. Te agradezco que me dejes ir. Pero si no quieres, no voy.

Jacques sonrió. Las aguas volvían a su nivel. Su preeminencia quedaba restablecida y comprendió que podía ser muy cruel con aquel ser desvalido. Es más, le satisfacía serlo. Un componente maligno de su personalidad se revelaba en aquella relación y descubría el gozo que le provocaba la posibilidad de doblegar voluntades, de generar miedo, de ejercer poder sobre otras personas hasta hacerlas reptar ante sí. ¿Tendría algún día la ocasión de ejercer aquel dominio sobre Caridad?, pensó y se dijo que, aun cuando no tuviera nombre ni patria, era un hombre dotado de odio, fe y, además, de un poder, y lo iba a utilizar siempre que le fuese posible.

—Claro que quiero que vayas, si eso te complace —dijo satisfecho, magnánimo—. Yo tengo que hacer unas compras para mandarles a mis padres algún regalo por Navidad. ¿Qué te gustaría que te regalara a ti?

Sylvia se distendió. Lo miró y en sus ojos miopes había gratitud y amor.

–No te preocupes por mí, querido.

–Ya veré con qué te sorprendo –dijo y le tomó la mano sobre la mesa y la obligó a inclinarse hacia él, para darle un beso en los labios.

Jacques sintió cómo la mujer se removía de emoción y se dijo que debía de administrar con cuidado su poder: un día podía matarla con una sobredosis.

Menos de dos años después, Ramón Mercader entendería que las pruebas de fortaleza psíquica a las que se vio sometido durante las amargas semanas finales de 1938 y las primeras de 1939 no pasaron de ser un ensayo grotesco de las experiencias que vivió en el momento más crítico de su vida, y que le exigieron hasta la última molécula de su capacidad de resistencia para impedir el quiebre total.

Aunque las noticias que a lo largo de diciembre llegaban de España iban dibujando las proporciones del desastre, Jacques Mornard consiguió mantener la imagen de su aséptica distancia política. Con mayor vehemencia evitó que ante él se discutiera de política y, en alguna ocasión, llegó a abandonar una reunión donde los presentes se empeñaban en revolcarse en aquellos temas desagradables y tontos de la guerra, el fascismo y la política francesa.

En la soledad de su departamento, sin embargo, leía todos los artículos de prensa que le revelaran algo sobre la situación en España y escuchaba los noticiarios de radio como si buscara una luz de esperanza en medio de las tinieblas. Pero cada noticia era una cuchillada en el corazón de sus ilusiones. Entonces daba rienda suelta a su rabia contenida, a su impotencia, y lanzaba maldiciones, patadas a los muebles, juramentos de venganza. Aquellos desahogos, casi histéricos, lo dejaban agotado y le mostraron la debilidad de Jacques Mornard ante las pasiones de Ramón, pero le reafirmaron en su desprecio a todo lo que oliera a fascismo, burguesía y traición a los ideales del proletariado. Sus ocultos deseos de cambiar su piel por la de su hermano Luis, que seguía peleando con los restos del Ejército Popular en medio del caos y de las veleidades de los políticos españoles, se convirtieron en una obsesión, y se juró que cuando le llegara el momento de actuar contra los enemigos sería implacable y despiadado, como los enemigos de su sueño lo estaban siendo con aquel intento de fundar un mundo más justo.

La falta de noticias de Tom se sumaba a sus incertidumbres. Temía por el destino del asesor, tan propenso a involucrarse y transgredir los límites. Si lo mataban o lo hacían prisionero en España todo el esfuerzo realizado y la estructura montada podía venirse abajo, como ya había ocurrido con otras líneas operativas. Entre sus preocupaciones también contaba el hecho de que el plazo para el regreso de Sylvia se iba agotando. La joven debía reincorporarse a su trabajo en la segunda semana de febrero y habían fijado el día primero como fecha de partida. Aunque Jacques sabía que un poco de presión podía disuadirla, sentía que convivir más tiempo con Sylvia requeriría un esfuerzo para el cual no estaba preparado y temía que la melosidad de la mujer pudiera hacerlo explotar en cualquier momento.

La reaparición de George Mink, en la segunda semana de enero, trajo un poco de alivio para la ansiedad de Jacques Mornard. El recién llegado lo citó en el cementerio de Montparnasse y Jacques pensó que nunca entendería por completo a los soviéticos: la noche anterior había nevado sin piedad y ése debía de ser el día más frío de aquel invierno.

Como habían acordado, Mink lo esperaba junto a la tumba del príncipe D'Achery, duque de San Donnino, y madame Viez, en la séptima división de la Avenida del Oeste. La nieve había formado una capa de hielo compacto sobre la que se debía andar con cuidado. El cementerio, como era de esperar, estaba desierto, y al ver la figura oscura de Mink en medio del paisaje blanco, flanqueado por los dos leones que hacían singular el mausoleo del príncipe, Jacques se dijo que nada podía resultar más sospechoso que un encuentro en aquel sitio, con aquel clima.

–Buen día, amigo Jacques.

–¿Buen día? ¿No te gustaría tomar un café en un sitio caliente?

–Es que me encantan los cementerios, ¿sabes? Desde hace años vivo en un mundo donde no se sabe quién es quién, qué es verdad y qué es mentira, y menos aún hasta cuándo estarás vivo... y aquí por lo menos uno se siente rodeado de una gran certeza, la mayor certeza... Además, esto de hoy no es frío, frío de verdad...

–Por favor, George. ¿Tiene que ser aquí?

–¿Sabías que cuando Trotski y Natalia Sedova se conocieron, solían venir aquí para leer a Baudelaire frente a su tumba?

–¿Aunque hiciera este frío de mierda?

–La tumba de Baudelaire está por allí. ¿Quieres verla?

Abandonaron el cementerio helado y caminaron hasta la plaza Denfert Rochereau, donde alguna vez Jacques había tomado un café.

Incluso en el interior del local que escogieron Jacques conservó su abrigo, pues ahora sentía que el frío le nacía desde dentro.

Mink había regresado hacía cuatro días, cargado de órdenes que Beria le había dado personalmente. Además, tal como esperaba, en la Embajada de París también tenían orientaciones enviadas por Tom desde España.

–¿Qué se sabe de Tom? Los franceses están amenazando con cerrar la frontera.

–Para Tom eso no es problema. Él siempre sale.

–¿Cuáles son las órdenes? ¿Qué tengo que hacer? ¿Sylvia debe irse?

–Déjala ir. Pero con una argolla en la nariz. Prométele matrimonio.

Jacques respiró aliviado al recibir aquella autorización.

–¿Y qué le digo? ¿Que iré yo a verla, que venga ella en el verano...?

–No le asegures nada. Dile que le avisarás de tu decisión por carta. La orden de Moscú puede llegar mañana o en seis meses, y hay que estar listos para ese momento. Cuando Tom regrese, él organizará las cosas. Beria quiere que desde ahora se ocupe solo de este trabajo. Órdenes de Stalin. Por cierto, él mismo le puso nombre a la operación: *Utka*.

–¿*Utka*?

–*Utka*, pato... Y cualquier método será bueno para cazarlo: envenenamiento de la comida o del agua, explosión en la casa o en el coche, estrangulamiento, puñalada en la espalda, golpe en la cabeza, disparo en la nuca –Mink tomó aire y concluyó–: No se ha descartado ni siquiera el ataque de un grupo armado o una bomba lanzada desde el aire.

Jacques se preguntó en qué cuadrante de aquel tablero le tocaría colocarse a él. Era evidente que al fin algo comenzaba a tomar forma, aunque se le escapaban las razones de la lentitud con que se movía la operación.

–¿Qué se dijo en Moscú cuando derribaron a Yézhov?

Mink sonrió y bebió de su té.

–Nada. En Moscú no se habla de esas cosas. La gente le tenía tanto miedo a Yézhov que no se van a curar en largo rato.

Jacques miró hacia la plaza. Le daba pereza volver a enfrentar el frío para regresar a su departamento, donde Sylvia lo esperaba. Comprendió que necesitaba acción. En aquel preciso momento, ¿por dónde andaría África?, ¿qué estaría haciendo su hermano Luis?, ¿en qué aventuras se habría metido Tom? Él no tenía otra alternativa que esperar, inactivo, jugando al enamorado que no desea la partida de la amada.

–¿Cuándo volveremos a vernos?

–Si no hay nada nuevo, cuando regrese Tom. Si tienes algo urgente que consultarme, ve a buscarme al cementerio. Siempre voy por allí.

Durante los días previos a la partida de Sylvia, Jacques se comportó de un modo que hubiera admirado a Josefino y a Cicerón, sus profesores de Malájovka. Imponiéndose a su desánimo y a los deseos de estar lejos de aquella farsa, explotó al máximo el alivio que le reportaba desembarazarse de la mujer y se desvivió en atenciones, la colmó de regalos para ella y para sus hermanas, y tuvo la entereza de hacerle el amor cada día, hasta que una Sylvia extasiada y satisfecha regresó a Nueva York. Jacques había cumplido con su trabajo y se sintió feliz por el espacio de libertad recuperado.

De España, en cambio, solo le llegaban los estertores dolorosos de la guerra. La caída de Barcelona parecía ser el acto final, y los reportes de que Franco había entrado en una ciudad que lo vitoreaba llenaron de amargura a Ramón Mercader. Desde finales de enero los periódicos franceses recogían, con diversos grados de alarma, la noticia de la desbandada de combatientes, oficiales, políticos y gentes desesperadas y temerosas de represalias que se habían lanzado a cruzar la frontera. Ya se hablaba de cientos de miles de personas, hambrientas y sin recursos, que desbordarían las capacidades logísticas de las fuerzas del orden y la posibilidad de acogida francesas. Algunos políticos, en el colmo del cinismo, reconocían que tal vez hubiese sido mejor ayudarlos a ganar la guerra que verse obligados ahora a recibirlos, alimentarlos y vestirlos, quién sabía por cuánto tiempo. Los periódicos de la derecha, mientras tanto, gritaban su solución: que los enviaran a las colonias. Gente así era lo que hacía falta en la Guyana, en el Congo y Senegal.

Alterado por las pasiones de Ramón, Jacques Mornard percibió que necesitaba romper su inercia, aun al precio de quebrar la disciplina. Sabía a lo que se arriesgaba por desobedecer las órdenes estrictas de permanecer lejos de todo lo que oliera a España, pero la furia y la desesperación lo superaban. Además, Tom seguía sin aparecer y, si aparecía, no tenía por qué enterarse: el 6 de febrero tomó su auto, sus cámaras fotográficas y su credencial de periodista y puso proa a Le Perthus, el cruce fronterizo donde se hallaba la mayor concentración de refugiados.

Al mediodía del 8, cuando el periodista belga Jacques Mornard logró llegar al punto más cercano a la frontera que le permitieron alcanzar los oficiales del ejército y la policía francesa, lo recibió el hedor maligno de la derrota. Comprobó que, desde el promontorio donde se hallaban los reporteros de prensa, no podría reconocerlo ninguna de las personas que, ya en territorio francés, eran conducidas como rebaños por los soldados senegaleses, encargados de vigilar y controlar a los refugiados. La escena resultó más patética de lo que su imaginación le hubiera permitido concebir. Una marea humana, cubierta con mantas harapientas, viajando sobre unos pocos autos o arracimados en carretones destartalados tirados por caballos famélicos, o simplemente a pie, arrastrando maletas y bultos donde atesoraban todas las pertenencias de sus vidas, aceptaban en silencio las órdenes para ellos incomprensibles, gritadas en francés y acentuadas con gestos conminatorios y porras amenazantes. Aquéllas eran personas lanzadas a un éxodo de proporciones bíblicas, empujadas solo por la voluntad de sobrevivir, seres cargados con una enorme lista de frustraciones y pérdidas patentes en unas miradas de las que incluso se había esfumado la dignidad. Jacques sabía que muchos de aquellos hombres y mujeres eran quienes habían cantado y bailado las victorias republicanas, los que por los más diversos motivos se habían colocado tras las barricadas que periódicamente se armaron en Barcelona, los mismos que habían soñado con la victoria, la revolución, la democracia, la justicia, y habían practicado en muchas ocasiones la violencia revolucionaria de un modo despiadado. Ahora la derrota los rebajaba a la condición de parias sin un sueño al cual aferrarse. Muchos vestían los uniformes del Ejército Popular y, ya entregadas sus armas, acataban en silencio las órdenes de los senegaleses (*Reculez!, reculez!*, insistían los africanos, gozando su pedazo de poder), sin importarles mantener un mínimo de compostura en el desastre. Jacques supo por un corresponsal británico, recién llegado de Figueres, que la mayoría de los niños que escapaban de España venían enfermos de pulmonía y muchos de ellos morirían si no recibían atención médica inmediata. Pero la única orden que tenían los franceses era la de incautar todas las armas y conducir a los refugiados, grandes y pequeños, a unos campamentos, cercados con alambre de espino, donde permanecerían hasta que se decidiera la suerte de cada uno de ellos. Una sensación de asfixia había comenzado a dominarlo y no se sorprendió cuando el llanto le nubló la mirada. Dio media vuelta y se alejó, tratando de tranquilizarse. Pensó, intentó pensar, se obligó a pensar que aquélla era una derrota previsible pero no definitiva. Que las revoluciones también debían aceptar sus reveses y prepararse para el próximo asalto. Que el sacrificio de aquellos seres desvalidos, y el de los que –como su hermano Pablo– habían muerto durante aquellos casi tres años de guerra, apenas representaba una ofrenda mínima ante el altar de una historia que, al final, los reivindicaría con la gloriosa victoria del proletariado mundial. El futuro y la lucha constituían la única esperanza en aquel momento de frustración. Pero descubrió que las consignas no lo aliviaban y que desde un momento imprecisable de aquella tarde lacerante había extraviado a Jacques Mornard en algún recodo de su conciencia y vuelto a ser, plena y profundamente, Ramón Mercader del Río, el comunista español, y le satisfizo saber que al menos Ramón tenía una alta misión que cumplir en aquel mundo despiadado, férreamente dividido entre revolucionarios y fascistas, entre explotados y explotadores, y que escenas como aquélla, lejos de mellarlo, lo fortalecían: su odio se hacía más compacto, blindado y total. ¡Soy Ramón Mercader y estoy lleno de odio!, gritó para sus adentros. Cuando se volvió, para ver por última vez el rostro mezquino de una debacle que lo apuntalaba en sus convicciones, sintió cómo sus cámaras fotográficas se movían y recordó que el tonto de Jacques Mornard se había olvidado de tomar una sola imagen del naufragio. Fue en ese instante cuando un periodista francés, casi con asco, pronunció aquellas palabras que le cambiarían la forma de su sonrisa:

–¡Qué vergüenza! ¡No fueron capaces de ganar y ahora vienen a esconderse aquí!

El golpe que le propinó Ramón fue brutal. De los cuatro dientes que le arrancó, dos cayeron sobre la tierra húmeda y dos se perdieron en el estómago del desafortunado periodista, que seguramente se preguntaría, por el resto de su vida, qué cosa terrible había dicho para provocar la furia de aquel loco desatado que, para colmos, había desaparecido como un soplo de viento.

18

De las infinitas batallas que había librado, ¿cuál recordaba como la más ardua? ¿Las que tuvo con Lenin en los días de la escisión entre bolcheviques y mencheviques? ¿Las tensas y dramáticas de 1917, cuando se decidía el nacimiento o el aborto de la revolución? ¿Las furiosas de la guerra civil, siempre abocadas a la violencia fratricida? ¿Las mezquinas de la sucesión y por el control del partido? ¿Las de la supervivencia física y política en aquellos años de exilio y marginación? ¿Y cuál había sido su contendiente más temible: Lenin, Plejánov, Stalin? Cuando Liev Davídovich miraba la hoja en blanco sobre la que no se atrevía a colocar la pluma, pensaba: No, la batalla nunca ha sido tan ardua ni el contrincante tan escabroso, pues jamás se había visto obligado a luchar por algo tan esencial.

Desde que Natalia Sedova dejó la Casa Azul y él se refugiara con los guardaespaldas en una cabaña de las colinas de San Miguel Regla, pretextando la necesidad de ejercicios físicos, pero tan urgido de poner distancia con la Casa Azul como de cocinarse en la soledad de su desesperación y vergüenza, había estado buscando el modo más elegante de concretar un acercamiento con su mujer a sabiendas de que su dignidad debía ser la primera pieza que tendría que sacrificar en aras del objetivo supremo.

El sentimiento de culpa hasta entonces ausente se había desatado, y no solo por la herida que le había causado a Natalia: durante aquel infame mes de junio de 1937, las vidas de dos de sus más queridos y constantes amigos habían sido devoradas por la furia de Stalin, mientras él, hundido en la reverdecida espuma de su libido, dedicaba lo mejor de su inteligencia a idear los modos de burlar las presencias de Diego y Natalia, para correr tras Frida hacia la cercana casa de Cristina Kahlo, en la calle Linares, el lugar de sus encuentros sexuales. Van Heijenoort y los jóvenes guardaespaldas habían tenido que servir de facilitadores de las citas, prestándose a las ficciones que iba generando el cerebro afiebrado de Liev Davídovich: desde cacerías, pesquerías y paseos a las montañas hasta la búsqueda de documentos que debía localizar personalmente, había utilizado todos los pretextos. Para sus protectores la situación había resultado agónica, pues sabían de los riesgos físicos que existían en cada escapada y, sobre todo, en una escandalosa ventilación de un *affaire* que podría destrozar el matrimonio del exiliado y afectar a su prestigio de revolucionario generosamente acogido en la Casa Azul o, incluso, podía provocar una reacción violenta de Rivera... Pero él había decidido no mirar hacia los lados, solo preocupado por desfogar ansias y recibir la desprejuiciada actividad sexual de Frida, capaz de revelarle, a sus cincuenta y siete años, resortes y prácticas de cuya existencia apenas sospechaba. Nunca, como en aquellos días de lujuria, la locura había rondado con tanta fuerza la mente de Liev Davídovich, y cuando se observaba en los espejos veía la imagen de un hombre que apenas le resultaba conocido y que, no obstante, seguía siendo él mismo.

La tarde del 11 de junio, luego de un combate matinal con Frida, se había empeñado en la redacción de uno de los pasajes más oscuros de su relación con Stalin: la reconstrucción del día de 1907, justo treinta años atrás, cuando la lógica decía que se habían conocido, en Londres, y, quizás, se había escrito el prólogo de aquella guerra. Natalia, que ya percibía en la atmósfera la densidad del engaño, había entrado en la habitación y, sin decir palabra, colocado el periódico sobre el folio que él estaba escribiendo. Sin levantar la vista, Liev Davídovich había leído el titular y sentido cómo crecía la angustia en su pecho mientras devoraba el reporte tomado del *Pravda:* en Moscú se había iniciado la causa contra ocho altos oficiales del Ejército Rojo, encabezados por el mariscal Tujachevsky, el segundo hombre de la jerarquía militar, y el juicio había quedado visto para sentencia. El tribunal que los juzgaba, abundaba el despacho, era una sección especial del Supremo y se componía de «la flor y nata del glorioso Ejército Rojo».

De inmediato el ex comisario de la Guerra había advertido que, a diferencia de los juicios efectuados en el último año, a Tujachevsky y a los otros generales no se les acusaba de trotskismo sino de ser miembros de una organización al servicio del Tercer Reich. Aun cuando ya sabía que los viejos oficiales del Ejército Rojo estaban en la mira de Stalin, Liev Davídovich no había podido imaginar que, a menos que tuviera las pruebas más sólidas de la existencia de un complot, el Sepulturero se atreviera a una decapitación de la cúpula militar del país en un momento en el que la guerra parecía inevitable. Él sabía que desde la sustitución de Tujachevsky como viceprimer Comisario de Defensa, dos meses antes, muchas debían de haber sido las detenciones ordenadas entre la alta oficialidad; más aún, estaba seguro de que el destino de aquellos militares se había decidido cuando se hizo público que el responsable administrativo y político del ejército, el viejo bolchevique Gamárnik, se había suicidado, mientras cuatro de sus asesores desaparecían misteriosamente.

A la mañana siguiente Moscú había informado del fusilamiento sumarísimo de los acusados, que, aseguraban, habían reconocido su traición. La estupefacción y el dolor habían paralizado a Liev Davídovich: él sabía que tal vez Stalin tenía razón en temer que los líderes del ejército pudieran urdir una conspiración para echarlo del poder, pero resultaba inadmisible acusar a aquellos hombres (sostenes militares de la revolución en los días más oscuros) de agentes de una potencia fascista, sobre todo cuando la lista de reos la encabezaban, precisamente, comunistas y judíos, como los generales Yakir, Eidemann y Feldmann. Pero, si en realidad los militares habían conspirado, ¿por qué no habían actuado?, ¿por qué habían demorado el golpe cuando estaban advertidos de que iban tras ellos?

Nunca antes Liev Davídovich había sentido igual temor por el futuro de la revolución y del país, a la vez que estaba convencido de que si Stalin se atrevía a dar aquel salto mortal era porque tenía en sus manos la promesa de Hitler de respetar las fronteras de la URSS en caso de guerra. De no ser así, los jefes fascistas debían de pensar que Stalin estaba definitivamente loco al aceptar la historia de aquella conspiración que ningún ser racional se tragaría, pues solo el hecho de colocar a tres altos oficiales de origen judío como cabecillas de un complot progermano habría resultado increíble hasta para los mismos nazis, supuestos socios de los traidores. La conclusión inevitable había sido que, con aquel proceso, Stalin daba otro paso en su acercamiento a Hitler, al que tantas veces había denunciado desde el ascenso electoral del fascismo.

Durante varios días Liev Davídovich había dejado de buscar a Frida para refugiarse en el seguro consuelo de su Natasha, para quien la muerte de Tujachevsky, como tantas otras que se les revolvían en la memoria, eran pérdidas de sus propios afectos. ¿A cuántos más iba a matar Stalin?, le había preguntado Natalia una noche, mientras bebían café en la habitación, y él le ofreció su respuesta: mientras quedase un bolchevique con memoria del pasado, los verdugos tendrían trabajo... Ya la guerra a muerte no era contra la oposición, sino con la historia. Para hacerlo bien, Stalin tenía que matar a todos los que conocieron a Lenin, a los que conocieron a Liev Davídovich y, por supuesto, a los que conocieron a Stalin... Tenía que acallar a todos los que habían sido testigos de sus fracasos, del genocidio de la colectivización, de la locura asesina de sus obras y sus campos de trabajo... Y después todavía tendría que expulsar del mundo a los que lo habían ayudado a aniquilar la oposición, el pasado, la historia, y también a los testigos molestos... ¿Y Serguéi? ¿Y Liova? ¿Y por qué no ha venido ya por nosotros?, se preguntó entonces la mujer. Él observó que los ojos de Natalia Sedova tenían el brillo mate del dolor y había sentido en el pecho la presión de la vergüenza por sus debilidades y se negó a decirle que sus hijos estaban tan condenados a morir como ellos dos. Quizás alterado por el dolor, en ese instante cometió uno de los deslices más imperdonables de su vida y le preguntó a Natalia si le daba miedo morir. Del azul mate, los ojos de ella pasaron al color del acero, como el de una daga húmeda, y él había sentido un miedo que jamás le había tenido a nada en la vida: no, ella no le temía a la muerte, dijo la mujer. Solo le preocupaba que murieran el respeto y la confianza.

Sintiendo cómo se ahogaba en un reflujo de vergüenza, Liev Davídovich pensó que había llegado el momento de poner fin a su relación con Frida.

Días después, Liev Davídovich se diría que otra noticia, llegada esa vez desde España, había sido la culpable de que dilatara la decisión de cerrar su amorío clandestino. La depresión en que amenazó hundirlo la confirmación de que su viejo colega Andreu Nin había desaparecido tras haber sido detenido, acusado de cargos similares a los que se utilizaban en Moscú, le había impedido sobreponerse a la lujuria que lo mantenía atado al sexo voraz de la mujer de Diego Rivera.

La historia de la detención y la desaparición de Nin estaba llena de contradicciones y, como ya era habitual, de chapuceros retos a la credibilidad. Por diversas fuentes el exiliado logró establecer que el 16 de junio la policía había sacado al comunista catalán de Barcelona para llevarlo a Valencia. La última noticia confirmada lo ubicaba, la noche del 22, en una prisión especial de Alcalá de Henares, de donde, según la prensa oficial, había sido rocambolescamente rescatado por un comando alemán, encargado de llevarlo a territorio fascista y, más tarde, de enviarlo a Berlín.

La acusación de que Nin era un espía franquista resultaba burda e insostenible: los hombres de Stalin en España ni siquiera se habían preocupado demasiado por la verosimilitud de sus imputaciones. La desaparición y casi segura muerte de aquel amigo que más de diez años atrás Liev Davídovich había conocido en Moscú y se había sumado a la oposición sin renunciar jamás a sus propios criterios políticos de comunista convencido y anárquico, solo podía deberse a la asombrosa capacidad de Nin para resistir las torturas de la GPU sin firmar las declaraciones que con toda seguridad le pusieron delante. Un luchador como él habría sabido, desde el principio de su calvario, que su destino estaba decretado, pero que de sus labios dependían el prestigio de su partido y la vida de sus compañeros, acusados de promotores de un golpe de Estado. Y vencer a Stalin debió de convertirse en su última obsesión mientras era torturado y se negaba a firmar la condena de la izquierda española y de su propia memoria.

La imagen del joven Tujachevsky, siempre marcial, convertido en plena guerra civil en uno de los puntales del recién creado Ejército Rojo, y la desmañada y pasional de Andreu Nin, deslumbrado con la realidad soviética pero sin dejar de interrogarla, acompañarían a Liev Davídovich en el entierro de su último suspiro juvenil. Aunque después de los primeros choques eróticos Frida había comenzado a enviarle señales que podían leerse como de contención, el hombre, embriagado de sexo, se había negado o había sido incapaz de entenderlas, aun cuando no había dejado de advertir que, tras primeras citas, ella había tratado de esquivarlo (satisfecha tal vez su curiosidad político-sexual, cumplida su posible venganza contra las infidelidades de Rivera), provocando que él la persiguiera incluso con más saña. Cuando al fin se tendían en la intimidad, ella trataba de resolver el trámite con rapidez, mientras él le confesaba una y otra vez cuánto la amaba, la deseaba, la soñaba.

La tensión llegó a levantarse como una nueva barricada dentro de la Casa Azul y fue Natalia Sedova quien, a principios de julio, había prendido fuego a la mecha cuando, sin consultárselo a nadie, se trasladó a un apartamento en el centro de la ciudad, dando a Rivera la excusa de que prefería estar sola mientras se sometía a un tratamiento médico por «problemas femeninos». Ante aquella situación, Frida debió de entender que aquel disparate empezaba a rebasar los límites de lo controlable y esa misma tarde había entrado en la habitación de sus huéspedes y atacado a su amante por el flanco que él menos esperaba: tenían que aclarar las cosas de una vez, y él debía tomar una decisión definitiva: ¿se iba con su mujer o se quedaba con ella? La disyuntiva había removido al hombre, pero él respondió sin pensarlo: aquella opción nunca se había contemplado. Con sus pasos difíciles, Frida se había acercado y acariciado el rostro del amante y, llamándolo Piochitas –el nombre que dan los mexicanos a la barba de perilla–, le dijo que el juego había terminado. Ya no era divertido y podían herir a otras gentes que no lo merecían, y no lo decía por Diego, un cerdo borracho, ni por ella, la cerda sin riendas en que Diego la había convertido, lo decía por Natalia, que era una reina.

En ese instante Liev Davídovich había comprendido que tal vez nunca conseguiría saber a ciencia cierta qué reacción química había combustionado en el interior de Frida para que se lanzara a aquella aventura. Se preguntaría si él no había sido utilizado solo como instrumento de venganza contra Rivera (¿era posible que el pintor no se hubiera dado cuenta de nada?); si su halo histórico habría motivado el deslumbramiento curioso de la joven; incluso, si la compasión por verle sufrir ante el rechazo de su hermana había convencido a Frida, tan liberal, de que remojar las calenturas de un hombre que le doblaba la edad era apenas un acto de divertida misericordia que en nada mellaba su moralidad distendida. Pero cuando el perfume de Frida se diluyó en el aire de la habitación, Liev Davídovich había conseguido sonreír: ¿el juego había terminado? Solo para Frida. A él le tocaba ahora limpiar la suciedad empozada en su espíritu y tratar de salvar, con la menor cantidad de daños posibles, la confianza y el amor de Natalia Sedova. Pero treinta años de compañía le advertían que tendría que lidiar con un animal indomable que entregaba con la misma vehemencia su solidaridad que su odio, su amor que su rechazo. Tengo miedo, había pensado.

Unos días después, observando desde la ventana las montañas áridas de San Miguel, un Liev Davídovich ya decidido a sacrificar su dignidad y a superar sus miedos tomó papel y comenzó la más intensa y extraña correspondencia, de hasta dos cartas por día, donde reconocía la dependencia sentimental y biológica que tenía de su mujer. Al salir de la Casa Azul, Natalia le había dejado una nota capaz de herirle como una daga: ella se había mirado en el espejo, decía, y había visto la muerte de sus encantos a manos de la vejez. No le reprochaba nada, solo se colocaba ella y lo colocaba a él ante un hecho irreversible. Pero Liev Davídovich había entendido el sentido del mensaje: que aquella vejez llegaba al cabo de treinta años de vida común, a lo largo de los cuales Natasha había vivido por él y para él. En ese instante, empezó a escribir unas súplicas, a menudo firmadas como «Tu viejo perro fiel», a manera de toques cada vez más quejumbrosos en las puertas de un corazón al que trataba de reconquistar con recuerdos del ayer y urgencias sentimentales y físicas del presente, expresadas a veces en un lenguaje tan directo que a él mismo le asombraba... Cuando al fin recibió una carta de ella, preocupada por el pesimismo que le impedía a su marido concentrarse en el trabajo, él supo que la batalla estaba ganada y que el vencedor había sido el sentido de la bondad de su querida Natasha: «Tú seguirás llevándome en tus hombros, Nata, como me has llevado a lo largo de tu vida», le escribió y, al día siguiente, con el séquito inevitable, tomó el camino de la capital en busca de la mujer de su vida.

Un suceso ocurrido en París, del que Liova lo había puesto al tanto, atrajo su atención desde que volvieron a la Casa Azul. Ignace Reiss, nombre de guerra de uno de los jefes del servicio secreto soviético en Europa, se había acercado a Liev Sedov para comunicarle su decisión de desertar. El joven, con la cautela previsible, había tenido dos encuentros con el agente, y éste le había contado, entre otros horrores, que Yézhov y varios militares designados por Stalin habían sido quienes, de acuerdo con los alemanes, habían planificado la fabricación de acusaciones falsas para procesar a los jefes del ejército. Según Reiss, la todavía andante purga de militares era no solo una limpieza necesaria para la seguridad política de Stalin, sino también parte de la colaboración que sostenían el estalinismo y el nazismo, bajo la cobertura de sus respectivos odios, y con el objetivo de negociar la alianza con la que llegarían a la guerra. Los servicios secretos desempeñaban, de momento, la parte más activa de aquella cooperación y lo que más horrorizaba a Reiss era la traición que representaba esa componenda para todos los revolucionarios que en el mundo se alistaban en la lucha antifascista junto a la URSS, para los comunistas que, a pesar de lo ocurrido en Moscú, aún los obedecían.

Mientras leía los informes sobre Reiss, al exiliado no lo abandonaba el asco que le provocaba comprobar aquellas traiciones a los principios más sagrados. Y, a pesar de las infamias que por su oficio seguramente Reiss había cometido, no podía dejar de sentir admiración por un hombre que, él bien debía de saberlo, había colocado su cabeza bajo el hacha del verdugo. Su mayor temor, sin embargo, era que la ruptura de Reiss había implicado a Liova y a la IV Internacional, y que, cuando la ira de Stalin y sus testaferros se desatase, los trotskistas iban a ser otra vez sus víctimas propiciatorias.

Liev Davídovich no tuvo que esperar mucho para conocer el desenlace de aquella historia que terminaría tocando el centro mismo de su vida: el 6 de septiembre, Liova le dio la noticia de que unos días antes Reiss había sido asesinado en una carretera, cerca de Lausana. La policía sospechaba de un comité para la repatriación de ciudadanos rusos, una de las tapaderas de la NKVD creadas en París. Pero ese mismo día, por un camino paralelo, recibió otra carta, enviada por su colaborador Rudolf Klement, donde éste le comentaba que Reiss le había asegurado que entre los planes de la policía estalinista estaba la eliminación de los trotskistas fuera de la URSS y que Liev Sedov encabezaba la lista. Klement aconsejaba, por tanto, una evacuación del joven, a quien, además, se le veía al borde de una quiebra física y nerviosa debido a las tensiones económicas y políticas en medio de las cuales realizaba su trabajo, a lo que se agregaban las complicaciones familiares acrecentadas desde que su esposa, Jeanne, se declarara partidaria de la facción política de su ex marido, Raymond Molinier. Por ello, después de una conversación con Natalia, en la que barajaron las opciones para el futuro del muchacho, Liev Davídovich escribió a Liova, pidiéndole su opinión respecto a los temores de Klement, antes de proponerle cualquier alternativa para proteger su vida.

Mientras esperaban respuesta de Liova, al fin llegó el ansiado veredicto de la Comisión Dewey. Como había previsto Liev Davídovich, Dewey y los demás miembros del jurado habían llegado a la conclusión de que los procesos de Moscú de agosto de 1936 y enero de 1937 habían sido fraudulentos y, por lo tanto, los declaraban inocentes a su hijo y a él. Entusiasmado, envió un telegrama a Liova, exigiéndole que le diera la mayor difusión a los resultados del contraproceso, que convocara a periodistas y partidarios para iniciar una ofensiva propagandística, mientras él se dedicaría a preparar los artículos que debían acompañar al texto de la sentencia en un número especial del *Boletín*.

Apenas unos meses después, Liev Davídovich trataría de clarificarse el modo en que la vida y la historia se fueron entrelazando en aquellos momentos hasta conducir a la mayor tragedia. Porque, en medio de la vorágine de optimismo desatada por el veredicto, recibieron la respuesta de Liova a los temores de Klement: el joven consideraba (como su padre) que de momento era insustituible en París, y no podía delegar sus tareas en Klement, encargado de la coordinación de la pospuesta fundación de la IV Internacional, ni en Étienne, su colaborador más responsable. Era verdad, les confesaba, que él tenía problemas de dinero, que vivía en una buhardilla fría, que las relaciones con Jeanne se habían complicado y que lo sucedido en Moscú lo había afectado más de lo que en principio había creído, pues prácticamente todos los hombres entre los cuales había crecido y fueron sus modelos habían ido cayendo, tras admitir traiciones desproporcionadas. Mientras leían la carta, Natalia y Liev Davídovich volvieron a discutir el destino de Liova y en aquel momento les pareció injusto pedirle que acudiera a México, casi seguro sin su esposa, y se confinara como ellos, pues si no se escondía, apenas sustituiría un peligro por otro. Liev Davídovich le dijo entonces a su mujer que confiaba en la capacidad de Liova para cuidarse, y que quizás Stalin pensase que matarlo podía ser una medida un tanto excesiva. Para él nada es excesivo, había comentado Natalia: a pesar de coincidir con su marido, ella hubiera preferido tener al muchacho más cerca de ellos.

Fue por aquellos días cuando se presentó en Coyoacán un tal Josep Nadal. El hombre se decía catalán, militante del POUM y muy cercano amigo de Andreu Nin. En vista de la represión desatada en España contra su partido, Nadal había preferido poner mar y tierra por medio. Como pedía tener una entrevista con el camarada Trotski, Van Heijenoort sostuvo un primer encuentro con él y, al regresar, le confesó a Liev Davídovich que había sentido un escozor en la espalda al conversar con el hombre en un restaurante de la capital. Las muertes de Nin y Reiss, sumados a los temores de Klement, advertían a Liev Davídovich y su círculo más cercano de la nueva ofensiva estalinista fuera de la URSS, y todos sabían que cualquier modesto obrero español, cualquier refugiado alemán, cualquier intelectual francés podía ser el ángel negro enviado por Moscú. Pero, motivado por lo que al parecer conocía el recién llegado sobre la desaparición de Nin, Liev Davídovich decidió verlo, aunque aceptó que Jean van Heijenoort estuviese presente durante la entrevista.

El catalán resultó ser un hombre locuaz y de razonamientos agudos que, a pesar de su desmedida afición a los cigarrillos, cautivó a Liev Davídovich. Según contó, para él no cabía duda: Nin estaba muerto y sus asesinos habían sido dirigidos por los hombres de Moscú que imponían su ley en el bando republicano. Los comentarios escuchados señalaban incluso al asesor soviético llamado Kotov y al comunista francés André Marty, célebre por su brutalidad, como los organizadores del operativo encargado de secuestrar a Nin y de eliminarlo, cuando éste se negó a firmar las confesiones de su colaboración con los franquistas.

Nadal, que por su cercanía con Andreu estaba al tanto de muchos entresijos políticos, confirmaría a Liev Davídovich varias sospechas sobre la estrategia de Moscú respecto a España. Para él estaba claro que Stalin jugaba al dominio y eventual sacrificio de la República con varias cartas, y una de ellas era la financiera. Tras conseguir que Negrín, en sus días de ministro de Hacienda (recompensado ahora con la jefatura del gobierno, Nadal *dixit*), autorizara la salida del tesoro español hacia territorio soviético, aquella enorme cantidad de dinero parecía haberse evaporado y ahora se le exigía al gobierno republicano nuevos pagos en metálico por la ayuda militar, que comprendía aviones, artillería, municiones y hasta el sostén diario del contingente de asesores enviados al país. Las armas recibidas, le había dicho Nin, eran suficientes para que la República resistiera un tiempo pero insuficientes para hacer frente a los fascistas apoyados por Hitler y Mussolini, y la razón oculta de que no vendiera más material de guerra al gobierno era que a Stalin no le interesaba un ejército republicano lo bastante bien equipado como para aspirar a la victoria pues, llegado ese punto, podría resultar incontrolable... Pero como el yugo financiero no lo garantizaba todo, Stalin había ordenado también el control político de la República.

La ofensiva contra los «trotskistas» del POUM, los anarquistas, los grupos sindicalistas e incluso contra los socialistas que no se plegaban a la política de Moscú había comenzado desde el mismo año 1936, pero la gran represión se había producido a partir de los sucesos de mayo en Barcelona. Según Nadal, el resultado de aquella operación ya se podía palpar; ahora los comunistas dominaban los tres sectores que más le interesaban a Stalin: la seguridad interior, el ejército y la propaganda. Mientras, los asesores del Komintern y los hombres de la GPU trabajaban a la vista de todos, decidiendo líneas políticas y dirigiendo la represión. Los dos representantes más visibles de la Internacional habían sido, hasta unas semanas antes, el francés Marty y el argentino Vittorio Codovilla, encargado el primero de las Brigadas Internacionales y el otro del control del Partido Comunista. El rechazo contra estos hombres era tan patente que a Marty lo llamaban «el Carnicero de Albacete», por su crueldad con los voluntarios internacionales, y a Codovilla, convertido en un dictador, la propia Internacional había tenido que sustituirlo por el más discreto Palmiro Togliatti.

Liev Davídovich había escuchado la exposición del poumista sin hacer preguntas. Nadal fumaba con una fruición desfasada, como si la abstinencia a que se había visto sometido en España todavía le cobrara el precio de la ansiedad. Llamándolo camarada Trotski, le preguntó entonces que cuando se supiera que habían sido los hombres de Moscú quienes habían mandado a matar a Nin y a otros revolucionarios, ¿qué quedaría del sueño de una sociedad soviética que conduciría a la victoria de la justicia, la democracia y la igualdad?, ¿qué, cuando se supiera que los hombres de la URSS manipulaban a los comunistas y les encargaban la liquidación política y hasta física de los que se oponían, mientras exigían más dinero a cambio de armas y asesores?, ¿qué sobreviviría cuando se conociera que impedían la revolución proletaria que tantos hombres como Andreu pensaban que salvaría a España?... Liev Davídovich despidió a Nadal casi convencido de que al menos aquel hombre no sería el asesino que podría enviarle Stalin. Y no, le había dicho mientras le estrechaba la mano: él no sabía qué iba a quedar en pie del pobre sueño comunista.

Aquel noviembre la revolución cumplió su vigésimo aniversario y Liev Davídovich sus cincuenta y ocho años. Como el onomástico casi coincidía con el Día de los Muertos, que los mexicanos celebran con una fiesta que pretende traer a los difuntos de regreso a la vida y lleva a los vivos a asomarse a los umbrales del más allá, Diego y Frida llenaron la Casa Azul de unas calaveras vestidas de las más extrañas maneras y montaron un altar, con velas y comidas, para recordar a sus difuntos. Aquella cercanía mexicana con la muerte le pareció saludable a Liev Davídovich, porque los familiarizaba con la única meta que compartían todas las vidas, la única de la cual no es posible escapar, incluso en contra de la voluntad de Stalin.

Pero el ánimo de Liev Davídovich no era propicio para celebraciones. Unos días antes le había llegado la información de que, tras la caída del mariscal Tujachevsky, Yézhov se había cebado con la familia del militar. Mientras dos de los hermanos, la madre y la esposa del mariscal eran fusilados, una de sus hijas, de trece años (a la que Liev Davídovich había cargado apenas nacida), se había suicidado de puro terror. Aquella limpieza familiar no lo sorprendió demasiado, pues parecía ser una práctica habitual: su propia hermana Olga y su hijo mayor, culpables de ser la esposa y el hijo del mismo Kámenev que dirigió el Consejo de los Sóviets en octubre de 1917, habían sido detenida ella y fusilado él; tres hermanos, una hermana y Stephan, el hijo mayor del mismo Zinóviev que protegió a Lenin en los días más difíciles de 1917, también habían sido ejecutados, mientras otros tres hermanos, cuatro sobrinos y quién sabía cuántos parientes más de aquel bolchevique permanecían en los llamados *gulags*, verdaderos campos de la muerte. ¿Y su pobre Seriozha, qué había pasado con su hijo?

Desde que Yézhov había sustituido a Yagoda, la ola de terror desatada diez años antes con la colectivización forzosa de la tierra y la lucha contra los campesinos dueños de tierras había alcanzado unos niveles de insania que parecían dispuestos a devorar un país postrado por el miedo y la práctica de la delación. Se decía que en las oficinas del

Estado, en las escuelas, en las fábricas, una de cada cinco personas era informante habitual de la GPU. De Yézhov se sabía también que se ufanaba de su antisemitismo, del placer que le procuraba participar en los interrogatorios y que su mayor regocijo era oír cómo el detenido se inculpaba a sí mismo, vencido por la tortura y el chantaje: él y sus interrogadores advertían a su víctima que, si no confesaba, sus familiares serían deportados a campos donde no sobrevivirían (o simplemente serían fusilados): «Tú no podrás salvarte y los condenarás a ellos», era la fórmula más eficaz para conseguir la confesión de delitos nunca cometidos. ¿Habría resistido su hijo Serguéi a esas amenazas, a los dolores físicos y mentales?, solía preguntar a las personas con quienes hablaba. ¿Aún debo alentar la esperanza de que sobreviva en un campo de prisioneros en el Ártico, casi sin alimentos, con jornadas de trabajo que los más curtidos solo pueden resistir durante tres meses antes de postrarse como cadáveres vivientes?

El más reciente dolor, sin embargo, le había llegado de una fuente inesperada: desde varias semanas atrás, un grupo de escritores y activistas políticos que se decían cercanos a las posiciones del viejo revolucionario se habían empeñado, al calor de los veinte años de Octubre, en buscar los defectos del sistema bolchevique que propiciaron la entronización del estalinismo. Para ello habían querido con especial insistencia desenterrar la sangrienta represión del alzamiento de los marineros de Kronstadt e, invocando la pureza de la verdad histórica, decidieron ventilar la responsabilidad del exiliado en los sucesos. El argumento más manejado había sido que aquella represión se podía considerar como el primer acto del «terror estalinista» inherente al bolchevismo en el poder, y equiparaban la respuesta militar y el fusilamiento de rehenes con las purgas de Stalin. Por su responsabilidad al frente del ejército, consideraban al entonces comisario de la Guerra como el progenitor de aquellos métodos de represión y terror.

A Liev Davídovich le había resultado doloroso conocer que hombres como Eastman, Victor Serge o Souvarine sostenían aquellas opiniones sobre una responsabilidad que desde hacía años lo acosaba, pero sobre todo le molestaba que hubiesen sacado de su contexto un motín militar, acaecido en tiempos de guerra civil, y lo colocaran junto a procesos amañados y fusilamientos sumarios de civiles ocurridos en tiempos de paz. Pero más aún le dolía que no reparasen en el hecho de que tal discusión solo servía para beneficiar a Stalin justo cuando más empeñado estaba Liev Davídovich en denunciar el terror en que vivían y morían los opositores del montañés e, incluso, muchos hombres y mujeres que siquiera habían soñado oponérsele.

Durante semanas, Liev Davídovich se enfrascaría en aquella disputa histórica. Para comenzar a rebatirlos, el exiliado tuvo que aceptar la responsabilidad que, como miembro del Politburó, le correspondía por haber aprobado, él también, la represión de aquella extraña sublevación, pero se negó a admitir la acusación de que él personalmente hubiera propiciado la represión y alentado la crueldad con que se había desarrollado. «Estoy dispuesto a considerar que la guerra civil no es precisamente una escuela de conducta humanitaria y que, de una parte y de otra, se cometen excesos imperdonables», escribió. «Cierto es que en Kronstadt hubo víctimas inocentes, y el peor exceso fue el fusilamiento de un grupo de rehenes. Pero aun cuando murieran inocentes, lo cual es inadmisible en todo tiempo y lugar, y aun cuando yo fuera, como jefe del ejército, el responsable último de lo que allí ocurrió, no puedo admitir una equiparación entre el sofocamiento de una rebelión armada contra un gobierno endeble y en guerra con veintiún ejércitos enemigos, con el asesinato frío y premeditado de camaradas cuyo único cargo fue pensar y, si acaso, decir que Stalin no era la única ni la mejor opción para la revolución proletaria.»

Pero Liev Davídovich sabía que Kronstadt iba a quedar siempre como un capítulo negro de la revolución y que él mismo, lleno de vergüenza y dolor, cargaría siempre con esa culpa. También sabía que si en Kronstadt los bolcheviques (y se incluía, y también a Lenin) no hubieran reprimido sin piedad la rebelión, quizás habrían abierto las puertas a la restauración: así de simple, de terrible, de cruel pueden ser la revolución y sus opciones, pensó entonces y pensaría hasta el final, sin que nada lo hiciera cambiar de opinión.

Cuando a finales de noviembre llegó la carta de Liova donde le informaba de la tardía salida del número del *Boletín* con los resultados de la Comisión Dewey, Liev Davídovich prefirió no responderle. En las últimas cartas cruzadas habían estado al borde de una ruptura: sencillamente, no podía admitir que Liova hubiese necesitado cuatro meses para poner a punto la edición más importante que se hubiera hecho del *Boletín*. Todas las justificaciones resultaban inadmisibles y llegó a pensar que había habido negligencia y hasta incapacidad por parte de su hijo. En una de aquellas cartas incluso le había comentado si no sería mejor trasladar la publicación a Nueva York y ponerla en manos de otros camaradas. Natalia, que recibía otras misivas del hijo, le había dicho que Liova se sentía ofendido, pues no entendía cómo su padre podía ser tan insensible, conociendo los problemas que lo acosaban. ¡Insensible!, había protestado al oír a su esposa: ¿un hombre con la experiencia de Liova no entiende lo que está en juego? Liova es un excelente soldado y estamos en guerra, había agregado, sin sospechar cuánto lamentaría, muy pronto, sus exabruptos, su falta de sensibilidad.

Fue a principios de año cuando decidieron que el exiliado pasara una temporada lejos de la Casa Azul. Rivera aseguraba haber visto a unos hombres sospechosos merodeando por los alrededores y, para evitar riesgos, optaron por trasladarlo a la casa de Antonio Hidalgo, un buen amigo de los Rivera que vivía en las alturas del bosque de Chapultepec. Liev Davídovich aceptó la idea incluso con satisfacción, pues deseaba aprovechar el aislamiento para avanzar en la biografía de Stalin: necesitaba sacarse aquella bruma oscura de la cabeza. Natalia, mientras tanto, se quedaría en Coyoacán, y acordaron que solo lo visitaría si la estancia se prolongaba. ¿Hasta cuándo viviremos huyendo, escondidos, provocando incluso la paranoia de hombres como Diego Rivera?, pensó mientras se adentraba en el bosque de cipreses.

Los días vividos en la casa de Antonio Hidalgo pronto perderían sus contornos y de aquella estancia solo recordaría hasta el final la tarde del 16 de enero de 1938. Desde la ventana del estudio que le habían asignado, había visto a Rivera atravesar el jardín con el sombrero en la mano. Liev Davídovich escribía en ese instante un artículo en el que utilizaba la polémica sobre Kronstadt para hacer una defensa de la ética del comunista. Cuando Diego llegó al estudio, él advirtió en su cara que algo grave había sucedido y, sin pensar, casi negándose a pensar, le preguntó.

Liova había muerto en París. Cuando Liev Davídovich oyó aquellas palabras, sintió cómo la tierra se abría y él quedaba suspendido en el aire, como una marioneta. Nunca recordaría si agredió físicamente a Diego, pero sí que le gritó embustero, canalla... hasta que se derrumbó en una silla. Cuando comenzó a recuperarse, Rivera le contó que, tras leer la noticia en los periódicos de la tarde, había telegrafiado a París en busca de confirmación. Solo cuando la tuvo se había atrevido a ir a verlo. Hidalgo le propuso entonces que se comunicara con París para informarse mejor, pero él se negó: nada iba a cambiar el destino del hijo muerto y lo único que deseaba en ese instante era estar junto a Natalia.

Antes de ponerse en el camino, le reclamó a Diego toda la información. Lo ocurrido había sido y seguiría siendo confuso: el 8 de febrero, ciertos malestares de Liova habían hecho crisis y los médicos le diagnosticaron una apendicitis y decidieron una operación de urgencia. Para evitar que los asesinos de la GPU pudieran localizarlo, Liova había optado por ingresar en una clínica privada en las afueras de París, regentada por unos emigrados rusos. Su paradero solo lo sabían Jeanne y su colaborador, Étienne, pues para extremar precauciones Liova se había inscrito en la clínica como monsieur Martin. La operación resultó un éxito, pero cuatro días después, aún no se sabía por qué razón, el joven había sufrido una extraña recaída. Según los testigos, deliraba, deambulaba por la clínica y gritaba de dolor. Los médicos habían vuelto a operarlo, pero su organismo, vencido por el agotamiento, no resistió la segunda intervención.

Mientras se dirigían a Coyoacán, Liev Davídovich sentía cómo las sienes le latían y el cuerpo le temblaba. No podía dejar de pensar que su hijo había muerto solo, lejos de su madre, sin haber vuelto a ver a sus hijas, perdidas en la Unión Soviética. Y que Liova apenas tenía treinta y dos años. Al entrar en su habitación vio a Natalia Sedova, sentada en la cama, mirando viejas fotos familiares. Como nunca antes en su vida deseó morir en ese segundo, desaparecer para siempre antes que verse obligado a darle a su mujer la noticia. Ella, al observarlo (nunca lo había visto tan desvalido y envejecido, le diría semanas después), se había levantado, empujada por las dos únicas preguntas que podía hacer: ¿Liova? ¿Seriozha? La mente humana es un gran misterio, pero sin duda es a la vez sabia y sibilina, pues en ese instante el exiliado sintió que hubiera preferido decir Seriozha antes que Liova: la vida de Serguéi, si aún la conservaba, le pertenecía a Stalin; la de Liova le parecía más suya, más real. Era tanto el dolor que le iba a provocar a Natalia que no se atrevió a decir «ha muerto», y balbuceó que el pequeño Liova estaba muy enfermo. Natalia Sedova no necesitó más para saber la verdad.

Ocho días permanecieron encerrados, sin recibir visitas ni condolencias, apenas sin comer, solos Natalia y él: ella leía y releía las cartas del hijo muerto y lloraba; él, echado a su lado, lloraba con ella, lamentando la suerte del joven, haciendo cábalas sobre cómo debió haberlo protegido, sobre cómo debió haberlo tratado, culpándose por no haber reconocido cada día su gran trabajo, por no haberlo obligado a salir de Francia. Pero decidió que tampoco quería olvidar el dolor: era el tercer hijo que perdía y no sabía cuándo debería llorar a Seriozha, que quizás ya estuviese muerto, también sacrificado por el odio de un criminal.

Lentamente empezaron a desentrañar la sórdida madeja que había envuelto el final de Liova y comprendieron que había algo oscuro en su muerte, y que esas tinieblas solo podían proceder de un sitio: el

Kremlin. Los médicos de la clínica seguían sin explicarse el motivo de su recaída, pero uno de ellos le había confesado a Jeanne que sospechaba que lo habían envenenado con algún producto para él desconocido. A Jeanne y a Étienne ahora les parecía extraño que Liova hubiera decidido camuflar su origen precisamente en una clínica de rusos, y decían desconocer quién había podido sugerirle ese lugar. Además, no tenían idea de quiénes, además de ellos y Klement, conocían su paradero.

Liev Davídovich estaba convencido de que el remordimiento nunca lo dejaría en paz. La muerte del muchacho, fuese por la causa que fuese, parecía más ligada al destino de su padre que al suyo; era una consecuencia directa de la vida y los actos del progenitor. La ausencia de Liova les había dejado a él y a Natalia una desolación insondable, pues sentían que ninguno de sus hijos les había sido más cercano. «Él era nuestra parte joven. Y no me perdono que no hayamos sido capaces de salvarle», escribió, como homenaje de despedida. «La vieja generación con la que una vez emprendimos el camino de la revolución ha sido barrida del escenario. Lo que las deportaciones y las cárceles zaristas, lo que las privaciones del exilio, la guerra y las enfermedades no hicieron, lo ha logrado Stalin, el peor azote de la revolución...», escribió en las líneas finales del obituario de Liova, convencido de que, tarde o temprano, el mundo tendría la certeza de que Stalin también había matado al niño que en las mañanas frías y pobres de París, camino de la escuela, entregaba en la imprenta los llamados a la paz y a la revolución proletaria por las que vivió y ahora estaba muerto... ¡Que el dolor se convierta en rabia, que me dé fuerzas para continuar!, escribió y volvió a llorar.

19

El 8 de enero de 1978 pudo haber sido el día más frío de todo aquel invierno, y achaqué a la temperatura y a la lluvia intermitente que barría el mar y la arena la ausencia del hombre que amaba a los perros. ¿Se habría enfermado, quizás, y por aquella razón fallaba por primera vez a una cita acordada? La tarde siguiente, apenas entregué las pruebas de galera en la imprenta, corrí hacia la cola de la Estrella y volví a la playa. Aunque todavía hacía frío, el cielo se había despejado y el mar mostraba una calma inusual para la temporada. Caminando por la orilla o recostado a alguna casuarina otra vez esperé, otra vez en vano, hasta que cayó la noche. Los diez días siguientes, resistiendo las protestas de Raquelita, atravesando ciudad y media como un condenado, repetí seis veces aquella rutina y regresé a aquel pedazo de playa, y rogué por la aparición del hombre, los perros y la conclusión de aquella historia absorbente.

Mientras hacía juegos con mi mente para propiciar su regreso –tiraba monedas al aire, cerraba los ojos diez minutos, contando los segundos, y cosas así–, manejé todas las posibilidades para justificar la ausencia de López, aunque el sacrificio anunciado de *Dax* y los problemas de salud del hombre me parecieron los más probables. Al sexto o séptimo viaje baldío, empecé a considerar si lo mejor no sería averiguar cómo llegar a López –la pista de los singulares borzois, actores en una película, me resultaba la más factible–, pero unos días después decidí que no tenía derecho a hacerlo y que lo mejor, para mí, era no intentarlo: ya bastante peligroso es jugar con fuego, para además querer meterse dentro de él. Finalmente, a punto de tener una crisis con Raquelita y ya en pleno mes de febrero, comencé a espaciar mis viajes a la playa y, como si me curara de otra adicción, busqué los modos de superar la ansiedad que me había dejado aquel vacío expectante, lleno de interrogaciones.

Muchos años después le confesaría a mi amigo Dany que el día en que fui a devolverle los libros sobre Trotski estuve a punto de vencer mis miedos y contarle la historia de mis encuentros con el hombre que amaba a los perros. El hecho de ser el único depositario de un relato capaz, por sí solo, de demoler los cimientos de tantos sueños me urgía a drenar el horror que me habían inoculado y me producía una especie de vértigo mental, peor que los vértigos que sufría López. Aquel manejo turbio de los ideales, la manipulación y ocultamiento de las verdades, el crimen como política de un Estado, la cínica construcción de una gran mentira me provocaban indignación y más y nuevos temores.

Todavía en aquel momento lo que en realidad más me intrigaba era desconocer el destino final de Mercader, de quien apenas sabía –por el artículo doblado dentro de la biografía de Trotski– que había ido a la cárcel en México y que luego lo habían acogido en un Moscú de cierta forma hostil hacia él y sus actos, una ciudad donde, según López, su amigo había muerto, confinado en un anonimato que incluía a su tumba.

Como no podía sacarme de la cabeza al hombre que amaba a los perros, comencé a pensar si no debía hacer algo para averiguar qué podía haber pensado, sentido, creído Ramón Mercader durante aquellos años de castigo y encierro, y más tarde, cuando regresó a un mundo que ya no se parecía –aunque seguía siendo el mismo– al mundo del cual había partido, más de veinte años antes, lleno de fe, convicciones y con una misión de muerte en las manos.

Lo que no se me ocurrió todavía, ni se me ocurriría hasta unos años después, fue la posibilidad de poner en blanco y negro la confesión que me hiciera López y menos aún la de escribir un libro sobre el crimen de Mercader y la historia y los intereses de sus demiurgos. Quizás porque el relato había quedado incompleto y muchos de los detalles de la parte conocida escapaban a mi comprensión y a mi capacidad de relacionarlos y situarlos en un contexto histórico, o quizás porque no sabía si López reaparecería en algún momento y, fuese él quien fuese, yo le había prometido no contar ni escribir su relato. Tal vez no lo pensé porque, en realidad, me había olvidado tanto de que alguna vez había querido ser escritor que ya casi no pensaba como un escritor. Pero el caso es que la idea de la escritura de aquella historia inconclusa no vino a mi mente, y, si lo hizo, fue de manera demasiado tímida –y enseguida verán que no escojo cualquier adjetivo–. Solo varios años más tarde, cuando empecé a exprimirme la memoria para tratar de reproducir los detalles de lo que López me había contado, supe que la verdadera causa de aquella larga posposición, la única y real causa, había sido el miedo. Un miedo más grande que yo mismo.

En los meses que siguieron a la desaparición del hombre que amaba a los perros, por las vías más sinuosas, casi siempre en voz baja, fui persiguiendo los pocos libros existentes en la isla capaces de ayudarme a entender la dramática relación entre Stalin y Trotski y lo que habían representado aquel enfrentamiento enfermizo y el éxito previsible de Stalin y sus métodos para la suerte de la Utopía. Hurgando en la montaña de literatura de aliento estalinista que desde Moscú seguía llegando al país, desempolvando roídos panfletos de los años cincuenta que iban del trotskismo más elemental al anticomunismo de guerra fría, tragando en seco mientras leía *Un día en la vida Iván Denísovich*, de Solzhenitsyn, años atrás publicado en Cuba, fui moldeando un conocimiento fragmentario y difuso que, a pesar de todos los ocultamientos (aún faltaban casi diez años para la *glasnost* y la primera tanda de revelaciones de algunas interioridades del terror), me trajo aparejada una inevitable sensación de asombro e incredulidad (el asco subiría a la superficie poco después), sobre todo por el burdo manejo de la verdad al que tantos hombres se habían visto sometidos.

Mientras, cada vez que podía, me daba un salto a la playa, convencido de que debía tentar a la suerte; y muchas veces, cuando escuchaba el timbre del teléfono, pensaba si no sería López quien me reclamaba.

Fue un hecho tremendamente doloroso aunque no tan inesperado el que vino a sacarme, abruptamente, del marasmo de acechos, especulaciones y lecturas en que me había abandonado el hombre que amaba a los perros. Mi hermano William había luchado por dos años para que revocasen la decisión de separarlo definitivamente de la carrera de medicina. En aquel combate de cartas, casi siempre sin respuesta, y entrevistas con funcionarios menores, William había tomado un camino peligroso y retador: exigía que se le aceptara en la universidad, y ello, además, sin tener que ocultar su condición de gay irreversible y total. Con temor a lo que pudiera ocurrirle («¿Qué más puede pasarme, Iván?», me preguntó; yo le respondí: «Siempre puede haber más»), traté de convencerlo de que la ancestral homofobia nacional, con todas sus mezquindades sociales, políticas, culturales y religiosas, no estaba preparada para asimilar aquel reto, pero sí para aplastar a quienes lo lanzaran. Tal vez mi hermano y su ex profesor de anatomía, también enrolado en la cruzada, habían confundido no sólo su capacidad para deglutir miradas de desprecio y las más diversas humillaciones, sino, sobre todo, sus posibilidades de éxito. Las vejaciones, marginaciones, ofensas a que se vieron sometidos en los sitios adonde acudieron buscando una justicia en la que ellos creían terminaron por devastarlos y, al cabo de dos años de encarnizado combate, se dieron por vencidos del peor de los modos: tratando de escapar por la tangente que los llevaría a la posible salvación o al seguro despeñadero.

La desaparición de William cobró toda su dimensión trágica cuando dos agentes de la policía fueron a la casa de Víbora Park e informaron a mis padres que, según las investigaciones realizadas hasta ese momento, habían sido su hijo William Cárdenas Maturell y el ciudadano Felipe Arteaga Martínez, ex profesor de anatomía de la Facultad de Medicina, quienes, de acuerdo con un custodio de la marina del río Almendares, se habían robado un bote de motor con el propósito de viajar a través del Estrecho de la Florida hacia Estados Unidos. El bote, volcado y sin el motor, había sido hallado por unos pescadores dos días antes, a unos cuarenta kilómetros al norte de Matanzas, y, según el servicio de guardacostas estadounidense, ninguna persona con las características de William Cárdenas o Felipe Arteaga había sido rescatada en las últimas noventa y seis horas. ¿Tenían ellos alguna noticia de su hijo? ¿Sabían algo de sus planes?

Mis padres –Sara y Antonio– se aferraron a la esperanza de que William estuviera en un cayo del norte cubano, en una playa perdida de las Bahamas o a bordo de algún barco que, por cualquier razón, no hubiera dado la noticia del rescate. Pero a medida que pasaban los días y las esperanzas comenzaban a naufragar por su propio peso, un sentimiento de culpa por no haber apoyado al hijo y haberle hecho sentir, ellos más que nadie, el peso del rechazo, se fue adueñando de su ánimo hasta lanzarlos a la depresión. Yo, por mi parte, lamentaba no haber sido lo suficientemente solidario con William y haberlo dejado solo en aquel combate desproporcionado en el que mi hermano apenas aspiraba a un reconocimiento de su libertad de elección sexual y su derecho, siendo homosexual, a estudiar la carrera de su vida.

El ambiente hasta entonces tenso de la casa de Víbora Park se tornó fúnebre. En unos pocos meses mis padres se convirtieron en unos ancianos que vivían prácticamente encerrados en su habitación. Mi casa olía a tumba y a culpa, y para escapar de aquella atmósfera me transformé en una especie de fugitivo, que pasaba todas las horas posibles en mi trabajo y al salir me sentaba en la Biblioteca Nacional a leer sobre la vida y la obra de los escritores suicidas (me dio por eso, y aún sigo sin saber de dónde me había brotado aquella necesidad casi necrofílica). La atmósfera enfermiza de la casa y la lejanía física y mental con la que trataba de evadirme hundieron mi relación con Raquelita en un primer período de crisis –parece que tengo magnetismo para las crisis– que tocó fondo cuando decidimos que lo mejor era separarnos por un tiempo. Como nunca en los últimos cinco años, temí que mi soledad, la desesperación, la urgencia por evadirme de la realidad me acercaran a una botella y volviera a caer en el foso de aquella adicción.

Las desgracias se precipitaron un año y pico después de la desaparición de William, a más de dos de mi último encuentro con el hombre que amaba a los perros –siempre recordaba que una frase tan manida como «Lo propio» fue lo último que le había dicho, deseándole unas felices navidades...–, pues en marzo de 1981 murió mi padre y, cuatro meses después, le tocó a la vieja. No llamé a ninguno de los amigos que me quedaban, tampoco a la mayoría de los familiares ni a mis compañeros de trabajo, y por eso a sus velorios asistieron unos pocos vecinos y los parientes que, por alguna vía, supieron de lo ocurrido.

Con aquellas ausencias tuve ante mí las dimensiones reales de mi soledad y una muestra de cómo las decisiones de la Historia pueden meterse por las ventanas de unas vidas y devastarlas desde dentro. La casa familiar de Víbora Park, construida por mi padre cuando yo era un niño y William aún no había nacido, se transformó en una especie de mausoleo por el que vagaban fantasmas y recuerdos, ecos de risas, llantos, saludos, conversaciones que allí se produjeron a lo largo de veinticinco años, cuando éramos una familia, si no feliz al menos normal, un clan que por lógica de la vida podía hasta crecer con la incorporación de Raquelita y la llegada previsible –al principio tan reclamada por mi padre– de unos nietos que rejuvenecieran aquellas paredes levantadas con sus esfuerzos, su amor y sus manos.

Dany fue uno de los amigos que asistió al velorio de mi madre. Raquelita lo había llamado y él vino a hacerme compañía y a disculparse por no haberse enterado, hasta ese mismo momento, de la muerte de mi padre. Recuerdo que por esa época Dany estaba exultante y lejano, pues su primer libro de cuentos acababa de ser publicado luego de recibir un reconocimiento en el mismo concurso en que yo había obtenido una mención... diez años o diez siglos antes. Dos días después del entierro Dany volvió a mi casa, y me pidió disculpas por las deslealtades que, según él, había acumulado conmigo: no haber estado a mi lado cuando la desaparición de William, la muerte de mi padre, mi separación de Raquelita, y, sobre todo, por no haber sido yo el primero en recibir un ejemplar de su libro publicado, pues, según dijo, todo lo que él pudiera hacer y llegar a ser como escritor me lo debía a mí, a mis consejos, a los libros que le había hecho leer.

Mientras hablábamos y bebíamos café, sentados en la terraza que daba al patio de la casa, yo le dije que no había nada que perdonar: la vida es un vértigo y cada cual debe manejar el suyo. Como necesitaba hacerlo con alguien, le confesé que me perseguía un gran sentimiento de culpa y él trató de convencerme de que yo no era responsable de nada de lo ocurrido y me dijo algo que hasta ese momento yo no había pensado.

–Iván, el problema es que te has pasado la vida lanzando las culpas hacia los blancos más fáciles. Y casi siempre te escoges a ti mismo, porque es más sencillo y porque así puedes rebelarte, aunque lo que estás haciendo es autoflagelarte. Saca la cuenta y vas a ver: dejaste de escribir, te volviste alcohólico, te hundiste en esa revista de mierda y ni siquiera intentaste probar en un trabajo que te merezca. Cuando te conocí eras un tipo ambicioso, la gente hablaba de ti como de una promesa, pusieron tus cuentos en todas las antologías de jóvenes escritores que se publicaron...

–Yo era un engaño, Dany: ni era escritor ni prometía nada. Me usaron cuando fui útil porque habían tronado a casi todos los escritores de verdad. Y me dieron un correctivo cuando tuvieron que hacerlo.

–¡Pero tenías que seguir escribiendo, coño!

–Se me gastaron las ganas, mi hermano.

Estoy seguro de que en aquel instante Dany debía de estar comparándose conmigo. La estrella del pupilo comenzaba a ascender, mientras que la del maestro, tan refulgente en su momento, se había apagado y ya era imposible siquiera señalar el punto del firmamento donde alguna vez pestañeó. Estoy seguro de que sintió compasión por mí. Y no me importó si ése había sido su sentimiento.

Creo que la presencia de Dany me salvó de la depresión y, quizás, de algo peor. Decidido a sacarme de aquel trance, mi amigo me invitó a lecturas de sus cuentos y allí vi a varios de mis antiguos colegas escritores, algunos todavía empeñados en serlo, pero sobre todo descubrí la existencia de una nueva legión de «jóvenes narradores», como entonces los calificaban, que tímidamente empezaban a escribir de un modo diferente, historias diferentes, con menos héroes y más gente jodida y triste, como en la vida real; comenzó a prestarme libros nunca publicados en la isla que conseguía con sus amigos que viajaban al extranjero; y, aun cuando sé que a él no le gustaba demasiado, fue varias veces conmigo a jugar a squash a las canchas de la playa, sin imaginarse mis segundas (¿o en realidad primeras?) intenciones de asomarme a la arena con la esperanza de ver a dos galgos rusos seguidos por un hombre con espejuelos de carey y una venda en la mano. Unos meses después me dejé arrastrar incluso a unas fiestas literarias, rociadas con los abundantes alcoholes de la ilusoria bonanza de los años ochenta (como yo no bebía, me apodaron «el Acuático»), reuniones intelectualoides donde uno sentía que la gente empezaba a soltarse de ciertas amarras de la ortodoxia pero, sobre todo (porque era lo más interesante para mí), donde siempre se podía encontrar a poetisas etéreas, vestidas con batones de bambula (decían ellas que hindú), negadas a usar ajustadores y en permanente desesperación por olvidarse de lo poético trascendente y recibir lo que entonces llamábamos, lezamianamente, «ofrenda de varón», o simplemente, en buen habanero, «pinga por los cuatro costados».

Yo seguía a Dany por aquellos sitios sin demasiado entusiasmo, pero al mismo tiempo fui sintiendo, por puro contagio más que por un deseo real, un latido cada vez más perceptible, que empezó a despertar al monstruo confinado dentro de mí: los deseos de volver a escribir. Fue entonces cuando, ya convencido de que López nunca regresaría, comencé a escribir, en unos blocs de hojas amarillas que me había llevado de la revista, la historia que me había contado el hombre que amaba a los perros. Lo hacía sin tener la más mínima idea de qué fin le daría a aquellos apuntes de una historia cuyas avenidas eran constantemente bloqueadas por el desconocimiento y la imposibilidad de vencerlo, y, sobre todo, lo hacía perseguido por una sensación creciente de que jugaba con fuego.

Por suerte para mí y para la paz de mi espíritu, la calentura literaria que me estaba provocando la cercanía de Dany me abandonó cuando Raquelita volvió a vivir conmigo, a principios de 1982. Ese mismo año tuvimos a Paolo y en 1983 nació Francesca, y yo me empeñé en recuperar la ilusión de que todavía podía levantar una existencia normal, con una familia y el sonido vivo de las risas y de los llantos sin consecuencias de unos niños.

Aquél fue un paréntesis de sosiego. En el país se vivía cada vez mejor, y pude dedicarme a ver crecer a mis hijos y a forjar en mi mente las ilusiones de un futuro que quizás les sonreiría a ellos. En Moscú, mientras tanto, incluso se empezó a hablar de cambios, de perfeccionamiento, de transparencia, y muchos pensamos que sí, que era posible hacerlo mejor, vivir mejor, pues hasta los chinos, tras haber atravesado una revolución cultural de la que nada o muy poco sabíamos, reconocían que no había que vivir mal para ser socialistas. ¡Quién lo iba a decir!

La primera grieta por la que empezó a hacer agua el barco de mi tranquilidad se abrió cuando Raquelita me pidió el divorcio, en 1988. Aunque ella se había esforzado durante años por preservar un matrimonio que a todas luces no funcionaba, lo que Raquelita llamaba la apatía (de mierda) con que yo lo asumía todo y lo que consideraba mi pérdida de espíritu de lucha por defender lo más elemental de mi vida (también de mierda) terminaron por decepcionarla y vencerla. Desde siempre Raquelita había aspirado a cosas en la vida, a ascensos y recompensas, a autos y comodidades que parecían cada vez más posibles para todos en un socialismo que maduraba y se perfeccionaba. Pero, según ella –y era cierto–, yo apenas me conformaba con acariciar expectativas para el futuro (de los demás) desde un rincón del presente donde me había acurrucado con la única esperanza de que me dejaran vivir en paz.

–Eres un infeliz, un perdedor, un comemierda –me dijo ella (muchas veces) por esos días–. No eres escritor ni eres nada. Me engañaste y ya no resisto más.

Y solía agregar cuando quería rematarme:

–Si tú no quieres vivir tu vida, cuélgate de una mata, porque yo voy a hacer lo posible por vivir la mía y hasta lo imposible porque mis hijos vivan la suya.

Aun teniendo parte de razón (yo era y soy un infeliz: un no feliz), en sus descargas de odio Raquelita sufría una traición de la semántica: más que un perdedor, yo era un derrotado, y entre uno y otro estado había –hay, siempre habrá– un abismo de connotaciones e implicaciones. Y, a pesar de ello, con su huida ella también pagaba el resultado de su mala puntería: yo nunca fui el hombre que ella buscaba, y todavía no entiendo cómo alguien tan perspicaz para el cálculo cometió aquel enorme error de apreciación.

El verdadero golpe fue separarme de mis hijos, y lo sufrí amargamente cuando se convirtieron en una ausencia prolongada. Y esta vez hasta Dany hubiera tenido que admitir lo acertado de mi elección cuando escogí un culpable para lo sucedido, que no podía ser otro que yo mismo, a pesar de que, como siempre, no era el único responsable, como es fácil colegir. Esta nueva caída –¿por cuántas iba ya?, ¿llegaría a doce?– en la soledad y el vacío se completó cuando, sin fuerzas para entablar cualquier lucha, acepté, con la demanda de divorcio, la permuta de la casa de Víbora Park por dos espacios menores: por un lado una casita con jardín y dos dormitorios en el reparto Sevillano, para Raquelita y los niños, y por otro el apartamentico húmedo, interior y ya agrietado de Lawton adonde fui a parar. Reconozco, sin embargo, que sentí cierta liberación cuando me despedí de la casa familiar, llena de recuerdos, y comencé la vida de ermitaño de la que vino a sacarme, dos años después, aquella muchacha con aspecto de pajarito desvalido que, con lágrimas en los ojos, me rogó que salvara a su poodle, afectado por una obstrucción intestinal.

    Cuando ya no lo esperaba, tuve un nuevo, alarmante y esclarecedor contacto con el hombre que amaba a los perros. Fue en 1983, unos meses antes del nacimiento de Francesca, y lo puedo precisar porque recuerdo con mucha nitidez cuando Raquelita vino a decirme que alguien me buscaba y puedo verla con aquella panza desparramada, tan distinta a la que había albergado a Paolo. Si unos años antes yo me había torturado preguntándome qué conjunción astral me había llevado hasta López y me había convertido, según él, en excepcional depositario de la historia de su difunto amigo Ramón Mercader, en aquel momento me atormentaría la certeza de que el hombre que amaba a los perros no había llegado a mi vida solo por azar, sino que me había perseguido con toda intención y me seguía persiguiendo incluso después de que, por una lógica elemental, lo creyera muerto y enterrado, incluso después de que, por mi bien y mi desidia, yo me hubiera impuesto y conseguido olvidarme de él y de las reacciones adversas que me provocaba la historia que me había contado: rencor, miedo, curiosidad, asco y los cada vez más adormecidos pero todavía latentes y peligrosos deseos de escribir.

    La carta –si es que puede llamársele así a un macuto de más de cincuenta hojas escritas a mano con una caligrafía trabada, casi infantil, pero más que correctamente redactadas– me llegó por manos de una mujer, negrísima y delgada. Según me dijo, ella había sido una de las enfermeras que cuidaron de López cuando se agravó su enfermedad: la mujer, que a duras penas se sentó en la sala de mi casa y no se atrevió siquiera a inventarse un nombre para que yo la llamara, comenzó por exigirme la mayor discreción. Me contó que tenía guardados aquellos papeles desde mediados de 1978, cuando el compañero López, como lo llamaba, se los entregó antes de irse de Cuba. Para esa época el hombre había entrado en un estado de suma gravedad y tuvo que salir para someterse a un tratamiento de choque. La mujer no sabía –según dijo– ni cuál era la enfermedad ni hacia dónde había ido López, y tampoco si todavía vivía o si había muerto, aunque ella estaba segurísima de que debía de haber ocurrido lo último, tan mal estaba. Me explicó que, antes de irse, el enfermo le había pedido, muy discretamente, le hiciera el favor de entregar aquel sobre de Manila a un muchacho con quien había hecho amistad y le dio mi nombre y las señas de donde yo vivía. La enfermera le había prometido cumplir la encomienda, pero se había demorado casi cinco años porque tenía miedo de que pudiera perjudicarla a ella o a mí mismo. Perjudicarme, ¿por qué? ¿López no era un simple republicano español que trabajaba y vivía en Cuba con todas las autorizaciones imaginables? ¿O era que la enfermera había leído aquellos papeles (y descubierto otras verdades)? La mujer, resbalosa y precisa a la vez, solo me respondió la tercera pregunta y agregó una reveladora coletilla: no, no había leído la carta, tampoco le había hablado a nadie de su existencia, y esperaba de mí una discreción similar, sobre todo con respecto a ella y su papel en aquella historia. Y antes de irse me hizo un ruego que sonaba a advertencia: si alguna vez alguien me preguntaba de dónde habían salido esos papeles, ella nunca había visto nada parecido y jamás había estado en la casa del destinatario. Y se esfumó.

Apenas comencé a leer el manuscrito comprendí dos cosas: ante todo, que la extraña enfermera sin duda lo había leído y, como consecuencia de ese acto, le había tomado cinco años decidirse a traérmelo. De todas maneras, cuando terminé su lectura, entendí menos que hubiera vencido sus temores y decidido venir a verme, pero le agradecí que no hubiera destruido la carta, como tal vez yo mismo habría hecho en su situación.

En una nota que introducía el documento, Jaime López se disculpaba conmigo por no haber regresado a la playa, pero primero su ánimo y más tarde su salud se lo habían impedido: el deterioro de la salud de *Dax* y el inevitable sacrificio del animal lo había afectado mucho más de lo que él mismo hubiera esperado, y los vértigos de que sufría se habían hecho tan violentos que prácticamente no podía caminar y hasta le impedían la concentración, por lo que le habían realizado nuevos encefalogramas y cambiado el tratamiento por unas píldoras que lo mantenían en un limbo de modorra casi todo el día. Pero siempre había tenido presente que le debía «al muchacho» aquella parte de la historia y, con disculpas por su letra –yo debía de haber visto la caligrafía redonda y hermosa que antes había tenido, comentaba– y por alguna divagación que seguramente cometería, entraba en el relato de lo que conocía sobre los años finales de su viejo amigo Ramón Mercader, gracias al inesperado encuentro con aquel fantasma del pasado, justo el día en que caía la primera nevada del invierno moscovita de 1968.

Mientras leía, sentí cómo el horror me desbordaba. Según el hombre que amaba a los perros, tras aquel reencuentro casual Ramón le había ido contando los detalles que ya yo conocía de su entrada en el mundo de las tinieblas, su transformación espiritual y hasta física y sus acciones bajo la piel de Jacques Mornard y con el nombre de Frank Jacson. Pero también le había confiado todo lo que, con los años, había logrado saber de sí mismo, y de las maquinaciones y los propósitos más siniestros de los hombres que lo llevaron hasta Coyoacán y le pusieron un piolet en las manos. Si antes yo había pensado que López excedía con frecuencia los límites de la credibilidad, lo que narraba en aquella larga misiva superaba lo concebible, a pesar de todo lo que, desde nuestro último encuentro, yo había podido leer sobre el mundo oscuro pero tan bien cubierto del estalinismo.

Como es fácil colegir, aquella historia (recibida unos años antes de las revelaciones de la *glasnost*) fue como una explosión de luz capaz de iluminarme no solo sobre el destino tétrico de Mercader, sino sobre el de millones de hombres. Aquélla era la crónica misma del envilecimiento de un sueño y el testimonio de uno de los crímenes más abyectos que se hubieran cometido, porque no solo atañía al destino de Trotski, al fin y al cabo contendiente de aquel juego por el poder y protagonista de varios horrores históricos, sino al de muchos millones de personas arrastradas –sin ellas pedirlo, muchas veces sin que nadie les preguntara jamás sus deseos– por la resaca de la historia y por la furia de sus patrones –disfrazados de benefactores, de mesías, de elegidos, de hijos de la necesidad histórica y de la dialéctica insoslayable de la lucha de clases...

Pero cuando leí la carta de Jaime López no podía sospechar que tendrían que pasar otros diez años –casi dieciséis desde mi último encuentro con él– para que yo diera con las claves que al fin me permitieron encajar en su sitio revelador todas las piezas de aquel rompecabezas hecho con fichas de sordidez y toneladas de manipulación y ocultamiento: los componentes que conformaron el tiempo y moldearon la obra de Ramón Mercader. Aquellos diez años resultaron ser, además, los que vieron nacer y morir las esperanzas de la *perestroika* y les provocó a muchos los asombros que generó el destape de la *glasnost* soviética, el conocimiento de los verdaderos rostros de personajes como Ceaușescu y el cambio de rumbo económico en China, con la consiguiente revelación de los horrores de su genocida Revolución Cultural, realizada en nombre de la pureza marxista. Fueron los años de una ruptura histórica que cambiaría no solo el equilibrio político del mundo, sino hasta los colores de los mapas, las verdades filosóficas y, sobre todo, cambiaría a los hombres. En esos años se atravesó el puente que iba del entusiasmo de lo mejorable a la decepción de comprobar que el gran sueño estaba enfermo de muerte y que en su nombre se habían cometido hasta genocidios como el de la Camboya de Pol Pot. Por eso, al final, lo que parecía indestructible terminó deshecho, y lo que considerábamos increíble o falso resultó ser la punta de un iceberg que ocultaba en las profundidades las más macabras verdades de lo que había ocurrido en el mundo por el que había luchado Ramón Mercader. Aquéllas fueron las revelaciones que nos ayudaron a enfocar los bultos imprecisos que, durante años, apenas habíamos entrevisto en las penumbras y a darles un perfil definitivo, tan espantoso como ya es fácil saber. Aquéllos fueron los tiempos en los que se concretó el gran desencanto.

20

Jacques sintió cómo retrocedía en el tiempo: apenas lo vio, recordó el encuentro con Kotov, dos años antes, en la todavía apacible plaza de Cataluña. Ahora Tom, con el cuello de su cazadora abierto y sosteniendo en una mano el pañuelo estampado con que solía abrigarse el cuello, tomaba el sol raquítico de la mañana de marzo con avidez de oso recién despertado del letargo invernal. Pero en aquellos dos años todo había cambiado para la vida y las esperanzas de Ramón. Aquel encuentro, en un banco de los Jardines de Luxemburgo, era una prueba de muchas transformaciones, que incluían la difuminación del sueño español y los kilos perdidos por el asesor desde la última vez que se vieran.

–¡Qué bendición!, ¿no? –dijo Tom, sin moverse de su posición.

–Menos mal que tú prefieres los parques y no los cementerios –comentó y se acomodó junto a su jefe. Ante él quedó una amplia vista del estanque, el palacio y los jardines, donde algunas flores amarillas de corazón púrpura, nacidas incluso en los últimos islotes de nieve, pugnaban por anunciar el fin del invierno. Con el regalo del primer sol primaveral, los ancianos y las nodrizas se habían apropiado de los bancos y Tom parecía ufano y feliz.

–Moscú era un témpano de hielo.

–¿Vienes de allá?

El soviético asintió apenas. Jacques encendió un cigarrillo y esperó. Ya conocía aquellos ritos.

–Quise irme a Madrid con lo que queda de la República pero me ordenaron salir. Bueno, ya no hay mucho que hacer. El final es cuestión de días... *Bliat'!*

Jacques sintió que la indignación de Ramón otra vez lo asediaba, pero supo contener un arranque de ira que podía resultar inapropiado. Desde hacía varios días vivía arrastrando la rabia que le produjo saber que Gran Bretaña y Francia llegaban al extremo del cinismo con el reconocimiento del caudillo fascista como legítimo gobernante español.

Y ahora los franceses, siempre orgullosos de su democracia republicana, no solo internaban a los refugiados en campos de concentración, sino que llegaban al extremo de nombrar a Pétain su embajador ante el gobierno de Franco cuando aún existía la República. Lo que más le dolía, sin embargo, era haber leído en los periódicos parisinos que los soviéticos también se habían desentendido de España cuando vieron llegar el desastre final.

–¿Qué dicen en Moscú? –se atrevió a preguntar.

–Lo que tú y yo sabemos: que sin unidad no se puede vencer al enemigo. Y es verdad: ahora mismo los republicanos se están matando entre ellos en Madrid, mientras Franco se hace limpiar las botas para ir a desfilar por la Gran Vía. Pobre España, no es fácil lo que le espera...

Jacques lamentó haber preguntado. Para las derrotas, invariablemente había un argumento y un culpable previsible, siempre el mismo.

Tom permaneció en silencio, todavía inmóvil, como si lo único importante fuese recibir aquellos desleídos rayos de sol.

–Me reuní en Moscú con Beria y Sudoplátov, el oficial operativo que va a servirnos de enlace. Stalin nos pidió que echáramos a andar la máquina.

–¿Salimos para México? –Jacques Mornard lamentó de inmediato que su ansiedad lo traicionara.

–Tú no vas a ningún lado, todavía no. Yo salgo en unos días. El Pato se compró una casa y va a mudarse. Tengo que reconocer el terreno, hacer ajustes, organizar algunas cosillas... El juego de ajedrez.

–¿Y yo qué hago?

–Esperar, mi querido Jacques, esperar. Y, entretanto, que no se te ocurra hacer otra locura... Eso de exhibirte en Le Perthus y andar repartiendo golpes... –Tom había bajado lentamente la cabeza y, luego de pasarse el pañuelo por la cara, como si quisiera limpiarse del sol, posó una mirada fría y distante en Jacques Mornard, que sintió cómo se helaba por dentro–. Yo siempre lo sé todo, *múdak*... No juegues conmigo. Nunca. Un día te puedo arrancar los cojones y...

El joven se mantuvo en silencio. Cualquier argumento podía empeorar su situación.

–Yo sé que es duro para un hombre como tú –siguió Tom, mientras se anudaba el pañuelo en el cuello–, pero la disciplina y la obediencia son lo primero. Creí que lo habías aprendido... –dijo y volvió a mirar a su pupilo–. ¿Qué es más importante, un impulso personal o la misión?

Jacques sabía que era una pregunta retórica, pero la pausa de Tom lo obligó a responder.

—La misión. Pero yo no soy de hielo...

—¿Qué es más importante —continuó el otro, subiendo el tono—, conservar el terreno ganado o perder a alguien de quien esperamos tanto? No me respondas, no me respondas, solo piensa... —Tom le dio tiempo para pensar, como si realmente fuera necesario, y agregó—: Vamos a abrir otras líneas en México. Casi tenemos que empezar desde el principio, plantar los operativos posibles y decidir en unos meses cuál de ellos vamos a utilizar. Pero tú irás por tu propio rumbo, sigues siendo mi arma secreta. Y no me puedo dar el lujo de perderte. Ya sé que no eres un pedazo de hielo... Le hablé de ti al camarada Stalin y está de acuerdo en que te conservemos como nuestra carta de triunfo.

Ramón no podía creerlo: ¿el camarada Stalin sabía de él?, ¿conocía su existencia?, ¿entre sus infinitas preocupaciones también estaba él? A duras penas consiguió controlar su orgullo para ponerse a la altura de las circunstancias, confesando lo que consideraba su mayor debilidad:

—Disculpa, Tom, pero es que hay días en que no puedo dejar de ser Ramón Mercader.

—Eso ya lo sé, y es lógico que así sea. Pero Jacques Mornard tiene que saber controlar a Ramón Mercader. Ése es el punto. ¿Podrás soltar o retener a voluntad a Ramón Mercader?

—No sé...

Tom movió el torso y las nalgas por primera vez. Buscó la mejor posición para mirar al joven y le sonrió.

—Ahora viene un momento importante para ti: vas a ser a la vez Ramón Mercader y Jacques Mornard. Tienes que aprender a sacar a uno y a otro en cada momento específico, porque si te llega la ocasión, debes salir de Jacques para entrar en Ramón casi sin pensarlo. Para los que te conocen en París seguirás siendo Jacques Mornard. Mientras, Ramón va a relacionarse otra vez con Caridad, con sus hermanos, y para ese círculo íntimo va a ser un comunista español lleno de odio contra los fascistas y los trotskistas quintacolumnistas y traidores burgueses que acabaron con la República y que darían cualquier cosa por hacer desaparecer a la Unión Soviética.

—No te preocupes. Tengo ese odio clavado aquí —y se señaló el pecho, donde sentía latir el odio, muy cerca de donde palpitaba el orgullo.

—Desde ahora Caridad es parte de la operación. Ella, tú y yo formamos un equipo. Lo que hagamos nada más lo sabremos nosotros.

George Mink queda fuera de ese círculo... Óyeme bien, muchacho: estamos en el centro de algo muy grande, algo histórico, y tal vez la vida te dé la oportunidad de prestar un servicio impagable a la lucha por la revolución y el comunismo. ¿Estás listo para hacer algo que puede ser la mayor gloria para un comunista y la envidia de millones de revolucionarios en el mundo?

Ramón Mercader observó unos instantes los ojos de Tom: eran tan transparentes que casi podía ver a través de ellos. Recordó entonces el cadáver de Lenin y los vidrios en que se había visto a sí mismo, superpuesto al rostro del Gran Líder. Y se supo un privilegiado.

–No lo dudes un segundo –dijo–. Estoy listo.

Ramón se sintió más cómodo desde que pudo convivir con Jacques Mornard como si fuera un traje que se usa solo para ciertas ocasiones.

Durante las semanas de espera, que se convirtieron en meses, obligó al belga a escribir con frecuencia a Sylvia, prometiéndole siempre un cercano reencuentro, paseó con él por París y frecuentó las amistades de la mujer, especialmente a la librera Gertrude Allison y a la joven Marie Crapeau, con la que varias veces fue al cine a ver las comedias de los hermanos Marx, que los dos disfrutaban hasta llorar de la risa. Jacques acudió al hipódromo, convertido en punto de encuentro de los centenares de espías, de todas las banderas imaginables, que pululaban por la ciudad, y al famoso Café des Deux Magots y otros sitios predilectos de una bohemia parisina pasmosamente ajena a los peligros que se advertían en el horizonte.

Mientras, Ramón, en compañía de Caridad, viajó con el joven Luis, recién regresado de España, y con la reaparecida Lena Imbert hasta Amberes, donde los jóvenes embarcaron con destino a la Unión Soviética para que Luis continuara sus estudios y creciera como revolucionario en la patria del proletariado y entre los comunistas españoles acogidos al exilio. En varias ocasiones visitaron a su hermana Montse, radicada en París con su recién adquirido esposo, Jacques Dudouyt, cuya única característica notable, según Caridad, era su calidad como cocinero.

Buscando señales de los nuevos tiempos, Ramón y Caridad siguieron con interés las informaciones que llegaban desde Moscú, donde el camarada Stalin protagonizaba un nuevo Congreso del Partido ante el cual, con su valentía habitual, se atrevía a criticar los excesos de ciertos funcionarios durante las purgas y procesos de los años anteriores.

Como ya esperaban, la cabeza de Yézhov recibió las mayores reprimendas y le auguraron un desenlace similar al de su antecesor, Yagoda. Pero lo más importante para el país de los Sóviets, en aquel tiempo de definiciones ante las amenazas de guerras imperialistas, era conseguir la unidad perfecta del pueblo en torno a un partido monolítico, como el que emergió de un congreso en el cual el Secretario General destituyó a más de tres cuartas partes de los miembros del Comité Central elegido cuatro años antes, y los sustituyó por hombres de incombustible fe revolucionaria. Las exigencias del presente se imponían y el camarada Stalin preparaba al país para la más férrea resistencia ideológica.

Ramón descubrió en ese tiempo que su relación con Caridad comenzaba a tomar un cariz diferente. El hecho de que ahora fuese él quien estuviera en el centro de una misión cuyas proporciones ella no pudo ni siquiera vislumbrar la madrugada en que se presentó en la Sierra de Guadarrama, lo colocaba a una altura a la que su madre no podía acceder: su tendencia a controlar destinos tuvo que replegarse ante poderes que la desbordaban. Tal vez la influencia de Tom había contribuido a aquel cambio, exigiéndole a la mujer mantenerse en el sitio que ahora ocupaba en una relación triangular que tanto dependía del equilibrio de las partes. Ver que Caridad dejaba de ser una presencia opresiva lo alivió y contribuyó a que su forzada inactividad no se complicara con roces innecesarios.

Fiel a su movilidad trepidante, Tom había partido hacia Nueva York y México a principios de abril, poco después de la entrada definitiva de las tropas franquistas en Madrid. Cuando regresó, a finales de julio, el agente traía consigo una mezcla de satisfacción y preocupaciones por el progreso de una operación que todavía se deslizaba a un ritmo cauteloso.

Durante la semana que, por sugerencia de Tom, fueron a pasar en Aix-en-Provence, además de recorrer la ruta de Cézanne y disfrutar de las sutilezas de la comida provenzal, que el asesor adoraba, Ramón y Caridad conocieron los detalles del mecanismo puesto en marcha. Por una vía paralela a la suya, les explicó Tom, el camarada Griguliévich (desde el principio Ramón se preguntaría si aquél no sería el nuevo nombre de George Mink) se había establecido en México y comenzado a trabajar con la tribu local que eventualmente realizaría una acción contra el Pato. Valiéndose de un enviado del Komintern, habían comenzado por recabar el apoyo del Partido, para descubrir (sin demasiada sorpresa) que dos de sus líderes, Hernán Laborde y Valentín Campa, no se atrevían a sumarse a una posible acción, esgrimiendo el pretexto de que consideraban a Trotski un cadáver político y que cualquier acto violento en su contra podría complicar las relaciones del Partido con el presidente Cárdenas. Aquel titubeo de los dirigentes no había impedido establecer otros dos objetivos: la posibilidad de encontrar un grupo de militantes dispuestos a realizar una acción armada contra el renegado, y la preparación de una campaña masiva de rechazo a la presencia de Trotski en México, con la que se buscaba crear un estado de opinión adverso, incluso agresivo, contra el exiliado.

Mientras, en Estados Unidos, los colegas de Tom habían logrado infiltrar a varios jóvenes comunistas entre las filas de los trotskistas con la intención de conseguir que alguno de ellos fuera enviado como guardaespaldas a la madriguera del Pato. Ese hombre, si lograba ser colocado en el interior de la casa del renegado, tendría la misión de informar sobre sus movimientos y, según uno de los planes previstos, facilitar incluso la entrada de un comando o un agente solitario encargado de perpetrar el atentado. Como el propio Tom había podido comprobar, la nueva casa de Trotski era prácticamente inexpugnable: a las características del edificio (altos muros, portones blindados, el río que corría a su lado y hacía casi imposible el acceso por ese flanco) se habían añadido un sistema de vigilancia compuesto por siete hombres armados, a los que se sumaban los policías mexicanos que protegían la residencia, y un mecanismo eléctrico que activaba luces y disparaba alarmas.

–Hasta que tengamos a ese hombre ahí dentro, la cocinera que trabaja en la casa del Pato nos va a mantener informados. Es una agente del Partido.

–¿Y dónde encaja Jacques en esos planes? –quiso saber Ramón, que no se encontraba en aquel tablero mortal, dibujado en todos sus detalles, y donde la figura del renegado parecía perfectamente rodeada, sin la mínima posibilidad de escape.

–Todos tienen su sitio. Jacques va a seguir avanzando, no te preocupes –dijo el asesor y bebió de su copa de vino.

Tom, Caridad y Ramón ocupaban una de las mesas que los dueños del restaurante, aprovechando la estación veraniega, habían colocado en la acera aneja al paseo principal de la ciudad. Ya habían escogido los platos –Ramón, por pura coincidencia, se había decantado por una receta de pato– y ordenado un vino ligero y fresco que les despertaba el apetito. Su imagen era la de tres apacibles burgueses en plan turístico y las maneras en la mesa de Caridad y Ramón, el sombrero panameño de Tom, los mundanos gustos gastronómicos de cada uno de ellos, los hubiera colocado en la categoría de burgueses ilustrados, conocedores de los placeres de la vida que se compran con dinero.

—Cuando me den la orden, los tres nos vamos a México —dijo Tom y miró a Ramón—. El papel de Jacques Mornard en esta cacería depende de muchas cosas todavía lejanas. Pero sería crucial que Sylvia pudiera introducirlo en la casa. Todavía no sabemos si conseguiremos meterles al espía americano, así que la posibilidad de que Jacques esté cerca podría ser importante. Y si fuera necesario, si todo lo que estamos planeando fallara o no resultara seguro por una u otra razón, entonces Jacques entraría en acción.

—¿Y por qué no utilizan a la cocinera? —preguntó Caridad—. Lo puede envenenar...

—Ése sería el último recurso. Stalin ha pedido algo que suene, un castigo ejemplar.

—¿Y no podría hacerlo el americano? —insistió la mujer.

Tom la miró y se sirvió más vino.

—En principio, sí. Podría ser un trotskista desencantado que se peleó con su líder... Pero ¿y si falla y lo detienen? ¿Quién garantiza el silencio de ese hombre? —Tom abrió una pausa expectante, para responderse a sí mismo—. Ése es un riesgo que no podemos correr... Nunca, en ningún caso, la Unión Soviética y el camarada Stalin pueden verse involucrados en la acción. ¿Me estás oyendo, Ramón? —la voz del hombre había quebrado su ritmo monótono para tornarse enfática—. Por eso estamos trabajando con el personal mexicano, para que parezca una cosa de política y rencillas locales. Los mexicanos no tendrán información ninguna de la conexión de Griguliévich conmigo y menos de la mía con Moscú. Estamos pensando que algún hombre nuestro, supuesto republicano español que los conoció en la guerra, ayude a Griguliévich y los controle desde dentro. Si ellos hacen bien las cosas, pues felicidades, el trabajo estaría cumplido y nosotros habríamos tenido unas vacaciones en el trópico.

—La Ciudad de México no es muy tropical que digamos —se atrevió a rectificarlo Caridad y Tom rió, ruidosamente.

—Querida, el trópico está en cualquier lugar donde no haya que vivir la mitad del año cagándose de frío y caminando entre la puta nieve.

París parecía a punto de fundirse bajo el sol y el miedo: las temperaturas bélicas, increíblemente altas durante aquel caluroso agosto, habían deshecho al fin las displicencias de los políticos y dado paso a una nerviosa preocupación por la creciente agresividad de los discursos nazis, que ya habían provocado la movilización del ejército y los reservistas. Circulaban noticias alarmantes de grandes concentraciones de tropas en Alemania, y se discutía sobre cuáles podían ser los próximos objetivos de un imperio agresivo que ya se había tragado a Austria y parte de Checoslovaquia y contaba ahora con un aliado agotado pero fiel al sur de los Pirineos. Después de muchas dilaciones y autoengaños, la inminencia de la guerra se instalaba en el miedo de los parisinos.

Tom había desaparecido de nuevo, sin anunciar cuál era su destino. Ramón, empleando con más frecuencia a Jacques Mornard, merodeó con insistencia el mundo que había compartido con Sylvia, pues encontró en los círculos trotskistas unos niveles de alarma que rozaban la histeria. Desde México, el exiliado se había lanzado a una campaña de advertencia sobre lo inminente de una conflagración militar y en cada ocasión volvía a expresar su temor por la debilidad defensiva soviética a consecuencia de las purgas a que fuera sometido el Ejército Rojo durante los dos años anteriores. Jacques Mornard, siempre ajeno a las pasiones políticas, escuchaba aquellos argumentos y no podía dejar de advertir en ellos una subterránea incitación a los enemigos de la Unión Soviética a aprovechar aquella coyuntura sobre la que tanto insistía el renegado.

La mañana del 23 de agosto, cuando una Caridad desencajada y nerviosa, como devuelta a los días turbios del pasado, llegó al departamento de Jacques, el joven, que bebía el tazón de café con el cual trataba de despejar los efectos del champán consumido la noche anterior, adivinó la gravedad de unos acontecimientos que de inmediato la mujer le revelaría y terminarían de despertarlo de pura conmoción.

–La Unión Soviética y los nazis han firmado un pacto –susurró Caridad, en español, y aunque el joven no entendió qué significaban aquellas palabras, a qué locura se referían, sintió que era Ramón quien, ya totalmente lúcido, escuchaba a su madre–. Lo están diciendo en todas las emisoras. Los periódicos van a sacar ediciones al mediodía. Lo han firmado Molotov y Ribbentrop. Un pacto de amistad y no agresión. Pero ¿qué coño está pasando?

Ramón trató de procesar la información, pero sentía que algo se le escapaba. ¿El camarada Stalin pactaba con Hitler? ¿Lo que predecía el Pato había ocurrido?

–¿Qué más dicen, Caridad? ¿Qué más dicen? –gritó, de pie ante la mujer.

–¡Eso es lo que dicen, *collons!* ¡Un pacto con los fascistas!

Ramón esperó unos segundos, como si necesitara que la sacudida se diluyera entre las razones que comenzó a perseguir desesperadamente, como aquellos cerdos buscadores de trufas en el Dax de su adolescencia, y se aferró al poste más sólido que tenía a mano:

–Stalin sabe lo que se hace, siempre lo sabe. No te apures, si firmó un acuerdo con Hitler es porque tiene razones para hacerlo. Por algo lo ha hecho...

–En la Concorde y en Rivoli han quemado banderas soviéticas. Mucha gente dice que va a renunciar al Partido, que se siente traicionada... –Caridad hurgó más en la herida.

–Los putos franceses no pueden hablar de traición, ¡coño! Ribbentrop estaba dándose la lengua con ellos aquí en París mientras Franco masacraba a los republicanos.

Caridad se derrumbó en el sofá, sin fuerzas para rebatir o apoyar las palabras de Ramón, quien, a pesar de la convicción que acababa de expresar, no conseguía superar el vértigo que lo dominaba. ¿Dónde coño estaba Tom? ¿Por qué no llegaba con sus argumentos? ¿Cómo podía haberse largado precisamente ahora, cuando él más lo necesitaba?

–¿Y cuándo cojones llega Tom? –gritó al fin, sin plena conciencia de hasta qué punto dependía de las ideas y palabras de su mentor.

Durante años Ramón recordaría aquel día amargo. Rotos todos los esquemas que apuntalaban sus creencias, se enfrentaba a lo inconcebible, pues se había concretado el acercamiento entre Stalin y Hitler que Trotski había anunciado durante años. Tal como llegaría a saber unos meses después, la desilusión resultó tan dolorosa que varios comunistas españoles, presos en las cárceles franquistas, se suicidaron de vergüenza y desencanto al saber del acuerdo: aquélla era la última derrota que podían resistir sus convicciones.

Al día siguiente, cuando un Ramón lleno de dudas, con la radio puesta y rodeado de periódicos, abrió la puerta seguro de que otra vez encontraría a Caridad, el rostro sonriente con que se topó tuvo el efecto inmediato de devolverle el sosiego extraviado durante un día y medio.

–Una jugada maestra –dijo Tom y palmeó el hombro de Ramón cuando pasó por su lado–. Una jugada increíble...

–¿Estabas en Moscú? –la ansiedad todavía lo dominaba.

–¿Preparas un café? –El recién llegado barrió con una mano los periódicos que ocupaban el sofá, sin poner un énfasis especial en su acción: solo limpiaba un sitio donde se había acumulado basura para acomodarse mejor, con un suspiro, como si estuviera muy fatigado–. Llevo dos días casi sin dormir –comentó y Ramón entendió el mandato. Se fue hacia la cocina para preparar el café y desde allí escuchó a Tom–. Dime la verdad, ¿qué pensaste? Va a quedar entre tú y yo.

Ramón notó que, a pesar del calor, las manos se le enfriaban.

—Que Stalin sabe lo que hace.
—¿De verdad? Pues te felicito, porque nunca el camarada Stalin ha estado más seguro de algo. Incluso está seguro de las dudas de los comunistas europeos.
—Yo soy un comunista español —precisó él y escuchó la carcajada de Tom.
—Sí, claro, y recordarás que hace un año las democracias europeas aceptaron calladitas que Hitler se comiera un pedazo de Checoslovaquia. ¿Y ahora no quieren que Stalin proteja a la Unión Soviética?

Ramón salió con el café, servido en dos grandes tazas, y casi con prisa Tom comenzó a beber de la suya.

—Óyeme bien, muchacho, porque debes entender lo que ha pasado y por qué ha pasado. El camarada Stalin necesita tiempo para rehacer el Ejército Rojo. Entre espías, traidores y renegados, hubo que purgar a treinta y seis mil oficiales del ejército y cuatro mil de la marina. No hubo más remedio que fusilar a trece de los quince comandantes de tropa, sacar a más del sesenta por ciento de los mandos. ¿Y sabes por qué lo hizo? Pues porque Stalin es grande. Aprendió la lección y no podía permitir que nos ocurriera lo mismo que a ustedes en España... Ahora, dime, ¿crees que así se puede pelear contra el ejército alemán?

Ramón probó su café. Una cuña de lógica empezaba a apartar la densidad de las dudas. Tom se inclinó hacia él y continuó.

—Stalin no puede permitir que Alemania invada Polonia y llegue hasta la frontera soviética. Primero estaría el factor moral, eso sería como entregarles una parte de nosotros. Y, luego, el militar: desde Polonia los fascistas estarían a un paso de Kiev, Minsk y Leningrado.

—¿Y qué garantiza el pacto?

—Para empezar, que Polonia oriental será nuestra. Es la mejor manera de mantenerlos lejos de Kiev y Leningrado. Con los alemanes a esa distancia y con un poco de tiempo para preparar mejor el Ejército Rojo, quizás nunca se decidan a atacar la Unión Soviética. Eso es lo que Stalin busca con este pacto. ¿Empiezas a entender? —Ramón asintió y él, reclinándose, continuó—: Las cuentas están claras. El ejército alemán tiene ochenta divisiones. Les alcanzan para lanzarse sobre Occidente o sobre la Unión Soviética, pero no sobre los dos frentes a la vez. Hitler lo sabe y por eso aceptó firmar. Pero ese papel no significa nada, no quiere decir que renunciemos a nada. Míralo como una solución táctica, porque tiene un único fin: ganar tiempo y espacio.

—Entiendo —dijo Ramón mientras sentía cómo sus tensiones bajaban—. De todas maneras... —comenzó, pero Tom lo interrumpió.

–Me alegra que lo entiendas, porque vas a tener que aceptar muchas cosas que a otros les pueden parecer extrañas. La guerra está al doblar la esquina, y cuando empiece tendremos que tomar decisiones muy graves y caerán acusaciones terribles sobre nosotros. Pero recuerda que la Unión Soviética tiene el derecho y el deber de defenderse, aunque sea a costa de Polonia o de quien sea... Por suerte tenemos al camarada Stalin, y él ve más lejos que todos los políticos burgueses... Tan lejos que dio la orden de que te pongas en marcha.

Ramón sintió una sacudida. El giro imprevisto de la conversación, que de pronto lo incluía a él en una maniobra política gigantesca, borró los últimos vestigios de duda y lo llenó de orgullo.

–¿Ya ha dado la orden?

–Empezamos a acercarnos... Todo depende de lo que pase en los próximos meses. Si los alemanes barren con Europa, nos ponemos en movimiento. No podemos correr el riesgo de que el Pato siga vivo. Los alemanes pueden usarlo como cabeza de una contrarrevolución. Y él está tan desesperado por tener poder, tan lleno de odio hacia la Unión Soviética, que no dudará un segundo en prestarse a ser el títere de Hitler en una agresión contra nosotros.

–¿Y qué hacemos?

Tom hurgó en el bolsillo de su camisa y sacó un pasaporte.

–No podemos arriesgarnos a que te agarre acá un cierre de fronteras... Te vas a Nueva York... Jacques Mornard se va porque la guerra va a empezar y no está dispuesto a pelear por otros. Compraste este pasaporte canadiense por tres mil dólares y vas a ver a Sylvia antes de ir a México, donde tienes un trabajo como agente de un comerciante, un tal Peter Lubeck, importador de materias primas...

–¿Vuelvo entonces a ser Jacques Mornard?

–A jornada completa, aunque con dos nombres. Según ese pasaporte, eres Frank Jacson... Y no te preocupes, Caridad y yo vamos a estar cerca de ti todo el tiempo.

Ramón observó el pasaporte donde, bajo su rostro fotografiado, leyó su nuevo nombre, y se sintió feliz por saber que se aproximaba al frente de un combate en el que se podía decidir el futuro de la revolución socialista. Cuando levantó la vista del pasaporte vio que Tom se había quedado dormido, con la cabeza colgándole hacia el hombro. De su boca empezó a salir un ronquido profundo. Lo dejó que recuperara fuerzas. Para ellos estaba a punto de empezar la guerra.

En los días lacerados por las dudas que se sucederían, y en los años dificilísimos que les seguirían, Ramón Mercader dedicó muchas horas a evocar el recuerdo de la vida de Jacques Mornard y llegó a descubrir que sentía por él dosis similares de admiración y pena. Lo que Jacques hizo en aquella ocasión, por ejemplo, fue algo mecánico, una decisión que, en ese momento, pareció ser la única posible tratándose de alguien como él: apenas desembarcado en Nueva York, abordó un taxi y se fue a ver a Sylvia. Ni siquiera consideró la idea de tomarse un par de días para disfrutar de la ciudad sin tener que arrastrar el peso muerto de aquella mujer cargante. Definitivamente, Jacques era un poco tonto y obedecía demasiado al puritanismo de Ramón y a las órdenes de Tom, pensaría él cuando estuvo en condiciones de examinar a Jacques desde una distancia crítica y de ver otras alternativas para actos como aquél.

Cuando abrió la puerta y lo vio, Sylvia estuvo a punto de desfallecer. A pesar de las cartas donde él le ratificaba su amor, su promesa de matrimonio y la cercanía del reencuentro, aquella mujer, obnubilada como estaba y estaría hasta el instante mismo en que fue brutalmente expulsada de su sueño, tembló cada día que duró la separación, temiendo que aquel regalo del cielo se le esfumara y la devolviera a su soledad de treintañera fea y sin expectativas. Durante aquellos meses de lejanía había sufrido cada instante pensando que Jacques podía enamorarse de otra mujer, o que no encajaría en su vida de siempre, tan llena de reuniones y trabajos políticos, o que Jacques era demasiado hombre para tan poca mujer... Ahora, la felicidad de tenerlo frente a ella le hizo brotar lágrimas, mientras lo besaba como si quisiera hacerlo definitivamente real con el calor de sus labios.

–Mi amor, mi amor, mi amor –repetía, como una posesa, mientras comenzaba a arrastrar a Jacques hacia la habitación del pequeño departamento de Brooklyn.

Esa noche, saciados sus apetitos, Sylvia al fin pudo saber que su amante se había convertido en un desertor. Él le explicó que su sostenida decisión de no enrolarse en el ejército lo había llevado a buscar un pasaporte en el mercado negro, gracias al cual pudo salir de Francia. La generosidad de su madre le había proveído de dinero para la compra del pasaporte (se han puesto carísimos por la guerra, dijo), para el viaje y para traer unos cuantos miles de dólares más con los cuales podrían vivir en Nueva York hasta que apareciese algo económicamente satisfactorio. Ante la decisión de su hombre, que venía en su busca tras quemar sus naves, Sylvia se sintió aturdida de felicidad.

Jacques insistió en que salieran a cenar. Ella le propuso un restaurante cercano, mientras planificaba los paseos que darían para familiarizar a su amante con Nueva York. En el quiosco de prensa, el vendedor se disponía a cerrar las persianas y Jacques se apresuró para comprar algún diario de la tarde. Nada más llegar al quiosco, el titular repetido en todos los vespertinos se prendió en su retina: esa madrugada Alemania había invadido Polonia.

Con varios periódicos en las manos, entraron en el modesto restaurante, amueblado con mesas de formica, se acomodaron y comentaron que aquella acción era, sin duda, el inicio de la guerra. Las reacciones británica y francesa a la invasión alemana eran de un tono que solo podía conducir a una declaración de guerra, y se especulaba si también Estados Unidos se sumaría. Mientras leía, Jacques comprendió que, una vez más, Tom había analizado con agudeza la estrategia soviética, y supo que ahora se hallaba unos pasos más cerca del cumplimiento de su misión.

Sylvia resultó ser una excelente guía en la ciudad. Por su trabajo político y sus acciones comunitarias conocía cada palmo de la metrópoli. Jacques pudo ver con sus propios ojos la convivencia, en un espacio limitado, del rutilante esplendor y la mezquina pobreza sobre los que se sostenía aquel espejo del capitalismo. Con Tom aún en Europa, dedicó todo su tiempo a Sylvia y se sintió orgulloso de poder satisfacer las necesidades de la siempre hambrienta mujer.

Tal como habían quedado, a partir del 25 de septiembre Jacques se trasladó, en días alternos, a un bar de Broadway donde, en algún momento, Tom lo encontraría para pasarle las nuevas instrucciones. El pretexto dado a Sylvia fue la necesidad de buscar a un viejo compañero de estudios, radicado desde hacía años en la ciudad, y con suficientes relaciones como para conseguirle un buen trabajo.

La tarde del 1 de octubre, cuando vio entrar a Andrew Roberts, vestido con una elegancia deslumbrante y exhibiendo unas maneras sofisticadas, Ramón sintió oleadas de envidia. ¿Cuántas pieles podía usar aquel hombre? ¿Cuáles de las historias que le había contado serían ciertas? Además de su fidelidad a la causa, ¿qué parte visible de él era real? Ahora parecía un actor de aquellas películas de matones de Chicago que tanto gustaban a los norteamericanos. Incluso su risa se adecuaba a su aspecto, cinematográfico y gangsteril.

–¿Mucho trabajo? –preguntó en inglés al sentarse junto a Jacques.

–Diría que demasiado, míster Roberts. Esa mujer siempre quiere más.

–Usa tu furia española. Si fueras sueco, estarías jodido –y rió sonoramente, mientras se dirigía al barman–: Lo de siempre, Jimmy. Y también para mi amigo.

—¿Y Caridad? —preguntó Jacques, ocultando su sorpresa por la familiaridad con que Roberts trataba al barman.

—Por ahora olvídate de ella. Te quiero todo el tiempo viviendo y pensando como Jacques Mornard.

—¿Por qué has tardado tanto?

—Con la guerra todo se complicó. Tuve que buscar un pasaporte nuevo, no podía salir como polaco.

—¿Y qué has sabido de México?

—Todo marcha. Te necesito allá en dos semanas.

—¿Para hacer algo?

—Tienes que familiarizarte con el terreno. Desde que el Ejército Rojo entró en Polonia, las cosas se están moviendo como el camarada Stalin lo tenía previsto. Presiento que la orden está al darse.

Míster Roberts recibió el vodka helado y, antes de que el barman colocara la pequeña copa ante Jacques, ya él le devolvía la suya, vacía.

—Hoy tiene sed, míster Roberts —dijo Jimmy, que rellenó la copa y se retiró.

—En unos días Europa se va a convertir en un infierno —suspiró Roberts.

—¿Me llevo a Sylvia?

—De momento es preferible dejarla por aquí. Tienes un trabajo en México en una empresa importadora. Tu amigo belga te puso en contacto con el señor Lubeck, que necesitaba a alguien que hable varios idiomas y sea capaz de brindarle más confianza que un mexicano. Es un trabajo fácil y bien remunerado... A Sylvia la necesitaremos en México más adelante, cuando tú domines el terreno.

—¿Y el espía americano?

El barman regresó con otro vodka y Roberts le regaló su sonrisa de hombre duro y de éxito.

—Todavía nada. Pero así es mejor. Si llegase ahora, sería demasiado pronto. Griguliévich está viéndoselas negras con los mexicanos. Cada uno quiere hacer las cosas a su manera y hacerlas mañana mismo.

Jacques probó su vodka y Roberts vació el suyo.

—Desde ahora eres Jacson para todos los asuntos legales; para Sylvia y las gentes que conozcas a través de ella, eres Jacques. Cuida tu forma de hablar. La idea es que poco a poco vayas mejorando tu castellano.

El barman retiró la copa vacía y la devolvió llena. Roberts le sonrió. Lentamente Jacques terminó su vodka.

—Te veo preocupado, muchacho —dijo Roberts.

—A veces tengo miedo de que todo esto —Jacques Mornard abrió las manos, hacia el bar, hacia la ciudad— sea sólo por gusto. Llevo dos años preparándome para algo que quizás nunca haga. Dejé a mis compañeros en España, no tengo un solo amigo, me he convertido en otra persona y todo puede haber sido en vano.

Míster Roberts lo dejó terminar y se mantuvo unos instantes en silencio.

–Este trabajo es así, muchacho. Se lanzan muchos sedales, aunque haya un solo pez. Cada uno de nosotros es un sedal. Alguno tendrá la posibilidad de atrapar el pez y los otros volverán vacíos, pero habrán cumplido su función dentro del agua. Sería crucial que consiguieras acercarte al Pato. Todo lo que sepamos de cómo funciona esa casa nos va a ayudar mucho. Pero, mientras, seguirás siendo un sedal con un anzuelo en la punta. Y te aseguro que vas a ser el que más cerca esté del pez, con la mejor carnada. En el momento definitivo, quizás no te lleves toda la gloria, pero habrás hecho tu trabajo, disciplinada, silenciosamente, y aunque nunca nadie sepa que estuviste tan cerca de la gran responsabilidad, los hombres del futuro tendrán un mundo más seguro y mejor gracias a gentes como tú.

–Te agradezco el consuelo. Últimamente te gusta hablar como Caridad.

–No es un consuelo ni un discurso: es una verdad. Así que vete a México y prepárate... Recuerda que desde la primera vez que te vi en Barcelona tuve un presentimiento muy fuerte contigo y no soy de los que se equivocan así de fácil. Por eso hemos llegado hasta aquí. De los que están en México, ¿sabes cuántos conocen que yo existo? Ninguno. Y nunca lo sabrán. Si ellos son los encargados de sacar al Pato del camino, nadie sabrá jamás que hubo un tal Roberts, no, un tal Tom, bah, no, que era Grigoriev, ¿o era Kotov?, en fin, debió de haber un hombre que los paró frente a la historia. ¿Quién fue?... Yo soy un soldado que pelea en las tinieblas y solo aspiro a cumplir mi deber. –Míster Roberts sacó unos billetes y los calzó con la copa–. Vamos, al doblar están pasando la última película de los hermanos Marx.

Jacques sonrió y miró a su mentor.

–Lo siento, míster Roberts, he quedado para cenar con mi prometida. Espero que nos veamos pronto. Gracias por la copa.

–De nada, míster Jacson. Buena suerte con su novia y con su trabajo.

Los hombres se dieron la mano y Roberts vio a Jacques alejarse hacia la salida. Entonces volvió a su silla y se acodó en la barra.

–Jimmy, creo que mi copa está vacía.

Estampó la firma de Jacques Mornard y dobló cuidadosamente la hoja. Al tratar de introducirla en el sobre rotulado con el membrete del hotel Montejo, Ramón tuvo otra vez la certeza de que los fabricantes de cuartillas y los de sobres para correspondencia debían llegar a un acuerdo: o unos les cortaban unos milímetros a las hojas o los otros les añadían unos a los sobres. Nada le molestaba más que algo que deseaba impoluto se dañara sin necesidad, y por eso metió con sumo cuidado la hoja en el sobre. Con la lengua mojó el pegamento y cerró el envoltorio, calzándolo con la lámpara para conseguir la adhesión perfecta.

Terminó de vestirse y, antes de colocarse el sombrero, escribió su nombre debajo del membrete del hotel y, en el centro del sobre, la dirección de Sylvia Ageloff. Bajó, entregó la carta en recepción y salió al paseo de la Reforma. En medio del bullicio habitual, avanzó por la acera en busca del garaje donde solía aparcar su reluciente Buick y miró con lejanía a la india que, en la esquina, vendía tortillas calentadas en un comal de piedra. El olor dulzón de la harina de maíz lo acompañó hasta que abordó el auto, negro y brillante. Sin mirar el plano de la ciudad, puso proa a Coyoacán.

Hacía una semana que Jacques Mornard, con el pasaporte extendido a nombre del ciudadano canadiense Frank Jacson (¿por qué no Jackson?, ¿a quién demonios se le había perdido aquella *k* que lo obligaba a dar explicaciones?) había llegado a la Ciudad de México y apenas había tenido tiempo de aburrirse. Además de las varias cartas que le había escrito a Sylvia, había comenzado a preparar la logística indispensable para el desarrollo de su misión y para el apuntalamiento de su personaje. Después de comprar el auto de segunda mano pero en perfecto estado, había conseguido abrir una dirección de correos en un edificio de oficinas de la calle Bucareli, dándole al encargado el pretexto de que, mientras buscaba un local, necesitaba recibir correspondencia en un sitio que no fuera el hotel. Además se había paseado por oficinas, restaurantes y comercios del centro, practicando su castellano afrancesado, y dedicó horas a leer los periódicos de mayor circulación, buscando ponerse al día en las peripecias de la política local, hasta tener un juicio aproximado del modo en que, llegado el momento y ante diferentes interlocutores, debía de hablar de cada tema. Había comprobado que, como solía ocurrir, mientras los partidos de derecha tenían muy claros sus propósitos, los de la izquierda andaban enfrascados en las más desgarradoras controversias. Por último, había vuelto a estudiar los planos de México recién comprados (los que había manoseado en París los rompió antes de salir, para evitar que Sylvia pudiera verlos en sus maletas) y recuperó la imagen de la ciudad, ahora poniendo rostro a algunas de sus calles, de sus plazas y parques.

A pesar de la falta crónica de indicaciones, condujo sin equivocarse una sola vez hasta el cruce de las calles Londres y Allende, en Coyoacán. Detuvo el coche y lo cerró. Protegiéndose del sol con las gafas oscuras de aro dorado compradas en Nueva York, observó la Casa Azul, propiedad de Diego Rivera y Frida Kahlo, donde el exiliado había vivido por más de dos años. Era una edificación rodeada de altos muros pintados de colores exultantes, y observó que en una de las paredes laterales todavía se notaba la diferente textura de los cuadrados en los que debieron de haber ventanas, tapiadas mucho después de que los muros fueran levantados: una huella del miedo. Fumando un cigarrillo se alejó en busca de la calle Morelos, para acceder a la avenida Viena, en realidad un callejón pedregoso que corría paralelo al moribundo río Churubusco. Dos cuadras antes de llegar a la fortaleza, se acercó a un pequeño comercio y pidió una gaseosa a un dependiente desdentado y legañoso. Sin el menor recato limpió la boca de la botella antes de beber. La casa, ocre y amurallada, dominaba la cuadra donde se erigía. Las torres de vigilancia, empinadas sobre las altas tapias, daban una perspectiva privilegiada a los hombres que, en ese instante, conversaban animadamente y, a intervalos, miraban hacia el interior de la vivienda, como si esperaran algo. En la esquina habían levantado una caseta de madera frente a la que había un policía, y descubrió a otros dos uniformados que merodeaban frente al portón de planchas de acero por el que debían de acceder los autos. Una puerta más pequeña, a la derecha, servía para dar paso a visitantes y moradores. El ambiente en los alrededores exhalaba una pobreza secular, y a Jacques Mornard le vino a la mente la imagen de un castillo medieval rodeado de las casuchas de los siervos.

Bebida apenas media gaseosa, avanzó hacia la casa fortificada. Trató de fijar en su mente cada detalle, cada árbol y piedra hundida en la tierra de la denominada avenida. Sin detenerse, con el sombrero y las gafas puestas, pasó frente a la madriguera del Pato. Si en la Casa Azul había advertido huellas del miedo, ahora tenía a su lado un monumento a la zozobra. El hombre que se había enclaustrado tras aquellas paredes estaba convencido de que su vida había sido marcada por una cruz indeleble y debía de saber que, llegado el momento, ni el acero, ni las piedras, ni las vigilancias podrían salvarlo, porque era un condenado por la historia.

Mientras doblaba la esquina y descubría a otros dos policías en aquel sector del muro, escuchó un chirrido metálico y aminoró el paso para mirar por encima del hombro. El portón se abría y un auto –un Dodge, lo registró de inmediato– se asomó a la calle pedregosa. Un hombre rubio y corpulento iba al timón y otro, de mirada dura, con un fusil erguido entre las piernas, ocupaba el asiento del copiloto. Desde una torre llegó la voz que, en inglés, advertía que todo estaba limpio, y no bien el Dodge salió a la calle, el portón comenzó a cerrarse. Jacques dio dos pasos hacia la edificación más próxima y, violando una regla elemental, se volvió para contemplar el paso del auto, a través de cuyas ventanillas traseras vio a una mujer, de pelo claro, que se encajó en la imagen ya estudiada de Natalia Ivánovna Sedova, y, detrás del conductor, apenas a unos metros de sus manos, topó con la cabeza encanecida, el rostro afilado y alargado por la perilla, del Gran Traidor. El coche tomó velocidad, levantó el polvo de la calle y enrumbó hacia la salida de la ciudad. Jacques reemprendió la marcha, recuperando la cadencia del paso de un hombre despreocupado, sin demasiado interés por lo que lo rodeaba.

Ya en su Buick, en la carretera que conducía a la ciudad, Jacques Mornard trató de imaginar cómo se sentiría si alguna vez se encontraba con aquel hombre malvado que un tiempo atrás había logrado situarse tan cerca de la gloria revolucionaria y ahora sobrevivía, justamente execrado, condenado por las infinitas traiciones que había cometido por su sed de protagonismo y su doblez esencial. Si llegaba a estar frente a él, ¿sería capaz de controlarse y no lanzarse al cuello de aquella sabandija que había alentado a los quintacolumnistas del POUM y que ahora gritaba la supuesta debilidad militar soviética? Como una erupción, Ramón Mercader brotó por los poros de Jacques Mornard. Con todas sus fuerzas deseó en ese momento que la vida le ofreciera la gran ocasión de ser el brazo impío del odio más sagrado y justo. Estaba dispuesto a pagar el precio que fuese necesario, silenciosamente, sin aspirar a nada. Y se sintió convencido de que estaba listo para cumplir el mandato de la historia.

Tom y Caridad eran una pareja de marselleses, acomodados pero no ricos, que habían decidido tomar distancia de los acontecimientos europeos y esperar la evolución de una guerra que los fascistas, de un momento a otro, llevarían a Francia. La vida en México era lo suficientemente barata como para que sus finanzas resistieran (haciendo algún que otro negocio con un hermano de Tom afincado en Nueva York) y, mientras encontraban una casa apropiada, vivían en los departamentos de Shirley Court, en la calle Sullivan, casualmente muy cerca del hotel Montejo. Hablaban a la perfección el español pero eran reservados, poco dados a la vida social, aunque muy amantes de las excursiones, en las que podían invertir hasta varios días.

Fue a principios de noviembre cuando Frank Jacson atendió a la llamada de su viejo conocido Tom, que lo invitaba a visitarlo en Shirley Court. Al llegar, a la hora acordada, Caridad lo esperaba en el pequeño portal del departamento. Dentro, sentado a la mesa del comedor, Tom revisaba unos papeles cuando Jacson entró. El asesor vestía de un modo informal, con una campera de mezclilla, un pañuelo al cuello y botas rústicas. Hasta la sonrisa con que recibió al joven era diferente de la que, un mes antes, iluminaba el rostro del hombre que entonces hacía llamarse míster Roberts.

–¡Amigo Jacson! –se levantó y le indicó los butacones de la sala–. ¿Qué tal le trata la ciudad?

Jacques se acomodó y observó que Caridad se perdía tras un tabique donde supuso que estaría la cocina.

–El café es asqueroso.

–Eso ya lo estamos remediando, ¿verdad, *ma chérie?* –Caridad dijo: «por supuesto», sin salir de la cocina, y Tom agregó–: Café cubano, ya verás.

–¿Alguna novedad? –quiso saber Jacques, mientras extraía sus cigarrillos.

–Todo avanza, el cerco empieza a coger forma.

–¿Qué debo hacer mientras tanto?

–Lo mismo: conocer la ciudad y, si te es posible, entender un poco cómo piensan los mexicanos. Mantén a Sylvia unas semanas más en Nueva York. Dile que tienes mucho trabajo montando la oficina, pues tu jefe sale de México en unas semanas.

Caridad entró con la bandeja y los pequeños pozos. Olía a café verdadero. Los hombres tomaron sus tazas y Caridad se sentó, para beber también de la suya. El humo de los cigarrillos creó una nube en la habitación. El silencio de Caridad advirtió a Jacques de que algo sucedía, y no tuvo que esperar demasiado para saberlo.

–Ramón –dijo Tom y abrió una pausa–, ¿por qué te empeñas en desobedecerme?

Sorprendido por la pregunta y por escuchar su nombre, Ramón registró en su cerebro la posible indisciplina y de inmediato la encontró.

–Quería tener una primera impresión del terreno.

–¡Qué impresión ni qué mierda! –gritó Tom y hasta Caridad se sobresaltó en su asiento–. *Iób tvoiv mat'!* ¡Tú haces lo que te digo y nada más que lo que yo te digo! *Suka!* Es la segunda vez que te sales del paño, y va a ser la última. Si intentas otra vez hacer lo que te parece, se acaba tu historia y, la verdad, muchacho, entonces no querría estar en ninguno de tus pellejos.

Ramón estaba apenado y confundido. ¿Quién podía haber delatado su presencia en Coyoacán? ¿El comerciante desdentado que le vendió la gaseosa? ¿El hombre de las muletas que dormitaba en la calle? Fuera que fuese, Tom parecía tener ojos en todas partes.

–Fue un error –admitió.

–Muchacho, yo espero errores de cualquiera. Voy a tener que vivir con los disparates de esa panda de locos mexicanos que estamos formando. Con los de esos imbéciles del Komintern que se creen los dueños de la revolución y no son más que *vedettes* a las que podemos dejar con el culo al aire nada más que con soplar. Pero no con los tuyos... Métete esto en la cabeza de una puta vez: tú no piensas, solo obedeces; tú no actúas, solo ejecutas; tú no decides, solo cumples; tú vas a ser mi mano en el cuello de ese hijo de puta, y mi voz va a ser la del camarada Stalin, y Stalin piensa por todos nosotros... *Bliat'!*

–No volverá a ocurrir, lo prometo.

El asesor lo miró, larga e intensamente, y su rostro comenzó a aflojarse.

–¿Qué te pareció este café? –preguntó entonces, con la voz más amable y hasta sonrió.

Desde aquella tarde, Jacques Mornard percibió como nunca antes la densidad viscosa de los días de pasividad. Era como si tuviese en sus manos un billete de lotería cuyo sorteo se dilataba y, con él, la calidad de su futuro. Le faltaba concentración para leer algo más que los periódicos, su carácter lo mantenía alejado de cantinas y lupanares, y optó por dormir la mayor cantidad de horas posibles. Sintió incluso deseos de que le ordenaran traer a Sylvia: así al menos tendría algo de que preocuparse, alguien con quien poner a funcionar su cerebro de Jacques Mornard e, incluso, un mediocre pero seguro desahogo de sus menguados apetitos sexuales. En compañía de Tom y Caridad hizo excursiones a las pirámides de Teotihuacán, al lago Xochimilco y a la ciudad de Puebla, que tanto le recordó algunos pueblos castellanos, con más iglesias que escuelas; un par de veces salió con Tom hacia la zona de San Ángel, a practicar el tiro con pistola y sus habilidades con armas blancas. Una noche a la semana, también acompañados por Caridad, iban a comer juntos a algún restaurante del centro, donde Tom devoraba con fruición los platos cargados de aquel picante capaz de sacarle las lágrimas a Ramón y a Caridad. Hablaban de la guerra –el ejército soviético se había lanzado en lo que debía ser una fulminante expedición contra Finlandia–, de los avances del grupo de Griguliévich, de la escalada de la campaña orquestada por Vittorio Vidali, el hombre del Komintern, contra la presencia del renegado en México, y de las purgas del Partido Comunista Mexicano que pronto se ejecutarían. Fiel a su papel, Ramón Mercader únicamente hablaba y se comportaba como Jacques Mornard, pero los acontecimientos parecían moverse a cámara lenta y la ansiedad se iba apoderando del tapiado pero palpitante Ramón. Cuando estaba solo, sin la obligación de parecer un *playboy* derrochador y divertido, el joven gastaba muchas de sus noches yendo a los cines donde daban *westerns* de estreno y volviendo a ver las películas de sus adorados hermanos Marx. Las *boutades* de Groucho, que le gustaba repetir ante el espejo, le seguían pareciendo el colmo del ingenio verbal que él nunca había tenido y que tanto admiraba en quienes lo poseían.

Cuando a mediados de diciembre Tom le dijo que ya era tiempo de hacer venir a Sylvia, Ramón Mercader supo que algo, al fin, había empezado a moverse. El sorteo podía tener lugar en cualquier momento y el olor del riesgo despejó su mente de las brumas de la inactividad obligada. La cacería del Pato había comenzado.

21

La Casa de los Sindicatos de Moscú es una obra maestra de la arquitectura rusa del siglo XIX. El arquitecto Kazakov había convertido el edificio del siglo XVIII en un club para la aristocracia moscovita, y en su lujoso Salón de las Columnas habían bailado, entre muchos, Pushkin, Lérmontov y Tolstói, e interpretado su música Chaikovski, Rimski-Korsakov, Liszt y Rajmáninov. Después de la revolución, la sala, de excelente acústica, se utilizó para reuniones del Partido y charlas de divulgación: allí se escuchó decenas de veces la voz de Lenin, allí se había montado la capilla de donde saldrían los restos del líder hacia el mausoleo de la plaza Roja. Pero Liev Davídovich estaba convencido de que el recinto iba a pasar a la posteridad por haber albergado las más grotescas farsas judiciales del siglo: y el 2 de marzo de aquel ya nefasto año de 1938, cuando volvieron a abrirse las puertas del Salón de las Columnas, él también sabía que la muerte regresaba al edificio histórico, dispuesta a recoger otra cosecha.

Desde que comenzaran a llorar el destino de su hijo Liova, Natalia y Liev Davídovich habían aprendido de manera demasiado dolorosa lo que significaba albergar una última esperanza, pues se habían aferrado a una: la vida de Seriozha. Aunque hacía meses que no habían vuelto a tener noticias del joven, el hecho de no saber si estaba muerto les permitió abrazar la improbable pero todavía concebible esperanza de que siguiese con vida. Su otra ilusión era Sieva: además de ellos, el niño era el único miembro de la familia que vivía fuera de la Unión Soviética, y le habían rogado a Jeanne que viniera con él a México, al menos por unos meses, y los ayudaran con su presencia a paliar el dolor por la pérdida sufrida.

Pero Jeanne había decidido pedir una investigación más exhaustiva de las causas de la muerte de Liova y se disponía a nombrar a un abogado, amigo de los Molinier, a pesar de que Rosenthal, el representante legal de los Trotski en Francia, era de la opinión de que no debían mezclar al grupo de Molinier con el caso. Del modo más diplomático,

Liev Davídovich le había pedido a la mujer que dejara la solicitud de investigación en sus manos, pero ella insistía en seguir adelante y había decidido que Sieva permaneciera con ella en París, pues, decía, se había convertido en su mejor soporte. Natalia Sedova, como casi siempre, fue la primera en prever que por aquel flanco se avecinaban conflictos desgarradores.

Mientras, el eficiente Étienne se había comprometido a continuar en París el trabajo con el *Boletín*. En los últimos meses Liova le había asegurado a su padre que muchas veces la publicación circulaba gracias a la dedicación de Étienne. La confianza de Liova en el joven era tal que, para casos de emergencia, le había entregado una llave del buzón donde recibía la correspondencia personal. Ahora Étienne se había brindado a seguir la tarea iniciada por Liova, junto a Klement, en la planeada constitución de la IV Internacional. Ojalá Étienne sea la mitad de eficiente que nuestro pobre Liova, había comentado Liev Davídovich, sabiendo cuánto se engañaba.

En medio de aquellos desasosiegos, la noticia de que el Consejo Militar del Tribunal Supremo volvía a sesionar en el Salón de las Columnas no lo sorprendió. El exiliado esperaba que en cualquier momento la maquinaria del terror pusiera otra vez a punto sus mecanismos, pues Stalin necesitaba culminar la obra de barrido de la memoria iniciada con el asesinato de Kírov, y construida con esmero y eficiencia a lo largo de aquellos tres últimos años. De un modo que lo hizo sentirse mezquino, trató de concentrarse en los avatares de la nueva farsa judicial, intentando alejar de su mente el obsesivo sentimiento de culpa y el dolor que lo asediaban desde la muerte de su hijo.

Cuando se develó la lista de los veintiún acusados, Liev Davídovich encontró muchos nombres previsibles: Ríkov, Bujarin, Rakovsky, Yagoda, y él, *in absentia*. También se juzgaría la memoria de Liev Sedov, su eterno lugarteniente, y a personajes menos conocidos, entre ellos médicos, embajadores y funcionarios. De los acusados, trece eran de origen judío, y tal insistencia en llevar hebreos a aquellos procesos podía leerse como otra señal de simpatía hacia Hitler y como testimonio del antisemitismo visceral de Stalin. Los cargos tampoco fueron demasiado novedosos, pues repetían las acusaciones de los juicios anteriores, aunque había más, pues siempre tenía que haber más: terrorismo contra el pueblo y los dirigentes del partido, envenenamientos... La mayor novedad era que varios de los encartados habían caído tan bajo en los mercados del espionaje y el crimen que se les culpaba de servir no ya a la inteligencia alemana y japonesa, sino además a la polaca, y no solo de querer asesinar al camarada Stalin, sino también de haber envenenado a Gorki y hasta a su hijo Max. Como no parecía que fuesen suficientemente criminales, los delitos ahora se extendían a la época de la Revolución e incluso a fechas anteriores, cuando no existía el Estado que los juzgaría. La jugada maestra de la fiscalía era acusar a Yagoda de haber actuado como un instrumento de las agresiones trotskistas, por lo que durante los diez años en los que había perseguido, encarcelado y torturado a los camaradas de Liev Davídovich y confinado en los campos de la muerte a miles de personas, sus excesos criminales se debían a órdenes contrarrevolucionarias precisamente de Trotski y no a disposiciones de Stalin...

Sintiendo cómo aquella agresión a la verdad le devolvía fuerzas, el exiliado escribió que el Sepulturero de la Revolución estaba superando toda su experiencia anterior y desbordando los recipientes de la credulidad más militante. La irracionalidad de las acusaciones era tal que le resultaba casi imposible concebir un contraataque, aunque al principio decidió responder con la ironía: tanto era su poder, escribió, que por órdenes suyas, dadas desde Francia, Noruega o México, decenas de funcionarios y embajadores con quienes nunca había hablado se convertían en agentes de potencias extranjeras y le enviaban dinero, mucho dinero, para sostener su organización terrorista; jefes de industrias devenían saboteadores; médicos respetables se dedicaban a envenenar a sus pacientes. El único problema, comentaría, era que aquellos hombres habían sido los dirigentes elegidos por el propio Stalin, pues hacía muchos años que él no nombraba a nadie en la URSS.

Las increíbles confesiones escuchadas durante los diez días que duró el proceso, y el modo en que se vieron obligados a humillarse hombres cargados de historia como Bujarin y Ríkov, no asombraron a Liev Davídovich. En cambio, le provocó una gran tristeza leer las autoinculpaciones de un luchador como el radical Rakovsky (tan al borde de la muerte que se le había permitido declarar sentado), quien reconoció haberse dejado llevar por las aventureras teorías trotskistas, a pesar de que Trotski le había confesado en 1926 su condición de agente británico. ¿A qué extremos habrían llegado las presiones para quebrar la dignidad de un hombre que había resistido años de deportaciones y encierros sin renunciar a sus convicciones y que además se sabía en el final de la vida? ¿De verdad alguno de ellos creía que, con su confesión, brindaba un servicio a la URSS, como se les obligaba a repetir? Liev Davídovich debió de reconocerse incapaz de comprender aquellas exhibiciones de sumisión y cobardía.

Un primer contratiempo del proceso mostró las costuras de su armazón. Lo protagonizó Krestinski, quien durante toda una tarde se atrevió a sostener que sus confesiones, hechas ante la policía secreta, eran falsas y se declaró inocente de todos los cargos. Pero a la mañana siguiente, cuando subió al estrado, Krestinski admitió que eran ciertas las acusaciones anteriores y algunas más, seguramente elaboradas a toda prisa. ¿Con qué argumentos habían quebrado a un hombre ya convencido de que sería fusilado? La nueva GPU estaba desarrollando métodos que espantarían al mundo el día en que se conocieran, métodos gracias a los cuales se produjo la revelación más espectacular del proceso, cuando Yagoda, tras declararse inocente y recibir el mismo tratamiento que Krestinski, confesó haber preparado el asesinato de Kírov por órdenes de Ríkov, pues éste envidiaba el meteórico ascenso del joven.

Pero la estrella del juicio, como cabía esperar, fue Nikolái Bujarin que, al cabo de un año de estancia en los fosos de la Lubyanka, parecía listo para acometer el último acto de su autodemolición política y humana. Aunque negó ser responsable de las actividades de terrorismo y espionaje más tremebundas, Liev Davídovich creyó descubrir que su táctica era aceptar lo inaceptable con una convicción y un énfasis con los cuales pretendía demostrar a los observadores más perspicaces la falsedad del sumario. El viejo revolucionario, sin embargo, advirtió el error de perspectiva que cometía Bujarin al intentar lanzar un grito de alarma a los alarmados, para quienes (a pesar del silencio que mantenían) todas aquellas acusaciones serían tan poco creíbles como las de los juicios anteriores. Pero la gran masa, la que seguía en Moscú y en el mundo el curso de los procesos, había sacado de sus palabras una sola conclusión que validaba los cargos y destruía la estrategia del reo: Bujarin confesó, dijeron, y eso era lo importante. ¿Para terminar arrodillado y lloroso, admitiendo crímenes ficticios, Bujarin había preferido volver a Moscú?, se preguntaría Liev Davídovich, recordando la dramática carta que tres años atrás le remitió Fiódor Dan.

A Liev Davídovich le parecía evidente que en los procesos Stalin exigía, más que una verdad, la destrucción humana y política a los acusados. Cuando ejecutó a los encartados en los juicios anteriores, los había obligado a morir con la conciencia de que no solo se habían escarnecido a sí mismos sino que además habían condenado a muchos inocentes. Por ello le sorprendía que Bujarin, quien sin duda había aprendido la lección de los bolcheviques que lo antecedieron en aquel trance, conservara la ilusa esperanza de salvar la vida. En una de las muchas cartas que le escribió a Stalin desde los fosos de la Lubyanka y que el Sepulturero se encargaba de hacer circular en ciertas esferas, Bujarin llegó a decirle que solo sentía por él, por el Partido y por la causa, un amor grandioso e infinito, y se despedía abrazándolo en sus pensamientos... Liev Davídovich podía imaginar la satisfacción de Stalin al recibir mensajes como aquél, que lo convertían en uno de los pocos verdugos en la historia que recibían la veneración de sus víctimas mientras las empujaba hacia la muerte... El 11 de marzo, el juicio quedó visto para sentencia. Cuatro días después, los condenados a muerte habían sido ejecutados, aseguraba el *Pravda*...

Desde que comenzara a desplegarse aquel montaje, Liev Davídovich se había ido encerrando en su habitación, pues le resultaba doloroso intentar dar respuesta a las preguntas que le hacían periodistas, correligionarios, secretarios y guardaespaldas, todos en busca de una lógica que estuviese más allá del odio, de la obsesión conspirativa y de la insania criminal del hombre que gobernaba sobre la sexta parte de la Tierra y sobre la mente de millones de hombres en todo el mundo. Liev Davídovich sabía que el único objetivo posible de Stalin en esos procesos era desacreditar y eliminar adversarios reales y potenciales y transferirles las culpas por cada uno de sus fracasos. Lo que se les escapaba era que aquella desacreditación estaba dirigida *hacia dentro* de la sociedad soviética, que en un por ciento sin duda notable debió de creerse todo lo propalado, por difícil de asimilar que resultase. El otro gran propósito era hacer extensivo y omnipresente el miedo, sobre todo el miedo de los que tenían algo que perder. Por eso los primeros destinatarios de aquellas purgas habían sido, en realidad, los burócratas: siguiendo esa estrategia, Stalin había golpeado a decenas de sus acólitos, incluidos varios miembros del Politburó y secretarios del partido en las repúblicas, estalinistas que, de un día para otro, habían sido calificados de traidores, espías o ineptos. Si los oposicionistas de otros tiempos fueron deshonrados públicamente, los estalinistas, en cambio, solían ser destruidos en silencio, sin procesos abiertos, del mismo modo que habían sido diezmados los comunistas de diversos países refugiados en la URSS, con los que Stalin, después de utilizarlos, parecía haberse cebado.

Lo más terrible era saber que aquellas limpiezas habían afectado a toda la sociedad soviética. Como cabía esperar en un Estado de terror vertical y horizontal, la participación de las masas en la depuración habría contribuido a su difusión geométrica: porque no era posible emprender una cacería como la vivida en la URSS sin exacerbar los instintos más bajos de las gentes y, sobre todo, sin que cada persona sufriera el terror a caer en sus redes, por cualquier motivo, incluso sin motivos. El terror había generado el efecto de estimular la envidia y la venganza, había creado una atmósfera de histeria colectiva y, peor aún, de indiferencia ante el destino de los demás. La depuración se alimentaba de sí misma y, una vez desatada, liberaba fuerzas infernales que la obligaban a seguir hacia delante y a crecer...

Semanas antes, Liev Davídovich había tenido una dramática constatación del horror vivido por sus compatriotas cuando una vieja amiga, milagrosamente escapada a Finlandia, le había escrito: «Es terrible comprobar que un sistema nacido para rescatar la dignidad humana haya recurrido a la recompensa, la glorificación, el estímulo de la delación, y que se apoye en todo lo humanamente vil. La náusea me sube por la garganta cuando oigo decir a la gente: han fusilado a M., han fusilado a P., fusilado, fusilado, fusilado. Las palabras, de tanto escucharlas, pierden su sentido. Las gentes las pronuncian con la mayor tranquilidad, como si estuvieran diciendo: vamos al teatro. Yo, que viví estos años en el miedo y sentí la compulsión de delatar (lo confieso con pavor, pero sin sentimiento de culpa), he extraviado en mi mente la brutalidad semántica del verbo fusilar... Siento que hemos llegado al fin de la justicia en la Tierra, al límite de la indignidad humana. Que han perecido demasiadas personas en nombre de la que, nos prometieron, sería una sociedad mejor»...

La llegada de André Breton vino a sacar a Liev Davídovich del pozo de sus dolores personales e históricos. Diego y Frida lo recibieron con el lógico entusiasmo que les provocaba tener con ellos al gurú del surrealismo, el eterno inconforme capaz de desafiar los dogmas más sagrados cuando advirtió que él y sus colegas se afiliaban al Partido Comunista Francés recordando que acataban la disciplina partidista como ciudadanos... pero no como surrealistas.

Cumplido un primer encuentro, ensombrecido por los pésames, Liev Davídovich le pidió al poeta unos días para poner sus ideas en orden antes de comenzar a trabajar en el proyecto que lo había traído a México: la creación de una Federación Internacional de Artistas Revolucionarios. Sabía que trabajaría con toda su pasión, pero con gran esfuerzo: ni siquiera para alguien como él era fácil cargar con el peso de tanta muerte y dolor. Además, la candente situación de México no dejaba de preocupar al exiliado. Las pasiones se habían exacerbado hasta límites explosivos cuando el presidente Cárdenas anunció la expropiación del petróleo y el secretario del Tesoro norteamericano respondió con la amenaza de no comprar más plata mexicana: un millón de personas se congregaron en el Zócalo para expresar su apoyo a Cárdenas, pero al mismo tiempo se hablaba de posibles alzamientos contra el gobierno. Liev Davídovich sabía que aquella situación los ponía a él y a Natalia en una coyuntura crítica: en medio de tanta exaltación, los asesinos de la NKVD podían aprovechar para lanzarse sobre ellos, pues estaba convencido de que, luego del último juicio, terminada la limpieza del antiguo liderazgo bolchevique, su existencia había dejado de ser útil a Stalin.

Antes de que Breton y su esposa Jacqueline desembarcaran, en Francia y en México los comunistas habían comenzado una campaña en su contra. Los franceses, de los que Breton se había separado en 1935, lo acusaban de Judas y, por supuesto, de algo peor: de simpatizante trotskista; en México, mientras tanto, los estalinistas locales, con Lombardo Toledano y Hernán Laborde a la cabeza, lanzaron contra el poeta y contra Liev Davídovich una propaganda más agresiva, al punto de que Van Heijenoort decidió tomar algunos de los guardaespaldas para organizar la protección de Breton durante las conferencias que éste daría en el país.

Poder hablar de literatura y arte, de surrealismo y vanguardia, de compromiso político y libertad creativa fue un bálsamo para el exiliado. La presencia de Breton y su aliento literario le habían recordado que desde su niñez, y luego más tarde, cuando era un joven estudiante, el sueño de su vida había sido llegar a ser escritor, aunque poco después sometiera esa pasión y todas las demás a la labor revolucionaria que había marcado su existencia.

Guiados por Diego, los Breton y los Trotski pasearon por las ruinas precolombinas, visitaron museos y a los artistas locales que aceptaron la presencia del exiliado. El sumo pontífice del surrealismo se confesó atónito ante los abigarrados mercados, los cementerios y las manifestaciones de religiosidad popular, en los que solía encontrar un «surrealismo en estado puro», más revelador que el choque del paraguas y la máquina de coser en la mesa de disecciones, y por eso consideró a México «la tierra electa del surrealismo».

Cuando comenzaron a trabajar en el manifiesto a los escritores y artistas revolucionarios con el que llamarían a la creación de una Federación Internacional, Liev Davídovich y Breton debieron de sentir la explosiva tensión que generaban dos espíritus empecinados, pero a la vez la posibilidad de entendimiento nacida de una necesidad compartida. Desde el principio Diego aclaró que las elucubraciones teóricas se las dejaba a ellos, aunque podían contar con su firma, pues los tres partían de un acuerdo básico: la urgencia de ofrecer una alternativa política a la intelectualidad de izquierdas, un asidero que les permitiera reconciliarse con el pensamiento marxista en un momento en que muchos creadores, desencantados con las olas represivas desatadas en Moscú, comenzaban a alejarse del ideal socialista.

En aquellas conversaciones Breton sostenía la necesidad de hacer una distinción capital: los intelectuales de izquierda que habían vinculado su pensamiento al experimento soviético cometían un grave error de concepto, pues no era lo mismo marchar al lado de una clase revolucionaria que a la zaga de una revolución victoriosa, más cuando esa revolución era representada por un nuevo estrato empeñado en estrangular la creación artística con una mano totalitaria... Pero, a pesar de las acusaciones de los estalinistas, su propio alejamiento del Partido no era una ruptura con la revolución y, menos aún, con los obreros y sus luchas, decía. Su gran controversia con Liev Davídovich giró entonces en torno a un concepto que ambos consideraban básico establecer claramente, y sobre el cual la posición del exiliado era terminante y no negociable: «Todo está permitido en el arte». Al escucharlo, Breton había sonreído y mostrado su acuerdo, pero solo si se añadía una precisión esencial: Todo, menos que atente contra la revolución proletaria. Breton recordó que el mismo Liev Davídovich lo había dicho así, y el exiliado le aclaró que cuando escribió *La revolución traicionada* la deformación estética en la Unión Soviética ciertamente había alcanzado niveles alarmantes, pero los sucesos de los últimos tres años habían roto el dique. Si era inevitable que una revolución proletaria atravesara no ya un período termidoriano, sino un terror que negaba su esencia misma, no había derecho a imponer condiciones a la libertad artística: Todo tiene que estar permitido en el arte, insistió, a lo que el francés volvió a agregar: Menos que atente contra la revolución proletaria; ése era el único principio sagrado.

Breton era el contendiente agudo que tanto le complacía al exiliado. Persuadirlo de algo de lo que no estuviese convencido entrañaba un reto y le había recordado al Parvus de su juventud, cuando hablar de marxismo se convirtió en una obsesión para él. Entonces, buscando reforzar sus argumentos, Liev Davídovich le recordó al surrealista los destinos de Maiakovski y Gorki, los silencios forzosos de la Ajmátova, Ósip Mandelstam y Babel, las degradaciones de Romain Rolland y de varios ex surrealistas fieles al estalinismo, e insistió en que no se debía admitir ninguna restricción, nada que pudiera generar que se aceptasen las desnaturalizaciones que una dictadura podía imponer al creador con el pretexto de la necesidad histórica o política: el arte tenía que atenerse a sus propias exigencias y solo a ellas. Por aceptar condiciones políticas que él mismo había defendido (a esas alturas mucho lamentaba haberlo hecho), en el presente no se podían leer sin repugnancia y horror los poemas y novelas soviéticas, ni ver las pinturas de los obedientes: el arte en la URSS se había convertido en una pantomima en la que funcionarios armados de pluma o pincel, y vigilados por funcionarios armados de pistolas, solo tenían la posibilidad de glorificar a los grandes jefes geniales. A eso los había llevado la consigna de la unanimidad ideológica, el pretexto de que estaban sitiados por los enemigos de clase y la justificación eterna de que no era el momento apropiado para hablar de los problemas y de la verdad, para dar libertad a la poesía. La creación durante la época de Stalin, pensaba, quedaría como la expresión de la más profunda decadencia de la revolución proletaria y nadie tenía el derecho de condenar al arte de una nueva sociedad al riesgo de repetir esa experiencia frustrante... «Para el arte la libertad es sagrada, su única salvación. Para el arte todo tiene que ser *todo*», concluyó.

En aquellas conversaciones con las que pretendían arreglar el mundo, Liev Davídovich descubrió con cierta sorpresa que a Breton lo fascinaba, más que cualquier teoría, la dramaturgia misma de la vida y que con frecuencia traía a colación el tema del azar y su papel en los acontecimientos que marcan el destino. Fue durante uno de esos diálogos, al parecer intrascendentes y que se imponen sin saber exactamente su origen, cuando Liev Davídovich confesó al poeta, a propósito de Sieva y su demorado viaje a México, cuánto amaba a los perros. Se lamentó ante Breton de que su vida errante le hubiera impedido volver a tener uno desde que se despidió de su galgo ruso en el muro del cementerio de Prínkipo y le habló de la bondad de *Maya*, y de la devoción que, en general, sienten los perros de esa raza por sus dueños. Entonces pudo comprobar que el más surrealista de los surrealistas era un hombre estrictamente lógico cuando rebatió aquella idea, advirtiéndole que se dejaba llevar por los afectos. Y le explicó que, al hablar del amor que sienten los perros, él intentaba atribuir a las bestias sentimientos sólo propios de los humanos.

Con argumentos quizás más pasionales que racionales, Liev Davídovich trató de convencer al francés: ¿se podía negar que un perro sintiera amor por su amo?, ¿cuántas historias de ese amor y esa amistad no habían escuchado? Si Breton hubiera conocido a *Maya* y visto su relación con él, tal vez su opinión hubiera sido otra. El poeta le dijo que lo entendía y le aclaró que él también amaba a los perros, pero el sentimiento partía de él, el humano. El perro, si acaso, expresaba de manera primaria que sabía distinguir los efectos de su relación con los hombres: miedo al humano que puede provocarle dolor, por ejemplo.

Pero si aceptaban que un perro era devoto de alguien, debían admitir que el mosquito cuando picaba era conscientemente cruel, o que la marcha de los cangrejos era deliberadamente retrógrada... Y aunque no lo convenció, a Liev Davídovich le gustó la imagen surrealista del cangrejo retrógrado a conciencia.

Unos días después tuvieron una discusión menos amable y de muy extrañas consecuencias. Se había producido cuando Liev Davídovich esperaba que Breton le presentara el borrador del *Manifiesto*, y el poeta le dijo que las ideas se le resistían y no había podido concluirlo. Quizás por las muchas tensiones acumuladas, el exiliado tuvo en ese momento un ataque de ira, sin duda excesivo: le reprochó su negligencia (después lo lamentaría, recordando las veces que acusó a Liova de lo mismo) y su incapacidad para entender la importancia de que ese documento circulara cuanto antes en una Europa cada día más cercana a la guerra. Breton se defendió y le recordó que no todo el mundo podía vivir con un solo pensamiento en la frente: la pasión de Liev Davídovich le resultaba inalcanzable. Que le llamara «inalcanzable» molestó aún más al otro y estuvieron al borde de una ruptura que Natalia evitó con la estrategia de ponerse del lado del poeta.

Al día siguiente Liev Davídovich recibió la noticia de que se había producido en Breton un fenómeno fisiológico inusual: había caído en una especie de parálisis general. Apenas conseguía moverse, no podía escribir, y se quedó afásico. Los médicos le diagnosticaron fatiga emocional y le aconsejaron reposo absoluto. Pero, según Van Heijenoort, Liev Davídovich había sido el único culpable del congelamiento intelectual y físico de Breton: el secretario lo llamaba «el soplo de Trotski en la nuca», y, decía, era capaz de paralizar a cualquiera que se relacionase con él, pues, según Van Heijenoort, andar a su lado resultaba muy difícil: su modo de vivir y de pensar desataban una tensión moral casi insoportable. Liev Davídovich no se daba cuenta, porque se hacía esa exigencia a sí mismo desde hacía muchos años, pero no todos podían vivir día y noche enfrentados a la suma de los poderes del mundo: al fascismo, al capitalismo, al estalinismo, al reformismo, a los imperialismos, a todas las religiones y hasta al racionalismo y el pragmatismo. Si un hombre como Breton le confesaba que él estaba fuera de su alcance y se quedaba paralizado, Liev Davídovich tenía que entenderlo: el culpable no era Breton sino el camarada Trotski que había resistido lo que había tenido que resistir en esos años porque era un animal de otra especie... Ojalá no sea un mosquito cruel o un cangrejo retrógrado, le comentó Liev Davídovich al secretario.

A pesar de las discusiones (o tal vez gracias a ellas), la presencia de

Breton seguía incidiendo positivamente en el exiliado, a cuyas preocupaciones se había sumado –como lo predijera Natalia– la negativa de Jeanne a separarse de Sieva. Aunque a todas luces la mujer estaba afectada por una neurosis, y quizás influida por algún consejero que la predisponía contra los padres de Liova, su actitud estaba llena de agresividad, al punto de que no había permitido a Marguerite Rosmer tener una conversación con el niño. Ante aquella situación no les había quedado otra alternativa que poner una demanda legal para obtener la custodia de Sieva.

El 10 de julio los Trotski, los Breton y Diego Rivera salieron para Pátzcuaro. El poeta, ya restablecido, tenía casi listo el *Manifiesto* y quería darle los retoques finales. Unos pescadores amigos de Diego se encargaron de suministrarles las piezas más hermosas de sus capturas, pues el pintor conocía la debilidad de Liev Davídovich por el pescado del lago de Pátzcuaro. Jacqueline y Breton también tuvieron que rendirse ante aquel manjar, que el poeta bautizó como «los peces de André Masson». Los pescadores en plena faena le hicieron recordar al exiliado, con más nostalgia de la previsible, los años de Prínkipo, cuando aún tenía fe en el futuro de la oposición dentro de la Unión Soviética y fuerzas y ánimos para salir de pesca con el bueno de Kharálambos. ¿Qué será de su vida?, se preguntó. ¿Regresará cada tarde navegando sobre la estela rojiza que el sol dibuja en el Mar de Mármara?

Como el *Manifiesto* seguía inconcluso, el político y el poeta discutieron mucho sobre los efectos del estalinismo en la creación artística dentro y fuera de la URSS. Liev Davídovich le recordó cuánto desprecio le provocaban los aduladores de Stalin, especialmente autores como Rolland, o como Malraux, a quien tanto había celebrado cuando leyó su primera novela y que ahora se había convertido en el representante típico de esos escritores que vivían en París, Londres y Nueva York y firmaban declaraciones de apoyo a Stalin sin tener una idea (más bien sin querer tenerla) de lo que de verdad ocurría en la URSS. A cada uno de ellos, tan convencidos de las bondades del régimen, Liev Davídovich les haría una prueba: los pondría a vivir con su familia en un departamento de seis metros cuadrados, sin auto, con mala calefacción, obligados a trabajar diez horas por día para vencer en una emulación que no conducía a nada, ganando unos pocos rublos devaluados, comiendo y vistiéndose con lo que les asignasen por la cartilla de racionamiento y sin la menor posibilidad no ya de viajar al extranjero, sino de levantar la voz. Si al cabo de un año todavía defendían el proyecto y esgrimían grandes principios filosóficos, entonces los encerraría otro año en una colonia penitenciaria de las que Gorki había considerado fábricas de hombres nuevos... Ésa sería la prueba de la verdad (más bien un exceso, dijo), y ya verían cuántos Rolland o Aragon aún enarbolarían la bandera de Stalin en un restaurante de París.

Apenas regresaron de Pátzcuaro, Liev Davídovich se encontró con una grave noticia: el 14 de julio, sin dejar rastros, había desaparecido en París su colaborador Rudolf Klement. Las experiencias anteriores le provocaron un profundo temor por el destino del joven, al que lo unían lazos de afecto. Aunque la distancia lo obligaba a ver los acontecimientos con una perspectiva que dependía de informes que llegaban mal y tarde, desde el inicio sintió que entre aquella desaparición y la muerte de Liova había alguna conexión, y así se lo hizo saber a la policía francesa, en una carta de protesta por la negligencia con que habían manejado la investigación.

Finalmente, el 25 de julio quedó listo el *Manifiesto por un arte revolucionario independiente*. Sin restricciones de ningún tipo para el arte. Como Liev Davídovich consideró que su nombre podía marcar políticamente el documento, se abstuvo de firmarlo. Por ello le pidió a Rivera que lo suscribiese junto a Breton, y el pintor estuvo de acuerdo. El exiliado confiaba en que el llamamiento sería un primer paso hacia una Federación de Artistas Revolucionarios e Independientes tan necesaria para un mundo atrapado entre los dos totalitarismos más devoradores que hubieran existido en la historia.

Para despedir a Breton, Diego y Frida prepararon una fiesta surrealista. Aunque el ánimo de los Trotski andaba muy alejado de lo festivo, trataron de no empañarles la alegría a los otros. Frida le diseñó a Breton la sotana de Sumo Pontífice del Surrealismo, adornada con relojes de Dalí, peces de Masson y colores de Miró, y lo cubrió con un sombrero de Magritte. Varios de los invitados leyeron poemas surrealistas y Diego brindó con mezcal, según él, el más surrealista de los licores.

Liev Davídovich trató de llenar el vacío que le había dejado un interlocutor extraordinario concentrándose en la escritura de las resoluciones y el Proyecto de Programa de la IV Internacional, cuando le llegó desde el sur de Francia una carta alarmante. La firmaba nada más y nada menos que Klement, quien le comunicaba su ruptura política en unos términos agresivos, llenos de ofensas. De inmediato el exiliado había tenido un terrible presentimiento, pues estaba convencido de que aquellas palabras no habían sido escritas por su colaborador, a menos que lo hubiera hecho bajo presión. Pero una semana más tarde sus peores presagios se cumplieron de manera espeluznante cuando en las márgenes del Sena fue hallado el cadáver descuartizado de Klement.

Aún bajo los efectos psicológicos del asesinato de Klement, se celebró en la villa de los Rosmer, en Périgny, la Asamblea Constituyente de la IV Internacional. A pesar de que la reunión no se acercaba a lo que Liev Davídovich hubiera deseado, lo importante en aquel momento era que ya existiese la Internacional. Tras las muertes de Liova y Klement, la Constituyente había sido presidida por su viejo colaborador Max Shachtman, pero apenas había reunido a unos cuarenta delegados. La sección rusa, como ya se había decidido, estuvo representada por el casi desconocido Étienne.

Aunque Liev Davídovich no se atreviera a confesárselo siquiera a Natalia, sabía que aquel acto significaba, si acaso, un grito en la oscuridad. Los tiempos que corrían no eran especialmente propicios para asociaciones obreras y marxistas ajenas al estalinismo, y para comprobarlo bastaba con echar una mirada al mundo: dentro de la URSS apenas le quedaban seguidores, todos encarcelados; en Europa imperaban las defecciones y divisiones al estilo Molinier o los aplastamientos masivos de socialistas y comunistas, como en Alemania e Italia; en Asia los obreros iban de fracaso en fracaso. Solo en Estados Unidos el movimiento trotskista había crecido con el Partido Socialista Obrero y gracias a líderes como Shachtman y los dos James, Cannon y Burnham. Mientras, los partidos comunistas, en una de sus habituales genuflexiones ante las exigencias de Moscú, habían sido amordazados por la política de los frentes populares y en Estados Unidos se había plegado incluso a la política de New Deal de Roosevelt... Pero si hay una guerra, habrá una sacudida revolucionaria, escribió. Y ahí estaría la IV Internacional para demostrar que era algo más que la ficción de un empecinado que se niega a darse por vencido, soñó y también lo escribió.

Sus predicciones sobre la inminencia de la guerra le parecieron más certeras cuando Hitler le mostró al mundo la longitud de sus cuchillos. Después de reunirse con Chamberlain, el Führer había forzado una conferencia en Munich, el 22 de septiembre, y había impuesto sus condiciones a las potencias europeas: o le daban un pedazo de Checoslovaquia o se lanzaba a la guerra. Como era de esperar, las «potencias» sacrificaron a Checoslovaquia y Liev Davídovich pudo ver en el horizonte, con más claridad que nunca, la llegada del previsible acuerdo entre Hitler y Stalin por el cual los dos dictadores habían trabajado en secreto (y no tanto) en los últimos años. De momento, escribió, debían de haber acordado una repartición de Europa: Hitler aspiraba a la supremacía aria y a convertir el este del continente en su campo de esclavos; Stalin soñaba con tener un imperio mayor que el que jamás tuvo ninguno de los zares. El choque de esas ambiciones sería la guerra.

Fue por esas fechas cuando el exiliado recibió una carta, esta vez franqueada en Nueva York, que le provocaría una persistente inquietud. Su autor se presentaba como un anciano judío norteamericano, de origen polaco, que, sin ser un practicante de su fe política, había seguido su historia de revolucionario y de marginado. Le explicaba que había conocido las noticias que ahora le transmitía a través de un pariente ucraniano, ex miembro de la GPU, que unas pocas semanas atrás había desertado y pedido asilo en Japón y le había pedido encarecidamente que se comunicara con Trotski. Por su seguridad, aquélla sería la única carta que le enviaría y esperaba le fuese útil, decía.

Aunque todo aquel prólogo se le antojó poco creíble, lo que después contaba la carta tenía el olor intenso de la verdad. La misiva giraba en torno a la existencia de un agente soviético, sembrado en París, cuyo nombre para la inteligencia era Cupido. Aquel hombre había llegado a desempeñar un importante papel dentro de los círculos trotskistas franceses gracias a la infinita ingenuidad de sus seguidores, quienes incluso le habían permitido el acceso a documentos secretos. Mientras, Cupido mantenía todo el tiempo su comunicación con un agente operativo de la Embajada soviética y colaboraba con la supuesta Sociedad de Repatriación de Emigrados, una tapadera de la NKVD, vinculada con la muerte de Reiss y quizás de Klement. Al ex agente refugiado en Japón no le constaba, pero por la cercanía de Cupido a la cúpula trotskista, pensaba que éste debía de haber estado relacionado más o menos directamente con la muerte de Liev Sedov. Lo que sí sabía con seguridad era que su misión, además del espionaje, consistiría, si las condiciones se lo permitían, en acercarse a Trotski y cumplir la orden de asesinarlo que, estaba seguro, ya había dado el Kremlin luego del proceso de marzo contra Bujarin, Yagoda y Rakovsky. El ex agente, sin embargo, había logrado saber que Cupido era solo uno de los candidatos a acercarse a él, pues existían otros varios asesinos potenciales.

El viejo judío cerraba su carta con una reveladora historia que le había contado su pariente, quien decía haber estado presente en los interrogatorios a que sometieron a Yakov Blumkin tras su paso por Prínkipo. La verdad sobre la detención de Blumkin era que su esposa, también agente de la GPU, había sido quien le delatara y lo acusara, no solo de haber contactado con el desterrado, sino, incluso, de haberle entregado cierta cantidad de dinero tomado de la venta de los manuscritos antiguos que Blumkin había hecho en Turquía. El rumor de que Karl Rádek había sido su delator fue otra maniobra de la Lubyanka para demoler el prestigio de Rádek, haciéndolo aparecer también como soplón. En todo aquel proceso, aseguraba el ex agente, Blumkin se había portado con una entereza y dignidad que, en trances similares, él había visto en muy pocos hombres. A pesar de las brutales sesiones de tortura, Blumkin había rechazado firmar ningún tipo de confesión, y el día en que lo ejecutaron, se había negado a arrodillarse.

Leída y releída la carta, consultada con los secretarios y con Natalia, coincidieron en que solo había dos opciones para interpretar aquel documento: o se hallaban ante una provocación de la GPU, de la que no conseguían entrever un objetivo claro, o se lo había enviado alguien que conocía muy bien los propósitos de la policía secreta y que, al revelarle la presencia de un agente en París, estaba señalando con un dedo a la figura precisa de Étienne. Aunque les costó admitir que a Liova se le hubiera podido colar en la cama un enemigo (a él le habían introducido a los Sobolevicius, recordó Liev Davídovich), la sola idea de que Étienne fuese en realidad un hombre de Stalin le producía náuseas. Por eso, en su fuero más interno, Liev Davídovich deseaba que la carta resultase una insidia de la nueva NKVD. Sin embargo, tras la cortina de humo que levantaba el remitente, él podía respirar un aliento de verdad, y lo que más le hacía pensar en la autenticidad de la información era el relato de la detención de Blumkin, pues hasta que llegó la carta ni siquiera Natalia había sabido jamás de aquel dinero que le entregó el joven: pero lo que más le llevaba a creer en lo que decía la carta era la certeza de que, después del último juicio-espectáculo, Stalin lo necesitaba mucho menos como soporte de sus acusaciones y, en consecuencia, su tiempo en la Tierra había comenzado su definitiva cuenta atrás.

Por eso al exiliado no le extrañó que, después de la creación de la IV Internacional, la campaña contra él organizada por el Partido Comunista Mexicano cobrara mayor presión. Lo peor, sin embargo, fue comprobar que en la Casa Azul también parecía haber entrado el calor político levantado por la fundación de la nueva reunión de partidos, algo que había molestado mucho a Rivera. El pintor se había enojado porque Liev Davídovich no había apoyado su aspiración de convertirse en el secretario de la sección mexicana de la IV Internacional. Pero el motivo por el que el exiliado había negado aquel apoyo resultaba para él cristalino: no pensaba que fuese beneficioso para Rivera sacrificar su creación por un trabajo burocrático que, si bien le hubiera dado un relieve político, le habría absorbido tiempo en reuniones y en la redacción de documentos. La segunda razón, menos confesable, era que no le atribuía a Diego suficiente agudeza política. No obstante, Rivera aspiraba a la preeminencia política y se había sentido traicionado por su acogido.

Unos días antes de su cumpleaños, Liev Davídovich recibió un informe de su viejo corresponsal V.V., que resucitaba cuando ya lo creía definitivamente perdido. V.V. le contaba ahora que el jefe de la NKVD, el enano Yézhov, había sido destituido y, poco después, encarcelado bajo los cargos de abuso de poder y traición. Igual que Yagoda, Yézhov iba a morir, y la verdadera razón era que, como siempre, Stalin necesitaba una cabeza de turco a la cual cargar las culpas para, de ese modo, hacer resplandecer su inocencia.

V.V. le contaba en detalles cómo bajo el mandato de Yézhov los campos de deportados habían dejado de ser las prisiones de Yagoda, administradas con crueldad y displicencia, donde la gente moría vencida por el hambre y los elementos. Con Yézhov se había olvidado la propaganda sobre las excelencias de la reeducación soviética de los criminales, y los llamados *gulags* se habían convertido en campos de exterminio sistemático, donde los prisioneros eran obligados a trabajar hasta la muerte, o asesinados, en un número que no tenía precedentes en el pasado. Pero el terror de Yézhov no había sido tan irracional y enfermizo como ahora se le haría ver a la gente: por ejemplo, en febrero de 1937, Stalin había dicho a su peón Georgui Dimitrov, secretario general del Komintern, que los comunistas extranjeros acogidos en Moscú «estaban haciéndole el juego al enemigo» y de inmediato encargó a Yézhov que resolviese el problema. Un año después, de los trescientos noventa y cuatro miembros del Comité Ejecutivo de la Internacional que vivían en la URSS, solo quedaban vivos ciento setenta: los demás habían sido fusilados o enviados a los campos de la muerte. Hubo entre ellos alemanes, austriacos, yugoslavos, italianos, búlgaros, finlandeses, bálticos, ingleses, franceses y polacos, mientras la proporción de judíos condenados volvió a ser notable. En esa cacería, Stalin había liquidado a más dirigentes del PC alemán de antes de 1933 que el mismo Hitler: de los sesenta y ocho líderes que, luego de obedecer su política y permitir el ascenso del fascismo huyeron a refugiarse en la patria del comunismo, más de cuarenta habían muerto ejecutados o internados en los campos; los polacos liquidados, por su lado, fueron tantos, que se debió desintegrar el partido en ese país.

Mientras leía y anotaba la carta de V.V., Liev Davídovich sintió cómo lo hundía el peso de aquellas revelaciones. ¿Se podría abrigar la esperanza de que algún día la humanidad llegara a saber cuántos cientos de miles de personas habían sido ejecutadas por los secuaces de Stalin? ¿A cuántos comunistas verdaderos había quitado de en medio? Él estaba convencido de que unas y otras eran cifras de vértigo, a las que se debían sumar los millones de campesinos muertos de hambre en Ucrania y otras regiones por la catástrofe de la colectivización, y los millones que habían perecido en los desplazamientos de pueblos enteros ordenados por el antiguo comisario de las nacionalidades... Con toda seguridad se trata, pensó, de la mayor masacre de la historia en tiempos de paz, y lo peor es que nunca sabremos las verdaderas y terribles proporciones que alcanzó el genocidio, pues para muchos de esos condenados no hubo sumario, juicio, acta de condena. La mayoría había muerto en calabozos, en trenes asfixiantes, congelados en los campos siberianos o fusilados al borde de los ríos y precipicios para que sus cadáveres fuesen arrastrados por las aguas o cubiertos por aludes de tierra y nieve...

La sensación de hallarse él mismo a merced de aquel terror se acentuó cuando Victor Serge y otros amigos de París le confirmaron que Étienne era el agente Cupido, ligado a las muertes de Liova, Reiss y Klement. Acusaban al joven, además, de haber manipulado a Jeanne, para provocar una ruptura que había terminado en un juicio por la custodia de Sieva (favorable a los Trotski, por suerte) y para que interviniera en la investigación sobre la muerte de Liova, entorpeciendo la labor de la policía, más que ayudándola. Pero, al mismo tiempo, los Rosmer y otros camaradas habían tratado en vano de encontrar una grieta en el comportamiento de Étienne, y Liev Davídovich aún se negaba a aceptar la condena lanzada por sus otros amigos. Durante todos aquellos meses la eficiencia de Étienne había sido prodigiosa, nunca antes el *Boletín* había salido con tal regularidad, y en los trabajos previos y posteriores a la fundación de la Internacional su seriedad había sido ejemplar. Él sabía, no obstante, que toda aquella diligencia podía ser una máscara bajo la que se escondía un agente enemigo. La única solución era enfrentar a Étienne a las acusaciones que se le hacían y exigirle que demostrase su inocencia, decidió.

Jeanne, por su lado, negándose a reconocer el veredicto del tribunal, había huido de París llevándose a Sieva y la parte de los archivos que conservaba Liova, con el argumento de que le pertenecían, pues había sido su esposa. Marguerite Rosmer, con su disposición y bondad, había asumido como una cuestión de honor la localización del muchacho y le garantizaba a Natalia que se lo traería a México. ¡Pobre Sieva!, exclamó entonces la mujer: con su padre biológico desaparecido en un campo de concentración; su madre suicidada en Berlín, casi frente a él; su padre adoptivo muerto en extrañas circunstancias que apuntaban hacia Stalin; su tutora al parecer enloquecida, volcando sobre él todas sus frustraciones; unos abuelos en el exilio, otra abuela confinada en un campo de prisioneros; tías muertas, tíos desaparecidos, hermanos y primos de los que no se había vuelto a saber... ¿Había una víctima más inocente y a la vez ejemplar del odio de Stalin que ese pequeño Vsevolod Vólkov?

A pesar de tantas pérdidas y del ambiente cargado que se vivía en la Casa Azul –sobre todo desde la salida de Frida hacia Nueva York, donde le habían organizado una exposición–, Natalia Sedova decidió celebrar los cincuenta y nueve años de su marido. Acudieron a verlo unos pocos amigos de confianza (Otto Rühle, que se había quedado a vivir en México, Max Shachtman, Octavio Fernández, Pep Nadal y otros), que se unieron a los secretarios y guardaespaldas. Natalia había preparado varios platos, la mayoría mexicanos, pero también rusos, franceses y turcos. El mal gusto de Rivera se patentizó cuando le regaló una calavera de azúcar del Día de Muertos con la leyenda «Stalin» en la frente. Mientras, Shachtman soltó una especie de discurso, medio en broma, medio en serio, y retrató al homenajeado: «Sus cabellos están revueltos, su cara bronceada, sus ojos azules son tan penetrantes como siempre. L.D. sigue siendo un hombre hermoso. Un dandi, como dice Victor Serge, quien me regaló esta agudeza, con la que Lenin trató de explicar quién era, y es, nuestro querido Trotski. "¿Saben cuál será la respuesta de Liev Davídovich cuando el malencarado oficial encargado de su pelotón de ejecución le pregunte sus últimos deseos?", preguntaba Lenin. "Pues nuestro camarada lo mirará, se acercará a él respetuosamente y le preguntará: Por casualidad, señor, ¿tendrá usted un peine para arreglarme un poco?"».

Pero su verdadero retrato de aquellos tiempos lo trazó quien mejor lo conocía, Natalia Sedova, que dejó escrito: «L.D. está solo. Caminamos por el pequeño jardín de Coyoacán, y estamos rodeados de fantasmas con la frente agujereada... A veces le oigo, cuando trabaja, y lanza unos suspiros y habla consigo mismo en voz alta: "¡Qué cansancio..., no puedo más!". Muchas veces los amigos lo sorprenden conversando a solas con las famosas sombras, los cráneos rotos por las balas del verdugo, los amigos de ayer devenidos penitentes, abrumados por infamias y mentiras, acusando a L.D., el compañero de Lenin...

Él ve a Rakovsky, hermano querido, quien, principesco, había ofrecido al movimiento revolucionario su enorme fortuna. Ve a Smirnov, brillante y alegre; a Murálov, el general de enormes mostachos, héroe del Ejército Rojo... Ve a sus hijos Nina, Zina, Liova, a sus queridos Blumkin, Yoffe, Tujachevsky, Andreu Nin, Klement, Wolf. Todos muertos. Todos. L.D. está solo...».

22

Jacques Mornard sintió verdadera alegría cuando descubrió la figura magra de Sylvia Ageloff en el salón del aeropuerto. Iba ataviada con uno de aquellos vestidos negros que, por consejo de Gertrude Allison, había comenzado a usar desde su estancia en París, pues, según la librera, aquel color resaltaba la blancura de su piel. Desde entonces, tan consciente de su fealdad, la mujer había seguido el consejo con la esperanza de ofrecerle algo diferente a su adorado Jacques, sobre cuyo pecho se lanzó, estremecida de emoción.

La semana anterior, apenas comenzado el año 1940, Tom le había anunciado a Jacques la llegada a México del agente español Felipe, uno de los congelados tras la deserción de Orlov. Felipe volvía desde Moscú para hacerse cargo, como oficial operativo al frente de la acción, del grupo de mexicanos, excombatientes en España, que se preparaban para actuar contra el renegado. El español, que había sido convertido en un equívoco judío francés, ¿o polaco?, sería para sus subordinados locales un personaje que ni siquiera tendría nombre: apenas sería el Camarada Judío. Griguliévich, que todo el tiempo se había mantenido a la sombra, pasaría a Felipe los hilos de aquella trama, mientras Tom comenzaba a estimar y preparar otras eventuales acciones. La segunda noticia alentadora había sido que, si todo funcionaba según lo previsto, el espía norteamericano llegaría en dos, tres meses a lo sumo, para sustituir a alguno de los guardaespaldas cuyo tiempo de servicio en la casa del exiliado estaba por cumplirse. Tom le había asegurado que el operativo entraba en la etapa de ajustes, pero cuidándose de mencionarle que en aquel momento Jacques Mornard había pasado a una segunda o tercera línea de ataque: sus acciones habían vuelto a bajar.

Durante varios días Jacques y Sylvia vivieron una especie de luna de miel en la habitación del Montejo. Por insistencia del propio Jacques, la mujer demoró más de lo que hubiera deseado su visita a Coyoacán para saludar a su admirado Liev Davídovich, para quien traía correspondencia y a quien quería reiterarle su disposición a ayudarlo en lo que precisara mientras ella estuviese en México. Cuando Sylvia concertó la cita para ser recibida en la casa de la avenida Viena, Jacques se ofreció a llevarla en su auto, pero solo si ella aceptaba una condición: bajo ningún concepto él se mezclaría con sus amigos. Era que, sencillamente, no le interesaba y, como mismo respetaba la pasión política de Sylvia, quería que ella aceptara su falta de interés por toda aquella historia patética de unos comunistas peleados a muerte con otros comunistas.

–No entiendes nada –dijo Sylvia, sonriente, disfrutando de la superioridad de que gozaba, al menos, en aquel terreno.

–Más de lo que crees –le rebatió Jacques–. ¿Ya has leído en los periódicos lo que se están haciendo entre sí los comunistas mexicanos?

–Eso es una purga estalinista. Sacaron al secretario general, Laborde, y a Valentín Campa no porque sean malos comunistas, sino porque no quisieron obedecer alguna orden de Moscú. Es lo habitual...

Jacques rió, tanto, que se le humedecieron los ojos.

–Todos son iguales, por Dios. Aquéllos dicen que todo lo malo que pasa se debe a agentes y provocaciones trotskistas, y vosotros veis al fantasma de Stalin y sus policías hasta en la sopa.

–Con la diferencia de que nosotros tenemos la razón.

–Por favor, Sylvia... El mundo no puede vivir entre complots estalinistas y trotskistas.

–Hazme tú el favor de no comparar: Stalin es un asesino que ha matado de hambre y ha fusilado a millones de soviéticos y a miles de comunistas de todo el mundo. Invadió Polonia y ahora Finlandia de acuerdo con Hitler y está obsesionado con asesinar a Liev Davídovich y...

Jacques dio media vuelta y entró en el baño.

–¡Déjame terminar! ¡Escúchame por una vez!

Jacques regresó a la habitación y la miró fijamente. Se acercó a ella y, con la punta de los dedos, con fuerza, le golpeó dos o tres veces en la sien. Sentía unos deseos casi incontrolables de hacerle daño y Sylvia no supo cómo reaccionar ante aquella actitud.

–Métete bien ahí dentro que todas esas historias me importan un pimiento. ¿Vas o no vas a Coyoacán?

Ya en el auto, Jacques le aseguró que tenía una idea aproximada de cómo ir hacia el suburbio donde vivía el exiliado, aunque tuvo que preguntar un par de veces para estar seguro de que se movía por el camino correcto. Cuando al fin tomaron la avenida Viena, convertida en un lodazal por las lluvias recientes, no pudo evitar la exclamación.

–Dios mío, ¿adónde ha venido a meterse este hombre?

–Adonde único le han dado asilo. Y vive así porque, según dices, está obsesionado con un complot estalinista.

Jacques había detenido el auto frente al edificio y un policía mexicano se acercó. Cuando la mujer bajó del auto, de la torre de vigilancia gritaron que estaba bien. Entonces Jacques movió el coche hacia el lado opuesto de la calle y lo alejó del portón blindado. Sylvia, frente a la puerta de las visitas, esperó a que le abrieran, y apenas hubo entrado, la hoja compacta se cerró tras ella.

A pesar de que la temperatura era bastante baja, Jacques salió del Buick y, con un cigarrillo en los labios, caminó sobre unas piedras para evitar el fango y se recostó al capó, dispuesto a esperar.

Cuando Sylvia salió, tres cuartos de hora después, venía acompañada por un hombre, tan alto como Jacques, quizás más corpulento. Sylvia lo presentó como Otto Schüssler, uno de los secretarios del camarada Trotski. Jacques le estrechó la mano, introduciéndose como Frank Jacson, y cruzó con Otto las habituales frases de cortesía. Tuvo la convicción de que estaba siendo examinado y optó por una actitud entre tímida y arrogante, un poco tonta y fanfarrona, la que mejor le pareció que podía expresar su desconocimiento de la política y su indiferencia por todo lo que significaba aquel sitio.

–Nos dice Sylvia que va a estar por acá un tiempo –comentó Otto, como algo casual.

–Pues no lo sé a ciencia cierta, depende de los negocios. Por ahora van bien. Y si hay dinero fácil, pues aquí estoy.

–Jacques... –dijo Sylvia y se detuvo, consciente de su error y un poco avergonzada por las palabras de su amante–, quiero decir, Frank, vino a abrir una oficina en México.

Las cejas de Otto Schüssler se arquearon. Jacques no le dio tiempo a que pensara más.

–Mi nombre es Jacques Mornard, pero viajo como Frank Jacson. Soy desertor del ejército belga y no sé cuándo podré volver a mi país. No estoy dispuesto a pelear por lo que los políticos no supieron resolver en su momento.

–Es un punto de vista... –Otto hizo una pausa–. ¿Mornard, Jacson?

–Si no es policía de inmigración, como más le guste.

–Pues Jacson –Otto sonrió y le extendió la mano–. Cuide mucho a la pequeña Sylvia. A ella y a sus hermanas todos acá las queremos mucho.

–No se preocupen –dijo y, tras abrirle la portezuela a Sylvia, rodeó el auto evitando el lodo y ocupó su puesto tras el timón.

–Linda máquina –comentó Otto, desde la ventanilla de Sylvia.

—Y muy segura. Como tengo que viajar por todo el país...

Schüssler palmeó suavemente el techo y Jacques puso el coche en marcha.

—¿Me aprobarán para ser tu novio?

Sylvia miró al frente, con las mejillas encendidas de rubor.

—No pude evitarlo, querido. No es paranoia de los guardaespaldas. Están esperando algo. El ambiente se ha caldeado mucho. Entiende, por favor.

—Lo entiendo. Un complot estalinista —dijo y sonrió—. ¿Y qué tal tu jefe?

—No es mi jefe... Y está bien, trabajando mucho. Quiere terminar cuanto antes la biografía de Stalin.

—¿Trotski escribiendo una biografía de Stalin? —el asombro provocó que Jacques aminorara la marcha.

—Es el único que puede decir la verdad sobre ese monstruo. Los demás están muertos o son sus cómplices.

Jacques movió la cabeza, como si negara algo recóndito, y aceleró.

—Me muero de hambre. ¿Qué te gustaría comer?

—Pescado blanco de Pátzcuaro —dijo ella, como si ya lo hubiese pensado.

—¿Dónde lo has probado?

—Me acabo de enterar de que es uno de los platos preferidos de Liev Davídovich.

—Sé de un lugar donde lo preparan... Vamos a ver si tu jefe tiene buen gusto.

—Eres un sol —dijo Sylvia y movió su mano izquierda hacia la entrepierna de Jacques Mornard. Al parecer, la cercanía de su admirado Liev Davídovich le despertaba todos los apetitos.

Tom y Caridad se habían vuelto a esfumar. Unos días antes, en el departamento de Shirley Court, Tom le había advertido a Jacques que en algún momento saldría de México a recibir órdenes, quizás definitivas. Mientras durase su ausencia, el joven solo tendría una misión: acercarse, con la más despreocupada actitud, a la casa del Pato y hacerse familiar a sus vigilantes. En ningún caso debía pedirle a Sylvia que lo introdujera en la fortaleza, pero si lo invitaban, no debía negarse. Si además tenía la ocasión de encontrarse con el exiliado, se mostraría respetuoso y admirado, pero en dosis más bien bajas, si acaso un poco tímido. En su mente debía fotografiar el territorio y empezar a planificar cómo se podría salir de allí en caso de que le correspondiera actuar a él o a cualquier otro encargado de cumplir la misión: la fuga era tan importante como la acción, insistió Tom. La eventual entrada debía ganársela a base de confianza en la evidencia de que un tipo como él nunca sería una amenaza para nadie.

Jacques tuvo un atisbo de que su destino estaba ligado al del renegado cuando Sylvia fue requerida por su ídolo para que lo ayudara en su trabajo por dos o tres semanas. Mademoiselle Yanovitch, encargada de transcribir las grabaciones de los artículos que el exiliado dictaba en ruso, había caído enferma y la presencia en México de Sylvia, que disponía de tiempo, fue como una bendición. Jacques, que tenía unos días de poca actividad, pues el señor Lubeck se hallaba en Estados Unidos realizando importantes transacciones, se brindó a llevarla cada mañana hasta la casa de la avenida Viena y volver en la tarde a recogerla. Mientras ella ayudaba a su «jefe», él estaría poniendo al día papeles y correspondencia en la oficina alquilada en el edificio Ermita. El único problema era que si Sylvia terminaba temprano, debía esperarlo, pues la ineficiencia mexicana había impedido que Jacques contara con el teléfono solicitado dos meses antes.

A lo largo del mes de febrero, tres o cuatro días a la semana la pareja se presentó frente a la casa del exiliado y Jacques, sin bajar del auto, tocaba un par de veces la bocina para anunciar la llegada de Sylvia, a la que de inmediato le franqueaban la puerta. En las tardes, cuando él volvía, rara vez Sylvia lo esperaba fuera y por ello debía aparcar el coche y fumarse un cigarrillo mientras la muchacha terminaba sus labores. Si en los primeros días Jacques Mornard fumaba sin mirar demasiado hacia la casa fortificada, su presencia despreocupada y ya habitual fue quebrando la distancia entre los vigilantes y aquel joven, siempre vestido con elegancia, al que entre los guardianes llamaban «el marido de Sylvia» o Jacson. Otto Schüssler, amante de los automóviles, fue quien volvió a romper el hielo y, siempre que podía, salía a la calle y conversaba con él, pues el belga resultó ser casi un experto en autos de carreras. Más de una vez Sylvia, ya sentada en el Buick, tuvo que esperar a que Jacques, Otto y hasta algunos de los guardias que cubrían la torre, terminaran una conversación sobre motores, embragues y sistemas de frenos.

Una de las primeras tardes en que se enfrascaron en esas charlas, Jacques se había vuelto al escuchar unos ladridos jubilosos. Descubrió al adolescente (el nieto del renegado, Sieva Vólkov, lo reconoció de inmediato) que salía a la calle acompañado por un perro de raza indefinida que caracoleaba a su alrededor. La imagen del perro y el muchacho lo turbó por un momento y, olvidado del diálogo con Schüssler, dio un par de pasos hacia la casa y silbó al animal, que lo observó con las orejas en escuadra. Jacques chasqueó los dedos hacia el perro, que, indeciso, miró al adolescente. Sieva entonces lo palmeó en el cuello y dio dos pasos hacia el marido de Sylvia, que se acuclilló para acariciar al animal.

Jacques Mornard palpó satisfecho la textura de la pelambre lacia y rojiza con la yema de sus dedos. Se dejó lamer las manos y, en voz inaudible para los demás, le dijo en francés algunas palabras de cariño. Por unos instantes estuvo desconectado del mundo, en un recodo del tiempo y del espacio en el que apenas estaban él, el perro y unas nostalgias que creía sepultadas. Cuando recuperó su dimensión, todavía acuclillado, levantó la vista hacia Sieva y le preguntó cómo se llamaba la mascota.

–*Azteca* –dijo el muchacho.

–Es preciso –admitió Mornard–. Y es tuyo, ¿verdad?

–Sí, lo traje cuando era un cachorro.

–Cuando era niño, tuve dos. *Adán* y *Eva*. Unos labradores.

–*Azteca* es un mestizo. Pero mi abuelo siempre tuvo galgos rusos.

–¿Tenía borzois? –la pregunta estaba cargada de admiración–. Son los lebreles más bonitos del mundo. Yo hubiera dado cualquier cosa por tener uno.

–El último que tuvo se llamaba *Maya*. Yo la conocí.

–¿Y vas a dar un paseo con *Azteca*? –preguntó, mientras acariciaba las orejas del extasiado animal.

–Vamos al río...

Jacques se puso de pie y sonrió.

–Disculpa, no me he presentado. Soy Jacson, el novio de Sylvia.

–Yo soy Sieva –dijo el muchacho.

–Diviértete, Sieva... Adiós, *Azteca* –dijo y el perro movió la cola.

–Le caíste bien –dijo Sieva, sonriente, y se dirigió hacia la bocacalle cercana. En ese instante Jacques Mornard pudo palpar en la atmósfera cómo la puerta blindada de la fortaleza empezaba a derretirse ante él. Cada vez tenía más amigos detrás de aquellos muros.

Una tarde de finales de febrero, cuando dobló por Morelos hacia Viena, observó que Sylvia lo esperaba junto a la puerta de la casa, acompañada por una pareja que de inmediato reconoció gracias a las fotografías tantas veces estudiadas. Como siempre hacía, detuvo el auto al otro lado de la calle, bajó, besó a Sylvia y ésta le presentó a Alfred y Marguerite Rosmer, recordándole que año y medio atrás, cuando la había llevado a Périgny para la reunión fundacional de la IV Internacional, había estado frente a la casa de la pareja.

–Sí, cómo no... Hermosa casa –dijo Jacques, con su ligereza habitual–. ¿De vacaciones en México?

Alfred Rosmer le explicó que habían viajado para acompañar a Sieva Vólkov, que hasta poco antes había vivido en Francia («ya lo conozco, a él y a *Azteca*», apuntó el belga, sonriente). Hablaron de la situación en París, de la movilización militar de los jóvenes franceses, y cuando se despidieron, quince minutos después, los Rosmer y los Mornard se prometieron ir a cenar juntos a alguno de los restaurantes de la ciudad que el joven conocía. Con un toque de fanfarronería burguesa, Jacques dejó claro que él invitaba.

Cuando mademoiselle Yanovitch pudo reincorporarse a sus faenas, la ayuda de Sylvia dejó de ser imprescindible, pero Jacques y su Buick volvieron con frecuencia a la fortaleza de la avenida Viena, donde ya nadie se extrañaba de su presencia. Una vez por semana pasaban a recoger a los Rosmer para ir a cenar al centro o, si estaban dispuestos, a la cercana ciudad de Cuernavaca, y algún domingo, a la más apartada Puebla. Durante aquellos paseos se hablaba de lo humano y lo divino y Jacques tuvo que escuchar, con admirada atención, las historias de la larga amistad entre los Rosmer y los Trotski, iniciada antes de la Gran Guerra –«uf, cuando yo estaba aprendiendo a leer», comentó un día Jacques, que en realidad ya había estudiado los pormenores de aquella relación– y, con patente aburrimiento, las conversaciones de los Rosmer y Sylvia sobre la desastrosa invasión soviética a Finlandia y la inminente ofensiva nazi hacia el oeste de Europa, la agresividad creciente de la propaganda comunista mexicana contra Liev Davídovich y hasta cuestiones de política interna de la no muy saludable IV Internacional. Mayor interés demostró cuando supo que Trotski poseía una nutrida colección de cactus y dedicaba un par de horas del día a la atención de su cría de conejos. Pero el tema favorito de Mornard era la vida bohemia de París, en la que había introducido a Sylvia durante los meses que vivieron en Francia, y de la cual resultó estar mucho mejor enterado que los Rosmer.

Una noche en que Jacques había bajado por cigarrillos, cuando regresó a la habitación del hotel, Sylvia le dijo que lo había llamado un tal míster Roberts, urgido de verlo por cuestiones de negocios. A la mañana siguiente, cuando llegó al departamento de Shirley Court, el propio Tom le abrió la puerta. Su mentor le informó que Caridad estaba en La Habana y regresaría en unos días. Él había tenido unas reuniones muy importantes, le comentó, y sirvió café, con los ojos fijos en Jacques.

–Ha llegado la hora de cazar al Pato –dijo.

Ramón sintió el impacto en el estómago. Tom le dio tiempo para que asimilara la noticia y entonces le contó de su nuevo encuentro con el camarada Stalin, esta vez en una dacha que tenía a unos cien kilómetros de Moscú, donde solo celebraba encuentros del más alto secreto. Además de Tom, habían estado Beria y Sudoplátov, y de lo que allí se había hablado, Ramón nada más debía conocer –notó que le había llamado Ramón, pero sin abandonar el francés– lo que le atañía directamente, pues eran asuntos vitales para el Estado soviético. El joven asintió y dio fuego al cigarrillo, corroído por la ansiedad.

–El renegado está preparando su mayor traición –comenzó Tom, mirándose las manos–. Un agente nuestro nos pasó el dato de que los alemanes y el traidor están llegando a un acuerdo para utilizarlo como cabeza de un gobierno de intervención cuando los nazis se decidan a invadir la Unión Soviética. Ellos necesitan un títere, y ninguno mejor que Trotski. Por otra vía hemos sabido que está dispuesto a colaborar con los norteamericanos si son ellos los que, en un giro de la guerra, terminan invadiendo la Unión Soviética. Está dispuesto a pactar hasta con el diablo.

–¡La madre que le parió! –dijo Ramón sin poderse contener.

–Y hay más... –continuó Tom–. Hemos detenido en la Unión Soviética a dos agentes trotskistas con órdenes de asesinar al camarada Stalin. Los dos han confesado, pero esta vez se ha decidido no darle publicidad, porque con la guerra hay que moverse con mayor cautela.

–¿Y cuál es la orden? –preguntó, deseoso de oír una sola respuesta.

–La orden es sacarlo del juego antes de que termine el verano. Hitler se va a lanzar ahora hacia el oeste y no va a intentar nada contra la URSS, pero si avanza por Europa tan rápido como pensamos, en unos meses puede volverse contra nosotros.

–¿A pesar del pacto?

–¿Tú crees en la palabra de ese loco defensor de la pureza aria?

Ramón negó con la cabeza, suave pero largamente. Hitler no era su preocupación y las siguientes palabras de su mentor se lo ratificaron.

–En unas semanas llega a México nuestro espía americano. A partir de ese momento todo se va a mover a marchas forzadas. Primero jugaremos la carta del grupo mexicano. Ya estuve anoche con Felipe y él piensa que si el americano hace su trabajo, ellos podrán hacer el suyo.

–¿Y yo qué hago? –el desencanto de Ramón era patente.

–Seguir adelante, como si nada hubiera sucedido. Sé que has intimado con los Rosmer, y ellos y tu querida Sylvia te van a abrir las puertas de la casa.

—Sylvia tiene que regresar a Nueva York en unos días...
—Déjala ir. Tú seguirás como hasta ahora y, cuando se produzca el atentado de los mexicanos, pase lo que pase, mantendrás esa rutina. Si las cosas salen como esperamos, pues nos vamos todos en unos días. Si falla, traes a Sylvia y empezamos con el otro plan.
Ramón miró al asesor y dijo, con todo su convencimiento:
—Yo puedo hacerlo mejor que los mexicanos.
Los ojos azules de Tom parecían dos piedras preciosas: la felicidad les daba brillo y aquella claridad traslúcida y afilada.
—Nosotros somos soldados y cumplimos órdenes. Pero no te lamentes, ésta es una lucha larga y tú vales mucho... El camarada Stalin sabe que tú eres lo mejor que tenemos, por eso te queremos en el banco, para que si hace falta, salgas y marques el gol. Y en adelante recuerda, cada cabrón segundo de tu vida, que lo más importante es la revolución y que ella merece cualquier sacrificio. Tú eres el Soldado 13 y no tienes piedad, no tienes miedo, no tienes alma. Tú eres un comunista de pies a cabeza, Ramón Mercader.

Jacques Mornard vivió varios días examinándose a sí mismo: quería saber dónde había fallado para que Stalin ordenara, y Tom permitiera, que otros se encargaran de la operación. ¡Él estaba tan cerca! El regreso de Sylvia a Nueva York fue un alivio y él pudo revolcarse en sus depresiones y pensamientos reprimidos. Lamentaba ahora la deserción de Orlov, que le había impedido a África estar en México en aquel momento. Con ella a su lado, habría tenido al menos un consuelo real y unas posibilidades más concretas de haber sido el elegido. África y él, juntos, hubieran sido capaces de derribar las murallas de la casa del traidor y librar al mundo de aquella sabandija que se había vendido a los fascistas.

Antes de viajar, Sylvia le había hecho prometer que no iría a la casa del exiliado hasta tanto ella regresara. La agresividad galopante de los estalinistas mexicanos obligaba a la guardia de la fortaleza y a la policía a estar en alerta máxima, y la presencia de Jacques, con un pasaporte falso y sin motivos concretos para ir a la casa, podía provocar problemas con la justicia mexicana que ella prefería evitar. Él le prometió que no iría a Coyoacán pues, además, pensaba aprovechar la ausencia de su prometida para viajar al sur, donde el señor Lubeck quería establecer nuevos negocios.

Apenas Sylvia partió, Tom ordenó a Ramón que dejara el hotel

Montejo y se trasladara a un campo de turistas ubicado en las inmediaciones de la estación de tren de Buenavista. En algún momento, en las próximas semanas, Tom le llevaría algunas de las armas que podrían utilizarse en un asalto a la casa del Pato y aquel lugar, con amplios jardines arbolados, caminos interiores, *bungalows* independientes, donde entraba y salía gente diferente todos los días, resultaba ideal para ocultar, primero, y extraer, después, un baúl de viaje. Tom le ratificó que ninguno de los que intervenían en aquella operación sabían de su existencia y que él, personalmente, se encargaría de entrar y sacar el armamento.

Ramón permaneció varios días sin abandonar su cabaña, sin comer apenas, fumando y durmiendo. Una molicie provocada por la decepción y la inactividad a la que se veía obligado minó su ánimo. Se sentía estafado: le parecía una injusticia que casi dos años de trabajo, de movimientos planificados y seguros, solo sirvieran para encarnar el papel de custodio de las armas que otros utilizarían. Convencido de que con un poco más de tiempo estaría en condiciones de ejecutar la orden e, incluso, de salir indemne del acto, lo hacía verse a sí mismo como la mejor elección. Albergó incluso la sospecha de que toda esa historia de enviar a los mexicanos para que pareciera un asunto de rencillas locales era una justificación difícil de tragar. ¿Estaría Caridad tras aquella decisión? ¿Dudaría ella de su capacidad o habría tratado de mantenerlo lejos del peligro, con su insoportable propensión a gobernar y decidir la vida de sus hijos? Luego de varios días de encierro, la mañana en que leyó en los periódicos que los ejércitos alemanes habían comenzado su avance al oeste invadiendo Noruega y Dinamarca, sintió un brote de angustia y decidió que él también debía ponerse en marcha y asediar al enemigo.

La tarde en que se presentó en Coyoacán fue Harold Robbins, el jefe de la guardia pretoriana del renegado, quien lo saludó desde la torre de vigilancia. Un Jacques sonriente le explicó que el día anterior había regresado a la ciudad y necesitaba ver a los Rosmer. Robbins les mandó el aviso a Alfred y Marguerite y le preguntó si quería entrar para que conversaran más cómodamente. Jacques sintió que la alegría podía hacerle reventar el pecho, pero de inmediato le dijo que no se preocupara, era cosa de un par de minutos.

Alfred y Marguerite lo recibieron junto a la puerta. Él les habló de su viaje de trabajo, de las cartas en que Sylvia les enviaba saludos, y le entregó a la mujer una escultura de una deidad indígena con rostro felino y cuerpo de mujer, comprada esa mañana en un mercado de la ciudad, asegurándole que la había visto en Oaxaca y, de inmediato, había pensado que a ella le gustaría. Mientras, en la torre se producía un cambio de turno y Robbins, antes de bajar, se despidió de Jacson y cedió su sitio a un joven de pelo claro y piel muy blanca al que el belga veía por primera vez.

–¿Es nuevo? –preguntó a los Rosmer mientras saludaba con la mano al desconocido.

–Llegó hace unos días. Es Bob Sheldon, viene de Nueva York –le explicó Alfred Rosmer, y Jacques pensó si no sería el hombre que Tom esperaba para soltar a la jauría mexicana.

Como ahora volvía a tener tiempo libre, Jacques propuso a los Rosmer verse en dos días para cenar. Le habían hablado de un restaurante francés recién abierto en el centro y tenía curiosidad por probarlo, aunque no le apetecía ir solo. Los Rosmer aceptaron y quedaron en que él pasaría por ellos el viernes, a las siete de la noche.

Aquel viernes 18 de abril, dos sucesos sin relación aparente confirmaron a Ramón Mercader que su destino era entrar en la historia como un servidor de la causa de los proletarios del mundo. En la mañana, mientras caminaba por los jardines del campo de turistas, encontró clavado en un caobo un piolet de alpinista. El hijo del propietario, un muchacho un poco tartamudo con el que había hablado un par de veces, le había contado que practicaba la escalada en las montañas y hasta había insistido en mostrarle sus equipos para aquel deporte. El piolet clavado en el árbol era con toda seguridad del alpinista y, por las diversas heridas que mostraba la corteza del caobo, el joven sin duda había utilizado su tronco compacto y erguido para sus entrenamientos. Ramón tuvo que tirar con fuerza para desprender la punta del piolet hundida en el árbol. Cuando lo tuvo en sus manos y lo calibró, sintió cómo lo recorría una corriente de emoción: aquella púa era un arma letal. Ramón escogió un punto del caobo donde la corteza se levantaba unos milímetros. Tomó distancia y descargó un fuerte golpe con el piolet, que se hundió varios centímetros justo sobre el punto seleccionado. De nuevo tuvo que empeñarse para extraer el acero del alma del árbol y, cuando volvió a tener la picoleta en sus manos, pensó que era un instrumento de muerte perfecto. De regreso a su cabaña, envolvió el piolet en una toalla y lo metió en la maleta que solía cerrar con llave.

La segunda evidencia de que él debía de ser el sujeto del destino se le reveló cuando, al llegar a la fortaleza de la avenida Viena dispuesto a recoger a los Rosmer, Otto Schüssler le dijo que Alfred estaba postrado con una fuerte crisis de disentería, aunque Liev Davídovich insistía en que debía ir al hospital, pues podía tratarse de un ataque de apendicitis enmascarado con la diarrea. Él no lo pensó un instante: le dijo a Otto que él mismo lo llevaría al médico y así ninguno de ellos tendría que salir de la casa.

Jacques invirtió casi toda la noche con los Rosmer, derrochando su gentileza. Los médicos de la Clínica Francesa, tras los análisis físicos y clínicos, dictaminaron una parasitosis especialmente agresiva, potenciada por la falta de anticuerpos de los europeos ante aquellos depredadores tropicales. La venganza de Moctezuma, decían. Tras pagar las facturas y las medicinas, Jacques regresó a Coyoacán con Marguerite y un Alfred aliviado por un suero que le habían suministrado. Como solía hacer cuando venía por Sylvia, tocó dos veces el claxon de su Buick y desde la torre de vigilancia dieron la voz de que Jacson volvía con los Rosmer. Robbins y Schüssler abrieron la puerta blindada y salieron a la calle para enterarse de que todo parecía haberse resuelto. Entre los dos guardaespaldas ayudaron a Alfred a entrar en la casa, mientras Marguerite, con la atención dividida entre su esposo y el amable Jacques, quedó indecisa ante la puerta abierta, a través de la cual el joven pudo ver a Natalia Sedova y, tras ella, la cabeza inconfundible del renegado que, vistiendo una bata de casa, se acercaba a Rosmer y conversaba con él, en medio del patio. Natalia Sedova se aproximó en ese instante a la puerta para congratular a Marguerite por la feliz solución del incidente y agradecerle al señor Jacson por su disposición. Fue entonces cuando Natalia le preguntó si deseaba pasar a tomar un café o comer algo.

–No, gracias, madame, ya es muy tarde y Alfred tiene que descansar.

–Por favor, Jacques –insistió Marguerite Rosmer–, has sido tan amable...

–No, no se preocupen, era mi deber –y lanzó de inmediato su anzuelo al agua–. Otro día, cuando vuelva Sylvia –y comenzó a alejarse, sonriente, mientras Marguerite le reiteraba su gratitud y la de Alfred.

A la mañana siguiente, Jacques escribía a Sylvia contándole que se había visto obligado a romper su promesa de no visitar la casa de Trotski, y le daba los pormenores de lo ocurrido, para repetirle cuánto ansiaba tenerla de vuelta en México. Su cerebro, mientras tanto, bullía de satisfacción: las puertas blindadas de la fortaleza de la avenida Viena eran para él apenas unas cortinas que se podían apartar suavemente, con el envés de la mano.

Como dueños de fuerzas telúricas, Tom y Caridad aparecieron una noche de finales de abril, y desataron el terremoto que trocaría definitivamente la vida de Ramón Mercader. A media tarde le habían telefoneado, anunciándole su visita para las nueve y treinta de esa noche y pidiéndole que estuviera atento al momento en que llegarían, en un Chrysler verde oscuro. Presintiendo que aquella reaparición tendría un sentido definitivo para su vida, él había cenado poco y fumaba un cigarrillo, sentado en el muro de un cantero. Pensaba en cuánto le gustaría volver a tener uno, no, mejor dos perros, con los cuales podría correr, revolcarse por la arena de una playa, acariciar sus pelambres. Se emborrachó de rencor mientras recordaba que el último con el que había tenido una relación había sido aquel *Churro*, salido nadie sabía de dónde y enrolado en el ejército republicano, cuando lo deslumbraron las luces del auto que dobló hacia su cabaña y avanzó hasta detenerse junto a él.

Tom bajó, haciendo tintinear las llaves del auto en su mano, y le indicó a Ramón que lo siguiera. Del otro lado descendió Caridad y, tras intentar sin éxito darle un beso a su hijo, se dirigió a la cabaña. Tom abrió el maletero y él vio el baúl. Tom le advirtió que era pesado y entre los dos levantaron el cofre alargado y avanzaron hacia la cabaña, donde Caridad sostenía la puerta para facilitarles la entrada. Tom, como si ya lo tuviera todo pensado, se dirigió a la habitación y colocaron el baúl a un costado del armario.

Caridad los esperaba en la sala, sentada en un butacón. A Ramón le pareció que había engordado en las últimas semanas: se le veía fuerte y enérgica, como en los días cada vez más lejanos en que se paseaba en un Ford requisado por las calles de Barcelona y demostraba su dureza disparando sobre un perro. Ramón maldijo la ambigüedad de sentimientos que su madre suscitaba en él. Mientras, Tom, sentado frente a Ramón, le explicó que el baúl estaría allí no más de dos semanas.

–La noria ya está dando vueltas –concluyó.

–¿El espía es Bob Sheldon? –preguntó Ramón.

–Sí, y como me imaginaba, no podemos esperar mucho de él. El Camarada Judío lo está trabajando y confía en que por lo menos sirva para abrir la puerta.

El joven guardó silencio. Lo ofendía su situación.

–¿Qué te pasa, Ramón? –le preguntó Caridad inclinándose hacia él–. Cuando te da por hacerte el raro...

–Tú y él ya lo sabéis. Pero no os preocupéis, total...

–¿Te va a dar una rabieta? –la voz de Tom destilaba ironía–. No te voy a repetir lo que ya sabes. Tú y yo cumplimos órdenes. Es así de sencillo. Cada uno sirve a la revolución donde y cuando la revolución lo decida.

–¿Qué hago mientras tanto?

–Esperar –dijo Tom–. Cuando se vaya a dar el golpe, yo te diré qué hacer. De vez en cuando date una vuelta por Coyoacán y saluda a tus amigos. Si te enteras de algo que pueda ser útil, me localizas. Si no, nos mantenemos alejados.

–Es mejor así, Ramón –dijo Caridad–. Tom sabe que puedes hacerlo, pero esto es un problema político muy complicado. Matar a ese hijo de puta traerá consecuencias y la Unión Soviética no puede darse el lujo de que la acusen de haber estado implicada... Eso es todo.

–Lo entiendo, Caridad, lo entiendo –dijo y se puso de pie–. ¿Café?

Desde aquella noche Ramón vivió con la sensación de que lo habían vaciado por dentro. Sentía que, de tanto infiltrarse bajo la piel falsa de Jacques Mornard, ésta se había rebelado y había atrapado dentro de ella a su verdadero y postergado yo: Jacques era quien vagaba por las calles de la ciudad, quien viajaba a velocidades suicidas en el Buick negro, quien pasaba por la fortaleza de la avenida Viena para interesarse por la salud de Alfred Rosmer y conversar nimiedades con Robbins, Otto Schüssler, Joseph Hansen, Jack Cooper y hasta con el recién llegado Bob Sheldon Harte, al que más de una vez invitó a una cerveza en la ruinosa cantina de donde había desaparecido el dependiente desdentado y en la que ahora atendía una joven; era Jacques quien sonreía, escribía cartas de amor a Sylvia Ageloff y miraba con interés los escaparates de las zapaterías y sastrerías de una ciudad tan espléndida como asediada por una miseria que, a un tipo como él, le resultaba invisible. Mientras, Ramón, el fantasma, conjugaba el verbo esperar en todos los tiempos y modos posibles y sentía cómo la vida pasaba por su lado sin dignarse mirarlo.

La mañana del 1 de mayo había ido hasta el paseo de la Reforma, por donde marchaban trabajadores y sindicalistas, para ver los cartones y telas en que se pedía no ya la expulsión del renegado, sino la muerte del traidor fascista, y sintió que aquel reclamo no lo incluía. Desorientado, sin expectativas, podía pasar horas en la cama, fumando, mirando al techo, repitiéndose las mismas y lacerantes preguntas: y después de que pase todo, ¿qué?; el sacrificio y la abnegación, ¿para qué?; la gloria que había creído tener al alcance de sus manos, ¿por cuál vertedero se había deslizado? Ramón había entregado su alma a aquella misión porque quería ser el protagonista, y no le importaba tener que matar, o incluso que lo mataran a él, si lograba su propósito. Se sentía preparado para permanecer toda su vida en la oscuridad, sin nombre y sin existencia propia, pero con el orgullo comunista de saber que había hecho algo grande por los demás. Él quería ser un elegido de la providencia marxista y en ese momento pensaba que ya nunca sería nada ni nadie. Y dos semanas más tarde, cuando Tom regresó para recuperar el baúl, Ramón sintió que su postergación se hacía irreversible.

–¿Cuándo será?

Habían colocado las armas en la cajuela del Chrysler y se miraban a los ojos, sentados en los butacones de la cabaña.

–Pronto –Tom parecía molesto.

–¿Te pasa algo?

Tom sonrió, con tristeza, y miró al suelo, donde la puntera de su zapato golpeaba levemente un saltillo entre dos baldosas.

–Tengo miedo, Ramón.

La respuesta de su mentor lo sorprendió. No se le escapó el detalle de que nuevamente le llamara Ramón mientras le confesaba algo que jamás esperó oír en los labios de aquel hombre. ¿Debía creerle?

–Griguliévich y Felipe lo han preparado todo del mejor modo posible, pero no confían en los hombres que tienen. Sheldon puede hacer su parte, pero los otros...

–¿Quién estará al frente?

–El Camarada Judío.

–¿Y él no confía en sí mismo?

–Va a ser un atentado con mucha gente, muchos tiros. Un espectáculo a la mexicana... Son hombres con experiencia en la guerra, pero un atentado es otra cosa.

–¿Y por qué no lo cancelan?

–Te acuerdas del hotel Moscú, ¿verdad? ¿Quién le dice a Stalin que ese atentado se puede cancelar?

Ramón se inclinó hacia delante. Podía escuchar la respiración de Tom.

–¿Y qué le dirás si fallan?... Déjame ir con ellos, coño...

Tom lo miraba a los ojos. Ramón sintió la ansiedad en el pecho.

–Sería una solución, pero no es posible. Cuando te identifiquen se van a dar cuenta de que no es una acción planificada por los mexicanos, sino una conspiración que nace en otra parte.

–¿Y si alguien identifica a Felipe?

–Sería un español que estuvo con los mexicanos en la guerra civil. Esa fachada ya está montada.

–Yo también soy español... y belga y...

-¡No puede ser, Ramón! Óyeme bien: el atentado es perfecto, pero siempre puede pasar algo inesperado, que hieran al Pato y sobreviva, no sé. Yo mismo le dije al camarada Stalin que debía contarse con la posibilidad del fracaso. Y también le dije que si eso sucedía, tú entrarías en el juego. Pero no se puede cancelar ni puedo mandarte a ti... –Tom se puso de pie, encendió un cigarrillo, miró hacia el jardín–. Deberías alegrarte de no tener que participar en esto. Sabes que la vida de todos los que entren en esa casa puede ser muy difícil desde ese momento. Si nada más capturan a uno, los otros caerán como un dominó. Y van a cogerlos, eso seguro... Además, desde el principio te dije que tú eras mi mejor opción, pero no la primera. Si ellos hacen bien las cosas, mejor para todos, así fue como lo planificamos. ¿Viste lo que pasó el primero de mayo, cómo se pelearon los del Partido y los trotskistas en la calle? ¿Quién va a sospechar de nosotros cuando un grupo de comunistas mexicanos ejecuten a un traidor que incluso colabora con los americanos para dar un golpe de Estado en México? Y de todas maneras, aunque ellos le digan a la policía lo que le quieran decir, nunca habrá evidencias de que esos hombres estuvieron mezclados con nosotros...

–Entiendo todo lo que dices. Pero no puedes pedirme que esté contento por haber trabajado tres años para nada.

Tom al fin sonrió. Aplastó la colilla en el cenicero y caminó hacia la puerta.

–Ojalá nunca pierdas esa fe que tienes, Ramón Mercader. No te imaginas cómo la vas a necesitar si te toca entrar en escena. Te aseguro que no es fácil matar a un hombre como ese hijo de puta de Trotski.

Jacques Mornard puso sobre la hornilla el agua para el café y se ajustó el fajín de la bata de boxeador que usaba para andar en casa. Cuando salió al pequeño portal comprobó, contrariado, que los periódicos de la mañana no habían llegado. La semana anterior había duplicado la propina al muchacho que le traía la prensa con la condición de que se la dejara en su puerta antes de las siete de la mañana. Regresó a la cocina, coló el café y bebió una pequeña taza. Encendió un cigarrillo y se dirigió hacia las oficinas del encargado. El mes de mayo se esfumaba, pero la mañana era fresca gracias a la lluvia de la noche anterior. Avanzó por el camino de grava y maldijo al sentir cómo las pantuflas se le humedecían. En la puerta de la cabaña donde funcionaba la conserjería, el encargado de la mañana colocaba herramientas de jardinería en una carretilla.

—Buenos días, señor Jacson, mande usted —el hombre sonreía y hacía unas cortas genuflexiones.
—El chico de la prensa, ¿qué le ha pasado hoy?
El encargado sonrió más. Sus dientes eran increíblemente blancos y, milagrosamente, no le faltaba ninguno.
—Es que no han salido muchos periódicos. Los está esperando.
—¿Qué historia es esa de que no han salido los periódicos?
—Ah, señor, por lo que pasó anoche —el encargado volvió a sonreír—. Es que trataron de matar al piochitas Trotski. Lo están diciendo en la radio.

Ramón dio media vuelta y, sin despedirse del encargado, regresó a su cabaña. Si había entendido bien, el hombre había hablado de un intento, no de una ejecución. Encendió la radio y buscó en el dial hasta hallar una emisora que comentaba la noticia: un comando armado había penetrado esa madrugada en la casa de León Trotski y, a pesar de los numerosos disparos que efectuaron, no habían logrado su propósito de matar al revolucionario exiliado. Los atacantes (se decía que Diego Rivera, pistola en mano, estaba entre ellos) habían logrado huir y el presidente Cárdenas en persona había ordenado que se iniciara una exhaustiva investigación, hasta dar con los autores del frustrado crimen. A medida que digería esas palabras y asumía las consecuencias (¿Diego Rivera en el asalto?), Ramón sintió que una extraña mezcla de ansiedad y alegría se apoderaba de él. Mientras se vestía a toda prisa, escuchó la ampliación de la noticia: se hablaba de un herido, de asaltantes vestidos de militares y de policías, del secuestro de uno de los guardaespaldas del renegado.

Marcó el número del apartamento de Tom en Shirley Court y no obtuvo respuesta. ¿Qué haría ahora? Jacques Mornard se tomó un tiempo para reflexionar. Tom había urdido un plan lleno de vericuetos que escapaban a su comprensión. ¿Habían logrado utilizar las diferencias políticas entre el renegado y el gordo Rivera para que éste se pusiera al frente de un comando asesino, o simplemente lo habían amenazado con ventilar los deslices de su mujer, la pintora coja? Se hablaba de veinte hombres armados, de cientos de disparos y de ningún muerto. ¿Cómo era posible? Si un profesional como Felipe había estado dentro de la casa, ¿era verosímil que el Pato siguiese vivo? Había en aquel hecho algo turbio que desafiaba a la lógica más elemental. En cualquier caso, pensó, el fracaso del atentado lo ponía de un golpe en la primera línea de combate por la que tanto había pugnado. Los sostenidos temores de Tom respecto al éxito de la operación ahora cobraban una luz poderosa, y llegó a pensar si en realidad aquel fracaso no tendría una intención. Pero ¿cuál? Entrar a la casa del Pato, tenerlo a merced de diez fusiles, y no cazarlo, ¿por qué, para qué? ¿Habría sido él, desde siempre, el encargado de la misión? La cabeza le iba a explotar. La evidencia de que se había convertido en la alternativa real seguía produciéndole una recóndita alegría revolucionaria pero, con ella, comenzaba a levantarse el fantasma de un temor inesperado, subrepticio, ante la responsabilidad que eso conllevaba. Bebió más café, fumó otros dos cigarrillos y, cuando se sintió en condiciones de ponerse en movimiento, se colocó el sombrero y abordó el Buick.

Mientras conducía hacia Shirley Court, Ramón notó que su pecho estaba a punto de estallar de angustia. Nunca había sentido tan nítidamente esa opresión, y pensó si no sería una angina como la que padecía Caridad. Cuando preguntó al encargado de los apartamentos si los señores Roberts estaban, el hombre le explicó que habían viajado la noche anterior.

Ramón Mercader dejó el Buick en el parqueo de los departamentos y salió hacia Reforma, congestionada de transeúntes, vendedores, autos, mendigos y hasta prostitutas de horario flexible: una humanidad abigarrada, envuelta en el escape de los motores y los gritos de los voceadores de periódicos que anunciaban la milagrosa salvación del «piochitas» Trotski. La ciudad parecía enloquecida, a punto de estallar, y el joven se encontró mareado en medio del gentío y la algarabía. Recostado a una pared, levantó la vista hacia el cielo transparente, limpio por la lluvia de la noche anterior, y tuvo la certeza de que su destino se decidiría bajo aquel cielo diáfano y transparente.

23

El 2 de mayo de 1939, los Trotski mudaron las camas, la mesa de trabajo, y pusieron carbón en las hornillas. La casa del número 19 de la avenida Viena era ya su casa. Aunque apenas significaba un cambio de cárcel, Liev Davídovich sintió que con aquel tránsito ganaba una enorme libertad. ¿Puedo sentirme feliz, tengo derecho a ese sentimiento humano?, se preguntaría al sentarse en *su* despacho y mirar en derredor: el patio que se veía desde la ventana estaba arruinado y las obras principales aún no habían concluido, pues, a pesar de la estricta administración de Natalia Sedova y el trabajo «estajanovista» de los secretarios, los fondos se habían agotado. Pero él no podía vivir un día más bajo el mismo techo que Rivera. En los dos últimos meses ni siquiera se habían hablado y él lamentaba el modo en que terminó aquella amistad, pues nunca podría olvidar que, por la razón que fuese, Rivera lo había ayudado a viajar a México, le había brindado su hospitalidad y contribuido a que recuperara el aliento luego de la terrible experiencia de los meses finales del exilio noruego.

Desde muy joven él había pensado que la peor de las agresiones a la condición humana es la humillación, porque desarma al individuo, agrede lo esencial de su dignidad. Él, que a lo largo de su vida había sufrido todos los insultos y calumnias posibles, nunca se había sentido tan al borde de la humillación como cuando Natalia y Jean van Heijenoort le impidieron, después de su último cumpleaños, abandonar la Casa Azul y gritarle a Rivera la repugnancia que le provocaban su exhibicionismo, sus poses de macho mexicano, su inconsistencia de payaso político. Hacía tiempo que sabía que si lo había acogido en su casa, y quizás hasta aceptado que su mujer se tendiese en su cama, solo había sido para utilizarlo como argumento de su pretendida heterodoxia, un trampolín hacia las páginas de los periódicos. Pero cuando las cosas alcanzaron el nivel que definitivamente debían alcanzar, su bondad condicionada se había deshecho y él había mostrado su verdadera catadura.

La tensión se había agravado con el inevitable choque entre la ambición de Rivera y el sentido de la responsabilidad de Liev Davídovich, cuando éste se opuso a que el pintor ocupara la secretaría mexicana de la IV Internacional. Pero la situación desbordó los límites de lo permisible tras el anuncio de Rivera de su ruptura con el general Cárdenas y su decisión de apoyar la candidatura presidencial del derechista Juan Almazán. Aunque el exiliado sabía que todo se debía a su insolencia, trató de advertir al pintor lo dañina que resultaba su defección para el proyecto progresista de Cárdenas, y la respuesta obtenida había sido tan ofensiva que, ese mismo día, decidió dar por terminada su estancia en la Casa Azul: Trotski no podía darle lecciones de política a nadie, le había dicho su anfitrión, nada más a un lunático podía ocurrírsele fundar una Internacional que no era otra cosa que un esfuerzo jactancioso con el que se convertía en jefe de algo.

Si en otros tiempos se había ido del mismísimo Kremlin, ¿cómo no largarse ahora de la Casa Azul? Si se marchaba y se iban a un sitio poco protegido, su vida peligraría, lo cual no le importaba demasiado, pero Van Heijenoort le había recordado que también ponía en riesgo la vida de Natalia. Liev Davídovich tuvo que bajar la cabeza, aunque hizo pública su ruptura con Rivera y su desacuerdo con el viraje político del pintor, urgido de que no se le vinculase con aquel desatino que atacaba directamente al general Cárdenas con quien el asilado se sentía tan comprometido.

A principios de año Liev Davídovich había escrito a Frida, que seguía por Nueva York, con la esperanza de que ella fuese capaz de aliviar la crisis, pero nunca recibió respuesta. Mientras, Rivera, que ahora se declaraba almazanista, anunciaba su ruptura con el trotskismo por considerarlo una ideología aventurerista –¿necesitaba repetir las consignas moscovitas si se decía antiestalinista?– que le hacía el juego a los fascistas en contra de la URSS.

Jean y los demás secretarios intensificaron la búsqueda de un sitio seguro y al fin optaron por alquilar una casa de ladrillos, con un amplio patio sombreado, en la cercana avenida Viena, una calle polvorienta, donde había unas pocas chozas. La casa tenía las ventajas de poseer muros altos y resultar inaccesible por el fondo, donde corría el río Churubusco. Pero la construcción llevaba diez años abandonada, y exigiría mucho trabajo hacerla habitable. Ya decididos por esa opción, él había tratado de ofrecerle a Diego una renta por los meses que demoraría la recuperación de la casa, pero el pintor ni siquiera lo recibió, dispuesto a hacer patente su intención de humillarle. La tensión cobró entonces un nivel tal que Van Heijenoort le confesó a Liev Davídovich que incluso temía una acción violenta y desproporcionada por parte de Rivera.

Aquella crisis apenas le había permitido seguir con la cercanía deseada los acontecimientos que ocurrían fuera de la Casa Azul. A duras penas había podido concentrarse en la reorganización de la sección norteamericana, minada de caudillismo, o conversar con Josep Nadal sobre la gravedad de los acontecimientos españoles tras iniciarse la ofensiva franquista hacia Cataluña, el último reducto republicano, además de Madrid. En México, mientras tanto, los ataques contra su presencia entraban en una peligrosa espiral, y al tiempo que Hernán Laborde, el secretario del Partido Comunista, exigía al gobierno su expulsión con amenazas de ruptura política, la derecha había teñido sus protestas de un antisemitismo oscuro y fascista. Liev Davídovich vivía envuelto en la sensación de que el cerco se estrechaba: los puñales y revólveres estaban cada vez más próximos a su encanecida cabeza.

La rehabilitación de la casa estaba resultando más compleja de lo que estimaron: Natalia había ordenado alzar aún más los muros, construir torres de vigilancia, recubrir con planchas de acero las entradas, instalar un sistema de alarma. En algún momento él le había preguntado si le estaban preparando una casa o un sarcófago.

Como permanecía casi todo el día encerrado en su habitación de la Casa Azul, Liev Davídovich había aprovechado su tiempo y había escrito un análisis sobre el fin previsible de la guerra civil española y la derrota de un movimiento revolucionario que, quizás, hubiera podido retrasar y hasta evitar la conflagración europea. Nadal le había contado que, en los últimos meses del año anterior, el gobierno español había reclamado más armas a sus aliados, en un intento desesperado por salvar la República. Los soviéticos, efectivamente, hicieron un envío a través de Francia, pero París se negó a permitir el tráfico del armamento por sus fronteras y aquel fracaso había sido definitivo: los soviéticos, o bien cansados de una guerra sin futuro, o bien decididos a cortar de raíz su compromiso, desistieron del intento y desde ese momento España quedó a la deriva, pues, mientras los fascistas volcaban su potencia militar sobre el suelo español, Stalin desplazaba la mirada y comenzaba a preocuparse por lo que siempre había sido su verdadero interés: sus vecinos de la Europa del Este.

Después de muchos meses sin información alguna sobre Seriozha, un periodista norteamericano, recién llegado a Nueva York tras una estancia en Moscú, les había escrito contándoles que un colega suyo había logrado entrevistarse con un preso recién liberado por el nuevo jefe de la NKVD, Laurenti Beria. El ex confinado le narró que unos meses atrás había visto con vida a Serguéi Sedov y que otro detenido le había dicho que Seriozha se encontraba en el campo de Vorkutá en 1936, durante la huelga de los trotskistas, donde había estado a punto de morir de hambre; pero en 1937 lo habían trasladado a la tenebrosa cárcel de Butirki, en Moscú, donde lo habían torturado para que entregara una confesión contra su padre, y que había sido de los pocos prisioneros que resistieron sin flaquear. El preso anónimo decía haberlo conocido en un campo del Subártico, donde los otros confinados hablaban de Serguéi Sedov como de un indomable.

Natalia y Liev Davídovich habían creído a pie juntillas la noticia, aun cuando más de una vez pensaran que probablemente todo fuera un malentendido, pues difícilmente su hijo hubiera podido salir con vida de Vorkutá o de Butirki, sitios peores que el sexto círculo del infierno. Pero no podían evitar sentirse orgullosos cuando oían siempre la misma versión sobre la actitud de Seriozha, que parecía ser lo único de lo cual no existían dudas: había resistido los interrogatorios sin firmar confesiones contra su padre. Y se consolaban pensando que si Stalin se había cebado con su vida inocente, Seriozha lo había vencido con su silencio.

Un nuevo congreso del Partido Comunista de la Unión Soviética, celebrado a principios de año, le había dejado a Liev Davídovich varias certezas. En el plano internacional, le había hecho más evidente la voluntad de Stalin de buscar una alianza con Hitler; en el plano nacional, la cínica pretensión de realizar otro borrón histórico y endilgarle los excesos de las purgas a los defenestrados jefes de la GPU. Para indignación de unos pocos y para confirmación popular de sus buenas intenciones, el Gran Capitán había criticado a los ejecutores de la purga, pues había estado acompañada, eran sus palabras, de «más errores de los esperados». Entonces, ¿todo habría ido bien si solo se hubieran cometido los errores esperados? ¿A cuántos se podía fusilar por equivocación? Lo más alarmante era que ya nadie de los que en el mundo reconocían la honestidad de Stalin parecía recordar que unos meses antes el montañés había enviado una pomposa felicitación a Yézhov y los jefes de la NKVD: sólo parecía importarles que el Genio hubiese advertido sobre la existencia de «deficiencias» en la operación, tales como los «procedimientos simplificados de investigación» y la falta de testigos y pruebas. ¿Y dónde había estado Stalin mientras aquello ocurría?, el exiliado le había preguntado a un mundo que, tampoco esa vez, le había respondido.

En realidad, la más dramática de las certezas históricas que le había revelado el Congreso fue constatar que el Secretario General por fin había llegado a donde deseaba en su ascenso hacia el cielo del poder. El terror de aquellos últimos años le había permitido sacar de la escena, de una forma u otra, a dieciocho de los veintisiete miembros del Politburó elegidos en el último congreso que presidió Lenin, y dejar con cabeza apenas al veinte por ciento de los miembros del Comité Central elegidos en 1934, cuando la situación, por última vez, estuvo a punto de írsele de las manos. Stalin había demostrado ser un verdadero genio de la componenda: su exitosa eliminación de cualquier oposición dentro del Partido (apoyándose en el acuerdo sobre la ilegalidad de las facciones promovido por Lenin) se convirtió en su arma política más eficaz para esfumar la democracia y, después, instaurar el terror y llevar a cabo las purgas que le daban el poder absoluto. Tal vez el primer error del bolchevismo, debió de pensar Liev Davídovich, fue la radical eliminación de las tendencias políticas que se le oponían: cuando esa política pasó del exterior de la sociedad al interior del Partido, el fin de la utopía había comenzado. Si se hubiera permitido la libertad de expresión en la sociedad y dentro del Partido, el terror no hubiera podido implantarse. Por eso Stalin había emprendido la depuración política e intelectual, de manera que todo quedara bajo el control de un Estado devorado por el Partido, de un Partido devorado por el Secretario General: exactamente como Liev Davídovich, antes de la abortada revolución de 1905, le predijo a Lenin que ocurriría.

Para coronar aquella serie de derrotas, una tarde de marzo había llegado a la Casa Azul Josep Nadal con varios periódicos en las manos y el color de la decepción en el rostro. El ejército republicano se había rendido y las tropas de Franco se paseaban por Madrid. Liev Davídovich sabía que en los próximos meses las represalias serían terribles y se compadeció de los republicanos que no habían podido o querido huir de una España ganada para un fascismo cínico y grotesco. Lo más triste había sido ver cómo un país valiente, que tuvo la Revolución al alcance de sus dedos, había sido sacrificado por los dueños de la Revolución y el socialismo, tal como años atrás hicieran con los comunistas chinos o con los obreros alemanes. ¿Tan difícil era ver aquella serie de traiciones?, había preguntado, observando el rostro de Nadal.

La nueva vida en la casa de la avenida Viena colocó a la familia en la coyuntura de tener que contar solo con sus propios recursos económicos. Los derechos de autor de Liev Davídovich eran cada día más magros, pero el anticipo cobrado por la edición inglesa del *Stalin* y las colaboraciones con los periódicos les permitieron salir adelante. Al exiliado le amargaba que una parte de ese dinero se esfumara en el esfuerzo de convertir la quinta en una trinchera: porque, por altos que fuesen los muros, por inexpugnables que parecieran las puertas, cuando se diera la orden la mano de la GPU encontraría una grieta en la tierra para llegar hasta él. Y, lo presentía, más aún, lo sabía, la orden había sido dada: cuanto más inminente fuese la guerra, más cercana estaría su muerte.

Natalia y los guardaespaldas trataron de extremar la vigilancia de cada una de las personas que los visitaban, pero él se negó a atravesar los límites de la suspicacia y caer en los territorios de la paranoia. La gran ventaja de vivir en su propia casa era poder relacionarse libremente con las personas que le interesaban, y desde que se instalaron había comenzado a recibir visitas de políticos, filósofos, profesores universitarios, simpatizantes mexicanos y de otros países, republicanos españoles recién llegados, muchos de los cuales se habrían sentido incómodos con la cercanía de Rivera o, simplemente, hubieran preferido no visitarlo en la Casa Azul. Aquellos encuentros y los amigos que conservaba eran su contacto con el mundo, y sus opiniones le servían para informarse, para reafirmar o atemperar ideas.

Con cierta frecuencia, los Trotski hacían escapadas en el auto que habían comprado. Lo decidían de forma aleatoria, casi sorpresiva: los empleados de la casa nunca sabían cuándo sería y, en ocasiones, ni siquiera los guardaespaldas, a los que muy poco antes Van Heijenoort les advertía de la salida. Como la situación en México era cada vez más explosiva (desde que el país había entrado en campaña electoral comenzaron a jugar con la presencia del acogido como otra de las promesas políticas), apenas visitaban la ciudad y, cuando lo hacían, él se ocultaba en el asiento trasero. Pero, decididamente, las salidas al campo era con lo que más disfrutaba Liev Davídovich. Daba largos paseos que su cuerpo agradecía, embotado por tantas horas de trabajo sedentario, y se entregaba a lo que pronto se convirtió en uno de sus hobbies preferidos, la recolección de cactus raros, que trasplantaba al patio de la casa. La maravillosa variedad de aquellas plantas que ofrecía la tierra mexicana convertía la búsqueda de especies en una aventura, que a veces les llevaba por terrenos difíciles y muchas horas de esfuerzo, para desenterrar las raíces del cactus con picos y palas y finalmente trasladarlo al auto. Natalia llamaba a esas jornadas «días de trabajo forzado», pero volver a casa con ejemplares que plantaban con sumo cuidado era un premio al empeño. Una tarde, mientras acomodaba uno de los cactus más singulares de su colección, Liev Davídovich recordó la orden de no sembrar ni un rosal en la casa de Büyük Ada. ¿Eran aquellos cactus la imagen de su derrota?

Cuando la casa reunió las condiciones mínimas para trabajar, decidió dar el impulso final a la biografía de Stalin. Natalia, tan radical en sus actitudes, insistía en que rebajaba su talento al empeñarse como retratista del georgiano, y pensaba que muchos dudarían de sus juicios a causa del enfrentamiento que sostenían ambos desde hacía tantos años. También sus editores le habían instado a que escribiera una biografía de Lenin y le hablaron de notables adelantos. Pero Liev Davídovich deseaba revelar al mundo la verdadera catadura del zar rojo. Aun cuando sabía que por momentos la pasión lo cegaba, no llegaba al punto de desvirtuar la verdad: las monstruosidades del culto a Stalin y sus crímenes le repugnaban, y ese sentimiento debía impregnar la obra. Si de sus páginas iba brotando una figura siniestra, casi reptil en su camino hacia el poder, era porque Stalin siempre había sido de ese modo. Sus años de lucha clandestina lo habían dotado de esa capacidad para trabajar su ascenso en la oscuridad y un día hacerse con el poder (ayudado por la desidia de Lenin, por el miedo congénito de Zinóviev, Kámenev y Bujarin, y por su maldito orgullo, contó: ¿o la dictadura fue una necesidad histórica insoslayable, la única alternativa del sistema?). Pero lo que más lo alentaba a dedicarse a la escritura de aquel libro desolador era el convencimiento de que, como le ocurriera al también deificado Nerón, después de su muerte las estatuas de Stalin serían derribadas y su nombre borrado de todas partes: porque la venganza de la historia suele ser más poderosa que la del más poderoso emperador que jamás hubiese existido. Liev Davídovich estaba seguro de que, cuando Luis XIV afirmó *«L'État c'est moi»*, estaba enunciando una fórmula casi liberal en comparación con las realidades del régimen de Stalin. El Estado totalitario implantado por él había ido mucho más allá del cesaropapismo, y por eso el Secretario General podía decir, con toda justicia, *«La société c'est moi»*. Pero el mundo debía recordar que tanto Stalin como la sociedad construida a su medida eran seres profundamente enfermos. El terror de esos años no había sido solo un instrumento político, sino también un placer personal, una fiesta para los sentidos alterados del Sepulturero y para la hez de la sociedad rusa. A nadie debía extrañarle que ese terror hubiera alcanzado incluso a la familia y a los más allegados a Stalin (¿por qué se suicidó Nadezhda Alliluyeva?: denme una respuesta convincente que no tenga a Stalin al otro lado del disparo, pensaba). Lo más terrible era la certeza de que el terror había tocado al mismo Lenin, al cual, Liev Davídovich estaba convencido, Stalin había envenenado: éste sabía que Vladimir Ílich, apenas se lo permitieran su cuerpo y su cerebro devastados, dirigiría su primer movimiento a conseguir su sustitución como Secretario General.

Mientras avanzaba el verano de 1939, Liev Davídovich se reafirmaba en la certeza de que el inicio de la guerra en Europa era cuestión de días. El ambiente, también en su entorno más cercano, se caldeaba y aceptó la sugerencia de secretarios y amigos de poner mayor cautela en sus movimientos: la animosidad de los estalinistas locales crecía, y aquella atmósfera estaba destinada a preparar el terreno para acciones mayores. Durante el último año, las manifestaciones que pedían su salida de México se habían convertido en una campaña en la que ahora exigían su cabeza. En mítines como el recién celebrado en la Arena México, se habían presentado incluso oradores no mexicanos y la bola de fuego había tomado proporciones tenebrosas. Él sabía que si comenzaba la guerra, Stalin haría lo indecible por liquidarlo, pues, aun desde su confinamiento, él era la única bandera capaz de desafiarlo y no correría el riesgo de que Liev Davídovich pudiera regresar a territorio soviético y organizar una oposición a su sistema.

Por ello, imponiéndose a sus opiniones, Natalia había continuado las labores de fortificación de la casa y decidido reducir las visitas de periodistas, profesores y simpatizantes que con frecuencia le pedían un encuentro. El número de hombres que lo protegían aumentó, aunque confrontaban el problema de que aquellos jóvenes acudían a México por unos meses y, precisamente cuando estaban preparados para su misión, debían volver a sus países. El resultado de aquella paranoia colectiva fue que volvió a vivir prácticamente enclaustrado, y su marginación se le hacía especialmente dolorosa en aquellos días de verano, los más amables para el paseo y la pesca. Decidido a procurar una distracción a sus muchas horas de trabajo, tuvo entonces la idea de criar conejos y gallinas, y comenzó a pedir libros sobre el tema: si iba a intentarlo, lo haría científicamente.

Lo que más preocupaba a Natalia Sedova, en verdad, era que la salud de su esposo, tan quebradiza en los últimos años, sufría el rigor de una altura que le provocaba un permanente estado de alta tensión sanguínea. Sus digestiones seguían siendo difíciles, y solo una alimentación ligera, a horas fijas, lo salvaba de males mayores. Definitivamente, la vida de paria llevada durante años le pasaba factura y, al borde de los sesenta, el propio Liev Davídovich debía admitir que se había convertido en un viejo, al punto de que muchas personas le llamaban precisamente así, el viejo Trotski, o simplemente, «el Viejo»...

Cuando Liev Davídovich escribía sobre la cercanía de la guerra no podía dejar de advertir que la URSS de aquellos días quizás resultaría una víctima fácil para la aviación y los tanques alemanes. Stalin (que lo acusaba de oportunista y traidor cuando publicaba esos análisis) había debilitado hasta tal punto la potencia militar del país que, lo sabían todos, solo un milagro podría salvarlo. Y ese milagro, nadie podía decirlo mejor que Liev Davídovich, era el soldado soviético, cuya capacidad de sacrificio no tenía igual en el mundo. Pero el precio que se pagaría sería el de muchas vidas que pudieron haberse salvado. ¿Qué necesitaba Stalin para resistir un ataque alemán? Ante todo, tiempo, escribió. Tiempo para reforzar las fronteras y para rehacer un ejército descabezado. Y también necesitaba que la Europa occidental resistiese el embate fascista, al menos por ese lapso que precisaba Stalin. Por ello, cuando el 23 de agosto de 1939 se difundió la noticia, Liev Davídovich apenas se sorprendió, aunque sintió un profundo asco. Las emisoras de radio, los periódicos del mundo, de izquierdas o de derechas, comunistas o fascistas, grandes o pequeños, todos tenían ese día el mismo titular: la Unión Soviética y la Alemania nazi habían firmado un Pacto de No Agresión, un pacto de entendimiento...

La reacción a la noticia de que Von Ribbentrop y Molotov, como ministros de Exteriores, habían alcanzado un acuerdo, del que, obviamente, solo se había hecho pública una parte, asombró a más gentes en el mundo de lo que Liev Davídovich hubiera imaginado. La consumación de un tratado que dejaba a Hitler las manos libres para lanzarse sobre Occidente resultaba incomprensible para las mentes de buena y hasta de mala voluntad que, a pesar del terror y los procesos criminales, habían seguido defendiendo a Stalin como el Gran Conductor de la clase obrera. Por eso el exiliado se atrevió a predecir que por los siglos aquella fecha iba a ser recordada como una de las más extraordinarias traiciones a la fe y la credulidad del hombre.

Liev Davídovich sabía que Stalin pronto argumentaría que la defensa de la URSS era prioritaria, y que si Occidente había dado vía libre al expansionismo alemán con el Pacto de Munich, el país tenía derecho a evitar una guerra con Alemania. Y llevaría parte de razón. Pero el rastro fangoso de la humillación ya nunca podría borrarse, escribió; ver que el radical antifascismo de la URSS no era tal provocaría un desengaño masivo, y la inocencia de millones de creyentes, cuya fe había resistido todas las pruebas, tal vez se perdería para siempre. Pero los obreros y militantes desmoralizados quizás tuvieran en breve la oportunidad de convertir la vergüenza en un impulso para alcanzar la revolución pospuesta. Se acercaban días de dolor, pero tal vez también tiempos de gloria para una nueva generación de bolcheviques, armados con la amarga experiencia vivida, dentro y fuera de la Unión Soviética, concluyó.

Menos de diez días después, cuando la Wehrmacht invadió Polonia, Liev Davídovich notó que los alemanes parecían penetrar con demasiada cautela en territorio polaco, como si sus tanques avanzaran con el freno echado. Pero cuando dos semanas más tarde las tropas soviéticas entraron en Polonia, el exiliado entendió las proporciones del pacto. Los dos dictadores, como lo suponía, extendían su mano sobre la otra vez sacrificada Polonia. Lo curioso fue que las potencias occidentales que habían declarado la guerra a los nazis aceptasen, sin grandes protestas, que Stalin hiciera lo mismo que Hitler. La hipocresía de la política, pensó, puede desbordar los pozos más profundos.

En aquel instante, Liev Davídovich era un hombre con el alma angustiosamente dividida. Algún día, se dijo, se reconocerá que fueron los errores de los revolucionarios, más que los empeños de los imperialismos, los que retrasaron los grandes cambios de la sociedad humana, pero, aun con aquella convicción y después de tantas infamias, bajezas políticas y crímenes de todo tipo, él seguía creyendo que la defensa de la URSS contra el fascismo y el imperialismo constituía el gran deber de los trabajadores del mundo. Porque Stalin no era la URSS, ni el representante del verdadero sueño soviético.

Le avergonzaba, por lo que significaba para el ideal socialista, saber que, tras invadir Polonia, Stalin imponía allí el orden soviético con la misma furia con que Hitler exportaba la ideología fascista. Aquella burda exportación del modelo soviético a Polonia y la Ucrania occidental traería la desmoralización de los obreros europeos al ver el oportunismo político del estalinismo. Por su parte, los habitantes de aquellas regiones invadidas, víctimas históricas de los imperios rusos y germanos, seguramente ya se habrían preguntado qué diferencia existía entre un invasor y otro, y a Liev Davídovich no le extrañaría que, muy pronto, muchos de aquellos pueblos llegasen a considerar a los nazis sus libertadores del yugo estalinista.

Aun así, Liev Davídovich sentía como un peso abrumador la contradicción de no saber hasta qué punto resultaba posible oponerse al estalinismo sin dejar de defender a la URSS. Le atormentaba no poder discernir del todo si la burocracia era ya una nueva clase, incubada por la revolución, o solo la excrecencia que siempre había pensado. Necesitaba convencerse a sí mismo de que todavía resultaba posible marcar una distancia cualitativa entre fascismo y estalinismo para tratar de demostrarles a todos los hombres sinceros, anonadados por los golpes bajos de la burocracia termidoriana, que la URSS conservaba la esencia última de la revolución y *esa* esencia era la que debía defenderse y preservarse. Pero si, como decían algunos, vencidos por las evidencias, la clase obrera había mostrado con la experiencia rusa su incapacidad para gobernarse a sí misma, entonces habría que admitir que la concepción marxista de la sociedad y del socialismo estaba errada. Y aquella posibilidad lo colocaba frente al meollo terrible de la cuestión: ¿era el marxismo apenas una «ideología» más, una forma de falsa conciencia que llevaba a las clases oprimidas y a sus partidos a creer que luchaban por sus propios fines cuando en realidad estaban beneficiando los intereses de una nueva clase gobernante?... El solo hecho de pensarlo le producía un intenso dolor: la victoria de Stalin y su régimen se alzarían como el triunfo de la realidad sobre la ilusión filosófica y como un acto inevitable del estancamiento histórico. Muchos, él mismo, se verían obligados a reconocer que el estalinismo no tenía sus raíces en el atraso de Rusia ni en el hostil ambiente imperialista, como se había dicho, sino en la incapacidad del proletariado para convertirse en clase gobernante. Habría que admitir también que la URSS no había sido más que la precursora de un nuevo sistema de explotación y que su estructura política tenía que engendrar, inevitablemente, una nueva dictadura, si acaso adornada con otra retórica...

Pero el exiliado sabía que él no podía cambiar su modo de ver el mundo y de entender su lucha. Por ello no se cansaría de exhortar a los hombres de buena fe a permanecer junto a los explotados, aun cuando la historia y las necesidades científicas parecieran estar en su contra. ¡Abajo la ciencia, abajo la historia!: ¡si es preciso hay que refundarlas!, escribió: En cualquier caso, yo seguiré del lado de Espartaco, nunca con los Césares, y hasta contra la ciencia voy a sostener mi confianza en la capacidad de las masas trabajadoras para liberarse del yugo del capitalismo, pues quien ha visto a esas masas en acción sabe que es posible. Los errores de Lenin, sus propias equivocaciones, las del Partido bolchevique que permitieron la deformación de la utopía, nunca podrían achacarse a los trabajadores. Nunca, seguiría pensando.

Cuando mayor era su desazón, Liev Davídovich sintió que la vida, tan ardua, todavía era capaz de compensarlo con una alegría: por fin Sieva llegó a México. Si los abuelos no hubiesen visto algunas fotos recientes del muchacho, jamás lo habrían reconocido. Entre el niño del que se despidieron en Francia y el jovencito de trece años, confundido y tímido, que llegó a Coyoacán, mediaba una historia terrible y desgarradora que los hacía temer incluso por su equilibrio mental. Pero Natalia y él estaban convencidos de que el amor puede curar las más profundas heridas, y amor era lo que les sobraba a ellos, que no se cansaban de abrazarlo y besarlo, de admirar su juventud en flor, a pesar de que ambos sabían que la vida del muchacho no sería fácil en un país donde se hablaba una lengua que no conocía, donde no tenía amigos y donde, para colmos, se alojaba en una fortaleza.

Alfred y Marguerite Rosmer, luego de rescatar al muchacho del pensionado religioso del sur de Francia adonde Jeanne lo había enviado, habían viajado con él desde Francia hasta México, temerosos de otras posibles agresiones. Aquellos amigos, los únicos que les quedaban de los días de incertidumbre de antes de la revolución, habían sido una de las grandes bendiciones de la existencia de Liev Davídovich, que todavía se preguntaba cómo una vez pudo ser tan obtuso para permitir que entre la sinceridad de los Rosmer y su desesperación política pudiera clavarse la cuña del oportunismo de Molinier.

Natalia y los Rosmer se encargaron de llevar a Sieva de paseo por la ciudad, y el abuelo insistió en ser su guía en la imprescindible excursión a Teotihuacán. Exigió que solo fueran con ellos los guardaespaldas, pues quería tenerlo todo el tiempo para sí. Y aunque esa vez no pudo ascender hasta la cumbre de la Pirámide del Sol, gracias al nieto hizo un profundo viaje al pasado. Hablaron de su padre, Platón Vólkov, del que Sieva no tenía recuerdos precisos, pues había sido deportado cuando él tenía tres años; de su madre, Zina, víctima de una horrible venganza; de su tío Liova, con el que el muchacho soñaba muchas noches, según dijo; hablaron de los para él brumosos días de Prínkipo y Estambul, de los que su mente guardaba chispazos memorables: los incendios, las pesquerías, pero sobre todo la compañía de *Maya*, de la cual conservaba una foto donde aparecían Sieva a sus cinco años, el abuelo con el pelo y la barba todavía oscuros, y la bella borzoi, que daba la impresión de mirar a la cámara para eternizar la bondad de sus ojos. Durante todos los años que vivió en Berlín y París, Sieva había deseado tener otro perro, pero su vida nómada no le había permitido siquiera ese placer. Y Liev Davídovich le prometió que ahora podría tener uno: el abuelo sabía que ese perro lo ayudaría como nada a sentir que algo le pertenecía y él pertenecía a un sitio. ¡Pobre niño!, ¡cuánto odio se había cebado con lo mejor de su vida!, le diría aquella noche a Natalia Sedova.

Entretanto, el Ejército Rojo había invadido Finlandia y la comunidad internacional al fin comparaba a Stalin con Hitler... En el artículo que escribió a raíz del episodio, Liev Davídovich sopesó con extremo cuidado sus juicios, seguro de que provocaría confusiones y disensiones entre sus seguidores, que hasta le calificarían de estalinista por sostener una idea que no le parecía negociable, incluso después de esa invasión: la defensa de la integridad de la URSS seguía siendo, escribió, la prioridad del proletariado mundial.

Un par de semanas después de su llegada, Sieva pidió a Harold Robbins, el nuevo jefe de los guardaespaldas, que lo acompañara a dar un paseo a la colonia vecina. Aunque Natalia y Marguerite no estaban muy de acuerdo, Alfred y Liev Davídovich pensaban que debían darle un poco de libertad: Sieva había demostrado ser un niño fuerte, y los golpes de la vida no parecían haber hecho mella en él. Una hora después de haberse marchado, Sieva y Robbins regresaron... con un perro. En uno de los paseos en auto, el niño había visto a su madre, con una camada, frente a una choza, y, por supuesto, los dueños de la perra se alegraron de que alguien se llevara uno de los cachorros, que al llegar a la casa ya estaba bautizado: *Azteca* era uno de esos mestizos que poseen la inteligencia que les ha dado, por generaciones, la lucha por la subsistencia.

La alegría que Liev Davídovich sentía por la presencia de Sieva se vio empañada por la ruptura con su viejo amigo Max Shachtman, el colaborador que, desde su primera visita a Prínkipo, en 1929, tanto afecto y pruebas de devoción le había brindado. La defección era consecuencia de la fiebre separatista que estaba minando a los trotskistas norteamericanos, la misma que afectó a los franceses diez años antes y había impedido la gestación de una oposición unificada justo en el momento en que se fraguaba el ascenso fascista. Ahora, el calor de la guerra y las tomas de posición más radicales respecto a la URSS habían exacerbado otra vez los protagonismos y surgían nuevos partidos, un poco más allá o acá de los otros en determinadas estrategias que ellos consideraban «de principios». Max Shachtman y James Burnham se convertían en líderes de su propio partido, un desprendimiento del Socialista Obrero, que con aquella mutilación se reducía a una simple capilla de fieles.

Aunque le pidió a Shachtman que viajara a México para discutir su postura crítica, el disidente no se presentó y él sabía la razón: Shachtman no podría soportar «el soplo de Trotski en la nuca». Al fin y al cabo, reconoció el exiliado, de Shachtman siempre le había molestado cierta superficialidad, pero también tuvo que admitir que había llegado a quererlo y que, al menos, debía agradecerle la sinceridad con que anunció su ruptura, tan distinta al modo sibilino en que lo habían hecho Molinier o, antes, los Paz.

El año 1939 se iba y la guerra se quedaba. Liev Davídovich había cumplido los sesenta y, a pesar de todo, aquél fue el Fin de Año más apacible que celebrara desde su salida al exilio: tenía con él a Sieva y a *Azteca*, que lo seguía diligente cuando iba a alimentar a los conejos y las gallinas. Sus queridos Alfred y Marguerite seguían con ellos y, junto a otros amigos, guardaespaldas y secretarios, los ayudaban a pasar mejor las horas de la noche con conversaciones inteligentes, o a veces relajadas, pero tan necesarias para el espíritu. Aunque la casa cada vez más semejaba una fortaleza y sus escapadas se habían vuelto esporádicas, tenía la libertad de escribir y opinar, y lo hacía incesantemente, a pesar de las censuras de algunos editores, como los de la revista *Life*, que habían temido los problemas que les podría acarrear la publicación de un adelanto de *Stalin*, precisamente el fragmento donde se ventilaba el posible envenenamiento de Lenin. Además, el ambiente festivo que a pesar de la guerra se vivía en México llegaba hasta los muros de Coyoacán, y aunque no conseguía apagar del todo los rescoldos de la tristeza que los Trotski llevaban consigo, les advertían que, aun en las circunstancias más difíciles, la vida siempre trataba de recomponerse y hacerse tolerable...

Entre las visitas que recibió aquella temporada estuvo la de Sylvia Ageloff, la hermana de las eficientes Ruth e Hilda, que ocasionalmente le habían servido como traductoras o secretarias para las relaciones con los trotskistas norteamericanos. Al igual que sus hermanas, Sylvia le demostraría ser una militante convencida pero, sobre todo, una persona utilísima para los trabajos en que los ayudaría desde su llegada a México, cuando Fanny Yanovitch enfermó. La muchacha, además del inglés, hablaba a la perfección el francés, el español y el ruso y era una mecanógrafa veloz... Pero la pobre Sylvia era también una de las mujeres menos agraciadas que Liev Davídovich hubiese conocido: medía poco más de metro y medio, era delgada hasta la escualidez (sus brazos parecían hilos y él imaginaba que sus muslos serían del grueso de sus puños) y tenía la cara llena de pecas rojizas. Para colmos, usaba unos lentes de vidrios gruesos, y aunque su voz tenía una calidez casi seductora, sin duda era el ser femenino con menos gusto para vestir que él hubiera conocido. Las desventuras físicas de Sylvia resultaban tan notables que Natalia y el exiliado las comentaron más de una vez, y también había sido tema de conversación entre los guardaespaldas, como se lo reveló a Liev Davídovich la conmoción provocada entre ellos por la noticia de que Sylvia tenía un novio... pero no uno *cualquiera*, le dijeron, sino uno que parecía disfrutar de una buena situación económica, hijo de diplomáticos, y, según añadiría la propia Natalia, guapísimo y cinco años menor que ella: lo cual demostraba que, en cuestiones de amor, nada está escrito y que debajo de cualquier falda puede haber escondido un monstruo. Fue tal la algarabía por el descubrimiento que Liev Davídovich sintió curiosidad por ver a la pieza que había cobrado la joven.

El 12 de marzo la Unión Soviética tuvo que firmar un oneroso tratado de paz con Finlandia, por el cual obtenían apenas unas hilachas del territorio originalmente pretendido. El fiasco sufrido por el Ejército Rojo en sus intenciones de ocupar un pequeño país se convertía en una prueba de su debilidad. Pero Liev Davídovich previno que aquel episodio debía leerse como algo más que una advertencia, pues mientras Stalin fracasaba en Finlandia, Hitler y sus divisiones habían invadido y ocupado Dinamarca en apenas veinticuatro horas.

Más tarde, cuando Noruega fue invadida por los nazis y su derrota se resolvió en unos días, Liev Davídovich supo que la profecía que tres años atrás le había lanzado a Trygve Lie estaba a punto de cumplirse: sus represores de ayer se convertirían en exiliados políticos y sufrirían la humillación de ser unos acogidos a los que se les impondrían condiciones. A buen seguro, sus anfitriones no serían tan crueles como lo fueron ellos con él, pero el rey y los ministros noruegos quizás se acordarían de él y del modo en que lo habían tratado.

En aquellos primeros meses de 1940, la guerra de los estalinistas mexicanos contra el exiliado subió su temperatura. Expulsados Laborde y Campa, ahora habían decapitado a otros dirigentes por el mismo pecado: no ser suficientemente «antitrotskistas». Su olfato le decía que algo se cocía, y no era bueno. En medio de esas purgas celebraron el Día de los Trabajadores con un desfile demasiado parecido a los que nazis y fascistas organizaban en Berlín y Roma: veinte mil comunistas, iracundos, convocados por el Partido Comunista y la Central de Trabajadores, que en lugar de gritar consignas contra la guerra, habían inscrito en sus banderas ¡Fuera Trotski!, ¡Trotski fascista!, ¡Trotski traidor!, y quizás por un remoto pudor no habían escrito lo que gritaron con más ardor: ¡Muerte a Trotski!... Aquella agresividad había puesto en alerta a los moradores y vigilantes de la casa-fortaleza, pues la gente escribía y gritaba así cuando estaba dispuesta a empuñar el revólver. Los guardaespaldas adoptaron nuevas precauciones (colocaron ametralladoras en las troneras), hicieron traer de Estados Unidos más voluntarios, y fuera de la casa llegaron a montar guardia diez policías. ¿Servirán para algo todas esas medidas? ¿Podrán detener la mano subrepticia que se filtrará por un resquicio imposible de detectar a simple vista?, se preguntaba Liev Davídovich cuando observaba a aquella multitud armada que lo rodeaba y lo aturdía, sabiendo de antemano la respuesta: él era un condenado y, cuando quisieran, lo matarían.

Un día en que Alfred Rosmer se había puesto enfermo, al fin Liev Davídovich había visto al novio de Sylvia, pues fue el joven quien llevó a Alfred a la clínica e insistió en pagar las medicinas. Según Marguerite, Sylvia no había querido presentarle al novio porque tenía problemas con sus papeles y estaba ilegal en México; según Natalia, siempre tajante, el temor de la muchacha se debía a que el novio andaba en ciertos negocios turbios de los que obtenía el dinero que gastaba a espuertas. Ojalá la pobre Sylvia no lo pierda, le comentaría a su mujer el exiliado.

El 23 de mayo había sido un día de rutina en la casa. Liev Davídovich había trabajado mucho y se sentía agotado cuando salió en la tarde a alimentar a sus conejos, ayudado por Sieva y seguidos por *Azteca*. En algún momento había conversado con Harold Robbins y le había pedido que esa noche no mantuvieran una de sus habituales charlas educativas con los nuevos muchachos de la guardia, pues estaba extenuado y llevaba varias noches durmiendo mal. Después de la cena había hablado por un rato con su esposa y los Rosmer, y volvió al estudio a organizar los documentos con los cuales pretendía trabajar a la mañana siguiente. Un poco más temprano que de costumbre se había tomado un somnífero para buscar el sueño que tanto necesitaba y se había metido en la cama.

A pesar de que llevaba doce años esperándola, en ocasiones era capaz de olvidar que, ese mismo día, tal vez en el momento más apacible de la noche, la muerte podría tocarle a la puerta. En el mejor estilo soviético, había aprendido a vivir con esa expectativa, a cargar con su inminencia como si fuera una camisa ajustada al cuerpo. Y también había decidido que, mientras tanto, debía seguir adelante. Aunque no la temía, aunque a veces hasta la había deseado, un sentido del deber, casi enfermizo, le había obligado a aceptar los modos más diversos de esquivarla. Tal vez por aquel mecanismo de autodefensa, cuando las detonaciones lo despertaron pensó que se trataba de fuegos de artificios y cohetes disparados en una feria que por esos días se celebraba en Coyoacán. Solo comprendió que eran disparos y que venían de muy cerca cuando Natalia lo empujó de la cama y lo lanzó al suelo. Entonces pensó: ¿había llegado la hora de partir, así, sin más, vestido con un camisón de dormir y arrinconado contra una pared? Liev Davídovich incluso tuvo tiempo de considerarlo un modo muy poco decoroso de morir. ¿Quedaría tendido con el camisón levantado y las vergüenzas al aire? El condenado cerró las piernas y se dispuso a morir.

24

Una tarde fatigosa y sudorosamente típica de 1993, la tuerca que me mantenía sujeto a la historia de Ramón Mercader volvió a girar. Apenas había dejado en el suelo el saco cargado de plátanos, malangas y mangos, y acomodado la bicicleta en la que había ido y regresado de Melena del Sur en busca de aquellas provisiones salvadoras, cuando Ana me dio una extraña noticia: me había llegado un paquete por correos. Ni sé cuántos años hacía que no recibía siquiera una carta y mucho menos un paquete: los amigos que se iban escribían una, a lo sumo dos veces, y nunca más volvían a hacerlo, urgidos de separarse del pasado que los laceraba y que nosotros les recordábamos. Mientras me bebía a pico de botella un litro de agua con azúcar, estudié el sobre de Manila cruzado por la advertencia de Certificado y leí el remitente escrito en una esquina: Germán Sánchez, y la dirección de una oficina postal de Marianao, en el otro extremo de la ciudad.

Sin hacer café, con un cigarro en la boca, abrí el sobre y de inmediato advertí que el remitente era falso. El envío era un libro, editado en España, y estaba escrito precisamente por alguien llamado Germán Sánchez y por Luis Mercader: un libro en el cual, según advertía el título, Luis contaba, con la ayuda del periodista Germán Sánchez, la vida de su hermano Ramón. Lo primero que hice, por supuesto, fue hojear el volumen y, al descubrir que contenía fotos, me detuve en ellas hasta que me topé con una imagen que me removió las entrañas. Aquel hombre de cabeza recia, casi cuadrada, y facciones envejecidas tras los espejuelos de armadura de carey, aquel hombre cuyos ojos me miraban desde la obra de Germán Sánchez y Luis Mercader, era, ya sin dudas, un asesino y también, por supuesto, el hombre que amaba a los perros.

Creo que yo había tenido la mayor sospecha de que Jaime López no era Jaime López en el instante en que éste me confirmó que Ramón siempre había oído el grito de Trotski: el tono de su voz y la humedad de su mirada me advirtieron que hablaba de algo demasiado íntimo y doloroso. Unos años después, la carta traída por la enfermera y la convicción de que la nostalgia por un mundo perdido siempre acompañó al militante Ramón me acercaron un poco más al convencimiento de que el hombre que amaba a los perros no podía ser otro que el mismo Ramón Mercader, por extraordinaria que pudiera parecer la existencia palpable, en una playa cubana, de aquel personaje que, en mi presente, parecía inconcebible, pues la lógica me decía que había sido devorado por la historia muchos años atrás. ¿Acaso no eran Trotski, su vida y su muerte referencias librescas y remotas? ¿Cómo podía escapar alguien de la Historia para pasearse con dos perros y un cigarro en la boca por una playa de *mi* realidad? Con esas preguntas y suspicacias yo había tratado de preservar un espacio a la duda, pienso que, sobre todo, con la intención de protegerme a mí mismo. Para nadie resulta agradable estar convencido de que se ha tenido una relación de confidencia y cercanía con un asesino, que se le ha estrechado la mano con la cual mató a un hombre, se ha compartido con él café, cigarros y hasta desazones personales muy privadas... Y menos agradable hubiera resultado si aquel asesino era precisamente el autor de uno de los crímenes más impíos, calculados e inútiles de la historia. Aquel margen de dudas que yo había preservado me había dado, sin embargo, cierta paz de ánimo que me resultó especialmente necesaria cuando decidí comenzar a hurgar en aquella historia a través de la cual, entre otras, buscaba las razones que habían movido a Ramón Mercader: las verdades últimas que quizás nunca me había confesado su omnisciente amigo Jaime López. Pero con la caída del último parapeto, provocada por el encuentro con aquella imagen, tendría para siempre la certeza de que nunca había hablado con Jaime López, sino con ese hombre que alguna vez había sido Ramón Mercader del Río, y también la certeza de que Ramón me había contado a mí, precisamente a mí (¿por qué cojones a mí?), la verdad de su vida, al menos del modo en que él las entendía: su verdad y su vida.

Esa misma noche, después que comimos, empecé a leer el libro, hasta terminarlo. Mientras avanzaba concluí que solo una persona podría haberme enviado aquella obra que ponía en mis manos los últimos detalles de una historia –justificaciones, hipocresías, silencios y venganzas de Luis mediante–, incluidos los de la dolorosa salida del mundo de Ramón Mercader, que hasta ese momento todavía desconocía. Y esa persona no podía ser otra que la supuesta enfermera negrísima, innominada y escuálida que, obviamente, debía de saber sobre su «paciente» muchísimo más de lo que, diez años antes, me había dicho en su única y brevísima visita. Si ahora la mujer (quizás todavía relacionada con la familia, tal vez con los hijos del hombre que, ya sin duda –también para ella–, era un asesino) se tomaba aquel trabajo, no podía deberse solo a su deseo de iluminar los últimos rincones de la ignorancia del «muchacho» que había compartido unas tardes de charla con Jaime López, en otra vida llamado Ramón Mercader, en otra Jacques Mornard, en otra Frank Jacson, en otra Román Pávlovich...

Al leer la biografía comprobé que parte de mis conocimientos quedaban ratificados por informaciones que Luis Mercader debió de manejar de primera mano, pues había sido testigo de los episodios de los que hablaba. Mientras, otras historias se contradecían con las que yo sabía y, por alguna causa que en ese momento todavía desconocía, resultaba que yo estaba enterado de actitudes y episodios vividos por Ramón que su hermano omitía o ignoraba. Pero lo más importante era que, una vez ratificada la identidad de Jaime López, conocida la suerte final de Ramón Mercader y ya concretada la caída del mundo que lo había cultivado como una flor venenosa, me sentí totalmente liberado de mi compromiso de guardar silencio. Sobre todo porque, con aquel libro enviado por un fantasma, me había llegado también la certeza de que el asedio al que me había sometido en vida –y hasta después de su muerte– el hombre que amaba a los perros, solo podía tener una razón calculada por una mente de ajedrecista: empujarme silenciosa pero inexorablemente a que yo escribiera el relato que él me había contado, mientras me hacía prometerle lo contrario.

El libro dictado por Luis Mercader no solo me liberó del compromiso del silencio, sino que me permitió ponerle las últimas letras al crucigrama disperso de la vida y la obra de un asesino. Sin embargo, antes que la liberación o el beneficio del conocimiento, mi primera reacción fue sentir pena por mí mismo y por todos los que, engañados y utilizados, alguna vez creímos en la validez de la utopía fundada en el ya para entonces desaparecido país de los Sóviets; incluso, más que rechazo, me provocó un patente sentimiento de compasión por el propio Mercader y creo que por primera vez entendí las proporciones de su fe, de sus miedos, y la obsesión por el silencio a ultranza que conservaría hasta la última respiración.

La segunda reacción fue contarle a Ana toda la historia, pues sentía que reventaría si no exprimía de una buena vez el pus que se me había enquistado en el grano del miedo. Y le dije que, si Luis Mercader había relatado una parte de la vida de su hermano, yo por fin me sentía dispuesto y en condiciones intelectuales y físicas de escribir aquella historia, ocurriese lo que ocurriese.

—No entiendo, Iván, no entiendo, por Dios que no —me diría Ana, enfática y exaltada, y (yo lo sabía) llena de rencor por la parte del engaño que le había tocado vivir a ella misma–. ¿Cómo es posible que un escritor deje de sentirse escritor? Peor todavía, ¿cómo que deje de pensar como un escritor? ¿Cómo es que en todo este tiempo no te atreviste a escribir nada? ¿No se te ocurrió pensar que a los veintiocho años Dios te había puesto en las manos la historia que se podía convertir en tu novela, la grande?...

Yo la dejé hablar, asintiendo ante cada una de sus afirmaciones e interrogantes (bien pudieran haber sido admiraciones —bastaba cambiarles el signo–, o en realidad acusaciones), y entonces le respondí:

—No se me ocurrió porque no se me podía ocurrir, porque no quería que se me ocurriera y me busqué todos los pretextos para olvidarlo cada vez que intentaba ocurrírseme. ¿O es que tú no sabes en qué país vivíamos en ese momento? ¿Tienes idea de cuántos escritores dejaron de escribir y se convirtieron en nada, o, peor todavía, en antiescritores, y nunca más pudieron levantar el vuelo? ¿Quién podía apostar por que las cosas cambiarían alguna vez? ¿Sabes lo que es sentir que estás marginado, prohibido, sepultado en vida a los treinta, treinta y cinco años, cuando de verdad puedes empezar a ser un escritor en serio, y creyendo que esa marginación es para siempre, hasta el fin de los tiempos, o por lo menos hasta el fin de tu puta vida?

—Pero ¿qué te podían hacer? —insistió ella–. ¿Te mataban?

—No, no te mataban.

—Entonces, entonces..., ¿qué cosa terrible te podían hacer? ¿Censurarte un libro? ¿Qué más?

—Nada.

—¿Cómo que nada? —saltó ella, creo que ofendida.

—Te hacían *nada*. ¿Sabes lo que es convertirte en *nada*? Porque yo sí lo sé, porque yo mismo me convertí en *nada*... Y también sé lo que es sentir miedo.

Y le conté de todos esos escritores de los que ya ni ellos mismos se acordaban, aquellos que escribieron la literatura vacía y complaciente de los años setenta y ochenta, prácticamente la única que alguien podía imaginar y pergeñar bajo el manto ubicuo de la sospecha, la intolerancia y la uniformidad nacional. Y le hablé de los que, como yo, inocentes y crédulos, nos ganamos un «correctivo» por sacar apenas la punta de un pie, y de los que, tras una estancia en el infierno de la nada, trataron de regresar y lo hicieron con libros lamentables, también vacíos y complacientes, con los que lograban un perdón siempre condicional y la sensación mutilada de que otra vez eran escritores porque volvían a ver sus nombres impresos.

Como Rimbaud en sus días en Harar, yo había preferido olvidarme de que existía la literatura. Más aún: como Isaac Babel –y no es que me compare con él ni con otros, por Dios–, había optado por *escribir el silencio*. Al menos con la boca cerrada podía sentirme en paz conmigo mismo y mantener acorralados mis miedos.

Cuando arreció la crisis de los noventa, Ana, el poodle *Tato* y yo estuvimos a punto de morir de inanición, como tantísima gente de un país oscuro, paralizado y en vías de derrumbe. Pese a todo, creo que por seis, siete años, los más difíciles y jodidos de una crisis total e interminable, Ana y yo fuimos felices a nuestra estoica y hambrienta manera. Aquella complementación humana que entonces me salvó del hundimiento fue una verdadera lección de vida. En los últimos años de mi matrimonio con Raquelita, cuando aquella bonanza de los años ochenta se fue haciendo normalidad y todo parecía indicar que el futuro luminoso empezaba a encender sus luces –había comida, había ropa (socialista y fea, pero comida y ropa), había guaguas, a veces hasta taxis, y casas en la playa que podíamos alquilar con el dinero del salario–, la incapacidad que yo había generado para ser feliz me impidió disfrutar, junto a mi mujer y a mis hijos, de lo que me ofrecía la vida. En cambio, al desaparecer aquel falso equilibrio con la difuminación soviética e implantarse la crisis, la presencia y el amor de Ana me devolvieron unas ganas patentes de vivir, de escribir, de luchar por algo que estaba dentro y fuera de mí, como en los años remotos en que, con todo mi entusiasmo, había cortado caña, sembrado café y escrito unos pocos cuentos empujado por la fe y la más sólida confianza en el futuro –no solo el mío, sino el de todos...

Como desde principios de los años noventa prácticamente había desaparecido el transporte urbano, cinco días a la semana yo pedaleaba en mi bicicleta china los diez kilómetros, a la ida, y los diez, a la vuelta, que separan mi casa de la Escuela de Veterinaria. A los pocos meses llegué a estar tan flaco que más de una vez, mirándome de refilón en el espejo, no tuve más remedio que preguntarme si no me habría mordido un cáncer devorador. Por su lado, Ana sufriría, por el ejercicio diario sobre la bicicleta, la falta de las calorías necesarias y una mala jugada genética, las peores consecuencias de aquellos años terribles, pues, como a muchas otras personas, se le declaró una polineuritis avitaminosa (la misma que se extendía en los campos de concentración alemanes) que, en su caso, desembocaría después en la osteoporosis irreversible, preludio del cáncer que al final la mataría.

Dedicado a cuidar a Ana en aquel arranque de sus enfermedades (estuvo casi ciega por unos meses), en 1993 opté por dejar el trabajo en la Escuela de Veterinaria cuando se me dio la oportunidad de montar un gabinete para primeros auxilios en un cuartón desocupado, cerca de nuestra casa. Desde ese momento, con la anuencia (de apoyo, nada) del poder local, me convertí en el veterinario amateur del barrio, comisionado con las campañas de vacunación contra la rabia. Aunque en realidad no fuese mucho dinero, allí podía ganar el triple de mi antiguo salario, y destiné cada peso obtenido a buscarle comida a mi mujer. Una vez por semana, para que rindieran más mis escasos dineros, me encaramaba en la bicicleta e iba hasta Melena del Sur, a treinta kilómetros de la ciudad, a comprarle viandas directamente a los campesinos y a trocar mi habilidad como capador y desparasitador de cerdos por un poco de carne y algunos huevos para Ana. Si unos meses antes yo parecía un canceroso, el nuevo esfuerzo me convirtió en un fantasma pedaleante y elemental, y todavía hoy ni yo mismo me explico cómo salí vivo y lúcido de aquella guerra por la supervivencia, que incluyó desde operar de las cuerdas vocales a cientos de cerdos urbanos para evitar sus chillidos hasta protagonizar una pelea a trompadas (en la que llegaron a destellar los cuchillos) con un veterinario que trataba de robarme los clientes en Melena del Sur: en el fondo del abismo, acosado por todos los flancos, los instintos pueden ser más fuertes que las convicciones.

Además del lento y trabado ejercicio de escritura al que regresé después de recibir el libro de Luis Mercader –nunca había tenido idea de lo difícil que puede ser escribir de verdad, con responsabilidad y visión de las consecuencias y, para colmos, tratar de meterte en la cabeza de otro individuo que existió en tu misma realidad, e imponerte pensar y sentir como él–, aquel período oscuro y hostil tuvo la recompensa de permitirme sacar completamente de mi interior la que en realidad debió haber sido la vocación de mi vida: desde el rústico y elemental consultorio que había montado en el barrio, no solo vacuné perros y capé o enmudecí puercos que luego serían devorados, sino que también pude dedicarme a ayudar a todos los que, como yo, amaban a los animales, en especial a los perros. A veces ni yo mismo sabía dónde conseguía medicinas e instrumental para mantener abiertas las puertas del consultorio, justo en días en que hasta las aspirinas habían desaparecido de la isla y cuando en la Escuela de Veterinaria recomendaban curar las enfermedades de la piel con fomentos de manzanilla o escoba-amarga y los problemas intestinales con sobaduras y la oración de san Luis Beltrán. Los precios simbólicos que cobraba a los dueños de los animales –excepto a los que hacían negocios con ellos, y allí entraban los criadores de cerdos, multiplicados por toda una ciudad que se había convertido en un gigantesco y apestoso chiquero en procura de un poco de manteca y carne– apenas cubrían los gastos y no habrían sido suficientes para que sobreviviéramos Ana y yo. Mi fama de buena persona, más que la de veterinario eficiente, se extendió por la zona y la gente acudía a verme con animales tan flacos como ellos (¿se imaginan una serpiente flaca?) y, casi contra toda razón en aquellos días de oscuridad, a regalarme medicinas, sutura, vendas que por algún motivo les sobraban, en una práctica fervorosa de la solidaridad entre los jodidos, que es la única verdadera. Y participando de aquella solidaridad en la que Ana se enrolaba siempre que podía –muchas veces era mi asistente en las vacunaciones, esterilizaciones y desparasitaciones masivas que pude organizar–, alejado de cualquier pretensión de reconocimiento o trascendencia personal, saludablemente apartado de los circuitos del miedo y la sospecha, fui elemental y realmente la persona que más se parecía a la que siempre hubiera querido ser, a la que, aún ahora, más me ha gustado ser.

Aunque todavía no había comenzado a acompañar a Ana a la iglesia, Dany, Frank y los otros pocos amigos que veía, me decían que yo parecía estar trabajando para mi candidatura a la beatificación y para mi incorpóreo ascenso a los cielos. Lo cierto era que leyendo y escribiendo sobre cómo se había pervertido la mayor utopía que alguna vez los hombres tuvieron al alcance de sus manos, zambulléndome en las catacumbas de una historia que más parecía un castigo divino que obra de hombres borrachos de poder, ansias de control y pretensiones de trascendencia histórica, había aprendido que la verdadera grandeza humana está en la práctica de la bondad sin condiciones, en la capacidad de dar a los que nada tienen, pero no lo que nos sobra, sino una parte de lo poco que tenemos. Dar hasta que duela, y no hacer política ni pretender preeminencias con ese acto, y mucho menos practicar la engañosa filosofía de obligar a los demás a que acepten nuestros conceptos del bien y de la verdad porque (creemos) son los únicos posibles y porque, además, deben estarnos agradecidos por lo que les dimos, aun cuando ellos no lo pidieran. Y aunque sabía que mi cosmogonía resultaba del todo impracticable (¿y qué carajo hacemos con la economía, el dinero, la propiedad, para que todo esto funcione?, ¿y qué coño con los espíritus predestinados y los hijos de puta de nacimiento?), me satisfacía pensar que tal vez algún día el ser humano podía cultivar esta filosofía, que me parecía tan elemental, sin sufrir los dolores de un parto ni los traumas de la obligatoriedad: por pura y libre elección, por necesidad ética de ser solidarios y democráticos. Pajas mentales mías...

Por eso, en silencio y también con dolor, me fui dejando arrastrar hacia la escritura, aunque sin saber si alguna vez me atrevería a mostrar lo escrito, o a buscarle un destino mayor, pues esas opciones no me interesaban demasiado. Solo estaba convencido de que aquel ejercicio de rescate de una memoria escamoteada tenía mucho que ver con mi responsabilidad ante la vida, mejor dicho, ante mi vida: si el destino me había hecho depositario de una historia cruel y ejemplar, mi deber como ser humano era preservarla, sustraerla del maremoto de los olvidos.

La necesidad acumulada de compartir la costra de aquella historia que me perseguía, junto a la revulsión de recuerdos y culpas que me provocaría la visita que hicimos a Cojímar, fueron las razones por las cuales decidí contarle también a mi amigo Daniel los detalles de mi relación con el resbaloso individuo al que yo había bautizado como «el hombre que amaba a los perros».

Todo se precipitó una tarde del verano de 1994, justo cuando tocábamos fondo y parecía que a la crisis solo le faltaba masticarnos un par de veces más para tragarnos. No resultó fácil, pero ese día saqué a Dany del pozo de la desidia y nos fuimos hasta Cojímar en nuestras bicicletas, dispuestos a presenciar el espectáculo del momento, lo nunca visto: la salida masiva, en las embarcaciones menos imaginables y a la luz del día, de cientos, miles de hombres, mujeres y niños que aprovechaban la apertura de fronteras decretada por el gobierno para lanzarse al mar en cualquier objeto flotante, cargando con su desesperación, su cansancio y su hambre, en busca de otros horizontes.

La implantación, desde hacía tres, cuatro años, de apagones de ocho y hasta doce horas diarias había servido para que Dany y yo nos acercáramos de nuevo. Como su área de apagón (Luyanó I) hacía frontera con la mía (Lawton II) descubrimos que, por lo general, cuando no había electricidad en su casa había en la mía y viceversa. Siempre con nuestras bicicletas y la mayoría de las veces con nuestras respectivas mujeres a cuestas, solíamos trasladarnos de la oscuridad a la luz para ver en la televisión alguna película, un desabrido juego de pelota (los narradores y los peloteros estaban más flacos, los estadios casi vacíos) o, simplemente, para conversar viéndonos las caras.

Dany, que por esa época todavía trabajaba en la editorial como jefe del departamento de promoción y divulgación, era ahora quien había dejado de escribir. Los dos libros de cuentos y las dos novelas que publicó en los ochenta lo habían convertido en una de las esperanzas plausibles de la literatura cubana, siempre tan llena de esperanzas y... El caso es que al leer aquellos libros se percibía que en su fabulación había fuerza dramática, capacidad de penetración, posibilidades narrativas: pero alguien con mi entrenamiento también podía advertir que faltaba la osadía necesaria para saltar al vacío y jugárselo todo en su escritura. Había en su literatura algo elusivo, una pretensión de búsqueda que de pronto se interrumpía cuando se perfilaba el precipicio, una falta de decisión final de atravesar el fuego entrevisto y tocar las partes dolorosas de la realidad. Como yo lo conocía bien, sabía que sus escritos eran el espejo de su actitud ante la vida. Pero ahora, agobiado por la crisis y la casi segura imposibilidad de publicar en Cuba, había caído en una depresión literaria de la que yo (precisamente yo) trataba de sacarlo en aquellas noches de charlas. Mi argumento más recurrente era que debía aprovechar los días vacíos para meditar y escribir, aunque fuese a la luz de una vela: al fin y al cabo, así lo habían hecho los grandes escritores cubanos del siglo XIX; además, su caso no se parecía al mío: él sí era escritor y no podía dejar de serlo (Ana me miraba en silencio cuando yo tocaba este tema) y los escritores escriben. Lo más penoso era que mis palabras no parecían surtir (es más: no surtían) efecto alguno: la pasión que impulsa el demoledor oficio literario debía de haberlo abandonado y él, siempre tan disciplinado con su oficio, apenas dejaba flotar los días, ocupado en perfeccionar sus estrategias de supervivencia y la búsqueda de la próxima comida, como casi todos los habitantes de la isla. Una de aquellas noches, mientras hablábamos del tema, esta vez en el apartamentico de Lawton, le propuse que al día siguiente hiciéramos la excursión a Cojímar, para ver con nuestros propios ojos lo que allí ocurría.

El espectáculo que encontramos resultó devastador. Mientras grupos de hombres y mujeres, con tablas, tanques de metal, cámaras neumáticas, clavos y sogas se dedicaban junto a la costa a dar forma a los artefactos sobre los que se lanzarían al mar, otros grupos llegaban en camiones donde cargaban las embarcaciones ya construidas. Cada vez que arribaba uno de aquellos engendros, el gentío corría hacia el camión y, luego de aplaudir a los recién llegados, como si fuesen héroes de una hazaña deportiva, unos se lanzaban a ayudarlos en la descarga de la preciada embarcación, mientras otros, incluso con los fajos de dólares en las manos, trataban de comprar un espacio para la travesía.

En medio de aquel caos se producían robos de carteras y de remos, se habían montado negocios de venta de bidones de agua potable, de brújulas, de comida, de sombreros y gafas para el sol, de cigarros, fósforos, faroles e imágenes de yeso de las protectoras vírgenes de la Caridad del Cobre, patrona de Cuba, y la de Regla, reina de los mares, y hasta se alquilaban cuartos para despedidas amorosas y servicios sanitarios para necesidades mayores, pues las menores solían hacerse en las rocas de la costa, sin vergüenza. Los policías que debían garantizar el orden observaban aquella corte de los milagros con ojos nublados de confusión y obediencia, y de mala gana intervenían, con los frenos puestos, solo para apaciguar los ánimos, cuando brotaba la violencia. Mientras, un grupo de gente cantaba junto a unos muchachos que habían llegado con un par de guitarras, como si estuviesen en un cámping; otros discutían sobre la cantidad de pasajeros que podía albergar una balsa de tantos pies y comentaban lo primero que comerían al llegar a Miami o los negocios millonarios que allí harían; y los más, cerca de los arrecifes, ayudaban a los que lanzaban sus naves al mar y los despedían con aplausos, llantos, promesas de verse pronto, allá, incluso más lejos: acullá. Creo que nunca se me va a olvidar el negro grande y voluminoso, con voz de barítono, que desde su balsa ya navegante gritó hacia la costa: «Caballero, el último que salga que apague la luz del Morro», y de inmediato empezó a cantar, con voz de Paul Robeson: «Siento un bombo, mamita, m'están llamando...».

–Jamás me imaginé que fuera a ver algo así –le dije a Daniel, embargado por una profunda tristeza–. ¿Todo para llegar a esto?

–El hambre obliga –comentó él.

–Es más complicado que el hambre, Dany. Perdieron la fe y se escapan. Es bíblico, un éxodo bíblico..., una fatalidad.

–Éste es demasiado cubano. Qué éxodo ni éxodo: esto se llama escapar, ir echando un pie, quemar el tenis, pirarse porque no hay quien aguante ya...

Casi con temor, me atreví a preguntarle:

–¿Y por qué tú no te vas?

Él me miró, y en sus ojos no había ni una gota de la ironía o el cinismo con que trataba de defenderse del mundo pero que tan poco le servían cuando debía protegerse de sí mismo y de sus verdades.

–Porque tengo miedo. Porque no sé si pueda empezar de nuevo. Porque tengo cuarenta años. No sé, la verdad. ¿Y tú?

–Porque no quiero irme.

–No jodas, eso no es respuesta.

–Pero es verdad: no quiero irme y ya –insistí, negado a dar otros argumentos.

–Iván, ¿tú siempre fuiste así tan raro?

Entonces me mantuve mirando al mar, en silencio. Con aquel ambiente y la conversación malsana que habíamos tenido, había salido a flote un viejo sentimiento de culpa que me atenazaba la garganta y me humedecía los ojos. ¿Por qué siempre aparecía el miedo? ¿Hasta cuándo me perseguiría?

–Lo peor que me pasó cuando William desapareció –dije, cuando al fin logré hablar– fue que me bloqueé y no pude desahogarme. Tuve que fingir con mis viejos, decirles que había esperanzas, a lo mejor estaba vivo en alguna parte. Cuando todos nos convencimos de que estaba en el fondo del mar, ya no pude llorar por mi hermano... Pero lo más jodido siempre ha sido pensar lo hija de puta que es la suerte. Si William se hubiera decidido a hacer aquello dos o tres meses después, se habría ido por el Mariel. Con el papel de la baja de la universidad, donde decía que era un maricón antisocial, lo hubieran montado en una lancha y se habría ido sin problemas.

–Nadie podía ni soñar que iba a pasar lo que pasó. Esto mismo de ahora, ¿alguna vez te imaginaste que íbamos a ver algo así? ¿La gente yéndose y los policías mirando como si nada?

–Es como si a William lo hubiera marcado la tragedia. Nada más por ser maricón o por ser mi hermano... No sé, pero no es justo.

Antes de que cayera la tarde decidimos regresar. Yo me sentía demasiado conmovido por aquella estampida humana capaz de construir en mi retina el cuadro más cercano de la última decisión de mi hermano y de remover las aguas sucias de un recuerdo nunca resuelto, jamás enterrado, como el cadáver de William.

Ya era noche cerrada cuando llegamos a la casa de Dany, donde, por fortuna, ese día había electricidad. Tomamos agua, café de granos mezclados y nos comimos unos panes con picadillo de pescado aumentado con cáscaras de plátano hervidas. Daniel sabía que desde hacía dos o tres años yo me había permitido volver a beber alcohol, aunque solo en ocasiones señaladas y en cantidades reducidas. Y, como me conocía, había advertido que en ese momento yo podía necesitar un trago. Abrió el armario de su reserva estratégica y sacó una botella de ron añejo de las que Elisa, siempre que tenía un chance, se robaba de su trabajo. Sentados en los sillones de la sala, con dos ventiladores puestos a toda marcha, bebimos casi sin mirarnos, y sentí que lo ocurrido aquel día de alguna manera me había preparado para lo que pensaba hacer y por fin hice.

 –Estoy tratando de escribir un libro –fue el modo en que se me ocurrió introducir el tema y, de inmediato, me pareció el más cruel de los caminos: hablarle de que estás escribiendo a un escritor que se ha secado es como mentarle la madre. Yo lo sé demasiado bien. Pero ya no me detuve y le expliqué que hacía un tiempo estaba tratando de darle forma a una historia con la que me había topado hacía dieciséis años.

 –¿Y por qué no la escribiste antes?

 –No quería, ni podía, ni sabía... Ahora creo que quiero, puedo y, más o menos, sé.

 Y le conté lo esencial de mis encuentros en 1977 con el hombre que amaba a los perros y detalles de la historia que, por las vías más extrañas y a pedazos, me había ido regalando desde entonces. No sé muy bien por qué, antes de hacerlo puse una condición y le pedí que, por favor, la respetara: nunca debía hablarme de aquel tema si yo no lo traía a colación. Ahora sé que lo hice para protegerme, como era mi costumbre.

 Cuando terminé de contarle la historia, incluida la búsqueda de la biografía de Trotski en que yo lo había enrolado, sentí, por primera vez, que en realidad estaba escribiendo un libro. Era una sensación entre jubilosa y atormentadora que había extraviado hacía muchísimos años, pero que no se había ido de mí, como una enfermedad crónica. Lo terrible, sin embargo, fue que también en ese momento tuve la plena conciencia de que Ramón Mercader me provocaba, más que cualquier otro, aquel sentimiento inapropiado que el mismo Ramón rechazaba y que a mí me espantaba por el solo hecho de sentirlo: la compasión.

 La conversación con Daniel y los efectos inmediatos que generó me servirían para desempolvar y revisar lo que hasta ese momento había escrito. Percibí, como una necesidad visceral de aquella historia, la existencia de otra voz, otra perspectiva, capaz de complementar y contrastar lo que me había relatado el hombre que amaba a los perros. Y muy pronto descubrí que mi intención de entender la vida de Ramón Mercader implicaba tratar de entender también la de su víctima, pues aquel asesino únicamente estaría completo, como verdugo y como ser humano, si lo acompañaba el objetivo de su acto, el depositario de su odio y del odio de los hombres que lo indujeron y armaron.

Por años yo me había dedicado a rastrear la poca información existente en el país sobre el complot urdido alrededor de Trotski y sobre la pavorosa, caótica y frustrante época en la cual se cometió el crimen. Recuerdo la tensión jubilosa con la que muchos buscábamos las pocas revistas de la *glasnost* que durante aquellos años de revelaciones y esperanzas entraron a la isla, hasta que fueron retiradas de los estanquillos –para que no nos contamináramos ideológicamente con ciertas verdades durante tantos años sepultadas, dijeron los buenos censores–. Pero mi necesidad de saber más, al menos un poco más, me lanzó a una búsqueda empecinada y subterránea de información que me llevaría de un libro a otro (conseguido con más trabajo que el anterior) y a constatar la programada ignorancia en la que habíamos vivido durante décadas y el modo sistemático en que habían sido manipulados nuestra credulidad y nuestro conocimiento. Para empezar –y un par de conversaciones con Daniel y Ana me lo reafirmarían–, muy poca gente en el país tenía alguna idea de quién había sido Trotski y las razones de su caída política, la persecución que sufriría y la muerte que le dieron; menos aún eran los que sabían cómo se había organizado la ejecución del revolucionario y quién había cumplido ese mandato final; y, prácticamente, tampoco nadie conocía los extremos a que había llegado la crueldad bolchevique en manos de aquel mismo Trotski en sus días de máximo poder, y casi nadie tenía una idea cabal de la felonía y la masacre estalinista posterior, amparadas todas aquellas barbaries en las razones de la lucha por un mundo mejor. Y los que sabían algo, se callaban.

Gracias a volúmenes que hacían públicos diversos horrores archivados durante décadas en Moscú, y a la capacidad de juicio que aquellas revelaciones proporcionaron a los especialistas, llegué a la conclusión de que ahora nosotros sabíamos o al menos podíamos saber del mundo de Mercader y las entretelas de su crimen más que todo lo que había logrado conocer el propio Mercader. Solo con la *glasnost*, primero, y con la desaparición inevitable de la URSS, después, y la ventilación de muchos detalles de su historia pervertida, sepultada, escamoteada, reescrita y vuelta a reescribir, se obtenía una imagen coherente y más o menos real de lo que había sido la existencia oscura de un país que había durado, justamente, lo que la vida de un hombre normal: setenta y cuatro años. Pero todos aquellos años, según lo evidenciaba lo que de asombro en asombro iba leyendo (y pensar que Breton le hubiera dicho al propio Trotski que ya el mundo había perdido para siempre la capacidad de asombro), todos aquellos años, decía, habían sido vividos en vano desde el instante en que la Utopía fue traicionada y, peor aún, convertida en la estafa de los mejores anhelos de los humanos. El sueño estrictamente teórico y tan atractivo de la igualdad posible se había trocado en la mayor pesadilla autoritaria de la historia, cuando se aplicó a la realidad, entendida, con razón (más en este caso), como el único criterio de la verdad. Marx *dixit*.

Y cuando creía que comenzaba a tener un entendimiento más o menos cabal de todo aquel desastre cósmico y lo que había significado el crimen de Mercader en medio de tanta felonía, una noche oscura y tormentosa –como cabía esperar en esta historia oscura y tormentosa– tocó la puerta de mi casa el negro alto y flaco que en 1977 había escoltado a Ramón Mercader y a sus galgos rusos mientras se metían en mi vida.

25

Jacques Mornard sintió que un frío erizamiento le recorría la espalda: Harold Robbins, sonriente, le franqueó el paso luego de estrecharle la mano. Con una bolsa de papel en una mano y vestido como si fuese a una excursión, atravesó el dintel de la fortaleza sin que el guardaespaldas se preocupara por ver qué cargaba en la bolsa. Cuando la puerta de metal plomizo se cerró, Ramón Mercader escuchó cómo la Historia caía postrada a sus pies.

Después del atentado de los mexicanos, había vuelto en dos ocasiones a la casa de Coyoacán para interesarse por el estado de sus moradores. Fue durante la segunda visita cuando le confirmaron que los Rosmer saldrían la tarde del 28 de mayo hacia Francia, desde el puerto de Veracruz y como, casualmente, antes de fin de mes él debía viajar a aquella ciudad por unos negocios, le propuso a Alfred Rosmer, con la venia de Robbins y Schüssler, encargarse de llevarlos, pues así ninguno de los guardaespaldas (dos de ellos seguían retenidos por la policía) tendría que alejarse de la casa, algo que era especialmente peligroso tras lo ocurrido la madrugada del 24.

Las investigaciones policiales habían descartado ya la presunta participación de Diego Rivera en el ataque y, a pesar de que persistían en la hipótesis del autoasalto, la insistencia del renegado en señalar a la policía secreta soviética como autora del atentado mantenía a las autoridades mexicanas en jaque. Con ansiedad Jacques esperaba el regreso de Tom con sus explicaciones y, sobre todo, con las órdenes y ajustes finales para su entrada en acción.

A pesar de que varias personas le habían hablado de lo que existía más allá de los muros, aquella tarde Jacques Mornard se sorprendió al ver la disposición del patio central de la fortaleza. Su primera impresión fue que había entrado en el claustro de un monasterio. A su izquierda, cerca de la tapia, estaban las hileras de las jaulas de los conejos. La parte no asfaltada había sido cubierta de plantas, cactus en su gran mayoría, entre los que aún se veían los efectos de la invasión masiva de unos días antes. La casa principal, a la derecha, era más pequeña y modesta de lo que había imaginado. Tenía las ventanas clausuradas y en sus paredes estaban grabados los impactos de los plomos disparados unos días antes. Junto a una pequeña edificación que identificó como el dormitorio de los guardias, se erguía un árbol desde el cual, presumió, el asaltante de la ametralladora mantuvo el patio bajo fuego. ¿Cómo era posible que aquel asalto hubiese fallado?

Robbins le indicó un banco de madera, mientras avisaba a los Rosmer de su llegada. En la torre principal de vigilancia, desde la que se obtenía una perspectiva privilegiada tanto de la calle como del patio, Otto Schüssler y Jack Cooper conversaban, sin preocuparse demasiado por él, y Jacques se preguntó por qué la ametralladora de la torre no había neutralizado a los asaltantes. Encendió un cigarrillo y, sin hacer ostensible su interés, estudió la estructura de la casa, los metros que separaban el cuarto de trabajo del renegado de la puerta de salida, los senderos del jardín por los cuales un hombre se podía mover menos expuesto al fuego de las torres. Como alguien que aguarda, caminó en busca de la mejor ubicación para observar el conjunto y se volvió cuando escuchó una voz a sus espaldas.

–¿Qué desea usted?

A pesar de que lo había visto en centenares de fotos y en el paso fugaz del auto, la presencia tangible del exiliado, a unos cuatro, seis metros de él, removió los sentidos de Jacques Mornard: allí estaba, armado con un mazo de hierba, el hombre más peligroso para el futuro de la revolución mundial, el enemigo para cuya muerte él había estado preparándose durante casi tres años. Lo que había comenzado como una confusa conversación en una ladera de la Sierra de Guadarrama finalmente lo había conducido hasta la presencia de una persona condenada a morir desde hacía mucho tiempo y que él, Ramón Mercader, sería el encargado de ejecutar.

–Buenos días, señor –logró decir, mientras trataba de que sus labios formaran una sonrisa–. Soy Frank Jacson, el amigo de Sylvia y...

–Ya, claro –dijo el viejo, asintiendo–. ¿Avisaron a los Rosmer?

–Sí, Robbins...

El exiliado, como si estuviera molesto, se desentendió de él y dio media vuelta para abrir uno de los compartimentos y colocar la hierba fresca en la cesta de donde la tomaban los conejos.

Mientras sentía cómo su conmoción cedía, Jacques le observó la nuca, desguarnecida y fácil de quebrar, como cualquier nuca, aunque el hombre, visto de cerca, le pareció menos envejecido que en las fotos y sin ninguna relación con las caricaturas que lo presentaban como un judío viejo y endeble. A pesar de sus sesenta años, de las tensiones y de los padecimientos físicos, el renegado desprendía firmeza y, a pesar de sus múltiples traiciones a la clase obrera, dignidad. La barba puntiaguda y poblada de canas, el pelo ensortijado, la nariz afiladamente judía, y, sobre todo, los ojos penetrantes detrás de las gafas, desprendían una fuerza eléctrica. Era cierto lo que muchos decían: parecía más un águila que un hombre, pensó Jacques, que permaneció inmóvil, con la bolsa de papel en su mano. ¿Y si hubiera llevado un revólver consigo?

–La hierba debe estar fresca –dijo el renegado en ese momento, sin volverse–. Los conejos son animales fuertes, pero a la vez delicados. Si la hierba está seca les enferma el estómago, y si está mojada les produce sarna.

Jacques asintió, y solo entonces se dio cuenta de que le costaba hablar. El viejo había comenzado a quitarse los guantes de faena con que se protegía las manos y los colocó sobre el techo de las conejeras.

–Pero es que se les va a hacer tarde –dijo y avanzó hacia la casa. Cuando pasó, apenas a un metro de él, Jacques sintió el olor a jabón que desprendía su pelo, tal vez necesitado de un recorte. Si hubiese estirado el brazo, habría podido tomarlo por el cuello. Pero se sentía paralizado y respiró aliviado cuando el hombre se alejó de él y dijo–: Bueno, ahí están.

Marguerite Rosmer y Natalia Sedova salían al patio por la puerta que, según le había contado Sylvia, conducía al comedor, y hacia la cual se dirigió el exiliado. Las mujeres cruzaron saludos con Jacques, y Natalia le preguntó si deseaba tomar una taza de té, que él aceptó. Cuando Natalia se dio media vuelta, Jacques la detuvo, al tiempo en que hurgaba en la bolsa de papel.

–Madame Trotski..., esto es para usted –dijo y le alargó una caja atada con una cinta malva que formaba algo parecido a una flor.

Natalia lo miró y sonrió. Tomó el paquete y comenzó a abrirlo.

–Bombones..., pero...

–Es un placer, madame Trotski.

–Por favor, Jacson, puede llamarme Natalia.

Jacques también sonrió, asintiendo.

–¿Madame Natalia le parece bien?

–Si insiste... –aceptó ella.

–¿Sieva no está...? También le he traído algo –explicó, alzando la bolsa.

–Enseguida se lo mando –dijo ella y se dirigió al comedor.

El muchacho demoró un par de minutos en salir, y se limpiaba la boca mientras avanzaba. Sin darle tiempo a saludarlo, Jacques le alargó la bolsa. Sieva rasgó el papel en que venía la caja de cartón de la cual, al fin, extrajo un avión en miniatura.

—Como me dijiste que te gustaban los aviones...

El rostro de Sieva brillaba de alegría y Marguerite, a su lado, sonrió por la felicidad del muchacho.

—Gracias, señor Jacson. No tenía que molestarse.

—No es ninguna molestia, Sieva... Oye, ¿y dónde está *Azteca*?

—En el comedor. El abuelo lo ha acostumbrado a comer pan mojado en leche y ahora le está dando de comer.

Marguerite se disculpó, quedaban cosas por recoger y se hacía tarde. Con Sieva y el recién incorporado *Azteca*, el visitante recorrió el área de las conejeras, hasta que vio salir de la casa a Alfred Rosmer y, tras él, al renegado. Sus nervios comenzaban a apaciguarse y la certeza de que podía entrar en aquel santuario, cumplir su misión, y salir diciendo adiós a los vigilantes de la torre terminaron de calmarlo. Jacques estrechó la mano de Rosmer y lo tranquilizó: tenían tiempo suficiente para llegar a la hora prevista a Veracruz. Natalia salió entonces con la taza de té y Jacques se lo agradeció. El renegado observaba a todos, pero solo volvió a hablar cuando se sentó en el banco de madera.

—Me ha dicho Sylvia que es usted belga —dijo, concentrándose en Jacques.

—Sí, aunque he vivido mucho tiempo en Francia.

—¿Y prefiere el té al café?

Jacques sonrió, movió la cabeza.

—En realidad, prefiero el café, pero como me han ofrecido té...

El renegado sonrió.

—¿Y cómo es esa historia de que ahora se llama Jacson? Sylvia me dijo algo, pero con tantas cosas en la cabeza...

Jacques observó que *Azteca* regresaba desde las conejeras y chasqueó los dedos para atraerlo, pero el animal pasó de largo y buscó acomodo entre las piernas del anciano, que mecánicamente comenzó a rascarle la cabeza y tras las orejas.

—Tengo un pasaporte falso, a nombre de Frank Jacson, ingeniero canadiense. Era la única manera de salir de Europa después de la movilización general. No tengo intenciones de dejarme matar en una guerra que no es mía.

El exiliado asintió y él continuó:

—Sylvia no quería que viniera aquí por ese pasaporte. En realidad, estoy ilegal en México y ella piensa que eso podría perjudicarle a usted.

—Yo creo que ya nada me perjudica —aseguró el exiliado—. Después de lo que pasó aquí hace unos días, cada mañana cuando me levanto pienso que estoy viviendo un día extra. La próxima vez Stalin no va a fallar.

—No hables así, Liev Davídovich —intervino Rosmer.

—Todos esos muros y esos vigilantes son pura escenografía, amigo Alfred. Si no nos mataron la otra noche fue por un milagro o sabe Stalin por qué razón. Pero fue el penúltimo capítulo de esta cacería, de eso estoy seguro.

Jacques se abstuvo de intervenir. Con la puntera del zapato movió unas pequeñas piedras que sobresalían en la grava. Sabía que el renegado tenía razón, pero lo inquietaba la tranquilidad con que expresaba aquel convencimiento.

Los dos hombres hablaron de la situación en Francia, cuya caída en manos del ejército alemán les parecía inminente, y el renegado trató de convencer al otro de que no se marchara. Rosmer insistió en que ahora, más que nunca, debía volver.

—Me estoy volviendo un viejo egoísta —dijo el exiliado, como si estuviera concentrado solo en las caricias que le prodigaba al perro—. Es que no quiero que se vayan. Cada vez estoy más solo, sin amigos, sin camaradas, sin familia... Stalin se los ha llevado a todos.

Ramón se negó a escucharlo y trató de concentrarse a su vez en su odio y en la nuca del anciano, pero se sorprendió al descubrir que lo rondaba un equívoco sentimiento de comprensión. Sospechó que llevaba demasiados meses bajo la piel de Jacques Mornard y que usar aquel disfraz por mucho más tiempo podía ser peligroso.

El silencio de Tom se convirtió en un manto denso que aplastó la voluntad de Ramón. Llevaba más de dos semanas sin tener una sola noticia, sin recibir ninguna orden. A medida que transcurrían los días de inactividad, empezó a temer con más insistencia que, después del fracaso de los asaltantes mexicanos, el operativo se hubiese pospuesto, incluso suspendido. Encerrado en la cabaña del campo de turistas, se sumió en las más diversas elucubraciones, convenciéndose de que estaba en condiciones para cumplir su misión y que ya nada podría interponérsele, luego de haber conseguido la parte más complicada de su trabajo: penetrar en el santuario trotskista. Sabía que podía y debía vencer sus nervios, de hecho había logrado mantenerlos bajo dominio frente al renegado, aunque le habían jugado una mala pasada cuando salió de la fortaleza de Coyoacán y la tensión disminuyó: confundió en un par de ocasiones el camino hacia Veracruz, lo que había provocado la pregunta de Natalia Sedova sobre si viajaba o no con frecuencia hasta aquella ciudad.

–Es que tengo la cabeza como ida –había dicho, casi con toda sinceridad–. A mí no me interesa demasiado la política, pero el señor Trotski tiene algo... Sylvia ya me lo había dicho.

–Te tocó el soplo de Trotski en la nuca –había comentado Alfred Rosmer y, sonriente, le habló sobre las manifestaciones de aquel ensalmo paralizador y del modo en que había afectado, por ejemplo, a un hombre tan curtido y seguro de sí mismo como André Breton.

El 10 de junio, cuando levantó el teléfono y escuchó la voz de su mentor, Ramón sintió que las manos casi le temblaban mientras recibía la orden de salir en un par de días hacia Nueva York. ¿Qué ocurría?

–¿Viajo con todas mis cosas? –preguntó.

–Solo las necesarias. Conserva la cabaña. Madame Roberts irá por ti al aeropuerto –dijo Tom y colgó, sin despedirse.

Si le ordenaban dejar sus pertenencias, significaba que el operativo seguía en marcha: de inmediato su estado de ánimo cambió y, mientras separaba la ropa que enviaría a la tintorería, extrajo de la maleta que conservaba cerrada con llave el piolet de alpinista. Lo tomó en sus manos, volvió a sopesarlo, dio tres o cuatro golpes en el aire y se convenció de que podía ser un arma ideal. Solo le complicaba el movimiento hacia abajo la longitud del mango, que le impedía una torsión libre de la muñeca en el momento del golpe, pero un corte en la madera resolvería esa dificultad. El problema era qué hacer con él durante su estancia en Nueva York. Dejarlo en la cabaña, a merced de la curiosidad de las mujeres de la limpieza, resultaba peligroso, y decidió buscarle un escondrijo. Aunque en cualquier tienda de artículos deportivos podía comprar uno similar, Ramón sentía que aquel piolet era el suyo.

La mañana del 12, previo acuerdo con Harold Robbins, tomó el Buick y se dirigió a Coyoacán. Como uno de los autos de la casa había sufrido varios golpes cuando los asaltantes mexicanos huyeron en ellos, Jacques había decidido dejarles el suyo el tiempo que él estuviera en Nueva York, para que pudieran utilizarlo si se presentaba cualquier emergencia. Con su valija en el maletero, pasó por las oficinas del campo, entregó sus llaves y pagó por adelantado el resto de junio. A un par de kilómetros del campo, se desvió por un camino de tierra que había recorrido en otras ocasiones, y entre unas piedras porosas dispuestas a un lado del sendero ocultó el piolet.

Tal como habían acordado, Jack Cooper lo esperaba para acompañarlo al aeropuerto y volver a Coyoacán con el Buick. Todos los guar-días, con excepción de Hansen, en ese momento destinado a la torre principal, salieron a la calle para despedirse: Jacson esperaba volver cuanto antes, pues todo parecía indicar que, gracias a la guerra, el señor Lubeck tenía entre manos unos prometedores negocios en el país. Esa noche, cuando comenzaba a oscurecer, el avión en que viajaba el canadiense Frank Jacson tomó pista en Nueva York.

Ramón no recordaba la última vez que un reencuentro con Caridad le provocara alegría. Su madre, vestida con la elegancia que correspondía a la señora Roberts, lo recibió con el beso inquietante de siempre y Ramón supo que había estado tomando algún coñac. Roberts los esperaba a las nueve en un restaurante de Manhattan, muy cerca de Central Park, dijo Caridad y de inmediato le anunció que todo estaba a punto de ponerse en marcha.

–Tengo miedo, Ramón –dijo la mujer, refugiándose en el catalán que, difícilmente, podría entender el taxista con pinta de irlandés.

–¿Miedo de qué, Caridad?

–Miedo por ti.

–¿Cuántas probabilidades cree Tom que tengo de salir?

–Él te dirá que el ochenta por ciento. Pero Tom sabe que apenas tienes el treinta por ciento. Te querrá convencer de lo contrario, pero a mí no puede engañarme. Te van a matar...

–¿Y ahora caes en la cuenta de eso?

Ramón pensó en las palabras de su madre. Sabía que era tan capaz de decirle la verdad como de mentirle para hacerlo desistir y, a su extraña manera, protegerlo y controlarlo. Pero si ella misma lo había empujado en aquella dirección, ¿por qué intentaba disuadirlo ahora, cuando sabía que el retroceso era ya imposible? Ramón se convenció de que nunca entendería cabalmente las paradojas de su madre.

–Yo sé que conseguiré salir –dijo Ramón–. He estado allí y podré salir si tengo apoyo. Preocúpate por garantizarme eso, lo demás déjamelo a mí.

–No podría soportar que te mataran –dijo entonces Caridad y desvió la vista hacia las vidrieras iluminadas de la Quinta Avenida, en las que, con machacona frecuencia, se exhibían banderas norteamericanas. Aquellas banderas y los uniformados que se veían cada tanto eran los únicos signos evidentes de la guerra, tan lejana para los neoyorquinos.

–¿De verdad alguno de nosotros te importa tanto? –quizás por la certeza de que muy pronto podía morir, Ramón se sentía mezquino y poderoso–. Nunca me lo hubiera imaginado. ¿Ya no piensas que la causa está por encima de todo, incluida la familia? ¿Estás flaqueando?...

Dejaron la maleta en el hotel de la avenida Lexington y Caridad lo invitó a caminar hasta el restaurante, apenas a siete u ocho bloques de distancia. La noche de junio era agradablemente fresca y él se colocó la gabardina en el brazo. Caridad caminaba tan cerca de él que sus hombros se rozaban con frecuencia y les hacía difícil mirarse mientras hablaban.

–A veces pienso que nunca debí meterte en esto –dijo ella.
–¿Vas a decirme de una vez qué diantres te pasa ahora?
–Ya te lo he dicho, carajo, tengo miedo.
–¡Quién lo iba a imaginar! –dijo Ramón con ironía y se mantuvo unos instantes en silencio.
–No seas imbécil, Ramón. Piensa un poco. ¿O no te parece raro que los mexicanos que organizaron todo ese tiroteo no pudieran matar a nadie?

Ramón pensó que aquellas palabras tenían un sentido que desde el día del asalto lo había alarmado, pero prefirió no involucrar a Caridad con sus dudas respecto a lo ocurrido aquella madrugada.

La *brasserie* tenía un aire auténtico y le recordó a Ramón el local donde, dos años antes, se habían reunido con George Mink en París. Roberts lo recibió con un abrazo, como a un viejo y querido amigo. Fiel a su costumbre, indujo a Caridad y Ramón a probar los platos que consideraba más atractivos y escogió el vino, un Château Lafite-Rothschild de 1936, de mucho cuerpo, con un bouquet delicado, que dejaba en el paladar un remoto sabor a violetas que le trajo a Ramón recuerdos de una vida sepultada. Roberts advirtió que durante aquella cena no se hablaría de trabajo, pero les resultó difícil evadirse del tema que los unía. Según las últimas noticias, los alemanes estaban a las puertas de París, donde coronarían el paseo de sus tanques y sus tropas por las campiñas francesas. Los soviéticos, afirmó Roberts, no se iban a quedar cruzados de brazos y se preparaban para completar el blindaje de sus fronteras con la ocupación de las repúblicas bálticas. Eso era la guerra, dijo.

A la mañana siguiente, Roberts pasó por el hotel de Frank Jacson y viajaron hasta Coney Island. El hombre prefería que Caridad no estuviese presente y Ramón se lo agradeció. Frente al mar, sobre el que volaban unas gaviotas, Roberts se abrió el cuello de la camisa y dejó que sus nalgas corrieran por la madera del banco. Parecía que el único motivo de la excursión fuera su eterna avidez por beberse el sol.

–¿Por qué antes de irte no me llamaste ni me dijiste nada?
–Muchacho, no tienes ni idea de lo que he pasado en estos días.
El fracaso del asalto de los mexicanos los había obligado a evacuar

a varias personas que participaron en la preparación del golpe, entre ellas a Griguliévich y a Felipe. Más tarde tuvo que preparar un informe detallado, enviarlo a Moscú y esperar nuevas instrucciones.

–¿Te imaginas a Stalin muy, muy molesto? ¿Pidiendo sangre, corazones, cabezas y cojones, incluidos los tuyos, quiero decir, los míos? –dijo y bajó la mano hasta las entrepiernas, como para comprobar que sus testículos aún estaban allí–. Tenía que convencerlo de que el fracaso no había sido culpa nuestra y de que, en cualquier caso, el revuelo político no nos perjudica.

–¿Y por qué fallaron esos imbéciles?

Roberts apartó la mirada del sol y enfocó a Ramón.

–Porque son unos tontos y además unos cobardes. Lo hicieron todo con miedo. Se emborracharon antes de entrar en la casa. Se creyeron que aquello era una película de charros y que se resolvía con muchos tiros. Felipe trató de poner orden, pero él solo no podía con todos aquellos animales ebrios y asustados. Fue un desastre. Ni siquiera pudieron quemar los papeles del viejo. El que se suponía que dirigía la acción a última hora dijo que los esperaba fuera, y el que tenía la orden de entrar en la casa y rematar al Pato fue de los primeros en salir corriendo cuando oyó que encendían el motor de un auto. Cuando Felipe quiso encargarse, por poco lo matan ellos mismos. Cruzaron el fuego y nadie se pudo acercar a la casa.

–¿Y Sheldon?

–Hizo su parte, no tiene culpa por el fallo de los otros... Vamos a sacarlo de México en cuanto sea posible. Es el único que sabe más cosas de la cuenta y no podemos arriesgarnos a que la policía le eche el guante. –Roberts hizo un largo silencio. Encendió un cigarrillo–. Ahora te toca a ti, Ramón. Si no lo consigues, ni tú ni yo vamos a encontrar un puto lugar en el mundo donde escondernos. ¿Puedo confiar en ti?

Ramón recordó su conversación de la noche anterior con Caridad y el sentimiento de superioridad que lo acompañó todo el tiempo.

–¿Qué tanto por ciento de probabilidades de salir me das?

Roberts pensó. Miraba al mar y fumaba.

–Treinta por ciento –dijo–. Si lo haces todo bien, creo que cincuenta. Voy a ser sincero contigo, porque te lo mereces y necesito que sepas lo que vas a hacer y a lo que te arriesgas. Si haces las cosas como debes, tienes ese cincuenta por ciento de salir por tus pies de esa casa. Si no, pueden pasarte dos cosas: que te maten allí mismo o que te entreguen a la policía. Si te entregan, vas a la cárcel, pero puedes contar con todo nuestro apoyo, hasta el final. Tendrás los mejores abogados y vamos a trabajar por sacarte de cualquier forma. Te doy mi palabra. Te pregunto otra vez: ¿puedo confiar en ti?

El mar de Coney Island es diferente al del Empordà. Uno es Atlántico abierto, surcado por grandes corrientes, y el otro es el cálido y apacible Mediterráneo, pensó Ramón y concluyó que prefería las playas del Empordà. Observando la costa y las gaviotas inquietas, dijo:

–Esta arena parece sucia –y agregó–: Sí. Y claro que vamos a hacerlo.

Con el ramo de rosas en las manos, Jacques Mornard cayó en la cuenta de que, en toda su vida, Ramón jamás le había comprado flores a ninguna mujer. Sintió un poco de pena por él, por los compromisos y las luchas a los que su tiempo lo había empujado, robándole la levedad de la juventud y muchos de los malabares inquietantes del amor. Resultaba cuando menos triste que Jacques viajara en un taxi, con aquel esplendoroso ramo de flores, precisamente para obsequiárselo a una mujer a la cual utilizaba como una marioneta y con la que debía hacer el amor con los ojos cerrados y una misión de muerte agazapada tras cada caricia. Recordó a las mujeres con las que Ramón se había enredado en su primera juventud: solían ser tan ajenas a los detalles y gestos románticos como él, casi todas militantes furibundas. Su gran amor, África, tampoco le hubiera permitido aquella delicadeza que habría calificado de decadente y lo habría hecho parecer aún más blando. Tal vez Lena, la de los ojos tristes... Jacques Mornard, conociendo la encrucijada del destino a la que se acercaba Ramón, lamentaba que éste jamás se hubiera enfrentado a aquellos improperios de África, con tal de tener el ridículo pero amable recuerdo de haberle comprado al menos una rosa, una dalia, un clavel de los que perfumaban algunos puestos de flores de unas Ramblas cada día más lejanas. ¿Volvería a caminar alguna vez por esos espacios del recuerdo?

Dos días habían invertido en discutir los diferentes planes que Tom y él iban concibiendo. Ramón tuvo la certeza de que las diversas variantes se complicaban con la insistencia de Tom en aumentar las posibilidades de escape de su pupilo. Desde el inicio coincidieron en que sacar un revólver y pegarle un tiro en la frente al renegado era una solución expedita pero descartable. Igual la de degollarlo ante aquellas conejeras donde el Pato se embebía. Ramón se preguntaba, mientras iban desechando opciones o considerando otras para revisarlas con más detenimiento, qué movía a Tom, de cuyas últimas intenciones nunca podía estar seguro, a complicar la operación para que él saliera con vida del atentado. ¿Lo querían vivo para silenciarlo una vez cumplida la misión? ¿Era posible imaginar que se hubiese creado un lazo afectivo entre ellos? ¿O acaso temían que flaqueara y confesara el elevado origen de la orden de ejecución y por eso le buscaban vías de escape? Las figuras de las cartas puestas sobre la mesa, y las que con toda seguridad permanecían escondidas, se atropellaban en su cabeza, mientras Tom debatía con él cómo concretarían el trabajo. Algo más había quedado claro: el veneno, que podía garantizar la huida, también resultaba prácticamente imposible de utilizar, al menos en un plazo de tiempo breve y teniendo en cuenta la escasa intimidad que Jacques podía alcanzar con el condenado. Quedaban sobre el tapete los métodos más violentos pero silenciosos: el estrangulamiento o la herida de arma blanca. De estas dos salidas, por su rapidez, Tom prefería la segunda. Para la ejecución con puñal, sin embargo, tenían que conseguir lo que a todas luces se presentaba como la mayor dificultad: un encuentro en solitario entre el renegado y Jacques Mornard. De la eficacia con que lo apuñalara dependía que el treinta por ciento de posibilidades de escape subiera más allá del cincuenta, incluso del sesenta, calculaban, como jugadores de póker. ¿Y el piolet?, propuso Ramón. Tom movió la cabeza, sin decidirse a aceptar pero sin rechazar la opción: aunque le gustaba, debía admitirlo, por el simbolismo que encerraba su uso. Era cruel, violento, vengativo: una fusión mortífera de la hoz y el martillo, dijo. ¿Podría entrar en la casa armado con un piolet? En cualquier caso, si una vez consumado el acto, Ramón lograba poner un pie en la calle, las opciones de salvarse llegaban al ochenta por ciento; y si abordaba el auto y lo ponía en movimiento, Tom le garantizaba el escape, para el cual tenía previstas diversas rutas y destinos: por aire, por mar, por tierra; hacia Guatemala, hacia Estados Unidos, hacia Cuba, donde ya tenían sitios seguros para él. Ahora Tom se pondría en movimiento para ajustar detalles, y Jacques volvería a México, en una semana, con Sylvia del brazo, y se alojaría nuevamente en el hotel Montejo.

El 27 de junio, cuando aterrizaron en México, Jacques y Sylvia se toparon con la noticia del hallazgo, dos días antes, del cadáver de Bob Sheldon en una estancia abandonada en el desierto de Los Leones. Los cronistas, citando al jefe de la policía secreta Sánchez Salazar, decían que el norteamericano había muerto de dos balazos en la cabeza y su cadáver había sido enterrado en cal viva bajo el suelo de la misma cabaña donde, presumiblemente, pudieron estar escondidos los asaltantes de la casa del revolucionario exiliado. Apenas leída la noticia, Jacques sintió una fuerte conmoción. La orden de matarlo ¿habría partido de Tom o de alguno de sus hombres, o habría sido iniciativa de los mexicanos? ¿El silencio de Sheldon era más importante que su vida? ¿Tom habría tratado de engañarlo diciéndole que iban a sacar a Sheldon, pero pensando que el cuerpo nunca sería encontrado?

Esa noche, mientras Sylvia dormía, Jacques bajó a la calle y caminó por el paseo de la Reforma. La ciudad se movía a esas horas a un ritmo sosegado, pero en el interior del hombre bullían las dudas. La muerte de Sheldon se prestaba a muchas lecturas, pero la más evidente era que el hecho de saber demasiado podía convertirse en un contrabando peligroso. Y él, precisamente él, era quien más sabía. Pensó que si esa misma noche iba a Coyoacán y rescataba su Buick y a la mañana siguiente tomaba el dinero puesto a su nombre en el banco, quizás podría esfumarse para siempre en una aldea de campesinos en El Salvador, en un pueblito de pescadores hondureño, con papeles casi legales comprados a muy bajo precio. Tal vez de ese modo salvaría su vida, pero ¿era aquélla una vida a la que valía la pena aspirar cuando la puerta de la historia estaba al alcance de sus manos? Tom no había podido mentirle, Tom le explicaría lo ocurrido, Tom lo había moldeado durante años para aquella misión y no tenía sentido que arriesgara su gloria y hasta su vida con una decisión que podía poner sobre aviso a su carta de triunfo. Pero ninguna de aquellas conclusiones, tan meridianas, logró espantar el fantasma de la duda que, sibilino, se había instalado en la mente de Ramón Mercader.

Jacques Mornard luchó por recuperar su rutina y, sobre todo, la fortaleza que le propiciaba Ramón. Cada mañana se despedía de Sylvia con la excusa de que se dirigía a las oficinas que decía haber abierto en una suite del edificio Ermita, donde en realidad solo tenía un buzón al cual, según habían acordado, Tom le enviaría las nuevas instrucciones. Dos y hasta tres veces al día revisaba el buzón y en cada ocasión salía de allí frustrado por no encontrar nuevos mensajes. El resto del día lo dedicaba a vagar por la ciudad, pero su ánimo le reclamaba una soledad que vino a encontrar entre los árboles del bosque de Chapultepec.

En varias ocasiones acompañó a Sylvia a la fortaleza del renegado, sin expresar una sola vez el deseo de trasponer nuevamente la puerta blindada. En la calle, recostado a su Buick, solía tener largas charlas con alguno de los guardaespaldas. El que con más frecuencia salía a verlo era el joven Jack Cooper, siempre interesado en los secretos de las operaciones bursátiles a las que se dedicaba el mundano Jacques Mornard. De manera casi imperceptible, en sus charlas se fueron filtrando temas como el de la guerra europea, la anexión soviética de las repúblicas bálticas, la necesidad de que Estados Unidos al fin entrara en la guerra al lado de sus aliados británicos. A Jacques le parecía casi enternecedora la fe de aquellos jóvenes en las prédicas de su ídolo enclaustrado y hasta le gustaba oírlos hablar sobre la necesidad de fortalecer la IV Internacional para promover una conciencia obrera respecto a las opciones de la revolución mundial. Para demostrar una incipiente simpatía hacia la causa política de sus amigos, les propuso que le comentaran a su jefe su disposición a realizar algunas operaciones en la bolsa que, con sus informaciones y experiencia, podían generar importantes ganancias que ayudaran económicamente a la Internacional trotskista.

Cuando el 18 de julio se anunció que treinta miembros del Partido Comunista habían sido detenidos como sospechosos de participar en el atentado contra el exiliado, Jacques supo con certeza que en los próximos días se decidirían las fechas de su suerte. Por eso no le extrañó, a la mañana siguiente, hallar una nota en su buzón, sin firma: «Ya que te gustan tanto los bosques, ¿paseamos hoy a las cuatro de la tarde?».

A las tres, Jacques se había acomodado bajo la fronda de los cipreses de Chapultepec, mandados a plantar ochenta años atrás por la efímera emperatriz Carlota. Desde aquel punto se veía el sendero que conducía hacia el prepotente palacio veraniego del emperador Maximiliano y el camino descendente hacia el paseo de la Reforma. La duda instalada en su mente se había convertido en ansiedad y tuvo que recurrir a lo que había aprendido en Malájovka su antepasado, el Soldado 13, para recuperar el control de sí mismo y sentirse listo para la conversación.

A las cuatro en punto divisó a Tom. Vestía una camisa blanca, de cuello estrecho, por el que asomaba un ridículo pañuelo de lunares. Desde el sendero le hizo una seña y Jacques se puso en marcha.

–Tuvieron que matarlo –dijo, sin que mediara saludo alguno, con la vista dirigida hacia la curva del camino. Ramón permaneció en silencio y dispuso todas las alarmas de su mente–. Le fallaron los nervios, se puso agresivo, quería que lo sacaran de México, amenazó con ir a la policía y decir que lo habían raptado... Los mexicanos estaban desesperados y no lo pensaron demasiado. Si te hace falta, puedo darte mi palabra de que no tuvimos nada que ver. Desde un inicio te dije que el americano podía ser eficiente, aunque no era de fiar, pero de ahí a usarlo y luego matarlo...

Ramón meditó unos instantes.

—No tienes que darme tu palabra, te creo —dijo, y descubrió cuánto deseaba pronunciar aquella frase, y que hacerlo le procuraba un patente alivio.

—No podemos esperar más. Mientras los mexicanos se acusan unos a otros y la policía busca al judío francés, nosotros vamos a terminar esta mierda.

—¿Cuándo?

—Moscú pide que cuanto antes. La campaña de Hitler en Europa ha sido una excursión campestre y está envalentonado, se cree invencible.

Ramón miró hacia los cipreses. La exigencia de Tom retumbaba en su estómago. El tiempo de la espera y las estrategias había terminado y comenzaba el de la realidad: y sintió de inmediato que debía arrastrar una carga difícil y pesada. ¿Conseguiría moverla, después de tanto clamar por aquel honor?

—¿Cuál es el plan? —logró preguntar.

—Tienes que ver una o dos veces más al Pato. Tú sabrás cómo hacer. En esos encuentros vas a comenzar a cortejarlo. La idea es que piense que te puede convertir al trotskismo. Sin exagerar, hazlo sentir que tú lo admiras. Vamos a explotar su vanidad y su obsesión por sumar seguidores. Cuando se dé la oportunidad, le dices que quieres escribir algo sobre la situación mundial, algo que se te haya ocurrido conversando con él. Vamos a preparar un artículo que lo obligue a trabajar contigo. La idea es que puedas estar solo con él en su estudio. Si lo consigues, lo demás es fácil.

—¿Crees que querrá recibirme a mí solo?

—Tienes que conseguirlo. Tus posibilidades de escapar serán mucho mayores. Ese día vas a ir preparado para dos acciones: la de liquidarlo y la de usar un arma para huir si fuera necesario.

—¿Con cuántas cosas debo entrar?

—La pistola por si la necesitas. El puñal para él.

Ramón pensó unos instantes.

—El puñal me obligaría a taparle la boca, a agarrarlo por el pelo... Prefiero el piolet. Un solo golpe y salgo...

—¿No quieres tocarlo? —sonrió Tom.

—Prefiero el piolet —replicó Ramón, evasivo.

—Está bien, está bien... —aceptó el otro—. Ese día Caridad y yo estaremos contigo. En cuanto pongas un pie en la calle y salgas en tu carro, yo me encargo de lo demás. ¿Confías en mí?

Él no respondió y Tom se desató el pañuelo del cuello y se secó los carrillos.

—Vamos a prepararte una carta para que la dejes caer cuando salgas. Serás un trotskista desencantado que ha comprendido que su ídolo no es más que un títere que, por regresar al poder, incluso está dispuesto a ponerse a las órdenes de Hitler...

Ramón se sintió confundido y Tom se percató de que algo no funcionaba bien. Tomándolo por la barbilla lo obligó a volverse y a mirarlo a los ojos: Ramón vio que tenían un brillo excitado.

—Muchacho, estamos cada vez más cerca... Vamos a ser nosotros, tú y yo, los dueños de la gloria. Tenemos que impedir que ese perro hijo de perra se confabule con los nazis. Piensa siempre que estás trabajando para la historia, vas a ejecutar al peor de los traidores, y recuerda que muchos hombres en el mundo necesitan de tu sacrificio. El valor, el odio y la fe de Ramón Mercader tienen que sostenerte. Y si no puedes escapar, confío en tu obediencia y en tu silencio. Ya no es tu vida ni la mía las que estarían en juego, sino el futuro de la revolución y de la Unión Soviética.

Desde los ojos, más que desde las palabras de su mentor, Ramón recibió el mensaje que necesitaba. Las dudas y los temores de los últimos días comenzaron a esfumarse, como si aquella mirada los evaporara, mientras sentía cómo su vida se acercaba a una culminación estrepitosa.

La puerta del destino se abrió con la llave de una idea de Natalia Sedova: los Trotski querían agradecer a Jacson sus atenciones hacia los Rosmer y sus frecuentes regalos a Sieva y por ello los invitaban a él y a Sylvia a tomar el té. Propusieron la fecha del 29 de julio, a las cuatro de la tarde, si el novio de Sylvia no estaba demasiado complicado con su trabajo. En la habitación del Montejo, Jacques revisó la pequeña libreta donde anotaba sus citas de negocios y le dijo a Sylvia que llamara a Natalia: estarían encantados de acudir. El rostro de la joven brilló de excitación y de inmediato corrió hacia el teléfono para confirmar la cita.

El 29, a las cuatro en punto de la tarde, el Buick se detuvo ante la fortaleza de Coyoacán. Jacques se había puesto un traje veraniego, de color crema claro, y Sylvia, a pesar del sol y el calor, había insistido en vestir de negro: estaba nerviosa y feliz, y había gastado una hora ante el espejo, en la ardua lucha por embellecer su rostro.

Jack Cooper los saludó desde la torre de vigilancia y Jacson bromeó con él. Le daría una propina si le cuidaba el auto, le dijo. Los policías mexicanos les sonrieron y el cabo Zacarías Osorio, el más veterano entre los encargados de la vigilancia exterior, casi les hizo una pequeña reverencia a los recién llegados. Harold Robbins les abrió la puerta y, mientras conversaban, los guió hasta los muebles de hierro forjado que Natalia había hecho colocar en el patio, a la sombra de los árboles.

Cuando la anfitriona salió, los saludó afectuosamente y el joven le entregó la caja de bombones que le había comprado. Supo que Sieva, al regresar del colegio, había ido a pescar al río y que *Azteca*, como siempre, había ido con él.

–Liev Davídovich les pide disculpas –comentó Natalia Sedova–. Se ha presentado una urgencia y está dictando un trabajo que debe enviar mañana. Dentro de un rato viene a saludarlos.

Jacques sonrió y descubrió que se sentía aliviado. No le molestaba que el ritmo de la penetración fuese lento, aun cuando sabía que Tom necesitaba que actuara lo antes posible.

Después de que la sirvienta mexicana colocara el té y las galletas sobre la mesa (¿sería ella la camarada del Partido infiltrada en la casa?), Natalia les contó que estaban preocupados por la falta de noticias de los Rosmer. Con los nazis en París, la situación de los amigos era muy comprometida, y muchas veces temía que pudiera ocurrir lo peor. Jacques asentía, con su timidez habitual, y tras un silencio que amenazaba hacerse infinito, comentó algo sobre el tiempo.

–Parece que este verano va a ser muy caliente, ¿no? Me imagino que usted –dijo a Natalia– y el señor Trotski prefieren el frío.

–Cuando uno se va haciendo viejo, el calor es una bendición. Y hemos pasado tanto frío en nuestras vidas que este clima es un regalo.

–Entonces, ¿no les gustaría volver a Rusia?

–Lo que nos gusta o no nos gusta hace mucho que no decide nada. Llevamos once años dando vueltas por el mundo, sin saber cuánto tiempo podremos estar en un sitio y ni siquiera si vamos a despertarnos al día siguiente –indicó hacia las paredes donde habían quedado las marcas de los disparos–. Es muy triste que un hombre como Liev Davídovich, que no ha hecho otra cosa en su vida que luchar por los que no poseen nada, tenga que vivir huyendo y escondiéndose como un criminal...

Jacques hizo un gesto de asentimiento y, cuando levantó la vista, sintió un corrientazo: el Pato había abandonado la casa. Primero, su sombra, luego, su figura se hicieron visibles.

—Muchas gracias por venir, Jacson. Hola, pequeña Sylvia.

Jacques se puso de pie, con el sombrero en las manos, dudando de si debía o no dar un paso y extender su mano derecha. El exiliado, que parecía distraído, se dirigió hacia donde estaba Natalia y el trance quedó resuelto.

—Les pido mil disculpas, lamento no poder acompañarlos. Es que debo terminar hoy mismo un artículo... ¿Me sirves té, Natushka?

Mientras Natalia se lo servía, el hombre miró hacia su jardín y sonrió.

—He logrado salvar casi todos los cactus. Tengo algunas especies muy raras. Esos salvajes por poco acaban con ellos.

—¿Por fin van a hacer nuevas obras? —Sylvia intervino, mientras el anfitrión bebía los primeros sorbos de su té.

—Natasha insiste, pero yo no me decido. Si quieren volver a entrar, son capaces de volar una pared...

—Yo nunca pensaría en otro ataque igual —dijo Jacques y todos lo miraron.

—¿Qué pensaría usted, Jacson? —el viejo rompió el silencio.

—No sé..., un hombre solo. Usted mismo lo ha escrito, la NKVD tiene asesinos profesionales...

El renegado lo miró con intensidad, la taza suspendida a la altura del mentón, y Ramón se preguntó por qué había dicho aquello. ¿Tenía miedo? ¿Quería que algo lo detuviera?, pensó, y siempre se dio la misma respuesta: no. Lo había hecho porque le gustaba usar aquella potestad de jugar con los destinos ya escritos.

El renegado, después de beber un sorbo de té, al fin dejó su taza sobre la mesa y asintió.

—Tiene usted razón, Jacson. Un hombre así podría ser imparable.

—Por favor, Liovnochek —intervino Natalia, tratando de desviar la tétrica conversación.

—Querida, no podemos hacer como el avestruz —dijo, sonrió y observó a su visitante—. No fume tanto, Jacson. Cuide esa juventud maravillosa que tiene —y haciendo un gesto de adiós con la mano tomó el sendero que conducía al comedor y desde allí agregó—: No lo dejes fumar, Sylvia, que no todos los días se encuentra un hombre tan buen mozo. ¿Me disculpan? ¡Buenas tardes!...

El rostro de Sylvia enrojeció y Jacques sonrió, también apenado. Apagó el cigarrillo y miró hacia Natalia, que parecía divertida.

Ya menos tenso, Jacques Mornard contó varias historias de su familia belga, suscitadas por el recuerdo de su padre, fumador de puros habanos. Natalia habló del primer exilio de Liev Davídovich en París y de cómo se conocieron, y los tres sonrieron al evocar la salida del exiliado cuando le confesó que París estaba bien, pero que Odesa era mucho más hermosa.

–El señor Trotski debería descansar más –comentó Jacques cuando la conversación decaía–. Trabaja demasiado.

–Él no es una persona normal... –Natalia miró hacia la casa antes de continuar–. Además, vivimos de lo que le pagan los periódicos. A eso hemos llegado –terminó, y su voz denotaba nostalgia y tristeza.

Cuando cayó la tarde, Jacson y Sylvia se despidieron. Natalia volvió a disculpar a su esposo y prometió buscar un momento oportuno para otro encuentro. Eran tan pocos los amigos que les quedaban, tan pocos los que recibían, y ella estaría encantada de volver a tenerlos en la casa, eso sí, con Liev Davídovich amarrado a una silla, dijo, y estrechó la mano de Jacson y besó dos veces las mejillas de Sylvia.

Al regresar al hotel, Jacques se encontró con que míster Roberts lo había llamado y le rogaba que se comunicara con él urgentemente. Desde la habitación pidió un número de Nueva York y el propio Roberts le respondió.

–Soy Jacques, míster Roberts.

–¿Estás solo?

–No. Dígame.

–Ven mañana. Te espero a las ocho en el bar del hotel Pennsylvania.

–Sí, dígale al señor Lubeck que vuelo mañana... Muchas gracias, míster Roberts.

Sonriente se volvió hacia Sylvia y le dijo:

–Nos vamos unos días a Nueva York. Lubeck paga.

La estancia en Nueva York resultó breve y tuvo fines precisos: el tiempo de los preparativos había terminado y Moscú exigía que la operación se llevase a cabo cuanto antes, teniendo en cuenta el rumbo de una guerra que le había permitido a Hitler dominar Europa casi sin disparar. La mayor novedad fue que el señor Roberts le regaló una nueva gabardina que tenía tres bolsillos interiores de muy curioso diseño.

El 7 de agosto, Jacques y Sylvia se instalaron otra vez en el hotel Montejo, y a la mañana siguiente el joven salió, con el pretexto de que debía ver a los contratistas encargados de la remodelación de las oficinas. Al volante del Buick, tomó la dirección del campo de turistas y buscó el camino sin asfaltar que había recorrido unas semanas antes. El túmulo de piedras porosas donde había dejado caer el piolet estaba a la derecha del sendero, y mientras se adentraba por el camino se preguntó si no se habría confundido de lugar: según sus cálculos, las piedras estaban a dos, tres minutos de la carretera, y ya había avanzado más de cinco y no aparecían. Pensó en retroceder y verificar que era el camino correcto, aunque estaba seguro de que lo era. La ansiedad comenzó a dominarlo y, para calmarse, se dijo que en cualquier tienda de la ciudad podría comprar un piolet similar. Pero no encontrar aquel preciso piolet le parecía un presagio nefasto. ¿Dónde estarían las putas piedras? Siguió adelante y, cuando se había decidido a regresar, descubrió el túmulo y respiró aliviado. Subió sobre las piedras y vio el brillo metálico. Cuando logró sacar el piolet y tenerlo entre sus manos, sintió que algo visceral lo unía a aquella puya de acero: el acto de sostenerlo le daba confianza y seguridad.

De vuelta a la ciudad, detuvo el auto frente a una carpintería de la colonia Roma y le pidió al encargado que aserrara unas seis pulgadas al mango de madera del piolet. El hombre lo miró extrañado y él le explicó que se sentía más seguro escalando con un mango más corto. Lienza en mano, el hombre midió las seis pulgadas que le había indicado Ramón, hizo la marca con un lápiz y se lo devolvió para que comprobara si con esa medida le resultaba cómodo. Ramón tomó el piolet e hizo un gesto, como si fuese a clavarlo en una roca sobre su cabeza.

–No, todavía es demasiado largo. Córtelo por aquí –y le indicó el sitio.

El encargado de la carpintería se encogió de hombros, se dirigió a una sierra y serró la madera. Con una lija le pulió los bordes y se lo entregó a Ramón.

–¿Cuánto es?

–No es nada, señor.

Ramón metió la mano en el bolsillo y sacó dos pesos.

–Es mucho, señor.

–Mi jefe paga. Y gracias –se despidió.

–Escalar con ese mango tan corto es peligroso, señor. Si se resbala...

–No se preocupe, camarada –dijo y levantó el piolet a la altura de sus ojos–. Ahora parece una cruz, ¿verdad? –y sin esperar respuesta caminó hasta la esquina donde había dejado el Buick, fuera de la vista del carpintero.

Tomó la dirección de Chapultepec y se adentró en el bosque. Del maletero del auto extrajo la bolsa donde guardaba la gabardina de color caqui que Tom le entregara en Nueva York y dejó caer en ella el piolet. Caminó entre los árboles, hasta encontrar un sitio donde supuso que nadie lo vería y se puso la gabardina. En el lado izquierdo, más abajo de la cintura, habían cosido una funda larga y estrecha, casi con forma de puñal. A la altura del estómago, de ese mismo lado, un bolsillo más pequeño advertía de su propósito: un revólver de mediano calibre. Del lado derecho, en la línea de la axila, estaba la tercera funda, de forma triangular, con el ángulo más estrecho abajo. Ramón acomodó el piolet en ese bolsillo y comprobó que, con el mango recortado, se hundía más de lo que consideraba cómodo para una rápida extracción. Verificó, sin embargo, que si mantenía las manos cruzadas sobre el abdomen, su propio brazo derecho ocultaba el bulto de la herramienta, y eso era lo más importante. Se colocó la gabardina en el antebrazo y observó que la profundidad de la bolsa evitaba cualquier deslizamiento. Hizo varias pruebas y concluyó que si el renegado estaba de espaldas, él podía sacar el piolet en apenas diez segundos, sin dejar de mirar a su objetivo.

Ramón dobló el impermeable sobre el brazo cuando se acercó al auto. Durante toda la mañana apenas se había acordado de Jacques Mornard, y aquel olvido lo preocupó. Para atravesar todas las barreras que se levantaban entre las puertas de la fortaleza de Coyoacán y el instante en que extraería el piolet, necesitaba de la presencia íntegra del belga, de sus comentarios torpes, de su timidez, de su sonrisa insulsa. Porque Jacques era el único capaz de conducir a Ramón ante el momento más grandioso de su vida.

Cuando se encontraron en Moscú, casi treinta años después, y hablaron de lo que había ocurrido en aquellos días y de lo que sucedió en adelante, Ramón le preguntó a su mentor si había concebido aquella concatenación perfecta de hechos o si la casualidad había trabajado en su favor. El hombre le aseguró, con la mayor seriedad, que lo había planificado todo, pero que el demonio había estado colaborando con ellos: cada detalle esbozado dos, tres años antes, se había perfilado y encajaría de una manera tan perfecta que nadie, salvo un plan infernal, pudo haberlo dispuesto así, porque al final los hechos se sucedieron como si aquel piolet, el brazo de Ramón y la vida de Trotski se hubieran estado atrayendo como imanes...

El martes 13 de agosto, Sylvia al fin decidió afrontar el trance de ir a Coyoacán y comunicarle a Liev Davídovich unos importantes mensajes que había recibido durante su estancia en Nueva York. Dos horas después, la mujer salió de la casa con una sonrisa en los labios. Jacques, que la esperaba en la calle, había conversado a ratos con casi todos los guardaespaldas, mostrando una locuacidad que solo unos días después les resultó significativa a aquellos hombres para los cuales Frank Jacson era una presencia inocua. Incluso había quedado con Jack Cooper para cenar el martes siguiente, cuando su esposa, Jenny, hubiera llegado de Estados Unidos. Jacson invitaba, por supuesto, y se encargaría de escoger un restaurante que resultara del agrado de Jenny.

Sylvia tenía razones para sentirse feliz. En realidad, sus relaciones con el renegado pasaban por un período de crisis, motivada por su decantación hacia el nuevo grupo político que Burnham y Shachtman, antiguos camaradas de Liev Davídovich, habían formado en Estados Unidos. Sin embargo, el viejo, tan sensible a las escisiones, más aún en medio de una coyuntura en la que necesitaba de todos sus simpatizantes, no parecía disgustado con ella y, luego de oír lo que Sylvia había hablado con Shachtman en Nueva York, le había pedido que volviera en dos días, con su novio, para tomar el té, pues quería disculparse por no haberlo atendido durante la anterior visita.

—Creo que le has caído bien —dijo ella, mientras salían de la pedregosa avenida Viena y doblaban por Morelos.

—¿Quieres que te diga algo? —Jacques sonrió—. Yo pensaba que el viejo era un tipo orgulloso y prepotente. Pero desde que lo conocí, creo que es una gran persona. Y, la verdad, no sé cómo se te ha ocurrido aliarte con Burnham y Shachtman.

—Tú no entiendes de estas cosas, querido. La política es complicada...

—Pero las fidelidades son muy sencillas, Sylvia —dijo y apretó el acelerador—. Y, por favor, no me digas de qué entiendo y de qué no entiendo.

A la mañana siguiente Jacques se trasladó hacia Shirley Court, donde nuevamente se habían alojado Tom y Caridad. Su madre lo recibió con un beso y lo invitó al café recién hecho, pero él lo rechazó. Se sentía alterado y solo quería consultarle a su mentor la estrategia que seguirían al día siguiente. Cuando Tom salió del baño, envuelto en una bata, los tres ocuparon las butacas de la pequeña sala. Viendo cómo Tom y Caridad bebían café, Ramón percibió que entre ellos comenzaba a abrirse una distancia, invisible aunque para él muy tangible: la que hay entre la primera línea y la seguridad de la comandancia.

–Vas a provocar una discusión sobre ese tema de Burnham y Shachtman –dijo Tom cuando terminó de oír a su pupilo–. Te pondrás de parte del Pato, en contra de Sylvia. Lo que más quiere oír él es que esos disidentes son unos traidores, y vas a complacerlo. En algún momento dile que quieres escribir sobre esa escisión y sobre lo que ocurre en Francia con la ocupación nazi.

–Él sabe que a Jacson no le interesa la política.

–Pero a él le interesa tanto que te volverá a abrir la puerta de su casa. Además, está tan solo que si tú escribes algo a favor suyo, te va a recibir de nuevo. Y ése será nuestro momento. Tienes que ser cauteloso, pero a la vez vas a parecer decidido.

–Sylvia puede verlo extraño...

–Esa imbécil no ve nada –le aseguró Tom–. Si todo funciona bien, en dos o tres días vuelves a Coyoacán con el artículo...

Caridad seguía el diálogo en silencio, pero su atención se centraba en Ramón. Le resultaba evidente que el entusiasmo y la seguridad de Tom chocaban con la tibieza patente de su hijo.

–Voy a vestirme –dijo Tom–. Quiero que practiques con el revólver Star que vas a llevar el día de la fiesta.

Caridad se sirvió más café y Ramón se decidió a beber una taza. Entonces la mujer se inclinó hacia delante y, mientras vertía el café, susurró:

–Quiero hablar contigo. Esta noche. En el hotel Gillow, a las ocho.

Él la miró, pero los ojos de Caridad estaban fijos en la acción de servir el café y de tenderle la taza.

Tom pudo comprobar que las habilidades del Soldado 13 seguían intactas. En el bosquecito de la zona de San Ángel donde hicieron las prácticas, el joven disparó a blancos difíciles y hacía tres dianas de cada cuatro disparos, a pesar de la tensión que lo dominaba. Tom le hablaba sin cesar de lo que ocurriría una vez cometido el atentado. La vía más expedita de escape sería a través de Cuba, donde Ramón podría confundirse con los miles de españoles que pululaban por La Habana y por Santiago. En la isla lo esperaría una pareja de agentes, con dinero y conexiones para garantizar sus necesidades y protección. Tal vez él, y sobre todo Caridad, que adoraba el país donde había nacido, también caerían por allí y los tres juntos atravesarían el Atlántico. La seguridad de Tom, cuyos pronósticos y planes solían cumplirse con asombrosa regularidad, espantó las dudas y los temores de Ramón, hasta casi convencerlo de que el escape era más que factible.

El hotel Gillow, en las inmediaciones del Zócalo, era un edificio colonial que en su origen había servido de albergue a las monjas destinadas a la vecina iglesia de la Profesa. Al mediodía solían almorzar en su restaurante muchos de los empleados que trabajaban en las oficinas del gobierno. En la noche, en cambio, era el sitio donde buscavidas de éxito y prostitutas de lujo se llenaban el estómago antes de salir a las faenas nocturnas. Tenía un vasto salón, una luz discreta y muchas mesas, cubiertas con manteles de cuadros. Apenas penetró en el local, Ramón recordó la tarde de júbilo y victoria cuando, de la mano de África, había entrado en un viejo café de Madrid para reencontrarse con Caridad. Ahora pudo descubrir a la mujer en una mesa arrinconada, fumando con la cabeza inclinada. Ramón movió la silla y fue como si Caridad despertara de un letargo.

–Menos mal que has llegado. Le he dicho a Kotov que iba al cine, así que no tenemos demasiado tiempo y hay mucho de que hablar... Llama al mozo.

Cuando el mesero se acercó, Caridad hizo el pedido: una botella de coñac, dos vasos, dos botellas de agua carbonatada de Tehuacán y, después, que los dejaran tranquilos.

–¿Y para comer? –se extrañó el mesero.

–Que nos dejen tranquilos... –repitió la mujer y lo miró intensamente.

Ramón esperó en silencio a que el mesero trajera el pedido y se alejara.

–¿A qué se debe tanto misterio?

–Estás a punto de hacer algo muy grande y muy peligroso. Aunque a ti no te importe lo que yo piense, me siento responsable de lo que vas a hacer y de lo que te pueda pasar, y quiero decirte algunas cosas.

Caridad sirvió dos vasos con el agua gaseada y otros dos con el coñac. Levantó un poco su licor, lo olió unos segundos y bebió un trago largo.

–Tómate por lo menos ése –empujó el coñac hacia Ramón–, te vendrá bien.

Ramón miró el vaso pero no lo tocó.

–Voy a empezar por el final –dijo ella, mientras encendía un cigarrillo–. Si te meten preso, removeré cielo y tierra para sacarte. Aunque tenga que volar la puta cárcel. Cuenta con eso. Lo único que te pido a cambio es que no falles cuando tengas al viejo delante, y que, si te atrapan, nunca digas por qué lo has hecho ni quién te lo ha ordenado. Si flaqueas, entonces no podré ayudarte, y tampoco Kotov, porque de tu silencio depende su vida y creo que la mía, por no hablar de la tuya.

–¿Eso es lo que te importa?, ¿que te pueda complicar la existencia? –Ramón disfrutó de la posibilidad de herirla.

–No te voy a negar que me interesa, pero, créeme, no es lo más importante. Lo que tienes la posibilidad de hacer puede cambiar el mundo, y eso sí es importante –Caridad bebió otro sorbo–. Y este mundo de mierda necesita muchos cambios, tú lo sabes –observó unos segundos el vaso intacto de Ramón–. De tu silencio depende tu vida. Mira lo que le pasó al Sheldon ése...

–Lo mataron los mexicanos –dijo Ramón.

–Eso dice Kotov... y no nos queda más remedio que creerle.

–Yo le creo, Caridad.

–Me alegro por ti –dijo ella y vertió más coñac en su vaso, pero no bebió–. Escucha bien lo que voy a contarte. A lo mejor después entiendes por qué estamos en este restaurante, contando las horas que te faltan para matar a un hombre.

En algún momento de la conversación, Ramón bajó de un golpe su vaso de coñac y, sin tener idea de cuándo lo rellenó, volvió a beber, a sorbos cortos, mientras sentía cómo se le removían las entrañas. Lo que menos esperaba escuchar era la historia de las humillaciones y degradaciones a las que Caridad había sido sometida por su atildado y burgués marido, Pau Mercader. Aunque Ramón ya sabía retazos de aquella historia, esta vez su madre entró en los detalles más escabrosos, y le habló de las visitas a burdeles donde su marido la obligaba a presenciar descarnadas fornicaciones, el modo en que la había inducido a probar la droga para después lanzarla a una cama donde un mozo de alquiler la penetraba mientras su marido penetraba al mozo, las golpizas que le propinaba cuando ella se negaba a tener sexo anal, las amenazas, al fin concretadas, de separarla de sus hijos y de la vida civilizada, confinándola en un manicomio donde estuvieron a punto de enloquecerla y donde, para no morir de sed, varias veces tuvo que beber sus propios orines. Aquéllas fueron las experiencias por las que debió pasar en su santificado matrimonio burgués, y el odio fue una semilla que le clavaron en el centro del alma, como un puñal caliente, que apenas aliviaba su ardor cuando ella podía dirigir ese odio contra los que sostenían una moral mezquina que permitía a un ser abyecto y enfermo como Pau Mercader ser considerado un hombre respetable. Desde entonces Caridad se había vengado con las armas que tuvo a su alcance y, más de una vez, al regresar a Barcelona tras el triunfo electoral de la izquierda republicana, pasó noches en vela frente al departamento oscuro de la calle Ample donde para esa época ya vivía el marido. La idea de subir las escaleras y reventarle el cerebro con los seis disparos de la Browning que siempre llevaba en la cintura se convirtió en una obsesión, y si no lo hizo no fue por miedo ni por piedad: fue porque comprendió que saberlo pobre, convertido en un empleado de otros hombres que podían humillarlo y explotarlo, era el mayor castigo que Pau Mercader podía recibir, y mejor si duraba muchos años.

Mientras la escuchaba, Ramón sintió cómo comenzaba a esfumarse la superioridad humana y política que desde hacía un tiempo sentía sobre su madre. Recordó el turbio episodio del envenenamiento en el restaurante de Toulouse y el intento de suicidio del que él y su hermano Jorge la habían salvado. Aquel ser destrozado y lleno de odio que era su madre empezaba a armarse como un rompecabezas al que, incluso, parecían sobrarle piezas.

–Si soy una comunista defectuosa, Ramón, es por todo eso –siguió Caridad tras servirle un tercer trago a su hijo y beber ella un cuarto, quinto, ¿sexto?–. Mi odio nunca me permitirá trabajar para construir la nueva sociedad. Pero es la mejor arma para destruir esta otra sociedad, y por eso os he convertido a todos vosotros, mis hijos, en lo que sois: los hijos del odio. Mañana, pasado mañana, dentro de dos días, cuando estés frente al hombre al que tienes que matar, recuerda que es mi enemigo y también el tuyo. Que todo lo que dice sobre la igualdad y el proletariado es pura mentira y lo único que quiere es el poder. El poder para degradar a las personas, para dominarlas, para hacerlas que se arrastren y sientan miedo, para joderlas por el culo, que es con lo que más disfrutan los que gozan del poder. Y cuando le revientes la cabeza a ese hijo de puta, piensa que tu brazo es también el mío: yo estaré allí, apoyándote, y somos fuertes porque el odio es invencible. ¡Tómate ese trago, coño! Agarra al mundo por los cojones y ponlo de rodillas. Y métete esto en la mollera: no tengas piedad, porque nadie la tendrá contigo. Jamás. Y cuando estés jodido, no admitas la compasión: ¡nadie tiene que compadecerte!, tú eres más fuerte, tú eres invencible, ¡tú eres mi hijo, *collons!*

26

La madrugada del 24 de mayo, mientras los disparos cruzaban sobre su cabeza, Liev Davídovich había tenido una iluminación: la muerte no podría tocarlo porque Natalia lo protegía.

Justo en ese instante revelador había escuchado la voz de Sieva y, con un miedo desconocido, que no incluía la posibilidad de perder su propia vida, había gritado: «¡Debajo de la cama, Sieva!», mientras Natalia lo inmovilizaba, comprimiéndolo hacia el ángulo de la habitación. Los disparos que debían matarlo y que habían llenado la noche de luces refulgentes venían del cuarto de Sieva, de la puerta del estudio y a través de la ventana del baño. Desde el rincón, pudo ver el vuelo de una bomba incendiaria hacia el recinto del nieto, pero no había intentado moverse, pues sobre ellos seguían pasando ráfagas que hacían saltar el relleno del colchón. En la pared, casi en la espalda, el condenado había sentido todo el tiempo el impacto de los plomos que buscaban su cuerpo. Finalmente escucharon voces, motores de auto, los disparos que se espaciaban. En ese momento casi había olvidado su convicción anterior, pues pensaba: van a entrar; ahora van a matarnos a los dos. Como sabía que no tendría alternativas, cerró los ojos, apretó las piernas y se dispuso a esperarlos. ¿Cuánto tiempo? ¿Dos, tres minutos?, se preguntaría después, porque fueron los más largos de su vida. Su mayor preocupación había sido la suerte de Sieva y, sobre todo, la de Natalia, que iba a morir por su culpa.

Liev Davídovich solo recuperó la noción de la realidad cuando la voz de Sieva rompió el silencio. Apenas comprobó que Natalia no estaba herida, corrió hasta el cuarto del nieto y no lo encontró, pero vio en el suelo unas manchas de sangre y el corazón se le detuvo. Robbins, que había entrado en la casa para sacar la bomba incendiaria y evitar la propagación del fuego hacia el estudio de trabajo, le preguntó al exiliado si estaba herido y lo tranquilizó con la noticia de que Sieva estaba fuera, con los Rosmer. Al parecer, el único al que habían alcanzado los disparos era el muchacho, por fortuna muy levemente.

Ya en el patio, mientras regresaban los guardaespaldas que habían salido tras los atacantes, los moradores de la casa habían comenzado a formarse una idea de lo ocurrido. Habían sido entre diez y quince hombres, vestidos de militares y policías: comenzaron por neutralizar a los agentes que vigilaban el exterior, cortaron los cables de las alarmas conectadas a potentes luces dentro y fuera de la casa, arrancaron las líneas telefónicas e interrumpieron los circuitos eléctricos que los comunicaban con la policía de Coyoacán. Cuando el grupo de asalto había invadido el jardín, uno de ellos, armado con una ametralladora, se había lanzado hacia un árbol, donde tomó posición y disparó una ráfaga contra el recinto donde dormían los secretarios. El resto de los asaltantes se había dirigido hacia la casa, haciendo fuego contra las ventanas y las puertas cerradas. Los postigos blindados desviaron parte de las balas, cuyas marcas eran visibles. Los policías y los guardaespaldas que habían estado más cerca de los asaltantes confirmaron que varios de ellos parecían estar bastante ebrios, pero, sin duda, sabían lo que hacían y cómo debían hacerlo: tantas balas en una cama no podía ser una casualidad.

A Liev Davídovich siempre le parecería significativo que los atacantes no hubiesen agredido a ninguno de los guardaespaldas, a los que se limitaron a encañonar. Solo habían dirigido el fuego contra su habitación mientras lanzaban bombas incendiarias (y hasta una explosiva que por suerte no estalló), lo que le demostraba que sus papeles y él habían sido sus únicos objetivos. Pero aquellos diez, doce asaltantes, que sabían usar sus armas y tenían como meta la vida de un solo hombre, que dominaban la situación dentro y fuera de la casa, ¿por qué no habían entrado para ver si habían cumplido su misión, antes de dar la orden de retirada?, ¿qué clase de bombas usaban que no explotaban?... Le parecía incongruente que hubieran hecho más de doscientos disparos, sesenta y tres de ellos sobre su cama, y apenas se produjese la herida superficial de Sieva, por una bala rebotada. ¿Acaso todo había fracasado por obra de la chapucería, la embriaguez o el miedo? ¿O había tras ese espectáculo algo más oscuro que todavía no se podía explicar?, siguió y seguiría preguntándose, pues una esencia maligna, cuyo perfume conocía, flotaba en aquel extraño atentado.

Para escapar, los asaltantes habían abierto los portones y abordado los dos autos de la casa, que siempre quedaban con las llaves puestas, en previsión de alguna emergencia. En medio de la confusión, Otto Schüssler, uno de los secretarios, regresó de la calle comentando que los asaltantes se habían llevado con ellos al joven Bob Sheldon, uno de los nuevos guardaespaldas. Todos se habían mirado y con los ojos se formularon la misma pregunta: ¿lo habían secuestrado o Sheldon se había ido con ellos? Uno de los policías mexicanos aseguraría después que el joven iba al volante de uno de los autos (al Ford lo abandonarían a unas cuadras, cuando se atascó en el lodo del río, y el Dogde aparecería en la colonia Roma), pero Liev Davídovich había pensado que, en la oscuridad, atemorizado como estaba, el policía difícilmente pudo reconocer a alguien en un coche a toda velocidad.

El gran misterio fue determinar el recurso del que se habían valido los asaltantes para entrar. El desaparecido Bob Sheldon Harte era el encargado de vigilar la puerta principal, y existían dos razones para que hubiera permitido el acceso a los asaltantes sin consultar con el jefe de la guardia: o Sheldon, previamente infiltrado, siempre había formado parte del comando, o había abierto a alguien que le resultaba tan familiar que creyó innecesario consultarlo.

Cuando llegó la policía, Liev Davídovich seguía vestido con su bata de dormir. Antes de hablar con el oficial, su viejo conocido Leandro Sánchez Salazar, jefe de la policía secreta en la capital, él había pedido que le dejara cambiarse, aunque le había advertido que sabía quién era el culpable de lo sucedido, y entró en la casa, donde todavía olía a pólvora...

El general José Manuel Núñez, director de la policía nacional, le aseguraría a Liev Davídovich que el general Cárdenas le había encomendado que siguiera personalmente las investigaciones, y el oficial le había garantizado al presidente que encontrarían y detendrían a los atacantes. Como a Salazar, el exiliado le había respondido que la tenían muy fácil: el autor intelectual del asalto era Iósif Stalin, y los autores materiales eran agentes de la policía secreta soviética y miembros del Partido Comunista Mexicano. Si detenían a los responsables del partido, tendrían en sus manos a los ejecutores del atentado.

Al general Núñez no le habían gustado aquellas palabras (las mismas que el exiliado repetiría a la prensa), y tampoco al coronel Sánchez Salazar, con quien ya Liev Davídovich había tenido que hablar varias veces desde su llegada a México y que siempre le había parecido el típico listillo, que tenía opiniones para todo porque era más inteligente que nadie. El juicio de Sánchez Salazar, en esta ocasión, le había resultado ofensivo, o destinado a esconder algún propósito, pues el policía pensaba que el ataque no podía haber sido más que un autoasalto preparado por Trotski para llamar la atención y acusar a Stalin de querer matarlo... Si la experiencia no lo hubiese obligado a buscar segundas intenciones en todo, el exiliado hubiera podido entender que Salazar opinara de ese modo: lo sucedido dejaba margen para la duda, y la desaparición de Sheldon era la guinda del pastel de la sospecha. Para colmos, había comentado el coronel, no entendía cómo era posible que luego de un ataque tan violento el viejo pareciera tan tranquilo y dueño de sus actos y pensamientos. Era evidente que el coronel no lo conocía.

Buscando corroborar su tesis, Salazar había detenido a los secretarios Otto Schüssler y Charles Cornell, con el pretexto de que necesitaba interrogarlos para recabar toda la información posible. Además, había cargado con la servidumbre: la cocinera Carmen Palma, que lloraba cuando se la llevaron, Belén Estrada, la camarera, y Melquíades Benítez, el mozo de servicio.

Liev Davídovich leería con asombro que las primeras sospechas manejadas por la prensa recaían sobre Diego Rivera como posible conductor del ataque. El origen de aquella posibilidad se debía a que, mientras neutralizaban a los policías que vigilaban la casa, el que parecía ser el jefe de los asaltantes había lanzado gritos contra Cárdenas y vivas por Almazán. Pero las declaraciones de Sánchez Salazar, dejando entrever la posibilidad de un autoataque, habían arrojado al olvido a Rivera, y la prensa comunista utilizó la teoría de la autoagresión para acusar al exiliado de querer desestabilizar al gobierno y crear una crisis con la Unión Soviética, un argumento que les venía de maravillas para pedir con renovada furia su expulsión de México. Lo que más indignaría a Liev Davídovich fue comprender que, con su versión, Salazar se estaba protegiendo a sí mismo del fracaso que entrañaba que se preparara y ejecutara ese ataque sin que su policía secreta hubiese tenido la más mínima idea de lo que se fraguaba.

Sin embargo, a pesar de los sesenta y tres disparos en la cama, Liev Davídovich seguiría abrigando dudas sobre las intenciones de aquel asalto. Llegó a pensar si no había sido más que un bluf, como los incendios de Turquía, y que esta vez el propósito era preparar el ambiente para una acción definitiva. Cuando se lo dijo a Natalia, de inmediato ella había empezado a tomar nuevas medidas de seguridad, y él le reprochó que gastara así el dinero, pues era evidente que, cuando querían entrar, entraban. Además, él estaba convencido de que el próximo ataque no iba a ser igual: como le advirtió en su carta el judío americano, el siguiente sería un hombre solo, un profesional, que saldría de debajo de la tierra, como un topo, sin que ellos pudieran hacer nada por evitarlo.

Apenas una semana después del asalto, Liev Davídovich se había despedido de los Rosmer. Si en otro momento hubiera lamentado mucho aquella partida que le privaba de la cercanía de unos buenos y viejos amigos, en aquel instante casi se había alegrado, pues se sentía responsable de sus vidas mientras estuviesen con ellos. La amistad, como casi todas las simples y necesarias satisfacciones humanas, había terminado por convertirse en una carga para él, que deambulaba entre el recuerdo de los que fueron sus amigos, más que entre personas capaces de resistir las presiones, los ataques y su propio empecinamiento político. La estela de afectos que había dejado en el camino era dolorosa: muchos habían muerto, violentamente; otros lo habían negado, y de los modos más mezquinos; otros más se habían alejado, sincera o fingidamente distanciados de sus ideas, de su pasado, de su presente. Por eso había llegado a pensar si el destino de todos los que se entregaban a las causas políticas no sería morir en soledad. Aquél solía ser el precio del altruismo, también el del poder y, sobre todo, el de la derrota. Pero no por ello dejaba de lamentar profundamente las pérdidas de amigos de las que había sido culpable debido a sus fundamentalismos, cuando cegado por los destellos de la política no fue capaz de entender la diferencia entre lo circunstancial y lo permanente. La trampa más insidiosa, se decía, había sido convertir la política en pasión perentoria, como él había hecho, y haber permitido que las exigencias de ésta lo cegaran hasta el punto de llevarlo a situarse por encima de los valores y condiciones más humanas. A aquellas alturas de la vida, cuando muy poco quedaba de la utopía por la que había luchado, se reconocía como el perdedor del presente que todavía sueña y se consuela con la reparación que podría llegar en el futuro.

La víspera del viaje de los Rosmer, Liev Davídovich supo que, a partir del día en que Alfred enfermó, la pareja había hecho cierta amistad con el novio de Sylvia y que el joven se había brindado a llevarlos a Veracruz, donde tomarían el barco hacia Nueva York, camino de Francia. Jacson, como se hacía llamar aquel belga, le había parecido efectivamente buen mozo, aunque le resultó un poco lento de entendederas. La mañana de la partida, él estaba dándoles la primera comida a los conejos cuando el joven se le acercó, interesándose por la raza de los animales. Liev Davídovich había sentido entonces ira ante la presencia de un extraño en la casa, pero había recordado que los Rosmer lo habían citado y, por su aspecto, había deducido quién era. Todavía molesto, le respondió de cualquier modo, haciendo patente su disgusto, y Jacson se había alejado discretamente. Más tarde lo vería hablar con Sieva, a quien le había traído un regalo, y se avergonzaría de su actitud. Fue entonces cuando le había dicho a Natalia que lo invitara a desayunar, pero el joven solo había aceptado una taza de té.

La decisión de regresar a Francia con los nazis tocando las puertas de París le había parecido una actitud digna de la grandeza de Alfred Rosmer. Como solía hacer, aquella mañana le había dado la mano a su amigo, un beso a Marguerite, pidiéndoles que se cuidaran, y se había ido al estudio, pues no quería verlos partir: a su edad y con el aliento de la GPU en la nuca, asumía todas las despedidas como definitivas... En la casa, con más vigilantes y más tensión, de inmediato se había hecho notar la ausencia del matrimonio.

A Liev Davídovich le produjo un verdadero disgusto comprobar que sus cactus resultaran las principales víctimas del atentado. Varios habían sido pisoteados, otros perdieron algunos de sus brazos, y trabajó durante días para salvarlos, aunque bien sabía que con ello solo buscaba devolver cierta normalidad a la vida de una casa que nunca la había tenido y que, hasta el desenlace, viviría en permanente estado de guerra.

De todos aquellos sucesos algo había impresionado favorablemente al exiliado: el carácter de Sieva. El muchacho tenía apenas catorce años y se había portado con una entereza admirable. No se le veía nervioso y decía estar preocupado por sus abuelos, no por él mismo. Nada más pensar que algo grave hubiera podido ocurrirle, Liev Davídovich se ponía enfermo. Haberlo hecho venir desde Francia para que lo matasen allí hubiera sido algo que no habría resistido. Por eso, cuando lo veía jugar en el patio con *Azteca*, sentía un gran dolor por el destino que, sin proponérselo, le había dado. Resultaba irónico que él hubiera luchado por fundar un mundo mejor y que a su alrededor solo hubiese conseguido generar dolor, muerte, humillación. El mejor testimonio de su fracaso era la existencia desgarrada de un niño confinado entre cuatro paredes blindadas, cuando debería estar jugando fútbol en un campo yermo de Moscú o de Odesa.

Gracias a su insistencia, el presidente Cárdenas ordenó la liberación de sus colaboradores y Liev Davídovich escribió una declaración tratando de poner las cosas en su sitio. Además de acusar a Stalin y a la GPU –como insistía en llamar a la policía secreta del Kremlin– del asalto a su casa y de las muertes de Liova y Klement en París, de Erwin Wolf en Barcelona, de Ignace Reiss en Lausana, pedía que se interrogase a los dirigentes comunistas mexicanos, especialmente a Lombardo Toledano y al pintor Alfaro Siqueiros, que se hallaba desaparecido desde el día del asalto (ahora el pintor se hacía llamar «el Coronelazo» y, desde su regreso de España, donde destacó más como activista estalinista que como combatiente, no se había cansado de pedir la expulsión de México del exiliado). ¿Tendrían valor los jueces mexicanos para hacer lo que nunca hubieran hecho los franceses o los noruegos? ¿Tomarían los investigadores la verdad por los cuernos?

Como era de esperar, su emplazamiento desató las iras de los estalinistas. *El Popular*, periódico de la Confederación de Trabajadores, publicó un texto de un tal Enrique Ramírez donde éste afirmaba que Trotski había organizado el simulacro de ataque para culpar a los comunistas, mientras, desde su escondite, Siqueiros hacía una declaración llena de sorna y en la que también lo acusaba de haberse atacado a sí mismo. El modo en que aquellos hombres, que se hacían llamar comunistas, se revolcaban en la mentira y la utilizaban hasta para defender crímenes lo asqueaba profundamente.

Pero la declaración de Liev Davídovich logró el efecto buscado cuando Sánchez Salazar se vio obligado a admitir que «nuevas» evidencias lo habían llevado a desestimar la hipótesis de la autoagresión. Aquellas evidencias, sin embargo, consiguieron también inocular en el exiliado el virus maldito de la duda: el policía insistía en que únicamente con una colaboración desde el interior de la casa hubiera sido posible la entrada de los asaltantes y la desactivación de las diversas alarmas. Y su candidato seguía siendo Bob Sheldon Harte.

Aquel joven había llegado a la casa siete semanas antes del atentado. Como otros de los guardaespaldas que Liev Davídovich había tenido en México, venía «certificado» por sus camaradas de Nueva York, pero Salazar insistía en que a Trotski le resultaba imposible garantizar que Sheldon no hubiese sido preparado por la NKVD para después infiltrarlo entre sus guardias. Aunque la lógica del policía resultaba irrebatible, Liev Davídovich le respondió que era absurdo considerar a Sheldon un infiltrado. Lo que no le dijo, ni nunca le diría, era que él no podía aceptar esa teoría, pues con ella demostraría que ni siquiera sus más cercanos colaboradores eran de fiar y validaría la más apetecida de las artimañas de la policía secreta soviética: simular que su muerte era obra de un militante trotskista que lo agredía por alguna desavenencia política.

En medio de aquel vendaval de acusaciones, alegatos e insultos, unos seguidores norteamericanos le propusieron a Liev Davídovich que viajase clandestinamente a Estados Unidos, donde se encargarían de esconderlo. Sin pensarlo apenas, él se negó: sus tiempos de luchador clandestino habían pasado hacía muchos años y ahora no tenía derecho a desaparecer para salvar su vida, y menos en un momento en que se decidía el futuro de la civilización humana: «Mi cabeza desnuda tiene que soportar hasta el fin la negra noche infernal: es mi sino y debo aceptarlo», les escribió, mientras se imponía volver a la normalidad, aun cuando el solo hecho de intentarlo le resultaba absurdo: vivía en una casa que le recordaba la primera cárcel donde había estado, cuarenta años atrás, pues las puertas blindadas hacían el mismo ruido. Pero a la vez se sentía fuerte y animado, y por eso, cuando sintió que se asfixiaba en aquel encierro, se impuso a todas las prevenciones de sus protectores y reanudó sus excursiones al campo.

Con aquel impulso, que él sabía epilogal, se sentó a dar forma a sus últimas voluntades. «Durante cuarenta y tres años de mi vida consciente he sido un revolucionario», escribió, «y durante cuarenta y dos he luchado bajo la bandera del marxismo. Si hubiera de comenzar otra vez, trataría de evitar tal o cual error, pero el curso general de mi vida permanecería inalterado. Moriré siendo un revolucionario proletario, un marxista, un materialista dialéctico y un ateo irreconciliable. Mi fe en el futuro comunista de la humanidad no es menos ardiente, sino más firme hoy, de lo que era en días de mi juventud.»

En aquel punto de la escritura debió de levantar la vista del folio. Tenía que parecerle tan revelador que la vida entera de un hombre que había estado en la cúspide de su época pudiera resumirse en esas pocas palabras, que seguramente estuvo a punto de reír, por primera vez en muchos días. ¿Todas las luchas, los sufrimientos, los éxitos y las vanidades podían expresarse con aquella simpleza? ¿Qué resistencia podían ofrecer las estatuas, los títulos, la furia y la gloria del poder ante aquella realidad insobornable, más poderosa que cualquier voluntad humana?, pensaría, en el preciso momento en que había visto cómo su mujer se acercaba a través del patio y le hacía un pequeño gesto de saludo, para abrir del todo la hoja de la ventana y permitir que el aire entrara en el cuarto de trabajo. Desde su asiento pudo ver la franja del césped al pie del muro, una buganvilia florecida, el perfil de unos cactus tan viejos como el planeta y el cielo de México, de aquel azul diáfano. Y la luz del sol en todas partes. «La vida es hermosa, los sentidos celebran su fiesta... Que las futuras generaciones limpien la vida de todo mal, de toda opresión y violencia, y la disfruten a plenitud», agregó a lo escrito, reclamado por la eclosión vital de aquel instante.

Liev Davídovich nunca había imaginado que prepararse para su fin mediante la escritura de sus últimas voluntades pudiese proporcionarle aquella tranquilidad tan compacta. Con poquísimas palabras conseguía resolver las cosas prácticas de su vida: legaba a su esposa, Natalia Ivánovna Sedova, el producto de sus derechos de autor, pues el improbable dinero que en el futuro rindieran sus libros era todo lo material que le podía transmitir, y ella la única beneficiaria posible después de la criba profunda a que había sido sometida su familia. La casa, que al fin habían conseguido comprar, la habían puesto a nombre de Natalia, y sus archivos ya los habían vendido para protegerlos de la GPU. Y no había más. Cuando pensaba en lo que tenía y en lo que había extraviado, resultaban tantas las pérdidas que llegaba a sentirse como si en realidad hubiera muerto varios años atrás y ahora disfrutaba de una prórroga, algo así como una coda a la historia de su vida en la cual su voluntad ya no intervenía: sentía que gozaba de una lucidez extemporánea que le había sido concedida para que se asomase a acontecimientos que no cerraban su ciclo con el fin del protagonista.

«Tengo sesenta años y mi organismo quiere cobrarme los excesos a que lo sometí. Ojalá me regale un fin rápido, que no me obligue a sufrir una larga agonía, como la de Lenin. Pero si ése fuera el caso y me viera imposibilitado de llevar una vida medianamente normal, quiero reservarme la decisión de poner fin a mi existencia: siempre he pensado que es preferible un suicidio limpio a una muerte sucia.» Pero Liev Davídovich se negaría a escribir que el origen de aquella sensación de final acechante venía de muy lejos, en el tiempo y en el espacio. Su muerte, planificada hacía muchos años en un despacho del Kremlin, ahora se hallaba entre las prioridades de Stalin, pero no, como decían algunos, por temor a los juicios sobre su persona que Liev Davídovich vertía en la biografía en proceso: Stalin se sentía por encima de las palabras. ¿Por qué, entonces? Durante años el montañés se había dedicado a exterminar a sus partidarios para asegurarse, como el gángster que siempre había sido, de que no pudiera salir de la oscuridad una mano vengadora; además, había aislado a Liev Davídovich y sabía muy bien que al desterrado cada vez le resultaría más difícil colocarse al frente de un nuevo movimiento comunista, como lo había demostrado la pobre ficción en que había derivado la IV Internacional. El mayor peligro para la vida del proscrito había comenzado justo cuando Stalin tuvo la certeza de que le había exprimido todo el jugo que necesitaba para alimentar sus represiones dentro y fuera de la Unión Soviética. Y, como a máquina obsoleta, había decidido enviarle al desguazadero y evitar los riesgos de cualquier reactivación.

«Hecho mi escuálido legado material», volvería sobre el papel, «quiero aprovechar este testamento para recordar que, además de la felicidad de haber sido un luchador por la causa del socialismo, he tenido la fortuna de poder compartir mi vida con una mujer como Natalia Sedova, capaz de darme hijos como Liova y Seriozha. Durante casi cuarenta años de vida en común, ella ha sido una fuente inagotable de ternura y magnanimidad. Ha padecido grandes sufrimientos. Pero yo encuentro algún consuelo en la certeza de que también ha conocido días de felicidad. Lamento no haber podido darle más de esos días: solo me alivia saber que, en lo esencial, nunca la engañé. Desde que la conocí, ella supo que se comprometía con un hombre al que lo conducía la idea de la revolución, y nunca la sintió como una adversaria, sino como una compañera en el viaje de la vida, que ha sido el de la lucha por un mundo mejor», escribió y se le escapó un suspiro. Firmó cada uno de los folios, los lacró y trató de olvidarse de ellos.

En realidad, era el empuje de su mujer lo que más alentaba a Liev Davídovich a seguir adelante. Sabía que ella sufría, pero lo hacía en silencio, porque su carácter le impedía flaquear: continuaba dirigiendo la fortificación (los muros se hicieron más altos, se blindaron todas las puertas y ventanas con cortinas de acero), organizando la vida en la casa y ayudando a Sieva a recuperar la lengua rusa, mientras seguía aguardando, con su mejor obstinación y en contra de las evidencias, alguna noticia que le confirmara que Seriozha aún vivía. Cuando él veía a su Natasha, esforzada y tenaz, y recordaba sus pasados devaneos eróticos, una vergüenza fría le recorría el cuerpo y concluía que solo afectado por una locura transitoria pudo haber cometido actos que la hicieran sufrir.

Fuera de su ámbito personal, el mundo también se deshacía: aquel 14 de julio no se había cantado «La Marsellesa» en la plaza de la Bastilla, pues los nazis ya estaban en París. La campaña había resultado tan fulminante que apenas necesitaron treinta y nueve días para doblegar a la orgullosa Francia. Liev Davídovich no dejaba de pensar en Alfred y Marguerite, pues no tenía idea de qué podría ocurrir ahora con ellos y con el resto de sus seguidores franceses (de Étienne, cuya lealtad seguía siendo un interrogante, no había tenido noticias en las últimas semanas y presumía que se habría marchado de París, como tantos miles de personas). Pero más doloroso le resultó escuchar la declaración de apoyo al Tercer Reich formulada por el canciller soviético, el infame Molotov, y ver confirmado el acuerdo de repartición de Europa pactado por Hitler y Stalin el año anterior, como lo demostraba la «anexión» de las repúblicas bálticas al imperio soviético.

El resultado de aquellas conquistas imperiales era que la vieja Europa iba quedando aplastada por el peso de la esvástica hitleriana y la hoz y el martillo soviéticos. ¿Cuál de los dos, llegado el momento, lanzará el primer zarpazo al otro?, se preguntaba Liev Davídovich: y aunque no podía mostrar en público su pesimismo, presentía que se avecinaban tiempos de grandes sufrimientos para su pueblo. Echando mano del poco optimismo que le quedaba, llegó a considerar que quizás había que pagar esa nueva cuota de dolor para que el país despertara y se recolocara en su lugar el sueño revolucionario.

A Liev Davídovich le sorprendió recibir la visita del general Núñez y del coronel Sánchez Salazar, que venían a informarle que treinta personas, casi todos miembros del Partido Comunista Mexicano, habían sido detenidas, acusadas del ataque del 24 de mayo. Salazar se disculpó con él por no haberle adelantado las evidencias que les permitieron continuar la investigación, y él le respondió que si los resultados lo ameritaban, no solo lo disculparía, sino que también lo felicitaría... por su suerte.

Según Salazar, poco después de la declaración pública del exiliado, la policía había tenido la increíble fortuna de escuchar el comentario de un borracho que los había puesto en la pista del hombre encargado de conseguir los uniformes de policía utilizados en el asalto. Tirando del hilo, comenzaron a descubrir cómplices, hasta llegar a uno de los asaltantes, David Serrano, quien los había conducido al hallazgo, por un lado, de dos mujeres encargadas de vigilar la casa y de distraer a los policías de la custodia, y, por otro, de un tal capitán Néstor Sánchez, que al ser detenido había dado información crucial: el asalto lo había dirigido el pintor Siqueiros y un judío francés cuya identidad todos los detenidos parecían desconocer. Ya sabían que en el ataque también habían estado involucrados los dos cuñados de Siqueiros y su asistente, Antonio Pujol, y el comunista español Rosendo Gómez, todos veteranos de la guerra civil española. Aunque las declaraciones eran confusas, Salazar pensaba que el judío francés y Pujol habían sido los responsables directos del ataque, pues Siqueiros se había quedado fuera de la casa, junto a la garita de los policías. La orden de captura del pintor había sido emitida, pero no tenían la menor idea de dónde podría hallarse y temían que ya estuviera lejos del país. Respecto al judío francés, quizás el verdadero artífice del complot, solo Siqueiros y Pujol parecían haber estado en contacto con él. Los detenidos incluso se contradecían y algunos de ellos afirmaban que era polaco.

Mientras escuchaba a Salazar, Liev Davídovich pensaba en el grado de perversión que la influencia de Stalin había inoculado en el alma de hombres como aquellos que, tras abrazar el ideal marxista y vivir traiciones como las que se habían cometido en España, seguían siendo fieles a las órdenes de Moscú e incluso eran capaces de atentar contra la vida de otros seres humanos. Le dio risa, en cambio, el coraje del «Coronelazo» Siqueiros, que después de organizar el atentado no se había atrevido a entrar en la casa y dirigir el ataque. Era lamentable que un artista de su talla se hubiera convertido en un pistolero de tercera categoría, terrorista y mentiroso.

Unos días después, la peor hipótesis se confirmó. La policía había encontrado el cadáver de Bob Sheldon enterrado en la cocina de una choza en las alturas de Santa Rosa, en el desierto de Los Leones. A las cuatro de la mañana, unos emisarios de Salazar fueron a buscar a Liev Davídovich para que lo identificara, pero Robbins se negó a despertarlo y envió a Otto Schüssler. Al amanecer, sin embargo, cuando Natalia le contó lo ocurrido, pidió ir a Santa Rosa, donde se encontró con Salazar y el general Núñez.

El cadáver de Bob Sheldon estaba sobre una mesa rústica, en el patio de la casa. Aunque lo habían lavado, tenía restos de la tierra y la cal que lo habían cubierto. El cuerpo se conservaba perfectamente, y en el lado derecho de su cabeza mostraba los orificios de entrada de dos disparos. Al verlo, Liev Davídovich sintió una conmoción profunda, pues tuvo la certeza de que, en connivencia o no con la GPU, Bob Sheldon había sido otra víctima de la furia de Stalin contra su persona, y que aquel cadáver bien podía ser el de Liova, al que no pudo darle un último adiós, o el del pequeño Yakov Blumkin, el del eficiente Klement, el de Sérmux o el de Posnansky, sus viejos y entrañables secretarios desde los días de la guerra civil, tal vez el del empecinado Andreu Nin o el del simpático Erwin Wolf, todos devorados por el terror, todos asesinados por la furia criminal de Stalin. Los policías respetaron su mutismo y permanecieron en silencio unos minutos. Después Salazar le pidió un poco de paciencia para culminar la investigación: la muerte de Sheldon confirmaba su participación en el asalto. Pero Liev Davídovich se negó otra vez a aceptar esa teoría y exigió regresar a la casa. Quería estar solo, con sus culpas y sus pensamientos.

Ya no dudaba de que la suerte, o los designios inescrutables de Stalin, le habían concedido una prórroga, aunque estaba convencido de que sería de corta duración. Su ánimo fluctuaba entre la prisa por concluir los asuntos pendientes y la depresión por la certeza de que muy pronto todo terminaría y su obra y sus sueños quedarían en manos del destino imprevisible que les daría la posteridad. Desde hacía demasiados años era un paria, un acogido que debía comportarse para no molestar a sus anfitriones; lo habían convertido en un monigote sobre el que afinaban la puntería los fusiles de la mentira, en un hombre totalmente solo, que caminaba por un patio amurallado de un país lejano, acompañado apenas por una mujer, un niño y un perro, rodeado por decenas de cadáveres de familiares, amigos y camaradas. No tenía poder, no tenía millones de seguidores, ni tenía partido; sus libros ya casi nadie los leía: mas Stalin lo quería muerto y dentro de muy poco engrosaría la lista de mártires del estalinismo. Y lo haría dejando atrás un enorme fracaso: no el de su existencia, que él consideraba una circunstancia apenas significativa para la historia, sino el de un sueño de igualdad y libertad para la mayoría, al cual había entregado su pasión... Liev Davídovich confiaba, no obstante, en que las generaciones futuras, libres de los yugos del totalitarismo, podrían hacerle justicia a ese sueño y, tal vez, a la obstinación con que él lo había sostenido. Porque la lucha mayor, la de la historia, no terminaría con su muerte y con la victoria personal de Stalin: comenzará dentro de unos años, cuando las estatuas del Gran Líder sean derribadas de sus pedestales, escribió.

Aunque Liev Davídovich sabía que debía olvidarse de ese turbio atentado, cada revelación lo atraía como un imán. La historia del supuesto judío polaco o francés parecía conducir a las policías de México y Estados Unidos tras las huellas de un oficial de la NKVD con larga experiencia y misiones cumplidas en Francia, España y Japón. Salazar había averiguado que, por órdenes del judío, se habían alquilado dos casas en Coyoacán para utilizarlas como apoyo para el ataque. A pesar de aquellos avances, Liev Davídovich estaba convencido de que el misterioso judío se convertiría en una incógnita eterna, como lo serían las razones por las cuales un profesional como aquél no había dado dos pasos hacia el interior del cuarto y ejecutado la condena.

La tensión que se vivía dentro de la fortaleza de Coyoacán se tornó un lodo absorbente donde se atascaban los días. Liev Davídovich no conseguía volver a la rutina de antes, de por sí anormal, pero a la que se había acostumbrado. No obstante, cada vez que podía, hacía una escapada fuera de aquella prisión, en busca de un horizonte. La alarma había llegado al extremo de que unos amigos norteamericanos le enviaron un chaleco antibalas, pero él se había negado a llevar aquella coraza, como también prohibió que cada una de las personas que lo visitaban fuese cacheada o que uno de los secretarios estuviese presente en sus entrevistas, ya fuera con periodistas o con amigos como Nadal, Rühle u otros que llegaban ocasionalmente.

Por aquellos días, Sylvia Ageloff regresó de Nueva York y, a instancias de Liev Davídovich, la invitaron a que fuera una tarde, con Jacson, a tomar el té: él quería agradecerle a éste sus gestos con los Rosmer y disculparse por no haberlo atendido como se merecía aquella tarde en la que, urgido por el trabajo, no pudo sentarse a tomar el té. En esa ocasión, más distendidos, tuvieron un encuentro afable. Sylvia, que siempre había sentido un respeto reverencial por Liev Davídovich, parecía estar en una nube por su deferencia hacia ella y su compañero, mientras Jacson, fiel a su educación burguesa, había llevado una caja de bombones finos para Natalia y un regalo para Sieva.

Después de aquel encuentro, Liev Davídovich le comentaría a Natalia que Jacson se le había antojado un tipo peculiar. Ante todo, era insólito que, sin la menor vergüenza, asegurase que la política lo traía sin cuidado, pues cuando Sylvia y él habían discutido sobre la simpatía de ella por la fracción de Shachtman, él se había puesto de parte de Liev Davídovich y, con cierta vehemencia, le había reprochado a ella esa actitud *yankee* de creer que los norteamericanos siempre tienen la razón. Poco antes de irse, cuando estuvieron hablando sobre los perros y él había rozado el tema de la necesidad de recabar fondos para los trabajos de la Internacional, Jacson le había ofrecido su experiencia en asuntos bursátiles y hasta el crédito y los contactos de su acaudalado jefe. En aquel instante, Liev Davídovich recordó que uno de los secretarios le había comentado ese ofrecimiento de Jacson, que él había rechazado, convencido de que no podía mezclarse en especulaciones monetarias ni siquiera para sostener el más idealista de los proyectos políticos. Ante la reacción del exiliado, Jacson se había disculpado, diciendo que entendía. Liev Davídovich sintió en ese instante que en aquel hombre había algo que no acababa de encajar: la historia del pasaporte comprado en Francia para no participar en la guerra, su disposición a utilizar el capital de su jefe para hacerles ganar dinero, su desinterés por la política a pesar de haber trabajado como periodista y ser hijo de diplomáticos, la ostentación que solía hacer de sus posibilidades económicas... No, algo no encajaba. Aunque el exiliado pensaba que el origen de aquella incongruencia tal vez emanaba de su charlatanería de burguesito, le dijo a Natalia que tal vez valdría la pena intentar saber un poco más de Jacson. Por lo pronto, ya agradecido su gesto hacia los Rosmer, lo mejor sería no volver a recibirlo, agregó.

Sánchez Salazar fue a verle para informarle que habían detenido a Siqueiros en un pueblo del interior. Según el policía, desde los primeros interrogatorios, siempre muy petulante (y, comentaría Liev Davídovich, seguro de que alguien lo sacaría de entre las manos de la justicia), había excluido a la NKVD de su plan de ataque y negado la participación de ningún francés o polaco en el atentado. Aseguraba que la idea del ataque la habían concebido él y sus amigos cuando, estando en España, supieron de la traición del gobierno mexicano al proletariado mundial al dar asilo a Trotski, un apóstata capaz de ordenar a sus seguidores que se levantaran contra la República en plena guerra civil. Pero que se habían decidido a llevarlo a cabo cuando se inició la guerra en Europa, pues creían que así impedirían que el traidor regresara a una URSS eventualmente ocupada por sus aliados, los nazis. En ese punto, Liev Davídovich incluso sonrió y le preguntó al policía si Siqueiros sabía que él era judío y comunista. El propio Sánchez Salazar admitió que las contradicciones eran flagrantes, pues el pintor había añadido que el objetivo del asalto no era matarlo (lo hubiéramos hecho de haber querido, repetía), sino presionar a Cárdenas para que lo expulsara del país. Igualmente afirmaba que habían preparado el golpe sin contar con el Partido, lo cual resultaba aún más increíble, pues todos los integrantes del comando eran militantes comunistas. Lo único que alegró a Liev Davídovich de aquella detención fue pensar que, probablemente, se celebrara un juicio, y sería la ocasión que le negaron los noruegos para denunciar en un foro público los métodos criminales y las mentiras del régimen de Stalin.

Fue la tarde del 17 de agosto, mientras Liev Davídovich se disponía a distraerse con los conejos y con *Azteca*, cuando se presentó el novio de Sylvia. El motivo de su visita era que, tras la conversación que había escuchado entre la muchacha y el exiliado, había escrito un artículo sobre la defección de Shachtman y Burnham, los líderes trotskistas norteamericanos. Y le recordó que le había comentado su interés por escribir algo sobre aquellos temas y su deseo de obtener el veredicto del viejo revolucionario. El mismo Liev Davídovich, antes de que se despidieran, le había dicho que revisaría el escrito, pese a que ya no recordaba aquel compromiso.

Durante los cuatro días siguientes, varias veces Liev Davídovich se preguntaría por qué había aceptado recibir a Jacson si ya había decidido no verlo más. Le comentaría a Natalia que había sentido pena por la ingenuidad política del joven y por el modo rotundo en que se había negado a aceptar su colaboración financiera. Por la razón que fuese, había hecho pasar al belga al estudio y comenzó a leer el artículo para convencerse definitivamente de que aquel tipo era tonto: repetía las cuatro ideas que él había dicho en la conversación con Sylvia, y de pronto saltaba a comentar la situación de la Francia ocupada, sin la menor idea de cómo enlazar una historia y otra. ¿Qué clase de periodista era aquel personaje?

En su ansiedad por oír el juicio de Liev Davídovich, Jacson había estado todo el tiempo a su espalda, recostado al borde de la mesa de trabajo, leyendo sobre el hombro del exiliado lo que éste señalaba en el texto. Aquella presión cálida sobre la nuca de pronto provocó pavor en el exiliado. Mientras doblaba las hojas, llamó a Natalia para que acompañara a Jacson a la salida y le explicó al joven que debía reescribir el artículo si pretendía publicarlo. El hombre tomó las hojas con cara de perro apaleado y, al verlo, Liev Davídovich volvió a sentir pena por él. Tal vez por eso, cuando el belga le preguntó si podía traerle el trabajo reescrito, él le respondió que sí, pensando en que la respuesta apropiada y necesaria era no. Sin embargo, durante la cena le dijo a Natalia que no quería recibirlo de nuevo; no le gustaba ese hombre que, para empezar, no podía ser belga: a ningún belga con un mínimo de educación (y éste era hijo de diplomáticos) se le ocurriría respirarle en la nuca a una persona a la que apenas conocía.

El que sería el penúltimo amanecer de su vida y el último del que tendría conciencia, Liev Davídovich despertó con la sensación de haber dormido como un niño. Los somníferos que le habían recetado tenían un efecto relajante que le permitía descansar y despertar con ánimos, a diferencia de los que había tomado unos meses antes, que le provocaban una molicie pegajosa. Por la mañana pasó más tiempo de lo habitual con los conejos, pues nada más verlos comprobó cuán abandonados los había tenido desde que el mismo doctor que le cambiara las drogas le recomendó reposo en vista de su elevada tensión sanguínea. Él había tratado de explicarle que estar con los conejos y con *Azteca*, lejos de fatigarlo, le reconfortaba, pero el médico insistió en que no hiciera esfuerzos físicos, e incluso le prohibió que escribiera. El cabrón debe de ser de la GPU, había pensado.

La mañana de trabajo se prolongó más de lo habitual. Se había empeñado en la redacción de un artículo prometido a sus camaradas norteamericanos sobre las teorías del derrotismo revolucionario y el modo de asumirlo en una situación diferente a la de 1917, teniendo en cuenta que la guerra imperialista actual, como había declarado en más de una ocasión, era un desarrollo de la anterior, una consecuencia de la profundización de los conflictos capitalistas, por lo cual se imponía mirar la realidad con nuevos prismas.

La buena nueva del día había sido el cable traído por Rigualt, su abogado mexicano, con la confirmación de que sus archivos al fin estaban a buen recaudo en la Houghton Library de la Universidad de Harvard. Rigualt le había traído también un regalo: dos latas de caviar rojo. A la hora del almuerzo le había pedido a Natalia que las abriera y él mismo lo había servido. Apenas el caviar tocó sus papilas, sintió un corrientazo que lo trasladó a los primeros tiempos del gobierno bolchevique, cuando recién se habían instalado en el Kremlin. En aquellos días, su familia y él vivían en la Casa de los Caballeros, donde antes de la revolución se alojaban los funcionarios del zar. La Casa había sido dividida en cuartos, y en uno de ellos vivían los Trotski, separados por un pasillo de los cubículos que ocupaban Lenin, su mujer y su hermana. El comedor que utilizaban era común a los dos cuartos, y la comida que solían servirles era empecinadamente mala. No comían más que carne salada, y la harina y la cebada perlada con que preparaban la sopa estaban llenas de arena. Lo único apetecible y abundante, gracias a que no podían exportarlo, era el caviar encarnado. El recuerdo de aquel caviar siempre había teñido en su memoria la imagen de esos primeros años de revolución, cuando las tareas políticas que enfrentaban eran tan grandes y desconocidas que vivían en vértigo perpetuo y, aun así, Vladimir Ílich, siempre que podía, dedicaba unos minutos a jugar con los hijos de Liev Davídovich. Ese mediodía final, mientras devoraba el caviar, había vuelto a preguntarse si ya todos los grandes sueños estaban condenados a la perversión y el fracaso.

Después de una breve siesta había regresado a su estudio, decidido a terminar varios trabajos para poder dedicarse a la revisión de la biografía de Stalin. Ahora quería incluir en el libro la, al parecer, última carta que Bujarin había escrito al Sepulturero, mientras esperaba el veredicto a su apelación. Eran unas pocas líneas, muy dramáticas, más aún, tétricas, que unas manos amigas se las habían hecho llegar y que, desde entonces, no podía sacárselas de la cabeza. En la carta, Bujarin, condenado a muerte, ya ni siquiera le pedía clemencia, sino una razón: «Koba, ¿por qué necesitas que yo muera?». ¿Bujarin no lo sabía? Porque él sí sabía por qué Stalin los quería muertos, a todos ellos.

Reanudó el trabajo dictando algunas ideas para un artículo con el que pretendía responder a los nuevos ataques verbales de los estalinistas mexicanos, pero en algún momento extravió la concentración y recordó que Jacson, el novio de Sylvia, le había anunciado que regresaría esa tarde con el artículo reescrito. Nada más pensar en tener que ver a aquel hombre y leer su sarta de obviedades lo disgustó. Lo liquidaré en un par de minutos y después daré la orden definitiva: no lo recibiré más, bajo ningún concepto, pensó.

Mientras esperaba a Jacson, observó que fuera de su estudio hacía una tarde hermosa. El verano mexicano podía ser duro pero no despiadado. Aun en agosto, al menos en Coyoacán, siempre corría la brisa. Liev Davídovich lamentó que las ventanas que daban a la calle estuviesen tapiadas y se cortara el flujo de aire fresco y la posibilidad de ver pasar a la gente, los vendedores de frutas y de flores, con sus perfumes y sus colores. Sabía que, a pesar de la miseria, de la guerra y la muerte, más allá de los muros entre los que vivía serpenteaba una vida normal y pequeña, que trataba de resolverse día a día, una vida con la que muchas veces soñaba como si fuese el gran privilegio que le había sido arrebatado.

Como Sieva aún no había regresado del colegio, *Azteca* dormitaba en la puerta de su estudio. El mestizo se había convertido en un perro hermoso, con una belleza diferente a la aristocrática de *Maya*, pero definitivamente atractiva. ¿A quién amará más *Azteca*, a Sieva o a mí?, se preguntó: ojalá pudiera preguntárselo a él y decirle que yo también lo amo, y sonrió. Observando al perro recordó que debía alimentar a los conejos. Salió al patio, se acomodó los guantes de tela gruesa y por varios minutos su mente solo se ocupó de la actividad que realizaba: sus conejos también eran hermosos, pensaba, y se sintió por unos instantes lejos de los dolores del mundo. Fue entonces cuando escuchó el chirrido carcelario de la puerta: Jacson, comprobó, mientras maldecía el momento en que había aceptado volver a verlo. Lo despacharé lo más rápido que pueda, seguramente pensaría, y por última vez en su vida Liev Davídovich Trotski acarició la piel suave de un conejo y dirigió unas palabras de amor al perro que lo acompañaba.

27

En el instante en que atravesó el umbral blindado de la fortaleza de Coyoacán y vio, en el centro del patio, la mesa cubierta con un mantel de vivos colores mexicanos, sintió cómo recuperaba el control de sí mismo. La ira que lo había acompañado durante todo el día se esfumó, como polvo barrido por el viento.

Desde que la noche anterior Ramón regresara al hotel, el regusto pastoso del coñac y el amargo de una rabia explosiva se le habían instalado en el estómago, induciéndolo al vómito. La conciencia de que su voluntad, la capacidad de decidir por sí mismo, se habían evaporado comenzaba a asediarlo y le llevaba a sentirse un instrumento de designios poderosos en cuyos mecanismos había sido engarzado, negándosele cualquier posibilidad de retroceso. La certeza de que dentro de tres, cuatro, cinco días entraría en la corriente turbia de la historia convertido en un asesino le provocaba una malsana mezcla de orgullo militante por la acción que realizaría y de repulsión hacia sí mismo por el modo en que debía acometerla. Varias veces se preguntó si no habría sido preferible, para él y para la causa, que su vida hubiera terminado bajo las orugas de un tanque italiano a las puertas de Madrid, como su hermano Pablo, antes que pensar que su misión solo sería la de drenar el odio que otros habían acumulado y, alevosamente, habían inoculado en su espíritu.

Aquella mañana, cuando despertó, ya Sylvia había ordenado el desayuno, pero él apenas probó el café y, sin decir palabra, se había metido en la ducha. Desde el último viaje a Nueva York, la mujer había notado que el carácter afable de su amante se había comenzado a torcer, y el temor a que la fantástica relación pudiera resquebrajarse la hacía temblar de pavor. Él le había explicado que los negocios no marchaban bien, que la reforma de las oficinas se demoraba y costaba demasiado, pero el instinto femenino le gritaba que otros problemas lastraban el alma de su querido Jacques.

Sin hablar, se vistió, dispuesto a salir. Ella, con su refajo negro, lo observaba en silencio, hasta que se atrevió a preguntar:

—¿Cuándo me vas a decir qué te pasa, querido?
Él la miró, casi con asombro, como si solo en ese instante reparara en su existencia.
—Ya te lo he dicho, los negocios.
—¿Nada más que los negocios?
Él dejó de ajustarse la corbata.
—¿Me puedes dejar en paz? ¿Te puedes callar un rato?
Sylvia pensó que nunca, en casi dos años de relaciones, Jacques le había hablado con aquel tono hostil, como cargado de odio, pero prefirió guardar silencio. Cuando él abrió la puerta, se decidió a volver a hablarle.
—Recuerda que hoy nos esperan en Coyoacán.
—Claro que me acuerdo —dijo él, golpeándose con violencia en la sien, y salió.
Ramón vagó por las calles del centro. En dos ocasiones bebió café y, casi a mediodía, el cuerpo le reclamó un golpe efectivo y entró en el Kit Kat Club. Contra su costumbre, bebió una copa del coñac Hennessy que se anunciaba desde el espejo colocado tras el mostrador. A las dos de la tarde abrió el segundo paquete de cigarrillos del día. No sentía hambre, no quería hablar con nadie, solo deseaba que el tiempo transcurriera y la pesadilla en que se sentía envuelto llegara a su fin.
Poco después de las tres había recogido a Sylvia en el hotel y a las cuatro en punto observaba el colorido mantel dispuesto sobre la mesa de hierro fundido en la cual pronto servirían el té. En ese instante percibió cómo recuperaba su capacidad de confinar a Ramón bajo la piel de Jacques Mornard.
Jack Cooper los había acompañado hasta la mesa, había contado un par de chistes y confirmado la cita para cenar el martes 20, su día libre. Quedaron en verse en el Café Central, a las siete, pues Cooper quería aprovechar el día paseando con Jenny por la zona del Zócalo y los mercados. El mutismo que Jacques había mantenido hasta ese momento parecía haberse esfumado y Sylvia le diría esa noche que, evidentemente, visitar la casa fortificada de Coyoacán había sido como un bálsamo para sus preocupaciones.
Apenas cinco minutos después, el renegado y su esposa salieron de la casa. Jacques Mornard observó que el viejo parecía agotado y se puso de pie para estrecharle la mano. En ese instante comprendió que por primera vez tocaba la piel increíblemente suave del hombre al que debía matar.
—Y por fin..., ¿Jacson o Mornard? —preguntó el exiliado, con una

sonrisa irónica en sus labios carnosos y un brillo inquieto en sus ojos de águila.

—No seas impertinente, Liovnochek —lo reprendió Natalia.

—Como le sea más fácil, señor. Jacson es un accidente que me va a acompañar no sé por cuánto tiempo.

—Por bastante tiempo —dijo el viejo—. Esta guerra tiene para unos cuantos años. ¿Y sabe qué? Cuantos más años dure, cuanto más devastadora sea, más posibilidades hay de que los trabajadores por fin entiendan que solo la acción revolucionaria puede salvarlos como clase —dijo, como si bajo los pies le hubieran colocado una tribuna.

—¿Y qué papel puede desempeñar la Unión Soviética en esa acción? —se atrevió a preguntar Jacques.

—La Unión Soviética necesita hacer una nueva revolución, propiciar un gran vuelco social y político, pero no económico —empezó el renegado—. Aunque la burocracia se haya hecho con el poder, la base económica de la sociedad sigue siendo socialista. Y ésa es una ganancia que no se puede perder.

Sylvia tosió, como pidiendo turno en la conversación.

—Liev Davídovich..., yo creo, como muchos, que desde que Stalin firmó el pacto de amistad con Hitler, la Unión Soviética no puede considerarse un país socialista, sino un aliado del imperialismo. Por eso está invadiendo todo el este de Europa.

La llegada de la criada con la bandeja, las tazas, la tetera y la fuente de dulces detuvo por un instante al exiliado. Pero apenas la mujer colocó la bandeja sobre la mesa, el hombre saltó, como un resorte.

—Querida Sylvia, eso es lo que dicen los anticomunistas de siempre y ahora también Burnham y Shachtman para justificar su ruptura con la IV Internacional. Yo sigo sosteniendo que el deber de todos los comunistas del mundo es defender a la Unión Soviética si es agredida por los fascistas alemanes o por cualquier imperialismo, porque las bases sociales del país siguen siendo en sí mismas un progreso inmenso en la historia de la humanidad. A pesar de los crímenes y los campos de confinamiento, a pesar de los pactos..., sí, la Unión Soviética tiene el derecho de defenderse y los comunistas la responsabilidad moral de estar junto a los trabajadores soviéticos para preservar la esencia de la revolución... Pero si se produce la explosión social que espero y la revolución socialista triunfa en varios países, esos mismos trabajadores tendrán la misión de ayudar a sus camaradas soviéticos a liberarse de los gángsters de la burocracia estalinista. Por eso es tan importante que se fortalezca nuestra Internacional y tan lamentable la actitud de tus amigos...

Jacques Mornard observó cómo Natalia Sedova servía el té. Por un momento el olor de los dulces recién horneados había alterado su estómago en pena, pero las palabras del exiliado le habían cortado el apetito. Aquel hombre tenía una única pasión y siempre hablaba como si se dirigiera a una multitud, empujado por una vehemencia desproporcionada con respecto a su reducido auditorio, pero con una lógica muy convincente y seductora. Ramón concluyó que oírlo por mucho tiempo podía ser peligroso y se refugió en la evidencia de que la última puerta hacia el cumplimiento de su misión empezaba a conformarse ante sus ojos, y decidió concentrarse en forzarla. Con una efusión que Sylvia le desconocía, se lanzó entonces a apoyar la teoría del exiliado y a criticar la actitud veleidosa de Burnham y Shachtman, quienes se apartaban en un momento en el cual se precisaba de la unión. A dos voces con su anfitrión, criticó a Stalin pero defendió la idea de que la URSS mantenía su carácter socialista, y coincidió con el exiliado en la necesidad de la revolución universal, hasta que por algún vericueto de la conversación cayeron en las dificultades de la resistencia francesa ante un ejército alemán que prácticamente dominaba todo el país.

Natalia Sedova le pidió a la criada una segunda tetera en el momento en que la puerta de entrada se abría y el joven Sieva accedía al patio, precedido por el jubiloso *Azteca*, que, sin hacer caso de los visitantes, fue hacia el exiliado. El viejo sonrió, acariciando al animal y hablándole en ruso al oído.

—¿Siempre le habla en ruso? —sonrió Jacques, luego de saludar a Sieva, al que incluso le pasó un brazo por los hombros.

—Sieva le habla en francés, en la cocina le hablan en español, y yo le habló en ruso —comentó el anciano—. Y nos entiende a todos. La inteligencia de los perros es un misterio para los humanos. Muchas veces creo que son intelectualmente muy superiores a nosotros, pues tienen la capacidad de entendernos, incluso en varios idiomas, y somos nosotros los que no tenemos inteligencia para captar su lenguaje.

—Creo que tiene razón... Dice Sieva que usted siempre ha tenido perros.

—Stalin me quitó muchas cosas, hasta la posibilidad de tener perros. Cuando me expulsaron de Moscú tuve que dejar a dos, y cuando me desterraron, quisieron que me fuera sin mi perra preferida, la única que me pude llevar a Alma Atá. Pero *Maya* vivió con nosotros en Turquía, y allá la enterramos. Con ella Sieva aprendió a amar a los perros. Lo cierto es que siempre he amado a los perros. Tienen una bondad y una capacidad de ser fieles que superan a las de muchos humanos.

—Yo también amo a los perros —dijo Jacques, como si se avergonzara—. Pero hace años que no tengo ninguno. Cuando todo esto acabe, me gustaría tener dos o tres.

—Búsquese un borzoi, un galgo ruso. *Maya* era un borzoi. Son los perros más fieles, hermosos e inteligentes del mundo... con la excepción de *Azteca*, por supuesto —dijo, guiñando el ojo, y acarició más las orejas del perro, para luego apretarlo contra su pecho.

—¿Sabe?, usted es la segunda persona que me habla de esos perros. Un periodista inglés al que conocí me dijo que tenía uno.

—Óigame bien, Jacson, si alguna vez tiene un borzoi, nunca se olvidará de mí —sentenció el viejo y miró su reloj. De inmediato palmeó el flanco de *Azteca* y se puso de pie—. Debo ocuparme de mis conejos y tengo trabajo atrasado. De verdad ha sido un placer conversar con usted y con la testaruda de Sylvia.

—¿Quiere que lo ayude con los conejos? —se ofreció Jacques.

Sylvia y Natalia sonrieron, pues quizás conocían la respuesta.

—No se preocupe, gracias. Los conejos no son tan inteligentes y se ponen nerviosos con los extraños.

Jacques se levantó. Miró hacia el suelo, como si se le hubiera perdido algo, y de pronto reaccionó.

—Señor Trotski..., estaba pensando..., es que me gustaría escribir algo sobre los problemas de los partidos políticos y de la resistencia francesa. Conozco muy bien Francia, pero sus ideas me han hecho entender las cosas de otra manera y... ¿me haría usted el favor de revisarlo?

El viejo se volteó hacia las conejeras. La tarde comenzaba a caer. Con gestos que parecían mecánicos soltó los botones de los puños para enrollarse las mangas de su blusón ruso.

—Le prometo no robarle mucho tiempo —siguió Jacques—. Dos o tres folios. Si usted los lee, estaría más seguro de no cometer un error de análisis.

—¿Cuándo me lo traería?

—¿Pasado mañana, el sábado?

—Solo quiero que no me robe mucho tiempo.

—Se lo prometo, señor Trotski.

Con el borde del blusón, el exiliado se limpió los cristales de las gafas. Dio un paso hacia Jacques y, ya con las gafas puestas, lo miró a los ojos.

—Jacson..., usted no parece belga. El sábado a las cinco. Hágame leer algo interesante. Buenas tardes.

El renegado se dirigió hacia las conejeras. Jacques Mornard, con una sonrisa congelada en los labios, fue incapaz de responder a la despedida. Solo esa noche, cuando colocó un folio tras el rodillo de la máquina de escribir, comprendió que, con sus últimas palabras, el hombre al que debía matar le había lanzado su soplo en la nuca.

Despertó con dolor de cabeza y de mal humor. Apenas había dormido a pesar del agotamiento en que lo lanzaron aquellas tres horas de esfuerzo, al final de las cuales solo había logrado escribir un par de párrafos farragosos y con las ideas mal hilvanadas. ¿De dónde sacar algo que le resultara interesante al viejo? Ahora tenía la certeza de haber soñado otra vez con una playa y unos perros que corrían por la arena, y recordó que había despertado en la noche abrazado por la angustia. La convicción de que todo terminaría al día siguiente, cuando hundiera el piolet en el cráneo del traidor renegado, lejos de calmarlo lo llenaba de desasosiego. Con el café se tragó un par de analgésicos y, cuando Sylvia le preguntó adónde iba, le susurró algo de la oficina y los albañiles, y con las cuartillas emborronadas salió a la calle.

Su mentor lo esperaba en el departamento de Shirley Court y, tras contarle los detalles de la visita de la tarde anterior, su ansiedad explotó.

—¡Sé cómo tengo que matarlo, pero no puedo escribir un puto artículo! ¡Me pidió que fuera algo interesante! ¿Qué cosas interesantes voy a escribirle?

Tom recibió los folios que, casi implorante, Ramón le tendía, y le dijo que no se preocupara por el artículo.

—Tengo que hacerlo mañana, Tom. Prepara las cosas para ayudarme a escapar. No puedo esperar más. Lo mataré mañana —repitió.

Caridad los escuchaba, sentada en uno de los butacones, y Ramón, en su aturdimiento, creyó ver en las manos de la mujer un ligero temblor. Tom, las cuartillas en la mano, miraba las líneas mecanografiadas, llenas de tachaduras y añadidos. Entonces estrujó las hojas, las lanzó a un rincón y comentó, como si no fuera importante:

—No vas a matarlo mañana.

Ramón creyó haber oído mal. Caridad se inclinó hacia delante.

—Si hemos trabajado tres años —siguió— y hemos llegado hasta donde estamos, es para que todo salga bien. No eres el único que se está jugando la vida. Stalin me perdonó el desastre de los mexicanos porque nunca confiamos demasiado en ellos, pero no me va a perdonar un segundo fracaso. Tú no puedes fallar, Ramón, por eso no vas a hacerlo mañana.

–Pero ¿por qué no?

–Porque yo sé lo que hago, siempre lo sé... Cuando estés solo con el Pato tendrás todos los hilos en las manos, pero debes tenerlos bien agarrados.

Ramón inclinó la cabeza. Sintió que, como siempre, el aplomo de Tom lo tocaba y hasta la angustia comenzaba a desvanecerse.

Tom encendió un cigarrillo y se puso al frente de su pequeña tropa: le pidió a Caridad que hiciera café y ordenó a Ramón que fuese al monte de piedad a comprar una máquina de escribir, de un modelo portátil.

Cuando regresó con la máquina, Caridad le ofreció el café y le dijo que Tom lo esperaba en el cuarto. Ramón lo encontró inclinado sobre el gavetero que había escogido como escritorio y vio que en el piso había hojas arrugadas, escritas con caracteres cirílicos. El asesor exigió silencio con un gesto, sin dejar de repetir *bliat'!*, *bliat'!* De pie, Ramón esperó hasta que el otro se volvió.

–Vamos, voy a dictarle a Caridad el artículo y la carta que debes llevar encima.

–¿Qué carta?

–La historia del trotskista desencantado.

–¿Qué tengo que hacer mañana?

–Digamos que un ensayo general. Vas a ir a la casa del traidor con todas las armas encima, para que veas cómo puedes entrar y salir sin que nadie sospeche nada. Le vas a dar el artículo y vas a estar a solas con él. El artículo será tan lamentable que tendrá que hacer muchas correcciones y él mismo te dará la posibilidad de regresar para otra revisión. Entonces será el momento, porque ya tendrás calculada la manera en que lo vas a golpear, la forma de salir... Tienes que estar seguro de que harás cada cosa con mucha calma y con mucha seguridad. Ya sabes que si pones un pie en la calle, yo te garantizo el escape, pero mientras estés dentro de la casa, tu suerte y tu vida dependen de ti.

–No fallaré. Pero déjame hacerlo mañana. ¿Y si no puedo volver a verlo?

–No fallarás y no lo harás mañana: y de alguna forma volverás a verlo, eso es seguro –dijo Tom, tomándolo por la cara y obligándolo a mirarle a los ojos–. De ti depende el destino de muchas gentes. Y depende que le callemos la boca a los que no confiaron en vosotros, los comunistas españoles, ¿te acuerdas? Vas a demostrar de lo que es capaz un español con dos cojones y una ideología en la cabeza –y con la mano derecha golpeó la sien izquierda de Ramón–. Vas a vengar a tu hermano muerto en Madrid, las humillaciones que tuvo que soportar tu madre, vas a ganarte el derecho a ser un héroe y vas a demostrarle a África que Ramón Mercader no es un tipo blando.

–Gracias –dijo Ramón, sin saber por qué lo decía, mientras sentía cómo la presión de las manos de su tutor se convertía en un calor sudoroso sobre su rostro. En ese instante se convenció de que la historia de las humillaciones de Caridad, mencionadas de pasada por Tom, en realidad formaban parte de una estrategia urdida por su madre y por el agente para apuntalar su odio: solo así se explicaba que Tom hubiese tenido noticias de la conversación en el Gillow. Pero ¿cómo era posible que Tom también supiera que África lo acusaba de ser demasiado blando?

–Arriba, a trabajar –Tom lo palmeó en el hombro y le sacó de sus pensamientos–. Tienes que aprenderte de memoria la carta que vamos a escribir. Cuando termines, la dejas caer al suelo y sales. Pero si te atrapan, esa carta es tu escudo. Siempre tienes que decir que te llamas Jacques Mornard y repetir lo que diga esa carta. Pero no te van a coger, no. Tú eres mi muchacho y vas a salir. Te lo digo yo...

Regresaron a la sala. Caridad, de pie, fumaba. La tensión había hecho desaparecer a la mujer mundana que había sido durante los últimos meses y sus rasgos volvían a ser afilados, duros, andróginos, como si ella también se preparara para la guerra.

–Siéntate y escribe –le ordenó Tom y ella lanzó la colilla a un rincón y se acomodó frente a la máquina colocada sobre la mesa. Hizo correr una hoja por el rodillo y miró al hombre.

–¿Qué vas a escribir?

–La carta –Tom se dejó caer en un butacón, con un rictus de dolor en la cara. Deslizó su cuerpo por el asiento, leyó algo en los papeles que había llenado de caracteres cirílicos y cerró los ojos–. Después le ponemos fecha. ¡Empieza!: Señores: Al escribir esta carta no me propongo otro objetivo, en el caso de que me ocurriera un accidente, que aclarar, no, espera... –y extendió la mano como un ciego que busca a tientas–, mejor..., que explicar a la opinión pública los motivos que me inducen a ejecutar el acto de justicia que me propongo.

Tom se interrumpió, con los ojos todavía cerrados y unas hojas en las manos, decidiendo sus próximas palabras. Ramón fumaba, de pie, y observó a su mentor y a su madre, y vio a dos seres distantes, concentrados, que hacían responsablemente un trabajo. Las frases que iba fabricando el hombre y que la mujer imprimía sobre el papel eran la sentencia de un ser humano y la confesión de su asesino, pero la actitud de Tom y Caridad resultaba tan familiar con la idea de la muerte que parecían dos actores en una representación.

Por boca de Tom, Jacques Mornard empezaba a hablar sobre su origen, su profesión, las inclinaciones políticas que lo llevaron a militar en organizaciones trotskistas.

–Fui un devoto adepto de Liev Trotski y hubiera dado hasta mi última gota de sangre por la causa. Me puse a estudiar cuanto se había escrito sobre los diferentes movimientos revolucionarios a fin de instruirme y de esta manera ser más útil a la causa. Punto.

–¿Y seguido? –preguntó Caridad y Tom negó con la cabeza–. Un momento –dijo ella y deslizó una nueva hoja en el rodillo.

–Léeme lo que está escrito –pidió Tom y Caridad lo complació. Al fin el asesor abrió los ojos y miró a Ramón–. ¿Qué te parece?

–Sylvia lo desmentirá.

–Cuando Sylvia hable, tú vas a estar muy lejos. Caridad, lee de nuevo.

Tom volvió a cerrar los ojos y, en cuanto Caridad terminó la lectura, comenzó a armar la historia de un miembro del Comité de la IV Internacional que, después de varias conversaciones en París, le había propuesto a Jacques un viaje a México con el fin de conocer a Trotski. Mornard, entusiasmado, aceptó, y el miembro de la Internacional (nunca supiste su nombre, le aclaró a Ramón; eso no es verosímil, replicó éste; yo me cago en lo verosímil, suspiró el otro) le facilitó dinero y hasta un pasaporte con el que salir de Europa.

De pronto Tom se puso de pie, rasgó las hojas que aún llevaba en las manos y soltó una de sus palabrotas en ruso. Ramón notó que la cojera, esfumada en los últimos meses, había regresado. En ese instante tuvo la sensación de que era el extinto Kotov quien se dirigía a la cocina y regresaba con una botella de vodka recién sacada del frigorífico. Colocó un vaso sobre la mesa en la que trabajaba Caridad y se sirvió una dosis exagerada. De un trago la hizo desaparecer.

–Hay que dar la idea de que Trotski ya esperaba a Jacques porque quería algo de él. Y Jacques tiene que parecer muy sentimental, un poco tonto...

–Ramón tiene razón. Nadie se tragará esta historia –dijo Caridad.

–¿Cuándo nos hemos preocupado por la inteligencia de la gente? Hay que decirles lo que nos interesa. De que lo crean se ocuparán otros. Lo que tiene que quedar claro es que Trotski es un traidor, un terrorista de la peor especie, que está financiado por el imperialismo...

Tom volvió a su butaca y continuó el dictado. Ramón sintió cómo se extraviaba en el laberinto de mentiras que su mentor urdía con facilidad, como si contara una verdad con la que hubiera convivido. Recuperó el hilo de la historia cuando Tom entraba en el capítulo del desencanto del joven trotskista: el célebre revolucionario se revelaba como un ser mezquino y ambicioso al proponerle, sin apenas conocerlo, que viajara a la URSS para cometer actos de sabotaje y, sobre todo, para asesinar a Stalin. Tom agregó un dato preciso: aquella acción antisoviética contaría con el apoyo de una gran nación extranjera, la cual, evidentemente, financiaba al traidor. Ramón sintió que aquellas palabras le resultaban conocidas, como si ya las hubiera leído o escuchado.

–Ésa es la táctica: eliminar al enemigo, pero además cubrirlo de mierda, de mucha, mucha mierda, que lo desborde la mierda –se exaltó Tom, y se extendió en las intrigas del exiliado contra el gobierno de México y sus líderes, buscando la desestabilización del país que lo había acogido. Pero Trotski debía de ser aún más ruin: le había expresado a Jacques su desprecio por todos los miembros de su propia banda que no pensaban exactamente como él y hasta le había confiado la idea de la posible eliminación física de esos disidentes. Aunque Mornard no tenía constancia de ello, estaba seguro de que el dinero para comprar y fortificar la casa donde vivía Trotski no provenía de aquellos seguidores ciegos, sino que tenía otro origen y quien lo conocía era el cónsul de esa gran nación imperialista que le hacía muy frecuentes visitas.

–¿Alguien ha visto a ese cónsul? –preguntó Caridad.

–Éste es un país de ciegos... –respondió Tom– y vamos a darles ahora de lo que les gusta.

Tom penetró en el terreno del melodrama: Jacques había viajado a México con una joven a la que amaba y con la cual deseaba casarse. Si iba a Rusia a cometer los crímenes planeados por Trotski, tendría que romper su compromiso, a lo cual lo alentó el exiliado, pues consideraba a la joven una traidora a la verdadera causa trotskista. Y remataba la carta con un giro inesperado:

–Es probable que esta joven, después de mi acto, no quiera saber más de mí. No obstante, también por ella decidí sacrificarme quitando de en medio a un jefe del movimiento obrero que no hace más que perjudicarlo, y estoy seguro de que no solo el Partido, sino la Historia, me darán la razón cuando vean desaparecer al más encarnizado enemigo del proletariado mundial... En caso de que me ocurra una desgracia, pido la publicación de esta carta. Punto final.

Con el último golpe de tecla, se hizo el silencio en el apartamento. Ramón, siempre de pie, sintió un temblor que le brotaba del fondo del alma. Ya no tenía la impresión de que había oído antes aquellas palabras, pues las mentiras amontonadas por su mentor tenían el mismo tono que las acusaciones que, durante años, en sucesivos procesos, artículos, discursos, se habían lanzado contra Trotski y otros hombres juzgados y sentenciados. ¿No existían acaso verdades, hechos reales sobre los cuales apoyar la trascendente decisión de un joven revolucionario, desencantado al extremo de sacrificarse y cometer un crimen para librar al proletariado del influjo de un traidor? Algo turbio emanaba de cada una de las palabras de aquella carta, y Ramón Mercader comprendió que su temblor no se debía solo al miedo provocado por el acto de falseamiento al que acababa de asistir: había descubierto que temía tanto a quienes lo enviaban a ajusticiar a un hombre como a las consecuencias que su acto podía acarrearle. Si aún lo necesitaba, aquella carta fue la última comprobación de que, para él, no había otra salida en el mundo que la de convertirse en un asesino.

Detuvo el auto en las inmediaciones de Coyoacán. Abrió el maletero, extrajo la gabardina y se la colocó sobre los hombros. En ese instante, como si el peso del impermeable se propusiera hundirlo, Jacques Mornard sintió la revulsión y apenas tuvo tiempo de inclinarse para evitar que el vómito lo manchara. El líquido, mezcla de café y bilis, olía a tabaco rancio, y su fetidez le provocó una nueva serie de arcadas secas, mientras su piel se cubría de sudor frío. Cuando su estómago se hubo sosegado, se limpió con el pañuelo y abrió la bolsa donde guardaba el puñal inglés y el piolet y los acomodó en los sacos interiores de la gabardina. El revólver Star de nueve balas se lo colocó en la espalda, contra el fajín del pantalón. Comprobó que las cuartillas del artículo estaban en el bolsillo lateral izquierdo de la gabardina y regresó al auto.

Recordaba que en el camino había una farmacia y, al divisarla, detuvo la marcha. Compró un frasco de desinfectante bucal, otro de colonia y una caja de analgésicos. En la calle hizo varios buches con el desinfectante, para quitarse el sabor del vómito, y masticó un par de píldoras. Nunca sufría cefaleas y sospechó que tal vez su tensión arterial era la responsable de aquella presión en el cráneo que no lo abandonaba desde hacía dos días. Con la colonia se frotó el cuello, la frente y las mejillas, y volvió al volante.

Cuando tomó la polvorienta avenida Viena, Ramón comprendió que aún no había recuperado el dominio de Jacques Mornard. La convicción de que se trataba solo de un ensayo, de que entraría y saldría de la casa lo más rápido posible, no le proporcionaba el alivio esperado. Todavía dudaba si no hubiese sido preferible que Tom le permitiera realizar aquel mismo día su trabajo. Lo que iba a suceder, sucedería y, cuanto antes, mejor, se decía. El odio contra el renegado, que debía ser su mejor arma, estaba diluyéndose entre el miedo y las dudas, y ya no sabía si actuaba movido por las órdenes irreversibles (el apresamiento del pintor Siqueiros y la posibilidad de un juicio público habían alarmado a Moscú, según Tom) o por una convicción profunda, cada vez más difícil de rescatar en su mente. Por eso, al ver la mole ocre de la fortaleza, Ramón lo decidió: aquélla sería su última visita a Coyoacán.

Detuvo el auto luego de hacer un giro y colocarlo en dirección a la carretera de México. Anegó el pañuelo en colonia y volvió a limpiarse el rostro. Respiró hondo varias veces y abandonó la máquina. Desde la torre frontal, Jack Cooper le dio la bienvenida y le preguntó por Sylvia. Jacson le respondió que solo venía por unos minutos y, con lo habladora que podía ser Sylvia, había preferido dejarla en el hotel. Cooper, sonriente, le confirmó que su esposa llegaba el lunes en la noche.

–Pues nos vemos el martes –gritó Jacques y la puerta blindada se abrió ante él.

Joe Hansen, secretario del renegado, le estrechó la mano y le cedió el paso.

–Mi madre siempre usaba esa colonia alemana –comentó–. ¿El Viejo te esperaba más temprano?

–Llego diez minutos tarde. Me he retrasado por culpa de Sylvia.

–Ahora está trabajando. Déjame preguntarle si todavía te puede recibir.

Hansen lo dejó en el patio. Él se quitó la gabardina y la dobló cuidadosamente sobre su brazo. En un ángulo del jardín, cerca de la tapia que daba al río, vio a Melquíades, el empleado que trabajaba en la casa. Las habitaciones ocupadas por los secretarios y guardaespaldas tenían las ventanas abiertas, pero no se observaba movimiento alguno. Tuvo entonces un fortísimo presentimiento: sí, definitivamente, aquél era su día. Para no pensar, se concentró en la contemplación de las huellas de los disparos en las paredes de la casa, hasta que percibió una presencia muy cerca de él. Se volvió y encontró a *Azteca*, que olisqueaba sus zapatos, y vio que estaban salpicados de vómito. Cuidando de la posición de la gabardina se acuclilló junto al animal y con la mano libre le acarició la cabeza y las orejas. Por unos minutos Jacques perdió el sentido del tiempo, del lugar donde estaba y de lo que se proponía cometer: la pelambre del animal corría bajo sus dedos, provocándole una sensación de bienestar, confianza y tranquilidad. Su mente estaba en blanco cuando escuchó la voz del hombre y reaccionó con un sobresalto.

–Estoy muy ocupado –había dicho el renegado, mientras se limpiaba las gafas con un pañuelo rojo que llevaba bordadas en un ángulo una hoz y un martillo.

–Perdón, me había entretenido –dijo, ya erguido, al tiempo que buscaba las cuartillas mecanografiadas en el bolsillo exterior de la gabardina, cuidando de que la prenda no fuera a caer de su brazo, arrastrada por el peso de las armas–. No le robaré mucho tiempo.

Jacques le tendió los folios, todavía asolado por la lamentable calidad del texto. Sin tomarlos, el exiliado dio media vuelta.

–Venga, veamos el artículo.

Jacques Mornard traspuso por primera vez las puertas de la casa. Desde la cocina venían ruidos de actividad y olores de sofritos, pero no vio a nadie. Tras el renegado atravesó el comedor, donde había una larga mesa con un frutero en el centro, y pasaron al cuarto de trabajo. Observó que sobre el escritorio había papeles, libros, estilográficas, una lámpara y un voluminoso dictáfono, que el hombre movió hacia atrás para hacer espacio.

–¿Y su esposa? –se atrevió a preguntar.

–Debe de estar en la cocina –fue la respuesta seca del renegado, ya sentado frente al escritorio–. A ver ese artículo.

Jacques le pasó las hojas y el hombre, con un lápiz de creyón grueso, comenzó a recorrer, deprisa, las primeras líneas. Ramón logró colocarse detrás de su presa y observó la habitación. A sus espaldas, contra la pared, había un gavetero largo y bajo sobre el que se acumulaban papeles mecanografiados y descansaba un globo terráqueo. En la pared, un mapa de México y Centroamérica. Sobre el escritorio había una carpeta con un rótulo en cirílico que logró leer: «Privado». Desde su posición, atisbó en la gaveta entreabierta el brillo oscuro de un revólver, quizás un 38, y pensó lo poco que importaba el calibre de un arma que no defendería a su dueño. Dejó de inspeccionar el sitio y se impuso pensar en lo que debía: estaba tres pasos detrás del hombre, y la cabeza condenada quedaba unos centímetros por debajo de su hombro. Siempre creyó que tendría una posición más elevada, pero aun así, si lograba levantar mucho el brazo, podía descargar un golpe brutal en medio de aquel cráneo en cuya coronilla comenzaba a clarear el pelo. Metió la mano en la gabardina y tocó la parte metálica del piolet. Podría sacarlo con facilidad, en unos pocos segundos, y acertar con fuerza en el sitio exacto donde la escasez de cabello permitía entrever la piel blanca, casi refulgente, provocadora. Cerró la mano sobre el mango recortado, dispuesto a extraer el arma, en el momento en que descubrió que no se había quitado el sombrero y el sudor se le acumulaba en la frente y amenazaba llegarle a los ojos. Pensó en buscar su pañuelo, pero desistió, para evitar un gesto brusco. La ventana que daba al jardín estaba abierta, para aprovechar la brisa de la tarde, y desde aquel ángulo solo se veían los canteros de cactus y unas buganvilias florecidas. Calculó que, si golpeaba con precisión, necesitaría apenas un minuto para, con pasos rápidos, alcanzar la puerta de salida y allí pedir que le abrieran, hablar unos segundos con el custodio de turno y abandonar la casa. Hasta abordar el auto, serían dos, tal vez tres minutos en los que su salvación dependería de su sangre fría y de que nadie descubriera el cuerpo del Pato. Pero si el hombre no moría al primer golpe o si sus nervios flaqueaban y se apresuraba demasiado, la casa fortificada se convertiría en una tumba de la cual nunca escaparía. Entonces aferró con fuerzas el piolet y se concentró en el cráneo que estaba frente a él. El viejo trabajaba, usando con frecuencia el lápiz: tachaba o añadía palabras, mientras su garganta emitía sonidos de desaprobación. Su cabeza, sin embargo, seguía allí, al alcance del brazo de Ramón.

–Pobres franceses –musitó el exiliado.

En ese instante, a través de la ventana, Ramón pudo ver borrosamente a Harold Robbins. El jefe del cuerpo de guardaespaldas miraba hacia el estudio y luego dirigía la vista hacia la torre de vigilancia. Lentamente sacó la mano de la gabardina y decidió buscar el pañuelo en el bolsillo trasero del pantalón. Sus gafas se habían humedecido con el sudor y, sin soltar el abrigo, se secó la cara y, con dificultad, se quitó las gafas y las limpió.

La cabeza del renegado volvió a hacerse nítida. Seguía inmóvil, retándolo. En aquella cabeza estaba todo lo que aquel hombre poseía, todo lo que significaba, y ahora la tenía allí, a su merced. ¿Por qué Kotov no le había dado la carta que debía soltar mientras salía? A Ramón, con la vista fija en el sitio donde iba a clavar el pico de acero, lo deslumbró una nueva certeza: lo mejor era olvidarse de la maldita carta, no podía seguir pensando, estaba desperdiciando la oportunidad de oro fabricada durante años, una ocasión quizás irrepetible. Pero al mismo tiempo comprendió que en aquel momento no era capaz de ejecutar el mandato, aunque su confusión le impedía saber por qué: ¿miedo?, ¿obediencia a las órdenes de Tom?, ¿la carta que no tenía?, ¿necesidad de prolongar aquel enfermizo juego de poder?, ¿dudas sobre las probabilidades de llegar a la calle? Desechó esto último, pues, a pesar de la soledad de que disfrutaba con el renegado, era evidente que las posibilidades de escape tantas veces mencionadas por Tom nunca habían llegado al treinta por ciento. Solo si se producía una milagrosa conjunción de casualidades lograría salir de la casa tras asestar el golpe, y tuvo la certidumbre de que, si se atrevía a darlo, algo ocurriría y se le troncharía aquella ínfima opción. La próxima vez que entrara en la fortaleza, tal vez conseguiría sobreponerse y matar al hombre más perseguido del mundo, el anciano cuya respiración podía escuchar, a dos pasos de él, cuyo cráneo seguía invitándolo. Sin embargo, ahora estaba completamente seguro de que él no lograría escapar. En realidad, ¿estuvo alguna vez prevista la fuga? Se convenció de que sus jefes sin duda preferirían que lograse salir de la casa, pero que lo consiguiera o no, eso carecía de importancia, y Ramón comprendió que lo habían destinado a cometer un crimen que, a la vez, sería un acto suicida. Más aún: su mentor había diseñado aquel montaje con tal maestría que, en el desenlace, el propio condenado se encargaría de fijar la fecha de su muerte y, para alcanzar la máxima perfección, también la de su victimario. Y comprendió que su inmovilidad respondía a aquella macabra coyuntura, capaz de dominar su cuerpo y su voluntad.

–Esto necesita mucho trabajo –dijo el exiliado, sin levantar la vista.

–¿Le parece muy malo? –preguntó Jacques Mornard, después de unos segundos, temiendo que la voz le fallara.

–Tiene que reescribirlo completo y...

–Está bien –lo interrumpió y se acercó a la mesa–. Lo reescribiré el fin de semana. Ahora tengo que irme, Sylvia me espera para ir a cenar y...

Jacques necesitaba salir de aquel espacio opresivo. Pero el exiliado había decidido conservar los folios revisados en la mano y se había vuelto hacia el visitante, al que lanzó una mirada incisiva.

–¿Por qué no se quitó el sombrero?

Jacques se llevó la mano a la frente y trató de sonreír.

–Como voy con prisas...

El viejo lo miraba aún más intensamente, como si deseara penetrarlo.

–Jacson, usted es el belga más extraño que conozco –dijo, y le alargó al fin las cuartillas, para reclamar en voz alta–. ¡Natasha!

Jacques tomó las hojas y las dobló de cualquier modo, mientras percibía cómo la humedad fría de sus manos se adhería al papel. Preparando la sonrisa para la llegada de la mujer, consiguió devolver los folios al bolsillo de la gabardina, que estuvo a punto de rodársele por el peso de los instrumentos de muerte que cargaba. Mecánicamente movió la mano hasta tocar la empuñadura del puñal. El sonido de pasos que se acercaban advertían de la eficiencia del llamado. Natalia Sedova, con un delantal cubriéndole el pecho y el regazo, se asomó al estudio y, al ver a Jacques, sonrió.

–No sabía que...
–Buenas tardes, madame Natalia –dijo y aferró el puñal.
–Jacson se va, querida. Por favor, acompáñalo.

Ramón sintió que, en lugar de una despedida, las palabras del exiliado sonaban como una orden de expulsión. Tenía el puñal fundido a su mano derecha, pero solo pensó que al fin ocurriría lo que tenía que ocurrir: porque no era posible que aquel hombre, acosado por la muerte desde hacía tantos años, fuese a permanecer impávido en el fondo de la red donde lo habían envuelto, como si desde allí él mismo llamara a su muerte. No era lógico, casi resultaba increíble que con su inteligencia y su conocimiento de los métodos de sus perseguidores se hubiese tragado toda esa historia de un belga desertor, dedicado a hacer negocios que nadie sabía a ciencia cierta cuáles eran, que trabajaba en una oficina inexistente y se reunía con un jefe fantasma, que decía cosas inapropiadas y cometía errores de bulto, o aseguraba ser periodista y escribía un artículo lleno de obviedades: un belga que, para colmos, de visita en una casa y ya bajo techo, olvidaba descubrirse. Ramón soltó el puñal y, como estaba decretado, puso su vida y su destino en la pregunta que, sin mirarle a los ojos, dirigió al exiliado desde la puerta de acceso al comedor:

–¿Cuándo podemos vernos de nuevo?

El silencio se extendió durante un tiempo agónico. Si el renegado decía «Nunca», su vida tendría el regalo de una prolongación y la de Ramón Mercader un futuro impredecible, sin gloria, sin historia, quizás sin demasiado tiempo; si daba una fecha, pondría día y hora a su muerte, y a la casi segura muerte de Ramón. Pero si decía «Nunca», también pensó, el revólver podía ser la alternativa más expedita: dos disparos al viejo, uno a su mujer, otro para sí mismo, contó, y concluyó: el trabajo estaría hecho y sobrarían cinco balas.

–Estoy muy ocupado. El tiempo no me alcanza –dijo el condenado y movió la balanza hacia sí.

–Solo unos minutos, ya conoce el artículo –farfulló el presunto verdugo, y con aquella súplica la vida de ambos cayó en un punto de equilibrio precario.

El exiliado se tomó unos segundos para decidir su suerte, como si intuyera la tremenda implicación que tendrían palabras. Su futuro asesino se llevó la mano derecha a la cintura, decidido a sacar el revólver.
–El martes. A las cinco. Y no me haga como hoy... –dijo.
–No, señor –musitó Ramón y, sin respirar, arrastró a Jacques Mornard hacia el jardín, en busca de la calle y del aire fresco que reclamaban sus pulmones, congestionados por la desesperación. La muerte no se daba prisa, se tomaba tres días para regresar de la mano de Ramón Mercader hasta aquella casa fortificada de Coyoacán.

Ramón tendría que esperar veintiocho años para obtener respuestas a las más inquietantes preguntas que, desde entonces, habían empezado a enquistarse en su mente. A lo largo de esos años, vividos bajo pieles cada vez más desgarradas, como le correspondía a una criatura nacida del engaño y la manipulación de los sentimientos, siempre recordaría aquellas setenta horas, las del plazo abierto por el condenado, como las de un tránsito turbio hacia el acto que consumaría la irreversibilidad de su destino, puesto en manos ajenas desde aquella madrugada en la Sierra de Guadarrama, cuando Caridad lo requirió y él dijo que sí.
Esa noche, cuando el agotamiento lo venció, logró dormir unas horas sin el asedio de las pesadillas. Al despertar vio a Sylvia, sentada junto al tocador, con su refajo negro y sus gafas de miope y rogó por que la mujer no le hablara. Temía que su miedo y su rabia se desbordaran sobre aquel ser patético cuya vida había utilizado, también para destruirla. Desde la tarde anterior había descubierto que su odio, lejos de difuminarse, en realidad se había multiplicado, y ahora podía expandirse en direcciones imprevisibles: odiaba al mundo, a cada una de las personas que veía, con sus vidas (al menos aparentemente) regidas por sus voluntades y decisiones y, sobre todo, se odiaba a sí mismo. Al regreso de Coyoacán había provocado una discusión con un conductor que trató de rebasarlo en el acceso a Reforma. En el siguiente semáforo, cuando los detuvo la luz roja, se había bajado de su auto y, con la Star en la mano, totalmente alterado, había corrido hasta el otro auto y colocado el cañón del revólver en la cabeza del tembloroso conductor, mientras le gritaba improperios, como si necesitara liberar la violencia explosiva que combustionaba en su interior. Ahora, al recordar aquella escena, sentía una profunda vergüenza por un descontrol que pudo haber echado por tierra la obra moldeada a lo largo de tres años.

—Pide café, voy a trabajar —le dijo y se fue al baño. Cuando regresó, el desayuno estaba sobre el tocador y se bebió el café y encendió el primero de los muchos cigarrillos que fumaría en el día. Sylvia lo miraba desconcertada, los ojos húmedos, y él le advirtió—: No me hables, estoy preocupado.

—Pero, Jacques...

Su mirada debió de tener una violencia tal que la mujer se alejó de él, llorosa, y se encerró en el baño.

Ramón había decidido no ver a Tom ni a Caridad, al menos ese día. Con las cuartillas corregidas por el renegado, se sentó frente a la máquina portátil que Tom le había exigido usar y sintió cuánto odiaba al hombre prepotente que había llenado el texto de signos de interrogación y palabras entre admiraciones: ¡tonto!, ¡obvio!, ¡insostenible!, como si le restregara en el rostro su inteligencia superior.

Lentamente trató de poner en limpio lo escrito por Tom, cambiando apenas algunas palabras. Sabía que ya no era importante lo que decía, ni siquiera cómo lo decía, sino que tuviera la apariencia de ser el resultado de una revisión, para obtener del renegado los pocos minutos de atención que él necesitaba. Sin embargo, sus dedos entrenados para apretar cuellos, sostener armas, herir y matar, se enredaban en las teclas y lo obligaban a romper cuartillas y comenzar de nuevo.

Sylvia había salido del baño completamente vestida y, sin hablar, había abandonado la habitación. Cuando Ramón logró concluir un primer folio mínimamente limpio, se sintió agotado, como si hubiese talado un bosque a hachazos. Se comió unas galletas, bebió el resto del café frío y se tiró en la cama, con un nuevo cigarrillo en los labios.

En algún momento se quedó dormido y despertó con un sobresalto cuando la puerta del cuarto se abrió. Sylvia Ageloff, más delgada y desguarnecida que nunca, lo miraba desde los pies de la cama.

—Mi amor, ¿qué te pasa? ¿Es por mí? ¿Qué fue lo que hice?

—No digas estupideces. Estoy preocupado. ¿No puedo estar preocupado? ¿Y tú no puedes estar callada? ¿Eres tan imbécil que no entiendes lo que quiere decir estar ca-lla-da?

Sylvia rompió en llanto y Jacques sintió deseos de golpearla. Mientras se vestía, recordó a África. ¿Cómo habría sido si ella hubiese estado junto a él en aquel trance? ¿Conseguiría reforzar la convicción que se le estaba resquebrajando? ¿Habría tenido ella la fuerza necesaria para sacarlo de aquel hoyo de dudas, miedos, odios mal dirigidos? Sólo conseguía apuntalarlo el pensar que África, estuviera donde estuviese, seguramente vibraría de orgullo cuando supiera que había sido él quien cumpliera aquella misión por la cual tantos comunistas del mundo, ella incluida, habrían estado dispuestos a dar su vida. Con esa imagen en la mente salió a la calle y deambuló hasta extenuarse. Por primera vez en tres días volvía a tener hambre y entró en un restaurante donde pidió el pescado de Pátzcuaro y una copa de vino blanco francés. Más tarde anduvo hacia la catedral y observó a los mendigos arracimados en sus pórticos, como seres desechados por la tierra y por el cielo. El aire fresco de la noche y el firmamento despejado donde clavó la vista consiguieron sosegarlo, y Ramón recordó la playa con la que había soñado unas noches antes y deseó estar sobre la arena, frente al mar cristalino de aquella caleta.

Cuando volvió al hotel, Sylvia dormía. Encendió la luz, se sentó otra vez frente a la máquina y al cabo de dos horas tenía listo el artículo que lo devolvería a la fortaleza de Coyoacán.

Tal vez por la prolongada siesta que había echado al mediodía, el sueño no lo protegió hasta pasadas las cuatro de la mañana. Las horas de vigilia se convirtieron en un desquiciante trasiego de visiones sobre el momento de la ejecución que su cerebro iba creando, incontrolablemente. Para lo que ocurriría después, en cambio, apenas tenía una imagen: un vacío oscuro que solo podía asociar con su propia muerte.

Despertó cuando amanecía, y percibió su cuerpo desarticulado, casi inerte. Maldijo al tiempo, que no transcurría, que parecía detenido en aquel *impasse* torturante, como empecinado en hacerlo perder la razón. Se vistió y bajó al restaurante del hotel, donde tomó café y fumó hasta que dieron las ocho y abordó el Buick para dirigirse a Shirley Court.

Tom estaba recién levantado, los ojos todavía inflamados por el sueño. Le ofreció café y Ramón se negó: si bebía otra taza su corazón explotaría. Caridad salió de la habitación, envuelta en una bata y con el pelo húmedo. Mientras Tom se duchaba, Caridad y Ramón se sentaron en la sala, mirándose a los ojos.

—Sé que van a matarme —dijo él—. No tengo opciones de escape.

—No pienses en eso. Nosotros estaremos esperándote. Solo tienes que poner un pie en la calle y nosotros nos ocuparemos del resto. A tiros si hace falta...

—No vuelvas a repetirme eso, ¡no me lo digas ni una vez más! Tú sabes que es mentira, que todo es mentira.

—¡Estaremos ahí, Ramón! ¿Cómo puedes pensar que voy a abandonarte?

—Ni que fuera la primera vez.

—Esto es distinto.

—Claro que lo es: no saldré vivo de allí.

La puerta de la habitación se abrió y Tom asomó la cabeza, aunque Ramón pudo ver todo su cuerpo, desnudo, y su pubis, cubierto de unos rizos azafranados.

—¡Basta ya de tonterías, carajo!...

Ramón y Caridad permanecieron en silencio hasta que Tom regresó vestido y tomó a Ramón de un brazo.

—Andando —le exigió y casi lo arrancó del butacón.

Abordaron el Chrysler verde oscuro y Tom enfiló por Reforma, hacia Chapultepec. La mañana era cálida, pero, al entrar en el bosque, por la ventanilla del coche se filtró una brisa fresca y perfumada. Dejaron el auto y anduvieron hasta encontrar un tronco caído sobre el que se sentaron.

—¿Por qué no viniste a verme ayer?

—No quería ver a nadie.

—No irá a darte un ataque de histeria, ¿no?

Ramón permaneció en silencio.

—Cuéntame lo que pasó.

—Quedamos en que volvería mañana martes, a las cinco.

—Eso ya lo sé. Dame los putos detalles —exigió el asesor y, con la vista fija en la hierba, escuchó el relato de Ramón, que se atuvo a los hechos y obvió sus pensamientos.

Tom se puso de pie y dio dos pasos renqueantes.

—*Suka!* Esta pierna de los cojones... Se me entumece a cada rato —del bolsillo de su saco extrajo la carta escrita tres días antes—. Fírmala como Jac, para que sea más confuso: Jacques, Jacson... y ponle la fecha de mañana. Cuando tengas que hablar de la carta, dices que la escribiste antes de entrar en la casa y que botaste la máquina por el camino. Tienes que deshacerte de ella...

Ramón guardó la carta y se mantuvo en silencio.

—¿Ya no confías en mí? —le preguntó Tom.

—No lo sé —respondió Ramón, con toda su sinceridad.

—Vamos a ver: como te imaginarás, nunca te he dicho toda la verdad, porque no puedes ni debes saberla. Por tu propio bien y por el de muchas personas. Pero todo lo que te he dicho es verdad. Cada cosa que hemos planificado se ha cumplido de la manera en que te he ido diciendo. Hasta hoy mismo. Y mañana ocurrirá lo que queremos que ocurra. Nunca te aseguré que escaparías de esa casa, ni que saldrías indemne después de matar al Pato. Te hablé de una misión histórica y de mi responsabilidad de sacarte de este país si lograbas salir de la casa. Tienes mi palabra de que te sacaré, pero si ya no crees en ella, olvídala y piensa en la necesidad: lo importante es matar a ese hombre y, si es posible, que tú no caigas en manos de la policía. Mi confianza en ti es infinita, pero has visto con tus propios ojos cómo hombres de los más curtidos del mundo, que parecían poder resistirlo todo, confiesan incluso lo que no han hecho. Así que lo mejor sería que salieras, porque no puedo estar totalmente seguro de tu silencio. De lo que sí estoy seguro es de que si hablas, tu vida valdría menos que un gargajo –dijo y escupió sobre la hierba–. Y la de tu madre menos, por no hablar de la mía, que sería el primero en perder la cabeza. Si no hablas, siempre estaremos contigo y te garantizamos nuestro apoyo, en todo momento, estés donde estés... Más claro no puedo ser.

El joven miraba hacia el bosque, tratando de procesar aquellas palabras.

–Quisiera ser el Ramón que era hace tres años, antes de que empezaran las mentiras –dijo, sin percatarse de que había comenzado a hablar en castellano–. Quisiera poder entrar mañana en esa casa y reventarle la vida a un traidor renegado y estar seguro de que lo hago por la causa. Ahora no sé dónde empieza la causa y dónde las mentiras.

Tom encendió un cigarrillo y se concentró en las briznas de hierba que movía con una rama seca. Cuando habló, siguió haciéndolo en francés.

–La verdad y la mentira son demasiado relativas, y en este trabajo que hacemos tú y yo no hay fronteras entre una y otra. Ésta es una guerra oscura y la única verdad que importa es cumplir las órdenes. Da igual si, para llegar a ese momento, nos subimos sobre una montaña de mentiras o de verdades.

–Eso es cínico.

–Tal vez... ¿Tú quieres una verdad? Te recuerdo una: la verdad es que el Pato es ahora mismo una amenaza para la Unión Soviética. Estamos en un punto donde todo el que no esté con Stalin está a favor de Hitler, sin medias tintas. ¿Qué importan unas cuantas mentiras si sirven para salvar nuestra gran verdad?

Ramón se puso de pie. Tom descubrió que el miedo y las dudas habían hecho una mella evidente en el alma de su pupilo. Pero tuvo la seguridad de que Ramón había entendido la esencia de su situación: para él no existía el regreso.

–Lo que me dijiste de África, eso de que yo era blando... ¿Te lo dijo ella?

Tom soltó la rama con la que removía la tierra.

–África es una fanática, una máquina, no una mujer. ¿No te das cuenta de que una persona así no puede querer a nadie? Para ella todo es una puta competencia a ver quién dice más consignas. Y si alguna vez esa loca pensó que eras blando, ahora va a saber cuánto se equivocó...

Ramón sintió el efecto que surtían en él aquellas palabras. Sus músculos recibieron una benéfica relajación.

–Muchacho, vete a tu hotel, come algo, trata de dormir. Piensa nada más en que vas a salir vivo de esa casa y en que cuando llegues a Moscú serás un héroe... Yo me encargo del resto. Te vamos a llevar a Santiago de Cuba. Yo prefería sacarte por Guatemala, pero Caridad quiere ir contigo a Santiago, porque no ha vuelto allí desde que se la llevaron a España. Cuenta toda una historia de que su padre fue el primero en liberar a los negros esclavos.

–Otro embuste –dijo Ramón y casi sonrió. Tom movió la cabeza, sonriendo–. Mis abuelos eran unos explotadores desvergonzados y por eso se hicieron tan ricos... ¿Cuándo volveremos a vernos?

–Tengo que arreglar muchas cosas. Espero que nos veamos mañana cuando termines el trabajo en la casa del Pato. Por cierto, ¿sabes cómo te vas a llamar cuando salgas de allí? Juan Pérez González. Original, ¿no?

Ramón no contestó. Tom se puso de pie y, en silencio, descendieron hasta donde habían aparcado el Chrysler. El asesor condujo hacia el centro de la ciudad, la mirada fija en la calle. Cuando entró en el estacionamiento de Shirley Court, buscó con la vista el Buick de Ramón y se detuvo a su lado.

–He trabajado contigo lo mejor que he podido. Te he llevado hasta el despacho del hombre más protegido de la Tierra y te he demostrado que es posible hacerlo. Ahora todo queda de tu parte, y el resto depende de la suerte. Por eso te deseo toda la fortuna del mundo. Nos vemos mañana a la salida de la casa... Por cierto, dice Caridad que en Santiago de Cuba se bebe el mejor ron del mundo y que tu abuelo, el que liberó a los esclavos, fue socio comercial de los primeros Bacardí. Ojalá podamos comprobarlo los tres juntos. Lo del ron, claro.

Ramón recordó la conversación que había tenido con su madre unos días atrás. Volvió a preguntarse si Tom había ordenado a Caridad que le contara aquella sórdida historia de la que, si era cierta, había nacido el odio que marcaría sus vidas.

–Nos vemos mañana –dijo y, cuando fue a salir del auto, sintió que la mano de Tom se aferraba a su brazo. El asesor se inclinó hacia él y Ramón se dejó besar en las dos mejillas y, finalmente, sintió sobre los suyos los labios del hombre. Tom lo soltó y le dio una palmada en el hombro.

Ramón Mercader tuvo que esperar veintiocho años para volver a recibir un beso del hombre que lo había conducido hasta la orilla de la historia.

Sylvia insistió: deberían ir al hospital. Jacques se tomó otros dos analgésicos y, con un pañuelo húmedo sobre los ojos, apoyó la cabeza en la almohada y le suplicó que lo dejara en paz. El cansancio, el dolor y, al fin, el alivio que le trajeron los comprimidos lo sumieron en el sueño y, cuando despertó, a la mañana siguiente, no supo dónde estaba ni quién era. El cuarto de hotel, Sylvia, la máquina de escribir sobre la cual había colocado las cuartillas del artículo lo devolvieron a su realidad y al alma de Jacques Mornard.

Se duchó largamente y, a pesar de su inapetencia, logró ingerir el café con leche, los panes frescos untados con mantequilla y mermelada de fresa y mordisqueó una loncha de tocino frito. Tomó café y se vistió. Todo el tiempo Sylvia lo había observado, como un animalito asustado, sin atreverse a hablar. La mujer se decidió cuando lo vio tomar el sombrero.

–Querido, yo...
–Voy a la oficina a ver qué hacen esos malditos albañiles.
–¿A qué hora quedamos con Jack Cooper y su mujer?
–A las siete.
–¿Adónde piensas llevarlos? ¿No te gustaría Xochimilco?
–No es mala idea –dijo–. Ah, se me había olvidado... Mañana tenemos que viajar a Nueva York.
–Pero...
–Prepara las maletas. En Nueva York volveré a ser el de siempre. Creo que la altura y la comida de este infierno de país me ponen enfermo... –y se acercó a Sylvia. La besó en los labios, apenas un roce, pero la mujer no pudo contenerse y se abrazó a él.
–Querido, querido..., no me gusta verte así.
–A mí tampoco. Por eso nos vamos mañana. ¿Me sueltas, por favor?

Ella aflojó la presión de sus brazos y Jacques Mornard dio un paso atrás. Tomó los folios mecanografiados y la máquina portátil, dispuesto a salir de la habitación. Observó a Sylvia Ageloff, su cara de pájaro asustado, y recordó los días despreocupados de París, cuando todo parecía un juego de cazadores y gacelas, de cálculos fríos que cuando encajaban en el sitio previsto encendían unas luces de colores, mientras iban dando forma a una historia que, paso a paso, lo conduciría a un clímax heroico. Sin saber por qué, dijo entonces:

—A las doce te recojo y vamos a comer algo.

Faltaban ocho horas para la cita con el condenado. ¿Qué podría hacer hasta las cinco de la tarde, el momento fijado para que matara a un hombre llamado Liev Davídovich Trotski? Condujo el Buick hacia las afueras de la ciudad y volvió a pensar en África. También, por primera vez en muchos meses, en su hija, Lenina, de cuya vida y destino nunca había vuelto a tener noticias. Ya debía de tener seis años y tal vez todavía vivía en España, sin la menor idea de quién era su padre. ¿Cómo habría sido vivir con su hija? Los malditos fascistas y la condenada guerra habían truncado esa posibilidad.

Guió en dirección al campo de turistas donde había vivido varios meses. Buscó el sendero en el que había ocultado el piolet y detuvo el auto junto a las rocas porosas. Abrió el maletero, sacó la máquina portátil y el sobre en el que guardaba la carta escrita por Tom. Se sentó a la sombra de un árbol y comenzó a leerla. Le faltaba concentración, cada palabra lo conducía a evocaciones extraviadas en su mente, le molestaba el canto de los pájaros, hasta el rumor del arroyo cercano, y por eso tuvo que volver varias veces sobre el escrito hasta sentir que, como otras mentiras, éstas también podía asumirlas, meterlas en su sangre y sacarlas a voluntad de su cerebro. A su lado se acumulaban las colillas y el estómago se le había convertido en una caldera hirviente. Por fortuna la cefalea que tanto lo enervaba no volvió a atenazarlo.

Recitó la carta de memoria y reprodujo en su mente, con sumo cuidado, la cadena de acciones que tendría ejecutar aquella tarde. El cráneo y el pelo ralo de su víctima eran el punto al cual siempre llegaba; luego, se perdía en la confusión. En realidad ya no sabía siquiera si intentaría escapar. Temía que las piernas no le respondieran y que, si lograba salir al patio, él mismo se delataría con su prisa y su turbación. Lo que más le molestaba era no poder discernir con claridad sus sentimientos, pues estaba convencido de que no sería un miedo común y corriente lo que podría paralizarlo o lanzarlo a una carrera delatora. Se trataba de un temor nuevo y más punzante, que no dejaba de crecer dentro de él: el pavor por la certeza de haberlo perdido todo, no ya su nombre y el arbitrio sobre sus decisiones, sino la solidez de su fe, su único asidero. Y el maldito tiempo no pasaba...

Ramón siempre recordaría aquel final de mañana y principio de la tarde del 20 de agosto de 1940, aquellas horas agónicas y borrosas. Todo el arsenal de recursos psicológicos con que lo habían armado en Malájovka se había atascado en su mente y lo único que quedaba de su aprendizaje era el odio, pero no ya del odio epicéntrico y fundamental que le habían inculcado, sino uno cada vez más disperso y difícil de conducir: un odio total, más grande que él mismo, visceral y autofágico. Casi a la una, se acordó de que había quedado con Sylvia. Supo que una extraña anticipación lo había llevado a concertar la cita. Si no quería enloquecer, necesitaba llenar su tiempo, y Sylvia volvía a serle útil. Se incorporó y golpeó la máquina de escribir contra las piedras, lanzó sus fragmentos hacia el arroyo y regresó al auto.

Sylvia lo esperaba en la puerta del hotel, acompañada por Jack Cooper y la que debía de ser su esposa, una joven tan rubia que parecía amarilla. Ramón siempre consideraría que jamás había logrado ejercer mayor autocontrol que durante la conversación que sostuvo por unos minutos con Jack, Jenny y Sylvia. Después de presentarle a su mujer, Cooper le explicó que casualmente habían pasado y visto a Sylvia. Ramón recordaría vagamente que había sonreído, quizás hasta hizo algún chiste, y que había ratificado con la pareja la cita que tenían para esa tarde, a las siete. Los despidió y se fue con Sylvia al restaurante Don Quijote, en el hotel Regis, donde servían comida española. Apenas hizo el pedido, encendió un cigarrillo, le dijo a la mujer que le dolía la cabeza y cayó en el mutismo.

Sylvia le contó algo relacionado con Cooper y su mujer, habló de unas visitas que tenía que hacer en Nueva York y le dijo que antes de partir le gustaría despedirse de Liev Davídovich. Jacques, que apenas había probado la comida (nunca podría recordar qué le habían servido, solo que casi no podía tragar), le dijo que la recogería a las cinco para que pasara unos minutos por la casa de Coyoacán. Entonces sintió una apremiante necesidad de estar solo. Calculó que en menos de tres horas mataría a un hombre. Sacó unos billetes y se los entregó a la mujer.

—Paga tú. Yo voy a ver lo de los tickets de avión —dijo y bebió hasta el fondo su vaso de agua. Se puso de pie y miró a Sylvia Ageloff. En ese instante Ramón percibió cómo lo recorría un cálido alivio. Se inclinó y rozó con sus labios los de la mujer. Ella trató de tomarle una mano, pero él lo evitó con un gesto rápido. Sylvia había cumplido su última función y ya no le servía para nada. Sylvia Ageloff pertenecía al pasado.

A las cuatro de la tarde, atormentado por un latido persistente en las sienes y una sudoración que iba y venía, decidió que era tiempo de poner fin a la agonía. Salió del cine, donde había pasado casi dos horas pensando y fumando, y regresó al auto, aparcado en un garaje. Buscó la gabardina en el maletero, se acomodó la Star en la cintura y comprobó que las otras armas estaban en su sitio. Colocó las cuartillas del artículo en el bolsillo exterior y guardó las hojas de la carta en el saco veraniego que había escogido esa mañana. Con la gabardina en el asiento del copiloto, condujo con la mayor atención de que era capaz, convencido de que le sobraba tiempo para llegar a Coyoacán. Al pasar frente a una pequeña capilla de piedra estuvo tentado de detenerse y entrar en ella. Fue una idea fugaz, surgida de lo más remoto de su inconsciente, y la desechó de inmediato. Dios no tenía nada que hacer en aquella historia; además, él no poseía la fortuna de creer en ningún dios. En realidad, ya no creía en muchas cosas.

Faltaban ocho minutos para las cinco cuando dobló por Morelos y dio media vuelta en la avenida Viena antes de detener el auto frente a la casa-fortaleza, otra vez orientado hacia la carretera de México. Metió la mano en el bolsillo de la chaqueta y extrajo la carta: con su pluma de fuente escribió la fecha en la primera hoja –20 de agosto de 1940– y su firma –Jac– en la última. Dobló los papeles y se oprimió las sienes, dispuestas ya a reventar, y repitió dos veces que él era Jacques Mornard, respiró profundamente, guardó la carta, se secó el sudor de la frente y bajó del auto. Charles Cornell, el encargado de la guardia de la torre, lo saludó, y él trató de sonreírle mientras le hacía un gesto con la mano. El policía mexicano apostado junto a la puerta blindada le hizo una pequeña venia, que él no se dignó responder. El mecanismo de la puerta se accionó y Harold Robbins, con un fusil terciado al hombro, le extendió la mano. Cuando Robbins le dejó pasar, Ramón recordó algo. Dio un paso atrás y miró hacia el lado derecho de la calle. A unos ciento cincuenta metros vio un Chrysler verde oscuro, aunque no pudo distinguir a sus ocupantes.

–El señor Trotski me espera –le dijo a Robbins, como justificándose.

Jacques acomodó nuevamente la gabardina sobre su brazo izquierdo, buscando el equilibrio entre el largo de la tela y el peso de los instrumentos.

–Ya lo sé... Está en las conejeras –dijo Robbins y le indicó hacia donde el exiliado, cubierto con un sombrero de fibra, atendía a los animales.

–Sylvia y yo nos vamos mañana a Nueva York.

–¿Los negocios? –preguntó Robbins.

–Eso es –dijo Jacques y Robbins regresó a la puerta.

Ramón miró el patio. Solo se veía la figura del Pato y del perro *Azteca*. Se acercó a ellos lentamente.

–Buenas tardes.

El viejo no se volvió. Acabó de colocar la hierba fresca en la cesta metálica de uno de los compartimentos.

–He traído el artículo –y sacó las hojas mecanografiadas como si fuesen un salvoconducto.

–Sí, claro... Déjeme terminar –pidió el condenado.

Jacques Mornard dio unos pasos hacia el centro del patio. Un vértigo comenzaba a acecharlo y pensó sentarse en el banco metálico. En ese momento Natalia Sedova salió de la cocina y se dirigió hacia él. En el umbral de la puerta Jacques vio a Joe Hansen, que le hizo un gesto de saludo y volvió al interior de la casa.

–Buenas tardes, madame Natalia.

–¿Y eso que lo tenemos de nuevo por acá?

–El artículo, ¿no se acuerda? –dijo y de inmediato agregó–: Mañana nos vamos a Nueva York.

Azteca se había acercado y él miró al perro como si no lo viera. Un ardor le abrasaba el estómago, de nuevo sudaba, y temía perder la concentración.

–Si me lo hubiera dicho antes, le habría dado correspondencia para unos amigos –se lamentó la mujer.

–Puedo volver mañana temprano.

Natalia lo pensó un instante.

–No, no se preocupe... ¿Entonces trajo el artículo?

–Sí –dijo y lo extendió hacia la mujer.

–Menos mal que está mecanografiado. A Liev Davídovich no le gusta leer cosas escritas a mano –dijo y señaló la gabardina–. ¿Por qué anda con eso?

–Pensé que iba a llover. Aquí el tiempo cambia en unos minutos...

–En Coyoacán ha hecho sol y calor todo el día. Usted está sudando.

–Es que no me encuentro bien. El almuerzo me ha sentado mal.

–¿Quiere una taza de té?

–No, aún tengo la comida en la boca del estómago. Me está ahogando. Pero sí bebería un poco de agua.

El condenado se había aproximado y escuchó el final de la conversación.

–Voy por el agua –dijo Natalia y regresó a la casa.

Jacques se volvió hacia el viejo.

–Es la altura y los condimentos. Van a matarme.

–Tiene que cuidarse la salud, Jacson –dijo el exiliado, sacándose los guantes–. No tiene usted buen aspecto...

–Por eso nos vamos a Nueva York. Para ver a un buen médico.

—Un estómago enfermo puede ser una maldición, se lo digo yo que acabé con el mío por maltratarlo durante años.

El renegado se golpeó las piernas para que *Azteca* se aproximara a él. El perro se alzó y apoyó las patas sobre los muslos del viejo, que le acarició con las dos manos debajo de las orejas.

—Sylvia está al llegar, viene a despedirse.

—La pequeña Sylvia está muy confundida —dijo el exiliado mientras se limpiaba las gafas con el borde del blusón azul claro que llevaba esa tarde.

Natalia Sedova regresó con el vaso de agua, colocado sobre un pequeño plato, y Jacques le dio las gracias y bebió dos sorbos.

—Veamos el dichoso artículo —dijo el renegado y, sin esperar más, se dirigió a la entrada del comedor, pero se detuvo y Jacques casi chocó con él. Se dirigió en ruso a su mujer—: Natasha, ¿por qué no los invitas a cenar? Se van mañana.

—No creo que quiera comer —respondió ella también en ruso—. Mírale la cara, está casi verde.

—Debió tomarse un té —dijo el hombre, ahora en francés, y reinició la marcha.

Jacques lo siguió hacia el cuarto de trabajo. Al pasar por el comedor vio la mesa dispuesta para la cena, y le resultó una imagen incongruente. Cuando entró en el despacho, encontró el dictáfono movido hacia un ángulo del escritorio, pues frente a la silla que solía ocupar el renegado había casi una decena de libros, todos gruesos, de aspecto pesado. La ventana del jardín permanecía abierta, como en la ocasión anterior, y se veían las plantas, azotadas por el sol todavía fuerte a aquella hora de la tarde. El condenado limpió otra vez los cristales de sus gafas y, como si estuviera molesto, las miró a trasluz. Finalmente movió su silla y Jacques le entregó las cuartillas. El hombre atrajo hacia sí la carpeta rotulada con caracteres cirílicos que estaba sobre el escritorio, tal vez para utilizarla como soporte.

—¿Esas letras quieren decir «Privado»? —preguntó Jacques, sin saber por qué.

—¿Usted sabe ruso? —preguntó el exiliado.

—No... pero...

—Son unos apuntes. Como un diario que escribo cuando puedo...

—¿Y dice algo de mí?

El condenado se sentó y dijo:

—Es posible.

Ramón se preguntó qué podría decir aquel hombre de alguien como Jacques Mornard, y se dio cuenta de que se preocupaba por algo intrascendente. Por unos segundos casi había olvidado su misión, aunque la conversación le había servido para desplazar definitivamente a Jacques y que su mente ahora solo estuviera ocupada por Ramón. No obstante, unos punzantes deseos de leer aquellos papeles lo hicieron pensar en la posibilidad de llevárselos consigo en su intento de fuga: sería como alcanzar el último grado de la perfección al apropiarse del cuerpo y también del alma de su víctima.

Ramón Mercader recuperó el control cuando, desde su posición, volvió a ver la cabeza, la piel blanca entre el cabello escaso, que, pensó fugazmente, siempre parecía necesitar un corte en la nuca. Casi sin percatarse, su mente empezó a funcionar de manera automática, con razonamientos simples, encaminados a un único propósito: por más que se esforzara, durante varios años no recordaría haber pensado en otra cosa que en la mecánica destinada a ubicarlo detrás del hombre sentado, a su merced. Ni siquiera recordaría si los latidos en las sienes y la asfixia lo atenazaban en ese instante. Días más tarde comenzaría a recuperar detalles y hasta creyó haber acariciado, en algún momento, el sueño de lograr escapar y ponerse a salvo. Quizás pensó también en África y su incapacidad de amar. Tal vez en el modo estrepitoso en que, en cuestión de segundos, iba a entrar en la historia. Si no era un juego de su memoria, por su mente pasó la imagen de una playa por donde corrían dos perros y un niño. En cambio, siempre recordaría con asombrosa nitidez la sensación de libertad que comenzó a recorrerlo cuando vio que el renegado se disponía a leer los folios mecanografiados. Percibió cómo una especie de ingravidez invadía su cuerpo y su cerebro. No, ya no le latían las sienes, ya no sudaba. Entonces trató de recuperar el odio que debía provocarle aquella cabeza y enumeró las razones por las cuales él estaba allí, a unos centímetros de ella: aquélla era la cabeza del mayor enemigo de la revolución, del peligro más cínico que amenazaba a la clase obrera, la cabeza de un traidor, un renegado, un terrorista, un restaurador, un fascista. Aquella cabeza albergaba la mente de un hombre que había violado todos los principios de la ética revolucionaria y merecía morir, con un clavo en la frente, como la res en el matadero. El condenado leía y, otra vez, tachaba, tachaba, tachaba con gestos bruscos y molestos. ¿Cómo se atrevía? Ramón Mercader extrajo el piolet. Lo percibió caliente y preciso en su mano. Sin dejar de mirar la cabeza de su víctima, colocó la gabardina sobre el estante bajo, a sus espaldas, junto al globo terráqueo, que se tambaleó y estuvo a punto de caer. Ramón notó que sus manos se bañaban otra vez de sudor, su frente ardía, pero se convenció de que para terminar con aquella tortura solo necesitaba levantar la pica metálica. Observó el punto exacto donde golpearía. Un golpe y todo habría terminado. Volvería a ser libre: esencialmente libre. Aunque los guardaespaldas lo mataran, pensó, la liberación sería total. ¿Por qué no golpeaba ya? ¿Tenía miedo?, se preguntó. ¿Esperaba que ocurriera algo que le impidiera hacerlo?: ¿que entrara un guardia, que acudiera Natalia Sedova, que el viejo se volviera? Pero nadie acudió, el globo terráqueo no se cayó, el piolet no resbaló en su mano sudorosa y el viejo no se volteó en ese momento, pero dijo en francés algo definitivo:

–Esto es basura, Jacson –y cruzó con su lápiz la cuartilla, de derecha a izquierda, de izquierda a derecha.

En ese instante Ramón Mercader sintió que su víctima le había dado la orden. Levantó el brazo derecho, lo llevó hasta más atrás de su cabeza, apretó con fuerza el mango recortado y cerró los ojos. No pudo ver, en el último momento, que el condenado, con las cuartillas tachadas en la mano, volvía la cabeza y tenía el tiempo justo de descubrir a Jacques Mornard mientras éste bajaba con todas sus fuerzas un piolet que buscaba el centro de su cráneo.

El grito de espanto y dolor removió los cimientos de la fortaleza inútil de la avenida Viena.

28

No sé exactamente en qué momento empecé a pensar en aquello, no sé si ya lo tenía en la cabeza en la época en que conocí al hombre que amaba a los perros, aunque supongo que debió de haber sido después. De lo que estoy seguro es de que, durante años, estuve obsesionado (suena un poco exagerado, pero ésa es la palabra y, más aún, es la verdad) con poder determinar el momento exacto en que concluiría el siglo XX y, con él, el segundo milenio de la era cristiana. Por supuesto, aquello determinaría a su vez el instante que daría inicio al siglo XXI y, también, al tercer milenio. En mis cálculos siempre contaba con la edad que yo tendría –¿cincuenta o cincuenta y un años?– al despuntar la nueva centuria, según la fecha en que se estableciera el fin de la anterior: ¿en el año 1999 o en el 2000? Aunque para muchos la encrucijada de siglos solo sería un cambio de fechas y almanaques en medio de otras preocupaciones más arduas, yo insistía en verlo de otro modo, sobre todo porque en algún momento de los terribles años previos comencé a esperar que aquel salto en el tiempo, tan arbitrario como cualquier convención humana, también propiciase un giro rotundo en mi vida. Entonces, por encima de la lógica del almanaque gregoriano que cerraba sus ciclos en los años cero, acepté, como parte de una convención y como mucha gente en el mundo, que el 31 de diciembre de 1999 –poco después de mi cincuenta cumpleaños– sería el último día del siglo y del milenio. Cuando la fecha se fue aproximando, me entusiasmó saber que los cibernéticos de todo el planeta habían trabajado durante años para evitar el caos informático que la radical alteración de números podía producir ese día, y que los franceses habían colocado un enorme cronómetro regresivo en la Torre Eiffel donde se registraban los días, las horas y los minutos que faltaban para el Gran Salto.

Por eso tomé como una afrenta personal que, llegada la fecha, en Cuba se sacaran las cuentas más lógicas y se decidiera, más o menos oficial e inapelablemente, que el fin del siglo sería el 31 de diciembre del año 2000 y no el último día de 1999, como la mayoría pensábamos y queríamos. Por aquel casi que decreto estatal, mientras el mundo celebraba a bombo y platillo la (supuesta) llegada del tercer milenio y del siglo XXI, en la isla se despidió el año y se saludó al recién llegado como uno más, apenas con los himnos y discursos políticos habituales. Después de haber soñado durante tanto tiempo con la eclosión de esa fecha, sentí que me habían escamoteado mi emoción y mi ansiedad, y me negué incluso a ver en la televisión los breves flashazos noticiosos de las celebraciones que, en Tokio, Madrid o junto a la Torre Eiffel, saludaban el redondo borrón de cuatro cifras en los relojes históricos. El malestar me duró varios meses, y cuando el 31 de diciembre del 2000 se anunció en algún periódico cubano, ya sin demasiado interés, que ahora sí el mundo arribaría real y gregorianamente al nuevo milenio, apenas me sorprendí de que nadie se preocupara por celebrar lo que, un año antes, casi toda la humanidad había festejado anticipada, equivocada, tozuda pero jubilosa, esperanzadamente. Nada: al fin y al cabo, en ese momento yo sabía demasiado bien que, fuera de unos números de mierda, nada cambiaría. Y si cambiaba, sería para peor.

Saco a colación este episodio para muchos intrascendente, en apariencia ajeno a lo que estoy contando, porque me parece que encierra una metáfora perfecta: a estas alturas no creo que haya mucha gente que se atreva a negarme que la historia y la vida se ensañaron alevosamente con nosotros, con mi generación, y, sobre todo, con nuestros sueños y voluntades individuales, sometidas por los arreos de las decisiones inapelables. Las promesas que nos habían alimentado en nuestra juventud y nos llenaron de fe, romanticismo participativo y espíritu de sacrificio, se hicieron agua y sal mientras nos asediaban la pobreza, el cansancio, la confusión, las decepciones, los fracasos, las fugas y los desgarramientos. No exagero si digo que hemos atravesado casi todas las etapas posibles de la pobreza. Pero también hemos asistido a la dispersión de nuestros amigos más decididos o más desesperados, que tomaron la ruta del exilio en busca de un destino personal menos incierto, que no siempre fue tal. Muchos de ellos sabían a qué desarraigos y riesgos de sufrir nostalgia crónica se lanzaban, a cuántos sacrificios y tensiones cotidianas se someterían, pero decidieron asumir el reto y pusieron proa a Miami, México, París o Madrid, donde arduamente comenzaron a reconstruir sus existencias a la edad en que, por lo general, ya éstas suelen estar construidas. Los que por convicción, espíritu de resistencia, necesidad de pertenencia o por simple tozudez, desidia o miedo a lo desconocido optamos por quedarnos, más que reconstruir algo, nos dedicamos a esperar la llegada de tiempos mejores mientras tratábamos de poner puntales para evitar el derrumbe (lo de vivir entre puntales, en mi caso, no ha sido una metáfora, sino la más cotidiana realidad de mi cuartico de Lawton). A ese punto en el que enloquecen las brújulas de la vida y se extravían todas las expectativas fueron a dar nuestros sacrificios, obediencias, dobleces, creencias ciegas, consignas olvidadas, ateísmos y cinismos más o menos conscientes, más o menos inducidos y, sobre todo, nuestras maltrechas esperanzas de futuro.

A pesar de ese destino tribal en el que incluyo el mío, muchas veces me he preguntado si yo no he sido especialmente escogido por la hija de puta providencia: si al final no he resultado algo así como una cabra marcada con el designio de recibir todas las patadas posibles. Porque me tocaron las que me correspondían generacional e históricamente y también las que con mezquindad y alevosía me dieron para hundirme y, de paso, demostrarme que nunca tendría ni tendré paz ni sosiego. Por eso, en el que quizás fue el mejor período de mi vida adulta, cuando comencé mi relación con Ana, me enamoré por primera vez de manera total y, gracias a ella, recuperé los deseos y el valor para sentarme a escribir, la pendiente que empezó a recorrer la enfermedad de mi mujer vino a devastar cualquier esperanza. Y el 31 de diciembre de 1999, cuando nos dijeron que el día del gran cambio con el que yo había soñado durante tanto tiempo no cambiaría nada, ni siquiera el siglo asqueroso en el que habíamos nacido, vi salir por la ventana del apartamentico de Lawton el pájaro azul de mi última ilusión: un pájaro insignificante, pero que yo había criado con esmero y que los vientos de las altas decisiones me arrancaban de las manos. Porque ni a tener ese sueño inocuo me habían dejado la potestad.

A finales de los años noventa, la vida en el país había empezado a recuperar cierta normalidad, totalmente alterada durante los años más duros de la crisis. Pero mientras regresaba esa nueva normalidad, se evidenció que algo muy importante se había deshecho en el camino y que estábamos instalados en un extraño ciclo de la espiral, donde las reglas de juego habían cambiado. A partir de ese momento ya no sería posible vivir con los pocos pesos de los salarios oficiales: los tiempos de la pobreza equitativa y generalizada como logro social habían terminado y comenzaba lo que mi hijo Paolo, con un sentido de la realidad que me superaba, definiría como el sálvese quien pueda (y que él, como muchos hijos de mi generación, aplicó a su vida de la única manera a su alcance: marchándose del país). Había gentes, como Dany, que echando mano al cinismo y al mejor espíritu de supervivencia, más o menos habían logrado adaptarse a la nueva realidad: mi amigo había dejado su puesto en la editorial y metido en un saco todos sus sueños literarios y ahora ganaba mucho más dinero como chofer de alquiler tras el timón del Pontiac de 1954 que había heredado de su padre. Además, en su casa contaban con el apetecible trabajo conseguido por su mujer en una empresa española (donde le pagaban algunos dólares por debajo de la mesa y le daban un par de bolsas de comida dos veces al mes) y vivían con un mínimo desahogo. Pero los que no teníamos de dónde agarrarnos ni dónde robar (Ana y yo, entre muchos otros) empezamos a vérnoslas incluso más negras que en los años de los apagones sin fin y los desayunos a base de tisanas de hojas de naranja. Con Ana retirada anticipadamente y con mi demostrada incapacidad para la vida práctica, la soga que llevábamos en el cuello no hacía más que apretarse, hasta tenernos siempre al borde de la asfixia, de la cual nos salvaban los regalos que los dueños de perros y gatos me hacían por mis servicios y los pesos adicionales que me entregaban los criadores de cerdos como pago de castraciones, desparasitaciones y otros trabajos que muchas veces yo cobraba al precio ridículo de «dame lo que tú quieras». Pero era evidente que estábamos hundidos en el fondo de una atrofiada escala social donde inteligencia, decencia, conocimiento y capacidad de trabajo cedían el paso ante la habilidad, la cercanía al dólar, la ubicación política, el ser hijo, sobrino o primo de Alguien, el arte de resolver, inventar, medrar, escapar, fingir, robar todo lo que fuese robable. Y del cinismo, el cabrón cinismo.

Supe entonces que para muchos de mi generación no iba a ser posible salir indemnes de aquel salto mortal sin malla de resguardo: éramos la generación de los crédulos, la de los que románticamente aceptamos y justificamos todo con la vista puesta en el futuro, la de los que cortaron caña convencidos de que debíamos cortarla (y, por supuesto, sin cobrar por aquel trabajo infame); la de los que fueron a la guerra en los confines del mundo porque así lo reclamaba el internacionalismo proletario, y allá nos fuimos sin esperar otras recompensas que la gratitud de la Humanidad y la Historia; la generación que sufrió y resistió los embates de la intransigencia sexual, religiosa, ideológica, cultural y hasta alcohólica con apenas un gesto de cabeza y muchas veces sin llenarnos de resentimiento o de la desesperación que lleva a la huida, esa desesperación que ahora abría los ojos a los más jóvenes y les llevaba a optar por la huida antes incluso de que les dieran la primera patada en el culo. Habíamos crecido viendo (así éramos de miopes) en cada soviético, búlgaro o checoslovaco un amigo sincero, como decía Martí, un hermano proletario, y habíamos vivido bajo el lema, tantas veces repetido en matutinos escolares, de que el futuro de la humanidad pertenecía por completo al socialismo (a aquel socialismo que, si acaso, solo nos había parecido un poco feo, estéticamente, sólo estéticamente grotesco, e incapaz de crear, digamos, una canción la mitad de buena que «Rocket Man», o tres veces menos hermosa que «Dedicated to The One I Love»; mi amigo y congénere Mario Conde pondría en la lista «Proud Mary», en versión de Creedence). Atravesamos la vida ajenos, del modo más hermético, al conocimiento de las traiciones que, como la de la España republicana o la de la Polonia invadida, se habían cometido en nombre de aquel mismo socialismo. Nada habíamos sabido de las represiones y genocidios de pueblos, etnias, partidos políticos enteros, de las persecuciones mortales de inconformes y religiosos, de la furia homicida de los campos de trabajo, del asesinato de la legalidad y la credulidad antes, durante y después de los procesos de Moscú. Muchos menos tuvimos la menor idea de quién había sido Trotski ni de por qué lo habían matado, o de los infames arreglos subterráneos y hasta evidentes de la URSS con el nazismo y con el imperialismo, de la violencia conquistadora de los nuevos zares moscovitas, de las invasiones y mutilaciones geográficas, humanas y culturales de los territorios adquiridos y de la prostitución de las ideas y las verdades, convertidas en consignas vomitivas por aquel socialismo modélico, patentado y conducido por el genio del Gran Guía del Proletariado Mundial, el camarada Stalin, y luego remendado por sus herederos, defensores de una rígida ortodoxia con la que condenaron la menor disidencia del canon que sustentaba sus desmanes y megalomanías. Ahora, a duras penas, conseguíamos entender cómo y por qué toda aquella perfección se había desmerengado cuando se movieron solo dos de los ladrillos de la fortaleza: un mínimo acceso a la información y una leve pero decisiva pérdida del miedo (siempre el dichoso miedo, siempre, siempre, siempre) con el que se había condensado aquella estructura. Dos ladrillos y se vino abajo: el gigante tenía los pies de barro y sólo se había sostenido gracias al terror y la mentira... Las profecías de Trotski acabaron cumpliéndose y la fábula futurista e imaginativa de Orwell en *1984* terminó convirtiéndose en una novela descarnadamente realista. Y nosotros sin saber nada... ¿O es que no queríamos saber?

¿Fue pura casualidad o eligió con toda idea aquella noche tenebrosa de 1996, después de casi veinte años? En la tarde se había desatado una tormenta de lluvia y truenos que parecía anunciar el Armagedón y, al llegar la noche y el apagón, todavía caía una llovizna fría y persistente. Por eso, cuando tocaron a la puerta supuse que sería alguien urgido de que le viera a su animal y, lamentando mi suerte, fui a abrir con uno de los farolitos de kerosene en la mano.

Y allí estaba él. A pesar del tiempo, de la oscuridad, de que se había quedado completamente calvo y de que era la persona que menos esperaba encontrar en la puerta de mi casa, sólo de verlo reconocí al negro alto y flaco, y de inmediato tuve una fortísima certeza: durante todos aquellos años, ese hombre había estado observándome en las tinieblas.

Ante mi silencio, el negro me dio las buenas noches y me preguntó si podíamos hablar. Por supuesto, lo invité a entrar. Ana estaba con *Tato*, en el cuarto, tratando de escuchar la telenovela por la banda de frecuencia modulada de nuestra radio de baterías, y le grité que no se preocupara, yo atendía al recién llegado. Con mi torpeza habitual, aumentada por la sorpresa, le dije al hombre que tuviera cuidado con los cacharros colocados en distintos sitios para recoger la lluvia que se filtraba a través del techo y le pedí que se sentara en una de las sillas de hierro. Después de acomodarme en la otra silla, me puse de pie de nuevo y le pregunté si deseaba tomar café.

–Gracias, no. Pero si me das un poquito de agua...

Le serví un vaso. El negro volvió a agradecerme, pero solo bebió un par de sorbos y lo dejó sobre la mesa. A pesar de la penumbra, apenas quebrada por la llama del farol, me di cuenta de que en aquellos minutos había estudiado el ambiente del apartamento, como si necesitara buscar una vía de escape ante alguna situación de peligro o formarse una última idea sobre quién era yo. Como el negro estaba más flaco, más viejo, sin un pelo en la cabeza, a la escasa luz del farol su rostro parecía el de una calavera oscura: una voz de ultratumba, pensé.

–El compañero López me pidió que alguna vez viniera a verte –empezó, como si le costara mucho trabajo despegar–. Y aquí estoy.

Se demoró un poco en venir, pensé, pero me mantuve callado. Si algo tenía claro era que aquel personaje, salido de la bruma y el pasado, solo me diría lo que él decidiera decirme, así que no valía la pena tratar de forzar ninguna conversación específica.

–¿Recibiste el libro de Luis Mercader? En el correo me garantizaron que si no lo recibías, ellos me lo devolvían.

–¿Y cómo supo mi dirección?

–Tú sabes que aquí se sabe todo –dijo, elusivo. Y sin más preámbulos, como si repitiera un libreto estudiado durante mucho tiempo, me explicó que en 1976 él trabajaba como chofer de un jefe del ejército. Un día lo llamaron y le dijeron que, como su superior iba a ser enviado a la guerra de Angola y él era un hombre de toda confianza, militante del Partido, veterano de la lucha clandestina, le iban a encomendar una misión especial: la de manejarle y en cierta forma cuidar a Jaime López, un oficial del ejército republicano español que estaba viviendo en Cuba y al que los médicos le habían prohibido conducir su auto. También le advirtieron que en aquel trabajo debía mantener la boca cerrada, con todo el mundo. Y le pidieron que si veía algo raro en el entorno del hombre, les informara inmediatamente, y especificaron que, tratándose de aquel español, cualquier cosa podía ser algo raro...

Cuando él empezó a trabajar con López, ya había otros compañeros que se encargaban de cuidarlo, de llevarlo a una clínica especial y hasta de manejarle cuando iba a ciertas reuniones o visitas muy específicas. Al negro nunca le dijeron quién era López y, por supuesto, él no se había atrevido a preguntar, aunque desde el principio supuso que con tanto misterio y gente a su alrededor dedicada a cuidarlo (¿y a vigilarlo?, pensó), aquél no podía ser un López cualquiera... Casi dos años después, cuando ya el hombre estaba muy mal y aparecieron en Cuba primero unos sobrinos y un poco después su hermano, él supo al fin que Jaime López era Jaime Ramón Mercader del Río. Como jamás en su vida había oído hablar de Ramón Mercader y casi nada de Trotski, y como no podía preguntarle a nadie nada que tuviera que ver con aquel hombre, le costó entender algo del misterio que lo envolvía. Pero cuando se enteró de quién era en realidad el oficial español, qué había hecho y por qué vivía en Cuba con otro nombre, se dio cuenta de que estaba metido en algo demasiado grande para un simple chofer, por más militante del Partido y veterano del ejército que fuese. Y si le habían dicho que tenía que callarse, él sabía que lo mejor era callarse.

El negro alto y flaco me confirmó que Jaime Ramón López había viajado a Cuba en 1974. Aunque en ese momento no lo sabía, el hombre después llegaría a tener la certeza de que le habían abierto la jaula soviética y dejado venir a la isla socialista, cuna de sus antepasados, porque ya la muerte lo había marcado. Justo cuando se ultimaban los arreglos para su viaje, se le había presentado, súbitamente, la primera crisis de una extraña enfermedad. Los médicos de la clínica más selecta de Moscú, donde atendían a los altos cargos del Kremlin, dictaminaron una infección pulmonar que le había provocado un derrame. Ramón, hasta ese instante dueño de una salud capaz de resistir veinte años de cárcel y todos los horrores que allí debió de vivir, estuvo tres meses ingresado. Después, aun cuando el diagnóstico fue favorable, sintió que algo dentro de él se había salido de lugar. Desde ese momento, a pesar de mejoras temporales, su cuerpo nunca volvería a responderle de la misma manera y viviría hasta su muerte con aquellos vértigos, con fiebres intermitentes, dolores de cabeza y de garganta, y una permanente dificultad para respirar. Pero todavía ignoraba que en realidad tenía un cáncer que terminaría por corroer sus huesos y su cerebro.

–Le habían hecho miles de pruebas –me dijo el negro, y en su voz me pareció advertir un reflujo de pena–, ni se sabe cuántos análisis, encefalogramas, placas, sin encontrarle nada. Pero cuando los oncólogos cubanos por fin lo vieron, enseguida le diagnosticaron el cáncer... ¿No te parece raro?...

–Dice Luis Mercader que Eitingon estaba seguro de que en Moscú le habían envenenado la sangre con radiactividad. Con un reloj de oro que le regalaron sus camaradas de la KGB... Talio activado.

–Sí, por eso mismo te digo que es raro.

–Pero yo no lo creo –dije–. Si hubieran querido matarlo, lo hubieran matado y ya. Tiempo y oportunidades tuvieron muchas.

–Sí, eso también es verdad –asintió, y casi parecía aliviado al aceptar la posibilidad–. Bueno, los médicos le encontraron el cáncer a principios de 1978, después de pasar un par de meses en cama porque los vértigos casi no lo dejaban caminar. Cuando empezó aquella crisis, él decía que todo era por el dolor que le provocó el sacrificio de su perro, *Dax*, el macho, ¿te acuerdas?... Por esos mareos no pudo ir a verte, como había quedado. Y unas semanas después, cuando no sabía si alguna vez podría volver a salir a la calle, empezó a escribir esos papeles que te mandé hace años, hasta que no pudo escribir más, casi ni moverse... El pobre al final gritaba como un loco por los dolores de cabeza, y cada vez que hacía un gesto se le podía partir un hueso. A golpe de morfina lo mantuvieron vivo hasta octubre.

–Nada más oírlo da dolor –comenté.

–Tú no sabes nada del dolor... Lo peor fue que nunca perdió la lucidez. En agosto estaba tan mal que su hermano Luis vino para estar con él cuando se muriera. Pero Luis tuvo que irse a finales de septiembre porque se le vencía el permiso soviético que, después de mucho luchar, le autorizaba a volver a España con su mujer. A las dos semanas de irse el hermano, Ramón recibió una carta suya: ya estaba en Barcelona... Yo lo oí decir que se iba a morir con la satisfacción de saber que por lo menos uno de la familia había logrado volver...

–Entonces, ¿él había pedido venir a Cuba?
–Parece que sí. Tampoco es que tuviera mucho donde escoger... Por un lado, los soviéticos no querían soltarlo, y, por otro, no era fácil que alguien se decidiera a cargar con él. Claro, nadie lo quería... Creo que venir para acá fue la única alternativa que encontró. No sé cómo se negoció todo eso, pero la condición para que viviera aquí era que estuviese de incógnito y calladito. A pesar de eso, alguna gente lo reconoció, pero la mayoría de las personas que estuvimos cerca de él, casi todos los que lo atendieron cuando estuvo enfermo y visitaban incluso su casa, los amigos de sus hijos, los médicos..., no sabíamos quién era en realidad el compañero López. Yo me enteré por la confianza que llegamos a tener, porque estuve con él hasta el final...

En ese instante sentí que un miedo antiguo y adormecido se despertaba en algún lugar de mi memoria, y me atreví a preguntarle:

–¿Y usted no informó a sus jefes que López se veía conmigo? ¿Yo no era una de esas cosas «raras»?

Ésa fue la única vez en toda la noche que el negro sonrió.

–No, no tuve tiempo para informar. La primera vez que se vieron creo que ustedes se encontraron por casualidad, y no le di importancia. La segunda, después de que hablaron, él me pidió que no dijera nada para que no te espantaran de allí y poder hablar contigo. Parece que le caíste bien, ¿no?

–Yo creo otra cosa, pero no importa... ¿Entonces, la enfermera...?

–Es mi hermana. Ella me hizo el favor... La pobre ahora está muy grave, se nos va a morir en cualquier momento... El problema es que López me había encargado que te diera esos papeles, pero no me atreví a venir... Aunque yo no hice ningún informe, ellos se enteraron de que ustedes se veían y me imagino que te vigilaban un poco y...

En otra época aquella noticia me hubiera paralizado: pero en 1996 me pareció folklórica, más bien cómica, pues hacía tiempo yo había traspasado la frontera de la nada y alcanzado casi la invisibilidad. Por eso me interesaba más saber lo que pensó y sintió aquel personaje que tratar de entender qué quiere decir que te vigilen «un poco».

–¿Y ahora, por qué decidió venir ahora, después de tantos años?

El negro alto y flaco me miró y supe que había pisado terreno minado. Por lo que pude ver de su cara, me di cuenta de que estaba decidiendo si se ponía de pie y se iba de mi casa. Después he pensado en los motivos por los que, al cabo de tanto tiempo, aquel hombre se atrevió a desacatar un mandato del cual quizás nadie se acordaba y cumpliera la promesa de venir a verme: a lo mejor se estaba muriendo, como su hermana, y decidió que ya no importaba lo que le pasara. O porque las cosas habían cambiado mucho, y él tenía menos miedo. A lo mejor se atrevió porque, después de leer el libro de Luis, entendió que no importaba demasiado si me contaba algo, pues yo podía hacerme de aquel libro por otras vías... O simplemente se decidió porque creyó su deber contármelo luego de habérselo prometido a un hombre moribundo: al parecer, alguien, por una vez, había hecho algo normal en toda esta historia...

–¿Tú piensas que yo fui un cobarde?

Traté de sonreír antes de responderle.

–No, claro que no. El que se cagaba de miedo era yo. Y eso que no estaba seguro de que me vigilaran un poco...

Pero mi respuesta no lo satisfizo, porque insistió en su interrogatorio:

–¿Por qué tú crees que Luis esperó casi quince años para escribir el libro? Él ya vivía en España. ¿A quién le podía tener miedo? –me preguntaba siempre en el mismo timbre de voz, con la misma entonación, como si interpretara un papel dramático fijado en aquella tesitura–. ¿Por qué Luis esperó hasta que se esfumó la Unión Soviética y la KGB y todo lo que cuelga?

–Por miedo –contesté, y entonces hice lo posible por verle los ojos cuando me tocó a mí preguntar–: ¿Y por qué usted me puso en el correo ese libro? Nadie se lo pidió...

–Cuando lo leí, me pareció que si alguien no podía dejar de leerlo eras tú. Sobre todo por el final de Mercader, tú no lo sabías. Pero también para que tuvieras una idea de qué es el miedo, lo grande y lo largo que puede ser...

–Usted me dice todo eso porque leyó la carta de López, ¿verdad? Entonces, dígame, ¿por qué termina así?

El negro volvió a pensar. Y decidió que podía responderme.

–Porque López, quiero decir, Mercader, no pudo escribir más. En abril, cuando le descubrieron el cáncer de amígdalas, lo mandaron a darse radiaciones, pero ya estaba minado. En junio o julio estaba tan jodido que se le fracturó un brazo cuando fue a levantar un vaso de agua. Los huesos empezaron a estallarle. Ya no podía escribir..., por eso termina así, de pronto.

–¿Y usted sabe si volvió a ver a Caridad?

–Uno de los que trabajó con López desde el principio me dijo que su madre había venido a verlo aquí a finales de 1974 y que le había amargado las fiestas a él, y, de paso, a su mujer y a sus hijos. Era una vieja loca e insoportable, me dijo. Ella tenía amigos en Cuba, comunistas viejos que había conocido aquí en los años cuarenta y después en Francia, y hasta se las daba de cubana... Ésa debió de ser la última vez que se vieron, porque al año siguiente ella murió en París, me imagino que deseando regresar a Barcelona, como todos los Mercader, porque Franco le ganó en el combate contra la muerte por un mes y le mantuvo cerradas las puertas de España. Por la mujer de López supe que había muerto sola y que los vecinos descubrieron su cadáver por el olor...

Mientras escuchaba las historias de abandono y de muerte que me contaba aquel hombre al que, a pesar de su decisión de venir a verme, todavía lo rondaba el miedo, descubrí que otra vez me acechaba una desazón molesta, un sentimiento subrepticio que andaba demasiado cercano a la compasión.

–La mala suerte se ensañó con ellos. Fue como un castigo –dije.

El negro apenas asintió, pero se mantuvo en silencio, observando las palanganas y las latas que recogían las goteras del techo.

–Esta casa te va a caer arriba –dijo al fin.

–¿De verdad no quiere café? –volví a preguntarle, pues me había perdido en la conversación, aunque sabía que me quedaban muchas lagunas por llenar y tenía la certeza de que aquélla sería la última vez que hablaría con aquel personaje.

–No, gracias, de verdad que no. Tengo que irme ya... A ver si puedo agarrar una guagua.

–¿Y por qué sabe tanto sobre Mercader? ¿Por qué confió en usted y le dio esos papeles?

–Cuando íbamos a pasear a los perros, él hablaba mucho conmigo. A veces pienso que me contaba todo aquello para que después yo se lo contara a alguien. Aunque nunca me confesó quién era ni lo que había hecho..., eso tuve que descubrirlo yo solo. A ti te contó más cosas que a mí...

–¿Y la perra, *Ix*? ¿Qué pasó con ella?

–¿Ves?, por cosas así pienso que él confiaba mucho en mí: López me la regaló, porque su mujer no quería quedarse con la perra. Fue como una herencia que me dejó, ¿no?... *Ix* vivió conmigo cuatro años más...

–¿Y *Dax*? ¿Cómo lo sacrificaron?

El negro volvió a mirar el techo del apartamento, oscuro y en agonía, como si temiera que su caída pudiese ser inminente.

–Es verdad, todos terminaron hechos mierda, hasta Stalin –dijo como si esa misma noche, en mi casa ruinosa y en tinieblas, hubiese tenido aquella revelación. Separó la mirada del techo y la dirigió a mí–. López se sentía muy mal, pero un día me pidió que lo llevara con *Dax* a una playita que está por Bahía Honda. Allí nunca hay nadie, pero como además había llovido y hacía un poco de frío, no se veía un alma por los alrededores. López lo soltó, lo dejó correr un rato, pero *Dax* se cansó enseguida y se puso a toser. Él lo estuvo acariciando mucho tiempo, hablándole, hasta que se le pasó la tos y se echó. Entonces él me pidió la toalla y empezó a secarlo. A *Dax* le encantaba que le secaran la panza. Al cabo de un rato, él le puso la toalla sobre la cabeza y sacó una pistola... López estaba seguro de que su perro había muerto del mejor modo: sin saberlo, casi sin tener tiempo de sentir dolor... Eso fue a finales de enero. Nunca volvimos a la playa... –El negro se puso de pie y en ese instante no me pareció tan alto–. ¿Cuánto hace que se fue la luz?

–Como cinco horas... Yo trato de no llevar la cuenta. Total...

Mientras hablábamos el hombre hurgaba en uno de sus bolsillos.

–Coño, por poco se me olvida.

Sacó un pedazo de tela, más pequeño que un pañuelo, y lo abrió. Extrajo algo y lo puso sobre la mesa: aun en la penumbra pude reconocer la valiente fosforera de bencina de Jaime López.

–Es tuya –dijo y carraspeó–. Eso fue lo que te tocó en herencia.

El fin del siglo y del milenio se acercaban cuando, de puro viejo, murió *Tato*, el poodle de Ana, y la osteoporosis de mi mujer entró en su período agresivo con una crisis sostenida que la tuvo prácticamente inválida, con dolores fortísimos, durante tres meses. Todavía no imaginábamos la verdadera gravedad de su estado, y todos mis amigos, dentro y fuera de Cuba, empezaron a buscar lo que parecía ser el único remedio para el padecimiento: vitaminas –calcio con vitamina D y complejo B, sobre todo– y reconstituyentes óseos, incluido el supuestamente milagroso cartílago de tiburón y aquellas tabletas de Forsamax, de efecto tan fuerte que, después de ingerirlas, el paciente tenía que permanecer una hora inmóvil. Y Ana mejoró, al mismo tiempo que *Truco*, el sato callejero y sarnoso que yo había recogido poco después de la muerte de *Tato*, engordaba, le crecía el pelo y se convertía en el integrante más vivo y feliz de la familia.

El esperado cambio de siglo y milenio se extravió y el mundo, convertido en un sitio cada vez más hostil, con más guerras y bombas y fundamentalismos de todas las especies (como era de esperar, después de atravesar el siglo XX), terminó volviéndose para mí un espacio ajeno, repelente, con el que fui cortando amarras, mientras me dejaba llevar a la deriva por el escepticismo, la tristeza y la certidumbre de que la soledad y el desamparo más rotundo me acechaban al doblar de la esquina.

Lo que más dolor me producía era ver cómo Ana, a pesar de pasajeras mejorías, se iba apagando entre las cuatro paredes húmedas y desconchadas del apartamentico apuntalado de Lawton. Tal vez por ello, primero como acompañante de la desesperación de mi mujer, y al fin como practicante, me acerqué a una iglesia metodista y traté de cifrar mis esperanzas en un más allá donde quizás encontraría lo que me había negado el más acá. Pero mi capacidad de creer se había estropeado para siempre, y aunque leía la Biblia y asistía al culto, constantemente rompía las reglas de la ortodoxia rígida exigida por aquella fe: demasiadas obligaciones inapelables para una sola vida, demasiados deseos de controlar a los fieles y sus ideas para una religión libremente elegida. El control, el cabrón control. Lo que terminó de complicar mi credulidad fue, sin embargo, el reclamo de una necesaria humildad cristiana proclamada desde el púlpito por unos jerarcas teatrales, de cuya sinceridad empecé a dudar cuando supe de la existencia de autos, viajes al extranjero y privilegios, adquiridos a cambio del olvido del pasado, complicidad y silencio. De no haber sido por Ana, más de una vez hubiera mandado a lavarse las nalgas a todos aquellos pastores. Pero ella siempre me decía que Dios estaba por encima de los hombres, pecadores por definición, y me callé la boca –como era habitual en mi vida–. Entonces me aferré a lo esencial que me ofrecía aquel escape y me esforcé en creer en lo que importaba creer. Y no lo conseguí: no me importaba ni el más allá ni la salvación de mi alma inmortal. Tampoco el más acá ni las manipulables promesas de un futuro mejor a costa de un presente peor. Hubiera preferido otras compensaciones.

Buscar medicinas y un poco de comida para mi mujer, fumar cigarros con intensidad suicida, cuidar a *Truco* después de cada accidente o bronca callejera a los que era tan proclive, practicar sin fe una religión tiránica, mirar con distancia estoica las grietas en las paredes y techos en vías de derrumbe de nuestro apartamentico y curar perros tan pobres y desaliñados como sus dueños, se convirtieron en los lindes de mi vida de mierda. Cada noche, después de acostar a Ana –ya no podía hacerlo ella sola–, sin deseos de leer y mucho menos de escribir, adquirí la afición de subir por el muro de mi vecino y sentarme, hiciese frío o calor, en la horquilla que formaban dos gajos de su mata de mangos. Allí, bajo la mirada de *Truco,* que desde el pasillo seguía cada uno de mis movimientos, me fumaba un par de cigarros y me dedicaba a sentir la plenitud de mi derrota, de mi vejez anticipada, de mi desencanto cósmico, a examinar la conciencia casi muerta del ser lamentable en que había desembocado el mismo hombre que alguna vez había sido un muchacho preñado de ilusiones, y que parecía dotado para domar el destino y arrodillarlo a sus pies. Qué desastre.

Con aquel estado de ánimo insobornable me preguntaba, mientras observaba la infinitud del universo: ¿a quién carajo le importará lo que yo pueda decir en *un* libro? ¿Cómo es posible que me haya dejado convencer por Ana, pero sobre todo por mí mismo, y hubiera intentado escribir *ese* libro? ¿De dónde saqué la idea de que yo, Iván Cárdenas Maturell, quería escribirlo y quizás hasta publicarlo? ¿De dónde que alguna vez, en otra vida lejana, había pretendido y creído ser escritor? Y la única respuesta a mi alcance era que aquella historia me había perseguido porque *ella* necesitaba que alguien la escribiera. Y la muy hija de puta me había escogido a mí.

Tercera parte
Apocalipsis

29
Moscú, 1968

> Así pues, por segunda vez los fariseos llamaron al ciego.
> –Di la verdad ante Dios, sabes que él es un pecador.
> –Si es pecador o no, no lo sé –dijo el hombre–. Todo lo que sé es esto: una vez yo fui ciego, y ahora puedo ver.
> Juan 9, 24-26

Moscú también puede ser infernalmente tórrida, y la tarde del 23 de agosto de 1968 debió de ser la más caliente de la estación. Pero, gracias a unas medallas, ellos no tuvieron que mostrar credencial alguna para que las puertas del decrépito hotel Moscú se les franquearan y los recibiera el aliento fresco de los chirriantes aires acondicionados.

Durante los últimos años, Ramón Pávlovich había recurrido infinidad de veces a la táctica de prenderse de la solapa las poderosas medallas de Héroe de la Unión Soviética y de la Orden de Lenin, que conseguían forzar sin violencia casi todas las puertas del país más grande y cerrado del mundo. En realidad, había sido Roquelia quien realizó aquel descubrimiento fabuloso, una mañana del invierno de 1961, mientras tiritaba en una interminable cola que reptaba hacia la calle 25 de Octubre, frente a las vidrieras de un comercio de las galerías Gum. Maldiciendo su suerte, el frío, las colas y los empellones que tenía que resistir con estoicismo, Roquelia había visto pasar delante de los turbulentos aspirantes a compradores al hombre de las muletas y una pierna de menos que, sin pedir permiso, entró en la tienda y cargó con seis tubos del codiciado salami húngaro y doce latas de las esquivas masas de cangrejos de Kamchatka. La impunidad con que el lisiado pasó ante las combativas matronas rusas que encabezaban la fila, las cuales se limitaron a pegar sus rostros al cristal del establecimiento para contar con angustia pero en voz baja el número de salamis que el hombre iba dejando caer en su bolsa (aterrorizadas ante la posibilidad de oír el grito más temido por los soviéticos: «¡Se acabó, camaradas!»), la había conmovido proletariamente: ni en México, ni en ningún país capitalista, jamás se habría tenido una deferencia así con un inválido. Por eso, cuando el hombre soltó la última pieza en su bolsa (donde también habían caído dos botellas de vodka), Roquelia echó mano a la mi-

mica y a su ruso rudimentario y comentó con la mujer que la seguía en la cola aquel gesto humanitario de los soviéticos; y se sorprendió al enterarse, o en realidad creer enterarse, de que la mutilación del hombre nada tenía que ver con su privilegio: éste emanaba de la medalla colgada del bolsillo de su deshilachado capote. El lisiado era un Héroe de la URSS y, como tal, estaba autorizado a pasar delante de todos en todas las colas, aun cuando una hubiera dormido en la acera para tener la seguridad de alcanzar el producto deseado. De lo que sí estuvo segura Roquelia fue de que la condecoración del hombre (se acercó a él casi hasta la impertinencia y la náusea, por la fetidez que desprendía el héroe) era similar a una de las que su marido guardaba en una gaveta de la casa. Por eso, a la noche siguiente, cuando asistió con Ramón a la fiesta organizada por la Casa de España, Roquelia indagó con las viejas republicanas exiliadas y tuvo la certeza de que su vida en Moscú había cambiado. Desde ese día, siempre que salía en busca de algún producto deficitario (la lista podía ser interminable) se hacía acompañar por su marido, a quien le colgaba del saco las prestigiosas medallas para obtener lo mismo estofados búlgaros y salami húngaro que papel sanitario, unas naranjas o boletos para el Bolshói.

La tarde anterior, el teléfono había sonado cuando Ramón Pávlovich leía el ejemplar de *L'Humanité* que, cada mañana, compraba en el estanquillo ubicado en la salida norte del parque Gorki, al otro lado del malecón Frunze. Roquelia, siempre renuente a levantar el aparato y a hablar en ruso, le había gritado desde la cocina que atendiera él la llamada. Ramón odiaba cualquier interrupción en el rito de sus lecturas o cuando escuchaba las grabaciones de Bach, Beethoven y Falla, y le resultó especialmente molesta esa tarde, pues estaba enfrascado en un artículo en el que se demostraba cómo los revisionistas checos habían trabajado arteramente por una onerosa restauración capitalista, de espaldas a la voluntad de los obreros y campesinos del país. El Ejército Rojo, con su oportuna entrada en Praga, solicitada por la dirigencia del Partido Comunista Checoslovaco, solo pretendía garantizar la continuidad de la opción socialista elegida por las grandes masas de aquella nación y, a la vez, cumplir uno de los acuerdos del Pacto de Varsovia, aclaraba el comentario.

Ramón Pávlovich se quitó sus gruesas gafas de carey y todavía tuvo tiempo para decirse que aquel artículo demostraba que nada había cambiado: ni siquiera la retórica. Con dificultad se puso de pie: por más que Roquelia insistía en que debía comer vegetales, no perdía peso y con los años se había vuelto un hombre lento y acezante. Levantó los pies para cruzar por encima de *Ix* y *Dax*, sus dos cachorros de galgos rusos, que, a pesar de su juventud, se habían tornado perezosos con el calor del verano. Ramón estaba casi seguro de que la llamada era para su hijo Arturo, quien, con la adolescencia, se había adueñado del teléfono. Al décimo timbrazo, consiguió asir el pesado auricular.

–*Da?* –dijo en ruso, casi molesto.

–*Merde!* ¿Ya sabes hablar en ruso? –la voz, irónica, en francés, fue un flechazo que atravesó el corazón de los recuerdos de Ramón Pávlovich.

–¿Eres tú? –preguntó, también en francés, sintiendo cómo el pecho y las sienes le palpitaban.

–Veintiocho años sin vernos, ¿eh, muchacho? Bueno, ya no eres un muchacho.

–¿Estás en Moscú?

–Sí, y me gustaría verte. Hace tres años que pienso si debo o no llamarte, y hoy me decidí. ¿Podemos vernos?

–Claro –dijo Ramón Pávlovich, después de reflexionar unos instantes pero tratando de que su voz sonara convincente. Por supuesto, quería verlo, aunque por mil razones dudaba de que fuese apropiado. Para empezar, presumía que su conversación estaba siendo escuchada y que aquel encuentro sería monitoreado por los agentes de la seguridad, aunque decidió que valía la pena correr el riesgo.

–Mañana, a las cuatro, frente a la cervecería de la estación de Leningrado. ¿Te acuerdas? Trae dinero, ahora pagamos de nuestros bolsillos. Y los míos no están precisamente saludables.

–¿Cómo te ha ido? –se atrevió a preguntar Ramón Pávlovich.

–De puta madre –dijo el otro, en español, y repitió antes de cortar–: De puta madre. Te veo mañana.

Apenas había colgado, Ramón Pávlovich oyó otra vez el grito. En todos aquellos años aquel alarido de dolor, sorpresa y rabia lo había perseguido, y aunque en los últimos tiempos su insistente presencia se había espaciado, siempre estaba allí, en su cerebro, como una vena latente dispuesta a activarse, unas veces alterada por cualquier reminiscencia del pasado, y otras muchas sin un motivo discernible, como un resorte que él no tuviera la capacidad ni la posibilidad de dominar.

Desde que había llegado a Moscú, ocho años atrás, estaba deseando tener un encuentro con aquel hombre (¿cómo carajo se llamaría ahora?, ¿cómo se habría llamado antes de convertirse en un enmascarado perpetuo?), y solo temía que la muerte, de uno u otro, pudiera impedir la necesaria conversación que lo acercara a las verdades nunca conocidas y que tanto influyeron en los rumbos de su vida. Y ahora, cuando ya pensaba que nunca ocurriría, al fin el encuentro parecía a punto de concretarse y, como de costumbre, la iniciativa había partido de su antiguo y siempre esquivo mentor.

–¿Quién era? –preguntó Roquelia cuando salió de la cocina, secándose las manos en el delantal–. ¿Qué te pasa, Ramón? Estás pálido...

Él recuperó sus gafas y tomó un cigarrillo del paquete que descansaba en la mesa situada junto a su butacón de lectura y le dio fuego.

–Era él –dijo al fin.

Con el cigarrillo en la mano, Ramón salió al diminuto balcón desde donde disfrutaba de una privilegiada vista del río y, en la otra ribera, del parque arbolado. Desde la altura de su departamento, si miraba al sur, veía los edificios de la universidad y la iglesia de San Nicolás; si volteaba al norte, divisaba el puente Krymski, por donde solía cruzar hacia el parque Gorki, y más allá podía entrever las torres y los palacios más altos del Kremlin. *Ix* y *Dax* lo siguieron y, sentados sobre sus cuartos traseros, se dedicaron a jadear y contemplar a los diminutos transeúntes que recorrían el paseo del malecón. Ramón había sentido cómo una extraviada sensación de miedo había regresado y le oprimía el pecho. Casi mecánicamente se observó la mano derecha, donde, a unos centímetros de la herida recibida en los primeros días de la guerra, tenía la indeleble cicatriz con forma de media luna. No le gustaba mirar esas cuatro trazas prendidas en su piel, pues prefería no recordar; pero la memoria era como todo en su vida desde aquella madrugada remota en que dijo que sí: ella también actuaba con insolente independencia de la disminuida voluntad de su dueño.

Primero había escuchado el alarido y, cuando abrió los ojos, vio que el herido, con las gafas torcidas sobre la nariz, conseguía abalanzarse sobre su mano armada y se aferraba a ella para clavarle los dientes y obligarlo a soltar el piolet manchado de sangre y masa encefálica. Lo que sucedería en los siguientes minutos se había convertido en una amalgama de imágenes donde se confundían algunos recuerdos vívidos con los relatos que iría escuchando y leyendo a lo largo de todos aquellos años. Aseguraban que, tal vez paralizado por el grito y la inesperada reacción del herido, él ni siquiera había intentado salir del despacho, y decían que mientras los guardaespaldas lo golpeaban con las manos y los cabos de sus revólveres, él había gritado en inglés: «Ellos tienen a mi madre. Ellos van a matar a mi madre». ¿De qué vericueto de su mente habían salido aquellas palabras no previstas? Recordaba, en cambio, haber atinado a cubrirse la cabeza para protegerla de los golpes, y que había comenzado a llorar al pensar que había fallado: no podía creer que el viejo hubiera resistido el golpe y se lanzara sobre él con aquella fuerza desesperada. Entonces había rogado a gritos que lo mataran: lo deseaba y lo merecía. Había fallado, pensaba.

Ramón todavía podía sentir en el pecho una réplica de la opresión que le había cortado el aliento cuando, junto con la confirmación de la muerte del condenado, escuchó al policía encargado de interrogarlo asegurarle que su víctima, ya herida de muerte, le había salvado la vida al exigirles a los guardaespaldas que dejaran de golpearlo, pues era preciso obligarlo a hablar. Aquella información vino a dar sentido a lo ocurrido aquella tarde y, de una extraña manera, alimentó el grito de dolor y horror aferrado a sus tímpanos. Desde ese momento pudo evocar con mayor nitidez el sorprendente alivio que sintió al dejar de recibir culatazos en la cabeza, y también consiguió recordar la mirada de asco que en algún momento le dirigió Natalia Sedova y el instante en que el perro *Azteca* había entrado en la habitación y se había acercado al herido, tendido en el suelo con un almohadón debajo de la cabeza. Ramón estaba seguro de haberlo visto acariciar al perro y escucharle decir que no dejaran entrar a Sieva.

En realidad, Ramón sólo había recuperado por completo la conciencia cuando, ya oscureciendo, lo habían sacado de la casa, esposado. Antes de montar en la ambulancia que lo conduciría al hospital de la Cruz Verde, había mirado hacia su izquierda y, entre la sangre y la inflamación que le tapiaban el ojo derecho, pudo constatar, más allá de los autos policiales arracimados en la avenida Viena, que el Chrysler verde oscuro había desaparecido. Ya en la ambulancia, le dijo al jefe de su custodia que tomara la carta guardada en el bolsillo de su saco veraniego. El dolor que sentía en la mano, donde le habían mordido, y en su cabeza y su cara magulladas, no impidió que, mientras el policía abría la carta, lo envolviera una benéfica marea de distensión, ni que una única idea, clara y precisa, se adueñara de su mente: mi nombre es Jacques Mornard, yo soy Jacques Mornard.

Tom se lo había advertido: aquella carta sería su único escudo y, pasara lo que pasase, tras ella debía parapetarse de rayos y centellas. Y así lo hizo durante los veinte años que pasó en el infierno terrenal condensado en las tres cárceles mexicanas de su condena. Los tiempos más penosos fueron sin duda los intensos meses en que lo retuvieron en las celdas blindadas de la Sexta Delegación, sometido a interrogatorios interminables, golpizas periódicas, bofetadas constantes y puntapiés cotidianos; a careos con Sylvia, que siempre incluían los escupitajos lanzados por la mujer sobre su rostro; a enfrentamientos con los guardaespaldas del renegado y hasta con varios de los participantes en el asalto masivo dirigido por Siqueiros (lo de «dirigido por» era un decir), quienes, como estaba previsto, no pudieron reconocerlo y menos aún relacionarlo con el esfumado judío francés. Luego se sucedieron las entrevistas con funcionarios belgas que demostraron la falsedad del supuesto origen familiar y nacional de Jacques Mornard, y las incisivas pruebas psicológicas, rayanas en la tortura, que exigieron toda su resistencia física, su inteligencia y el uso del arsenal recibido en Malájovka, para lograr mantener en alto su escudo. Especialmente arduo había sido el proceso de reconstrucción del ataque, cuando lo obligaron a representar, con un periódico enrollado en la mano, el modo en que había golpeado al condenado. Tras el buró de caoba, con el periódico en alto, tuvo al fin la certeza de que el piolet había errado en unos centímetros el punto escogido porque el renegado, con las cuartillas del artículo en las manos, se había vuelto hacia él: eso significaba que había tenido tiempo de ver cómo el pico mortífero bajaba y le partía el cráneo. Aquella visión, que aclaraba por qué los forenses determinaron que la víctima había recibido el golpe de frente, y develaba la inexplicable posibilidad de que el viejo hubiera conseguido ponerse de pie, pelear con él y hasta vivir otras veinticuatro horas, resultó tan brutal que se desvaneció.

También recordaba como muy difícil el momento en que el juez instructor le habló de las evidencias de que su verdadero nombre era Ramón Mercader del Río, catalán de origen, pues unos refugiados españoles habían reconocido su foto en los periódicos, y hasta le puso delante una instantánea, tomada en Barcelona, donde él aparecía vestido de militar. La existencia de esa prueba conllevó más interrogatorios y torturas con el propósito de arrancarle una confesión que todos deseaban oír. El jefe de la policía secreta, Sánchez Salazar, parecía haber asumido como un asunto personal la necesidad de oírle de sus labios aquella confesión, y cientos, miles de veces, le repitió las mismas preguntas (¿Qué cerebro armó su brazo? ¿Quiénes fueron los cómplices de su crimen? ¿Quiénes lo mandaron aquí, quiénes lo auxiliaron, quiénes le proporcionaron los medios económicos para preparar el atentado? ¿Cuál es su verdadero nombre?). Sus respuestas, en todos los casos, en todos los años y coyunturas, siempre habían salido de la carta: nadie lo había armado, no tenía cómplices, había viajado con el dinero que le facilitó un miembro de la IV Internacional cuyo nombre había olvidado, su único contacto en México había sido un tal Bartolo, no recordaba si Pérez o París, y él se llamaba Jacques Mornard Vandendreschs y había nacido en Teherán, durante una misión de sus padres, diplomáticos belgas, con los que después había vivido en Bruselas, y no sabía nada de ningún Mercader del Río y, aunque se parecieran mucho, él no podía ser el hombre de la foto.

Su capacidad de resistir en silencio y de sostener hasta con altanería lo que todos sabían que era una mentira le devolvió las fuerzas y las convicciones resquebrajadas en los días anteriores a su acción. De su interior fue brotando un sentimiento de superioridad y la convicción de que no lo quebrarían. Más de una vez pensó en Andreu Nin y en la faena que les hizo a sus captores al no admitir las culpas que pretendían endilgarle. Ramón sabía que si le llegaba la protección prometida, y si ninguno de aquellos policías venales o de los presos con los que en el futuro conviviría recibía la orden de eliminarlo, él podría resistir, el tiempo que fuese necesario, en las condiciones y con las presiones que le impusieran, pues sabía que únicamente de aquella resistencia dependía su vida. Y, al menos en un principio, Kotov parecía haber cumplido, aunque solo tuvo esa certeza al cabo de siete meses de aislamiento y acoso, cuando le permitieron recibir al fin la visita de su abogado, Octavio Medellín Ostos, contratado la misma mañana del 21 de agosto por una señora llamada Eustasia Pérez. Aquella mujer, a la que el abogado no había vuelto a ver, le había entregado una fuerte suma de dinero para que corriera con los trámites necesarios hasta tanto ella o un apoderado suyo se pusieran en contacto con él. Ramón comprendió entonces que jugaba con la ventaja de no estar solo, y cuando Medellín Ostos le pidió que le contara la verdad para poder ayudarlo, él repitió otra vez, palabra por palabra, el contenido de la carta entregada a la policía.

–¿Usted pretende que le crea, señor Mornard? –le había dicho el abogado, mirándolo a los ojos.

–Solo pretendo que me defienda, doctor. Del mejor modo posible.

–Ya está demostrado que todo lo que usted me dice es pura mentira. Ni es belga, ni Jacques Mornard existe, ni usted fue trotskista, ni planeó el asesinato una semana antes. Así es muy difícil...

–¿Y qué puedo hacer si, a pesar de lo que todos quieren creer y decir, ésa es la única verdad?

–Empezamos mal –se había lamentado el otro–. Vamos por partes: el gobierno de México va a insistir hasta hacerlo confesar, porque su crimen ha provocado un escándalo internacional. Por semanas aquí la gente hasta se olvidó de la guerra. ¿Le dijeron que las exequias de Trotski fueron las más multitudinarias que se han celebrado en este país por la muerte de un extranjero? Ellos saben que su identidad es falsa y que usted entiende el idioma español como si fuera su primera lengua. Todo eso lo han demostrado concediéndole el honor de practicarle el primer encefalograma que se hace en México. Han comprobado que la historia de sus reuniones con Trotski para preparar atentados en la Unión Soviética es un embuste, pues el libro de visitas de la casa confirma que en total usted no pasó más de dos horas con él, la mayor parte delante de otras personas. Todo el mundo sabe que su amigo Bartolo París es un fantasma y que la carta que entregó y me ha repetido es una burla: quien quiera que la escribió es un cínico con el mayor desprecio por la inteligencia, pues sabía que esas mentiras iban a ser descubiertas en diez minutos. Con todo eso en contra y con el gobierno empeñado en sacarle la verdad, ¿cómo pretende que lo defienda si sé que usted es un embustero?

–Usted es el abogado, no yo. Lo maté por lo que digo en la carta. Eso es todo cuanto puedo decir. Y necesito que me haga un favor: cómpreme unas gafas graduadas, pues últimamente no veo nada –le había dicho, dispuesto a afrontar todas las consecuencias.

Ramón se sobresaltó cuando Roquelia salió al balcón con un vaso de agua y una taza de café sobre una colorida bandeja uzbeka.

–¿Para qué te quiere ahora ese hombre? –preguntó ella mientras Ramón Pávlovich bebía el agua.

–Para hablar, Roque, nada más para hablar –dijo y devolvió el vaso, dispuesto a tomar la taza.

–¿Te hace falta revolcarte en el pasado? ¿No es mejor vivir el presente?

–No me entiendes, Roque. Son veintiocho años de silencio... Tengo que saber...

–Ramón, mira que las cosas no están buenas. Eso de Checoslovaquia... ¿Tú crees que alguna vez te dejen salir de aquí?

–Olvídate ya de eso, por favor. Sabes que nunca me dejarán salir. Además, no tengo dónde coño ir...

Bebió el primer sorbo del café y miró a su mujer. Ni siquiera Roquelia, al cabo de quince años de relaciones, podía tener una idea de lo que significaba para él aquel encuentro con su antiguo mentor. Desde el principio, aun cuando él estaba convencido de que Roquelia le había sido enviada por sus distantes jefes, había decidido mantener a la mujer al margen de los detalles más profundos de su relación con el mundo de las tinieblas, pues, entre los impíos de siempre, no saber es el mejor modo de estar protegido. Igual actitud había seguido con su hermano Luis desde que se reencontraran en Moscú y éste le confiara, muy secretamente, su aspiración a volver algún día a España.

–Pero no te preocupes. A mí ya no pueden hacerme nada. Ya me lo hicieron todo –dijo y terminó el café.

–Siempre pueden hacer más. Y ahora tenemos hijos...

–No va a pasar nada. Si no hablo... Salgo a pasear a los perros.

Con un cigarrillo en una mano y las correas en la otra, montó con sus galgos en el ascensor y pulsó la planta baja. Aquel edificio del malecón Frunze, adonde se había mudado hacía apenas dos años, estaba habitado por dirigentes locales del partido, jefes de empresas y un par de refugiados extranjeros de alto nivel, y contaba con los privilegios del ascensor, el intercomunicador en la planta baja (diligentemente operado por el miliciano colocado como custodio de la puerta), los pisos de granito, cuarto de baño en cada departamento, una máquina lavadora y, sobre todo, su magnífica ubicación, a la vera del río Moscova, frente al parque Gorki y a quince minutos a pie del centro. Arturo y Laura, sus hijos, eran los que más disfrutaban el parque, donde patinaban sobre hielo en el invierno y practicaban deporte en el verano. *Ix* y *Dax* también se beneficiaban del parque en las mañanas, pero en las tardes el recorrido se reducía al paseo arbolado que corría junto a la avenida del malecón, donde su dueño los había enseñado a correr y saltar sin acercarse a la calle.

Ramón soltó a los perros y aprovechó un banco desocupado, a la sombra de unos árboles llamados sirén, todavía cargados con sus racimos de campanas azules. Le gustaba ver correr a sus galgos, observar cómo sus cabelleras marrones se movían mientras sus largas patas parecían apenas rozar la hierba, con aquel trote de elegancia perfecta. Desde la muerte absurda y cruel de *Churro*, el perrito lanudo que se coló en la trinchera de la Sierra de Guadarrama, no había vuelto a tener la ocasión de alimentar y cuidar un perro. En los primeros años en Moscú, antes de la adopción de Arturo y Laura, quiso tener algún cachorro, pero el arribo de los niños, tan deseados por la estéril Roquelia, lo había obligado a posponer su anhelo, pues el espacio no abundaba precisamente en el edificio jruchoviano del barrio de Sókol donde entonces vivían. Sin embargo, cuando su hermano Luis, cumpliendo quizás algún mandato misterioso e inapelable, se apareció en su departamento de Frunze con los dos pequeños borzois, Ramón supo que los perros eran un premio y a la vez un castigo que debía asumir, como otra carga de aquel pasado imborrable –ahora dispuesto a regresar de la mano del hombre que, con paciencia y alevosía, había moldeado su destino.

Ramón recordó que, cuando dictaron la sentencia de veinte años de cárcel, la condena máxima contemplada por el código penal mexicano, y lo trasladaron a la tétrica prisión de Lecumberri (con justicia llamada «el Palacio Negro»), la seguridad que lo sostuviera hasta ese momento sufrió una conmoción: en las crujías de aquella cárcel circular, superpoblada de asesinos de todas las categorías y con todas las habilidades para matar, su vida entraba en un túnel asfixiante. Solo si la promesa de Kotov seguía en pie, y el silencio mantenido durante aquellos casi dos años tenía algún valor, su vida conseguiría un asidero. De lo contrario, sería un náufrago en un sitio donde el cuello de un hombre se cotizaba en unos pocos pesos. El miedo a morir, que apenas había figurado entre sus debilidades, se hizo presente desde ese instante para acompañarlo y acecharlo por las más diversas razones. Ramón sabía que muerto resultaba menos comprometedor para los cerebros que, como decía el policía Sánchez Salazar, habían armado su brazo. Lo peor, sin embargo, era pensar que protegerlo o prepararle una fuga no debían de contarse ya entre las prioridades de aquellos mismos cerebros, y menos aún en el de Kotov, seguramente enfrascado en otras misiones más importantes que proteger a un soldado capturado por el enemigo y considerado una baja sufrida en acción. Con esa dolorosa certeza enfrentaba cada nuevo día, y más de una vez abriría los ojos, con la pupila fija en el techo opresivo de su celda, haciendo suyas las palabras que le había oído decir a su víctima: me han dado otro día de gracia, ¿será el último? Desde entonces la impresión de que su destino y el del hombre al que le ordenaran matar se habían confundido gracias a una macabra confluencia lo persiguió sin descanso, al igual que el grito insobornable que retumbaba en sus oídos o la cicatriz en forma de media luna que, desde hacía exactamente veintiocho años y dos días, llevaba en su mano derecha.

La cervecería de la estación de Leningrado no había cambiado mucho en los últimos treinta años. Tal vez el vaho producido por el sudor, potenciado por los calores de agosto, había subido esa tarde a un primer plano olfativo, pero lo seguían escoltando los hedores a pescado, levadura y orines rancios de los borrachos que se disputaban una jarra de cerveza para cargarla con un chorro de vodka. El suelo seguía pringoso, y las caras de los parroquianos, con sus narices cruzadas de venas marrones y los ojos degradados tras un velo hepático, eran como una fotografía inmune al paso de un tiempo que en realidad no transcurría: si acaso retrocedía, como si le temiera al futuro tantas veces prometido, del mismo modo que aquellos hombres (alguna vez aspirantes a *nuevos*) huían de la sobriedad y de las evidencias que ésta solía develar. Solo las figuras de un ser renqueante, alguna vez llamado Leonid Alexándrovich, o Kotov, o Tom, o Andrew Roberts, o Grigoriev, y la de otro que excedía los cien kilos y nunca había vuelto a llamarse Ramón Mercader, testimoniaban que ya no se bañaban en el mismo río.

—¡Estás hecho un gordito, muchacho! —dijo el primero y se lanzó al abrazo que Ramón supo que terminaría con un beso vomitivo del cual logró zafarse.

—¡Y tú un viejo calvo! —contraatacó él y abrió la brecha para que el otro lo atrapara con un segundo abrazo inmovilizador que le impidió resistir la arremetida del beso ruso.

—El tiempo y las penas —dijo el soviético, ahora en español.

—Vámonos de aquí, esto es una cabrona letrina.

—Veo que te has vuelto fino. ¿Qué te parece nuestro proletariado? Sigue necesitando jabones, ¿no? ¡Pero mira cómo estás vestido! Esa ropa es extranjera, ¿verdad? Huele a Occidente y a decadencia...

—Mi mujer la trae de México.

—¿Y tendrá alguna para vender? —dijo y rió, gutural y sonoramente.

—¿*Ellos* también saben que Roquelia trae ropa para vender?

—*Ellos* siempre lo saben todo, muchacho. Siempre y todo.

Salieron a la calle y Ramón no lo pensó dos veces: se colocó las medallas en la solapa de su chaqueta y pudieron tomar el primer taxi en la bulliciosa cola de la estación. Ordenó al taxista que los dejara en Ojotni Riad, frente al hotel Moscú.

—¿Por qué quieres meterte aquí? Este hotel está lleno de micrófonos —dijo el soviético, ya en francés, cuando vislumbraron la fachada del edificio que el paso de los años había vuelto aún más incongruente y opaco.

—Encárgate de evitarlos —sonrió Ramón—. Espera un momento, ¿cómo diablos te llamas ahora?

El antiguo Kotov volvió a lanzar su risa gutural de los viejos tiempos.

—*Nomina odiosa sunt.* ¿Recuerdas? ¿Qué te parece si ahora me llamo Lionia, Leonid Eitingon?

—No te juzgaron con ese nombre... ¿No era Naum Isákovich? ¿Me dirás de una puta vez cuál es el verdadero?

—Todos son tan verdaderos como Ramón Pávlovich López. Hasta el nombre me debes, Ramón...

El hotel Moscú era un símbolo de un pasado todavía vivo, como los dos hombres que, gracias a las altas insignias, penetraron en el bar refrigerado que los liberaba de la canícula moscovita. Leonid detuvo a Ramón y olfateó el ambiente. Indicó una mesa y, con su cojera más acentuada, abrió la marcha.

—Ya tenemos hasta naves espaciales, pero los micrófonos de la KGB y las cuchillas de afeitar que nos venden son del paleolítico... Mira, hay algo que seguro nadie te ha dicho —sonrió Lionia—. Muchas paredes de este hotel son dobles, ¿entiendes? Están formadas por dos paredes, entre las que cabe un hombre. Construyeron el hotel así para oír lo que hablaban ciertos huéspedes en ciertas habitaciones. ¿Qué te parece?

Ramón pidió una jarra de zumo de naranja, una botella de vodka helado, un plato de fresas y lonchas de un embutido polaco que solo vendían en las tiendas para diplomáticos y técnicos extranjeros.

—Y también ponga caviar y pan blanco —exigió Eitingon al asombrado camarero.

—¿Por qué me has llamado? Pensaba que ya no querías hablar conmigo.

—Sabes que salí de la cárcel hace tres años, ¿verdad? —preguntó Eitingon y Ramón asintió—. Cuando me soltaron me dijeron que no te buscara, y no tengo que hablarte de lo que significa para nosotros la palabra obediencia. Pero hace un tiempo le pregunté a un amigo que todavía trabaja en el aparato si a alguien le importaba mucho que nos viéramos y habláramos de los viejos tiempos... Pues hace una semana, cuando soltaron a Sudoplátov, el amigo me llamó y me dijo que no, que no importaba demasiado si te veía... siempre que más tarde les contara algunas cosas.

—¿Y vas a contarles algo?

—¿Después de lo que nos hicieron crees que los voy a ayudar? ¿Sabías que a Sudoplátov lo tuvieron guardado quince años? —dijo y agregó en castellano—: Que se caguen en las resputas de sus madres... Ya veré qué les invento. ¿Está mal dicho «resputas» para decir que son muchas y muy putas?

Cuando Ramón llegó a Moscú, en mayo de 1960, el oficial de la KGB que lo atendió durante los primeros meses tuvo la deferencia de informarle que su antiguo mentor le mandaba saludos de bienvenida desde la cárcel donde estaba confinado, cumpliendo una condena de doce años por el delito de participación en un complot contra el gobierno. Pero antes, por varias cartas que Caridad le hiciera llegar a través del abogado Eduardo Ceniceros (quien había empezado a ocuparse de Ramón tras la muerte de Medellín Ostos), el preso de Lecumberri había tenido algunas noticias de la extraña suerte corrida por su mentor. Aunque las misivas eran intencionadamente confusas, incomprensibles para quien no estuviera en antecedentes, Ramón logró poner en claro que cuando su mentor regresó a la URSS, tras cumplir la misión más importante de su vida, lo habían ascendido a general y otorgado la primera de sus órdenes de Héroe de la Unión Soviética, entregada personalmente por el camarada Stalin. Míster K, o el Cojo (como lo llamaría Caridad en aquellas cartas), siguió trabajando con Sudoplátov en la llamada Dirección de Extranjeros del servicio secreto, preparando a los agentes encargados de infiltrarse para sabotear la retaguardia alemana. Por aquella labor (¿qué cosas habría hecho?, se preguntó Ramón, aunque podía adivinar la respuesta) volvería a ser condecorado como Héroe de la URSS y ascendido a general de brigada. Pero el traslado de Beria, en 1946, de los órganos de inteligencia a la dirección de las investigaciones y desarrollo de la industria nuclear, convertida en la mayor obsesión de un Stalin que se preparaba para la guerra atómica, dejó en el aire a Míster K, de inmediato retirado del servicio por el nuevo director de los órganos de espionaje y sabotaje de la guerra fría. Según otras cartas de Caridad, para esa época ya radicada en París, todo transcurría con aparente normalidad en la vida del agente hasta que, en 1951, fue encarcelado por órdenes de Stalin, junto a su hermana Sofía, la doctora, arrastrados ambos por la *razzia* de médicos, científicos y altos oficiales (encabezados por el mismísimo ministro de la Seguridad del Estado, Abakúmov), todos de origen judío. Esta vez los acusaban nada más y nada menos que de intentar envenenar a Stalin, Jruschov y Malenkov, para hacerse con el poder. El caso había salido en los periódicos y Jacques Mornard pudo leer en Lecumberri diarios franceses, ingleses y mexicanos que daban detalles del llamado «complot de los médicos judíos», descubierto por la inteligencia moscovita, que había impedido el asesinato del camarada Stalin y de grandes masas de soviéticos. El tono de aquellas acusaciones, aderezado con los mismos condimentos que los procesos de los años treinta, despertó el miedo que Ramón había logrado conjurar luego de más de diez años de una relativamente apacible permanencia en la cárcel. Para él la historia de aquella tétrica conspiración solo podía tener una lectura: detrás de un real o supuesto complot se escondía la preparación de una ofensiva antisemita y la eliminación de hombres conocedores de incómodos secretos del pasado. Y precisamente su mentor, que además era judío, conocía uno de los secretos más comprometedores. Si mataban a Kotov, ¿cuánto tiempo de vida le quedaría a él? La amabilidad comprada de los funcionarios del penal, ¿seguiría siendo financiada por Moscú? El preso vivió dos años con aquella zozobra, esperando cada día recibir la noticia de la ejecución del general Naum Isákovich Eitingon, según lo llamaban los despachos periodísticos oficiales. Hasta que, en marzo de 1953, llegó a la cárcel la noticia de la muerte de Stalin.

Por aquella época comenzó a ser Roquelia quien le llevara los mensajes enviados por Caridad desde París. En uno de los primeros su madre le contaba que Míster K y todos los supuestos autores del complot, presos desde 1951, habían sido liberados por Beria. Ramón volvió a respirar, aliviado. Pero no por mucho tiempo. Cuando el nuevo equipo de mando soviético encabezado por Jruschov derribó y ejecutó a Beria, Eitingon había sido barrido en la redada, ahora acusado de confabularse con su antiguo jefe para perpetrar un golpe de Estado, y había sido condenado a doce años de cárcel. Caridad le aseguraba en una carta que así se expresaba la gratitud soviética y le advertía que nunca se descuidara, pues la gratitud podía cruzar el Atlántico.

–¿Qué ha sido de tu vida desde que te soltaron? –Ramón se sirvió del zumo mientras Leonid bebía su primer lingotazo de vodka.

–Me insinuaron que Jruschov había cometido un exceso conmigo y con otros viejos soldados de Beria. Me devolvieron mi pensión, pero no las medallas, me consiguieron un trabajo como traductor, y me entregaron un departamento en Goliánovo. Ya sabes: un cascarón, sin baño propio. Esos edificios no están hechos con cemento, sino con odio... ¿Nunca has oído la canción de los taxistas? –preguntó, sonrió, y de inmediato cantó en ruso–: «Te llevaré a la tundra, / te llevaré a Siberia. / Te llevaré a donde quieras, / pero no me pidas que te lleve / a Goliánovo...».

Leonid intentó sonreír, pero no lo consiguió.

–¿Fue muy duro? –Ramón, cargado con su experiencia carcelaria, se sintió con derecho a hacer aquella pregunta.

–Seguramente más duro que tu cárcel, y ya sé que una cárcel mexicana puede parecer lo más cercano al infierno. Pero tú sabías que tenías una protección y yo no tenía un clavo al que agarrarme, tú sabías que ibas a estar veinte años, pero lo mío no tenía fecha de vencimiento. Además, los mexicanos pueden matarte y salir de fiesta, aunque no son capaces de concebir las cosas que se les ocurren a nuestros camaradas cuando quieren que tú confieses algo, lo hayas hecho o no. Y lo peor es cuando sabes que estás pagando culpas que no son tuyas. Y peor todavía cuando es tu misma gente quien te aprieta los tornillos... Súmale a eso el puto frío... Cómo odio el frío...

Leonid se zampó dos lonchas de *kielbasa* polaco y bebió su segundo vodka, quizás para caldear el frío de la memoria. Movió la cabeza, negando algo recóndito: en realidad, comentó, desde 1948 había presentido que su suerte podía cambiar. Ese año Stalin comenzó la purga de los viejos luchadores antifascistas europeos que ya no se adaptaban al modelo del burócrata estalinista exigido por el socialismo en expansión y por las modalidades de la recién estrenada guerra fría. La purga de Praga fue la señal de que los mastines del pasado debían ser sacrificados, pero Eitingon había cometido un error de cálculo al pensar que aquellos nuevos procesos nada tenían que ver con hombres como él, verdaderos profesionales, tan útiles en tiempos de cacerías.

Una coyuntura como el fracaso sufrido por el Gran Timonel en su pretendida influencia sobre el naciente Estado de Israel (que después de recibir apoyo y dinero soviético se decantó por girar en la órbita de Washington) había destapado su enconado odio de siempre contra los judíos. El Secretario General se había sacado de la manga la conspiración de los médicos envenenadores y, con su sentido del ahorro, aprovechó la causa para sacar de la circulación a otros judíos y no judíos potencialmente peligrosos por sus ideas o por su simple conocimiento de molestos secretos.

–Stalin sabía que estaba declinando y comenzó a identificar la supervivencia de la revolución con la suya. De verdad se creía que él era la Unión Soviética. Bueno, casi lo era. Estaba cerca de los setenta años y después de tanto luchar por reunir todo el poder en sus manos, después de haberse convertido en el hombre más poderoso de la Tierra, se sentía agotado y empezó a olerse lo que iba a ocurrir: cuando él muriera, sus mismos perros lo iban a vilipendiar. Nadie puede engendrar tanto odio sin correr el riesgo de que en algún momento se le desborde encima el recipiente, que fue lo que pasó cuando murió. Por eso entró en un mundo enfermizo de obsesiones. Después de la guerra, con la euforia de haber vencido y con tantas cosas que reconstruir, la gente estaba más tranquila y mejor controlada. Stalin trasladó entonces el juego al círculo del partido: el cabrón tenía muy claro que, para reinar hasta el final, debía lograr que nadie, jamás, pudiese sentirse seguro. De verdad creo que el período de después de la guerra fue más duro que el de los años 1937 y 1938. ¿Que no? Mira, muchacho, aunque tenía hombres que habían gozado de su confianza como Beria, Zhdánov, Kaganóvich, y el hijo de tres *resputas* del menchevique Vishinsky y otros inútiles como Molotov y Voroshilov, él sospechaba de todos ellos, porque era un hombre enfermo de desconfianza y de miedo, de mucho miedo. ¿Te imaginas que, cuando nos interrogaban, siempre nos preguntaban si alguno de esos hombres, los de más altos cargos, los de su confianza, estaba implicado en nuestro complot antisoviético? ¿Sabes que sometió a cada uno de ellos a una prueba terrible? A Polina, la mujer de Molotov, la metió en un *gulag* por ser judía. Kalinin, siendo el presidente del país, tenía a su esposa en la cárcel y cuando ella enfermó tuvo que pedirle a Stalin, como un favor personal, una cama mejor que el jergón donde la encontró casi muerta... ¡El presidente de la Unión de Repúblicas, muchacho! En esa época entendí que la crueldad de Stalin no solo obedecía a la necesidad política o al deseo de poder: también se debía a su odio a los hombres, peor todavía, a su odio a la memoria de los hombres que lo habían ayudado a crear sus mentiras, a putear y reescribir la historia. Pero, la verdad, no sé quién estaba más enfermo, si Stalin o la sociedad que le permitió crecer... *Suka!*

–¿Era el mismo Stalin al que tú adorabas y me enseñaste a adorar? –siempre que penetraba en aquellos pantanos, Ramón se sentía desubicado, como si le hablaran de una historia ajena a la suya, de una realidad diferente a la que él mismo había creado en su cabeza.

–Siempre fue el mismo, un hijo concebido por la política soviética, no un aborto de la maldad humana... –respondió Leonid e hizo una pausa–. Cuando me llevaron a la cárcel de Lefórtovo, supe que todo había acabado. Me dijeron que nos someterían a un proceso público y me pidieron que firmara una declaración donde reconocía, entre otras mil cosas, estar al corriente de los planes asesinos de los médicos y de haberles dado apoyo político y logístico. Pero les dije que no iba a firmar.

–¿Y cómo lo hiciste para no firmar?

–Ay, Ramón –se rió Leonid–, ¿por qué iba a firmar? Vamos a ver, para que entiendas bien. ¿Cuántos hijos tenía Trotski?

–Cuatro.

–Yo tengo tres y varios hijastros... ¿Qué pasó con los hijos de Trotski?

–Los mataron, se suicidaron...

–¿Te acuerdas de si Trotski tenía una hermana?

–Olga Bronstein, la que había sido mujer de Kámenev.

–¿Y?

–Dicen que desapareció en un campo de trabajo.

–Pues yo también tengo una hermana que era uno de los médicos acusados... La condenaron a diez años... ¿Te acuerdas del día que fuimos al juicio para ver la declaración de Yagoda?

–Por supuesto.

–¿Tú crees que valía la pena que yo me cubriera de mierda creyendo que así iba a salvar a mi mujer, a mis hijos y a mi hermana? ¿Que autoinculpándome de cualquier infamia iba a ayudar a la república de los Sóviets y, a lo mejor, a salvarme yo? ¿Qué pasó con Zinóviev y Kámenev? ¿Salvaron a su familia cuando confesaron que eran conspiradores trotskistas? Stalin cambió el código penal para matar a sus hijos menores de edad... Si yo confesaba algo, no solo me estaba matando a mí mismo, sino que iba a matar a otras gentes. Y me dije que iba a aguantarlo todo: y aguanté, sin hablar. ¿Sabes cómo? Pues dejándome morir poco a poco, convirtiéndome en un esqueleto que se les podía desarmar en las manos. Era la única manera de evitar que me torturaran...

Ramón guardó silencio. Recordó la conmoción que le había producido leer los discursos de Jruschov, que le llevó Roquelia, en los que se reconocían los excesos de Stalin: pero no bien se les ponían nombres y rostros, los «excesos» empezaban a llamarse crímenes. Nunca iba a olvidar cuando, ya establecido en Moscú, su hermano Luis había vuelto a remover aquellos lodos: con mucho secreto le había dado a leer la carta de Bujarin «A una futura generación de dirigentes del Partido», que la mujer del bolchevique había guardado en su memoria durante veinte años, casi todos vividos en campos de trabajo. Era el testamento político de un hombre que, tras calificar de máquina infernal el terror estalinista, advertía a los verdugos –debía de estar mirando a Ramón, a Kotov, a otros como ellos– que «cuando se trata de asuntos indecentes la historia no soporta testigos» y que el tiempo de su condena estaba cada vez más cercano.

–Igual que ellos, yo tampoco era inocente del todo. En la nueva lógica, nadie en este país era del todo inocente... –Lionia había perdido parte de la profundidad vibrante de su voz–. Beria tenía sus planes para el futuro y los había comentado conmigo. Pero no haber firmado esa confesión y la muerte de Stalin me salvaron del pelotón de fusilamiento. Porque me iban a fusilar. Yo era el único que sabía toda tu historia, y también otras más o menos espeluznantes, como la del atentado en Ankara contra el vicecanciller alemán Von Papen, y la de ciertos experimentos médicos con prisioneros durante la guerra.

–¿De qué me estás hablando? –Ramón miró a su antiguo mentor y pensó que no todos pueden atravesar con la mente lúcida la estepa de la cárcel y la tortura.

Eitingon se limpió varias veces los dedos con una servilleta de papel grisáceo, como si quisiera desprenderse alguna sustancia especialmente adhesiva.

–Venenos que no dejan rastro. Pruebas de resistencia a la radiación, talio activado, uranio. Eran traidores o criminales de guerra, de todas maneras iban a morir... Stalin estaba obsesionado con la idea de fabricar la bomba atómica. Se hicieron muchas pruebas... Fue asqueroso y cruel.

Ramón lo miró a los ojos: el viejo Kotov conservaba esa transparencia afilada de sus pupilas, que impedía saber cuándo mentía y cuándo decía la verdad. Algo, en esta ocasión, le advirtió a Ramón que Leonid era más sincero que nunca.

Eitingon tomó un cigarrillo y comenzó a acariciarlo.

—Cuando murió Stalin, Beria me sacó de la cárcel. Me devolvieron el carné del Partido y mis grados. Y a pesar de todo lo que me habían hecho, de que había perdido cuarenta kilos, de las cosas terribles que sabía, pensé que la justicia existía y el Partido nos salvaría. Por eso cuando llegué a mi casa y mis hijos me contaron que en esos dos años un par de compañeros habían tenido el valor de ir a verlos y ofrecerles alguna ayuda, les dije que esos camaradas y ellos habían cometido un gran error: si yo estaba preso, acusado de ser un traidor, nadie debía preocuparse ni condolerse de mí, ni siquiera ellos... ¿Qué te parece?... Ése fue mi penúltimo acto de fe. Estaba convencido de que, sin Stalin y su odio, el Partido haría justicia y la lucha recobraría su sentido... Nada, me equivoqué otra vez. Ya todo estaba podrido. ¿Desde cuándo estaba podrido?

—¡Qué sé yo!... ¿Por qué me cuentas todo eso?

Lionia encendió al fin el cigarrillo y movió el vaso sobre la mesa, como si quisiera alejarlo de sí.

—Porque creo que te debo toda mi historia. Yo te hice lo que eres y me siento en deuda. Yo fui un creyente, pero te obligué a creer en muchas cosas, sabiendo que eran mentiras.

—¿Que Stalin quería matar a Trotski no porque éste fuera un traidor, sino porque odiaba al exiliado?

—Entre otras cosas, Ramón Pávlovich.

Unos meses después de la muerte de Stalin, cuando Beria cayó en desgracia, Eitingon volvió a ser arrestado. En realidad, su antiguo jefe aspiraba al poder, pero había cometido, según Leonid, el mismo error de Trotski: menospreciar al adversario, creerse mejor posesionado, dueño de informaciones que le garantizaban el ascenso y la impunidad. Beria había visto a Jruschov bailar como un payaso para divertir a Stalin, aunque todos sabían que odiaba al georgiano por no haber tenido clemencia con el hijo de Jruschov que había caído en manos de los alemanes durante la guerra y al que el Gran Timonel se había negado a canjear por otros prisioneros; Beria había visto llorar a Jruschov por un regaño del Gran Hombre y tenía en su poder cientos de órdenes de ejecución de los años de las purgas en las que aparecía la firma de Jruschov como secretario del Partido en Ucrania. Beria lo consideraba un ser mezquino, de ambiciones limitadas, y ése fue su error. Jruschov lo obligó a jugar en el terreno de las intrigas políticas y demostró ser más astuto, y antes de que Beria se diera cuenta, ya lo había devorado.

La carta de triunfo de Jruschov había sido el ejército, comentó Eitingon, llevándose un pedazo de pan a la boca. Los militares no perdonaban a Beria que hubiera estado involucrado en la purga de los mariscales en el año 1937, y veían en él al posible continuador de un Stalin que se había robado los méritos de la victoria militar sobre el fascismo, obtenida a pesar de Stalin, a veces hasta en contra de Stalin. Jruschov supo utilizar a su favor la investigación en curso sobre los grandes botines de guerra que muchos de los generales se habían llevado de las zonas ocupadas de Europa del Este. Beria tenía en sus manos un documento del Consejo de Ministros donde se contabilizaban los cientos de abrigos de pieles, las decenas de cuadros del palacio de Potsdam, los muebles, tapices, alfombras y otros objetos de valor (miles de metros de distintos tipos de tela, ¡le encantaban las telas!), que el héroe Zhúkov había traído consigo al final de la guerra. Aquel documento le había costado al mariscal ser degradado y alejado de Moscú, y aún podía ser juzgado por la vía civil. Pero el teniente general Kriukov y el general Iván Serov también habían hecho lo suyo y sabían que les esperaba el mismo destino que al gran mariscal. Fue Serov, de acuerdo con Jruschov, quien incitó a sus compañeros a dar el golpe de mano contra Beria, y por eso después fue ascendido a jefe de la seguridad del Estado y de la inteligencia militar. La nueva escuela de generales creados por Stalin no se parecía demasiado a los oficiales humildes y mal vestidos de los tiempos de Lenin y Trotski.

—Con Beria caímos todos. Sudoplátov, yo... Mi juicio duró un día y al otro estaba en la primera de las cárceles que recorrí en esos doce años. Todavía me pregunto por qué no me mataron. Tal vez porque sabían que yo sabía y en algún momento quizás necesitaran eso que yo sabía...

—¿Y qué hace un hombre como tú cuando ya no cree en nada?

Lionia se sirvió más vodka y encendió otro de sus apestosos cigarrillos.

—¿Qué puedo hacer, muchacho? ¿Huir, como Orlov? Si pudiera hacerlo, lo cual es muy poco probable, pues si me acerco a cien kilómetros de cualquier frontera me dan un tiro o me devuelven a un campo de trabajo, ¿podría salir con mis hijos? ¿Tendría la posibilidad de pactar y canjear la vida de mi familia por mi silencio? ¿Alguien se atrevería a acogerme? Vamos a ver, ¿cuántos países te negaron una simple visa de tránsito cuando saliste de la cárcel?

—Todos. Menos Cuba, que me dio setenta y dos horas.

—¿Entiendes que somos unos apestados? ¿Te das cuenta de que somos lo peor que creó Stalin y que por eso nadie nos quiere, ni aquí

ni en Occidente? ¿Que, cuando aceptamos la misión más honrosa, nos estábamos condenando para siempre, porque íbamos a ejecutar una venganza que el cerebro enfermo de Stalin creía necesaria para conservar el poder?
—Stalin no era un enfermo. Ningún enfermo gobierna medio mundo durante treinta años. Vosotros mismos lo decíais: Stalin sabe lo que se hace...
—Es verdad. Pero una parte suya estaba enferma. Dicen que mató como a veinte millones de personas. Un millón puede ser necesidad, los otros diecinueve son enfermedad, digo yo... Pero ya te dije que Stalin no era el único enfermo.

En sus largos años en la cárcel, Ramón había tenido mucho tiempo para pensar en los actos de su vida y para soñar con aquella existencia paralela, fabricada por su mente en un vano intento por vencer la depresión y la angustia. En los primeros tiempos, logró dominar el miedo al descubrir que no le retirarían la protección prometida y que fraguaban algún plan para sacarlo de la prisión: entonces se obligó a desechar todas las dudas que lo acompañaron cuando se dirigió a Coyoacán aquel 20 de agosto de 1940. Si cumplía con la promesa de mantener la boca cerrada, pensó, sus jefes, y con ellos la Historia, lo recompensarían como lo que era: un hombre capaz de sacrificar su vida por la gran causa. Pero los años transcurrieron y la fuga nunca pasó de ser una idea en la cabeza de Caridad, aunque la protección se mantuvo y el abogado Ceniceros dispuso siempre del dinero necesario para facilitarle en lo posible la vida en la cárcel. La resignación fue desde entonces su único asidero, y trató de luchar contra el tiempo y conservar su equilibrio mental.

—Voy a contarte algo que nadie sabe —dijo Ramón y esta vez se sirvió un trago de vodka. Lo bebió a la rusa, de un golpe, y sintió que se le cortaba la respiración. Esperó a recobrar el aliento mientras observaba cómo Leonid devoraba las lonchas de embutido, montándolas sobre ruedas de pan blanco, del modo en que comen los famélicos—. En 1948, mi abogado logró pasarme una carta dentro de un libro. La remitía un judío que vivía en Nueva York, pero en cuanto la leí supe quién...

—Orlov —soltó Eitingon y Ramón asintió—. Ese maricón adora escribir cartas.

—La firmaba un tal Josué no sé qué y decía que me iba a contar cosas que le había confiado un viejo agente de la contrainteligencia soviética, su amigo cercano, cosas que creía que yo debía saber... La verdad, no decía nada que yo no hubiera pensado, pero, dicho por él, todo adquiría otra dimensión, y me hizo reflexionar... Me hablaba del engaño, de los engaños, en realidad. Me decía que Stalin nunca había querido que los republicanos ganáramos la guerra y que a ese amigo suyo lo habían enviado a España precisamente para evitar primero una revolución y, por supuesto, una victoria republicana. La guerra solo debía durar lo suficiente para que Stalin pudiera utilizar a España como moneda de cambio en sus tratos con Hitler, y que, cuando llegó ese momento, nos había abandonado a nuestra suerte, pero colgándose la medalla de haber ayudado a los republicanos y, como premio adicional, quedándose con el oro español. Me hablaba también del asesinato de Andreu Nin. Su amigo había participado en aquel montaje, y me decía que todas las supuestas pruebas contra Nin, como las que había contra Tujachevsky y los mariscales, habían sido preparadas en Moscú y en Berlín, como parte de la colaboración con los fascistas.

–Así mismo fue –dijo Leonid y bebió otro golpe de vodka–. Stalin y su gente, el hijo de mala madre de Orlov entre ellos, lo prepararon todo. Y lo mejor es que hasta consiguieron que mucha gente siguiera creyendo en ellos... Los viejos e incondicionales «amigos de la URSS», ¿recuerdas? ¡Cómo los embutimos!... ¡Cómo les gustaba que los embutiéramos!

–Y me hablaba de Trotski... –Ramón enmudeció, encendió un cigarrillo, se frotó la nariz–. Me contaba algo que tú sabías muy bien: que el viejo nunca había estado en tratos con los alemanes. La prueba de fuego habían sido los juicios de Nuremberg, donde no apareció una sola traza de la supuesta colaboración fascista de Trotski... Me decía que yo había sido un instrumento del odio y que, si no le creía, esperaba que viviera lo bastante para ver cómo aquella trama salía a la luz... Cuando leí el discurso de Jruschov, en 1956, me acordé mucho de aquella carta. Lo más difícil de todos esos años fue saber esas verdades y tener la seguridad de que, a pesar de los engaños, no podía hablar.

–¿Sabes por qué? Porque en el fondo somos unos cínicos, como Orlov. Pero, sobre todo, somos unos cobardes. Siempre hemos tenido miedo y lo que nos ha movido no es la fe, como nos decíamos todos los días, sino el miedo. Por miedo muchos se callaron la boca, qué remedio les quedaba, pero nosotros, Ramón, fuimos más allá, aplastamos gentes, matamos incluso..., porque creíamos pero también por miedo –dijo y, para asombro de Ramón, sonrió–. Los dos sabemos que para nosotros no hay perdón... Pero por suerte, como ya no creemos en nada, podemos beber vodka y hasta comer caviar en este infierno materialista dialéctico que nos ha tocado vivir por nuestras acciones y pensamientos...

Se habían citado a las cinco, en el parque Gorki, pues a las siete cruzarían el río y subirían al departamento de Ramón, donde Roquelia (de mala gana, como siempre que su marido invitaba a alguien) «agasajaría» a Lionia con una cena mexicana.

Esa tarde, su antiguo mentor llegó con la noticia, obtenida de una fuente muy fidedigna, de que dos días antes, mientras ellos conversaban en el hotel Moscú, seis soviéticos, enarbolando pequeños carteles, habían salido a la plaza Roja a protestar por lo que llamaban la invasión soviética de Checoslovaquia. Por supuesto, ni los periódicos ni la televisión comentaron el suceso que, rápidamente controlado y sofocado, no había llegado a oídos de los corresponsales extranjeros acreditados en Moscú: salvo para los poquísimos enterados, aquella protesta nunca había existido ni existiría jamás.

–¡Qué tíos! Hay que estar loco para hacer eso –había comentado Ramón.

–O tener unos cojones bien puestos y estar muy, muy cansado de todo –había replicado Eitingon–. Esos seis tipos sabían que no conseguirían nada, se imaginaban lo que les esperaba, estaban seguros de que nunca volverían a ser personas en este país, pero se atrevieron a decir lo que pensaban. Lo que nunca haremos tú y yo y otros no sé cuántos millones de soviéticos, ¿no?... A lo mejor nos cruzamos con ellos cuando íbamos a entrar en el hotel...

–¿Y qué pasa en Praga?

–Pasa el inicio del fin... Brézhnev se lanzó con toda su fuerza: veintinueve divisiones de infantería, siete mil quinientos tanques, mil aviones... Una demostración de fuerza y de decisión. El mito de la unidad del mundo socialista se murió en Praga, y también la posibilidad de renovar el comunismo. Stalin ya lo había jodido con sus broncas con Tito, y luego Jruschov les cayó encima a los polacos y a los húngaros, y hasta se fajó con los chinos y los albaneses por ser demasiado estalinistas... Pero esto es el réquiem. La próxima vez que se produzca algo similar (y se producirá, tarde o temprano), no va a ser para revisar nada, sino para demolerlo todo. No me mires así: esto es un cuerpo enfermo, porque todo lo que existe aquí lo inventó Stalin y el único objetivo de Stalin fue que nadie pudiera arrebatarle el poder. Por eso vamos a seguir nadando, aunque al final terminemos muertos en la orilla... Y pensar que Jruschov planificó el salto del socialismo al comunismo para 1980. *Najui!*, las cosas que se le ocurrían...

Mientras hacían tiempo para la cena, recorrieron los senderos del parque, viendo trotar a los galgos. Ramón, aguijoneado por las predicciones de su antiguo mentor, había comenzado a evocar los tiempos de su llegada a Moscú y sus dificultades para ubicarse en el mundo por el que había dado lo mejor de su vida y la perdición de su alma.

Cuando la Secretaría de Gobernación accedió a la petición del recluso Jacques Mornard de anticipar en un par de meses su salida de la cárcel y evitar de ese modo el escándalo que armarían los periodistas dispuestos a viajar a México el 20 de agosto de 1960, Ramón tuvo la convicción de que apenas transitaría de una cárcel a otra. La salida de la prisión de Santa Marta Acatitla, donde había pasado los dos últimos años de su larga condena, había sido fijada para el viernes 6 de mayo, al cabo de extrañas negociaciones. Como el recluso Jacques Mornard no existía legalmente y, por tanto, no tenía nacionalidad belga pero seguía sin admitir su origen español (probado diez años antes con huellas dactilares de su ficha policial anterior a la guerra civil española), el consulado checoslovaco había aceptado emitir para él un pasaporte con el nombre con que había entrado en la cárcel y cumplido su condena. Ramón tuvo una idea cabal de su situación cuando Gran Bretaña, Estados Unidos y Francia se negaron a concederle siquiera una visa de tránsito para la necesaria escala en su camino a Praga... Como le ocurrió al renegado treinta años antes, ahora el mundo se había convertido para él en un planeta para el que no tenía visado. Otra vez la macabra conjunción de destinos entre víctima y victimario, que había explotado con la púa de un piolet, volvía a acechar a Ramón, solo que a él no lo acompañaban ni los restos de la gloria ni el odio desproporcionado o el temor que durante años provocara el exiliado. A él lo perseguían y lo marginaban el desprecio, el asco, la sangre inútil y su protagonismo en una historia que todos deseaban sepultar. Su único refugio era una Unión Soviética donde, bien lo sabía, su presencia tampoco sería aceptada con agrado, pues al fin y al cabo él solo era una de las más molestas evidencias del estalinismo que el país luchaba aún por sacudirse y demonizar. Durante las últimas semanas de su encierro, leyendo con avidez los nuevos discursos de Jruschov donde se revelaban otros «excesos» de la época estalinista, llegó a temer que ni siquiera la posibilidad de viajar a la URSS se concretara: ¿admitirían pública y ostentosamente que Jacques Mornard o Ramón Mercader había sido siempre un obediente comunista español reclutado como soldado del ideal soviético para cometer el crimen más odioso y repulsivo? ¿Alguien pensó alguna vez que él sobreviviría al atentado, a todos los peligros de la cárcel, al paso de los años y que algún día regresaría del más allá?...

Pero Moscú lo esperaba, prepotente, dispuesto a desafiar al mundo. El tránsito por una Cuba revolucionaria y presocialista fue tan breve que apenas tuvo una visión fugaz de La Habana cuando los policías de inmigración lo sacaron del aparato de Cubana de Aviación, procedente de México, y lo llevaron al buque soviético donde viajaría con destino a Riga. Desde el ojo de buey del camarote en el cual lo confinaron, observó la imagen pétrea de los edificios, castillos e iglesias de la ciudad, sus árboles de un verde refulgente y el mar de una transparencia agobiante y pudo sentir los efectos de la nostalgia por aquel país mítico, adquirida a través de las memorias de su familia materna, afincada por años en aquella tierra donde incluso había nacido Caridad.

La primera impresión que tuvo al llegar a Moscú fue la de haber entrado en un sitio que olía a cucarachas y donde nunca se reencontraría con el hombre que había sido, pues la ciudad de 1960 ya no era la capital del mismo país que había visitado veintitrés años antes. Rebautizado como Ramón Pávlovich López, fue confinado en un edificio de la KGB en las afueras de la ciudad, hasta que una mañana le enviaron un traje nuevo y le ordenaron que a las seis de la tarde estuviera listo, porque pasarían a recogerlo. Esa noche Ramón Pávlovich volvió a entrar en el Kremlin y recibió de manos de Leonid Brézhnev, jefe del Estado, las órdenes de Lenin y de Héroe de la Unión Soviética, la placa que lo acreditaba como miembro del cuadro de honor de la KGB, un enorme ramo de flores y los infaltables besos. Mientras, de un pequeño tocadiscos, salía una y otra vez la melodía de «La Internacional». Y Ramón se sintió tranquilo, orgulloso y recompensado. El oficial de la KGB que lo atendía, y con el cual cenó después de la ceremonia en un pequeño salón del Gran Palacio del Kremlin, le prometió que pronto le darían las llaves de un departamento donde podría recibir a su compañera, Roquelia Mendoza, pero a la vez le advirtió que sus movimientos en la URSS debían contar con la aprobación de una oficina especial de la KGB. Solo podría mantener contacto con los emigrados españoles y con sus familiares residentes en la URSS. Todavía estaba obligado a guardar silencio, dijo amable pero claramente aquel dinosaurio, sin duda sobreviviente de los tiempos de Beria y Stalin.

A aquella libertad muy condicionada se había unido, desde el principio, la lejanía con que lo trataban los soviéticos de todas las edades y condiciones, que creaba a su alrededor aquel vacío de comunicación que lo hacían sentirse doblemente extranjero.

–¡Pero es que eres extranjero! –Eitingon encendió uno de sus cigarrillos–. ¿O te crees que por ser quien eres y por haberte pasado años en la cárcel estudiando ruso ibas a ser menos extranjero?... La mayoría de los soviéticos jamás saldrán de este país, y para ellos lo extranjero es lo prohibido, lo maldito. Aunque sientan curiosidad y hasta envidia (nada más hay que ver cómo te vistes, Ramón, ¿esa camisa también te la trajo tu mujer?, nadie en Moscú tiene una así), sobre todo provocas miedo. Éste es un país aislado del mundo y nuestros jefes se han encargado de demonizar lo que queda fuera del alcance de su poder, es decir, todo lo relacionado con los cabrones extranjeros. Recuerda que por tener contactos no autorizados con extranjeros Stalin te podía mandar a fusilar o meterte cinco, diez años en un *gulag*. El genio del pueblo ruso está en su capacidad para sobrevivir. Por eso ganamos la guerra...

–Ya no me pasa tanto –recordó Ramón–, pero al principio, cuando salía a la calle, miraba a la gente y me preguntaba qué pensarían si supieran quién era yo...

–¿Pensar?... –dijo Leonid y señaló hacia el cielo, de donde más o menos debía venir la supuesta orden de pensar algo–. ¡Aquí la gente casi no piensa, Ramón!... Pensar es un lujo que les está vedado a los supervivientes... Para escapar del miedo lo mejor siempre ha sido no pensar. Tú no existes, Ramón; yo tampoco... Menos todavía esos seis tipos que protestaron por la invasión de Checoslovaquia...

El parque, sin embargo, existía y rebosaba vida. Los moscovitas aprovechaban el último mes sin frío para gastar sus horas al aire libre, la gente leía tendida en el pasto y hasta había familias que se hacían la ilusión de estar de picnic en un bosque. Por eso el hallazgo del banco desocupado, protegido por la sombra de un tilo, había despertado las sospechas de los dos veteranos del trabajo secreto. Mientras Ramón jugueteaba con sus perros, Eitingon había inspeccionado el lugar y concluyó que no había escuchas instaladas: a pesar de lo que siempre había sostenido Stalin, dijo sonriente, quedaba demostrado que las casualidades podían existir.

Ya acomodados en el banco, angustiado con los razonamientos de Eitingon, Ramón prefirió cambiar el tema y le contó cómo había conocido a Roquelia Mendoza y cómo sospechó de inmediato que era una de las ayudas prometidas. Roquelia, una muchacha de clase media que había sido bailarina folklórica, era prima de otro preso de Lecumberri llamado Isidro Cortés, condenado por haber matado a su esposa. La insistencia de Roquelia en trabar amistad con él le develó las motivaciones de la mujer.

–Fue lo último que pude hacer por ti –sonrió Eitingon–. Beria me autorizó a buscar una simpatizante dispuesta a ayudarte. Mandamos a

México a Carmen Brufau, la amiga de Caridad, y ella encontró a Roquelia, que enseguida aceptó porque te admiraba a ti y amaba a Stalin. Le asignaron cierta cantidad de dinero para tus necesidades, además de la que recibía tu abogado.

–En el 53 dejaron de mandarle dinero durante casi un año, pero ella siguió ayudándome. Es fea y bastante insoportable, pero le debo mucho.

–Sí, me lo imagino.

–Roquelia me ayudó a resistir todo aquello... En la cárcel me visitaron muchos, y con cualquier pretexto, pero la verdad es que iban a verme porque me consideraban un bicho raro... Una vez vino un comunista español con la mujer más hermosa que he visto en mi vida. Ahora es muy famosa por sus películas, se llama Sara Montiel.

–He oído hablar de ella –dijo Lionia, distraído–, dicen que es hermosa.

–No te imaginas lo que es ver a ese animal a un metro de ti... Es de esas mujeres que dan ganas de comer tierra, de hacer cualquier cosa...

Eitingon trató de sonar casual.

–¿Y desde cuándo no ves a Caridad?

–Vino a verme cuando llegué y ha vuelto dos o tres veces. La última, el año pasado.

–¿Se ve bien?

–Está fuerte, con el mismo carácter, pero parece que tiene doscientos años. Bueno, yo he cumplido cincuenta y cinco y parece que ando por los ciento diez. Aunque estás calvo, tú tienes mejor pinta que todos nosotros.

–Será que estoy embalsamado en cinismo –dijo Eitingon y rió, estruendosamente–. ¿Qué hace en París?

–Nada... Bueno, ahora le ha dado por pintar –Ramón sonrió–, y por ser la abuela de los hijos de mi hermana Montse, a pesar de Montse. La verdad es que nadie la quiere cerca... Estuvo cinco o seis años trabajando en la Embajada cubana, me imagino que como informante de la KGB. Dice que los cubanos son unos aventureros que no entienden qué carajo es el socialismo y unos muertos de hambre malagradecidos. Según dice, ella le compraba de su bolsillo los periódicos al embajador para que se enterara de lo que pasaba en el mundo, y ahora ni la invitan a las recepciones. Pero le echa la culpa a Brézhnev, dice que él ordenó que la apartaran de todo. Aunque nunca ha dejado de recibir la pensión que le giran desde aquí...

–Los tiempos cambian. Caridad, tú y yo somos papas calientes que nadie quiere tener en las manos. Si no nos han matado es porque confían en que la naturaleza haga pronto su trabajo... –afirmó Eitingon y levantó los faldones de su camisa para mostrar una cicatriz rojiza–. En la cárcel me operaron de un tumor. Estoy vivo de milagro, pero no sé hasta cuándo...

–Quien vea a Caridad en París, haciendo de abuelita y pintando unos paisajes feos y llenos de colores, ¿ese podrá imaginar qué clase de demonio es?

Los borzois corrían por el parque y Ramón los observaba, orgulloso de la belleza tangible de sus perros, cuando Leonid volvió a hablar.

–Te debo muchas historias, Ramón. Te voy a contar algunas que quizás no quisieras oír, pero siento que te pertenecen.

Ramón descubrió que en ese instante quien estaba a su lado era Kotov. Su viejo mentor recuperaba la misma postura que años atrás había adoptado en la plaza de Cataluña: la de un caimán en reposo, con un pañuelo en una mano, que utilizaba para secarse el sudor.

–Una vez me preguntaste si habíamos tenido algo que ver con la muerte de Sedov, el hijo de Trotski, y te dije que no: pues era mentira. Lo despachamos nosotros, gracias a un agente que le habíamos metido debajo de la camisa, Cupido. También fusilamos a su otro hijo, Serguéi, después de tenerlo un tiempo en el campo de Vorkutá y aquí en la Lubyanka, tratando de que firmara un documento donde reconocía que su padre le había dado instrucciones para envenenar los acueductos de Moscú... Los que mataron a esos muchachos cumplían órdenes directas de Stalin, como nosotros.

–¿Por qué me mentiste? Yo podía haber entendido que era necesario.

–Porque tú debías ir lo más puro posible al altar del sacrificio. La carta que te di para que llevaras contigo aquel día era una sarta de mentiras, y no importaba que alguien lo creyera o no. El plan era que tú mataras a Trotski y que los guardaespaldas te mataran a ti, como debió haber ocurrido. Así todo iba a ser más fácil. Así lo había pedido Stalin. Él no quería que quedara ningún cabo suelto y tu vida le importaba un carajo. Pero Trotski te salvó...

Ramón sintió el golpe de la conmoción. Oír, por boca del hombre que había fraguado con Stalin aquella operación, la confesión de que no solo había sido utilizado para cumplir una venganza, sino que se le consideró una pieza más que prescindible, derrumbó el último asidero que había resistido el paso de aquellos años plenos de desengaños y descubrimientos dolorosos.

–Pero tú estabas esperándome...

—Siempre cabía la posibilidad de que lograras salir. Además, yo no podía decirle a Caridad que te había mandado al matadero, y menos aún que si lograbas escapar, la orden era dejarte en manos de otros camaradas.

—Lo mismo que a Sheldon, ¿no? Entonces, ¿lo matasteis vosotros?

—No directamente. Pero nadie mataba sin que nosotros lo autorizáramos.

—Si iban a matarme, ¿por qué me protegisteis en la cárcel, por qué pagasteis abogados, por qué enviasteis a Roquelia?

—Porque si te matábamos en la cárcel después de lo que habías hecho, todo el mundo iba a saber de dónde había salido la orden. Lo que te salvó fue que te mantuviste en silencio. Además, después de muerto el Viejo, ya a Stalin no le importaba mucho lo demás, y menos en aquel momento, con los alemanes a dos manzanas de aquí...

—¿Y por qué falló el ataque de los mexicanos?

—Aquello fue una chapucería, pero era lo que quería Stalin: algo espectacular, con mucho ruido, para que a nadie se le olvidara. Yo vi a esas gentes dos o tres veces y me di cuenta de que Trotski les quedaba grande, eran unos peleles y les faltaban cojones. Por eso no te mezclé con ellos ni dejé que supieran de mí ni de ti... Lo que nunca entendí es que nuestro hombre en el grupo, Felipe, ¿te acuerdas?, no entrara a comprobar si habían matado o no al Pato... Ése es un misterio que aún no he resuelto...

Ramón levantó la vista hacia los lindes del parque, por donde fluía el río. Sentía cómo el desengaño lo corroía por dentro y se iba quedando vacío. Los residuos del orgullo al que, a pesar de las dudas y las marginaciones, se había aferrado con las uñas, se iban evaporando con el calor de unas verdades demasiado cínicas. Los años de confinamiento en la cárcel, temiendo cada día por su vida, no habían sido el peor trance: las sospechas, primero, y las evidencias, después, de que había sido una marioneta en un plan turbio y mezquino, le habían robado el sueño más noches que el temor a la cuchillada de otro preso. Recordaba con dolor la impresión de haber sido engañado que le produjo la lectura del nada secreto informe de Jruschov al XX Congreso del Partido y la desazón que lo embargó desde ese instante: ¿qué sería de su vida cuando saliera de la cárcel?

—¿Y por qué no me pegaron un tiro cuando llegué a Moscú?... Hasta que me pusieron las medallas, estuve esperando que me dieran un paseo...

—Tú mismo lo dijiste: habías llegado a otro mundo. Si Stalin y Beria hubieran seguido vivos, no habrías atravesado el Atlántico. Pero

Jruschov hasta te hubiera agradecido que contaras la verdad, aunque no podía alentarte porque todavía el espíritu de Stalin estaba vivo, no, está vivo, y Jruschov no quería ni podía librar esa guerra, así que prefirió mirar para otro lado y dejarte tranquilo. Ahora que Jruschov fue derrotado por el espíritu de Stalin, ya no le importas a nadie..., siempre que sigas callado y no intentes irte de la Unión Soviética.
—¿Y qué sabía Caridad?
—Más o menos lo mismo que tú. Recuerda, nunca confiamos demasiado en el carácter de ustedes, los españoles. Cuando ella regresó, trató de convencer a Beria de que te ayudaran a escapar. Después de darle largas muchas veces, Beria por fin le dijo que sí, que te ayudarían, pero que ella misma debía ocuparse de arreglar las cosas en México. A Caridad le dieron un pasaporte y un montón de dinero, y Beria envió a un matón del Komintern para que le diera un buen susto en cuanto llegara a México. Caridad se salvó por un pelo y aprendió la lección: se fue a París, se quedó tranquila, sin volver a protestar. ¿Así que ahora le ha dado por pintar cuadros?
—¿Tengo que creer todas esas barbaridades? ¿Fueron tan cínicos? ¿Tú sabías que me iban a matar? ¿Tú te prestaste a eso?
—Tienes que creer lo que te digo, fuimos más cínicos de lo que te imaginas. Tú no fuiste el único que fue a morir por un ideal que no existía. Stalin lo pervirtió todo y obligó a la gente a luchar y a morir por él, por sus necesidades, su odio, su megalomanía. Olvídate de que luchábamos por el socialismo. ¿Qué socialismo, qué igualdad? Me contaron que Brézhnev tiene una colección de autos antiguos...
—Y tú, ¿por qué luchaste?
—Al principio porque tenía fe, quería cambiar el mundo, y porque necesitaba el par de botas que les daban a los agentes de la Cheka. Después... ya hablamos del miedo, ¿no?: una vez que entras en el sistema, nunca puedes salir. Y seguí luchando porque me volví un cínico, yo también. Pero después de estar quince años preso por haber sido un cínico eficiente, con unos cuantos muertos en la espalda, uno empieza a ver las cosas de otra manera.
—¿Y cómo puedes vivir con eso encima?
—¡Como mismo vives tú, Ramón Mercader! El día en que mataste a Trotski sabías por qué lo hacías, sabías que eras parte de una mentira, que luchabas por un sistema que dependía del miedo y de la muerte. ¡A mí no puedes engañarme!... Por eso entraste en aquella casa con las piernas temblándote, pero dispuesto a hacerlo, porque sabías bien que no había retroceso posible. Cuando vuelvas a hablar con Caridad, pregúntale qué le dije cuando llegaste a Coyoacán. Le dije: «Ramón

se está cagando de miedo, pero ya es como nosotros, es uno de los cínicos».

—Cállate un rato, por favor —dijo Ramón y él mismo no supo si era una exigencia o un ruego.

Con el faldón de la camisa limpió los cristales de las gafas, que se habían empañado. En las manos que habían sostenido el piolet, aquella montura de carey, comprada por Roquelia en uno de sus viajes a México, le pareció un objeto extraño y ajeno. Al fin y al cabo, Eitingon tenía razón: él se había envuelto en la fe, en la convicción de que luchaba por un mundo mejor, para tapar con aquellos mantos las verdades en las que no quería pensar: los asesinatos, entre otros, de Nin y de Robles, las manipulaciones del Partido antes y durante la guerra civil, las turbias historias en torno a Liev Sedov, Sheldon Harte o Rudolf Klement, la extraña confesión de Yagoda que él mismo había presenciado, la manipulación de los sucesos de mayo de 1937 en Barcelona, el vagabundo al que había tenido que matar como a un cerdo en Malájovka, las mentiras sobre Trotski y su colaboración con los fascistas, la malévola utilización de Sylvia Ageloff... Una sola de esas verdades habría bastado para que se reconociera no solo como un ser despiadado, sino también como el cínico en que se había convertido.

—En la cárcel leí a Trotski —dijo, cuando se acomodó las gafas y observó, con la nitidez recuperada, la cicatriz de media luna en el dorso de la mano derecha—. Todos los presos sabían que yo lo había matado, aunque la mayoría no tenía ni idea de quién era Trotski ni entendían por qué lo había asesinado. Ellos mataban por cosas reales: a la mujer que los engañaba, al amigo que les robaba, a la puta que se buscaba otro chulo... Un día, cuando regresé a mi celda, tenía sobre la cama un libro de Trotski. *La revolución traicionada*. ¿Quién lo había dejado allí? El caso es que empecé a leerlo y me sentí muy confundido. Más o menos un mes después apareció otro libro, *Los crímenes de Stalin*, y también lo leí, y me quedé aún más confundido. Reflexioné sobre lo que había leído y durante varios meses esperé a que me dejaran otro libro, pero no llegó. Nunca supe quién los puso en mi celda. Lo que sí supe es que si antes de ir a México yo hubiese leído esos libros, creo que no lo habría matado... Pero tienes razón, yo era un cínico el día en que lo maté. En eso me habíais convertido. Fui una marioneta, un infeliz que tenía fe y creyó lo que tipos como tú y Caridad le dijeron.

—Muchacho, a todos nos engañaron.

—A unos más que a otros, Lionia, a unos más que a otros...

–Pero a ti te dimos todas las pistas para que descubrieras la verdad, y no quisiste descubrirla. ¿Sabes por qué? Porque a ti te gustaba ser como eras. Y no me vengas con historias, Ramón Mercader... Además, las cosas estuvieron claras desde el principio: desde que supiste cuál era tu misión, no tenías marcha atrás. No importaba lo que después hubieras leído...

Caminar por Moscú durante el mes de septiembre era para Ramón como entrar a un concierto cuando se está ejecutando el último movimiento de una sinfonía. Sube el volumen de la música, todos los instrumentos participan, se alcanza el clímax, pero se percibe en las notas un triste cansancio, como una advertencia de la inexorable despedida. Mientras el follaje de los árboles cambiaba su color, preñando el aire de tonos ocres, y las tardes, adormecidas, comenzaban a acortarse, para Ramón se hacía patente la amenaza de octubre y la llegada del frío, la oscuridad, el encierro obligatorio. Cuando se instalara el invierno, la vieja sensación, descubierta treinta años antes, de que la capital soviética era una enorme aldea enquistada entre dos mundos se haría más agresiva, opresiva. Los bosques que crecían dentro de la ciudad, la estepa que parecía infiltrarse a través de sus avenidas y plazas desproporcionadas, se pintarían de nieve y hielo, convirtiendo a Moscú en un territorio hierático, aún más ajeno, poblado de ceños fruncidos y groseros desplantes. Entonces su sueño de regresar a España lo asediaría con renovada insistencia. Cada vez con mayor frecuencia, mientras leía o escuchaba música, descubría cómo su mente escapaba de las letras o de las notas y se iba hasta una playa catalana, de arena gruesa, encerrada entre el mar y la montaña, donde se reencontraba a sí mismo, a salvo del frío, la soledad, el desarraigo y el miedo. Incluso volvía a llamarse Ramón Mercader y su pasado se esfumaba como un mal recuerdo que al fin se logra exorcizar. Pero las puertas de España estaban cerradas para él con doble candado, uno por cada lado del marco. Pensar que debía pasar el resto de sus días en aquel mundo que le resultaba tan ajeno, siempre sintiéndose prisionero entre las cuatro paredes infranqueables del país más grande y generoso de la Tierra, se había convertido en una solapada forma de castigo para el cual, bien lo entendía, no existía redención. Buscando un alivio que sabía falso, muchas tardes de estío Ramón escapaba de su departamento, con o sin Roquelia, y arrastraba sus frustraciones y desengaños hasta el monumento a la derrota y a las nostalgias de los españoles varados en Moscú.

–Y al principio, ¿cómo te fue con tus compatriotas? –quiso saber Eitingon cuando, al domingo siguiente, se encontraron frente a la antigua *kofeinia* de la calle Arbat, clausurada en los tiempos de Stalin, pues por aquella avenida el Secretario General iba y venía cada día hacia su dacha de Kúntsevo. Por decreto, en todo aquel camino no podía haber sitios de reunión, ni siquiera árboles: en el país del miedo, incluso Stalin vivía con miedo. Durante la era Jruschov el local se había convertido en una tienda de discos donde Ramón se había hecho asiduo buscador de joyas sinfónicas a precios risibles.

Mientras caminaban sin rumbo preciso, fumando unos puros cubanos que Caridad le había enviado desde París (Ramón tenía que envolverlos en paños húmedos para devolverles algo de su morbidez caribeña, sustraída por el seco clima europeo), Ramón le contó a su antiguo mentor que unos meses después de su llegada a Moscú, y de la mano de su hermano Luis, había comenzado a visitar la Casa de España. Recordaba perfectamente su decepcionante primera incursión en aquel territorio irreal, construido con dosis calculadas de memoria y desmemoria, donde recalaban los náufragos de la guerra perdida, animados por la vana ilusión de reproducir, en medio del extraño país del porvenir, un pedazo de la patria del pasado. Aunque buena parte de los refugiados que permanecían en la URSS eran miembros del Partido Comunista Español, escogidos, acogidos y mantenidos por sus hermanos soviéticos, Ramón también había encontrado una cantidad notable de los llamados niños de la guerra (rebautizados como hispano-soviéticos), salidos de la península cuando tenían menos de diez años y que acudían a la Casa de España en busca del mejor café expreso que se bebía en Moscú y de las señas de una identidad quebrada, a las cuales se aferraban obstinadamente.

Luis le había advertido que desde hacía muchos años el cacique de aquella tribu desplazada era Dolores Ibárruri, ya conocida en todo el mundo como Pasionaria. La mujer era tan adicta al poder y al mando único al estilo estalinista que quedaba descartada la simple posibilidad de diferir con sus ideas, al menos entre las paredes de aquel edificio y de su partido, del cual había pasado a ser presidenta desde que en el año 1960 le diera las riendas –recortadas– de la secretaría general a Santiago Carrillo. Al escuchar a su hermano, Ramón no había podido dejar de recordar la noche en que acudió con Caridad a La Pedrera y escuchó los insultos que André Marty desgranaba sobre una Pasionaria cabizbaja y obediente. Pero Ramón temía en particular el modo en que sus antiguos camaradas lo recibirían: el hecho de que pudiera colgar de su chaqueta las dos órdenes más codiciadas de la URSS seguramente no bastaría para vencer los resquemores que su historia personal provocaría en muchos de ellos.

—La mayoría son una panda de hipócritas —dijo Ramón, utilizando ahora el español—. Me felicitaron por estar de vuelta, por las condecoraciones, y me entregaron mi carné de militante del Partido Comunista Español, pero en el fondo de sus ojos descubrí dos sentimientos que los cabrones no podían ocultar: el miedo y el desprecio. Para ellos yo era el símbolo vivo de su gran error, cuando se plegaron como veletas a las órdenes de Moscú y a la política de Stalin y muchos de ellos se convirtieron, nos convertimos, en verdugos; pero yo era también la muestra más patética de aquella inútil obediencia... Algunos nunca me han dirigido la palabra. Otros se han hecho mis amigos..., creo. Lo que más me jode es que ellos se consideran los «limpios» y yo soy el «sucio», el hombre de las cloacas, cuando la verdad es que más de uno tiene mierda hasta en el pelo.

—Y más arriba —confirmó el antiguo asesor soviético.

Frente a la estatua de Gógol torcieron a la izquierda, como si se hubieran puesto de acuerdo sin necesidad de palabras.

—¿Pasionaria te reconoció? —quiso saber Eitingon.

—Si me reconoció, hizo ver que no me reconocía. Siempre ha demostrado que no soy santo de su devoción. Caridad dice que cualquier día se le echa encima...

—Debería ir un día contigo... si me dejaran. Unos cuantos de los que están allí contando novelas se cagarían nada más de verme. Ellos saben que Kotov conoce muchas, pero muchas historias. Y si tú mataste a Trotski porque te mandamos matarlo, algunos de ellos liquidaron a otra gente porque los mandamos y a veces sin que los mandáramos, porque siendo despiadados se creían más dignos de ser nuestros amigos...

La urgencia casi fisiológica de moverse en un terreno conocido, por espinoso que fuera, había convertido a Ramón en un asiduo de la Casa de España. Moscú seguía siendo para él una ciudad con códigos y lenguajes difíciles de asimilar, y, al menos allí, entre comunistas estalinistas, algunos jruchovistas y simples republicanos cargados de añoranza y frustración, tenían un idioma perverso que los unía: la derrota. Gracias a su hermano Luis y a su propia capacidad para ocultar sus sentimientos, Ramón estableció relaciones más cercanas con viejos camaradas de los días románticos de la lucha en Barcelona y con unos pocos nuevos conocidos que, a pesar de todo, lo respetaban, o cuando menos lo toleraban, no tanto por lo que había hecho como por el modo en que había resistido en veinte años de confinamiento: había demostrado que era un español, un catalán de los que no se rajan, que además prefería un oloroso cocido a una *solianka* con tufo a col.

—La *solianka* no tiene tufo a col —protestó Lionia—. Un día te voy a invitar a una, preparada por mí, claro.

—Algo muy jodido me pasó cuando pedí que me incorporaran al grupo encargado de redactar la historia de la guerra civil, ésa que se empezó a publicar en 1966, por los treinta años del inicio de los combates.

—Ya la leí y no me sorprendió lo que me encontré. Los crímenes de Franco y de su gente son el episodio más terrible de lo que ocurrió en España, el que le dio el tono a la guerra, eso lo sabe todo el mundo. Pero no son la única historia fea.

—Y eso tú lo sabes muy bien, ¿verdad?... —atacó Ramón y Eitingon se encogió de hombros—. Por supuesto que todo el tinglado de la escritura del libro lo dirigía Pasionaria, y ella no parecía muy conforme con que yo formara parte del equipo. Pero otros insistieron, no sé si porque les doy un poco de lástima. Al final, creo que para que los dejara tranquilos, me adjudicaron la tarea de entrevistar a veteranos de la guerra y reunir sus recuerdos y sus interpretaciones de los hechos que vivieron o conocieron de primera mano. Como ya esperaba, cada uno de los que entrevisté se empeñaba a arrimar el ascua a su sardina, a veces descaradamente, y solo recordaban lo que encajaba con sus ideas políticas, con su versión de la guerra. ¿Sabes cuántos me hablaron de las «sacas» de prisioneros en Madrid y en Valencia, o de los fusilamientos de Paracuellos?...

—Ninguno.

Ramón miró a su antiguo mentor y tuvo que sonreír.

—Como si no hubieran existido... El miedo aún los perseguía y no se atrevían a soltar algunas píldoras que podían ser verdaderos purgantes. Lo peor fue ver cómo tergiversaban historias que yo mismo viví, que viviste tú cuando eras Kotov. Los fusilamientos de Paracuellos fueron cosa de los anarquistas, según ellos. Y la toma de la Telefónica sigue siendo una acción necesaria para deshacerse de trotskistas y quintacolumnistas que se habían revelado. Justifican o no hablan de la desaparición de Nin, algunos se empeñan en minimizar la importancia de los brigadistas internacionales en la defensa de Madrid, no recuerdan nada de las componendas que vosotros les preparasteis para quitar de en medio a los otros grupos...

En calidad de miembro de la comisión investigadora, Ramón había tomado una decisión que solo le comentó a su hermano Luis: se fue a la Academia de Historia de la URSS, que financiaba (y controlaba) el proyecto y su futura edición, y comenzó a estudiar los documentos puestos a disposición de los historiadores. Como ya para esa época Roquelia, horrorizada por el invierno moscovita, había hecho su primer viaje a México con Arturo y Laura, Ramón tenía tiempo de sobra para dedicarse a aquella pesquisa, y descubrió, primero con extrañeza y luego con espanto, que la documentación a su alcance era no solo parcial, épicamente favorable a la colaboración soviética y del Komintern con la República, sino en ocasiones manipulada y diferente de lo que él había vivido.

–¿Y qué esperabas, muchacho?, ¿la historia verdadera de la conquista de la Nueva España? –Leonid chupó de su habano y comprobó que se le había apagado–. ¿No han hecho lo mismo los franquistas, pero con menos gracia y más descaro?... Aquí el deshielo de Jruschov no fue más que mover un poco de la nieve sobrante. Ni los comunistas españoles ni el gobierno soviético están en condiciones de llegar al fondo, y tampoco quieren, porque, aunque congelada, la cosa oscura que se esconde allá abajo es mierda. Es como la mierda fosilizada de los mamuts que hace poco encontraron en Siberia: mierda milenaria, pero mierda al fin y al cabo.

Mucho antes de que Eitingon lo formulara con metáforas arqueológicas, Ramón había comprendido que se había impartido la orden de que la mierda, por añejada que estuviese, no debía ni podía salir a flote. Lo supo la mañana en que llegó a la Academia de Historia y la amable archivista que lo había atendido ya no se hallaba en su puesto: baja por enfermedad, le comentó la sustituta, quien le recibió la boleta y regresó a los cinco minutos con la información de que los archivos solicitados por el camarada Pávlovich López habían sido trasladados a la sección cerrada y solo podría acceder a ellos con una autorización de la oficina del Kremlin encargada de los institutos de historia e investigación social. A Ramón ni siquiera le sorprendió que cuando se publicaron los primeros tomos de *Guerra y revolución en España, 1936-1939*, estampados por la editorial Progreso, su nuevo nombre no apareciera entre los miembros de la comisión investigadora, presidida por Dolores Ibárruri e integrada por sus más fieles escuderos.

–¿Qué sentiste? –quiso saber Eitingon.

–Frustración. Pero, joder, ya estoy acostumbrado.

–Sí... Ahora recuerda que reescribir la historia y ponerla donde le convenga al poder no fue un invento de Stalin, aunque él lo utilizó, a su manera tosca y despectiva, hasta la saciedad. Y eso de hablar de «revolución» en España, cuando fue lo primero que se impidió, y ni siquiera mencionar las crueldades del bando republicano..., bueno, es hacerle una putada a la historia. Por eso es mejor tener amordazada a la conflictiva historia...

Eitingon hizo un esfuerzo y logró encender de nuevo su tabaco. Ramón miró el suyo: seguía ardiendo parejo y alegre.

—En los últimos tiempos, en la Casa de España están pasando cosas.

Aunque muchos refugiados habían logrado regresar a España a partir de 1956, los que quedaban todavía luchaban por su espacio de poder. Pasionaria, que tenía como primer lugarteniente al fiel Juan Modesto, sentía que en los últimos años su preeminencia absoluta había comenzado a ser cuestionada: Enrique Líster, cargado con sus leyendas en la guerra civil, en la gran guerra patria y en las guerrillas yugoslavas, y Santiago Carrillo se iban oponiendo de modo cada vez más ostensible al poder de la célebre militante estalinista. La misma canción de siempre, había comentado Luis cuando la fractura empezó a ser visible: el día en que no nos peleemos entre nosotros, habremos dejado de ser españoles.

—No es que seáis o no españoles, muchacho, es que sois políticos —dijo Lionia, esta vez en castellano—. El fin de Franco está en el horizonte, y se acerca el tiempo de la vendimia. ¡Hay que estar listos por si empieza una nueva repartición! ¡Hay que mejorar la imagen, moverla con los tiempos!

Ambos sabían que las aguas de la Casa de España, ante cuyas paredes se hallaban en ese instante, se habían enturbiado mucho en los últimos meses. A raíz de la intervención soviética en Praga, algunos de los dirigentes del Partido Comunista Español se habían atrevido a expresar sus dudas respecto a la pertinencia de la invasión, lo que provocó un cisma en la cúpula del Partido. Para Eitingon, esa actitud respondía a una necesidad de desmarcarse del lado más oscuro de la influencia soviética y ponerse una corbata de apariencia más democrática; para Ramón, solo era una oportunidad propicia aunque peligrosa para ganar una dosis de poder dentro de la colonia, pero sobre todo en una España futura. Los refugiados más atrevidos, incitados por Santiago Carrillo e Ignacio Gallegos, incluso habían iniciado una operación insólita: decidieron abrir y hurgar en los archivos de la Casa y en los expedientes personales de cada uno de los españoles afincados en la URSS. Aquella propuesta había sido como acercar el fuego a la dinamita. Si se ventilaban ciertos documentos celosamente guardados en el segundo nivel del edificio de la calle Zhdánov, saldrían a la luz las mezquindades y componendas en que se habían visto envueltos muchos de los refugiados, convertidos en delatores y custodios de otros muchos de ellos. Y los camaradas de tantos años, movidos esta vez por el miedo a quedar al descubierto, volvieron a dividirse en bandos para lanzarse a una guerra que de las palabras pasó a las trompadas y los silletazos. Desde los bajos del edificio del antiguo banco, en la esquina opuesta a la que ocupaba la Casa, Ramón mostró a Lionia la ventana del tercer piso desde donde fue lanzado uno de sus compatriotas.

–Dicen que cayó ahí, en medio de la calle. Todo el mundo pensó que se había matado, porque no se movía. Pero de pronto se levantó, escupió, se rascó la cabeza y volvió a subir, para seguir repartiendo puñetazos.

–Y todavía dicen que nosotros somos salvajes –sonrió Eitingon y reanudaron la marcha para hacer una parada en la cervecería Sardinka, donde solían recalar los refugiados españoles para saciar la sed alcohólica, ante la sabia prohibición de servir aquel material inflamable en los predios de la Casa.

La guerra española a puñetazos terminó con la llegada de la milicia, que desalojó el local, siguió contando Ramón. A su vez, las razones para su previsible reanudación desaparecieron esa misma noche, cuando una unidad de la KGB cargó con unos archivos repletos de delaciones fratricidas y los puso a buen recaudo.

Una hora después, al desembocar en la plaza Dzerzhinski, Ramón miró de reojo la estatua del fundador de la Cheka y el edificio más temido de la Unión Soviética, a las espaldas del hombre de bronce.

–¿Te dije que también estuve allá abajo? –comentó Leonid, otra vez en francés, indicando con la nariz el subsuelo de la Lubyanka–. No sé cuánto tiempo, pero fue el peor de mi vida... *Iób tvoiv mat'!* –exclamó con una rabia salida de lo más profundo, y Ramón no supo si se cagaba en la madre del edificio o en la del ídolo de bronce.

–Desde que llegué a Moscú siempre me ha extrañado que esta estatua sobreviviera al Deshielo.

–Con las estatuas y bustos de Stalin ya tuvieron bastante trabajo. Eran millones en todo el país. En Georgia, donde Stalin fue más sanguinario, pues era donde mejor lo conocían, hubo motines cuando trataron de retirar las más grandes. La gente ya estaba tan acostumbrada a vivir bajo Stalin, a jugar con sus reglas, que tuvieron miedo: ¡alguien podía pensar que ellos aprobaban el derribo de las estatuas! ¿Te das cuenta de lo que puede provocar el miedo cuando se convierte en forma de vida? Para llenar los millones de huecos dejados por las estatuas de Stalin retiradas, tuvieron que producir en serie cientos de estatuas y bustos de Lenin.

Cruzaron la plaza y, al salir a la calle Kírov, Eitingon entró en una licorera de donde salió con dos botellines de vodka. En el bulevar Petrosvki buscaron un banco libre y, antes de sentarse, Leonid se dio dos o tres golpes en la pierna de la que cojeaba, mientras la llamaba *suka*, y bebió el primer trago. Se colocó dos dedos en la base del cuello, reclamando compañía, pero Ramón rechazó la invitación. El sol comenzaba a ponerse y la tarde se volvía fresca. Al ver a Eitingon repantigado en la posición que tanto le gustaba, pensó si en realidad no le vendría bien un trago, aunque prefirió esperar.

–Lo que pasó con los archivos de la Casa de España y las disputas por el poder entre los españoles me recordó algo que seguro no sabes –dijo Eitingon y bebió un segundo trago–. Cuando se murió Stalin pasaron muchas cosas en muy pocos días. Beria, Jruschov, Bulganin y Malenkov se pusieron enseguida en movimiento y casi lo primero que hicieron fue mandar a un grupo especial del Ministerio del Interior que trasladaran todas las pertenencias y archivos de Stalin que estaban en la dacha de Kúntsevo y en sus oficinas del Kremlin. A Svetlana, la hija de Stalin, le quitaron el pase con el que podía entrar en los despachos de su padre, y hasta el año pasado, cuando por fin logró huir de la Unión Soviética, siempre dijo que Jruschov y Beria se habían robado los tesoros de Stalin.

–¿De qué tesoros hablaba?

–No había tesoros. ¿Para qué quiere dinero o joyas un hombre que es dueño y señor de un país enorme, con todo lo que tiene dentro, y cuando digo todo es *todo*, las montañas, los lagos, la nieve, los aviones, el petróleo, incluso sus gentes, la vida de sus gentes?... Es verdad que había muchos objetos de plata, sobre todo bustos y placas que le habían regalado, pero todo eso lo mandaron a una fundición. Los muebles, las vajillas, las alfombras y esas cosas se repartieron por distintos lugares. Se decidió que la Sección para la Familia del Instituto de Historia conservase su uniforme de mariscal y algunas muestras de los regalos que todos los días le hacían los trabajadores. Pero la mayor parte de su ropa no servía para nada, alguna estaba bastante gastada, y la que no se botó, se donó a los centros para veteranos discapacitados.

–Entonces, ¿no había dinero?

–Había. Los que se encargaron de la operación se asombraron de la cantidad de sobres con billetes que aparecían por cualquier parte. Stalin ganaba un sueldo por cada uno de sus diez cargos, y como, por otro lado, no necesitaba comprar nada, ni siquiera para hacer regalos o celebrar fiestas... Pero ese dinero no hacía rico a nadie y lo que buscaban mis compañeros eran documentos. Los que aspiraban al poder, sin decírselo unos a otros, tenían miedo de que apareciera un testamento como el de Lenin, que les complicara la existencia a unos y beneficiara a otros. Por eso decidieron, como caballeros, sacar toda la papelería de Stalin y quemarla para que ninguno tuviera la ventaja o la desventaja de haber sido escogido o descartado por Stalin.

–¿Y cómo sabes todo eso?

Leonid se dio otro lingotazo y Ramón alargó la mano para reclamar la botella. Necesitaba el trago.

–Cuando me recuperé un poco, después de salir de la cárcel, empecé a trabajar con Beria. Me incorporaron a ese equipo y fui uno de los que, después de la quema de papeles, encontré en el cajón de una mesa del estudio del Kremlin unas cartas que habían quedado escondidas debajo de un periódico. Quedaban cinco, solo cinco cartas, y parece que Stalin las leía a cada rato: una era la que había dictado Lenin el 5 de marzo de 1923, no se me olvida la fecha, en la que exigía a Stalin una disculpa por haber insultado a su mujer, la Krúpskaya. Otra era de Bujarin, escrita poco antes de que lo fusilaran, en la que le decía a Stalin cuánto lo amaba... Y había una, muy breve, escrita por el mariscal Tito, fechada en 1950, me parece, pero me acuerdo perfectamente de que decía: «Stalin, deja de enviar asesinos para que me liquiden. Ya hemos cogido a cinco. Si no detienes esto, yo personalmente enviaré un hombre a Moscú y no habrá necesidad de mandar otro»...

–¿Y alguien supo que los papeles de Stalin habían desaparecido?

–Nunca se ha dicho oficialmente, por supuesto que no. Pero además de los documentos personales, había lo que se llamaban «ficheros especiales», un registro ultrasecreto donde los documentos se guardaban lacrados y solo se podían examinar si el propio Stalin lo autorizaba. Ésos sí se conservaron y me imagino que en ellos debía de haber informes demasiado incómodos, porque todavía nadie sabe dónde están, si es que todavía existen. Ojalá algún día se puedan leer, porque ese día vamos a descubrir que la Tierra no es redonda...

–¿Por ejemplo?

–Los pactos de Stalin con Hitler y después con Roosevelt y Churchill. ¿O tú crees que las reparticiones de Europa se hicieron así como así, al estilo de «yo llegué primero y esto es mío»? ¿Cómo te explicas que ni en Italia ni en Grecia triunfaran los comunistas cuando después de la guerra eran el partido más fuerte? Y los polacos, ¿tú crees que los polacos son comunistas y nos quieren como hermanos?

Eitingon levantó la botella, pero algo lo detuvo. Se había quedado serio, silencioso, hasta que dijo:

–¿Tú crees que alguna vez tumben también las estatuas de Lenin?

Ramón miró hacia el río, por donde se ponía el sol, y preguntó:

–¿Lo nuestro estaba en esos archivos?

Eitingon al fin se dio el trago y rodó un poco más en el banco. De pronto parecía distendido.

—No, lo nuestro nunca aparecerá. Primero porque casi no se escribió nada, y lo que se escribía iba directamente al archivo personal de Stalin. Beria me contó que, cada cierto tiempo, el Líder Invicto se sentaba frente a una estufa para asar que tenía en Kúntsevo y convertía en humo los papeles que consideraba que nunca debían ser leídos. Eso se llama tener buen sentido de la historia. Nosotros, como mucha otra historia, nos fuimos a las nubes, Ramón, enviados por nuestro querido camarada Stalin.

Ramón sospechaba que podía estar transgrediendo los límites de la permisividad cuando aceptó la invitación. Su juego de tanteos se le antojó similar al que los checoslovacos habían practicado durante los primeros meses de aquel año de 1968 y presumía que, si tocaba un borde alarmante, quizás electrificado, también su tranquilidad condicional podía ser invadida con infantería, tanques y aviones dispuestos a restablecer el orden. Pero decidió probar una vez más a los irascibles.

En sus conversaciones con Leonid Eitingon, a lo largo de los dos últimos meses, Ramón había recibido tantas ratificaciones y revelaciones sobre la fabricación truculenta de su destino y del destino de tantos millones de creyentes, que se había vuelto adicto a aquellos diálogos en los que cada uno, desde la colina de su conocimiento, arrojaba la luz que siempre les faltó a las acciones de sus vidas, a la idea misma por la que habían luchado, matado, sufrido ergástula y torturas, para terminar viviendo unas existencias amorfas, desencantadas, sin norte. Ambos se sabían incómodas trazas del pasado, y se reconfortaban con aquellas dolorosas inmersiones en los fosos oscuros por los que vagaban sus almas perdidas. Eitingon, desde la atalaya de su cinismo y con la penetrante influencia que siempre había ejercido sobre su pupilo, lo había obligado a verse a sí mismo desde otros ángulos y, sobre todo, a atisbar las entretelas tenebrosas de la utopía por la que Ramón había ido puro y lleno de fervor (Leonid *dixit*) al altar de sacrificios, para descubrir o ratificar que, entre los muchos estafados, él tenía cierto derecho de prioridad, como en las colas de los comercios: su acción lo distinguía en la pista infinita de aquel circo donde tanto habían resonado los látigos y tantas veces habían bailado los payasos, con sus sonrisas congeladas.

Luis le había asegurado que conocía Moscú como la palma de su mano y que no tendrían problemas para hallar el apartamento 18a, escalera F, del edificio 26-C, del bloque 7.º de la calle Karl Marx, en el barrio de Goliánovo. Eitingon les había dado como referencia la estatua de Lenin con el brazo extendido hacia el futuro: desde allí llegarían hasta el Círculo de Niños Amigos de la Milicia y, luego de torcer a la izquierda (siempre a la izquierda, repitió), encontrarían la calle, el bloque y el edificio justo al lado del Jardín de la Infancia «Ernst Thälmann».

Desde el mismo día en que, por sus servicios a la patria soviética, le asignaran aquel auto de producción nacional –que recién salido de la fábrica ya necesitaba un empellón para que sus puertas cerraran–, Ramón se lo había entregado a su hermano, pues a pesar de su condición de ingeniero y profesor universitario, militante del Partido y veterano de la Gran Guerra Patria, Luis Mercader aún no había conseguido ascender en el escalafón y obtener su propio vehículo. Aquella noche Luis había pasado a buscarlo poco antes de las siete y, como Roquelia había preferido quedarse en casa, Galina, la esposa de Luis, había optado por dejar a sus hijos con los de Ramón para disfrutar mejor de la aventura.

Goliánovo despedía olor a Stalin. Los bloques de viviendas, cuadrados y grises, llenos de costurones de cemento sobre las rajaduras, con diminutas ventanas donde los inquilinos tendían su ropa, estaban separados por paseos de tierra apisonada plagados de árboles que se disputaban el espacio. La monotonía de una arquitectura apresurada, empeñada en demostrar que a una persona le bastaban unos pocos metros cuadrados de techo para vivir socialistamente, provocaba vértigo por su uniformidad y despersonalización. Los números que debían identificar bloques, edificios, escaleras, habían sido borrados hacía tiempo por la nieve y la lluvia. Los letreros de las calles se habían esfumado y, sobre cada pedestal reciclado (llegaron a contar cuatro), se levantaba una de las estatuas de un Lenin ceñudo y avizor, fundidas en serie y con trabajo voluntario. Pero ninguno de aquellos Lenin indicaba hacia ningún lado. A los pocos transeúntes que desafiaban el frío y les preguntaron por la dirección (era la misión de Galina, por su condición de nativa), ésta siempre les resultaba conocida, pero ¿era la calle Marx, la calle Marx y Engels o la avenida Karl Marx?, y, sí, claro, habían oído hablar del Círculo de Niños Amigos de las Milicias, e invariablemente les decían que doblaran a la izquierda (siempre a la izquierda) y preguntaran por allí, indicando un punto impreciso en el laberinto de edificaciones calcadas sobre el molde de la más aterradora fealdad.

Como Leonid Eitingon no era uno de los pocos privilegiados a los que el consejo regional había concedido un teléfono propio, cuando Luis se vio perdido en un recodo de la ciudad satélite, al cabo de casi una hora de búsqueda, Ramón propuso que desistieran. Lamentaba que su viejo mentor hubiera invertido tiempo y ahorros en prepararles una comida digna, no poder obsequiarle las botellas de vodka que tintineaban junto a Galina cada vez que Luis tomaba un bache, pero tenían que reconocerlo: estaban irremisiblemente perdidos en medio de la urbe proletaria. En ese instante Luis descubrió el milagro de un taxi en pleno Goliánovo y, después de pasarle una botella de vodka al conductor, éste los guió, en dos minutos, hasta el edificio 26-C del bloque 7.º. Galina abandonó entonces el auto y fue a tocar la puerta del apartamento más cercano. Una mujer, con trazas de campesina, salió con ella a la calle y le indicó la penúltima escalera del largo edificio y, con la mano buscando alturas, contó los pisos que tenían que subir para llegar al apartamento buscado.

Eitingon los recibió con una gran sonrisa y todos tuvieron que someterse a sus abrazos de oso viejo y sus besos de sabor etílico. Mientras les agradecía por el vodka, les presentó a su mujer, Yevguenia Purizova, quince, tal vez veinte años más joven que su marido, aunque parecía incluso más ajada que él. Según Ramón había logrado saber, al salir de la cárcel Eitingon había reanudado la relación con su primera mujer, Olga Naumova, muerta poco después, y desde hacía dos años vivía con Yenia, convertida en su quinta esposa.

El anfitrión y sus visitantes se acomodaron alrededor de la mesa ubicada en el centro de la pieza que hacía las veces de sala y que, como después sabrían, también servía de dormitorio a las dos hijas de Yenia que vivían con ellos. Sobre la mesa, cubierta con mantel de hule, ya estaban colocados los platos de los entrantes rotundos y de sabores extremos con los cuales los rusos le hacían estómago al vodka: jamón picado, encurtidos de pepinos, tomate y manzana, lonchas de arenque y salmón, un poco de caviar rojo, cebollinos, ensalada rusa y ensalada fresca, ruedas de salchichón, cuadritos de tocino y pan negro.

–No sé de qué te quejas –dijo Ramón, mientras picaba un pepino agrio a los que, curiosamente, se había aficionado.

En unos vasos de cristal liso Leonid sirvió el vodka casi hasta el borde y le pidió a su esposa que le trajera la jarra del zumo de naranjas, especialmente preparado para el casi abstemio Ramón. De la pequeña cocina brotaba el olor profundo de la col hervida, y Ramón rogó por que los *pelmenis* del plato fuerte no estuvieran cargados con la pimienta picante capaz de ponerlo a llorar.

—No los esperaba tan temprano —dijo Lionia mientras entregaba sus vasos a Galina y Luis.

—¡Pero si llevamos una hora dando vueltas!... —comenzó Ramón, dando rienda suelta a su malestar.

—Es lo normal. ¿Qué te parece mi barrio?

—Horrible —admitió Ramón y probó el caviar sobre el pan negro.

—Ésa es la palabra: horrible. La belleza y el socialismo parece que juegan en equipos contrarios. Pero a todo se acostumbra uno. ¿Ves lo afortunado que eres de vivir frente al malecón Frunze y tener tres dormitorios y hasta un balcón?... *Da dná?* —retó a Galina y a Luis, y los tres levantaron sus vasos y apuraron el vodka de un trago, hasta ver el fondo reclamado por el anfitrión.

—No siempre viví así. Cuando llegó Roquelia, nos dieron un apartamento un poco más grande que éste, en Sókol...

—Nada que ver con esto. Sókol es la antesala del paraíso, Ramón. Caminas un poco y estás en la Utopía.

Ramón recordó sus paseos por la Utopía, como la llamaba Eitingon. En los años treinta, cuando más dura eran la represión y la escasez, un grupo de artistas, en su mayoría pintores, había obtenido el permiso del Jefe para crear una comuna ideal en Sókol, y hasta recibieron materiales para hacer casas unifamiliares, con patio y jardín. Muchos construyeron isbas y cabañas nórdicas, pero también, aquí y allá, podía verse un palacete morisco o una casa de aires mediterráneos. Con toda intención trazaron calles sinuosas, plagadas de curvas, con parques en las esquinas, en los que levantaron hermosos palomares de diversos diseños y colores. Las áreas privadas y las comunales habían sido sembradas con una variedad de árboles irrepetible en la ciudad: rododendros, almendros y membrillos distribuidos de tal modo que en el otoño sus hojas ofrecían un espectacular juego cromático. Desde la uniformidad apresurada de los edificios construidos por Jruschov donde había sido confinado, Ramón solo necesitaba cruzar dos calles para irse a ventilar su marginación por aquel espacio singular de Moscú, donde el albedrío de sus moradores había decidido el tipo de casa en que querían vivir y los árboles que deseaban plantar. Aquella parte de Sókol era como un museo del sueño socialista de la belleza nunca alcanzada, una paradójica verruga individualizada y humana en el organismo diseñado en moldes de hierro de la estricta ciudad soviética planeada por Stalin desde que se empeñara en «hacerle una cesárea al viejo Moscú», demasiado caótico y señorial para sus gustos de Supremo Urbanista.

—Stalin mandó a construir Goliánovo después de la guerra. Como siempre, dio un plazo para terminar los edificios, sin que importara mucho cómo quedaran –dijo Eitingon mientras hacía espacio para que su mujer colocara en la mesa la cazuela con el *jolodiets*, la gelatina de pata de cerdo para cuya degustación trajo un frasco de mostaza y un plato con ruedas del agresivo rábano salvaje–. Pero si los departamentos son pequeños y feos, la culpa, claro, es del imperialismo, que también es responsable de que los zapatos soviéticos sean tan duros y de que no haya desodorante y la pasta de dientes irrite las encías.

Luis sonrió, negando algo con la cabeza, mientras se servía el *jolodiets* con los rábanos picantes que Ramón, en cambio, detestaba.

–Qué cosas tienes, Kotov... Tío, recuerdo cuando te conocí en Barcelona. Yo casi era un niño y, mira, ya estoy calvo.

Lionia ojeó hacia la cocina, adonde había regresado su mujer, y advirtió en voz baja, acudiendo al catalán:

–Prohibido mencionar a Caridad.

–¿Yenia entiende el catalán?

–No. Pero por si acaso. ¿No es éste el pueblo más culto del mundo?

Ramón fue ahora quien sonrió.

–No jodan más y hablen en ruso –exigió Galina, en español–. Además, Caridad es una vieja fea y llena de arrugas.

–El diablo no se arruga por dentro –dijo Eitingon y los demás asintieron.

–Me acuerdo de cuando Kotov me hablaba de la Unión Soviética –evocó Luis y tomó la mano de su esposa–. Yo soñaba con esto, y el día en que llegué aquí fue uno de los más felices de mi vida. Había llegado al futuro.

–Y al futuro llegaste... –Eitingon se echó a la boca unos trozos de tocino y se limpió la cavidad con un vaso de vodka–. Según nuestros dirigentes *esto* es el futuro. Occidente es el pasado decadente. Y lo más jodido es que es cierto. El capitalismo ya dio todo lo que podía dar de sí. Pero también es cierto que si el futuro es como Goliánovo, la gente va a preferir por mucho tiempo la decadencia con desodorante y automóviles de verdad. El mundo está en el fondo de una trampa y lo terrible es que nosotros desperdiciamos la oportunidad de salvarlo. ¿Sabes cuál es la única solución?

–¡No me jodas que tienes la solución! –se asombró Luis, y Eitingon sonrió, satisfecho.

–Cerrar esta tienda y abrir otra, dos calles más abajo. Pero empezar el negocio sin engañar a nadie, sin joder a otro porque piense distinto de ti, sin que se busquen pretextos para callarte la boca y sin decirte, además, que cuando te cogen el culo lo hacen por tu bien y por el bien de la humanidad, y que ni siquiera tienes derecho a protestar o a decir que te duele, pues no se le deben dar argumentos al enemigo y todas esas justificaciones. Sin chantajes... El problema es que quienes deciden por nosotros decidieron que estaba bien un poco de democracia, pero no tanta... y al final se olvidaron hasta del poco que nos tocaba, y toda aquella cosa tan bonita se convirtió en una comisaría de policías dedicados a proteger el poder.

–¿Así que ya no eres comunista? –preguntó Luis bajando la voz.

–Son cosas distintas. Yo sigo siendo comunista, lo voy a ser hasta que me muera. Los que se hicieron dueños de todo y lo prostituyeron todo, ¿eran, son comunistas? Los que me engañaron a mí y engañaron a Ramón, ¿ésos eran los comunistas? Por favor, Luis...

Galina bebió de su vodka y habló mirando el fondo del vaso.

–¿Entonces Trotski sí era comunista? Jruschov invitó a Natalia Sedova a visitar Moscú. Ella se negó, pero el hecho de que la invitaran ya indicaba algo.

–Jruschov siempre fue un payaso –sentenció Eitingon y llenó su vaso.

Sin hacer comentario alguno, Ramón se tocó la mano donde exhibía la cicatriz de media luna: le resultaba patético que su antiguo jefe se vistiera de víctima. Eitingon, por su lado, parecía disgustado. Picó un poco de cada plato, como si estuviera ansioso, y en ese instante Ramón recordó las cenas fastuosas, con vinos delicados, que se concedieron en París, Nueva York y México durante sus días de agentes con los gastos pagados por las arcas del Estado soviético. ¿Cuánto de aquel dinero provenía del tesoro español?

–Por el país del futuro, Stalin ordenó matar a millones de personas –se encarriló Eitingon–... Pero lo que nos ordenaron hacer fue una exageración. Al viejo había que dejarlo que se muriera de soledad o que en su desesperación metiera la pata y él solo se cubriera de mierda. Nosotros lo salvamos del olvido y lo convertimos en un mártir.

–Ya está bien –lo cortó Ramón, que se negaba a oír aquel razonamiento–. ¿Tenemos que hablar de esto? –y dejó caer un chorro de vodka en el zumo de naranja.

–¿De qué otra cosa sino de la mar podemos hablar los náufragos, Ramón Pávlovich? Brindemos, brindemos, ¡por los náufragos del mundo! ¡Hasta el fondo! –y se bebió el vodka.

Tras el grito, el silencio cayó sobre la pequeña estancia, pero desde la cocina llegó la voz salvadora de Yevguenia Purizova anunciando que los *pelmenis* estaban listos. Leonid, Luis y Galina se concentraron en acabarse los primeros platos, y lo hicieron a conciencia, cosa que siempre espantaba a Ramón. Limpiándose la boca con el dorso de la mano, Eitingon se puso de pie y, mientras los visitantes despejaban la mesa de botellas y platos vacíos, el anfitrión colocó otra cesta de pan negro, la bandeja de col agria con tocino, una tabla con carne y patatas asadas, el aceite y el vinagre y por fin repartió platos limpios, pertenecientes a diversas vajillas. Yenia entró con una cazuela un poco abollada y la depositó en el centro de la mesa: Ramón descubrió que la visión de los *pelmenis* lo reconciliaba con el apetito.

–Ya las niñas comieron. Están viendo la televisión en casa de unos vecinos. Sírvanse sin pena.

Roció los *pelmenis* con vinagre y Ramón comprobó que aquéllos, rellenos de carne de cordero y preparados por la mujer de Eitingon, eran mucho mejores que los que solía cocinar Galina.

–Me dijo Lionia que tu esposa viaja todos los años a México –comentó Yenia, tratando de sonar casual en medio del murmullo de los cubiertos, el tintineo de los vasos y el ruido de mandíbulas.

–Ahora mismo está preparando el viaje. En cuanto llega el invierno, ella se va corriendo.

Yenia sonrió como si fuese un chiste.

–Qué bueno poder viajar... –dijo, pinchó un *pelmeni*, lo sostuvo en el aire, y se atrevió a pedir–: ¿Podrías encargarle que nos trajera alguna ropa bonita para las niñas? Yo se la pagaría, por supuesto –se apresuró a aclarar.

Ramón terminó de masticar y asintió.

–Dime las tallas. Yo me ocupo.

–Dice Lionia que tienen un apartamento de lo más bonito –continuó Yevguenia Purizova, satisfecha por la forma tan expedita en que había salido del trance. Seguramente en su cabeza, cubierta de horquetillas y canas amarillentas, ya veía los pantalones, las blusas, los zapatos, las hebillas para el pelo que podrían exhibir sus hijas, y la distinción que aquellas prendas diferentes les proporcionarían: sería ese soplo de Occidente, tan satanizado pero tan ansiado por cada uno de los soviéticos.

–Los muebles y muchos de los objetos decorativos los compramos con el dinero que sacamos de las cosas que vende Roquelia... –Ramón sonrió y echó un poco más de vinagre sobre sus *pelmenis*, antes de atacar las patatas y la carne asada.

Mientras Yenia preparaba té y café, Ramón probó uno de los pastelitos de manzana traídos por Galina y se dispuso a afrontar la parte más ardua de aquellas comilonas rusas: como cabía esperar, Eitingon trataría de alegrar la noche con sus canciones y brindis. Farfullando por lo bajo, el anfitrión buscó música en la radio, pero en casi todas las emisoras los locutores hablaban sin intención de detenerse, y cuando encontró una que transmitía un concierto que nadie pudo identificar, dejó el aparato a un volumen bajo.

–Hace días que estoy por preguntarte, muchacho... ¿Has averiguado con tus amigos de ahora si saben algo de África?

Ramón lo miró a los ojos. El azul afilado de las pupilas de su antiguo mentor se había desleído en el alcohol, pero seguía siendo cortante.

–¿Por qué me preguntas eso?

–Porque desde que me sacaron del juego le perdí la pista... Sé que en la guerra trabajó como operadora de radio con las guerrillas que se infiltraban en la retaguardia y ganó varias medallas al valor... Imagino que no habrá sido de las afectadas por la gratitud de Stalin.

–¿La gratitud de Stalin? –Galina preguntó, atraída por tan extrañas palabras.

–Stalin fue muy generoso con los que lo servían, ¿no?... –la risa de Eitingon era dolorosamente forzada. Ni siquiera el vodka que había bebido apaciguaba su rencor–. En realidad, lo mejor que te podía pasar era que se olvidara de ti. De mí no se olvidó... Después de la guerra volvió a empezar la cacería, dentro y fuera de la Unión Soviética. Pero después de los horrores de los nazis y de dos bombas atómicas, ¿quién lo iba a criticar por matar a cien o doscientos o mil antiguos colaboradores acusados de traición? Uno de los que pagó cara la gratitud de Stalin fue Otto Katz, uno de los mejores agentes que jamás tuvimos. Él fue quien señaló a Sylvia Ageloff y nos preparó el terreno en Nueva York.

El nombre de Sylvia removió la memoria de Ramón con más fuerza que el de África o el de Trotski. No podía olvidar cómo, cada vez que los enfrentaron, en los numerosos careos a los que los sometieron, la mujer se convertía en un demonio escupidor y, al evocarla, aún sentía el calor de su saliva corriéndole por el rostro.

–Pocos trabajaron tanto y tan sucio como Willi Münzenberg y Otto Katz para afianzar la imagen de Stalin en Europa. A Willi lo mataron en Francia, cuando la invasión alemana. Todavía no sé si fueron los nazis o si fuimos nosotros... Pero Otto siguió trabajando y, después de la guerra, creyó que había llegado el momento de cobrar su recompensa. A él y a los demás de su especie, Stalin los consideró sirvientes comprometedores y decidió que había llegado la hora de gratificarlos... –Leonid cargó más combustible y siguió–. A Otto Katz lo encerraron en Praga y lo obligaron a confesar todos los crímenes habidos y por haber.

El día de su confesión pública, tuvieron que ponerle la dentadura postiza de un fusilado, pues en los interrogatorios había perdido todos sus dientes. A Otto y a varios más los fusilaron y los tiraron a una fosa común, en la afueras de Praga... –y volviéndose hacia Ramón, añadió–: Por eso te pregunto si has sabido algo de África.

Ramón bebió el café que le había servido Yevguenia Purizova, y encendió un cigarrillo.

–Estuvo trabajando en América del Sur, hasta que la jubilaron con honores... Desde que llegué, la he visto una sola vez. Ahora da conferencias y pertenece a la aristocracia del KGB... En 1956 me escribió una carta a la cárcel.

Ramón hubiera preferido no hablar de aquella historia que con tanto esfuerzo había sepultado. Por eso solo les dijo que, en su carta, África de las Heras le contaba que seguía trabajando y que cometía una grave indisciplina escribiéndole, arriesgaba incluso su vida, pero quería decirle que lo felicitaba por la enkereza, una entereza comunista, con que Ramón había enfrentado sus años de cárcel. Ramón no les relató, sin embargo, que lo que África le escribía casi le había divertido –parecía una caricatura de las arengas que la joven lanzaba en los mítines de Barcelona– si la noticia que seguía no lo hubiera conmovido hasta las lágrimas: Lenina había muerto dos años antes, apenas cumplidos los veinte. Su alegría al recibir aquella carta, firmada por María Luisa Yero, pero cuya letra conocía como las cicatrices grabadas en su mano derecha, se convirtió en un dolor sordo del que nunca lograría librarse. Lenina se había sumado a una más que moribunda guerrilla antifranquista y había muerto en una escaramuza. Sus padres podían sentirse orgullosos de ella, decía África, con una frialdad inquietante, sencillamente antinatural, como quien da un parte de guerra. Ramón, que había perfeccionado ya la estrategia de imaginar una vida paralela a su vida real, trató de encajar en su existencia imposible a la hija que nunca había conocido, a la cual jamás había besado, y trató de concebir cómo habrían sido los días de aquella muchacha al lado de unos padres capaces de educarla, protegerla y darle amor. El hecho de no haber tenido nunca la menor posibilidad de influir en la vida de una persona engendrada por él no alivió el extraño dolor que le provocaba la muerte de un ser que, desde siempre, solo había sido un nombre. ¿La causa o la familia? Ramón había sentido en su pecho el peso del fundamentalismo al que se había sometido y le había impedido sopesar siquiera la posibilidad de que no era necesario abandonar sus ideas para cumplir con aquel otro deber: buscar a su hija. Entonces pensó que nunca le perdonaría a África su ortodoxia enfermiza y el hecho de haberlo excluido de una decisión que también le pertenecía. Pero, al mismo tiempo, tuvo que reconocer sus culpas y debilidades. ¿No había aceptado y considerado lógica, histórica e ideológicamente acertada la voluntad de África? Solo le quedó el remoto consuelo de decirse que, al igual que Lenina, él también habría luchado contra Franco y que quizás haber muerto como ella era preferible a vivir como él lo hacía: con un grito insobornable en los oídos y la certeza de haber sido una marioneta.

—¿Qué te pasa, Ramón? —Galina quebró el silencio y le tomó la mano.

El ronquido de Eitingon lo devolvió a la realidad.

—Nada, un mal recuerdo... Lionia no va a cantar, ¿nos vamos?

La soledad en que lo varaban los viajes de Roquelia y los encierros forzosos propiciados por el desolador invierno moscovita habían permitido a Ramón recuperar una de sus más viejas pasiones: la cocina.

En los años que gastó en la cárcel, luego de aquellos primeros tiempos de interrogatorios, golpizas y confinamientos en solitario, terminados con la llegada de su condena como homicida, había sentido una apremiante necesidad de encauzar sus energías intelectuales y le había pedido a su abogado que le comprara libros para estudiar electricidad y aprender idiomas. Los misterios de los flujos eléctricos y las vidas interiores de las lenguas siempre lo habían atraído y en aquel momento, con diecisiete años de prisión por delante (comenzaba a perder la esperanza de que sus creadores pudieran organizarle una fuga) y amenazado por los zarpazos de la locura, sintió que podía y debía satisfacer sus curiosidades intelectuales. Gracias a eso, su estancia en la cárcel resultó más amable. Estudiando, su mente se evadía de las crujías de Lecumberri, concebidas como un auténtico círculo infernal, y sus conocimientos le permitieron libertades y privilegios que se les negaban a los criminales analfabetos y rudos hacinados en el recinto. Ya en 1944 el reo Jacques Mornard, conocido como Jac por sus compañeros de presidio, fungía como responsable del taller de electricidad de Lecumberri y pronto sumaría la jefatura de la carpintería y hasta se encargaría del sistema de sonido del teatro y el cine de la prisión. Su rápido ascenso, apoyado por ciertos directivos del penal en contacto con los enviados de Moscú, suscitó no pocas envidias, y lo obligó a recordarle a más de un preso que si había clavado una picoleta en la cabeza de un hombre que había dirigido un ejército, poco le importaría cortarle un brazo a un puto pinche güey. Su prestigio entre los condenados aumentó notablemente, en cambio, cuando en medio de sus estudios de ruso e italiano, supo de la disposición gubernamental según la cual al reo que alfabetizara a cincuenta compañeros se le rebajaría un año de su condena. Jac puso manos a la obra y, con la ayuda de Roquelia, que le trajo las cartillas impresas, y del primo Isidro Cortés, preso como él, lograron alfabetizar a casi quinientos prisioneros, la cifra más alta lograda en todo el sistema penal mexicano. Las autoridades carcelarias, sin embargo, le entregaron un diploma y le comunicaron que a él no podían aplicarle la bonificación estipulada, a menos que reconociera su identidad y los motivos que lo llevaron a cometer su crimen. Ramón, como siempre, repitió que su nombre era Jacques Mornard y se conformó con que los reclusos beneficiados por su empeño –además de alfabetizarlos, convirtió a muchos en electricistas– le expresaran su gratitud con la moneda carcelaria más cotizada: el respeto y la tranquilidad.

Pero Ramón siempre fue un preso especial. No solo porque gozara de cierta protección, sino porque con él las cosas funcionaban de otro modo. No le concedieron la rebaja de la condena como tampoco lo dejaron casarse con Roquelia, pues si se casaba con ella podía quedarse en México y en México no lo querían. Sin embargo, a Siqueiros lo ayudaron a salir del país. Pablo Neruda, por entonces cónsul de Chile, se lo llevó con él. Y Diego Rivera, cuando quiso regresar al Partido, empezó a decir públicamente que había acogido a Trotski para que fuese más fácil matarlo y todos le rieron la gracia. A Ramón aquellas cosas le asqueaban. Pero el rechazado era él, los hipócritas del mundo decían que sentían asco de él, mientras reían los chistes del cornudo Rivera y del cobarde Siqueiros (que se había atrevido incluso a enviarle un cuadro como regalo).

Ya instalado en Moscú, su conocimiento de varias lenguas le había servido para darle un sentido al tiempo y, a la vez, ganar un dinero extra con sus traducciones. Mientras, su afición por la cocina, también cultivada en la cárcel, además de ocuparle las horas, le permitía entregarse a nostalgias de su juventud catalana y ponerles alas a sus sueños.

Desde hacía cuatro, cinco años, Ramón había establecido como una costumbre la preparación de una gran cena para despedir a Roquelia, quien, con la primera amenaza de nevada, ponía un pie en el avión que la llevaba a México. En aquella ocasión, además de los invitados habituales con quienes le permitían relacionarse (Luis y Galina, Conchita Brufau y su marido ruso, un par de amigos de la Casa de España, y Elena Feerchstein, la judía soviética con quien trabajaba sus traducciones), estarían Leonid Eitingon y Yenia, su mujer.

Esa mañana, en cuanto Ramón empezó a trajinar en la cocina, Roquelia, que detestaba cualquier alteración de su rutina, se encerró en su cuarto con el pretexto de hacer las maletas. Como Arturo y Jorge estaban en la escuela, fueron la pequeña Laura, sentada en una banqueta, y los galgos *Ix* y *Dax*, los privilegiados testigos de la preparación de la cena y de los comentarios del chef sobre condimentos, proporciones y tiempos de cocción. En realidad, Ramón había comenzado a gestar aquella comida catalana una semana antes. La dificultad para encontrar en Moscú determinados ingredientes limitaba las posibilidades gastronómicas nacionalistas de Ramón, quien tras recorrer (medallas en ristre) varios mercados y hacer acopio de todo lo que le parecía utilizable, se había decantado por un arroz a banda como avanzada artillera y unos pies de cerdo (lamentaba no haber encontrado el tomillo reclamado por la receta ortodoxa) para la gran ofensiva. No faltaría el pan con tomate y, en la retaguardia, unos crepes de mermelada de naranja cerrarían el ágape. Conchita Brufau traería unos vinos del Penedès y Luis dos botellas de cava para los brindis a los que eran tan aficionados los soviéticos.

Aquellos viajes alimenticios a los orígenes, que solía compartir con Luis y ocasionalmente con su hermano Jorge, chef de escuela, escondían la más cálida y ansiada esperanza de Ramón Mercader: un regreso a España. Durante los meses que Roquelia permanecía en México, Ramón y Luis multiplicaban sus encuentros en la cocina del apartamento. Sitiados por la nieve, solían utilizar las comidas para evocar recuerdos y liberar ilusiones. Luis, que había sobrepasado ya los cuarenta años, soñaba que, con la muerte del Caudillo (algún día se tenía que morir el cabrón), las puertas de España podrían volver a abrirse para los miles de refugiados que todavía vagaban por el mundo. El menor de los Mercader soñaba con obtener un permiso de salida de la URSS, muy complicado para él, a pesar de su origen, y dificilísimo para Galina y sus hijos por su nacionalidad soviética. Ramón, en cambio, sabía que a él nunca le permitirían abandonar el territorio soviético y que, además, ningún país del mundo, empezando por España, se dignaría recibirlo. Pero en sus sueños en voz alta Ramón solía comentarle a Luis sus planes de montar un restaurante en la costa del Empordà, en particular en la playa de Sant Feliu de Guíxols: allí, durante los meses amables de la primavera y el otoño, y en los cálidos del verano, podría ganarse el sustento preparando platos que en cada ensayo mejoraban su sabor, consistencia y aspecto. Vivir frente al mar, libre de miedos y de la sensación de encierro, y sin tener que ocultar su propio nombre, sería la coronación feliz de su extraña y miserable vida.

Unos meses antes Ramón había cometido el error de hablarle de aquel anhelo a Santiago Carrillo, el líder de los comunistas españoles. Carrillo le había dicho, como Ramón esperaba, que su caso era, cuando menos, especial, y que no le resultaría fácil librarse de las cadenas que lo ataban a Moscú. ¿Y nadie se acordaba de que, según memorias muy bien tapiadas, Carrillo debía de estar salpicado por la sangre de los lamentables fusilamientos de detenidos en Paracuellos?... Por ahora, como los demás refugiados, cada noche antes de acostarse Ramón debía rezar, comunistamente, por la muerte de Franco, y luego se vería, le dijo su nuevo secretario general. Pero el sueño, la playa, el calor siguieron latiendo en él, como un deseo inalcanzable pero al que no es posible renunciar.

La cena de aquella noche de finales de octubre fue un éxito. Hasta Roquelia estuvo de buen humor (la cercanía de la partida conseguía aquellos efectos) y todos alabaron las cualidades culinarias de Ramón. Leonid Eitingon, además de devorar una cantidad impresionante de patas de cerdo, bebió vino, cava, vodka y hasta ron cubano de una botella traída por Elena Feerchstein (andaba en romances con un mulato habanero, estudiante en la academia militar de Moscú), y parecía el más feliz de los mortales. Después de apropiarse de la dirección de los brindis, fue el primero en ponerse a cantar las viejas letras de los himnos republicanos. Con puros en los labios, posaron para la foto que les tomó Arturo, y Conchita Brufau contó media docena de chistes que tenían como motivo central una supuesta resurrección de Lenin o de Stalin. Pero el que más éxito tuvo fue el de la mejor manera de cazar un león:

–Muy fácil: agarras a un conejo y le empiezas a dar bofetadas y a decirle que vas a matar toda su camada... hasta que confiese que en realidad es un león disfrazado de conejo.

–Me gusta veros así –dijo Eitingon–. Felices y despreocupados... ¿Acaso no sabéis que estos edificios están hechos de microhormigón?

–¿Microhormigón? –preguntó Elena Feerchstein.

–Veinte por ciento de micrófonos y el resto de hormigón...

Aquella noche, empujado por el alcohol que en esta ocasión se había permitido, Ramón pensó que, a pesar de los encierros, los silencios, las decepciones, y hasta el miedo y la obsesión por micrófonos reales e imaginarios, valía la pena vivir. Eitingon era la demostración exultante de aquella certeza. Su cinismo, a prueba de golpes y años de cárcel, resultaba salvador y paradigmático. ¿Y no era él tan cínico como su mentor? Pensó que el hecho de haber creído y luchado por la mayor utopía jamás concebida encierra necesarias dosis de sacrificios. Él, Ramón Mercader, había sido uno de los arrastrados por los ríos subterráneos de aquella lucha desproporcionada y no valía la pena evadir responsabilidades ni intentar descargar sus culpas en engaños y manipulaciones: él encarnaba uno de los frutos podridos que se cultivan incluso en las mejores cosechas, y si bien era cierto que otros le habían abierto las puertas, él había atravesado, gustoso, el umbral del infierno, convencido de que debía existir la morada de las tinieblas para que hubiese un mundo de luz.

Pasada la medianoche, cuando se avecinaban las despedidas, Luis pidió a Ramón que lo acompañara a la cocina. Con su puro casi consumido en la comisura de los labios, Luis se recostó a la meseta donde se apilaba la loza que Ramón (era parte del compromiso con Roquelia) debía fregar antes de irse a la cama.

–¿Qué pasa?, ¿necesitas algo? –Ramón se sirvió un poco de café y le dio fuego a un cigarrillo. Sentía que su euforia etílica de un rato antes iba dejando paso a una tristeza difusa pero envolvente.

–No quería amargarte la fiesta, pero es que...

Ramón miró a su hermano y permaneció en silencio. La experiencia le había enseñado que no es necesario empujar a las malas noticias: su peso siempre las hace caer.

–Caridad llega en dos días. Me ha llamado esta tarde.

Ramón miró hacia fuera. El cielo se veía rojizo, anuncio de la inminente nevada. Luis dejó caer su tabaco apagado en el cesto de desperdicios.

–Me ha preguntado si puede quedarse contigo. Como Roquelia se va...

–No, dile que no –dijo Ramón, casi sin pensarlo, y regresó a la sala, donde los visitantes se ponían los abrigos para salir a la calle. Ramón los despidió con promesas de prontos reencuentros, y cuando Leonid Eitingon fue a besarlo, él movió el rostro y lo pegó a la oreja del asesor.

–Caridad viene –le dijo y lo besó.

Ramón pudo observar cómo los ojos azules de Eitingon recuperaban el fulgor atenuado por el alcohol. La sola mención de aquel nombre parecía desvelar en él intrincadas reacciones químicas que debían de andar por encima de una ya gastada empatía sexual: definitivamente eran almas gemelas, unidas por su capacidad de odiar y destruir.

–Mañana te llamo, muchacho –sonrió y, con la mano enguantada, palmeó el rostro de Ramón.

–No, será mejor que no vuelvas a llamarme... Estoy harto de revolcarme en la mierda.

Mientras fregaba platos y cazuelas, Ramón puso en el tocadiscos, a un volumen muy bajo, una placa de canciones griegas a la cual se había aficionado. La inminente visita de su madre lo desasosegaba, y cuando secaba unos platos se detuvo a observar, en su mano derecha, la cicatriz en forma de arco. Aquellas huellas en su piel, un grito en sus oídos y la sombra de Caridad eran como cadenas que lo ataban a su pasado, y las tres podían ser terriblemente pesadas si pretendía moverlas juntas. La cicatriz y el grito eran indelebles, pero al menos a su madre podía mantenerla lejos. En prisión, acompañado por el grito y la cicatriz, había continuado entrenándose en su odio por Caridad al culparla del fracaso de sus planes de fuga. Pero recordó que durante los infinitos exámenes psicológicos a que lo habían sometido en México, los especialistas creyeron entrever, en medio de aquel odio, la presencia de una obsesión por la figura materna que algunos de ellos calificaron de complejo de Edipo. Cuando se enteró de tales juicios, él optó por reírse en la cara de los psicólogos, pero supo que algo perdido en su subconsciente debía de haberse liberado por un cauce imprevisto, alarmando a los especialistas. La memoria de los besos de Caridad, cuya saliva caliente y anisada le producía sensaciones equívocas, el malestar que siempre le había provocado verla en compañía de otros hombres y la ascendencia incontrolable que su madre había ejercido sobre él, tenían un componente enfermizo del que había tratado de liberarse por medio de la distancia y hasta de la hostilidad. El juicio de los psicólogos lo había hecho meditar en las actitudes de ella hacia él y en el desvalimiento de él ante ella, y comenzó a rescatar de su memoria caricias, palabras, gestos, cercanías y palpitaciones que le resultaban dolorosamente perversas.

A pesar de la fatiga de todo un día de trabajo y de haber aceptado más copas de las que solía beber, Ramón dio vueltas en la cama, perseguido por la idea de un reencuentro con su madre, hasta que en el cielo se hizo patente la cercanía del amanecer y observó cómo comenzaban a caer los copos de la primera nevada de aquel otoño. Contemplando la nieve, Ramón recordó el viaje en tren que a finales de 1960 había emprendido hasta los límites del Asia soviética, acompañado por Roquelia y dos jóvenes oficiales de la KGB, guías y custodios. Después de veinte años de encierro, aquel viaje debía ser como un acto de liberación, la recuperación del gozo de moverse durante días y días, atravesando mundos tan diversos, cruzando husos horarios y la lógica del tiempo (a unos metros de donde ahora es hoy se puede regresar a ayer o saltar a mañana). Con sus propios ojos descubrió la pujanza económica del país, las escuelas diseminadas por todo su inmenso territorio, la dignidad de la pobreza de los niños uzbekos, kirguises, siberianos, un mundo nuevo que lo hizo sentirse recompensado, al obligarse a pensar que su sacrificio personal había tenido como fin aquella realidad. Pero el viaje de retorno, siempre en un vagón de primera clase del Transiberiano, le había provocado una sensación contradictoria. No se debió a que, durante los dos días en que el tren estuvo detenido a causa de una helada, el vagón restaurante se hubiese convertido en una especie de bar-letrina cuando un grupo de militares se adueñaron de él y pasaron cada hora de estancamiento tragando vodka, orinando y vomitando en los rincones. Lo que le ocurrió fue que el hecho de permanecer inmóviles, rodeados del blanco infinito e impenetrable de la estepa helada, le devolvió una abrumadora impresión de desvalimiento, más aplastante que la sentida en las muchas celdas donde había vivido. Algo en aquel paisaje siberiano de enero lo paralizaba y oprimía. Y esa opresión, creyó descubrir, estaba relacionada con la noción exactamente opuesta al encierro: era obra de la inconmensurabilidad, de la oceánica inmensidad de un paisaje blanco que apenas se lograba entrever durante unas pocas horas del día. La inabarcabilidad física le asfixiaba, y comprendió que aquel blanco infinito podía ser capaz de agobiarlo hasta enloquecerlo.

Ramón no tuvo noción del momento en que se había dormido. Cuando despertó, cerca de las ocho, vio junto a la cama las caras ansiosas de *Ix* y *Dax*, cuya hora de hacer las evacuaciones matinales ya había pasado. El breve sueño, sin embargo, no lo había liberado de la creciente desazón que lo acechara durante toda la noche.

Mientras se vestía, puso el café al fuego. Vio en el termómetro del balcón que la temperatura era de menos ocho grados y observó el parque Gorki, al otro lado del río, completamente cubierto por la nieve impoluta. Cuando retiró la cafetera, colocó sobre la llama del gas la hoja ancha de un cuchillo muy similar al que usara en Malájovka. Bebió el café, encendió un cigarrillo y fumó hasta ver que el color del acero subía hacia el rojo. Apagó el cigarrillo mojándolo en el fregadero, buscó el paño con el que en la noche anterior había secado los platos y lo dobló dos veces, para morderlo con fuerzas. Tomó con la mano izquierda el mango del cuchillo, que del rojo ya había pasado al blanco, y, con los ojos cerrados, puso la hoja sobre la cicatriz de la mano derecha. El dolor le dobló las rodillas y le arrancó lágrimas y unos bufidos ahogados. Lanzó el cuchillo al fregadero, donde lo oyó crepitar con el agua. Cuando abrió los ojos vio los restos de un humo grisáceo y escupió el paño. El olor a carne quemada era dulzón y nauseabundo. Abrió el grifo y metió la mano bajo el agua helada, mientras con la izquierda se mojaba el rostro. El alivio llegó cuando la mano se le adormeció por el frío. De su bolsillo sacó un pañuelo y, luego de secarse la cara, se cubrió la piel abrasada, de donde, suponía, habría desaparecido la cicatriz. Sintió, a pesar del dolor, que su alma pesaba menos. Tomó otro pañuelo limpio, se envolvió de nuevo la mano y al fin se dispuso a salir.

La ansiedad de *Ix* y *Dax* los hizo ladrar un par de veces mientras bajaban en el ascensor. El custodio del edificio le comentó algo del tiempo y de los preparativos para el desfile por el aniversario de la Revolución que Ramón, herido por el dolor, apenas escuchó. Torpemente, con su mano izquierda, dio dos vueltas a su bufanda y salió hacia el paseo, por donde ya corrían sus borzois, con sus hocicos pegados a la nieve, en busca de un olor que los alentara a abrir sus esfínteres. Aliviados, *Ix* y *Dax* comenzaron a correr por la nieve, como dos niños que la pisan por primera vez. Todavía caían copos aislados y Ramón subió la capucha de su chaqueta. Con las correas de los perros en la mano izquierda y un cigarrillo en los labios cruzó, seguido por sus perros, la avenida del malecón Frunze y descendió por las escaleras que bajaban desde la acera hacia una plataforma dispuesta casi al nivel del río.

Recostado a la baranda metálica, con sus perros sentados junto a él, su chaqueta punteada de nieve y una mano envuelta en un pañuelo de lunares negros, Ramón comenzó a fumar con la vista fija en el flujo del río, en cuyas orillas se había formado una capa de escarcha. En lugar de aquel río sucio y congelado, ¿alguna vez volvería a ver la playa resplandeciente de Sant Feliu de Guíxols? El dolor y la amargura le dibujaban una caída en la comisura de los labios, cuando dijo en voz alta:

–*Jo sóc un fantasma.*

Respirando el aire helado, sintiendo el dolor abrasador que le subía por el brazo, otra vez aquel espectro que alguna vez se había llamado Ramón Mercader del Río imaginó cómo habría sido su vida si aquella madrugada remota, en una ladera de la Sierra de Guadarrama, hubiese dicho que no. Seguramente pensó, como le gustaba hacerlo, que quizás habría muerto en la guerra, como tantos de sus amigos y camaradas. Pero sobre todo se dijo, y por eso le gustaba enredarse en ese juego, que ese otro destino no habría sido el peor, porque en aquellos días el verdadero Ramón Mercader, joven y lleno de fe, no le temía a la muerte: Ramón había abierto todas las ventanas de su espíritu hacia las mentalidades colectivas, hacia la lucha por un mundo de justicia e igualdad, y si hubiera muerto peleando por ese mundo mejor, se habría ganado un espacio eterno en el paraíso de los héroes puros. Ramón pensó en ese instante cuánto le habría gustado ver llegar a su lado a ese otro Ramón, el verdadero, el héroe, el puro, y poder contarle la historia del hombre que él mismo había sido durante todos esos años en que había vivido la más larga y sórdida de las pesadillas.

30
Réquiem

Hace treinta y un años Iván me confesó que durante mucho tiempo había tenido un sueño: ir a Italia. En la Italia de su anhelo, Iván no hubiera podido dejar de hacer varias cosas: visitar el Castel Sant' Angelo; ir, como en peregrinación, a Florencia, y contemplar los paisajes toscanos que alguna vez había visto Leonardo; asombrarse ante el *duomo* de la ciudad y sus mármoles verdes; recorrer Pompeya como quien lee un libro eterno sobre lo eterno de la vida, la pasión y la muerte; comerse una pizza y unos espaguetis verdaderos, preferiblemente en Nápoles; y, para garantizarse el regreso, lanzar una moneda en la Fontana de Trevi. Mientras llegaba el gran momento, Iván había alimentado su sueño estudiando las obras de Leonardo (aunque quien de verdad lo enloquecía era Caravaggio), viendo las películas de Visconti y de De Sica, leyendo a Calvino y las novelas sicilianas de Sciascia, tragando las pizzas esponjosas y las pastas blandas que se establecieron en la isla en los años sesenta y que tanta hambre nos mataron durante muchos años. El suyo fue un deseo tan persistente, tan bien diseñado, que he llegado a pensar si en realidad Iván había estudiado periodismo con la única esperanza de, algún día, poder viajar (a Italia) en aquellos tiempos en que casi nadie viajaba y nadie lo hacía si no era en misión oficial.

La primera vez que mi amigo me habló de la existencia y de la posterior difuminación de aquel sueño tan cubano y tan insular de moverse fuera de la isla había sido en la terraza de su casa, dos o tres meses después de habernos conocido. Por esa época yo era el peor leído de los estudiantes de la Escuela de Letras y aquel día Iván, después de hablarme de su pretensión extraviada, me había puesto en las manos una novela de Pavese y otra de Calvino, mientras yo me preguntaba cómo era posible que un tipo como él se diera por vencido y, a los veintipico de años, ya hablara de sueños muertos cuando todos sabíamos que aún teníamos por delante un futuro que se anunciaba luminoso y mejor.

La última ocasión en que vi a Iván con vida fue tres días después de la muerte de Ana. Esa noche de finales de septiembre de 2004, mientras sosteníamos la más extraña conversación, en algún momento yo encontraría, en el baúl sin fondo de los deseos perdidos, la historia del sueño italiano de Iván, y quizás nunca lograré saber si aquella recuperación de un recuerdo de treinta y un años resultó la manifestación inconsciente de una premonición o si fue la respuesta anticipada de mi cerebro a una búsqueda de los orígenes del desastre.

Desde esa noche, yo viviría durante varias semanas escorado en el pantano de la contradicción, sintiendo cómo me hundía en el lodo de mi egoísmo. De todas formas, como Iván no volvió a pasar por mi casa, yo me refugié en su exigencia de que no regresara a verlo, pues eso me había pedido al despedirme, y me comporté de manera mezquina e infantil negándome a ceder y volver a buscarlo, aunque sabía que ése era mi deber. No obstante, cada vez que me encontraba con amigos como el negro Frank o Anselmo, les preguntaba si habían visto a Iván, y no me sorprendió, o más bien me tranquilizó escuchar siempre la misma respuesta: no lo habían visto, dice que no quiere ver a nadie, parece que está terminando de escribir algo. Y (como buen escritor mediocre y, para colmos, seco) me parapeté en aquel pretexto y no intenté buscarlo.

Yo sé que en mi alejamiento también pesó, más que una posible envidia, el temor a una responsabilidad que Iván me había soltado encima y que yo no sabía cómo manejar: ¿qué iba a hacer yo con lo que Iván estaba terminando de escribir? ¿Guardarlo en un cajón, como podía hacer él? ¿Intentar publicarlo, como también podía, pero no quería hacer él? Aquella absurda decisión de mi amigo de entregarme su trabajo y su obsesión de años para cortar así todas sus amarras con aquella historia y con su propia vida me parecía, además, enfermiza y, sobre todo, cobarde: aquéllos eran su problema, su libro, su historia, y no los míos, pensaba.

De más está decir, a estas alturas, que la muerte de Ana resultó para Iván un golpe más duro de lo que todos, incluso él mismo, habíamos imaginado. Aunque en los meses finales, atormentado por la impotencia y el dolor que le provocaba ver el sufrimiento de la mujer, más de una vez él me había confesado que ya era preferible que ella descansara, la ausencia irreversible de Ana lo sumió en una melancolía de la cual mi amigo no tuvo fuerzas ni deseos de volver a salir.

En esa última visita que le hice al apartamentico de Lawton, lo primero que comprobé fue cuánta urgencia tenía Iván por arrancarse los testimonios del dolor entre los cuales había vivido por ni sé cuántos años. La actividad que había desplegado en los días posteriores al entierro debió de ser frenética, pues cuando entré en su casa lo primero que noté fue la desaparición de todas las trazas hospitalarias que se habían ido adueñando de aquel espacio. Junto con la cama reclinable y el sillón de ruedas habían desaparecido el soporte para los sueros, las cuñas para las deposiciones, las jeringuillas y los frascos de medicina y hasta el televisor en colores con mando a distancia (préstamo de un vecino, para que Ana se entretuviera con algo más visible que el titubeante televisor en blanco y negro que un cliente de su consultorio le había regalado a Iván antes de irse de Cuba, unos años atrás). Los suelos olían a creolina barata y las paredes, como siempre, a humedad, pero no a alcoholes y linimentos. Incluso Iván se había lanzado a sí mismo a la metamorfosis: se había rapado la cabeza y exhibía un cráneo plagado de colinas y cruzado por el río de la cicatriz que, muchos años atrás, le habían regalado sus contendientes en la pelea etílica que lo recluyera en el pabellón de politraumatizados del Hospital Calixto García.

El cambio en el ambiente y su aspecto de recién egresado de un campo de concentración hacían más palpable la devastación física sufrida por mi amigo en los últimos meses (en algún momento me había cruzado por la mente una idea: Iván se va a esfumar y va subir a los cielos), y me preparó mejor para escuchar, al final de esa noche, la palabra taladrante, el sentimiento capaz de paralizarlo que él me había ocultado durante diez años, avergonzado por el significado encerrado en una reacción inapropiada: *compasión*. Porque al final no fue tanto el miedo como aquel sustantivo artero, del cual también trataba de librarse, el ladrillo que sostuvo el edificio de demoras, misterios, ocultamientos tras el cual se había perdido el propio Iván.

–¿Por qué coño te hiciste eso en la cabeza? ¿Sabes lo que pareces? –le había dicho, nada más verlo, pero mi amigo no me respondió y aceptó, con una sonrisa triste, la cantina rebosante de comida que mi mujer le había preparado. En silencio, Iván comenzó a servirse en un plato hondo, pero antes de sentarse a comer, fue hasta el cuarto y regresó con un sobre en las manos.

–Hace tiempo tú querías leer esto...

Apenas lo oí, adiviné de qué se trataba: debían de ser, y de hecho eran, las cuartillas escritas más de veinticinco años atrás por el títere interpuesto de Jaime López, los papeles de cuya existencia yo tenía noticias desde hacía diez años y que, siempre que tocábamos el tema, yo le pedía a Iván que me dejara leer, pues consideraba que, con su lectura, palparía con mis propias manos el alma esquiva del hombre que amaba a los perros.

Mientras él comía, yo me adentré en un híbrido de relato, reflexión y carta sobre los años en Moscú de un Ramón Mercader que, de manera enfermiza, insistía en aferrarse a la mediación vergonzante del muñeco de ventrílocuo de Jaime López y en presentarse a sí mismo como una segunda persona a la que se puede mirar con cierta distancia. ¿O fue que se sintió tan despojado de su propio yo, tan ajeno al Ramón Mercader original que prefirió seguir siendo, hasta el final, uno de sus disfraces? El hombre esencial, el primario, el que había estado en la Sierra de Guadarrama, ¿había sido devorado por la misión, el dogma y la impiedad de la historia hasta convertirse en un personaje visible en la distancia, más que en una persona? De lo escrito se desprendía el mal sabor de una confesión apenas capaz de esconder un reclamo de perdón y la frustración de un hombre que, desde la perspectiva que le dieron los años y los acontecimientos, al fin se enfrentaba consigo mismo y con lo que él había significado en una trama sórdida, destinada a deglutirlo hasta la última célula.

Pero lo más alarmante, al menos para mí, fue descubrir los comentarios y preguntas que, con letra diminuta, Iván había ido agregando en los márgenes de las hojas, con tintas de colores y matices diversos: advertencias de un obsesivo regreso a aquellas palabras a lo largo de los años. Me pregunté si Iván, más que interrogar al autor de la confesión, no habría estado buscando a través de aquella confesión una respuesta perdida dentro de sí mismo. Los papeles, además, estaban sobados, como si hubiesen pasado por muchas manos, cuando sabía que únicamente Iván y el negro alto y flaco que se los hizo llegar (¿y Ana?) debían de haberlos tenido ante sus ojos. Me alarmó la relación que mi amigo había podido establecer con aquella confidencia y con el ser intangible que habitaba detrás de ella.

–Me deja con las ganas de saber qué pasó cuando Caridad llegó a Moscú, cómo Ramón consiguió que lo dejaran salir de allá... –le dije cuando terminé la lectura, sin atreverme a comentarle que mi verdadera inquietud tenía que ver con él. Entonces Iván me tendió una taza de café recién hecho y dio media vuelta, como si no le interesara mi curiosidad.

En la meseta, Iván empezó a servir la comida de *Truco*. Como no soy especialmente aficionado a los perros, esa noche me había olvidado del animal, y sólo en ese momento reparé en que no había salido a saludarme. Lo busqué y lo descubrí debajo de una butaca, con sus ojos muy abiertos, echado sobre un pedazo de tela. Iván le acercó el plato plástico, *Truco* olió la comida, pero no se animó a probarla.

—Vamos, niño, come —le dijo Iván, acuclillándose junto al animal, y agregó con ternura, como si estuviera asombrado—: ¡Anda, mira, es carnita!

—¿Está enfermo?

—Está triste —me aseguró Iván, mientras le pasaba la mano por la cabeza. Me fijé en los ojos del perro y, aunque no soy de los que creen tales cosas, me pareció descubrir cierto dolor en su mirada húmeda y desconsolada. Iván le mostró algo de comida, pero el perro volteó la cara—. Él sabe lo que pasó. Hace tres días que no come, pobre *Truco*.

La voz de Iván sonó a lamento. Se alejó de *Truco*, se lavó las manos y bebió su café. Sentado a la mesa, encendió un cigarro mirando hacia su perro, y recuerdo que pensé: Iván va a llorar.

—Lo que tiene *Truco* se llama melancolía, y es una enfermedad que se cura sola o lo puede matar... —dijo, casi arrastrando las palabras. Aspiró el cigarro un par de veces y por fin levantó la mirada hacia mí—. Llévate esos papeles. No quiero tenerlos cerca.

—¿Qué te pasa, Iván? —su actitud, más que sorprenderme, empezó a preocuparme. En sus ojos había una tristeza húmeda idéntica a la que flotaba en la mirada de su perro.

—Haberme encontrado con ese hombre es lo peor que me pasó en la vida. Y me han pasado unas cuantas cosas bastante jodidas... Voy a terminar de escribir cómo lo conocí y por qué no me atreví desde el principio a contar su historia. No quiero hacerlo, pero tengo que escribirlo. Cuando acabe, te voy a dar todos mis papeles para que hagas con eso lo que te salga... Yo no soy escritor ni nunca lo fui, y no me interesa publicarlo ni que nadie lo lea...

Iván dejó el cigarro en el cenicero colocado sobre la mesa. Parecía muy cansado, como si nada le importara demasiado, y hasta me pareció que respiraba con dificultad, como un asmático. Cuando fui a reprocharle sus últimas palabras, él se me anticipó.

—Yo también soy un fantasma...

En ese momento entendí un poco mejor lo que Iván trataba de decirme con eso. Y pensé lo peor: se va a matar.

—¿Por qué me vas a dar lo que tienes escrito? ¿Qué quiere decir eso? —me atreví a preguntarle, temiendo oír la peor confesión, y quise quitarle dramatismo al asunto—. Mira que tú no eres Kafka...

—No me voy a matar —me dijo, después de dejarme sufrir durante unos segundos—. Y no estoy loco. Es que no quiero ver más esos papeles. Mejor los tienes tú, que todavía eres escritor... Pero si quieres los puedes quemar, a mí me da lo mismo...

–No te entiendo, Iván. ¿No te importa la verdad? Ese hombre era un hijo de puta y no tiene justificación ni...

–¿Qué verdad? ¿Cuál es la verdad? Y él no fue el único hijo de puta que hizo cosas injustificables.

–Claro que no. Pero fue uno de los que ayudó a Stalin a fumarse a los veinte millones de personas que se llevó en la golilla en nombre del comunismo... Y no mató a un tipo cualquiera... Mató a otro hijo de puta que, cuando tuvo el poder, le arrancó la cabeza a ni se sabe cuánta gente... Todo eso es demasiado fuerte, Iván. Fíjate que los rusos, después de que destaparon la olla, la han vuelto a cerrar a cal y canto... Hay que hacer muchas cosas horribles para matar a tanta gente...

–Mercader fue víctima y verdugo, como la mayoría –protestó, ya menos vehemente, mientras observaba la fosforera que el hombre que amaba a los perros le había dejado en herencia.

–Fue más verdugo que víctima, y eso no lo dejaba vivir tranquilo. ¿Sabes por qué te contó su historia y después hizo esta carta?... Pues para que tú lo escribieras y lo publicaras...

Iván se frotó la cabeza rapada, con fuerza, como si quisiera borrar algo dentro de ella. ¿Y decía que no estaba loco?

–A veces pienso lo mismo que tú. Pero otras veces creo que fue una necesidad de moribundo. Tiene que ser muy jodido vivir toda tu vida como si fueras otro, diciendo que eres otro, y saber que es mejor estar escondido detrás de otro nombre porque sientes vergüenza de ti mismo...

–¿De qué mierda de vergüenza me hablas? Ninguno de ellos tenía vergüenza ni nada que se pareciera...

–¿Tú no crees que pagó todas sus culpas? ¿Sabes que un preso de Lecumberri contó que a Ramón lo habían violado en la cárcel?

–Él tenía que saber a lo que se arriesgaba, y así y todo aceptó... Y me parece muy bien que le hayan partido el culo en la cárcel.

–Él no andaba por ahí matando gentes... Fue un soldado que cumplió órdenes. Hizo lo que le mandaron por obediencia y convicción...

Iván se puso de pie, sirvió más café en las tazas, pero ninguno de los dos bebió. Miraba otra vez hacia su perro cuando me dijo:

–¿Sabes cómo tuve la seguridad de que López era Mercader, antes de leer estos papeles, antes de ver la foto?

–No sé... Por lo que te dijo del grito de Trotski, ¿no? –aventuré, dispuesto a darle una tregua: al fin y al cabo, Iván no había matado a nadie ni había ayudado a que jodieran a otros. Él sí era una víctima, total.

–No, no, la clave fue la forma en que trataba a sus perros y cómo miraba el mar. Era Mercader buscando la felicidad que sintió en Sant Feliu de Guíxols. Su paraíso perdido... Cuba fue un placebo.

–¿Y cómo pudiste seguir hablando con él después de estar seguro de que era Mercader?

Iván me miró a los ojos y yo le sostuve la mirada. Mecánicamente bebió su café, tomó la cajetilla y extrajo otro cigarro. ¿Cuántos iba a fumarse?

–Creo que nunca estuve seguro de que fuera Mercader. Cuando López me contaba la vida de Mercader, me parecía que hablaba de un hombre de hacía mucho tiempo, no sé, del siglo XIX... Y aunque suene morboso, yo quería saber cómo terminaba la historia. Pero sobre todo sentía que él necesitaba que yo lo oyera... –hizo una pausa y le dio fuego al cigarro–. ¿Sabes qué es lo que más me jode de toda esta historia?

–¿Las mentiras?

–Además de las mentiras.

–¿Que Stalin lo pervirtiera todo? ¿Que a lo mejor sus mismos camaradas mataran a Mercader envenenándolo con radiactividad?

–Más que eso.

Me quedé en silencio: a fin de cuentas, a mí me jodía *todo* en aquella historia y la lista podía ser infinita. Iván fumaba sin dejar de mirarme.

–Lo que me ha metido aquí –dijo y se señaló la cabeza rapada–. Cuando leí esos papeles y tuve una idea cabal de lo que había hecho Ramón Mercader, sentí asco. Pero también sentí compasión por él, por el modo en que lo habían usado, por la vergüenza que le provocaba ser él mismo. Ya sé, era un asesino y no merece compasión, ¡pero todavía yo no puedo evitarlo, cojones! A lo mejor es verdad que su misma gente le metió radiactividad en la sangre para matarlo, como dice Eitingon, pero no hacía falta, porque ya lo habían matado muchas veces. Se lo habían quitado todo, su nombre, su pasado, su voluntad, su dignidad. ¿Y al final para qué? Desde que le dijo que sí a Caridad, Ramón vivió en una cárcel que lo persiguió hasta el mismo día de su muerte. Ni quemándose todo el cuerpo se podía quitar su historia de encima, ni creyéndose que era otro... Pero a pesar de todo, a mí me daba lástima saber cómo había terminado, porque siempre había sido un soldado, como tantísima gente... Y si lo mataron ellos mismos, no se puede sentir por él otra cosa que compasión. Y esa compasión lo hace sentirse a uno sucio, contaminado por el destino de un hombre que no debería merecer ninguna piedad, ninguna pena. Por eso me niego a creer que lo haya matado su misma gente: de alguna forma, eso lo haría un mártir...

Y no quiero publicar nada, porque solo de pensar que esa historia le provoque a alguien un poco de compasión me dan ganas de vomitar...

Observaba a mi amigo y sentí que al fin comenzaba a entender algo. Su vida (si han llegado a estas alturas del cuento ya lo saben) había sido un rosario de desgracias y frustraciones inmerecidas pero ineludibles, tantas y a la vez tan comunes que parece increíble que a un solo hombre le cayera arriba todo el peso de su tiempo y su circunstancia: fue como si a él le tocara recibir cada uno de los golpes que le han correspondido a una generación de crédulos por obligación. Para colmos, había vivido con esa puñetera historia dentro durante casi treinta años y tuvo la desgracia de que Ana, lo más limpio de su vida, reprodujera con su muerte el suplicio final de Ramón Mercader y él se viera obligado a asistir, día a día, a una agonía que no podía dejar de recordarle la de un asesino despreciable y despreciado. Aun así, junto a la indignación, Iván sentía compasión por aquel hombre y su destino, y ese sentimiento le provocaba un intenso rencor hacia sí mismo.

—Iván, él fue uno de ellos y ellos lo trataron como le enseñaron desde el principio que se debía tratar a los demás: sin piedad. Pero por nada de eso merece tu compasión.

Iván meditó durante unos segundos que se alargaron. Debía de estar calibrando las consecuencias de lo que quería decirme y, nada más de mirarlo, ya lo presentía: no iba a ser algo agradable. Fue en ese momento cuando recordé, no sé por qué asociación de ideas, la historia del deseo que Iván había tenido de viajar a Italia.

—Es que ya no puedo más... —dijo al fin—. Me he pasado toda mi cabrona vida con la sensación de estar huyendo de algo que siempre me agarra, y ya estoy cansado de correr... Ahora coge esos papeles y vete. Dale, quiero acostarme.

Casi aliviado me puse de pie, pero no recogí los papeles. Cuando fui a salir me volteé y lo vi fumando otra vez. Iván tenía la vista fija en *Truco*, que dormitaba en el rincón. Sentí compasión por mi amigo y por su perro, compasión real y justificada, pero también unos deseos enormes de mandarlo todo a la mierda, de cagarme en la madre del mundo entero, de desaparecer. Por supuesto, no hacía falta que le preguntara a Iván de qué había estado escapándose toda su vida: yo sabía que había estado huyendo del miedo, pero, como él mismo dijo, por más que corras y te escondas, el miedo siempre te alcanza. Yo lo sé bien.

—Estamos jodidos. Todos —dije, no sé si en voz alta.

¿Cómo es posible que haya dejado pasar tanto tiempo? Es cierto que yo también tenía –tengo– miedo, pero Iván se merecía algo más de mí.

No fue hasta el 22 de diciembre, dos días antes de la Nochebuena, cuando decidí dar mi brazo a torcer y por fin salí a buscar a Iván. El pretexto me lo dio mi mujer, aunque no era demasiado bueno: ella quería invitarlo para que cenara con nosotros la noche del 24. El problema era que tanto Iván como yo siempre habíamos detestado el ambiente navideño y el espíritu festivo que por esos días la gente asume como una obligación.

Cuando llegué a su apartamento encontré la puerta y la ventana cerradas. Toqué varias veces, sin tener respuesta. Algo en el ambiente de la casa me pareció extraño, aunque en ese instante no me di cuenta de qué podía ser lo anormal, fuera del hermetismo y el silencio.

Como apenas eran las tres de la tarde, fui hasta el consultorio veterinario donde Iván trabajaba y también lo encontré cerrado, con la cadena y el candado que solía poner entre la puerta y el marco. Le pregunté a una mujer que vivía en la acera del frente y me dijo que hacía dos o tres días que Iván no venía, y eso la tenía preocupada, él nunca faltaba tanto tiempo.

Regresé a la cuadra de Iván y toqué en la casa del vecino que le había prestado el televisor en colores durante la enfermedad de Ana. El hombre me reconoció, me invitó a pasar, pero yo le dije que andaba apurado y solo quería saber si había visto a Iván.

–Hace tres días... Sí, hace como tres días que no lo veo.

Le di las gracias y, por cortesía elemental, le deseé unas felices navidades, y el hombre me respondió con dos palabras llenas de sentido:

–Lo propio.

Cuando caminaba hacia el Pontiac, preguntándome dónde coño podía haberse metido Iván, recordé que aquella fórmula navideña que me había regalado su vecino era la misma que, según mi amigo, él le había dicho a modo de despedida al hombre que amaba a los perros, justo el día en que se encontraron por última vez, hacía exactamente veintisiete años. Y en ese instante una luz se encendió en mi cabeza: ¿cómo era posible que *Truco* no hubiese ladrado cuando toqué la puerta del apartamento? El perro de Iván y Ana era un ladrador empedernido, y solo habría dejado de hacer bulla por unas pocas razones: porque estaba muy enfermo, o porque no estaba en la casa o –lo más probable– porque hubiera muerto, quizás de melancolía por la ausencia de Ana.

Abrazado por un mal presentimiento cambié el rumbo y fui en

busca del único teléfono público que funcionaba en el barrio, en el quiosco de periódicos y revistas que no vende periódicos ni revistas. Desde allí logré llamar a las casas de Frank y de Anselmo, y en ambas me ratificaron que Iván hacía mucho no pasaba por ellas. Entonces llamé a Raquelita y ella me dijo que hacía siglos que no veía a Iván y mejor si no lo volvía a ver nunca más al «infeliz comemierda». Sentado en el Pontiac, me puse a pensar y, realmente, vi escasas alternativas: no tenía la menor idea de dónde buscarlo, aunque sabía que debía buscarlo. En este país la gente no suele desaparecer: cuando alguien se pierde es porque se lo tragó el mar o porque todavía no tiene monedas para llamar desde el primer teléfono que se encuentre en Miami. Pero ése no sería Iván. No a estas alturas, no después de todo lo que había vivido entre las cuatro paredes de la isla.

De pronto tuve una inspiración. Encendí el carro y salí hacia el cementerio. El lugar estaba desierto, después del último entierro de la tarde. Busqué la tumba de Ana, en el panteón de su familia, y lo encontré todo en el espantoso estado de soledad en que siempre se quedan los muertos. Las coronas de flores hacía mucho que habían dejado su espacio al polvo y la suciedad, que volvían a adueñarse de un sitio que en varias semanas no parecía haber sido visitado por nadie.

Fuera del cementerio rastreé otro teléfono con vida y llamé a Gisela, la hermana de Ana. Ella tampoco sabía de Iván; ni siquiera había vuelto a llamarla después del entierro. Cada vez más alarmado, recordé a sus parientes de Antilla, allá en Oriente, con los que Iván había ido a vivir por unas semanas tras su salida del pabellón para los enfermos de adicciones del Hospital Calixto García. Como estaba en El Vedado, manejé hasta la casa de Raquelita (la mansión espectacular que le «resolvió» su segundo marido, un gordo joyero y traficante al que media Habana conocía como «el mago» Alcides, un triunfador del socialismo, el verdadero hombre de la vida de Raquelita), y conseguí que la ex, en una libreta vieja, encontrara un número telefónico de Serafín y María, los primos de la madre de Iván, allá en Antilla. Raquelita, a su pesar, se había contagiado con mi preocupación y ella misma se encargó de llamar, para recibir idéntica respuesta a la que yo había ido obteniendo hasta entonces: los parientes de Antilla ni siquiera sabían de la muerte de Ana. Cuando salí de la mansión de Raquelita, llevaba un dolor adicional en el pecho, pues era evidente que a Francesca no le interesaba demasiado lo que hubiera podido ocurrir con su padre, aunque no me asombró saber que ella también andaba en gestiones para irse a vivir fuera de la isla –decisión en la que su hermano Paolo y mis hijos, típicos representantes de su generación, se le habían adelantado.

En la noche, mientras revolvía, más que comer, lo que me había servido mi mujer, noté cómo la preocupación se me había convertido en un sentimiento de culpa, pues ya estaba convencido de que había ocurrido algo muy grave. Le comenté a mi mujer sobre las pesquisas de aquella tarde y ella me dio una solución en la que no había pensado: ir a la policía. Me pareció ridículo y excesivo, pero empecé a considerar la posibilidad. Algo le podía haber pasado, quizás estuviera en un hospital por haber sufrido un accidente, un infarto, no sé qué coño pensé. ¿Y si de verdad se había montado en una balsa y todavía no había llegado a ningún sitio o se había ahogado como su hermano William?... Casi a medianoche, en lugar de meterme en la cama, volví a vestirme, decidido a poner la denuncia en la estación de la Avenida de Acosta y, cuando estaba apenas a dos cuadras del castillejo de la policía, recibí el relámpago de una certeza. Me desvié y bajé hacia Lawton. No sabía todavía (ni sé ahora) por qué ya estaba convencido de lo que iba a encontrar.

Entré por el pasillo oscuro y resbaloso que conducía al apartamento. En la mano llevaba la mandarria que siempre tengo en el maletero del Pontiac. Frente a la puerta me envolvió una atmósfera hedionda que no había advertido esa tarde, y la premonición se convirtió en evidencia. No obstante, toqué varias veces, grité el nombre de Iván y el de *Truco*: el silencio vino a darme la respuesta. No esperé más. Con un solo golpe de la mandarria hice saltar la cerradura de la puerta, tan podrida que casi se desprendió del marco. De inmediato la fetidez se intensificó, y a tientas busqué el interruptor, cuidando de no chocar con las muletas de madera que apuntalaban la estructura. Cuando el apartamento se iluminó, desde la pieza que hacía de sala vi lo que jamás hubiera querido ver: en la otra habitación estaba la cama, hundida, las patas quebradas por la carga que tenía encima. Sobre el colchón, también hundido por el peso, logré entrever bajo los pedazos de madera, concreto y yeso, la forma de unas piernas, un brazo, parte de una cabeza humana y también algo de la pelambre amarilla de un perro. Alcé la vista y vi que del techo colgaban unas pocas cabillas de acero, oxidadas y roídas, y más allá, un cielo desencantado y ajeno, desprovisto de estrellas.

Tiré de una de las sillas de hierro y me dejé caer en ella. Ante mí estaba el fin previsible de un camino, un desastre de resonancias apocalípticas, la ruina de una casa y de toda una ciudad, pero sobre todo de unos sueños y unas vidas. Aquel montón de escombros asesinos era el mausoleo que le correspondía en la muerte a mi amigo Iván Cárdenas Maturell, un hombre bueno contra el que el destino, la vida y la historia se habían confabulado hasta destrozarlo. Su mundo agrietado al fin se había deshecho y lo había devorado de aquella manera absurda y terrible. Lo peor era saber que de alguna forma –de muchas formas–, la desaparición de Iván era también la de mi mundo y la del mundo de tanta gente que compartió nuestro espacio y nuestro tiempo. Iván al fin se había escapado, y me había dejado en herencia su frustración cósmica, el peso maligno de una compasión que no deseaba sentir y una caja de cartón, rotulada con mi nombre, donde estaban todos aquellos papeles escritos por él y por Ramón Mercader (en realidad por Jaime López) y que eran el mejor retrato de su alma y de su tiempo... ¿En qué estaría pensando Iván cuando oyó crujir la muleta de madera y vio a la muerte que le caía del cielo, arrastrada por la inercia y la gravedad, las únicas fuerzas todavía capaces de movernos? Posiblemente ya no pensaba en nada: había terminado de escribir lo que necesitaba escribir, solo por cumplir una necesidad fisiológica, y su vida se había convertido en el más desolador de los vacíos. A esto habíamos llegado después de tanto caminar, con los ojos vendados. Y en ese instante recordé a Iván hablándome de la melancolía de su perro, de la libertad infinita y de las ventanas abiertas hacia las mentalidades colectivas... y también, otra vez, me vino a la mente la imagen imprecisa de la Fontana de Trevi, donde ni Iván ni yo pudimos lanzar nunca una moneda.

Al fin he podido leer la papelería de Iván. Más de quinientos folios mecanografiados, plagados de tachaduras y añadidos, pero cuidadosamente ordenados en tres sobres de Manila que también había rotulado con mi nombre completo: Daniel Fonseca Ledesma, como para evitar la menor confusión.

Mientras iba leyendo, sentía cómo el propio Iván salía de su piel y dejaba de ser una persona que escribía para convertirse en un personaje dentro de lo escrito: en su historia, mi amigo emerge como un condensado de nuestro tiempo, como un carácter a veces exageradamente trágico, aunque con un indiscutible aliento de realidad. Porque el papel de Iván es el representar a la masa, a la multitud condenada al anonimato, y su personaje funciona también como metáfora de una generación y como prosaico resultado de una derrota histórica.

Aunque traté de evitarlo, y me revolví y me negué, mientras leía fui sintiendo cómo me invadía la compasión. Pero solo por Iván, solo por mi amigo, porque él sí la merece, y mucha: la merece como todas las víctimas, como todas las trágicas criaturas cuyos destinos están dirigidos por fuerzas superiores que los desbordan y los manipulan hasta hacerlos mierda. Ése ha sido nuestro sino colectivo, y al carajo Trotski si con su fanatismo de obcecado y su complejo de ser histórico no creía que existieran las tragedias personales sino solo los cambios de etapas sociales y suprahumanas. ¿Y las personas, qué? ¿Alguno de ellos pensó alguna vez en las personas? ¿Me preguntaron a mí, le preguntaron a Iván, si estábamos conformes con posponer sueños, vida y todo lo demás hasta que se esfumaran (sueños, vida, y hasta el copón bendito) en el cansancio histórico y en la utopía pervertida?

No lo pienso demasiado, porque podría arrepentirme. Haré lo único que puedo hacer si no quiero condenarme a arrastrar para siempre el peso muerto de una historia de crímenes y engaños, si no quiero heredar hasta el último miligramo del miedo que persiguió a Iván, si no quiero sentirme culpable por haber obedecido o desobedecido la voluntad de mi amigo. Le devuelvo lo que le pertenece.

Acomodo todos los papeles en una pequeña caja de cartón. Comienzo a sellarla con cinta adhesiva hasta que toda la superficie queda cubierta por la tira de color acero. Esta mañana he enterrado a *Truco* junto al muro del patio de mi casa, y dentro de la mortaja de tela que le hice, metí un ejemplar del remoto libro de cuentos de Iván, la fosforera de Mercader y la Biblia de Ana. Esta tarde, cuando cierren el ataúd de mi amigo, la cruz del naufragio (de todos nuestros naufragios) y esta caja de cartón, llena de mierda, de odio y de toneladas de frustración y de mucho miedo, se irán con él: al cielo o a la podredumbre materialista de la muerte. Quizás a un planeta donde todavía importen las verdades. O a una estrella donde tal vez no haya razones para sufrir temores y hasta podamos alegrarnos por sentir compasión. A una galaxia donde quizás Iván sepa qué hacer con una cruz roída por el mar y con esta historia, que no es su historia pero en realidad lo es, y que también es la mía y la de tantísimas gentes que no pedimos estar en ella, pero que no pudimos escapar de ella: se irán tal vez al sitio utópico donde mi amigo sepa, sin la menor duda, qué coño hacer con la verdad, la confianza y la compasión.

Mantilla, mayo de 2006-junio de 2009

NOTA MUY AGRADECIDA

Esta novela quizás comenzó a escribirse en el mes de octubre de 1989, mientras, sin que mucha gente aún lo sospechara, el Muro de Berlín se inclinaba peligrosamente, hasta que comenzó a precipitarse y se deshizo, apenas unas semanas después.

Entonces yo acababa de cumplir los treinta y cuatro años y hacía el que sería mi primer viaje a México. Como estaba convencido de que Coyoacán era un lugar muy distante del centro, conseguí que Ramón Arencibia, un amigo cubano-mexicano dueño del automóvil más feo del DF, me llevara a visitar la casa donde vivió y murió León Trotski. A pesar del casi absoluto desconocimiento que yo tenía (como cualquier cubano de mi generación) de las peripecias vitales y las ideas del ex dirigente bolchevique, y, por tanto, no podía ser ni siquiera alguien cercano al trotskismo, creo que la conmoción puramente humana que me produjo recorrer aquel sitio, convertido en museo desde hacía varios años y en un verdadero monumento a la zozobra, el miedo y la victoria del odio desde que lo habitaran los Trotski, fue la semilla de la cual, cumplida una larguísima incubación, nació la idea de escribir esta novela.

Al enfrentarme a su concepción, más de quince años después, ya en el siglo XXI, muerta y enterrada la URSS, quise utilizar la historia del asesinato de Trotski para reflexionar sobre la perversión de la gran utopía del siglo XX, ese proceso en el que muchos invirtieron sus esperanzas y tantos hemos perdido sueños, años y hasta sangre y vida. Por eso me atuve con toda la fidelidad posible (recuérdese que se trata de una novela, a pesar de la agobiante presencia de la Historia en cada una de sus páginas) a los episodios y la cronología de la vida de León Trotski en los años en que fue deportado, acosado y finalmente asesinado, y traté de rescatar lo que conocemos con toda certeza (en realidad muy poco) de la vida o de las vidas de Ramón Mercader, construida(s) en buena parte sobre el filo de la especulación a partir de lo verificable y de lo histórica y contextualmente posible. Este ejercicio entre realidad verificable y ficción es válido tanto para el caso de Mercader como para el de otros muchos personajes reales que aparecen en el relato novelesco –repito: novelesco– y por tanto organizado de acuerdo con las libertades y exigencias de la ficción.

Entre el propósito de escribir esta novela y el ejercicio mismo de la escritura mediaron años de pensar, leer, investigar, discutir y, sobre todo, penetrar con asombro y horror al menos en una parte de la verdad de una historia ejemplar del siglo XX y de las biografías de esos personajes turbios pero reales que aparecen en el libro. En ese dilatado proceso, me resultó imprescindible la cooperación, el conocimiento, las experiencias y las investigaciones previas de muchas personas que, en algunos casos, incluso compartieron conmigo sus vivencias y hasta sus incertidumbres sobre una historia las más de las veces sepultada o pervertida por los líderes que durante setenta años fueron los dueños del poder y, por supuesto, de la Historia.

Como siempre, entre la escritura y la publicación de lo escrito requeriría la ayuda que varios amigos me prestarían en la búsqueda de información y, sobre todo, con las lecturas de las diversas versiones a través de las cuales fui delineando la novela, y con las discusiones de sus contenidos y soluciones literarias, un intercambio que poco a poco me permitiría ajustar desde la puntuación y las perspectivas narrativas hasta las visiones históricas y filosóficas que manejo en las más de quinientas páginas de este libro.

Por eso quiero expresar mi enorme gratitud a todos los que, de un modo u otro, en una etapa u otra, con su paciencia, su conocimiento o su sentido común, o simplemente detrás de un timón (como el amigo Ramón Arencibia), me ayudaron a concebir, perfilar, escribir y reescribir muchas veces esta novela. En España me dieron su apoyo inestimable Javier Rioyo, José Luis López Linares, Jaime Botella, Felipe Hernández Cava, Luis Plantier, Xabier Eizaguirre, Emilia Anglada y mi vieja amiga, claro que cubana, Lourdes Gómez. Moscú nunca se me hubiera revelado sin la generosa y dispuesta colaboración de Víctor Andresco, Miguel Bas, Alexander Kazachkov (Shura), Tatiana Pigariova, Jorge Martí y Mirta Karcick. En Francia fueron mis soportes Elisa Rabelo y François Crozade y mi querida editora Anne Marie Métailié. El buen amigo Johnny Andersen fue mi guía para los pasos daneses de Trotski. Agradezco las lecturas, los valiosísimos aportes bibliográficos y la inteligencia de mis amigos mexicanos Miguel Díaz Reynoso y Gerardo Arreola, quizás los más entusiastas soportes de este proyecto, y del investigador peruano Gabriel García Higueras y el amigo argentino Darío Alessandro. Desde Canadá e Inglaterra me dieron su apoyo los profesores-amigos John Kirk y Steve Wilkinson. Y entre mis muchos colaboradores cubanos (o casi cubanos en algún caso) no puedo dejar de mencionar al librero Barbarito, a Dalia Acosta, Helena Núñez, Stanislav Verbov, Alex Fleites, Fernando Rodríguez, Estela Navarro, Juan Manuel Tabío, José Luis Ferrer (del otro lado del charco), Leonel Maza, Harold Gratmages, el doctor Fermín y el doctor Azcue, Lourdes Torres, Arturo Arango y Rafael Acosta.

Como siempre sucede en mis últimos libros, quiero dar testimonio de un agradecimiento muy especial, por su trabajo, pasión, confianza y paciencia, a mis editores españoles, Beatriz de Moura, Antonio López Lamadrid y sobre todo Juan Cerezo, que registró el libro palabra por palabra con una inteligencia, una dedicación y un amor de los que ya pocos editores tienen y menos editores practican. Igual mi gratitud para Ana Estevan, que se ocupó de editar el texto. No olvido, tampoco, la entusiasta y perspicaz lectura de Madame Anne Marie Métailié...

Por último, creo que jamás podré agradecer en todo su valor el trabajo «estajanovista» de mis más fieles y persistentes lectoras, Elena Zayas, en París, y Vivian Lechuga, acá en La Habana, que prácticamente escribieron conmigo la novela.

Y, como no puede dejar de ser, tengo que dejar constancia escrita de mi mejor y más compacto agradecimiento a mi Lucía, que se metió dentro de la historia y me ayudó como nadie, y me dio las mejores ideas, pero que, sobre todo, me soportó estos cinco años de tristezas, alegrías, dudas y miedos (¿recuerdan a Iván?), en que dediqué mañanas, tardes, noches y madrugadas a gestar, dar forma y sacarme de dentro esta historia ejemplar de amor, de locura y de muerte que, espero, aporte algo sobre cómo y por qué se pervirtió la utopía e, incluso, provoque compasión.

Leonardo Padura Fuentes,
siempre en Mantilla, verano de 2009